GOLDMANN

Buch

Fez, Marokko 1954. Über der mittelalterlichen Stadt liegt die unheimliche Stimmung drohenden Unheils – des gewaltsamen Aufstandes der einheimischen Bevölkerung gegen die Kolonialherrschaft der Ungläubigen, der Franzosen.

Ohne es recht zu wollen, wird der junge und strenggläubige Marokkaner Amar im Laufe weniger Tage in den Strudel sich überstürzender Ereignisse hineingerissen. Amar weiß, daß die Revolte nicht aufzuhalten ist, aber er spürt auch, daß sie das Ende des traditionellen Marokko, der Herrschaft des Korans und des islamischen Glaubens bedeutet. Die Befreiung, so scheint es ihm, wird zugleich die Vernichtung der eigenen jahrhundertealten Kultur bedeuten.

Ähnlich betrachtet auch der amerikanische Schriftsteller John Stenham die drohende Umwälzung mit Unbehagen; auch er fürchtet die Verwestlichung und den Untergang des »alten« Marokko. Dennoch fühlt Stenham sich zu der abweisenden Touristin Polly hingezogen, die fortschrittsgläubig hofft, Marokko möge sich aus seiner Rückständigkeit befreien und Anschluß an die Moderne finden.

In einem arabischen Café kreuzen sich die Wege von Amar, Stenham und Polly. Doch wirklich näher kommen sich der Araber und die beiden Amerikaner nicht. Am Ende bleiben beide Seiten doch in ihrer eigenen Welt, in ihren eigenen Obsessionen befangen.

In einer klaren, sparsamen Prosa erzählt, ist das *Haus der Spinne* ein Roman über eine flüchtige Freundschaft und über das komplizierte, brüchige Netz menschlicher Beziehungen und über ein Land im Umbruch. Ein Hauch von stiller Trauer über den »Untergang des Morgenlandes« liegt über diesem Buch, das von der dunklen Faszination der archaischen Kultur des Orients weiß, ohne diese romantisch und modisch zu verklären.

Autor

Paul Bowles wurde 1910 in New York geboren und studierte in Berlin, Paris und an der Universität von Virginia Musik. 1931 brach er erstmals, auf Anregung von Gertrude Stein, nach Nordafrika auf. Paul Bowles lebt heute in Tanger, Marokko.

PAUL

BOWLES

Das Haus der Spinne

Roman

GOLDMANN VERLAG

Neuausgabe
Aus dem Amerikanischen von F. R. Wendhousen
Die Originalausgabe erschien 1955 unter dem Titel
»The Spider's House« bei Random House Inc., New York

Der Goldmann Verlag
ist ein Unternehmen der Verlagsgruppe Bertelsmann

Made in Germany · 8/88 · 1. Auflage

Umschlaggestaltung: Design Team München
Umschlagfoto: Süddeutscher Verlag, Bildarchiv München
Satz: Fotosatz Glücker, Würzburg
Druck: Elsnerdruck Berlin
Verlagsnummer: 9120
G.R./Herstellung: Gisela Ernst
ISBN 3-442-09120-9

Meinem Vater

Die sich andere Beschützer
als Allah suchen,
sie gleichen der Spinne,
wenn sie sich ein Haus webt,
aber wahrlich,
das gebrechlichste aller Häuser
ist das Haus der Spinne –
wenn sie es nur wüßten!

Der Koran

Prolog

Es war gerade um Mitternacht, als Stenham aus Si Jaffars Tür trat. »Ich brauche keine Begleitung«, hatte er mit einem falschen Lächeln gesagt, um über den Klang seiner Stimme hinwegzutäuschen, denn er fürchtete, vielleicht verärgert oder schroff geklungen zu haben. Schließlich stand Si Jaffar als Gastgeber das Recht zu, ihm jemanden zur Begleitung mitzugeben.

»Ich brauche wirklich niemanden.« Er wollte gern allein zurückgehen, selbst wenn kein Licht in der Stadt brannte. Der Abend war endlos gewesen, und es machte ihm nichts aus, vielleicht um eine falsche Ecke zu biegen und vorübergehend von seinem Weg abzukommen; wenn ihn jemand begleitete, wurde der lange Weg fast zu einer Fortsetzung des Besuches in Si Jaffars Salon.

Aber jetzt war es jedenfalls zu spät. Alle Männer des Hauses waren mit zur Tür gekommen, sie standen sogar draußen in der nassen Gasse und beharrten darauf, daß der Mann mit ihm gehe. Sie verabschiedeten sich umständlich, als ginge er ans andere Ende der Welt und nicht ans andere Ende der Medina. Er hatte das eigentlich gern, weil es zu seiner Vorstellung vom Leben in einer mittelalterlichen Stadt gehörte. Es war aber neu, ihm einen Beschützer aufzudrängen, und seiner Meinung nach lag kein Grund dazu vor.

Der Mann ging im Dunkeln voraus. Wo hatten sie ihn nur aufgetrieben? dachte er, als er den hochgewachsenen bärtigen Berber in seiner zerfetzten Bergtracht wieder sah, so wie er ihn zum erstenmal im trüben Licht in Si Jaffars Patio erblickt hatte. Dann erinnerte er sich an das Gehusche und Geflüster vor anderthalb Stunden in einem Winkel des Zimmers. Jedesmal wenn es zu solchen Familiendiskussionen in Stenhams Gegenwart kam, gab sich Si Jaffar die größte Mühe, die Aufmerksamkeit von ihnen abzulenken, indem er eine Geschichte zu erzählen begann. Sie fing gewöhnlich vielversprechend genug an, und Si Jaffar lächelte strahlend hinter seinen zwei Paar Augengläsern, aber seine Aufmerksamkeit galt offensichtlich den Stimmen in der Ecke. Und sobald das Flüstern drüben nachließ, wurden auch seine Worte zögernder, seine Augen huschten von einer Seite zur anderen, sein Lächeln wurde starr und ausdruckslos. Die Geschichte wurde niemals zu Ende erzählt. »Aha!« rief er dann plötzlich ohne erkennbaren Grund und klatschte in die Hände, um mehr Schnupftabak oder Orangenblütenwasser oder Sandelholzspäne für das Kohlenbekken kommen zu lassen; er sah dann noch vergnügter aus und klopfte vielleicht Stenham scherzhaft aufs Knie. Eine ähnliche Komödie war heute abend etwa um halb elf gespielt worden. Als Stenham es sich jetzt überlegte, kam er zu der Überzeugung, daß der Anlaß die plötzliche Entscheidung der Familie gewesen war, ihm einen Begleiter auf seinen Rückweg ins Hotel mitzugeben. Jetzt erinnerte er sich daran, daß nach der Besprechung Abdeltif, der älteste Sohn, auf eine halbe Stunde verschwunden war. Da hatten sie offenbar den Führer geholt.

Als sie herauskamen, hatte der Mann an der Tür der dunklen Veranda gehockt. Es war peinlich, denn Stenham wußte, daß Si Jaffar kein reicher Mann war, und wenn auch ein kleiner Dienst wie dieser nicht übermäßig viel kostete, er mußte bezahlt werden. Das hatte Si Jaffar selbst ihm klargemacht. »Geben Sie dem Mann nichts«, hatte er auf französisch gesagt. »Ich habe das bereits erledigt.«

»Aber ich brauche ihn nicht«, hatte Stenham protestiert. »Ich kenne den Weg. Erinnern Sie sich doch, wie oft ich allein nach Hause gegangen bin.« – »Nein, nein, nein«, murmelten Si Jaffars vier Söhne, sein Vetter und sein Schwiegersohn, alle zugleich, und der alte Mann klopfte ihm begütigend auf den Arm. »Es ist besser«, sagte er mit einer seiner seltsam steifen leichten Verbeugungen. Es hatte keinen Sinn zu widersprechen. Der Mann würde nicht von seiner Seite weichen, bis er ihn beim Nachtportier des Hotels abgeliefert hatte. Dann würde er im Dunkel der Nacht verschwinden und in das dunkle Loch zurückkehren, aus dem er gekommen war, und Stenham würde ihn nie wiedersehen.

Die Straßen waren völlig menschenleer. Es wäre natürlich möglich gewesen, auf dem größeren Teil des Weges die Hauptstraßen zu benutzen, aber anscheinend zog sein Begleiter die einsameren Gassen vor. Stenham holte seine kleine elektrische Taschenlampe heraus und richtete den schwachen Lichtstrahl auf die Füße des Mannes. Beim leichten Surren der Lampe, wie von einem schwirrenden Insekt, drehte sich der Berber überrascht um.

»Licht«, sagte Stenham.

Der Mann brummte. »Zuviel Geräusch.«

Stenham lächelte und ließ das Licht ausgehen. Wie gern diese Menschen spielen, dachte er. Der spielt jetzt Räuber und Gendarm; entweder jagen sie oder werden gejagt. »Die orientalische Leidenschaft für Verwicklungen. Die unklare Linie, die Arabesken«, hatte Moss ihm versichert, aber vielleicht war es etwas ganz anderes; es konnte genausogut ein tiefes Schuldgefühl sein. Moss hatte darüber gespottet.

Die morastigen Straßen waren abschüssig. Nicht ein Fußbreit ebenen Bodens. Er mußte steifbeinig gehen, mit dem Gewicht auf den Fußballen. Die Stadt lag im Schlaf. Tiefes Schweigen herrschte, nur unterbrochen von dem schlurfenden Geräusch seiner Füße. Der Mann war barfuß und ging lautlos vor ihm. Von Zeit zu Zeit, wenn sie keine Durchfahrten passierten, sondern ins Freie kamen, traf sie ein einzelner Regentropfen vom Himmel, als hinge ein unsichtbares nasses Tuch dicht über dem Erdboden. Stenham ließ plötzlich seine Taschenlampe aufleuchten und fing ein rasch wieder schwindendes Bild des Mannes in seiner braunen *djellaba* und seines riesigen Schattens auf den Balken ein, die das Dach der Straße bildeten. Wieder knurrte der Mann.

Stenham lächelte; das merkwürdige Verhalten der Mohammedaner amüsierte ihn, und er verzieh es immer, weil, wie er sagte, der Nichtmohammedaner die mohammedanische Vorstellungswelt zu wenig kenne, um etwas daran aussetzen zu können. »Sie sind so weit, weit weg von uns«, pflegte er zu sagen. »Wir haben keine Ahnung, was in ihnen vorgeht.« Es war eine gewisse Scheinheiligkeit in dieser Haltung; in Wirklichkeit hoffte er, vor allem die anderen von dem fast unüberbrückbaren Abgrund zu überzeugen. Die Tatsache, daß er hiermit wenigstens den dahinterliegenden Glauben oder Sinn anzudeuten vermochte, gab ihm bei seinen analytischen Versuchen größere Sicherheit und ein kleines Gefühl der Überlegenheit, zu dem er sich berechtigt fühlte, weil er so viele Jahre die Unbilden Marokkos ausgehalten hatte. Diese angebliche Kenntnis, die anderen abging, befriedigte ihn ein wenig, und das gönnte er sich als Belohnung. Insgeheim war er überzeugt, daß die Marokkaner so wie alle anderen Völker waren, daß die Unterschiede hauptsächlich in Ritual und Gebärde liegen, daß sogar der leichte magische Schleier, durch den sie das Leben ansahen, nichts Kompliziertes war und ihren Anschauungen keine besondere Tiefe gab. Es machte ihm Vergnügen, daß dieser anonyme barfüßige Berber ihn durch die finstersten und einsamsten Schluchten der Stadt führte; der Grund für dieses Heimlichtun spielte keine Rolle. Sie waren eben ein katzenartiges, nachtliebendes Volk. Es war kein Zufall, daß Fez eine Stadt ohne Hunde war. »Ob Moss das aufgefallen ist?« dachte er.

Ab und zu hatte er deutlich den Eindruck, daß sie eine Straße oder einen Platz überquerten, die er sehr gut kannte, aber wie dem auch war, sie kamen von einer so unerwarteten Seite, daß die vertrauten Mauern (falls sie wirklich vertraut waren) im Schein seiner aufleuchtenden Taschenlampe verkleinert und verzerrt erschienen. Langsam begann er an eine größere Störung im Kraftwerk zu glauben. Sicher war noch kein Strom vorhanden, sonst wäre es so gut wie unmöglich gewesen, so weit zu gehen, ohne eine einzige brennende Straßenlaterne zu sehen. Aber er kannte viele Routen durch die Stadt und hätte mit verbundenen Augen seinen Weg gefunden. Tatsächlich glich ein nächtlicher Gang durch die Medina einer Wanderung mit verbundenen Augen. Man verließ sich auf Ohren und Nase. Er wußte, wie jede Strecke

Weges klang, wenn er bei Nacht allein ging. Auf zwei Dinge mußte man horchen: auf seine Schritte und auf das Geräusch des Wassers hinter den Mauern. Die Schritte konnten unendlich verschieden klingen, je nach Härte des Bodens, Weite der Gasse, Höhe und Bau der Mauern. In der Lemtiyine-Allee zwischen der Gerberei und einer kleinen Moschee gab es eine Stelle mit einem erstaunlichen Echo, straffe, metallische Schwingungen, wie musikalische Pistolenschüsse zwischen den Mauern zitternd. Da gab es Stellen, wo seine Schritte fast lautlos wurden, andere, wo jeder einzelne Schritt stark und fest klang und dann sofort erstarb, oder wo in den leeren Passagen jeder Schritt kaum merklich höher zu klingen schien als der vorangegangene, so daß die ganze Passage wie eine fein abgestufte Tonleiter anstieg, bis plötzlich eine vorspringende Mauerecke oder ein unerwarteter Durchgang das ganze Motiv zerstörte und ein anderer Abschnitt des langen Notturnos begann, der wieder langsam seinen Aufbau enthüllte. Mit dem Wasser war es dasselbe, wenn man seinen zahllosen Windungen hinter der Scheidewand von Erde und Stein folgte. Selten sichtbar, aber immer gegenwärtig, rauschte es unter den abschüssigen Gassen, munter murmelnd oder gerade noch rieselnd, hinter einer Gartenmauer als Fontäne plätschernd oder tröpfelnd, mit hohem, hohlem Laut in eine unsichtbare Zisterne fallend, dann wieder plötzlich als Flußarm ungehemmt über die Felsen brausend, so daß ihm manchmal der aufsteigende kalte Wasserdunst, den der Wind über die Mauer trieb, ins Gesicht sprühte. Bei der Bäckerei war das Wasser eingedämmt und stand fast still, und hier schwammen Ratten.

Er hatte die beiden gleichzeitigen Begleitgeräusche von Schritten und Wasser so oft erlebt, daß er jede Einzelheit auswendig zu wissen glaubte. Aber jetzt war alles verschieden; er stellte fest, daß er nur eine Richtung kannte, eine bestimmte Folge, deren Einzelheiten außerhalb des gewohnten Zusammenhangs nicht wiederzuerkennen waren; wenn man zum Beispiel so nahe beim Hauptarm des Flusses war, wie sie jetzt waren, mußten sie, das wußte er, die Straße überquert haben, die von der Karouine-Moschee zu der

Zaonia Si ahmed Tidjanis führte, aber er konnte sich daran nicht erinnern. Er hatte nichts wiedererkannt.

Plötzlich wußte er, wo sie waren: in einer engen Gasse, die eine kleine Anhöhe über dem Fluß entlanglief, genau unter dem Mauermassiv des Fondouk el Yihoudi. Es war weitab von ihrem Weg, auf keiner der gegebenen Routen von Si Jaffars Haus zum Hotel. »Warum sind wir hier herausgekommen?« fragte er unwillig. Die Antwort des Mannes schien Stenham unnötig grob. »Gehen Sie weiter und seien Sie ruhig.«

So sind sie ja immer, erinnerte er sich. Niemals konnte er sich mit ihrer merkwürdigen Mischung aus umständlicher Rücksicht und schroffer Offenheit abfinden; er hätte fast laut gelacht, als er an die lächerlichen Worte vor fünf Sekunden dachte: *»Rhir zid o skout.«* Wenige Minuten später hatten sie den Fondouk el Yihoudi umkreist und gingen unter Bananenbäumen durch einen nassen Garten. Die schweren, zerfransten Blätter überschütteten sie mit kalten Tropfen, wenn sie daran streiften. »Si Jaffar hat sich diesmal selbst übertroffen.« Er beschloß ihn morgen anzurufen und es ihm als nette Anekdote zu erzählen. *Zid o skout.* Das gab für die nächsten vierzehn Tage ein lustiges Stichwort beim Tee, die ganze Familie konnte sich daran beteiligen.

Es war eine seltsame Sommernacht. Eine Kühle fast wie zu Beginn des Frühlings lag schwer in der Luft. Eine dicke Wolke war über den Djebel Zalagh heruntergerollt. Sie bildete eine niedrige Decke über der Stadt, schloß sie ein in einem einzigen großen Raum, dessen reglose Luft nur nach frischer, nasser Erde roch. Eine Eule schrie einmal über ihnen, als sie schweigend in die Straßen höher oben einbogen.

Als sie am äußeren Tor des Hotels angekommen waren, drückte Stenham auf die Klingel zu dem kleinen Raum neben dem Büro, wo sich der Nachtportier aufhielt. Einen Augenblick lang dachte er: Es wird nicht läuten, es ist ja kein Strom da heute nacht. Dann erinnerte er sich, daß das Hotel eigenen elektrischen Strom hatte. Gewöhnlich dauerte es gute fünf Minuten, bis das Licht im Hof anging, und dann noch zwei, drei Minuten, ehe der Portier am Tor erschien. Heute ging es sofort an. Stenham trat dicht an die hohen Türen heran und lugte durch den Spalt. Der Nachtportier sprach mit jemandem am anderen Ende des Hofes. »*Ah, oui*«, hörte er ihn sagen. Ein Europäer im Hof zu dieser Stunde, dachte er verwundert. Er versuchte mehr zu sehen. Der Portier kam näher. Wie ein ertapptes Kind trat Stenham schnell zurück, steckte die Hände in die Taschen und starrte gleichgültig auf die Mauer. Dann kam ihm plötzlich zum Bewußtsein, daß sein Führer verschwunden war. Er hatte ihn nicht weggehen hören; er war einfach fort. Der schwere Riegel am Tor wurde zurückgeschoben, und da war der Nachtportier in seinem Khaki-Überwurf und seinem weißen Turban, mit dem gewohnten beflissenen Gesichtsausdruck.

»*Bon soir, M' sio Stonamm*«, sagte er. Manchmal sprach er arabisch, manchmal französisch; es war unmöglich, das von Fall zu Fall vorauszusehen. Stenham sagte guten Abend und blickte im Hof umher, um zu sehen, wer da gewesen war. Er sah niemanden. Die beiden Wagen standen da wie immer, der Hotelwagen und der alte Citroën des Managers, den dieser niemals benutzte. »Sie kamen ja schnell heute abend«, sagte er.

»*Oui, M' sio Stonamm.*«

»Sie waren wahrscheinlich in der Nähe des Tores?« Der Nachtportier zögerte. »*Non, m'sio.*« Er gab es lieber auf, als sich über den Mann zu ärgern; und er hätte sich bestimmt geärgert, wenn er das Gespräch fortgesetzt hätte. Eine Unwahrheit war keine Lüge, sie war nur eine Formsache, ein Ersatz, ein langer Umweg, ein höflicher Ausdruck für »Das geht Sie nichts an!«

Er hatte den Zimmerschlüssel in der Tasche und ging gleich über die Hintertreppe zu seinem Zimmer hinauf, ein bißchen beschämt, weil er so neugierig war. Aber als er in seinem Turmzimmer stand und auf die unsichtbar unter ihm liegende Stadt sah, fand er seine Neugierde berechtigt. Es war nicht nur die offenkundige Lüge des Portiers, die ihn reizte, mehr noch die Tatsache, daß sie unmittelbar auf das eigenartige Benehmen des Berbers folgte, den überflüssigen Umweg, die Grobheit, das unerklärliche Verschwinden, bevor er ihm die bereitgehaltenen dreißig Francs hatte geben können. Aber es war nicht nur das, überlegte er, an Si Jaffar zurückdenkend. Die ganze Familie hatte so eindringlich darauf bestanden, daß ihn jemand ins Hotel zurückbegleitete. Auch das schien zu der Verschwörung zu gehören. Sie sind heute abend alle verrückt, sagte er sich befriedigt. Er dachte nicht daran, dies alles der Spannung zuzuschreiben, die in der Stadt herrschte. Seit die Franzosen, noch unverantwortlicher als sonst, vor einem Jahr den Sultan abgesetzt hatten, bestand diese Spannung, und er wußte es. Aber das war eine politische Angelegenheit, und Politik existierte nur auf dem Papier. Die Politik von 1954 hatte bestimmt keine praktische Beziehung zu der geheimnisvollen mittelalterlichen Stadt, die er kannte und liebte. Es wäre zu einfach gewesen, eine logische Verbindung herzustellen zwischen dem, was sein Verstand wußte, und dem, was das Auge sah. Er fand es amüsanter, sich selbst etwas vorzumachen.

Jede Nacht, wenn Stenham seine Tür geschlossen hatte, stieg der Nachtportier die steilen Treppen im Turm des *ancien palais* herauf und löschte das Licht in den Korridoren, eins nach dem anderen. Wenn seine Schritte im Korridor verhallt waren, blieb nichts als das tiefe Schweigen der Nacht, das nur unterbrochen wurde, wenn der Wind aufsprang und die Pappeln im Garten rauschten. Als heute abend die langsamen Schritte über die Treppe heraufkamen, hörte er nicht wie sonst das Ausknipsen draußen an der Wand neben der Tür. Ein kleines Zögern, dann klopfte es leise. Stenham hatte seine Krawatte abgebunden, war aber noch völlig angezogen. Stirnrunzelnd öffnete er die Tür. Der Portier lächelte ihn entschuldigend an, sicher nicht, weil er Gewissensbisse wegen der Lüge unten im Hof hatte, sagte sich Stenham beim Anblick dieses hoffnungslos bekümmerten Gesichts. Stenham verbrachte jetzt die fünfte Saison hier im Hotel und hatte den Portier nie anders gesehen. Wenn alles so weiterging, würde er hier alt werden und als Nachtportier im Mérinides Palace sterben; etwas anderes konnte er sich nicht vorstellen. Diesmal sprach der Portier arabisch.

»*Smatsi.* M'sio Moss schickt mich. Er läßt fragen, ob Sie zu ihm kommen würden.«

»Jetzt?« fragte Stenham ungläubig.

»Jetzt. Ja.« Er lachte bedauernd, unendlich rücksichtsvoll, wie um sein großes Verständnis für diese Welt anzudeuten.

Stenhams erster Gedanke war: Ich kann nicht zulassen, daß Moss mit so etwas anfängt. Nach einigem Zögern sagte er: »Wo ist er?«

»In seinem Zimmer. Nummer vierzehn.«

»Ich kenne die Nummer. Sagen Sie ihm Bescheid?«

»Ja. Soll ich sagen, daß Sie kommen?«

Stenham seufzte. »Auf eine Minute. Ja!« Das würde der Mann natürlich nicht beachten, sondern einfach sagen, daß Monsieur Stonamm kommen werde, und dann verschwinden. Jetzt verbeugte er sich, sagte: *»Ouakha«* und schloß die Tür.

Stenham stand vor seinem Schrankspiegel und legte die Krawatte wieder an. Es war das erste Mal, daß Moss ihm nachts etwas bestellen ließ, und er war neugierig, was den Engländer veranlaßt hatte, von seiner strengen Zurückhaltung abzugehen. Er blickte auf seine Uhr, es war zwanzig nach eins. Moss würde sich zunächst überschwenglich entschuldigen, weil er ihn in seiner Arbeit gestört hatte, ob er nun wirklich glaubte, ihn unterbrochen zu haben oder nicht; denn Stenham bestärkte seine Bekannten in dem Eindruck, daß er auch nachts arbeite. Es ließ ihm mehr Zeit für sich selbst. Gelegentlich, bei schlechtem Wetter, ging er früh schlafen und konnte noch eine Seite an seinem Roman weiterschreiben, der noch lange nicht beendet war. Der Regen und der Wind draußen im Dunkel vor dem Fenster vertrieben die Müdigkeit. Heute hätte er auf keinen Fall mehr gearbeitet, es war viel zu spät. Der Tag in Fez begann lange vor Morgengrauen, und es beunruhigte ihn sehr, daß er vielleicht noch nicht eingeschlafen sein würde, bevor der erste morgendliche Ruf zum Gebet den stimmgewaltigen Hahnenschrei auslöste, der sich dann langsam über die Stadt ausbreitete und nicht aufhörte, bis es hellichter Tag war. Falls er noch wach war, sobald die Muezzine ihre Litanei anstimmten, war keine Hoffnung mehr auf Schlaf. Um diese Jahreszeit begann es gegen halb vier Uhr morgens.

Er sah zu den Schreibmaschinenseiten auf dem Tisch hin, beschwerte sie mit einem großen Porzellanaschenbecher und wandte sich zur Tür. Dann besann er sich eines Besseren und schob das ganze Manuskript in die Schublade. Auf der Schwelle warf er noch einen kurzen sehnsüchtigen Blick auf sein Bett, trat hinaus und schloß die Tür hinter sich. Am Schlüssel hing ein schweres Nickelplättchen, es fühlte sich wie Eis in seiner Tasche an. Ein starker kalter Zugwind kam aus dem engen Treppenschacht des Turmes. Er ging so leise wie möglich hinunter – nicht, daß er jemanden hätte stören können – und tastete sich seinen Weg durch das spärlich erleuchtete Foyer auf die Terrasse hinaus. Aus der Empfangshalle schien das Licht auf den nassen Mosaikfußboden. Es fielen keine vereinzelten Regentropfen mehr, eine schwache Brise war aufgekommen. In dem tiefer gelegenen Garten war es ganz finster; ein dünnes schmiedeeisernes Gitter neben dem Schwimmbad der Sultana führte ihn zum Patio, wo er an sonnigen Tagen manchmal mit Moss zu Mittag aß. Die Laternen vor der großen Tür zu Nummer vierzehn brannten nicht, aber durch die geschlossenen Jalousien drangen schmale Lichtstreifen. Als er klopfte, rannte ein erschrecktes Tier, eine Ratte oder vielleicht ein Frettchen, durch die Büsche und das tote Laub davon. Der Mann, der ihm die Tür öffnete und höflich zur Seite trat, um ihn einzulassen, war ihm unbekannt; er hatte ihn noch nie gesehen.

Moss stand mitten im Zimmer unter dem großen Kronleuchter, zupfte nervös an seinem Schnurrbart und sah bestürzt aus. Das einzige, das Stenham in diesem Augenblick zu Bewußtsein kam, war der dringende Wunsch, nicht geklopft zu haben und noch draußen vor der Tür im Dunkeln zu stehen wie vor fünf Sekunden. Er beachtete den Mann neben ihm nicht. »Guten Abend«, sagte er zu Moss mit einer Andeutung nonchalanter Herzlichkeit. Aber Moss blieb in seiner gespannten Haltung.

»Bitte kommen Sie herein, John«, sagte er trocken, »ich muß mit Ihnen sprechen.«

Erstes Buch

Der Meister der Weisheit

Ich weiß, daß die Welt
eine große Leere ist,
ins Leere gebaut…
Und darum nennen sie mich
Meister der Weisheit.
Ach, weiß jemand,
was Weisheit ist?

Lied der Eule
Tausendundeine Nacht

I

Die Frühlingssonne wärmte den Obstgarten. Es war Spätnachmittag, und bald würde sie hinter dem hohen Röhricht am Straßenrand verschwinden. Amar lag unter einem alten Feigenbaum in dem noch taufeuchten langen Gras. Verglichen mit dem Leben seiner Freunde, soweit er es kannte, fand er das eigene am wenigsten beneidenswert. Er wußte, dieser Gedanke war eine Sünde: niemand durfte so urteilen, und er hätte diese Erkenntnis auch nie laut ausgesprochen, selbst wenn sie sich in seinem Kopf zu Worten verdichtet hätte.

Er sah die Bäume und Pflanzen ringsum und den Himmel darüber und wußte, sie waren da. Und er wußte auch, der Grund seiner Unzufriedenheit lag im Ablauf seines kurzen Lebens, das ihn tief enttäuschte. Die Welt war wundervoll mit all den Tieren und Vögeln, den Blumen und Früchten, die Allah in solchem Überfluß erschaffen hatte, aber in seinem Herzen fühlte er, daß das alles eigentlich nur ihm gehörte und daß niemand sonst das gleiche Anrecht darauf hatte wie er. Immer machten andere Menschen sein Leben unglücklich. Lässig an den Baumstamm gelehnt, zupfte er sorgfältig die Blätter von einer Rose, die er vor einer halben Stunde gepflückt hatte, als er in den Obstgarten getreten war. Er hatte nicht mehr viel Zeit, herauszufinden, was er tun könnte.

Wenn er davonlaufen wollte, mußte es rasch geschehen. Aber er fühlte schon, daß Allah ihm sein Schicksal nicht enthüllen werde. Er würde es nur erfahren, wenn er tat, was geschrieben stand, daß er tun werde. Alles würde weiter so sein, wie es war. Wenn die Schatten länger wurden, würde er aufstehen und auf die Landstraße hinausgehen, weil die

Dämmerung böse Geister aus den Bäumen lockte. Einmal auf der Straße konnte er nur nach Hause gehen. Er mußte zurückgehen und geschlagen werden; es gab keinen Ausweg. Es war nicht die Furcht vor dem Schmerz, die ihn abhielt, sofort zu gehen und es hinter sich zu bringen. Der Schmerz an sich war nichts; er konnte sogar eine Genugtuung sein, wenn er nicht zusammenzuckte oder aufschrie, denn sein feindliches Schweigen bedeutete eine Art Sieg über seinen Vater. Hinterher schien es ihm immer, er sei stärker, auch besser vorbereitet für das nächste Mal. Aber es hinterließ ein bitteres Gefühl in seinem Innersten, er war nur noch etwas einsamer und weiter fort von allem als vorher. Nicht aus Furcht vor dem Schmerz oder vor diesem Einsamkeitsgefühl blieb er weiter im Obstgarten sitzen; es war der unerträgliche Gedanke, daß er unschuldig war und daß man ihn demütigen würde, als sei er schuldig. Was ihn quälte, war der Gedanke seiner eigenen Machtlosigkeit angesichts der Ungerechtigkeit.

Die warme Brise von den Hügeln und Tälern des Djebel Zalagh fand durch das Röhricht ihren Weg in den Obstgarten und bewegte leise die schlaff über seinem Kopf hängenden Blätter. Die zarte Liebkosung seines Nackens ließ ihn erschauern. Er nahm ein Rosenblatt zwischen die Zähne und zerkaute es in feuchte Stückchen. Hier draußen war niemand, und niemand würde kommen. Der Wächter des Gartens hatte ihn hereinkommen sehen und nichts gesagt. Manche Obstgärten hatten Wächter, die einen verjagten; die Jungen kannten sie alle. Dies war ein »guter« Obstgarten, sein Wächter sagte nie etwas, ja, er verbot sogar seinem Hund zu bellen. Der alte Mann war zum Fluß hinuntergegangen. Gelegentlich fuhr ein Lastwagen auf der Straße hinter dem Röhricht, aber sonst lag dieser Teil des Gartens in völliger Stille. Da er nicht wissen wollte, wie es hier im Dunkeln aussah, schlüpfte er in seine Sandalen, stand auf, schüttelte seine *djellaba* aus und schaute sie eine Weile an, weil sie seinem Bruder gehört hatte, und er haßte es, sie zu tragen. Endlich warf er sie über die Schulter und kroch durch das Loch im Röhricht, durch das er gekommen war.

Draußen auf der Landstraße schien die Sonne wärmer, und der Wind war stärker. Er ging an zwei kleinen Jungen vorbei, die mit langen Bambusstangen in die Zweige eines Maulbeerbaumes schlugen, während ein größerer die grünen Beeren zusammenscharrte und in der Kapuze seiner *djellaba* verstaute. Alle drei waren zu eifrig beschäftigt, um ihn zu bemerken. Er gelangte zu einer der Haarnadelkurven der Straße. Vor ihm auf der anderen Talseite lag der Djebel Zalagh. Er war ihm immer wie ein König auf seinem Thron erschienen. Amar hatte dies einigen Freunden gesagt, aber keiner hatte es verstanden. Ohne den Berg überhaupt anzusehen, hatten sie gesagt: »Du hast einen Vogel« oder »Du spinnst« oder »Du bist wohl nicht ganz richtig«, oder sie hatten einfach gelacht. »Die glauben, sie wissen schon ganz genau, wie die Welt ist, und haben es nicht mehr nötig, sich umzusehen«, hatte er gedacht. Und das war die Wahrheit; viele seiner Freunde glaubten die Welt und das Leben bereits zu kennen und würden sich niemals mehr darum kümmern, ob sie recht hatten oder nicht. Nur weil sie zur Schule gegangen waren oder noch gingen und schreiben konnten und, was viel schwieriger war, Geschriebenes verstanden. Und einige von ihnen kannten den Koran auswendig, obwohl sie ihn natürlich nicht begriffen, weil dies das Schwierigste von allem war, nur ein paar Großen der Welt vorbehalten. Und niemand konnte ihn völlig verstehen.

»In der Schule lehren sie dich die Bedeutung der Welt, und wenn du das einmal gelernt hast, wirst du es immer wissen«, hatte Amars Vater zu ihm gesagt.

Aber wenn die Welt sich nun verändert? hatte Amar gedacht. Was weiß man dann? Er war aber vorsichtig genug, den Vater seine Gedanken nicht erraten zu lassen. Er sprach niemals mit dem alten Mann, wenn er nicht dazu aufgefordert wurde. Si Driss war streng und erwartete von seinen Söhnen denselben Respekt, den er vor fünfzig oder sechzig Jahren seinem Vater erwiesen hatte. Es war besser, ungefragt keine Meinung zu äußern. Obwohl das Leben zu Hause mit einem weniger strengen Vater leichter gewesen wäre, war Amar stolz auf die geachtete Stellung seines Vaters. Die reichsten und wichtigsten Leute des Viertels kamen zu ihm, küßten sein Gewand und saßen schweigend, wenn er sprach. Es stand eben geschrieben, daß Amar einen strengen Vater haben würde, und da konnte man nichts tun, als Allah Dank zu sagen. Aber er wußte, wenn er jemals etwas so von Herzen wünschen würde, daß er selbst seinem Vater trotzte, dann würde der alte Mann es einsehen und ihm nachgeben. Das hatte er beim ersten Schulgang herausgefunden. Der hatte ihm so mißfallen, daß er nach Hause kam und erklärte, er würde nie wieder hingehen. Der alte Mann hatte nur geseufzt und Allah zum Zeugen angerufen, daß er sein Kind selbst hingebracht und in der Obhut des *aalem* gelassen habe, er also für die Folgen nicht verantwortlich sei. Am nächsten Tag hatte er den Jungen bei Tagesanbruch geweckt und gesagt: »Wenn du nicht in die Schule gehen willst, mußt du arbeiten.« Und er hatte ihn in die Attarine gebracht, in die Wolldeckenfabrik seines Onkels, damit er am Webstuhl arbeite. Das war nicht halb so schwer wie die Schule, weil er nicht stillzusitzen brauchte. Trotzdem blieb er nicht da, genauso wie er an einigen Dutzend anderen Plätzen, wo er seitdem gearbeitet hatte, nicht geblieben war. Nach ein oder zwei Wochen ging er wieder seinen Vergnügungen nach, wahrscheinlich ohne einen Pfennig bekommen zu haben. Zu Hause kämpfte er ständig dagegen, von seinem Vater zu einem anderen Arbeitsplatz gebracht zu werden.

Deshalb war Amar der einzige unter seinen ersten Freunden, der nicht schreiben oder die Schrift anderer zu lesen gelernt hatte, was ihm aber nicht das geringste ausmachte. Sein Leben wäre zweifellos leichter gewesen, wenn seine Familie nicht Chorfa, Nachkommen des Propheten, gewesen wären. Sein Vater hätte dann nicht so unnachgiebig darauf bestanden, ihm die Gesetze der Religion beizubringen oder ununterbrochen die Notwendigkeit unbedingten Gehorsams zu betonen. Aber der alte Mann war entschlossen, daß sein Sohn, wenn er schon ein Analphabet blieb (was an sich kein großer Nachteil war), doch mindestens die Moralgesetze des Islam kennen müsse.

Im Laufe der Jahre hatte Amar neue Freunde seinesgleichen gefunden, Jungen, deren Eltern so arm waren, daß ein Schulbesuch gar nicht in Frage kam. Wenn er jetzt die Freunde seiner frühen Kindheit traf und mit ihnen sprach, schienen sie ihm wie alte Männer, und ihre Gesellschaft machte ihm keinen Spaß; dagegen verstand er das Leben seiner neuen Freunde, die die ganze Zeit spielten und rauften, als ob ihr Leben davon abhinge.

Das Große in Amars Leben war, daß er ein Geheimnis hatte. Ein Geheimnis, das er nicht einmal geheimzuhalten brauchte, denn niemand konnte es je erraten. Aber er kannte es und lebte danach. Das Geheimnis war, daß er nicht wie jedermann war, sondern über Kräfte verfügte, die niemand sonst besaß. Diese Gewißheit war wie ein vor der Welt verborgener Schatz, und sie bedeutete weit mehr als die *baraka*. Viele Chorfa hatten sie. Wenn jemand krank, in Trance oder von einem bösen Geist besessen war, konnte Amar ihn oft durch Handauflegen und ein Gebet heilen. In seiner Familie war die *baraka* sehr stark, so mächtig, daß mindestens einer in jeder Generation die Heilkraft als Beruf ausübte. Weder sein Vater noch sein Großvater hatten jemals etwas anderes getan, als sich der Behandlung der Leute zu widmen, die unablässig zu ihnen kamen. Daß auch Amar diese Gabe besaß, war also nicht überraschend. Aber nicht das war es, warum er sich anders sah als die anderen. Natürlich war er sich immer über sein Geheimnis klar gewesen, aber anfangs hatte es ihn nicht allzusehr von den anderen unterschieden. Jetzt, da er fünfzehn Jahre alt war, ein Mann, wurde es immer wichtiger. Er hatte entdeckt, daß ihm hundertmal am Tag Dinge in den Sinn kamen, die sonst keinem in den Sinn zu kommen schienen. Aber er hatte auch gelernt: wenn er zu anderen darüber sprechen wollte – und das wollte er –, mußte er sie zum Lachen bringen, sonst wurden sie mißtrauisch gegen ihn. Trotzdem kehrte er sich nicht daran, wenn er es in seiner Begeisterung einmal vergaß und ausrief: »Seht mal den Djebel Zalagh! Der Sultan hat eine Wolke um seine Schultern gelegt!«, und seine Freunde sagten: »Du bist ja verrückt!« Das nächste Mal würde er versuchen, sich in ihre Welt zu versetzen und sich auf etwas beziehen, das sie interessierte. Dann würden sie lachen, und er würde zufrieden sein.

Heute war der Djebel Zalagh wolkenfrei. Jeder kleine Olivenbaum auf seinem Kamm zeichnete sich gegen den unendlichen, einförmig blauen Himmel ab; und die Myriaden Schluchten, die seine nackten Hänge zerrissen, begannen unter den harten Spätnachmittagsschatten zu verschwinden. Eine Straße zog sich wie ein Faden an einem der runden Hügel zu seinen Füßen entlang: winzige weiße Gestalten stiegen sie langsam hinan. Er blieb eine Weile stehen und beobachtete sie: Bauern, die in ihre Dörfer zurückkehrten. Einen Augenblick lang wünschte er leidenschaftlich, jemand anders zu sein, einer von ihnen mit einem schlichten, namenlosen Dasein. Dann ließ er seiner Phantasie freies Spiel. Wenn er bei seiner Klugheit ein *djibli* vom Lande wäre – und er wußte, daß er klug war –, würde er bald mehr Reichtümer sammeln als irgend jemand in seiner *kabila*. Er würde mehr und mehr Land kaufen, mehr und mehr Leute beschäftigen, und wenn die Franzosen ihm noch so viel Geld für sein Land böten, würde er es ihnen nicht verkaufen. Dann hätten die Bauern großen Respekt vor ihm: sein Name würde weiter und weiter bekannt, die Leute kämen zu ihm wie zu einem *quoadi*, und er würde großzügig Rat und Hilfe erteilen. Eines Tages würde ein Franzose kommen und ihm anbieten, ihn zu einem *caïd* zu machen, und er hörte sich gutmütig lachend sagen: »Aber ich bin für meine Leute schon mehr als ein *caïd*. Warum sollte ich das ändern?« Der Franzose würde dies nicht verstehen und unter der Hand allerlei zusätzliche »Angebote« machen wie Steuernachlaß, Auswahl von Mädchen eines weit entfernten Stammes, einen Orangenhain hier, eine Farm da, ein Mietshaus in Dar el Beida und einen Haufen Geld. Aber er würde nur freundlich lachend erwidern, er brauche nicht mehr, als er bereits habe, nämlich den Respekt seines eigenen Volkes. Der Franzose würde äußerst verblüfft sein (denn wann hätte man jemals so etwas von einem Marokkaner gehört?) und würde ihn mit Furcht im Herzen verlassen. Die Kunde von Amars Charakter aber würde sich rasch verbreiten, bis sogar in Rhafsai und Taounate jedermann von dem jungen *djibli* gehört hätte, den die Franzosen nicht kaufen konnten. Und eines Tages würde seine Chance kommen. Der Sultan würde heimlich nach ihm senden, um seinen Rat in Angelegenheiten der Gegend zu erbitten, die er so gut kannte. Sein Benehmen würde einfach und ehrerbietig sein, aber nicht unterwürfig; der Sultan würde dies zunächst äußerst befremdend finden und ein wenig ungehalten sein, bis Amar, ohne es auszusprechen, ihm zu verstehen gab, seine Weigerung, sich vor ihm niederzuwerfen, beruhe auf der Erkenntnis, daß ein Sultan, wie mächtig auch immer, doch nur ein Mensch sei, sterblich und nicht unfehlbar. Dem Monarchen würden Amars Weisheit und Mut solchen Eindruck machen, daß er ihn einladen würde, bei ihm zu bleiben. Hin und wieder ein beiläufiger, flüsternd gegebener Rat, und er würde für den Sultan wertvoller werden als El Mokhri. Und dann würde eine kritische Zeit kommen, da der Sultan keine Entscheidung zu treffen vermochte. Aber Amar würde bereit sein. Ohne Zögern würde er einspringen und die Zügel in die Hand nehmen. Einige Schwierigkeiten würden sich ergeben. Aber er würde sie lösen, wie große Männer eben ihre Probleme lösten: sich auf ihre eigene Kraft verlassend. Er sah sich betrübt den Befehl zur Hinrichtung des Sultans geben; aber es mußte sein, um des Volkes willen. Schließlich war der Sultan nur ein Alaouite aus der Tafilalet – gerade herausgesagt, ein Thronräuber. Jedermann wußte das. Viele Männer in Marokko hatten eine größere Berechtigung zu regieren, darunter jeder in Amars eigener Familie, denn sie waren Drissiyin, Abkömmlinge der ersten Dynastie, die einzig Berechtigten im Land.

Langsam erstiegen die Gestalten in der Ferne den Hügel. Sie würden wahrscheinlich die ganze Nacht unterwegs sein und erst im Morgengrauen zu Hause ankommen. Er kannte das Leben der Bauern; er hatte viele Monate auf seines Vaters Farm in Kherib Jerad zugebracht, bevor sie sie verkaufen mußten, und jedes Jahr waren sie hingegangen, um den Familienanteil an der Ernte einzufordern. Die lächelnde

Geringschätzung, die Leute aus den Städten den Bauern gegenüber empfinden, war bei ihm durch Respekt gemildert. Während ein Städter seine Absichten lang und breit ankündigte, tat ein Bauer ohne viel Worte, was er tun mußte.

Als er so dastand und über die Weite des offenen, sonnenüberfluteten Landes schaute und sein Blick den winzigen Gestalten folgte, die den Berg heraufkrochen, erwog er die Größe seines Mißgeschicks. Wenn nur sein älterer Bruder sich drei Abende vorher nicht gerade zu einem bestimmten Zeitpunkt in einer Gasse in Moulay Abdallah umgedreht hätte, könnte Amar jetzt im Fluß schwimmen und außerhalb Bab Fteuh Fußball spielen oder einfach unbeschwert von Furcht mit der Flöte auf dem Dach sitzen. Aber Mustapha hatte sich umgedreht und ihn an dem verbotenen Ort bei den geschminkten Frauen gesehen. Und am nächsten Tag hatte er von ihm zwanzig Rial verlangt. Amar hatte kein Geld und auch keine Möglichkeit, welches zu bekommen. Er versprach Mustapha, das Geld nach und nach in kleinen Summen zu zahlen, aber Mustapha, kühl überlegend und unbarmherzig, hatte einen Plan und war an der Zukunft nicht interessiert. Er hatte nicht die Absicht, Amar zu verraten, das verstand sich von selbst. Ihr Vater wäre über den Demin-Zänker nur noch erzürnter gewesen als über den Verratenen. Heute morgen hatte Mustapha zu Amar gesagt: »Hast du das Geld?«, und als Amar den Kopf schüttelte: »Ich werde bei Sonnenuntergang in Hamadis Café sein. Bring es oder nimm dich vor Vater in acht, wenn du nach Hause kommst.«

Er hatte das Geld nicht, und er würde nicht in das Café gehen und sich weitere Drohungen anhören. Er würde direkt nach Hause gehen und lieber seine Schläge hinnehmen, als sie noch länger vor sich zu haben. Hinter ihm ertönte eine Fahrradglocke, er wandte sich um und sah einen Jungen, den er kannte. Der Junge hielt an, und Amar setzte sich vor ihn auf die Sattelstange. Im Freilauf sausten sie durch die Kurven, das durchsonnte Tal und den Djebel Zalagh erst links, dann rechts lassend.

»Wie sind deine Bremsen?« fragte er und dachte, es wäre

vielleicht besser, kopfüber in den Graben oder den Hügel hinuntergeschleudert als wohlbehalten an seiner Haustür abgeliefert zu werden. Wofür auch immer er bestraft wurde, vielleicht war es vergessen, wenn er wieder aus dem Krankenhaus kam.

»Die Bremsen sind gut«, antwortete der Junge. »Was ist los? Hast du Angst?«

Amar lachte verächtlich. Sie kreuzten die Brücke und waren auf ebenem Gelände. Der Junge begann in die Pedale zu treten. Als sie zu dem Abschnitt kamen, wo der Weg vom Flußtal zur Kreuzung der Tazastraße ansteigt, wurde es zu anstrengend. Amar sprang ab, sagte auf Wiedersehen und lief quer durch einen Granatapfelhain. Er hatte niemals ein Fahrrad besessen; das war etwas, worauf der Sohn eines verarmten *fqih* nicht hoffen konnte. Geld hatten nur die, die kauften und verkauften. Die Söhne der Ladenbesitzer konnten sich Fahrräder leisten. Amar konnte sich nur ab und zu eines ausleihen, denn die Leute, die sein Vater mit seinen frommen Worten und Beschwörungen behandelte, hatten meistens nur Pfennige übrig, und wenn gelegentlich ein Reicher ihn konsultierte und ihm eine größere Summe anbot, wies Si Driss sie standfest zurück.

»Wenn das Geld von Allah kommt«, würde sein Vater sagen, »kauft man nicht Maschinen und andere christliche Torheiten damit. Man kauft Brot und dankt Allah, daß man es kaufen kann.« Und Amar würde antworten: *»Hamdoul-'lah.«*

An einem Café in Bab Fteuh blieb er stehen und sah einige Minuten einem Kartenspiel zu. Dann ging er unglücklich nach Hause. Seine Mutter öffnete und blickte ihn bedeutungsvoll an, und er sah seinen Vater im Hof am Brunnen stehen. Mustapha war nicht zu sehen.

2

»Komm herauf«, sagte sein Vater, die schmalen zerbrochenen Stufen emporsteigend. Er ging in den kleineren der zwei Räume und drehte das Licht an. »Setz dich auf die Matratze«, befahl er, in eine Ecke des Zimmers deutend. Amar gehorchte. Alles in ihm zitterte; er hätte nicht sagen können, ob vor Erwartung oder vor Angst, oder ob er einen verzehrenden Haß oder eine überwältigende Liebe für den alten Mann fühlte, der mit wuterfüllten Augen auf ihn heruntersah. Während er sprach, wickelte sein Vater langsam seinen Turban von seinem glattrasierten Schädel.

»Diesmal hast du eine unverzeihliche Sünde begangen«, sagte er, Amar mit seinen schrecklichen Augen anstarrend. Sein weißer Spitzbart wirkte ohne das Gegengewicht des Turbans befremdend. »Nur die Hölle wartet auf einen Jungen wie dich. Das ganze Geld im Haus, um Brot für deinen Vater und deine Familie zu kaufen! Zieh deine *djellaba* aus.« Amar nahm den Überwurf ab, und der alte Mann riß ihn an sich und warf einen Blick in die Kapuze. »Runter mit deinem *serrouelle*.« Amar löste den Gürtel und stieg aus seiner Hose, schützend mit einer Hand seine Nacktheit bedeckend. Sein Vater fuhr in die Taschen, sie waren leer bis auf ein zerbrochenes Taschenmesser, das Amar immer bei sich trug.

»Weg! Alles weg!« schrie der alte Mann.

Amar schwieg.

»Wo ist es? Wo ist es?« Mit jeder Silbe wurde seine Stimme schriller. Amar blickte mit offenem Mund in seines Vaters Augen. Da waren hundert Dinge zu sagen; da war nichts zu sagen. Er fühlte sich wie versteinert.

Mit erstaunlicher Kraft stieß ihn der alte Mann auf die Matratze nieder, riß den Gürtel von der Hose und begann mit dem Schnallenende auf ihn einzuschlagen. Um sein Gesicht zu schützen, warf sich Amar herum auf den Bauch, seine Hände schützend über seinem Hinterkopf. Die harten Schläge prasselten auf seine Knöchel, seine Schultern, seinen

Rücken, seine Schenkel und Beine nieder.

»Ich hoffe, ich erschlage dich!« schrie sein Vater. »Du wärst besser tot!«

Ich hoffe, er tut es, dachte Amar. Wie aus weiter Entfernung fühlte er die Schläge. Es schien ihm, als spräche eine Stimme zu ihm: »Dies ist Schmerz«, und er gab es zu, ohne überzeugt zu sein. Der alte Mann sprach nicht mehr, er legte alle Kraft in die Schläge. Im Sausen des Gürtels und im Aufklatschen der Schnalle auf sein Fleisch hörte Amar oben auf der Terrasse eine Katze schreien: »Rao ... rao ... rao ...«, die Rufe von Kindern, und irgendwo spielte ein Radio eine alte Platte von Farid al Atrache. Er spürte den Zimt- und Zwiebelgeruch der *tajine*, die seine Mutter unten auf dem Hof kochte. Die Schläge hagelten weiter. Plötzlich fühlte er, daß er atmen mußte; er hatte noch keinen Atemzug getan, seit er auf die Matratze geschleudert wurde. Er seufzte tief und mußte sich übergeben. Er hob den Kopf, versuchte sich zu bewegen, und der Schmerz zwang ihn wieder nieder. Aber die rhythmischen Hiebe setzten sich fort, er konnte nicht sagen, ob schwächer oder stärker. Sein Gesicht rutschte in der ausgespieenen Masse; mit geschlossenen Augen hatte er eine Vision. Er sah sich mit einem Schwert in der Hand den Boulevard Poêymirau in der Ville Nouvelle herunterrennen. Und in jedem Laden, an dem er vorbeilief, zersplitterten die riesigen Spiegelscheiben ganz von selbst. Die französischen Frauen schrien; die Männer standen wie gelähmt. Ab und zu hieb er auf einen Mann ein und trennte seinen Kopf vom Rumpf, und eine rote Blutfontäne schoß aus dem Halsstumpf. Eine heiße Welle wilden Entzückens durchfuhr ihm. Plötzlich sah er, daß alle Frauen nackt waren. Mit schnellem Stoß seines Schwertes nach oben schlitzte er ihre Leiber auf, mit Hieben nach unten schnitt er ihre Brüste ab. Nicht eine durfte unverletzt bleiben.

Die Schläge hatten aufgehört. Sein Vater hatte das Zimmer verlassen. Das Radio spielte noch immer das gleiche Stück, er hörte seine Eltern unten sprechen. Er lag reglos. Einen Augenblick lang glaubte er, wirklich tot zu sein. Dann hörte er seine Mutter ins Zimmer kommen. »*Ouildi, ouildi*«, sagte sie, und ihre Hände begannen, sanft seine Haut mit Öl einzureiben. Nicht einmal hatte er aufgeschrien, als die Schläge hagelten, aber jetzt begann er hemmungslos zu weinen. Um wieder aufhören zu können, stellte er sich vor, sein Vater stehe hinter seiner Mutter und sehe zu. Der Trick wirkte, und er lag still unter den starken, sanften Händen.

Den nächsten und übernächsten Tag war er krank. Seine Mutter kam oft, während er in seinem kleinen Zimmer oben auf dem Dach lag, und rieb seine Schwielen mit Öl ein. Ihm war schwindlig vom Fieber und elend vor Schmerzen, er wollte nichts haben, außer Suppen und heißem Tee, die sie ihm von Zeit zu Zeit brachte. Am dritten Tag setzte er sich auf und spielte seine *lirah*, seine selbstgemachte Rohrflöte.

An diesem Tag ließ seine Mutter Diki bou Bnara, seinen Lieblingshahn, aus dem Käfig, und der prachtvolle Vogel stolzierte ein und aus, spreizte sich, scharrte mit den Füßen und lauschte auf Amars Musik zu seinem Lob. Aber bei Sonnenuntergang des dritten Tages, als Diko bou Bnara wieder in seinem Käfig war und die Muezzine den *maghreb* ausgerufen hatten, hörte Amar die Schritte seines Vaters sich der Treppe zum Dach nähern. Schnell drehte er den Kopf zur Wand und tat, als schliefe er. Dann stand sein Vater im Zimmer und sprach zu ihm.

»Ya ouildi! Ya Amar!«

Amar rührte sich nicht, aber sein Herz schlug wild, und er atmete schwer. Die Matratze verschob sich, als sich sein Vater zu seinen Füßen niedersetzte.

»Amar!«

Amar bewegte sich und rieb seine Augen.

»Ich möchte mit dir sprechen. Aber erst möchte ich sicher sein, daß du keinen Haß mit dir herumträgst. Ich bin sehr unglücklich über das, was du getan hast. Deine Mutter, dein Bruder und deine Schwester haben in diesen letzten Tagen nicht genug zu essen gehabt. Doch das ist es nicht, worüber ich mit dir sprechen möchte. Du mußt zuhören. Trägst du Haß gegen mich im Herzen?«

Amar setzte sich auf. »Nein, Vater«, sagte er ruhig. Einen Augenblick lang schwieg der alte Mann. Diki bou Bnara krähte plötzlich.

»Ich möchte, daß du verstehst. *Bel haq, fel louwil*... Zuerst aber mußt du wissen, daß ich verstehe. Du denkst vielleicht, weil ich alt bin, weiß ich nichts von der Welt, wie die Welt sich verändert hat.«

Amar murmelte einen Einwand, aber sein Vater fuhr fort.

»Ich weiß, du glaubst das. Alle Jungen tun das. Und jetzt hat sich die Welt mehr verändert als je zuvor. Alles ist neu. Alles ist schlecht. Wir leiden mehr, als wir jemals gelitten haben. Und es steht geschrieben, daß wir noch mehr leiden müssen. All das ist nichts. Es gleicht dem Wind. Du glaubst, ich bin niemals in Dar Debibagh gewesen und habe niemals gesehen, wie die Franzosen leben. Aber was ist, wenn ich dir sage, daß ich es oft gesehen habe? Was ist, wenn ich dir sage, daß ich ihre Cafés und Läden gesehen habe und wie sie durch die Straßen gehen und in Omnibussen fahren, genauso wie du?«

Amar war erstaunt. Er hatte es für selbstverständlich gehalten, daß sein Vater seit der Ankunft der französischen Soldaten vor vielen Jahren niemals die Stadtmauern der Medina verlassen hatte, außer wenn er aufs Land ging oder zu der Mellah, um bestimmte Zutaten für seine Medizin zu holen, die nur gewisse Juden verkauften. Soweit er sich erinnern konnte, war das Leben seines Vaters immer gleichmäßig verlaufen, es bestand aus fünf Moscheebesuchen am Tag und aus den Stunden, da er sich auf dem Hin- und Rückweg zur Moschee in den Läden seiner Freunde unterhielt. Darüber hinaus gab es nichts außer seinen Diensten für andere, wenn sie verlangt wurden. Er war überrascht zu hören, er sei in der Franzosenstadt gewesen. Amar bezweifelte es: Wenn er dagewesen war, warum hatte er es bis jetzt nie erwähnt?

»Du sollst wissen, daß ich oft dort gewesen bin. Ich habe ihre christliche Schmach und Schande gesehen. Das kann niemals etwas für uns sein. Ich schwöre dir, sie sind schlimmer als die Juden. Nein, bei Allah, sie sind wertloser als die gottlosen Juden der Mellah! Und wenn ich mich gegen sie wende, tue ich es nicht wegen dem, was Si Kaddour und Abdeltif, das Aas, oder die anderen Wattanine mir erzählt haben. Was sie sagen, mag wahr sein, aber der Grund, warum sie es sagen, ist Lüge, es ist Politik. Weißt du, was Politik ist? Es ist das französische Wort für Lüge. *Kdoub!* Politik! Wenn du die Franzosen sagen hörst: unsere Politik, dann weißt du, sie meinen: unsere Lügen. Und wenn du die Moslems, die Freunde der Unabhängigkeit, sagen hörst: unsere Politik, dann weißt du, sie meinen: unsere Lügen. Alle Lügen sind Sünde. Und was mißfällt Allah mehr, die Lüge eines Christen, der den wahren Glauben vom falschen nicht unterscheiden kann, oder die Lüge eines Moslem?«

Nun glaubte Amar zu wissen, wohin seines Vaters Worte zielten. Er wollte ihn vor einigen seiner Freunde warnen, mit denen er manchmal Fußball spielte oder ins Kino ging, weil bekannt war, daß sie Mitglieder der Istiqlal waren. Sein Vater fürchtete, Amar würde ins Gefängnis kommen wie Abdallah Tazi und sein Vetter, die eines Abends im Café de la Renaissance gerufen hatten: *»A bas les Français!«* Wie unrecht er hat, dachte Amar etwas bitter. Nicht der geringste Grund für eine solche Annahme lag vor. Das kam für ihn von vornherein nicht in Frage, da er nicht Französisch sprach und weder lesen noch schreiben konnte. Er wußte nichts, nicht einmal seinen eigenen Namen konnte er auf arabisch schreiben. Hoffentlich hört er jetzt zu reden auf und geht hinunter.

»Verstehst du, was ich dir sage?«

»Ich verstehe«, antwortete Amar und drehte das Bettlaken zwischen seinen Zehen.

Er fühlte sich besser; er wäre gern aufgestanden und ein wenig spazierengegangen, aber er wußte, wenn er aufstand, hätte er keine Lust mehr spazierenzugehen. Durch das eiserne Gitterwerk des Fensters konnte er die flachen Dächer einer entfernten Ecke der Stadt sehen und darüber ein Stückchen des sich langsam verdunkelnden Himmels.

»Es ist schlimmer für einen Moslem, zu lügen«, fing sein Vater von neuem an. »Und wer von allen Moslems begeht die größte Sünde, wenn er lügt oder stiehlt? Ein Scherif. Und Allah sei Dank, du bist ein Scherif...«

»Hamdoul'lah«, murmelte Amar gehorsam, aber mit Inbrunst. »Dank sei Allah.«

»Nicht nur *Hamdoul'lah, Hamdoul'lah!* Nein! Du mußt ein Mann werden und ein Sherif sein. Der Sherif lebt für sein Volk. Ich möchte dich lieber tot sehen, als daß du so wie das Gesindel wirst, mit dem du auf der Straße sprichst. Tot! Hast du verstanden?« Der alte Mann erhob seine Stimme. »Es wird keine Moslems mehr geben, wenn nicht jeder junge Sherif die Gebote Allahs befolgt.«

Und so ging es weiter. Amar verstand und stimmte schweigend zu, aber gleichzeitig mußte er denken: Er hat keine Ahnung, wie die Welt heute aussieht. Der Gedanke, daß seine eigene Auffassung der Welt so verschieden war von der seines Vaters, bildete einen Schutzwall um sein ganzes Dasein. Wenn sein Vater die Straße betrat, drehten sich seine Gedanken um die Moschee, den Koran und die anderen alten Leute. Es war die unabänderliche Welt des Gesetzes, das geschriebene Wort, die unwandelbare Wohltat, aber irgendwie saftlos, ausgedörrt. Wenn hingegen er, Amar, aus der Tür trat, wartete die ganze weite Welt auf ihn, die lebendige, geheimnisvolle Erde, die ihm gehörte, wie sie niemand sonst zu gehören vermochte, und wo sich alles ereignen konnte. Der Duft des morgendlichen Windes, der über die Mauern von den Olivenwäldern hereinkam, das Geräusch des über die Felsblöcke stürzenden Flusses auf dem Weg in seine Schluchten durch das Herz der Stadt, die im weißen Staub schwankenden Schatten der Bäume, wenn er zur Mittagszeit unter ihnen Schutz suchte – das alles trug ihm eine Botschaft zu, die für niemand sonst gelten konnte, am wenigsten für seinen Vater. Die Welt, in der der alte Mann lebte, mußte nach seiner Vorstellung so aussehen wie die Bilder in den Zeitungen, die von Ägypten hereingeschmuggelt wurden: grau, schmutzig, sinnlos, nur eine Begleitung zum Text.

Immer ungeduldiger hörte er den Worten seines Vaters zu. Wieder und wieder verwies er ihn auf seine Pflichten als Abkömmling des Propheten. An wen konnte sich das Volk in schwierigen Zeiten wenden, wenn nicht an die Chorfa? Jeder Scherif war ein Führer. Das war wahr, aber er wußte, irgend etwas stimmte an dem Bilde nicht. Die Chorfa waren die Führer, aber sie konnten ihre Gefolgschaft nur zur Niederlage führen, und das konnte er niemals jemandem sagen. Der alte Mann schwieg für einen Augenblick, als fühle er die Gefühlsaufwallung, wenn er auch nicht genau wußte, was in seinem Sohn vorging, und begann dann wieder viel leiser und traurig. »Ich habe eine große Sünde begangen«, sagte er. »Allah wird Richter sein. Ich hätte dich Tag und Nacht schlagen sollen, dich an deinen Haaren in die Schule zerren sollen, bis du hättest schreiben können. Jetzt wirst du es niemals mehr lernen. Es ist zu spät. Du wirst niemals irgend etwas wissen. Und das ist meine Schuld.«

Amar war bestürzt; noch nie hatte sein Vater so zu ihm gesprochen. »Nein«, sagte er tastend, »mein Fehler.«

In der Dämmerung sah er, wie sein Vater die Arme nach ihm ausstreckte. Eine Hand legte sich auf jede seiner Schläfen, der alte Mann beugte sich vor, und seine Lippen berührten leicht die Stirn des Knaben. Dann lehnte er sich nach hinten, bewegte stumm den Kopf mehrmals vor und zurück, stand auf und ging wortlos aus dem Zimmer.

Wenige Minuten später erschien Mustapha mürrisch in der Tür, offensichtlich von seinem Vater geschickt, um sich nach Amars Befinden zu erkundigen. Bei seinem Anblick wollte Amar im ersten Impuls etwas Bitteres sagen, dann überkam ihn eine merkwürdige Ruhe, und er hörte sich geradezu gütig fragen: »*Ah, khai chkhbarek?* Ich habe dich ein paar Tage nicht gesehen. Wie geht's?«

Mustapha schien bestürzt; er murmelte eine flüchtige Begrüßung, wandte sich um und ging wieder hinunter. Amar lehnte sich lächelnd zurück; zum ersten Mal fühlte er, daß er in einer Situation die Oberhand hatte, wo er es niemals zu hoffen gewagt hatte. Mustapha war sein älterer Bruder; er war der Erstgeborene, und sechsundzwanzig Schafe waren am Tage seiner Geburt geopfert worden, von denen sein Vater zwei selbst bezahlt hatte. Aber als Amar auf die Welt kam, hatte Si Driss nur eines gekauft. Zugegeben, ein zweites Schaf war von einem Freund gespendet worden, aber das zählte nicht für Amar. Außerdem war Mustapha oben in den Bergen in Kherib Jerad zur Welt gekommen, und die anderen vierundzwanzig Schafe waren Gaben der Bauern gewesen, aus Freude, daß in ihrer Mitte ein Scherif geboren wurde, während Amar im Herzen der Stadt geboren war, nur zur Freude der Familie. Aber das zählte nicht, wenn er über das erlittene Unrecht nachdachte. Die Hauptsache war jetzt, daß Mustapha beunruhigt war; Mustapha hatte nicht erwartet, daß sein Vater ihn hinaufschicken würde, um nach Amar zu sehen, und er war nicht darauf gefaßt gewesen, Amar bei guter Laune zu finden. Amar kannte seinen Bruder. Dieses kleine Rätsel würde Mustapha beunruhigen, bis er es gelöst hatte. Und Amar hatte nicht die Absicht, es dazu kommen zu lassen. Ja, er hätte nicht einmal sagen können, was sein Herz für Mustapha empfand, außer daß er an einem entfernten, noch unsichtbaren Horizont seinen sicheren Sieg und die völlige Niederlage seines Bruders dämmern sah.

Er erinnerte sich jetzt an einen Vorfall, den seine Mutter ihm oft erzählt hatte. Als vor langer Zeit in demselben Raum, in dem Amar jetzt lag, ihr Vater auf dem Sterbebett gelegen war und die ganze Familie versammelt war, um von ihm Abschied zu nehmen, hatte der alte Mann Mustapha aufgefordert, an sein Bett zu kommen, damit er ihm als dem Erstgeborenen seinen Segen erteile. Aber Mustapha war ein starrköpfiges, trotziges Kind; weinerlich hatte er sich hinter seiner Mutter Rock versteckt, und keine Überredungskunst vermochte ihn ans Bett zu bringen. Es war ein beschämender Augenblick gewesen, wie durch ein Wunder von Amar überbrückt, der aus einem unerklärlichen Grund plötzlich durch das Zimmer getrippelt war und die Hand seines Großvaters geküßt hatte. Der alte Mann hatte ohne Zögern Amar seinen

Segen erteilt und nicht dem Bruder; damit nicht genug, hatte er prophezeit, daß dieses Kind ein viel besserer Mann würde als Mustapha. Einige Minuten später hatte er seinen letzten Atemzug getan. Die Geschichte hatte immer einen großen Eindruck auf Amar gemacht, aber da er ziemlich sicher war, daß keiner seiner Eltern sie Mustapha je erzählt hatte, war es keine volle Entschädigung für die sechsundzwanzig Schafe. Jetzt dachte er wieder daran, und es gewann eine früher ungeahnte Bedeutung. Was waren sechsundzwanzig, ja hundert Schafe, verglichen mit der magischen Kraft des durch Herz und Lippen seines Großvaters ihm unmittelbar von Allah erteilten Segens? Er murmelte im Dunkeln ein kurzes Gebet für den Dahingeschiedenen und ein kürzeres als Dank für sein eigenes Glück.

An diesem Abend waren nicht nur Erbsen in der Suppe, die seine Mutter ihm brachte, sondern auch Mandeln. Gern hätte er gewußt, ob die ganze Familie Mandeln bekam oder ob sie nur für ihn, für ihn allein, gekauft worden waren, aber er wagte nicht zu fragen. Er konnte sich seine Mutter vorstellen, wie sie lachend hinunterlief und rief: »Der junge Herr bildet sich ein, daß wir nur für ihn Mandeln kaufen, nur für ihn, für niemanden sonst.« Und dann würden seine Schwester und Mustapha noch lauter lachen.

»Eine gute Suppe«, stellte er fest.

3

Am nächsten Morgen fühlte er sich wieder völlig wohl. Er stand sehr früh auf und ging auf das Dach hinaus, um über die Mauer auf die Stadt hinunterzublicken. Das Tal lag im Nebel. Aus dem grauen Meer unten ragten einige höhere Minarette wie grüne Finger in den Himmel, und auf beiden Seiten waren die Hügel mit ihrer nackten Erde und den Reihen winziger Olivenbäume zu sehen. Aber der Kessel, in dem die Stadtmitte lag, war noch von reglosem Nachtnebel erfüllt. Einen Augenblick badete er Brust und Gesicht in der frischen Morgenluft und sprach ein paar fromme Worte in Richtung Bab Fteuh. Hinter dem Tor lag das öde Land, wo er Fußball spielte, dann kam das Dorf mit den Schilfrohrhütten, den vielen Ziegen und den sanft zum Fluß abfallenden Weizenfeldern, dahinter kamen die Dörfer mit Lehmhütten zwischen den hohen Klippen. Und noch weiter dahinter lag ein Lehmschluchtengebiet, durch das nach dem Frühjahrsregen das Wasser herabrauschte und oft ertrunkene Schafe, ja sogar Kühe mit sich führte.

Dort wuchs überhaupt nichts, es gab nur den Lehm mit den vom Regen ausgewaschenen tiefen Rissen und närrischen Zacken. Dahinter die hohen Berge, wo die Berber wohnten, und dann die Wüste und andere Gegenden, deren Namen nur wenige Leute kannten, und hinter alledem, natürlich, im Zentrum der Welt, in ewigem unirdischem Licht leuchtend, lag Mekka. Stundenlang hatte er die grellen Farbdrucke an den Wänden des Barbierladens betrachtet. Einige zeigten denkwürdige Schlachten der Mohammedaner gegen teuflische Mächte, andere prachtvolle fliegende Pferde mit weiblichen Köpfen und Brüsten – auf solchen Tieren reisten die großen Herren, ehe sie sie gegen Flugzeuge austauschten –, dann waren da Adam und Eva, die ersten Mohammedaner der Welt, zu sehen oder die große heilige Stadt Jerusalem, in der noch immer Christen und Juden jeden Tag Mohammedaner umbrachten und ihr Fleisch in Büchsen als Nahrungsmittel ins Ausland versandten. Aber es war auch immer ein Bild da, prächtiger als alle anderen: Mekka mit seinen scharfen Felsgraten und seinen Reihen hoher Häuser, gekrönt von Terrassen und geschmückt mit Balkonen, mit seinen Arkaden, Lichtern und Riesentauben, und endlich im Zentrum der große, mit einem schwarzen Tuch behangene Felsblock von solcher Schönheit, daß manch einer bei seinem Anblick in Ohnmacht fiel und sogar starb. Nachts hatte er oft an dieser Stelle gestanden, die Hände auf der Mauer, angestrengt in die dunkle Sternennacht starrend, krampfhaft bemüht, sich einzubilden, daß er einen schwachen Schimmer des ewigen Lichts vom heiligen Schrein zum Himmel fließen sah.

Gewöhnlich konnte er von der Terrasse die Trommeln und schrillen Stimmen vom Markt in Sidi Ali bou Ralem hören. Heute bei Nebel waren die Geräusche aus der nächsten Umgebung vernehmlich. Er ging wieder in sein Zimmer, legte sich aufs Bett, stemmte die Füße gegen die Wand und begann auf seiner Flöte zu spielen: keine bestimmte Melodie, nur eine wahllose Folge von Tönen mit gelegentlichen langen Pausen – Musik, zu seinen Gefühlen an diesem kalten Nebelmorgen passend. Nach einer Weile sprang er plötzlich auf und zog die einzigen europäischen Kleider an, die er besaß: eine alte Soldatenhose und einen schweren Wollsweater, dazu ein Paar in der Mellah gekaufte Sandalen, die er unter den Arm klemmte, weil er sie erst in der Stadt anziehen wollte, fern von der Gefahr feindlicher Angriffe in den Straßen seines eigenen Viertels. Ohne die schweren Schuhe an den Füßen war es leichter, sich zu prügeln und zu gehen. Ein Freund hatte ihm einen ledernen Handgelenkriemen geschenkt, den er, eine Armbanduhr vortäuschend, bei besonderen Gelegenheiten trug. Er sah ihn einen Augenblick an, nahm ihn dann aber nicht, kämmte vor dem Taschenspiegel an der Wand sorgfältig sein Haar und ging auf Zehenspitzen die zwei Treppen in den Hof hinunter. Seine Mutter sah ihn und rief: »Komm und iß! Du wirst doch nicht ohne Frühstück ausgehen?«

Er war sehr hungrig, aber er hatte, ohne zu wissen, warum, das Haus schnell verlassen wollen, bevor er mit jemandem sprechen mußte und seine Stimmung umschlug. Er setzte sich und aß den Haferbrei mit Zimtrinde und Ziegenmilch, den ihm seine kleine Schwester brachte. Sie hockte sich auf die Türschwelle und schielte ab und zu scheu zu ihm hinüber. Sie hatte Streifen von Henna an den Schläfen und auf der Stirn, ihre Hände waren ziegelrot gefärbt. Sie war bereits alt genug, um heiraten zu können, und hatte schon zwei Anträge erhalten, aber der alte Si Driss wollte nichts davon hören, denn er wollte sie gern noch ein wenig im Hause behalten – es schien ihm sowieso, als sei sie erst gestern geboren –, und überdies waren beide Anträge nicht vorteilhaft genug, um ernstlich erwogen zu werden. Amars

Mutter gab ihrem Mann recht; je länger sie die Hochzeit hinauszögern konnte, desto glücklicher war sie. Es war kein Vergnügen, Söhne zu haben, die niemals zu Hause waren; sie schlangen ihr Essen hinunter, und weg waren sie; wenn sie älter wurden, konnte man nicht einmal wissen, ob sie nachts heimkamen oder nicht. Aber mit einer Tochter konnte man immer rechnen, wenn man sie brauchte, sie durfte das Haus nicht allein verlassen, nicht einmal um ein Kilo Zucker aus dem Laden nebenan zu holen. Wie dem auch war, Halima wurde mit jedem Jahr hübscher, ihre Augen schienen größer, ihr Haar schien voller und glänzender zu werden.

Als er gegessen hatte, trat Amar in den Hof hinaus. Für einen Augenblick streichelte er seine zwei Tauben und beobachtete seine Mutter in der Hoffnung, daß sie nach oben gehen würde und er unbemerkt verschwinden könnte. Schließlich entschloß er sich zu gehen.

Als er an der Tür war, rief sie: »Es wird regnen.«

»Es wird nicht regnen«, antwortete er, *»B'slemah.«* Er wußte, daß sie nur etwas sagen wollte, irgend etwas, damit er blieb. Es war immer dasselbe, wenn er ausgehen wollte. Er lächelte über seine Schulter zurück und schloß die Tür hinter sich. Er mußte um drei Ecken biegen, ehe er die Hauptstraße erreichte. An der zweiten stand er seinem Vater gegenüber. Der alte Mann zog schnell seine Hand zurück, als Amar sich niederbeugte, sie zu küssen.

»Wieso bist du schon wach, mein Sohn?« fragte er. Nach der Begrüßung sah Si Driss ihn durchdringend an und sagte: »Ich möchte mit dir reden.«

»Naam, sidi.«

»Wohin gehst du?«

Amar hatte kein bestimmtes Ziel. »Spazieren.«

»Dies ist keine Welt zum Spazierengehen. Du weißt, du bist ein Mann und kein Junge mehr. Denk darüber nach und sei zum Mittagessen zu Hause, heute nachmittag wirst du mit mir zu Abderrahman Rabati gehen.«

Amar neigte den Kopf und ging weiter. Aber die Freude, frühmorgens auf der Straße zu sein, war dahin. Rabati war ein großer, lauter Mann, der oft den Jungen des Viertels Arbeit bei den Franzosen in der Ville Nouvelle verschaffte; Amar hatte zahllose Geschichten gehört, wie schwierig die Arbeit war, wie schlecht gelaunt die Franzosen dauernd waren und daß sie am Wochenende Vorwände fanden, um nicht zu zahlen; und als wäre das noch nicht genug, verlangte Rabati selbst gewöhnlich kleine Beträge von den Jungen für die Vermittlung. Obendrein konnte Amar kein Französisch außer *»bon jour, m'sieu«*, *»entrez«* und *»fermez la porte«*, Ausdrücke, die er von einem Freund hatte. Es war auch allgemein bekannt, daß die Jungen, die nicht Französisch konnten, noch schlechter behandelt und verspottet wurden, nicht nur von den Franzosen, sondern auch von den anderen Jungen, die das Glück hatten, die Sprache zu kennen.

Er bog in die Hauptstraße ein, nickte dem Minzeverkäufer zu und blickte mißmutig umher, ungewiß, ob er wirklich noch spazierengehen sollte. Die Worte seines Vaters hatten sich wie ein Giftdunst über die morgendliche Landschaft gelegt. Es gab nur einen Ausweg, er mußte sofort selbst Arbeit finden, um beim Mittagessen sagen zu können: »Ich arbeite, Vater.«

Er wandte sich nach links den staubigen Hügel hinauf, vorbei an der großen, gemeißelten Fassade der alten Moschee, vorbei an dem Betonkasten, Schauplatz so vieler froher Nachmittage des Kindes: das Kino mit den Glanzfotos von Revolvermännern. Anschließend wandte er sich wieder links durch eine enge, von wartenden Eseln und Männern mit Schiebkarren völlig verstopfte Gasse, die dann steil abfallend unter den Häusern verlief. Er gelangte auf einen weit offenen Platz mit runden Türmen hier und da. Es sah aus wie ein brennendes Dorf, fettiger schwarzer Rauch stieg aus Türmchen von gebranntem Lehm. Zerlumpte Jungen liefen mit Bündeln grüner Zweige herum, die sie in die Öfen stopften. Rauch quoll empor und hing dicht über dem Erdboden, als hätte er keine Lust, zum grauen Himmel zu steigen. In einer entfernten Ecke, gegen die hohen Stadtmauern gelehnt, waren die Öfen übereinander angelegt. Eine Treppe führte auf das riesige flache Lehmdach. Er stieg hinauf, um sich umzuschauen. Ein bärtiger Mann saß in der Tür eines kleinen Schuppens. Amar sprach ihn an.

»Arbeit für mich?« Der Mann schaute ihn einen Augenblick gleichgültig an. Dann sagte er: »Wer bist du?«

»Der Sohn von Driss, dem *fqih*«, antwortete er.

Der Mann musterte ihn schärfer. »Warum lügst du?« fragte er. »Du willst der Sohn von Driss, dem *fqih*, sein? Du?« Er wandte sich ab und spuckte aus.

Amar war bestürzt. Er sah auf seine nackten Füße, spielte mit seinen Zehen und dachte, er hätte seine Schuhe anziehen sollen, ehe er hier heraufstieg.

»Ist etwas nicht richtig mit mir?« fragte er endlich, beinahe kampflustig. »Und was macht mein Name für einen Unterschied? Ich habe Sie nur gefragt, ob Sie Arbeit für mich haben.«

»Kannst du Ton machen?« sagte der Mann.

»Ich kann alles in einer Viertelstunde lernen.«

Der Mann lachte, strich seinen Bart und stand langsam auf.

»Komm«, sagte er und führte ihn zum Eingang eines anderen kleinen Schuppens auf dem Dach.

Drinnen in der Dämmerung saß ein Junge auf dem Boden neben einem großen Wasserbehälter und rieb seine Hände gegeneinander.

»Geh hinein«, sagte der Mann. Der Junge blickte nicht auf, als sie dastanden und ihm zusahen.

»Reib so fest du kannst«, erklärte er Amar, »und wenn du auch nur das kleinste Steinchen findest, nimm es heraus und reib weiter, bis jede Handvoll wie Seide ist.«

»Aha«, sagte Amar. Es schien ihm ganz leicht. Er wartete, bis sie wieder draußen waren, und fragte dann: »Wieviel?«

»Zehn Rial pro Tag.«

Es war der Normallohn.

»Mit Mittagessen«, fügte Amar hinzu, als sei das selbstverständlich. Der Mann riß die Augen auf. »Bist du verrückt?« rief er. Amar sah ihn nur fest an. »Wenn du Arbeit willst, geh rein und fang an! Ich brauche keine Hilfe, ich tu dir nur einen Gefallen!«

Alle Arbeit, die Amar verrichtete, selbst die einfachste, wie das Wassertragen in der Gerberei oder das Halten der langen Fäden, mit denen die Schneider die Borten auf dem Vorderteil der *dschellabas* machten, interessierte ihn, solange er dabei war; es machte ihm Freude, beschäftigt zu sein, ein Vergnügen, das ihm versagt war, wenn er Zeit hatte, über sich selber nachzudenken. Er fing zu arbeiten an, mischte den Ton mit Wasser, rieb, glättete, wusch und entfernte störende Teilchen. Gegen Mittag kam der Mann herein, besah die Arbeit und runzelte die Stirn. Er beugte sich, prüfte sorgfältig die Mischung, tauchte die Finger hinein und preßte die Tonerde zusammen.

»Gut«, sagte er. »Geh nach Hause essen.«

Amar schaute auf. »Ich bin noch nicht hungrig.«

»Komm mit mir.«

Sie gingen bis an das Ende des langen Daches, die Treppen hinunter und über kahlen Boden bis zu einem Haufen aufgestapelter Zweige. Hier war eine andere Treppe in die Erde gehauen. Der herbe Geruch des nassen Tons war durchsetzt mit dem süßeren Duft einiger Feigenbäume, die unten neben dem rasch und lautlos dahinströmenden Flußarm standen. Am Fuß der Treppenstufen in der Klippe war eine Tür. Der Mann öffnete das Vorhängeschloß; sie gingen hinein.

»Laß mal sehen, ob du die *mamil* drehen kannst.«

Amar glitt in die Öffnung im Boden und machte es sich in dem Sitz bequem, der in gleicher Höhe mit den Schuhen des Mannes lag, dann fing er mit seinem Fuß das große Holzrad zu drehen an. Es bedurfte einer gewissen Kraft und Geschicklichkeit, aber nicht mehr als beim Fußballspiel.

»Verstehst du, wie das Ding arbeitet?« fragte der Mann und zeigte auf ein kleineres Rad, das sich neben Amars linker Hand drehte. Er häufte etwas Ton auf die Drehscheibe und setzte sich nieder. Nach einigen schnellen Handgriffen und Anfeuchtung mit Wasser nahm der formlose Tonklumpen rasch die Gestalt einer Schale an.

»Dreh nur das Rad weiter«, sagte er, offensichtlich erwartend, daß Amar müde werden und aufhören würde. »Ich werde das hier schon machen.« Aber Amar war es klar, daß der Apparat, wenn man Hände und Füße zugleich benutzte, von einem Mann allein bedient werden konnte. Nach einer Weile stand der bärtige Mann auf. »Geh jetzt lieber heim essen«, sagte er.

»Ich möchte einen Krug machen«, sagte Amar.

Der Mann lachte. »Es dauert lange, bis man das lernt.«

»Ich kann es schon.«

Der Mann nahm wortlos die Schale fort, die er gemacht hatte, trat zurück und verschränkte belustigt seine Arme. »*Zid*. Gut, mach einen Krug«, sagte er. »Das möchte ich sehen.« Ton und Wasser waren rechter Hand, die Drehscheibe zur Linken. Da das einzige Licht im Raum durch die Tür hereinkam, hatte er natürlich die Kunstgriffe bei der Arbeit des Mannes nicht beobachten können; er tat jedoch genau, was er ihn hatte tun sehen, und vergaß dabei nicht, fortgesetzt mit der nackten Fußsohle seitwärts das große Rad anzutreiben. Langsam modellierte er ein kleines Gefäß, sehr darauf bedacht, daß ihm die Form gefiel. Der Mann war erstaunt. »Du hast natürlich schon oft an der *mamil* gearbeitet«, meinte er schließlich. »Warum hast du das nicht gleich gesagt? Ich bin immer bereit, einem guten Arbeiter zehn Rial und das Mittagessen zu zahlen, wenn er was versteht.«

»Allahs Segen komme auf Euch, Meister«, sagte Amar. »Ich bin sehr hungrig.« Wenn er auch nicht zu Mittag nach Hause kam, würde sich der Vater beim Abendessen durch die gute Nachricht beschwichtigen lassen.

4

Ein reicher Kaufmann namens El Yazami, der in diesem Viertel lebte und einmal seine Schwester zu Si Driss zur Behandlung geschickt hatte, reiste an diesem Nachmittag nach Rissani. Seine Diener hatten bereits sieben riesige Koffer zur Omnibushaltestelle außerhalb Bab el Guissa gebracht, wo sie gewogen und auf dem Dach des Wagens verstaut wurden, und immer noch wurden Kisten, Körbe und unförmige Bündel vom Haus zur Haltestelle geschleppt. El Yazami machte seine jährliche Wallfahrt zum Schrein seines Schutzheiligen im Tafilalet, von wo er immer um viele tausend Rial reicher zurückkehrte, denn wie jeder gute Fassi pflegte er Geschäft mit Frömmigkeit zu verbinden, er wußte, was er im Süden mit dem größten Profit verkaufen konnte. Als er so dastand und die Leute seine Ware auf das Dach des blauen Autobusses verladen sah, fiel ihm ein, daß es sich lohnen würde, noch etwa fünfhundert mittelgroße Wasserkrüge mitzunehmen. Er rechnete sich aus, daß er selbst bei zwanzig Prozent Bruch immer noch rund hundertfünfzig Prozent Verdienst herausschlagen konnte. Und so machte er sich, begleitet von einem seiner Söhne, auf den Weg nach Bab Fleuth, um noch schnell einzukaufen. Am Eingang des Dorfes mit seinen qualmenden Lehmöfen schickte er seinen Sohn, die Ware auf der einen Seite der Straße zu begutachten, während er die andere besichtigte. So große Mengen waren nicht immer sofort lieferbar. Der erste, den der Sohn traf, war Amar, der aus seinem feuchten Arbeitsraum geschlüpft war, um unter den Feigenbäumen Luft zu schöpfen und heimlich eine Zigarette zu rauchen. Amar kannte den Jungen vom Sehen, obwohl sie sich nie angefreundet hatten. Nach der Begrüßung erklärte ihm der junge Yazami, was er suche.

»Wir können sie alle liefern«, sagte Amar sofort.

»Wir brauchen sie gleich«, sagte El Yazami.

»Natürlich.« Er hatte keine Ahnung, ob eine solche

Menge geliefert werden konnte oder nicht, aber es war wichtig, daß er seinem Brotherrn den Auftrag brachte; sicher würde er ihn belohnen.

Der Mann mit dem Bart war mißtrauisch. »Fünfhundert?« rief er. »Wer braucht denn soviel?« Er wußte, daß er die Krüge von seinen Geschäftsfreunden haben konnte; ihn interessierte nur, ob es ein ernstes Angebot war oder ein Hirngespinst Amars.

»Da drüben.« Amar zeigte auf den jungen Yazami, der, unter einer Leiter stehend, sein Kinn müßig auf eine Sprosse stützte. Es machte auf den Töpfer keinen Eindruck. Der Junge sah nicht aus, als ob er auch nur einen Wasserkrug kaufen würde.

»Sohn der Sünde«, murmelte der Mann vor sich hin. Amar war zu dem Jungen hinübergelaufen und hatte ihn am Arm genommen.

»Fünfzig Rial morgen für dich, wenn du sie hier kaufst«, flüsterte er.

»Ich weiß nicht ... mein Vater ...« Er zeigte in die Richtung, wo der ältere Yazami am anderen Ende der Straße Wasserkrüge besah. »Bring ihn schnell her und hol dir morgen deine fünfzig Rial.« Es bestand nicht die geringste Gewähr dafür, daß der Töpfer ihm etwas zahlen werde, falls der Kauf zustande kam, aber er war entschlossen, einfach zu verschwinden, falls er nicht zahlte. Die Welt war zu groß, zu voll von wundervollen Möglichkeiten, um Zeit an undankbare Meister zu verschwenden. Der Junge ging über die Straße und sprach mit seinem Vater. Amar sah, wie er auf ihn zeigte. Der Töpfer hockte sich wieder vor die Schuppentür. »Geh arbeiten!« rief er.

Amar zögerte. Dann, alles wagend, rannte er über die Straße und kehrte gleich darauf mit El Yazami und seinem Sohn zurück. Der Töpfer stand auf; als sie herankamen, hörte er, wie der behäbige Herr zu Amar sagte: »Ich erinnere mich noch an dich, als du nicht größer als ein Grashüpfer warst. Vergiß nicht Si Driss von mir zu grüßen. Möge Allah ihn segnen.«

Der Handel war schnell geschlossen, und Amar wurde

beauftragt, ein paar Jungens zu holen, um die Körbe mit den Krügen nach Bab el Guissa zu bringen. Nachdem alles erledigt war, kam der Töpfer hinunter in den kleinen dunklen Raum, in dem Amar saß.

»Zduq«, sagte er, ihn mit einer gewissen Bestürzung betrachtend, »du bist tatsächlich der Sohn von Si Driss, dem *fiqh*.«

Amar schaute ihn mit gespielter Überraschung an. »Ich sagte es Ihnen doch.«

Der Mann fingerte nachdenklich in seinem Bart. »Ich habe es nicht geglaubt. Entschuldige.«

Amar lachte. »Allah verzeiht«, sagte er leichthin. Ohne aufzusehen, arbeitete er weiter, als sei er völlig darin vertieft, und wartete, ob der Töpfer ihm jetzt seine Belohnung anbieten würde. Da der Mann nichts davon erwähnte, sondern über eine Sendung Ton zu sprechen begann, die er erwartete, beschloß er, die Sache selbst in die Hand zu nehmen. Er stieg aus seinem Loch heraus, ergriff den Arm des Mannes und küßte den Ärmel seiner *dschellaba*. Der Mann zuckte zurück.

»Nein, nein«, wehrte er ab. »Ein Scherif –«

»Der Lehrling eines Töpfermeisters«, wandte Amar ein.

»Nein, nein –«

»Ich bin nur ein *metallem*. Aber ich kann etwas prophezeien. Von heute an werden Sie erfolgreich sein. Meine Gabe läßt mich das wissen. Allah in seiner unergründlichen Weisheit hat mir diese Gabe verliehen.« Der Töpfer trat mit aufgerissenen Augen einen Schritt zurück. »Und ich hätte es Ihnen gesagt, auch wenn Sie in diesem Augenblick die Hand gegen mich erhoben hätten.« Der Töpfer machte eine verlegene Geste. »Allah ist allmächtig, er kennt mein Herz. Wie kann ich es dann vor Ihnen verbergen? Er weiß, daß mein Vater eben jetzt krank zu Hause liegt und nicht das Geld für einen Krug Buttermilch hat, die ihn wieder gesund machen kann. Allah kennt Ihre Großherzigkeit, darum hat er den reichen Mann heute nachmittag hierhergeschickt, um bei Ihnen zu kaufen, damit Sie sich großherzig erweisen können.«

Der Mann sah ihn verwundert und mißtrauisch an. Amar, dies bemerkend, beschloß, aufs Ganze zu gehen.

»Mit fünf Tagen Vorschuß würde ich hier heute abend als der glücklichste Mensch der Welt weggehen.«

»Ja«, sagte der Töpfer, »und morgen kann ich dich mit der Polizei suchen und hierher zurückbringen lassen! Wie soll ich wissen, ob du je zurückkommst? Ich würde dich wahrscheinlich unten in Dar Debbagh finden, wie du Häute zum Fluß trägst und dort den gleichen Schwindel versuchst.«

Amar war überzeugt, daß er sein Geld bekommen würde; ohne ein Wort der Erwiderung wandte er sich ab, kroch wieder in seinen Sitz und begann zu arbeiten. Sobald er sein Rad in Schwung hatte, sah er auf und sagte: »Verzeihung, *Sidi*.«

Der Mann stand vollkommen regungslos. Endlich sagte er beinah kläglich: »Wie kann ich wissen, ob du morgen zurückkommst?«

»Ya, sidi«, sagte Amar. »Hat irgend jemand seit Bestehen der Welt jemals gewußt, was morgen sein wird? Unsere Welt ist heute. Ich habe heute um Ihre Großherzigkeit gebeten. Das Morgen gehört Allah und *incha'Allah*« – er sagte es mit Inbrunst –, »ich werde morgen zurückkommen und jeden weiteren Tag. *Incha'Allah!*« Der Mann griff in seine *chrouka* und holte das Geld heraus. »Hier ist die Buttermilch für deinen Vater«, sagte er. »Möge er bald wieder gesund werden!«

Das unbebaute Stück Land am Fuße des Friedhofs gegenüber Bab Fteuh lag nicht auf seinem Heimweg, aber Amar nahm sich vor, nach Arbeitsschluß dort vorüberzugehen, vielleicht war der junge Yazami unter den zwei Dutzend Jungen, die dort Fußball spielten. Er fand ihn nicht, dafür aber einen Schüler, der zu wissen behauptete, wo er sei, und unter seiner Führung begann eine Suche durch die feuchten Straßen von El Mokhfia und über den Fluß zu einem kleinen Café, das er nie vorher gesehen hatte. Dort saß El Yazami mit einer Gruppe Gleichaltriger beim Damespiel. Als er

Amar erblickte, machte er ein langes Gesicht; Amars Erscheinen konnte ja nur einen Grund haben: daß keine Aussicht auf Geld bestand. Nachdem er Amar zu einer Coca-Cola eingeladen hatte, was dieser höflich ablehnte, denn er wollte sich in diesem teuren Café mit Tischen und Stühlen anstatt Matten auf nichts einlassen, zog Yazami ihn am Arm heraus, und sie sprachen im Dunkeln unter einer hohen Platane.

Amar lag vor allem daran, Yazami von seinem Arbeitsplatz fernzuhalten, um durch die Anwesenheit des Jungen nicht den Verdacht des Töpfers zu wecken. Er wunderte sich über seine eigene Dummheit, daß er diesen Treffpunkt vorgeschlagen hatte.

»Es ist besser, du kommst morgen nicht«, sagte er, und dann fügte er hinzu: »Er hat mir nur fünfundzwanzig Rial gegeben.« Er händigte ihm in der Dunkelheit die Münzen ein; El Yazami ging zur Tür, um sie im schwach herausdringenden Lichtschein nachzuzählen. Es war eine angenehme Überraschung, denn er hatte überhaupt nichts erwartet.

»Ich schulde dir noch fünfundzwanzig«, sagte Amar, »ich gebe sie dir, sobald ich sie selbst bekomme. Aber versuch mehr Geschäfte zu bringen, ja? Dann kriegst du dein Geld um so schneller.« Das leuchtete El Yazami durchaus ein, und er versprach zu tun, was er konnte. Sie trennten sich, beide waren befriedigt.

Überraschenderweise bemühte sich El Yazami in den nächsten Tagen nicht ohne Erfolg, Kunden für Amars Arbeitgeber zu finden. Tatsächlich war er so erfolgreich, daß der Töpfer eines Abends gegen Ende der Woche in Amars kleinen Arbeitsraum herunterkam. Einen Augenblick stand er da und sah den Jungen schweigend an. Dann begann er mit einer gewissen Genugtuung und Achtung in seiner Stimme zu sprechen. *»Sidi«*, sagte er. Amar lächelte heimlich, niemand hatte ihn jemals so angeredet. »Seit du hier bist, hat Allah mich mit größerem Erfolg gesegnet, als ich es je für möglich gehalten hätte.«

»Hamdoul'lah«, sagte Amar.

»Bist du mit deiner Arbeit zufrieden?«

»Ja, Meister.«

»Ich hoffe, du bleibst bei mir«, sagte der Mann. Er mußte sich dazu überwinden, weiterzusprechen. Schließlich, sagte er sich, war es sicherlich Allahs Wille, daß er den Jungen angestellt hatte; er hatte nicht geglaubt, daß er ein Scherif war und die *baraka* besaß; er konnte sich auch nicht mehr erinnern, was ihn veranlaßt hatte, freundlich zu ihm zu sein. Aber wenn es Allahs Wille war, tat er besser daran, großzügig zu sein. »Angenommen, ich würde deinen Lohn verdoppeln?«

»Wenn es Allah will«, sagte Amar, »wäre ich sehr glücklich.«

Der Mann holte einen kleinen Ring aus der Tasche und hielt ihn Amar hin. »Steck ihn an«, sagte er. »Ein kleines Geschenk. Niemand soll sagen, daß Saïd nicht dankbar ist für Allahs Gaben.«

»Vielen Dank«, sagte Amar und versuchte, auf welchen Finger der Ring am besten passen würde. »Darf ich fragen, wann der neue Lohn in Kraft tritt? Heute, oder von dem Tag an, als ich hier mit der Arbeit angefangen habe?«

Der Mann starrte ihn an und war im Begriff, grob zu antworten, doch dann besann er sich anders und zuckte nur die Achseln.

»Wenn du willst, von Anfang an«, sagte er. Obwohl er Amar nicht besonders leiden konnte, war er entschlossen, ihn wenn irgend möglich zu behalten. Nicht nur, daß der Junge ein Sinnbild göttlichen Wohlwollens zu sein schien, es waren auch die Umsätze zu bedenken. Zwar entsprang beides vermutlich derselben Quelle, aber er zog es vor, an jedes getrennt zu denken; das war wohlgefälliger vor Allah.

»Wenn es sich für Sie nicht lohnt ...«, fing Amar an.

»Aber selbstverständlich. Selbstverständlich lohnt es sich«, protestierte er.

»Wenn Sie eines Tages kein Geld haben, werde ich für Sie umsonst arbeiten, doppelt soviel, damit wir durch Allahs Güte wieder zu Geld kommen.«

Der Töpfer dankte ihm für seine Großzügigkeit und wandte sich zum Gehen.

Sechs Tage zu je zwanzig Rial, rechnete Amar. Fünfzig hat er mir gegeben. Er schuldet mir noch siebzig. Und fünfundzwanzig für Yazami... *bel haq*, noch nicht... Warum zahlt er nicht, anstatt soviel zu reden? Und er beschloß, noch am gleichen Abend das Geld zu verlangen.

»Meister!« rief er, ihn an der Tür zurückhaltend. Der Töpfer sah ihn überrascht an. Amar konnte jetzt nicht mehr zurück. Es war eine Kühnheit ohnegleichen, aber er lud seinen Arbeitgeber ein, mit ihm ins Café zu gehen. Und seine eigenen Worte setzten ihn selbst wahrscheinlich noch mehr in Erstaunen als seinen Arbeitgeber.

»Gut«, sagte der Töpfer. Nach Arbeitsschluß gingen sie beide in ein Café nahe Bab Sidi bou Jida. Es hatte hinten einen kleinen Garten, durch den einer der zahllosen kleinen Wasserläufe rauschte. Trauerweiden und junge Pflaumenbäume säumten seine Ufer, und eine kleine Glühbirne, fast von den Blättern verdeckt, hing in dem Weinspalier über ihnen. Sie saßen auf einer Matte, nur wenige Zentimeter von dem schnellfließenden Wasser entfernt.

Amar bestellte mit Anstand Tee; er platzte vor Stolz und Freude, aber er versuchte, es nicht zu zeigen. Mir wäre noch viel wohler, dachte er, wenn ich nicht dauernd auf den richtigen Augenblick lauern müßte, um meine Geldforderung anzubringen. Und eine Sekunde lang wollte er diesmal davon absehen und sich seinem Vergnügen überlassen. Aber dann erinnerte er sich, daß er den Töpfer nur eingeladen hatte, um seinen Lohn zu bekommen, und mit einem Stoßseufzer entschloß er sich, die Sache zu einem Ende zu bringen.

Der Töpfer erzählte von seinen beiden Söhnen, von einer Streitigkeit mit einem Nachbarn, die nahezu in eine Fehde ausgeartet wäre, und dann von seinem größten Traum, die *hadj* zu machen, die Wallfahrt nach Mekka. Amar war ganz begeistert; seine Augen glänzten.

»Durch die Gnade Allahs dorthin zu gehen und glücklichen Herzens zu sterben«, flüsterte er mit einem seligen Lächeln auf seinen Lippen. Er lehnte sich zurück und schloß die Augen. *»Allah!«*

»Nicht dieses Jahr«, sagte der Töpfer bedeutungsvoll. »Vielleicht ist nächstes Jahr genug Geld da. *IncháAllah.*«

Der Mann brummte. Dann beugte er sich vor und flüsterte Amar ins Ohr: »Wir sind hier allein, niemand kann uns hören.«

Amar wußte nicht, worauf er hinauswollte, aber er lächelte und sah sich in dem schlechtbeleuchteten kleinen Garten um. Wie friedlich es war, der leichte Abendwind, der die Weinblätter rund um die elektrische Birne leicht bewegte und die Schatten auf der gelben Matte darunter fortwährend verwandelte. Für einen Augenblick verscheuchte er seine Gedanken an Geld. Manchmal kräuselte sich das dunkle Wasser hörbar neben ihnen, als sei ein kleiner Fisch emporgeschnellt und wieder untergetaucht. In solchen friedlichen Augenblicken, pflegte sein Vater zu sagen, werde dem Menschen eine Vorahnung vom Paradies zuteil, damit seine ganze Seele danach verlange und er sich auf Erden bemühe, seiner wert zu sein. Er fühlte sich ungemein wohl und glücklich; gleich würde der heiße Minztee kommen, er hatte auch einen kleinen Zweig Verbena für jedes Glas bestellt. Und wenn er das Geld bekam, wollte er sich nach ein paar richtigen europäischen Schuhen umsehen und seine jüdischen Sandalen verkaufen ...

»Nein, nicht dieses Jahr«, begann der Mann von neuem, plötzlich mit einem bösen Ausdruck im Blick. »Mögen sie in der Hölle verfaulen.«

Amar blickte überrascht auf. Wenn jemand so etwas sagte, konnte er nur die Franzosen meinen, aber es war ihm bisher nie aufgefallen, daß der Mann sie erwähnt hatte. Während er noch darüber nachdachte, wurde er sich bewußt, daß der Töpfer ihn mit wachsendem Mißtrauen ansah.

»Weißt du nicht von Ibn Saud?« fragte er plötzlich. »Hast du nie von ihm gehört?«

»Natürlich«, sagte Amar, gekränkt durch den Ton des anderen.

»Der Sultan von Hejaz.«

»*Huwa hada*«, sagte der Mann, »aber ich sehe, du weißt nicht, was in der Welt vor sich geht. Du mußt aufwachen,

Junge. Große Dinge gehen vor. Ibn Saud ist ein Mann mit Kopf. Dieses Jahr ist nicht ein einziger *hadji* von Marokko nach Mekka gekommen. Sie kamen alle nur bis Dschedda und mußten umkehren.«

»Arme Menschen«, sagte Amar, sofort von Mitleid ergriffen.

»Arme Menschen?« rief der Mann. »Arme Esel! Sie hätten zu Hause bleiben sollen. Ist dies ein Jahr, nach Mekka zu gehen, solange dieses schmutzige Aas von einem Hund, den sie uns gegeben haben, noch immer auf dem Thron des Sultans sitzt? Nein, ich schwöre, wenn ich die Macht hätte, ich würde die Türen jeder einzelnen Moschee im Lande schließen, bis wir unseren Sultan zurückhaben. Und wenn das nicht hilft, weißt du ja, was ihn zurückbringen wird.«

Amar wußte es allerdings. Der Mann meinte *jihad*, das Niedermetzeln aller Ungläubigen ohne Unterschied durch die Mohammedaner. Er saß schweigend, etwas verblüfft durch den Ausbruch des Mannes. Er wußte natürlich, daß die Franzosen einen falschen Herrscher auf den Thron seines Landes gesetzt hatten; er nahm an, jeder Mensch auf der Welt wisse das. Er empfand die Schmach wie jeder andere, aber ohne sich Gedanken darüber zu machen. Seiner Meinung nach hatte die Einsetzung Ben Arafas an Stelle Sidi Mohammeds nichts geändert; der Grund dafür war, daß er niemals einen Menschen mit ausgesprochen politischen Anschauungen kennengelernt hatte. Solange er sich erinnern konnte, hatte sein Vater gegen die Ungläubigen und ihre Missetaten in Marokko gewettert, und diese neue Bosheit – die Entführung des Sultans auf eine Insel im Meer und die Einsetzung eines Tattergreises, der genausogut taubstumm und blind hätte sein können – war nur der letzte Akt in einer langen Serie feindlicher Handlungen.

Aber jetzt sah er zum ersten Mal, daß es Menschen gab, die dem höhere Bedeutung beimaßen, für die es mehr war als ein Begriff, mehr als aneinandergereihte Worte über ein fernliegendes Ereignis; er sah die symbolische Schmach in persönliche Beschimpfung verwandelt, Mißbilligung in Wut. Der Mann saß da und starrte ihn an; ein huschender Schatten, der Schatten eines Weinblattes spielte auf seiner gerunzelten Stirn. Ein sinnloser, klagender Eulenschrei erklang plötzlich aus dem Röhricht am anderen Flußufer; Amar wurde sich sofort bewußt, daß etwas in der Luft lag, etwas, das immer dagewesen, aber niemals herausgegriffen und erkannt worden war. Es war in ihm, er war Teil davon, genau wie der Mann ihm gegenüber; es war ein Teil von ihnen beiden; es raunte ihnen zu, daß keine Zeit zu verlieren war, daß ihre Welt sich dem Ende näherte und dahinter unergründliches Dunkel lag. Es war die Ahnung unentrinnbarer Niederlage und Vernichtung, es war immer mit ihnen und in ihnen gewesen, ungreifbar und doch wirklich wie die Nacht, die sie umgab. Amar zog zwei lose Zigaretten aus der Tasche und reichte eine dem Töpfer. »Ach«, seufzte er, »die Mohammedaner, die Mohammedaner! Wer weiß, was mit ihnen noch werden wird?«

»Wer weiß?« wiederholte der Mann und zündete sich die Zigarette an. Langsam und schweigend tranken sie den Tee, den der *qaouaji* brachte. Der Wind sprang auf, er brachte den kühlen Geruch der Bergluft mit sich. Erst als sie sich auf der Straße verabschiedet hatten, kam es Amar zum Bewußtsein, daß er vergessen hatte, sein Geld zu verlangen. Er zuckte die Achseln und ging zum Abendessen nach Hause.

5

Mit trockenen Nächten und längeren Tagen und der höher stehenden Sonne ging der junge Frühling in den Sommer über. Und zu den tausendfältigen winzigen Kleinigkeiten, in denen sich der allmähliche Wandel der Jahreszeit kundtat, gesellte sich etwas anderes, genauso ungreifbar und fast unmerklich. Wenn der Töpfer ihn nicht darauf aufmerksam gemacht hätte, wäre es Amar vielleicht noch eine ganze Weile nicht aufgefallen, aber jetzt wunderte er sich, wie es ihm so lange hatte entgehen können. Es schien mit den

Staubkörnern in der Luft zu liegen und sich mit ihnen in den Mauerritzen einzunisten, so sehr war es ein Teil des Lichts und der Atmosphäre dieser großen, zwischen den Hügeln hingebreiteten Stadt. Es machte sich in dem erschrockenen Blick über die Schulter bemerkbar, wenn jemand einem auf den Rücken klopfte, in dem Schweigen, das sich über das Kaffeehaus senkte, wenn ein Unbekannter eintrat, in den ängstlichen Blicken von einem zum anderen, wenn die Familie am Abend rund um die *tajine* saß und zu essen aufhörte, sobald es an die Tür klopfte. Die Leute gingen weniger aus; am Abend waren die gewundenen Gassen der Medina leer, und am Freitagnachmittag, wenn man Tausende von Menschen, feiertäglich angezogen, in der Dschenane es Sebir erwartet hätte – die Männer Hand in Hand spazierengehend oder in laut redenden Gruppen an den Springbrunnen oder auf den Brücken zwischen den Inseln stehend, die Frauen auf den Stufen oder den Bänken des ihnen vorbehaltenen Bambushains sitzend –, saßen nur ein paar verwahrloste Kifraucher da, die leer vor sich hin starrten, während Straßenjungen mit einem aus Lumpen und Bindfaden gebastelten Fußball den Staub aufwirbelten.

Es war befremdlich, die Stadt wie eine verkümmerte Pflanze langsam dahinwelken zu sehen. Jeden Tag schien es, als könne es nicht mehr weitergehen, als könne man sich nicht mehr weiter vom normalen Leben entfernen, als müsse sich nun etwas Neues entfalten, aber jeden Tag erkannten die Menschen mit Grauen von neuem, daß nichts dergleichen in Sicht war.

Sie wollten ihren eigenen Sultan zurückhaben, das verstand sich von selbst, und insgesamt vertrauten sie der politischen Partei, die sich verpflichtet hatte, ihn zurückzubringen. Auch ein gewisses Maß von Intrige und Geheimnistuerei schreckte sie nicht. Die Bewohner von Fez waren als die verschlagensten und gescheitesten Mohammedaner von ganz Marokko bekannt. Aber auf ihre eigene gewohnte Art zu intrigieren war etwas anderes, als zwischen der teuflischen französischen Geheimpolizei und der erbarmungslosen Istiqlal eingeklemmt zu sein. Sie waren es nicht gewöhnt, das Leben in seiner so markverzehrenden *ambiance* von Argwohn und Furcht als etwas Alltägliches zu betrachten, wie ihre Politiker es jetzt von ihnen erwarteten. Das Leben wurde langsam unnatürlich. Man konnte sich auf nichts mehr verlassen. Alles war verdächtig, besonders alles Erfreuliche. Wenn jemand lächelte: Vorsicht! Er war sicher ein *chkam*, ein französischer Spitzel. Wenn man auf der Straße seine *oud* zupfte, war man unehrerbietig gegenüber dem Sultan im Exil. Wenn man öffentlich eine Zigarette rauchte, hieß das den Franzosen Steuern zahlen, und man riskierte Mißhandlungen oder einen Messerstich in einer dunklen Seitengasse. Die vielen tausend Studenten der Medersa Karouine und der Hochschule Moulay Idris gingen so weit, nationale Trauer auf unbefristete Zeit anzuordnen, und gewöhnten sich an, alleine mit finsterer Miene herumzulaufen und nur ein paar unverständliche Worte zu murmeln, wenn sie einander trafen.

Es fiel Amar schwer, sich dieser plötzlichen Veränderung anzupassen. Warum sollten mit einem Mal keine Trommeln und Flöten mehr auf dem Markt in Sidi Ali bou Ralem ertönen, über den er gern von der Arbeit nach Hause ging? Er wußte, daß die Franzosen vertrieben werden mußten, aber er hatte immer gedacht, daß dies ruhmreich geschehen werde, mit Tausenden von Reitern, die mit gezogenem Säbel, Allahs Hilfe für ihre heilige Aufgabe anrufend, den Boulevard Moulay Yussef gegen die Ville Nouvelle heruntergaloppierten. Und der Sultan würde eine Armee von den Deutschen oder den Amerikanern bekommen und siegreich auf seinen Thron in Rabat zurückkehren. Es war schwer, einen Zusammenhang zwischen diesem wunderbaren Befreiungskrieg und all dem Geflüster und Stirnrunzeln zu sehen. Er überlegte es sich lange, ob er seine Zweifel mit dem Töpfer erörtern sollte. Er erhielt einen guten Lohn und verstand sich ausgezeichnet mit seinem Meister. Seit jenem Abend vor einigen Wochen in dem Café hatte er nicht mehr versucht, die Freundschaft zu vertiefen, da er nicht wußte, ob er Saïd wirklich leiden konnte. Teilweise schien ihm dieser Mann daran Schuld zu haben, daß in der Stadt nicht alles stimmte, und er konnte das Gefühl nicht loswerden, daß sein eigenes Leben ganz anders verlaufen wäre, wenn er ihn nie getroffen hätte.

Endlich entschloß er sich, es zu riskieren und mit ihm zu sprechen, aber sich gleichzeitig zu sichern und seine wirkliche Frage durch eine andere zu vertuschen.

Eines Nachmittags hatten Saïd und er sich in dem oberen Schuppen eingeschlossen, um eine Zigarette zu rauchen. Jedermann wagte nur noch in größter Heimlichkeit zu rauchen, da der Beschluß der Istiqlal, das Tabakmonopol der französischen Regierung zu brechen, nicht nur die Verbrennung der Lagerhäuser und Tabakläden vorsah, sondern auch eine gewaltsame Durchsetzung der Parteikampagne gegen das Rauchen. Die gewöhnliche Strafe für Rauchen war ein Hieb mit einem Rasiermesser ins Gesicht. Das angenehme Gefühl der Gefahr, mit seinem Meister bei verbotenem Tun auf engem Raum eingeschlossen zu sein, trieb Amar zum Sprechen an. Er wandte sich zu dem älteren Mann und sagte leichthin: »Was halten Sie von der Geschichte, daß die Istiqlal angeblich mit den Franzosen paktiert?«

Der Töpfer erstickte beinah an seiner Zigarette. »Was?« schrie er.

Amar erfand schnell etwas. »Ich habe gehört, daß der Resident, der *civil*, den sie jetzt da haben, den Bonzen hundert Millionen Francs angeboten hat, wenn sie die ganze Angelegenheit aufgeben. Aber ich glaube nicht, daß sie das annehmen werden. Was meinen Sie?«

»Was?« schrie der Mann wieder. Amar fühlte ein Zittern der Erregung, als er die Wirkung sah. Es war, als habe er ihn bisher nur schlafend und jetzt zum ersten Mal wach gesehen. »Wer hat dir das gesagt?« brüllte er. Sein Ausbruch war so heftig, daß Amar etwas bestürzt beschloß, die Geschichte leicht widerlegbar darzustellen.

»Ein Junge.«

»Wer?« beharrte der Mann.

»Ach, ein verrückter *derri*, einer von der Hochschule Moulay Idris. Wir nennen ihn Moto. Ich weiß nicht mal, wie er richtig heißt.«

»Hast du diese Geschichte irgend jemandem weitererzählt?« Der Töpfer starrte ihn furchterregend an. Amar fühlte sich nicht wohl in seiner Haut.

»Nein«, sagte er.

»Ein Glück für dich. Das haben die Franzosen erfunden. Dein Freund wurde dafür bezahlt, die Geschichte zu verbreiten. Sie werden ihn bald umbringen.«

Man konnte Amar ansehen, daß er es nicht glaubte. Der Mann warf seine Zigarette weg und legte seine Hände auf die Schultern des Jungen. »Du hast ja keine Ahnung«, erklärte er. »Du bist ja selber nur ein *derri*. Aber sei vorsichtig und verbreite keine Geschichten über die Istiqlal, über die Franzosen, über Politik überhaupt nichts, oder wir werden beide im Fluß enden. Und du bist schon erledigt, bevor du in den Fluß fliegst. *Fhemti?*« Er fuhr sich mit der flachen Hand über die Kehle, faßte dann Amar wieder an der Schulter und schüttelte ihn.

»Was glaubst du denn, was hier gespielt wird? Weißt du nicht, daß das Krieg ist? Warum, glaubst du, haben sie vergangene Woche den dicken Hamidou, den *mokhazni*, getötet? Glaubst du zum Spaß? Und die anderen einunddreißig in Fez – in einem Monat? Oder hast du das gar nicht gehört? Alles nur zum Vergnügen? Das ist Krieg, Junge, vergiß das nicht! Krieg! Und wenn du nicht soviel Verstand hast, der Istiqlal zu vertrauen, halt wenigstens den Mund und wiederhole nicht die Lügen, die du von einem *chkama* hörst.« Er unterbrach sich einen Augenblick und sah Amar mißtrauisch an. »Ich hätte dich für gescheiter gehalten. Wo warst du denn die ganze Zeit?«

Amar, eine viel behutsamere und achtungsvollere Behandlung von seinem Arbeitgeber gewöhnt, zog sich gekränkt und verstimmt in seine Werkstatt zurück. Er fühlte, daß der Töpfer ihn zu beeinflussen, zu etwas anderem zu machen versuchte; sein Groll setzte eigentlich das fort, was er an jenem Abend in dem Café empfunden hatte, aber nun kam noch etwas hinzu. Der Mann hatte sein Schuldgefühl geweckt. Wo hatte er wirklich die ganze Zeit gelebt? Natürlich hier, wie alle anderen, nur war er so sehr mit seinen kleinen kindlichen Vergnügungen beschäftigt gewesen, daß alles unbemerkt an ihm vorübergegangen war. Er wußte, daß Bombenattentate der Istiqlal in Casablanca während der letzten sechs Monate zur Tagesordnung gehörten. Er hatte auch über die Aufstände und Attentate in Marrakesch gehört, aber das hätte sich seinetwegen genausogut in Tunis oder Ägypten ereignen können. Als die ersten ermordeten mohammedanischen Polizisten und *mokhaznia* in der Stadt gefunden wurden, sah er darin keinen Zusammenhang mit den Ereignissen in anderen Städten.

Fez war Fez, aber es war für ihn und seine Freunde auch gleichbedeutend mit Marokko, und sie tauschten die Namen nach Belieben aus. Da Verbrechen immer nur aus persönlichen Motiven begangen werden konnten, hatte er jeden neuen Mord automatisch einem neuen Feind, einem neuen Haß zugeschrieben. Aber jetzt sah er, wie unendlich recht der Töpfer hatte. Jeder Mann, dessen Leiche morgens früh in einer Gasse, am Fuß des Festungswalls oder im Fluß unter der Recifbrücke gefunden wurde, hatte zweifellos für die Franzosen gearbeitet oder sich unvorsichtigerweise den Zorn der Istiqlal zugezogen. Das hieß also, daß die Istiqlal sehr mächtig war, was weder mit seiner Auffassung übereinstimmte noch mit dem Eindruck, den die Organisation selbst hervorzurufen versuchte; eine Gruppe selbstloser Märtyrer, bereit, die Brutalitäten der Franzosen zu erdulden, um ihren leidenden Landsleuten Hoffnung zu bringen.

Das war ein Widerspruch, aber er fühlte, es war nur ein Teil eines viel größeren, rätselhafteren Widerspruchs, den er im Augenblick noch nicht erfassen konnte. Er hätte es verstehen können und zweifellos gebilligt, wenn sie Franzosen umbrachten, aber der Gedanke, daß Mohammedaner andere Mohammedaner ermordeten, wollte ihm nicht in den Kopf. Und er konnte sich mit niemandem darüber aussprechen; sein Vater würde nicht mehr sagen, als er bereits gesagt hatte, nämlich, alle Politik sei nur Lüge und jeder, der damit zu tun habe, *jiffa*, Abschaum. Aber die französische Politik arbeitete unentwegt gegen die Mohammedaner. Mußten die Mohammedaner daher nicht eine eigene Verteidigungsorganisation haben? Er wußte, sein Vater würde anworten: Nein, alles ist in Allahs Hand, und dort muß es bleiben; und im Grunde fühlte Amar, daß das richtig war; aber wie konnte ein junger Mann inzwischen dasitzen und auf die göttliche Gerechtigkeit warten? Das war eben einfach nicht möglich.

Seit ihn dieses neue Problem beschäftigte, machte ihm die Arbeit nicht mehr die gleiche Freude. Wenn ihn die Arbeit freuen sollte, dann mußte sie sein ganzes Denken beanspruchen, und das war nicht mehr der Fall. Er hatte das Gefühl, daß er nur wartete und die Stunden zum Verstreichen zwang, indem er sie mit leeren Gesten ausfüllte. Es war für ihn das erste Zeichen dessen, was es hieß, sich des Ablaufs der Zeit bewußt zu werden. Ein solches Bewußtsein kann nur vorhanden sein, wenn im Verstand etwas vorgeht, das nicht ein genauer Reflex der äußeren Vorgänge ist. Zum ersten Mal in seinem Leben lag er nachts schlaflos, starrte in die Dunkelheit und dachte über das Problem nach, ohne es zu verstehen. Manchmal war er noch um drei Uhr früh wach, wenn sein Vater aufstand und in die Moschee ging, sich zu waschen und zu beten, und erst wenn er ihn hatte gehen hören und das Haus wieder still war, schlief er plötzlich ein.

Eines Nachts, als sein Vater die Tür zur Straße wieder geschlossen und den Schlüssel zweimal umgedreht hatte, stand er auf und schlich auf die Terrasse. Mustapha stand in der Dunkelheit gegen die Brüstung gelehnt und sah auf die schlafende Stadt. Amar brummte etwas; er ärgerte sich, ihn hier zu finden, an seinem nächtlichen Lieblingsplatz. Mustapha brummte ebenfalls etwas.

»Ah, khai, 'ch andek?« sagte Amar. »Kannst du auch nicht schlafen?«

Mustapha gab zu, daß er nicht schlafen konnte. Es klang kläglich. Es war undenkbar, sich Mustapha anzuvertrauen; trotzdem klang ein Ton vernunftwidriger Hoffnung aus Amars Stimme, als er sagte: »Warum nicht?«

Mustapha spuckte über die Brüstung auf die Gasse und

wartete auf das Aufklatschen, ehe er antwortete. »Mein *mottoui* ist leer. Ich habe kein Geld, Kif zu kaufen.«

»Kif?« Amar hatte oft mit Freunden geraucht, aber eine Pfeife Kif bedeutete für ihn weniger als eine Zigarette.

»Ich rauche immer ein paar Pfeifen vor dem Schlafengehen.«

Das ist neu, dachte Amar. Wenn sie manchmal das Zimmer hatten teilen müssen, war kein Kif dagewesen, und Mustapha hatte sehr gut geschlafen.

»*Ouallah?* Kannst du ohne das nicht schlafen? Mußt du erst rauchen?«

Aber jetzt war Mustaphas Ausdruck von Vertraulichkeit vorüber, er war wieder der alte. »Was machst du überhaupt hier draußen?« knurrte er. »Geh schlafen.«

Zögernd gehorchte Amar; aber bevor er einschlief, hatte er viel Neues zum Nachdenken.

Zweites Buch

Es gibt keine Sünden mehr

Du sagst, du gehst nach Fez.
Aber wenn du sagst, du gehst nach Fez,
dann heißt das, daß du nicht nach Fez gehst.
Zufällig weiß ich aber, daß du nach Fez gehst.
Warum belügst du mich –
du, mein Freund?

MAROKKANISCHER SPRUCH

6

Ramadan, der Monat mit den endlosen Tagen ohne Essen, Trinken und Zigaretten, war gekommen und gegangen. Die Nächte – in früheren Jahren nichts als ein Vergnügen, mit der hellerleuchteten Medina, den bis zum frühen Morgen offenen Läden, den Straßen voll von Männern und Jungen, die durch die Stadt schlenderten, bis es wieder Essenszeit war – waren düster und freudlos. Zwar klangen die *rhaitas* von den Minaretten wie immer, die Trommeln und das Widderhorn riefen die verschlafenen Menschen zur letzten Mahlzeit, ganz wie immer, aber wer es hörte, hatte keine Freude. Der ganze Sinn des Ramadanfestes, der Stolz auf die bewiesene Selbstzucht, den Sieg des Geistes über das Fleisch, schien zu fehlen; man fastete automatisch, willenlos, ohne die gewohnten Scherze über zu weit gewordene Kleider, ohne Bemerkungen über die Zahl der Tage bis zum Fest am Schluß der Fastenzeit. Man hörte sogar Gerüchte, daß viele Mitglieder der Istiqlal den Ramadan überhaupt nicht einhielten und daß man sie unverfroren in den Restaurants der Ville Nouvelle zu Mittag essen sehen könne, aber das wurde allgemein für französische Propaganda gehalten. Dann hörte man das Gerücht, Aïd-es-Seghier, das Fest am Schluß der Fastenzeit, werde nicht stattfinden. Dieses Gerücht griff so um sich, daß es zuletzt als feststehende Tatsache galt. Und als der Tag herankam, fanden frühe Spaziergänger die Straßen nicht voll von Männern in neuen Kleidern – denn an diesem Tag des Jahres wurde von jedem erwartet, daß er soviel neue Kleider trug, wie er erschwingen konnte –, sondern Hunderte respektabler Bürger trugen ihre schäbigsten *dschellabas* und Anzüge; und viele, die den Gerüchten nicht geglaubt hatten, mußten durch die Seitenstraßen nach Hause eilen, um sich umzuziehen, ehe sie es wagten, sich wieder auf der Straße zu zeigen. Einige neue Kleider waren durch ein paar rasche Schnitte mit der Rasierklinge ruiniert worden, aber zu Zusammenstößen war es nicht gekommen. Und mit diesem unrühmlichen Ausgang machte der Ramadan dem Monat Choual Platz.

Nun war die Hitze da. Amar stand bei Tagesanbruch auf, arbeitete den halben Vormittag, streckte sich dann auf einer Matte in seiner Höhle aus und verschlief die unerträglich heißen Stunden bis zum späten Nachmittag; danach aß er und arbeitete wieder bis zum Einbruch der Dunkelheit. Dann wanderte er schlaff durch die stickigen Straßen nach Hause. Manchmal stand er still und horchte auf fernes Geschrei aus anderen Stadtteilen – ein Volkslärm, der anzeigte, daß sich die Spannung in Tätlichkeiten entlud. Jeder unterlag diesem eigenartigen Zwang, einen Augenblick stehenzubleiben und zu horchen, weil jeder überzeugt war, daß die Spannung nicht endlos anhalten könne. Eines Tages mußte sich irgend etwas ereignen, das stand fest. Welche Form der Ausbruch annehmen würde, konnte man nur erraten. Und wenn er nachts unter den Sternen auf dem Dach lag – denn es war viel zu heiß, um im Zimmer auf der Matratze zu schlafen –, lauschte er angestrengt und versuchte sich vorzustellen, daß er, vielleicht in der Richtung von Ed Douh oder der Talâa, das schwache Geräusch vieler Stimmen hörte. Aber es herrschte immer tiefe Stille, nur manchmal durch das verschlafene Krähen eines Hahnes auf einem entfernten Hausdach unterbrochen, durch den Schrei einer Katze unten auf der Gasse oder das Zündungsgeknatter eines Lastwagens, der weit draußen auf der Straße nach Taza den Hügel zum Fluß hinunterrollte.

Und dann kam ein Morgen, da er wußte, als er in der Frühe aus seinem Zimmer auf das Dach heraustrat, daß er an diesem Tag nicht zur Arbeit gehen werde. Der Gedanke, etwas anderes zu tun, irgend etwas anderes, erregte ihn sehr. Es schien ihm Jahre her zu sein, seit er jeden Tag zu dem Lehmhüttendorf ging, dem Töpfer guten Morgen wünschte, den Schlüssel zum Felsverschlag bekam, die Treppen hinunterstieg, den feuchten Raum betrat, wo die *mamil* stand, in den Sitz im Fußboden rutschte und das Rad zu drehen begann. Ein Tag war wie der andere; nichts änderte sich, und die Formen der Krüge und Gefäße, die er anfertigte, interessierten ihn nicht mehr. Nichts hatte eine Bedeutung mehr – nicht einmal das Geld, von dem er die Hälfte regelmäßig seinem Vater gab; was er sich sparte, trug er ständig, in ein Taschentuch geknotet, bei sich. Jeden Tag öffnete er das Tuch und zählte den Inhalt, manchmal legte er vielleicht ein bißchen dazu und überlegte, was er sich mit dem Ersparten wohl kaufen könne. Es langte noch nicht für ein Paar richtige Schuhe, aber das lag daran, daß er andere Ausgaben hatte.

Er war hungrig, aber im Haus war es noch still. Sein Vater war aus der Moschee zurückgekehrt und hatte sich wieder ins Bett gelegt, und die Familie schlief. Er zog sich schnell an und ging hinunter. Die Tauben auf dem Brunnenrand gurrten leise. Die Luft in der Straße war frisch wie bei der Erschaffung der Welt. Die meisten Verkaufsstände waren noch geschlossen, und in den wenigen, die schon offen waren, hing noch die dunkle Nachtluft in den Nischen. Er kaufte sich eine dicke Scheibe Brot, sechs Bananen und eine Tüte Datteln und machte sich auf den Weg entlang dem Recif. Hier hatten die Fischläden schon alle geöffnet, und der durchdringende medizinische Geruch von frischem Fisch durchschnitt wie ein Messer die Luft. Mehr und mehr Menschen kamen aus den Häusern, und langsam füllten sich die Straßen. Bei den neueren Häusern in El Mokhfia gab es schon einige Bäume hinter den Mauern, und Vögel sangen. Er verließ die Stadt durch den Bab Djedid und über die Brücke. Die staubige Straße führte zwischen hohen Wänden von Röhricht hindurch, das sich nach allen Seiten bog. Als er die Hauptstraße erreichte und einen Augenblick überlegte, wohin er gehen sollte, hörte er eine leise Stimme in der Nähe rufen: »Amar!« Er drehte sich um und sah Mohammed Lalami, einen Jungen, etwas größer und vielleicht ein oder zwei Jahre älter als er. Er kam mit triefendem Haar aus dem Röhricht am Flußufer. Sie begrüßten sich.

»Wie ist das Wasser?« fragte Amar.

»Nicht gut. Zu seicht. Man kann nicht schwimmen. Gerade genug zum Waschen.« Er schüttelte den Kopf wie ein Hund und strich sein Haar zurück, um das Wasser herauszudrücken.

»Warum gehen wir nicht nach Aïn Malqa schwimmen?« sagte Amar. Er hatte Mohammed mehrere Monate nicht gesehen, obwohl sie früher befreundet gewesen waren, und er hatte Lust, mit ihm zu reden und herauszufinden, was er dachte.

»Ayayay!« sagte Mohammed. »Wie kommen wir dahin?«

»Wir können in der Ville Nouvelle Fahrräder kriegen.«

»Hah! Die geben sie jetzt wohl weg, was?«

»Ana n' khalleslik«, antwortete Amar prompt. »Überlaß das mir. Ich habe etwas Geld!«

Mit gespielter Verlegenheit ging Mohammed schweigend darauf ein, und sie machten sich auf den Weg. Sie bestiegen den Stadtomnibus von Bab Fteuh nach der Ville Nouvelle, standen hinten auf der Plattform und stemmten sich gegen die Kurven. Sie scherzten mit einem einbeinigen Mann in einer Militärjacke, der behauptete, ein Kriegsveteran zu sein.

»Von welchem Krieg?« wollte Amar wissen, etwas herausfordernd, da er mit Mohammed zusammen war.

»Der Krieg«, sagte der Mann. »Hast du noch nie was vom Krieg gehört?«

»Ich habe von einem Haufen Kriegen gehört. Der Krieg der Deutschen, der Krieg der Spanier und der *rojos*, der Krieg in Indochina, der Krieg gegen Abd-el-Krim.«

»Von alledem weiß ich nichts«, sagte der Mann ungeduldig. »Ich war im Krieg.«

Mohammed lachte. »Ich glaube, er meint den Krieg von Moulay Abdallah. Er ist ins falsche Bordell gegangen, und jemand hat ihn mit dem falschen Mädchen gefaßt. Ist das alles, was er dir abgeschnitten hat, nur dein Bein? Dann hast du Glück gehabt, kann ich dir nur sagen.« Der Mann lachte mit den beiden Jungen.

Der französische Fahrradverleiher in der Ville Nouvelle prüfte sorgfältig und lange ihre *cartes d'identité*.

»Der Hurensohn«, murmelte Mohammed, als sie unter den Platanen der Avenue de France entlangradelten, »er wollte sie uns nicht geben. Hast du gesehen, den Franzosen, der hereinkam, als wir warteten, hat er nicht mal nach seiner Karte gefragt.«

»Das war ein Freund von ihm«, sagte Amar. Es wäre eine gute Gelegenheit gewesen, ein Gespräch über das anzufangen, was ihn beschäftigte, aber es war ihm noch nicht danach zumute, es war zu früh, und er war zu froh.

Sobald sie den Schatten der Stadt verlassen hatten, fühlten sie, wie unerträglich heiß die Sonne war. Aber das war nur ein Antrieb mehr, nach Aïn Malqa zu kommen. Sie waren jetzt in der Ebene; langsam zogen die Felder mit ihrer rissigen Erdkruste und den ausgedörrten Stoppeln vorbei. In den schmalen Gräben beiderseits der langen schnurgeraden Straße lief ihnen das Wasser entgegen. Zweimal hielten sie an und tranken, badeten ihre Gesichter in dem kalten Wasser und ließen es sich über die Brust laufen. »Ein Stück Brot?« fragte Amar; er war schwindlig vor Hunger. Aber Mohammed hatte bereits gefrühstückt und wollte nichts; so beschloß er zu warten, bis sie ihr Ziel erreicht hatten.

Ungefähr einen Kilometer vor Aïn Malqa führte die Straße in einen Eukalyptushain und dann in Kurven zum See hinunter. Mohammed fuhr im Leerlauf voraus, und Amar, seinen Nacken und seine Beine betrachtend, überlegte, ob er wohl mit ihm fertig werden würde, falls sie einmal rauften. Während er noch so überlegte, sah er, wie Mohammed etwas zur Seite gefahren war und darauf wartete, daß er aufholte, aber er bremste statt dessen ein bißchen mehr, um hinten zu bleiben. Er wußte, daß er stärker und geschmeidiger war und ihn wahrscheinlich sogar besiegen konnte, obwohl Mohammed größer war. Er hatte einmal einen Film über Judo gesehen und stellte es sich gern vor, wie er im entscheidenden Augenblick einige der Tricks erfolgreich gegen seine Gegner anwandte. Eine schnelle Drehung des Handgelenks, und der andere lag machtlos zu seinen Füßen. Jetzt hörte er zu bremsen auf und ließ seinem

Rad freien Lauf, um Mohammed einzuholen. »Hier ist es kühler«, sagte er.

Es war, als ob sie langsam die Seite eines riesigen Trichters hinunterstiegen. Der Abhang unter den Bäumen war braun von Bergen langer trockener Blätter aus früheren Jahren; das Licht, dauernd wechselnd zwischen durchsickernden Sonnenstrahlen und Schatten, war fahl. Der Hain lag in tiefer Stille, man hörte nur das Geräusch der Räder auf dem feinen Kies.

Als sie unten ankamen, stiegen sie ab und gingen zu Fuß, weil der Boden zu weich war. Durch die Weiden vor ihnen konnten sie die bewegungslose Oberfläche des kleinen Sees sehen.

»Aha«, sagte Mohammed mit Befriedigung. »Dies ist das Paradies.«

Niemand war zu sehen. Er lehnte sein Rad an einen Baum, und ehe Amar noch da war, hatte er schon sein Hemd und seine *serroulle* ausgezogen. Er hatte keine Unterwäsche an.

»Willst du so schwimmen?« fragte Amar überrascht. Seit er bei dem Töpfer arbeitete, hatte er sich zwei Paar baumwollene Unterhosen gekauft; eine davon trug er jetzt.

Mohammed hüpfte vor Begierde, ins Wasser zu kommen, von einem Fuß auf den anderen. Er lachte. »Genau so«, sagte er.

»Aber wenn jemand kommt? Vielleicht Frauen oder Franzosen?«

Mohammed war unbesorgt. »Dann kannst du mir meine Hosen holen.« Das schien Amar zwar kein besonders praktischer Vorschlag, aber es gab keine andere Möglichkeit; wenn Mohammed überhaupt schwimmen wollte, mußte er nackt schwimmen. Sie rannten zusammen in das eiskalte Wasser und plantschten bis zu den Schultern hinein. Dann schwammen sie ungestüm hin und her, jede Bewegung wegen der Kälte übertreibend. Nachdem der erste plötzliche Kraftaufwand vertan war, erkletterten sie einen kleinen Betondamm am Ende des Sees und ruhten sich auf dem trokkenen Teil oberhalb der Schleuse in der Sonne aus. Sie erzählten sich Scherze und lachten, bis die Sonne so heiß geworden war, daß die Dunkelheit unter der Wasseroberfläche wieder begehrenswert wurde. Es schien aber eine schweigende Abmachung zu sein, daß jeder versuchen würde, den anderen zuerst hineinzuschubsen. Sie hörten bald damit auf; denn ihnen war beiden gleichzeitig bewußt geworden, daß das Risiko zu groß war, auf die trockenen Felsen unterhalb des gegenüberliegenden Dammendes zu fallen, falls einer ausrutschte. Sie standen auf, holten tief Atem und sprangen wie auf ein Signal beide ins Wasser. Jetzt hatte Amar nur noch eines im Sinn, und das war sein Frühstück. Unter keuchenden Atemstößen, inmitten von Wasserblasen und fliegenden Tropfen, teilte er es Mohammed mit; das Schwimmen zum Ufer wurde zu einem Rennen.

Amar kam zuerst ans schlammige Ufer, trottete unter die Weiden, wo sein Rad stand, und band das hinten darauf befestigte Päckchen los. Sie trugen das Essen zu einem Felsblock etwas weiter aufwärts am Ufer, setzten sich in die Sonne und aßen. Während sie dasaßen, bemerkten sie auf der gegenüberliegenden Seite zwischen den Felsen einen anderen Jungen, der sorgfältig seine Kleider wusch und auf den Felsen zum Trocknen ausbreitete. Mohammed schützte seine Augen mit der Hand und beobachtete ihn eine Weile. *»Djibli«*, erklärte er dann. Es interessierte Amar nicht, ob der Junge von den Bergen oder aus der Stadt kam, er aß sein Brot mit Datteln weiter, sah über das Wasser auf die kleinen, mit Kakteen übersäten Hügel ringsum, auf das Bassin des Sees und gelegentlich hinauf zum Himmel, wo ein Habicht erschien, herunterstieß, in Gleitflug überging und hinter dem Horizont verschwand.

»Wo arbeitest du jetzt?« fragte Mohammed. Amar sagte es ihm. »Wieviel?« Amar halbierte seinen Lohn. »Wie ist es? Gute *maallem?*« Amar zuckte mit den Achseln. Die Schulterbewegung und die Grimasse dabei hießen: Ist irgend etwas heute gut? Und der andere verstand und stimmte zu. Mohammed arbeitete, wie Amar wußte, hier und da in einem der Läden seines Vaters. Er setzte sich zurück, seine

Stellung auf dem Felsen war bequem, und alles, was er wollte, war, sich ein paar Minunten in der Sonne zurückzulehnen und sich dem Gefühl des Sattseins hinzugeben. Aber Mohammed war unruhig, dauernd in Bewegung und redete; Amar wünschte, er wäre allein gekommen.

»Wieder ein großer Brand bei Ras el Ma gestern abend«, sagte Mohammed. »Achtzehn Hektar.«

»Wenn der Sommer vorüber ist, wird kein bißchen Weizen mehr in Marokko übrig sein«, bemerkte Amar.

»Hoffentlich nicht.«

»Was wird mit Brot im nächsten Winter?«

»Es wird keins geben«, sagte Mohammed geradeheraus.

»Und was werden wir essen?«

»Überlaß das den Franzosen. Sie werden Weizen aus Frankreich schicken.«

Amar war nicht so sicher. »Möglich«, sagte er.

»Besser, wenn sie es nicht tun. Es wird eher losgehen, wenn die Leute hungrig sind.«

Mohammed konnte leicht so reden, weil er ziemlich sicher war, daß er niemals Nahrungssorgen haben werde. Sein Vater war ein Kaufmann und hatte wahrscheinlich genug Mehl, Öl und Erbsen im Haus, notfalls für zwei Jahre. Der Mittelstand und reiche Fassi hatten immer gewaltige private Vorräte. Bereitschaft für eine Belagerung gehörte zur Tradition der Einwohner; sogar seit der französischen Besatzung hatten sich mehrere solche Situationen ergeben.

»Sagt das die Istiqlal?« fragte Amar.

»Was?« Mohammed starrte zu dem Jungen vom Land hinüber, der jetzt nackt auf einem großen Felsen saß und wartete, bis seine Sachen trocken waren.

»Daß die Leute hungern sollen?«

»Das kannst du doch selbst sehen, nicht? Wenn die Leute wie immer mit vollem Bauch leben, werden sie auch immer so weitermachen. Wenn sie hungrig und unglücklich sind, wird etwas geschehen.«

»Aber wer will hungrig und unglücklich sein?«

»Bist du verrückt?« fragte Mohammed. »Oder willst du die Franzosen nicht los sein?«

Amar hatte nicht beabsichtigt, sich ins Unrecht setzen zu lassen. »Sollen die Hunde in der Hölle brennen«, sagte er. Das war eine der Schwierigkeiten mit der Istiqlal, mit der ganzen Politik: Man sprach über Menschen, als wären es eigentlich gar keine Menschen, sondern Gegenstände, Nummern, Tiere vielleicht, aber eben keine Menschen.

»Bist du diese Woche in der Zekak er Roumane gewesen?« fragte Mohammed.

»Nein.«

»Wenn du durchkommst, sieh mal auf die Dächer. Auf einigen Häusern liegen haufenweise Felssteine, *ayayay*! Du kannst sie sehen. Sie haben sie aufgeschichtet, daß sie wie Wälle aussehen, aber sie sind alle lose und fertig zum Abwurf.«

Amar fühlte, wie sein Herz stärker klopfte. *»Quallah?«*

»Geh und sieh es dir an«, sagte Mohammed.

Amar schwieg einen Augenblick. Dann sagte er: »Da braut sich etwas Großes zusammen, was?«

»B'd draa. Es kann nicht ausbleiben«, sagte Mohammed leichthin.

Plötzlich erinnerte sich Amar an etwas, was man ihm über die Familie Lalami erzählt hatte. Mohammeds Vater hatte entdeckt, daß Mohammeds älterer Bruder ein Mitglied der Istiqlal war, und ihn aus dem Haus gewiesen. Und der Bruder war nach Casablanca gegangen und war dort von der Polizei gefaßt worden. Er wartete jetzt im Gefängnis auf die Verhandlung, zusammen mit einigen zwanzig anderen jungen Leuten, die zur selben Zeit wegen terroristischer Umtriebe festgenommen worden waren, besonders weil sie Kisten mit Handgranaten über die Grenze von Spanisch-Marokko hereingeschmuggelt hatten. Er war eine Art Held, weil die Leute erzählten, er und ein anderer Fassi seien von den französischen Zeitungen als besonders heimtückische und brutale Mörder genannt worden. Dann wußte Mohammed wahrscheinlich bedeutend mehr, als er sagen wollte, und er konnte ihn nicht einmal fragen, ob die Geschichte von seinem Bruder wahr oder falsch war; das war gegen die Sitte.

»Was wirst du tun, wenn der Tag kommt?« fragte er schließlich.

»Was wirst *du* tun?« entgegnete Mohammed.

»*Ana?* Ich weiß nicht.«

Mohammed lächelte mitleidig. Amar sah auf seinen Mund und fühlte heftige Abneigung.

»Ich werde dir sagen, was ich tun werde«, sagte Mohammed mit Nachdruck. »Ich werde tun, was mir befohlen wird.«

Amar imponierte das wider Willen. »Dann – bist du ein –«

Mohammed unterbrach ihn. »Ich bin nirgends Mitglied. Wenn der Tag kommt, wird jeder Befehle entgegennehmen. *Majabekfina.*«

Amar versuchte nicht auszudenken, was erfolgen würde, wenn er sagte, was ihm auf der Zunge lag: »Auch reiche Leute wie dein Vater?« Es war eine zu große Beleidigung, selbst im Scherz. Dann dachte er, wie jeder gute Moslem, einen Augenblick an die Vorzüge militärischer Disziplin. Nichts, so überlegte er, konnte einer Regierung gleichkommen, die einfach die ehrliche Durchführung der Gesetze des Islam durch die Anwendung des Schwertes vorsah. Vielleicht konnte die Istiqlal, wenn sie erfolgreich war, diese ruhmreiche Zeit wiederbringen. Aber wenn die Partei das wollte, warum hatte sie es nie in ihrer Propaganda erwähnt? Solange der echte Sultan an der Macht war, hatte die Partei über die Reichen und Armen geredet und sich beschwert, daß sie ihre Zeitung nicht so drucken konnte, wie sie wollte, und indirekt den Herrscher kritisiert wegen kleiner Dinge, die er getan hatte, und wegen anderer Kleinigkeiten, die er hätte tun sollen. Aber seitdem die Franzosen den Sultan entfernt hatten, sprach die Partei nur noch von seiner Rückkehr. Wenn er zurückkehrte, wäre alles wieder wie vorher, und die Istiqlal war bestimmt mit dem früheren Zustand nicht zufrieden gewesen.

»*Yah,* Mohammed«, sagte Amar darauf. »Warum will die Partei Sidi Mohammed Khamis wieder auf dem Thron sehen?«

Mohammed sah ihn ungläubig an und spuckte über den

Felsrand ins Wasser. *»Enta m'douagh«*, sagte er angewidert. »Der Sultan wird niemals zurückkommen, und die Partei will ihn nicht zurückhaben.«

»Aber –«

»Die Partei kann doch nichts dafür, nicht wahr, daß alle Leute in Marokko *hemir*, Esel, sind? Wenn du das nicht verstehst, dann fang lieber auch an, anderswo dein Heu zu fressen.«

Mohammed hatte den Kopf weit zurückgelehnt, seine Augen waren geschlossen; er schien sehr mit sich zufrieden. Amar fühlte plötzlich einen Stich im Herzen. Es war gut, dachte er, daß Mohammed in diesem Augenblick sein Gesicht nicht sehen konnte, es hätte ihm sicher nicht gefallen. Einerseits ärgerte er sich einfach, aber andererseits war es hauptsächlich der Verdruß, plötzlich einen unerwarteten Einblick in das zu bekommen, was in seinem Land falsch war und wie es möglich gewesen war, daß ein paar Christenschweine gekommen waren und seine Landsleute beherrschten. In einer Situation, wo man nur durch Zustimmung und Freundlichkeiten etwas erreichen konnte, mußten natürlich Mißtrauen, Feindschaft und Zank vorherrschen. So war es immer; und so würde es bleiben. Er seufzte und stand auf.

Mohammed setzte sich hoch und sah über das Wasser hin. Der Junge vom Land wanderte zwischen den Felsen umher, über die er seine Kleidungsstücke ausgebreitet hatte, und fühlte sie an, ob sie trocken waren. Mohammed beobachtete ihn mit halbgeschlossenen Augen. Dann sah er zu Amar auf.

»Laß uns rüber schwimmen und unseren Spaß mit ihm haben«, schlug er vor. Und als Amar stumm blieb, fuhr er fort: »Wenn du ihn für mich hältst, halte ich ihn für dich.«

Die Antwort kam von Amars Lippen, bevor er sie überhaupt in seinem Kopf zu Worten geformt hatte. »Ich werde deine Mutter für dich halten«, sagte er böse, ohne ihn anzusehen.

Mohammed sprang auf. *»Kifach?«* schrie er. »Was war das?« Er rollte die Augen und sah aus wie ein Irrer.

Amar sah ihn an, ruhig, obgleich sein Herz stärker schlug als je zuvor und sein Atem schneller ging. »Ich habe gesagt, ich werde deine Mutter für dich halten. Aber nur, wenn du deine Schwester für mich hältst.«

Mohammed traute seinen Ohren nicht. Und obwohl er wußte, daß Amar es zweimal gesagt hatte, so daß kein Zweifel bestehen konnte, reagierte er nicht sofort. Es war unmöglich, auszuholen, denn sie standen dicht beieinander, ihre Gesichter und Körper berührten sich beinahe. Mohammed trat daher einen Schritt zurück, verlor aber das Gleichgewicht und fiel in das flache Wasser am Fuß der Felsen. Amar sprang ihm nach, obwohl er wußte, daß er noch in der Luft war, als Mohammed bereits im Wasser landete, und einen Augenblick später war ihm auch klar, daß er mehr oder weniger rittlings auf Mohammeds Bauch landete, der gerade noch unter Wasser war. Mohammed prustete und stöhnte und versuchte seinen Kopf über Wasser zu halten; das Wasser war so seicht, daß er auf die Steine gefallen war. Amar sprang auf; Mohammed erhob sich schwankend, schlammbedeckt und immer noch jammernd. Dann stürzte er sich mit einem wilden Schrei auf Amar, und beide fielen ins Wasser zurück. Diesmal war es Amar, dessen Kopf auf den Grund des Sees gestoßen wurde. Kiesel, harte, glitschige Blätter und morsche Äste zerrieben sein Gesicht, die ganze Welt schien ein chaotischer Aufruhr von Luft und Wasser, Licht und Dunkel. Er fühlte, wie Mohammeds schweres Gewicht ihn niederdrückte, ein Ellbogen hier, ein Knie da, eine Hand an seiner Kehle. Er entspannte sich einen Augenblick, dann legte er alle seine Kraft in einen Gegenstoß, der Mohammeds Griff teilweise löste. Zweimal stieß er mit aller Kraft seine Faust hoch in Mohammeds Bauch, brachte seinen Kopf über Wasser und schöpfte Luft. Er zog sein Bein an und versetzte Mohammed einen Tritt in die Weichteile. Im nächsten Moment waren sie beide auf den Füßen, jeder sah nur Augen, Nase und Mund des anderen. Jetzt war es nur eine Frage der Ausdauer. Amars Faust landete wohlgezielt auf Mohammeds linkem Auge. »Du Sohn der Lustseuche!« brüllte Mohammed. Im selben Augenblick hatte Amar das Gefühl, als sei er mit dem Kopf gegen einen Felswall angerannt. Der Schmerz war gerade unter dem Nasenrükken. Er würgte und wußte, es war Blut, das seine Kehle hinunterlief, er wich zurück und spuckte es Mohammed ins Gesicht; es traf genau unterhalb der Nase. Dann rammte er Mohammed seinen Kopf in den Magen und stieß ihn zurück, und ein noch gezielterer Kopfstoß schleuderte Mohammed in den Uferschlamm. Er sprang vorwärts und saß wieder rittlings auf ihm und hämmerte mit aller Kraft in sein Gesicht. Anfangs machte Mohammed große Anstrengungen aufzustehen, dann ließ sein Widerstand nach, und schließlich stöhnte er nur noch. Aber Amar hörte nicht auf. Das Blut aus seiner Nase lief an seinem Körper herunter auf Mohammeds Kopf und Brust.

Als er sicher war, daß Mohammed sich nicht nur verstellte, um ihn unerwartet anzugreifen, erhob er sich etwas unsicher und versetzte ihm mit seiner nackten Ferse einen furchtbaren Tritt an den Kopf ... Er mußte weiter schnüffeln, damit das Blut nicht aus seiner Nase lief; es fiel ihm ein, daß es richtig wäre, sich zu waschen.

Er hockte sich ein paar Meter vom Ufer ins Wasser nieder und wusch sich rasch, immer über die Schulter zurücksehend, ob Mohammed auch noch in derselben Stellung dalag. Das kalte Wasser schien die Blutung zu stillen, deshalb fuhr er fort, es mit den Händen in sein Gesicht zu spritzen und in der Nase hochzuziehen. Als er zurückging, um sich anzuziehen, hielt er neben Mohammed an und kniete nieder. Als er so auf das sanfte, stille Gesicht mit der weichen braunen Haut zwischen Blut und Schmutzflecken herunterblickte, fühlte er keinen Haß. Aber welch ein Unterschied zwischen dem Mohammed, den Amar jetzt betrachtete, und dem, der er innerlich war! Es war ein Rätsel. Er hatte seinen Kopf auf den Boden gestoßen, aber er hatte kein weiteres Verlangen danach. Mohammed war nicht mehr da; ein Fremder lag nackt vor ihm. Er stand auf und zog sich an. Ohne einen Blick zurückzuwerfen, führte er sein Fahrrad auf die Straße hinaus, stieg auf und fuhr davon. Als die Steigung zu stark wurde, mußte er gehen.

Der Eukalyptushain schien noch stiller als vorher. Als er oben angekommen war, am Anfang der langen geraden Straße, die über die Ebene führte, glaubte er, jemand habe ihn von unten gerufen. Er konnte es sich nicht erklären; wozu sollte Mohammed ihn rufen? Er stand und horchte. Irgend jemand rief unten im Wald, aber weit weg. Die Stimme klang dumpf und entstellt. Und doch schien sie seinen Namen zu rufen, wenn es auch nach dem Vorangegangenen undenkbar war, daß Mohammed ihn rief. Oder vielleicht nicht; vielleicht hatte er kein Geld und fürchtete sich mehr, dem Franzosen im Fahrradladen unter die Augen zu kommen, als nach Amar zu rufen. Es war ihm gleich, Amar hatte nicht die Absicht, zu warten. Er fühlte sich schlecht und unglücklich, stieg wieder auf sein Rad und fuhr unter der Mittagssonne zurück in die Stadt.

7

Wie die meisten Jungen und jüngeren Männer, die in Fez geboren waren, seit die Franzosen ihr eigenes Fez ein paar Kilometer vor den Stadtmauern gebaut hatten, hatte Amar es sich nie angewöhnt, in die Moschee zu gehen und zu beten. Für alle, außer für die Wohlhabenden, war das Leben ein gesetzloses Durcheinander geworden. Die Menschen verließen ihre Familien und gingen in andere Städte, um zu arbeiten, oder traten ins Heer ein, wo sie sicher waren, ihr Essen zu bekommen. Da es eine viel größere Sünde war, unregelmäßig zu beten als überhaupt nicht, hatten sie einfach den Versuch, wie ihre Voreltern zu leben, aufgegeben und hofften, daß Allah in seiner allumfassenden Güte sie verstehen und ihnen verzeihen werde. Aber oft wußte es Amar nicht genau; vielleicht waren die Franzosen nur wie Pest oder Hungersnot geschickt worden, um den Glauben der Mohammedaner auf die Probe zu stellen, und Allah beobachtete jeden, ob er treu seinem Glauben anhänge. Wie zornig mußte er dann jetzt sein, wenn er sah, auf welche

Abwege sein Volk geraten war. Es gab Augenblicke wie diesen, da Amar sich fern von Allahs Gnade fühlte, als er, mit aller Kraft die Pedale tretend, über die verdorrten Felder fuhr, und die ungeheure Sonne ihre tödlichen Strahlen auf ihn herabschickte.

Er wußte, daß Mohammed schuld gewesen war, aber irgendwie konnte dieser nichts dafür – weil er eben Mohammed war; dagegen war es seine Schuld, daß er Mohammed anders haben wollte, als es geschrieben stand. Er wußte, nur Allah konnte einen Menschen ändern, aber unwillkürlich verdroß es ihn, daß Mohammed sich nicht als der erwartete Freund erwiesen hatte, dem er vertrauen konnte und der ihn verstand.

Vor ihm lag hinter der unsichtbaren Medina der Dschebel Zalagh. Er sah nicht besonders eindrucksvoll aus von hier aus – nur wie ein höherer Teil des langen Bergrückens, der sich unendlich von einer Seite des Horizonts zur anderen hinzuziehen schien. In der flimmernden Hitze heute war er ein farbloses, totes Grau, wie Asche. Die Araberstadt konnte man natürlich nicht sehen, da sie in einem weiten Einbruch unterhalb des Hochplateaus lag. Diese Lage machte sie wärmer im Winter, da sie vor den eisigen Winden der Hochebene geschützt war, und kühler im Sommer, weil die gnadenlosen Sonnenstrahlen sie nicht mit voller Kraft trafen. Außerdem strömte der Fluß in zahllosen Kanälen durch die Schlucht, an deren Abhängen die Medina gebaut war, und kühlte die Luft ab. Die Einwohner liebten es, sich selbst und auch Besucher auf das unerträgliche Klima der Ville Nouvelle aufmerksam zu machen, denn die Franzosen hatten ihre Stadt mitten in die Hochebene gebaut, allen Unbilden des schonungslosen Klimas voll ausgesetzt. Amar konnte es nicht verstehen, daß sogar die Franzosen so dumm sein konnten, soviel Geld an den Bau einer so großen Stadt zu verschwenden, wo es niemals von Nutzen sein konnte, da der Boden von vornherein wertlos war. Er war im Winter dort gewesen und hatte die eisigen Windstöße in den breiten Straßen gespürt; bestimmt konnte in der ganzen Welt die Luft nirgends unfreundlicher und ungeeigneter für Menschen sein. »Es ist Gift«, pflegte er zu sagen, wenn er von einem Besuch aus der Ville Nouvelle nach der Medina zurückkehrte. Und im Sommer stand die Luft in den Alleen still, trotz der Bäume, die sie gepflanzt hatten; kein Hauch rührte sich, und am Ende jeder Straße war die tote Ebene zu sehen, die in der grausamen Sonne kochte.

In der Ferne konnte er die weißen Punkte erkennen, die neuen Mietshäuser der Stadt; sie sahen wie angehäufte Vogelabfälle in der Weite der Ebene aus. »All das wird eines Nachts verschwinden«, dachte er, sich selbst Mut zusprechend. Es stand geschrieben, daß die Werke der Ungläubigen zerstört würden. Aber wann? Er wollte die Flammen in den Himmel schießen sehen und die Angstschreie hören; er sehnte sich danach, durch die brennenden Ruinen zu wandern und die Freude zu fühlen, die aus der Erkenntnis geboren wird, daß das Böse in dieser wie in der nächsten Welt bestraft wird, daß Gerechtigkeit und Wahrheit auf dieser Erde siegen wie im Jenseits.

Dies war die Stunde, da niemand im Freien war; seit er Aïn Malqa verlassen hatte, hatte er keine Seele getroffen. Man hätte sagen können, als er so dahinfuhr, die Erde sei von den Menschen preisgegeben und den Insekten überlassen worden, die in schrillem Gesang die Hitze priesen, in einem einzigen durchdringenden Ton, von allen Seiten endlos erneuert.

Seine Nase hatte wieder zu bluten angefangen, nicht so stark wie vorhin, aber bei jedem dritten, vierten Tritt in die Pedale tropfte sie; sie schmerzte, und er hatte das Gefühl, sie sei so groß wie sein Kopf. Er hielt an, kniete neben dem Wasserkanal an der Straße nieder und wusch sein Gesicht. Das Wasser war kalt; er hatte vergessen, daß es so wunderbar kalt war. Er holte tief Atem, beugte sich nieder und steckte seinen Kopf in das Wasser; seine Wangen zitterten unter der Stärke der Strömung. Als er mit Waschen und Untertauchen fertig war, fühlte er sich erfrischt und entspannt. Daher bekam er Lust, sich ein wenig auszuruhen. Er stand auf und sah sich auf der Ebene nach einem Baum um, aber da war keiner; so fuhr er weiter. Nach ein paar Kilometern sah er ein gutes Stück entfernt links von sich etwas Grünes. Es sah aus wie ein kleiner Obstgarten; ein Weg führte durch die Felder dahin. Er bog ab. Der Weg war uneben und schwer zu fahren; es gelang ihm aber, langsam vorwärtszukommen, ohne absteigen zu müssen. Zu Fuß hätte er den Umweg wahrscheinlich nicht der Mühe wert gefunden. Der Obstgarten war größer und weiter entfernt, als er gedacht hatte. Er lag in einer kleinen Niederung; was er von der Straße aus gesehen hatte, waren nur die Baumwipfel. Eine solche Fülle von Grün mußte unterirdische Quellen haben. »Oliven, Birnen, Granatäpfel, Quitten, Zitronen ...«, murmelte er, als er den Garten erreichte.

In dem Augenblick hörte er vor sich das Geräusch eines sich nähernden Motorrads. Er hatte nicht daran gedacht, daß auf dem Gelände ein Haus stehen könnte, ein bewohntes Haus, aber jetzt fiel es ihm ein, und der Gedanke wurde nicht erfreulicher durch die Vermutung, daß die Bewohner wahrscheinlich Franzosen waren, die ihn entweder prügeln, erschießen oder, was das schlimmste wäre, der Polizei aushändigen würden. Es war immer eine böse Sache, auf einer französischen Farm gefaßt zu werden, besonders aber jetzt, da die Istiqlal in den letzten Wochen Hunderte von Besitzungen überfallen und die Ernte angezündet hatte.

Er sprang schnell ab, hob das Rad auf, rannte unbeholfen damit unter die Bäume und suchte nach einem Versteck. Aber es war ein gepflegter Garten, ohne Gebüsch und Unterholz, und er sah ein, daß seine Absicht unvernünftig war; er hätte sehr weit laufen müssen, um nicht gesehen zu werden, wenn der Motorradfahrer gerade in seine Richtung blickte. Und das Geräusch des Motors war schon sehr laut, fast bei ihm. Er drehte sich um, stellte sein Rad ab und ging langsam zurück. Als das Motorrad erschien, hatte er fast den Weg erreicht. Der Fahrer, ein kleiner dicker Mann mit Autobrille und Schirmmütze, wurde tüchtig durchgeschüttelt, als die Maschine von einer alten Fahrrinne in die andere sprang und dabei auf steinharte Erdbrocken stieß. Als er herankam, sah er Amar plötzlich vor sich; er hielt, ließ die Maschine einen Moment leer laufen, dann stellte er den

Motor ab. Die plötzliche Stille war erstaunlich, aber dann stellte es sich heraus, daß es durchaus nicht still war; die Zikaden zirpten in den Bäumen.

»Msalkheir«, sagte der Mann, sorgfältig erst seine Mütze, dann seine Brille abnehmend, ohne Amar je aus den Augen zu lassen. »Wo gehst du hin, und wo kommst du her?«

»Ich bin spazierengegangen«, sagte Amar, »ich suchte einen Baum, unter den ich mich legen konnte.« Er war sicher, der Mann war ein Mohammedaner (nicht weil er perfekt arabisch sprach, denn das taten auch einige Franzosen, sondern wegen seines Benehmens und der Art, wie er sprach), und das hatte seine Furcht soweit beseitigt, daß er ihm einfach die Wahrheit sagte.

»Spazierengehen mit einem Fahrrad?« Der Mann lachte, man konnte sehen, daß er Amar nicht ein Wort glaubte.

»Ja«, sagte Amar. Dann fiel ein Blutstropfen von seiner Nase, und er bemerkte, daß sein Hemd voll roter Flecken war.

»Was ist los?« fragte der Mann. »Was ist mit deinem Gesicht passiert? Bist du vom Rad gefallen?«

Es war zu spät, jetzt zu lügen, überlegte Amar kläglich. »Nein, ich hatte eine Prügelei. Mit einem Freund«, fügte er schnell hinzu, damit der Mann nicht auf den Gedanken kam, daß er einen Streit mit einem der Arbeiter oder Wächter des Besitzes gehabt hätte. Wieder lachte der Mann. Er hatte ein rundes Gesicht mit großen, milden Augen und eine beginnende Glatze. »Eine Prügelei? Und wo ist der Freund? Liegt er irgendwo tot in meinem Obstgarten?« Amar sah in den Augen des Mannes nur interessierte Belustigung. »In Aïn Malqa.«

Jetzt runzelte der Mann die Stirn. »Entschuldige, aber ich glaube, du bist verrückt. Weißt du, wo Aïn Malqa liegt?«

Amar schniefte, damit das Blut nicht aus seiner Nase tropfte. »Ich habe Ihr Obst nicht angerührt«, sagte er gekränkt. »Wenn Sie wollen, daß ich rausgehe, sagen Sie es, und ich werde gehen.«

Der Mann machte ein beleidigtes Gesicht. *»La, khoya, la«*, sagte er sanft, als würde er ein scheues Pferd beruhigen.

»Woher nimmst du so dumme Ideen? Keineswegs.« Er warf seinen Motor an. Er fährt weg, dachte Amar hoffnungsvoll. Aber dann sank sein Herz, als der Mann, einen Fuß am Boden, eine Hundertachtziggradwendung mit seiner Maschine machte und sie in die Richtung gewandt, aus der er gekommen war, wieder anhielt.

Über den Motorenlärm hinweg rief er: »Steig auf dein Rad!« Amar gehorchte. »Fahr voraus!« Er zeigte geradeaus, und Amar fuhr los, tiefer in den Obstgarten hinein, den Lärm des langsam fahrenden Motorrades hinter sich.

So fuhren sie. Es schien keinen Sinn zu haben, sich umzudrehen, denn der Mann folgte ihm in unverändertem Abstand. Amar fühlte sich jämmerlich. An Flucht zu denken war unvernünftig. Es war einfach unmöglich. Aber er fürchtete sich: er hatte noch nie einen solchen Mohammedaner getroffen, einen Menschen, dessen Absichten so schwer zu durchschauen waren, daß man ihn leicht für einen Christen halten konnte.

Plötzlich bog der Weg nach rechts ein, und da, auf einer Lichtung im Garten, stand ein altes Haus. Ein Fußpfad führte zur Tür, eingefaßt von hohen verwilderten Rosenbüschen. Für ein Landhaus war es außerordentlich groß, die lange fensterlose Wand war volle zehn Meter hoch. Risse verliefen im Zickzack von oben nach unten; Pflanzen und Büsche waren darin gewachsen, aber sie waren alle verdorrt bis auf einen winzigen knorrigen Feigenbaum, dessen grauer Stamm sich wie eine fette Schlange durch die Mauer gebohrt hatte. Das Motorengeräusch hinter ihm hörte auf, und Amar sah sich endlich schüchtern um. Der Mann war von seiner Maschine gestiegen und ließ die Abstellstütze herunter. Er fing Amars Blick auf und lächelte kurz. »Hier sind wir«, sagte er. »Die Tür ist offen. Geh hinein!«

Amar ging aber nur bis zur Tür und wartete dort auf seinen Gastgeber, der ihn dann etwas ungeduldig vorwärtsschob. Innen stiegen sie eine lange Treppe hinauf zu einer überdachten Galerie, die auf drei Seiten um einen großen quadratischen Hof lief. An einigen Stellen war das Geländer schon zerfallen, und mehrere der großen Deckenbalken sackten bedrohlich ab. Die Luft war erfüllt vom Summen unzähliger Wespen.

»Hier hinein«, sagte der Mann und schob ihn sanft durch eine Tür in einen langen Raum, dessen Licht von einer Reihe kleiner Fenster oberhalb der Galerie kam. Am anderen Ende des Zimmers saßen drei Jungen auf Kissen entlang der Wand, alle zwei oder drei Jahre älter als Amar. Der Mann führte ihn zu ihnen. Als er ihnen die Hand gab, bemerkte er, daß sie ihn alle auf europäische Art begrüßten, ohne hinterher mit ihren Fingern die Lippen zu berühren. Außerdem waren sie alle wie Franzosen angezogen, nicht nur was die Wahl ihrer Kleider anging, sondern auch in der Art, sie zu tragen. Einer der Jungen hatte ein Buch gelesen, und die anderen zwei hatten sich unterhalten, während der eine seinen Jackenärmel mit einem Benzinlappen rieb. Aber alle unterbrachen höflich ihre Beschäftigungen und beugten sich vor, als Amar sich hinsetzte.

Der Mann ließ sich auf ein hohes Kissen ihnen gegenüber nieder und zeigte auf Amar wie auf ein seltenes Tier, das er gefangen habe. »Seht her«, rief er, »da bin ich gerade unterwegs in die Stadt, um Lahcen zu treffen, der jetzt in der ›Renaissance‹ wartet, und treffe diese Gazelle im Obstgarten. Nicht auf dem Weg etwa, sondern von der Mühle kommend.«

»Was für eine Mühle?« unterbrach Amar. Das Blut hatte jetzt seine Lippen erreicht.

»Und dann erzählt er mir«, fuhr der Mann gelassen fort, »er käme von Aïn Malqa.« Der Junge, der vorher gelesen hatte, lachte. »Oh, er hat ein Fahrrad«, versicherte ihm der Mann. »Es ist absolut möglich. Aber was ist ihm passiert? Seht ihn euch an. Er will nicht reden. Er sagt, er hat eine Prügelei mit einem Freund gehabt.«

Diese Aufforderung war überflüssig; die Jungen betrachteten Amar unauffällig, aber genau. Um dieser peinlichen, wenn auch höflichen und durchaus nicht feindseligen Prüfung zu entgehen, fing Amar an, sich gelassen in dem sonderbaren Raum umzusehen. Er hatte niemals etwas Ähnliches gesehen. Er fand das Zimmer äußerst unordentlich, keine Spur von der gescheuerten Sauberkeit der Zimmer zu Hause, obwohl er es nicht gerade schmutzig hätte nennen können. Überall auf dem Fußboden lagen ungeordnete Haufen von Büchern und Zeitschriften und dicke Sitzpolster, die mit Absicht hier und da verteilt schienen, nicht in einer Reihe aufgestellt, wie es sich doch gehörte. Auf drei kleine Kaffeetische, die gleichfalls wahllos herumstanden, waren Körbe mit Pfirsichen gestellt, deren Duft in der Luft hing. Die Wände, an denen man die großen goldgerahmten Fotografien der Verwandten erwartet hätte – denn dieses Haus, so alt es auch war, gehörte offensichtlich einem reichen Mann –, waren leer, ohne jedes Bild oder sonstigen Schmuck, nur eine sehr große farbige Karte von Marokko hing dort. Amar hatte einmal eine ähnliche gesehen, als er durch das Fenster des Bureau du Contrôle Civil geschaut hatte. Und wo immer er hinblickte, sah er Schalen voller Zigarettenenden und Asche, und Asche lag auch auf dem Fußboden. Seiner Meinung nach war dies ein typisch französisches Zimmer, und der Mann wollte auch, daß man ihn für einen Franzosen hielt.

»Das ist kein Untersuchungsausschuß«, sagte der Mann lächelnd zu Amar, »aber ich habe dich auf meinem Besitz erwischt und möchte wissen, was du hier gewollt hast. Kannst du mir das verübeln?«

Amar hatte seine Muttersprache nie zuvor so sprechen hören; der Mann gebrauchte alle Dialektausdrücke, aber gleichzeitig benutzte er Worte, die zeigten, daß er gutes Arabisch sprach, die Sprache der Moschee und der *medersa*, des *imam* und des *aallem*. Und er vermischte die beiden Sprachen so geschickt, daß es beinah wie eine neue Sprache klang, angenehm und einschmeichelnd.

»Nein«, sagte Amar, »aber ich habe Ihnen die Wahrheit gesagt.« Er empfand es unangenehm, daß seine Sprache hoffnungslos ungeschliffen war, die Sprache der Gasse.

»Möglich, aber du hast mir nicht genug erzählt. *Zid*. Fahr fort! Erzähle uns nur die ganze Geschichte! Möchtest du etwas trinken?«

Amar war durstig und bejahte. Einer der Jungen sprang

auf, ging zum anderen Ende des Zimmers und kam mit einer großen Flasche und mehreren sehr kleinen Gläsern zurück. Amar schaute mißtrauisch auf die Flasche. Der Junge sah seinen Blick, sagte »Chartreuse« und schenkte ihm ein. Dann gab er den anderen. Amar war das durchaus nicht recht, aber er nippte davon und fing dann an, die Ereignisse des Tages zu erzählen. Als er auf die Prügelei zu sprechen kam, unterbrach ihn der Mann: *»Essbar«*, sagte er, »warum habt ihr euch geprügelt?«

Er wollte sagen: »Ich weiß es nicht«, da er nicht wußte, wie er in Worten ausdrücken sollte, weshalb er sich von Mohammed beleidigt fühlte. Es hatte bestimmt nicht an Mohammeds Vorschlag gelegen; an dem war nichts Ungewöhnliches, es wäre auch nichts Besonderes dabei gewesen, wenn er ihn angenommen hätte. Es hatte mehr mit Mohammeds selbstgefälliger Rechthaberei zu tun – er war einfach einer jener Menschen, bei denen man das Gefühl hat, ihnen eine herunterhauen zu müssen. Aber er konnte kaum damit rechnen, daß seine Zuhörer das verstehen würden, ohne eine lange Abschweifung, die zur Politik führte. Und selbst wenn er ihnen in einer solchen Diskussion geistig gewachsen gewesen wäre, war es einfach undenkbar. Er wußte noch nicht einmal, auf welcher Seite seine Zuhörer standen; es konnte leicht sein, daß sie alle für die Franzosen waren.

»Ich konnte ihn nicht leiden«, sagte Amar. »Er gehörte zu jener Art *ouild*, die manchmal eine gute Tracht Prügel braucht.«

»Aha«, sagte der Mann ernsthaft und sah die drei Jungen mit einem Blick an, der sie zu warnen schien, nicht zu lachen. »Und du hast ihm eine gute Tracht gegeben. *Zid*.«

Amar atmete auf; er hatte den Eindruck, daß der Mann ihm glaubte, und fühlte sich so erleichtert, daß er sich an alle Einzelheiten des Kampfes erinnerte, die er ausführlich berichtete. Der Mann war jetzt offensichtlich amüsiert, Amar konnte es an seinen Augen sehen, trotzdem blieb er sitzen und hörte ernsthaft zu, bis Amar zu dem Augenblick kam, da er das Motorrad durch den Obstgarten herankommen gehört und vergeblich versucht hatte, durch die Bäume zu entwischen, aber umgekehrt und entdeckt worden war, ehe er noch den Weg erreicht hatte. Der Mann beugte sich zu ihm herüber und klopfte ihm lachend auf die Schulter. »Sehr gut, sehr gut«, sagte er. »Ich denke, wir können deiner Geschichte glauben. Ich muß jetzt für kurze Zeit in die Stadt, aber ich komme zurück. Du bleibst hier, und das Haus steht zu deiner Verfügung. Wenn du etwas willst, brauchst du es nur zu sagen.«

Er stand auf; Amar sprang automatisch ebenfalls auf. Er hatte die Einladung des Mannes gehört und verstanden, nahm sie aber als einfache Höflichkeit. Außerdem wollte er gehen, das Haus, die Jungen und sein Gastgeber waren alle irgendwie unheimlich, es war wie ein Traum, und eine große Unruhe überfiel ihn. Er sah auf und erblickte fast sehnsüchtig die Flecken blauen Himmels durch die Fenster oben an der Wand.

»Setz dich hin«, sagte der Mann. Das war unverkennbar ein Befehl, und er gehorchte. Der Mann schritt schnell zur Tür und verschwand. Wenig später heulte der Motor auf, und dann wurde das Geräusch langsam schwächer.

8

Sie saßen alle so still wie bei einem Ritual, bis auch bei angestrengtem Horchen nicht das geringste Geräusch des Motors mehr zu hören war. Dann wandte sich der Junge, der gelesen hatte, zu Amar und sagte: »Nimm doch einen Pfirsich. Es sind genug da.«

Amar fuhr sich mit der Hand über das Gesicht. »Ich bin sehr durstig.« Er blickte auf seine Hand und sah frisches und getrocknetes Blut, und plötzlich schien der Tag endlos. »Ich sollte gehen«, sagte er unschlüssig.

Die drei Jungen protestierten murmelnd. Er konnte sehen, daß sie ihn am Weggehen verhindern würden, und wenn es nötig war, sogar mit Gewalt. »Ich müßte eigentlich nach Hause gehen«, wiederholte er. »Meine Nase –«

Der Junge, der gesprochen hatte, stand auf und blickte auf ihn herunter. »Schau«, sagte er. »Leg dich hier nieder, und ich werde nach dir sehen.« Er ging zur Tür und rief: *»Yah Mahmud!«* Sofort erschien ein älterer Mann in einer etwas angeschmutzten weißen *gandoura*; der Junge ging auf die Galerie hinaus und sprach kurz mit ihm. Dann kam er zurück, kniete vor Amar nieder und fing an, seine Sandalen zu lösen. Verlegen schob Amar seine Hände weg und zog sie selber aus. »Leg dich hier hin«, befahl der Junge, auf den Platz deutend, wo er gesessen hatte. Die beiden anderen sahen zu, wie er Amar half, sich bequem hinzulegen, und Kissen unter seinen Kopf schob, während Amar die ganze Zeit schwach protestierte, daß man soviel Umstände mit ihm machte. Aber es war angenehm, sich auszustrecken. Er war sehr müde. Niemand sprach, bis der Bediente mit einem Tablett hereinkam, das er neben Amars Lager hinsetzte. Auf einen Ellbogen gestützt, trank Amar ein Glas kaltes Wasser. Das Glas war mit hellroten Störchen verziert.

»Vielleicht kann ich wiederkommen und euren Vater ein anderes Mal besuchen«, fing er an. Er war davon überzeugt, daß der Mann nicht der Vater von einem der Jungen war, aber er wollte wissen, was sie antworten würden. Einen Augenblick herrschte Schweigen; es war klar, daß sie nicht recht wußten, was sie sagen sollten.

»Moulay Ali wird sehr bald zurück sein«, sagte der Junge, der ihn in seine Obhut genommen hatte; anscheinend war er der Wortführer. »Leg dich hin, ich werde etwas *filfil* auf dein Gesicht tun.« Amar legte sich zurück. »Schließ deine Augen, fest.« Der Rat war unnötig, da Amar keinesfalls den roten Pfeffer in die Augen bekommen wollte. Der Junge strich die Paste vorsichtig auf seine Stirn und seinen Nasenrücken. »Du solltest zum Doktor gehen«, sagte er, als er fertig war. »Ich glaube, deine Nase ist gebrochen.«

Mektoub, dachte Amar. Er hatte keine Absicht, einen Doktor aufzusuchen; er brauchte sein Geld für Schuhe.

Der Junge ließ sich etwas weiter weg auf den Sitz zwischen den beiden anderen nieder, die nach Amars Ansicht nur dasaßen, um ihn zu beobachten. Es war sehr still in dem Zimmer; nur manchmal hörte man das Rascheln vom Umblättern einer Zeitschrift oder ein Räuspern. Er konnte das gleichmäßige Summen der Wespen in der Galerie hören und etwas ferner einen gelegentlichen Hahnenschrei draußen in der Nachmittagssonne. Er hatte seine Augen krampfhaft geschlossen, aber langsam lösten sich seine Gesichtsmuskeln, und er fürchtete einzuschlafen. Das durfte keinesfalls geschehen in diesem Haus mit den fremden Leuten, die ihn beobachteten; der Gedanke allein erschreckte ihn. Er entschloß sich zu sprechen, über irgend etwas, nur damit er wach blieb. Es war unbedingt notwendig, daß er irgend etwas sagte. Es kam ihm vor, als sitze er und hätte eine lange, ernste Diskussion mit den drei Jungen, und sie hörten ihm zu und waren seiner Meinung. Und irgendwo, ganz weit weg, donnerte es. Plötzlich hustete jemand, und er bemerkte, daß er keineswegs saß; das bedeutete, daß er beinah eingeschlafen war.

»Sagt mal«, sagte er laut, »hat Moulay Ali wirklich gedacht, ich wollte sein Haus anzünden?«

Unerwarteterweise lachten die drei Jungen. »Frag ihn lieber selbst«, sagte der, der ihm geholfen hatte. »Wie soll ich wissen, was er gedacht hat? Er kann jede Minute hier sein.«

»Wohnt ihr alle in Fez?« Es kam nicht darauf an, was die anderen von seinen dummen Fragen hielten, wichtig war nur, daß er nicht einschlief.

»Die, ja. Ich wohne in Meknès.«

»Bleibst du jetzt hier?«

»*Sa'a, sa'a,* manchmal komme ich und bleibe ein paar Tage. Moulay Ali ist ein guter Freund. Ich habe von ihm mehr gelernt als von irgendeinem *aallem.*« Die beiden anderen murmelten zustimmend.

Das war doch wohl eine merkwürdige Erklärung. »Aber was lehrt er euch?«

»Alles«, sagte der andere fast heftig.

»Ich möchte mich aufsetzen«, sagte Amar. »Könntest du bitte das *filfil* abwischen?«

»Nein, nein, lieg still. Moulay Ali wird kommen. Er soll sehen, daß ich mich um dich gekümmert habe.«

Amar hatte sich jetzt soweit aufgerafft, daß er nicht länger einzuschlafen fürchtete. Wieder rollte irgendwo weit weg der Donner. Er lag ganz still. Bald darauf konnte man das Motorrad in der Ferne auf der Straße hören: Es bog in den Weg ein, kam zwischen den Obstbäumen heran und hielt schließlich mit lautem Geknatter vor dem Haus. Stimmen ertönten auf der Treppe, und Moulay Ali kam ins Zimmer, begleitet von einem Mann mit einer außerordentlich tiefen, dröhnenden Stimme. »Dies ist Lahcen«, sagte Moulay Ali. Die drei Jungen erwiderten die Begrüßung. »Ah, ich sehe, unser Freund schläft. Was hast du da auf sein Gesicht geschmiert. *Filfil?*«

»Ich schlafe nicht«, sagte Amar. Er wäre froh gewesen, an der Unterhaltung nicht teilnehmen zu müssen, aber er konnte nicht einfach daliegen und stumm bleiben.

»Er soll sich lieber aufsetzen«, sagte Moulay Ali. Der Junge aus Meknès hielt Amaras Kopf und fing an, mit einem Messer die getrocknete Paste von seiner Stirn und seinen Augenbrauen zu kratzen. Nachdem er alles entfernt hatte, rieb er die Stellen mit einem feuchten Tuch. Lahcen und Moulay Ali unterhielten sich auf ganz unverständliche Weise.

»Dieses?« – »Ja, neun.« – »Ich werde das nehmen.« – »Ich dachte, Sie sagten elf?« – »Nein, nicht das. Dies. Dies!« – »O ja.« – »Dieses hier, fünf.« – *»Ouakha.«* – »Und hier, davon habe ich Ihnen erzählt. Sie sehen, man kann nicht sicher sein.« – »Ich bin sicher.« – »Man kann unmöglich sicher sein. Glauben Sie mir.« – »Gut, lassen wir das offen.« – »Legen Sie sechs dazu und lassen Sie es.« – »Und was ist mit ...?« – »Wir kommen später dazu. Nehmen Sie einen Pfirsich. Die besten in Saïs.«

Amar öffnete die Augen, als er glaubte, sie seien trocken, und setzte sich auf. »Ah, da ist er!« rief Moulay Ali. *»Kif enta?* Besser jetzt?«

In der Mitte des Raumes stand vornübergebeugt ein großer Mann mit einem weichen grauen Tarbusch auf dem Kopf, aß einen Pfirsich und versuchte seine Kleidung vor dem herauslaufenden Saft zu schützen. Schließlich richtete er sich auf, zog ein Taschentuch heraus und wischte sich Mund und Hände. Dann kam er auf Moulay Alis Aufforderung herüber und begrüßte Amar. Iris und Pupille seines linken Auges waren ganz weiß, wie eine weiße Murmel. Amar erriet sofort, daß er nicht aus derselben Gesellschaftsschicht kam wie die drei Jungen und sein Gastgeber. Zweifellos hatte er nicht dieselbe Erziehung gehabt; seine Sprache war kaum besser als die Amars. So, das ist also Lahcen, dachte er, und er konnte sich nicht vorstellen, warum Moulay Ali nach der Ville Nouvelle geeilt war, ihn zu holen.

»Wir werden unsere Geschäfte auf später verschieben«, bemerkte Moulay Ali nachdrücklich, »und Mahmoud soll uns etwas Tee machen.« Er ging zur Tür und rief den Diener.

Amar hatte befürchtet, es werde Tee geben; das hieß, daß er mindestens drei Glas mit seinem Gastgeber trinken mußte, ehe er gehen konnte. Verzweifelt lehnte er sich zurück und sah auf Lahcen, der in seiner Nase bohrte. Der Tarbusch auf seinem Kopf war das einzige mohammedanische Kleidungsstück im Zimmer und wirkte merkwürdig in dieser Umgebung sowohl wie auf dem kugelförmigen Kopf. Eine solche Kopfbedeckung erwartet man bei einem älteren, etwas exzentrischen reichen Herrn, der am Freitagnachmittag seine Enkelkinder ausführt.

»Setzen Sie sich«, sagte Moulay Ali zu seinem neuen Gast. »Sprechen Sie mit unserem Freund hier.« Zu einem der Jungen sagte er: »Chemsi, komm her. Ich möchte dir was zeigen.«

Lahcen lächelte Amar zu und setzte sich. »Ich höre, du warst heute in Aïn Malqa schwimmen«, sagte er. »Wie ist das Wasser da jetzt? Noch immer kalt?«

»Sehr kalt.«

»Bist du kürzlich in Sidi Harazem gewesen?«

»Nein, ich arbeite. Das ist zu weit.«

»Ja, es ist weit.« Er schwieg einen Moment. Dann sagte er: »Arbeitest du in der Ville Nouvelle?«

»Nein, in Bab Fteuh.«

»Da wohne ich.«

Amar konnte sich nicht erinnern, ihn jemals gesehen zu haben, aber er sagte: »Ach.«

»Bist du schon mal in Dar el Beida gewesen?« fragte ihn Lahcen. Amar verneinte. »Da kann man schwimmen. An der Küste, in der See. Es gibt keine bessere Stelle.«

»Französische Frauen, ganze Millionen«, sagte Amar.

Lahcen lachte. »Ganze Millionen.«

Sie sprachen eine Weile über Casablanca, und Amar dachte die ganze Zeit ängstlich daran, daß die Dämmerung bald hereinbrechen werde. Es schien ihm, als sei er seit einer Woche in diesem Raum eingeschlossen. Doch da der Tee kam, konnte er nicht einmal andeuten, daß er gehen wollte.

»Es heißt: *dans la région de Bou Anane*«, sagte Moulay Ali. »Bedeutet das etwas für dich?«

Chemsi zögerte und verneinte.

Moulay Ali brummte. »Es bedeutet etwas für Ahmed Slaoui.«

»Oh!« sagte Chemsi.

Mit einem verschlagenen Blick auf Chemsi nickte Moulay Ali langsam. »Siehst du, was ich meine?« fragte er ihn endlich. »Nimm den ganzen Artikel Wort für Wort, setze Maroc-Presse und das Datum ein und füge alles hinzu, was du über *la région de Bou Anane* weißt.«

»Armer Slaoui«, sagte Chemsi.

»Vielleicht ist er jetzt nicht dort«, gab ihm Moulay Ali zu bedenken.

Mahmoud brachte ein riesiges Kupfertablett mit einer silbernen Teekanne und Gläsern herein. Die beiden kamen aus der Ecke, in der sie miteinander gesprochen hatten, Moulay Ali warf den zwei anderen Jungen die zusammengefaltete Zeitung zu, die er in der Hand hielt, setzte sich und fing an, die Gläser zu füllen. Der Tee gurgelte und dampfte, und der Duft der Minze stieg auf.

»Wie heißt du?« fragte er Amar plötzlich.

Amar sagte es ihm. Moulay Ali zog die Augenbrauen hoch. »Fassi?« fragte er.

»Meine Familie hat immer in Fez gelebt«, murmelte Amar voll Stolz; er bemerkte, wie die Jungen ihn erneut forschend ansahen. Vielleicht hatten sie ihn für einen *berrani*, einen Außenseiter, gehalten.

»Welche *hauma*?« Moulay Ali reichte die Teegläser herum.

»Keddane, unterhalb des Dschemaa Andaluz.«

»So, so.«

Amar erwartete, sein Gastgeber würde *»Bismillah«* sagen, ehe er seinen Tee trank, aber er sagte nichts. Auch niemand sonst. Gewöhnlich murmelte Amar sein Gebet kaum hörbar, aber da die anderen so nachlässig waren, sagte er es mit lauter Stimme. Lahcen drehte sich um und sah ihn an.

Der Junge, der Zeitung gelesen hatte, legte sie langsam nieder und ergriff sein Teeglas. Er sah bestürzt aus. »Beulenpest«, sagte er. »Das ist eine schreckliche Krankheit. Man platzt.«

»Eiouna!« stimmte Moulay Ali zu, als würde er sagen: »Ich hab' es dir gesagt.«

Lahcen schlürfte geräuschvoll seinen Tee und sagte: »Laghzaoui – ich meine Lazraqi sagt, Algier ist jetzt voll davon.«

»Es muß wohl über die Grenze kommen«, fing der Junge an.

»Gerüchte!« sagte Moulay Ali scharf, unverwandt den Blick auf Chemsi geheftet.

»Wir wissen überhaupt nichts über Algier.« Chemsi nickte zustimmend.

Dann sprachen sie über entlegene Städte im Süden des Landes, als ob sie wichtige Plätze wären, dachte Amar. Es war ihm vollkommen klar, daß die Unterhaltung sich um einen ihnen allen bekannten Punkt drehte, den sie ihm verheimlichen wollten. Nachdem er das dritte Glas Tee getrunken hatte, stand er auf. »Es ist sehr spät«, sagte er.

»Natürlich, du möchtest gehen«, sagte Moulay Ali lächelnd. »Gut. Aber vergiß uns nicht. Komm wieder, und wir werden eine Gesellschaft geben, mit Musik. Du weißt ja jetzt, wo das Haus ist.«

Lahcen grinste. »Unser Freund Moulay Ali spielt Flöte und Geige.«

»Und wenn ich mich nicht irre, spielt unser Freund Lahcen die Literflasche«, scherzte Moulay Ali. Die Jungen lachten. »Besonders Ait Souala rosé.«

»Aber er spielt sehr gut Flöte«, fuhr Lahcen fort. »Spiel ein bißchen«, drängte er ihn.

Moulay Ali zuckte mit den Achseln. »Amar möchte gehen. Ein andermal. Und Chemsi wird seine *Oud* von Meknès mitbringen.« Chemsi protestierte scheu, er spiele zu schlecht. »Was spielst du?« fragte Moulay Ali, Amars Hand nehmend, ohne aufzustehen.

Amar war verlegen. »Ein bißchen *lirah*.«

»*Baz!* Das ist wunderbar! Da kannst du für mich einspringen, wenn ich müde werde. Auf Wiedersehen! Und pflege deine Kriegswunden.« Sein Gesicht wurde ernst. »Und lauf nicht mehr auf Privatwegen herum, verstehst du? Wenn ich es nicht gewesen wäre! Nimm an, es wäre Monsieur Durand oder Monsieur Blanchet gewesen! *Eioua!* Du würdest jetzt nicht auf deinem Rad nach Hause fahren, was?« Er wandte sich an die Jungen, um zu sehen, ob sie zustimm[illegible]. Sie lächelten. Lahcen sagte gefühlvoll: *»Ay!«*

Amar stand da und zerbrach sich den Kopf, was er sagen sollte, um ihnen zu zeigen, daß er weder ein Dummkopf noch ein Kind sei und wohl wisse, daß hinter ihren Worten etwas lag, was sie ihm zu verbergen suchten. Er hielt es für das beste, selbst geheimnisvoll zu tun und sie glauben zu lassen, daß er sie trotz aller Vorsichtsmaßnahmen verstanden habe, aber nicht so, daß sie annehmen könnten, er sei verstimmt über das kindische Spiel – denn was war es sonst? –, das sie mit ihm getrieben hatten.

»Ich danke Ihnen für Ihr Vertrauen«, sagte er ernst zu Moulay Ali.

Er sah die Wirkung in den Augen Moulay Alis, obwohl der nicht eine Miene verzog. Vielleicht gerade deshalb; für einen Augenblick schien er zu gefrieren, die Augen und alles. Und das war bei allen anderen auch so. Aber ehe dieser Augenblick verstrichen war, hatte Amar Vorsprung gewonnen und war im Vorteil. Er streckte die Hand aus und sagte: »Auf Wiedersehen!« Dann ging er zu den drei Jungen, zu einem nach dem anderen, zuletzt zu Lahcen, und nachdem er sich kurz vor seinem Gastgeber verbeugt hatte, wandte er sich zur Tür. Soweit er sich erinnern konnte, sagte niemand ein Wort, während er die Treppe hinunterging.

Er war überzeugt, daß ihn jemand zurückrufen werde, bevor er sich vom Haus entfernt hatte; es konnte nicht wahr sein, daß er endlich wieder im Freien sein sollte. Schnell sprang er auf sein Rad und fuhr, mit aller Kraft in die Pedale tretend, die holperige Straße entlang. Die Sonne stand noch ziemlich hoch am Himmel; es war nicht ganz so spät, wie er gedacht hatte. Das Licht im Obstgarten war golden; die Schatten der Bäume warfen schwarze Streifen auf den Erdboden. Der schwirrende Gesang der Zikaden ertönte noch immer in den Zweigen über seinem Kopf, aber nicht mehr so eindringlich wie am Mittag. Er fuhr so rasch er konnte, um schneller auf die Hauptstraße zu gelangen. Wenn er erst einmal da draußen war, dachte er, konnte er sich weigern, wieder zurückzukehren, falls Moulay Ali ihm auf dem Motorrad nachraste. Er schwitzte und keuchte, als er die Hauptstraße erreichte, aber nun gab es keine Furchen, Erdklöße und Löcher mehr, und er ging erleichtert in ein langsameres, gleichmäßigeres Tempo über. Schatten waren in seiner Seele, Fragen, die zu beantworten waren, Erlebnisse, denen man die Stirn bieten mußte – sie kamen von allen Seiten, aber im Augenblick war die Gegenwart stark genug, sie alle in Schach zu halten, mit dem Rücken gegen die Mauer der Möglichkeiten gelehnt.

9

Die Sonne zog sich von ihrer unbestimmten Stellung am Himmelsgewölbe rasch gegen die klare Ferne des Dschebel Zerhoun zurück; die schwarze Masse der Gipfel am äußersten Ende der Ebene war durch das intensive Licht dahinter näher gerückt. Irgendwo im Herzen der Berge lag die heilige Stadt Moulay Idris, von seiner eigenen Familie vor vielen Jahrhunderten erbaut, als Harun er Raschid noch lebte. Er kannte sie von Ansichtskarten, die er gesehen hatte – sie war wie ein weißes Tuch über die Hänge drapiert und umgeben von ganzen Wäldern riesiger Olivenbäume; Wäldern, die sich in allen Richtungen durch die Täler und über die Hänge erstreckten. Er pfiff vor sich hin, als er die ersten am Stadtrand verstreuten Gehöfte passierte. Die abscheulichen kleinen Hunde, die die Franzosen so zu lieben schienen, rannten mit wütendem Gebell heraus, als er vorbeifuhr. Er stellte sich vor, sie seien Franzosen, und versuchte, sie zu überfahren, und rief: *»Bonjour, Monsieur!«*, wenn er vorbei war.

Die Luft des Tages mit ihrem heißen Geruch war der frischen Abendbrise gewichen, die von den vor ihm liegenden Bergen herabkam. Der Unterschied zwischen beiden war wie der Unterschied zwischen einem Felsen und einem Vogelschwarm oder, dachte er, zwischen Schlaf und Wachen. »Vielleicht habe ich den ganzen Tag geschlafen«, sagte er zu sich selbst im Scherz. Eines stand fest, kein Traum hätte sinnloser sein können als sein Tag. Aber da die Ereignisse des Tages Tatsache waren, war er beunruhigt über ihre mögliche Bedeutung für sein Schicksal. Warum hatte Allah es für gut befunden, ihn Mohammed Lamai begegnen zu lassen, als er von seinem Bad im Fluß kam, und warum hatte er sein Fahrrad zu dem im Obstgarten verborgenen Haus von Moulay Ali gelenkt? Da es nichts Zufälliges im Leben gab, mußte es bedeuten, daß sein Leben mit dem von Mohammed und Moulay Ali durch das Schicksal verknüpft werde, und damit war er durchaus nicht einverstanden. Vielleicht konnte er, wenn er seine Gebete ordentlich sagte, Allah überreden, seinen Lebensweg so zu führen, daß er sie nicht wiederzusehen brauchte, keinen, auch Lahcen nicht und die drei Jungen. Immer waren es andere Menschen, die sein Leben schwierig machten. Aber dann kam ihm der glückliche Gedanke, Allah habe ihm möglicherweise seine geheime Kraft nur zum Schutz gegen diese schließlich unvermeidlichen Begegnungen mit anderen Menschen gegeben. Wenn er lernte, auf diese Kraft zu bauen, sie, wenn es nötig war, zu gebrauchen, war es nicht wahrscheinlich, daß er dann siegen würde? Er dachte darüber nach. Sicher war es das, was Allah gemeint hatte, als er Amar zu Amar machte, indem er ihm die Gabe erteilte, zu sehen, was in den Herzen anderer Menschen vor sich ging. Das Problem war, diese Gabe zu stärken und zu sichern, so wie er es in seiner Kindheit mit seinem Körper getan hatte, während die anderen Jungen im Klassenzimmer saßen; er hatte es nicht durch irgendeine bewußte Disziplin getan, denn er hatte gar keinen Begriff von Disziplin (außer daß er Sportler beim Training beobachtet und bemitleidet hatte), sondern gerade durch das Gegenteil von Disziplin, indem er einfach seinen Körper sich selber zum Ausdruck bringen und ihm seinen Willen ließ.

Er fuhr durch die Vorstadtvillen mit ihren grünen Rasenflächen, durch enge Straßen, die den Weg zu der Seite der Stadt, wohin er wollte, abkürzten. Das letzte offene Gelände, bevor die eigentliche Stadt begann, war der botanische Garten. Ein Teil des Geländes war eine mit Stacheldraht eingezäunte Baumschule; der Rest war unbebaute Wildnis, von getretenen Pfaden durchzogen. Wenn man hier in der Dämmerung ging, konnte man manchmal auf überraschende Szenen stoßen, es war nämlich der einzige Platz in der Nähe der Stadt, wo die französischen Jungen und Mädchen einigermaßen allein sein konnten. Mehrmals hatte Amar in den Büschen Pärchen entdeckt, die sich eng umschlungen hielten und sich durch ihn nicht stören ließen. Er verstand nicht, warum sie sich nicht in den Bordellen küßten und umarmten. Die Mädchen waren doch offensichtlich Prostituierte, sonst würden sie wohl nicht mit den Jungen ausgehen. Warum kamen sie dann aus den Bordellen und gingen ihrem Gewerbe unter offenem Himmel nach wie die Tiere? Waren zur Zeit alle Zimmer besetzt, oder taten sie es hinter dem Rücken der *batrona*, um alles Geld zu behalten und ihr nichts zu geben? Oder waren sie einfach böse, schlechte Geschöpfe, die jede Scham verloren hatten und deren Herzen Allah in seinem Zorn in die Herzen von Hunden verwandelt hatte? Dies war vielleicht die Seite des christlichen Lebens, die ihn am meisten schockierte. Aber es machte ihm Spaß, lautlos über die Wege zu schlendern, bis er auf ein Pärchen stieß, und dann im Vorbeigehen laut zu husten.

Gegenüber dem Eingang des Gartens bog er ein und fuhr den holperigen Weg entlang, bis es zu schwierig wurde und er absteigen und zu Fuß gehen mußte. Als er vom Rad sprang, ertönte ein ohrenbetäubender Donnerschlag; er konnte den Krach in der Erde unter seinen Füßen fühlen. Er blickte ängstlich auf und sah, daß große, schwarze Wolken von Süden her den Himmel bedeckt hatten und ihm auf seiner Fahrt gefolgt waren; und eine riesige Wolke reckte sich wie eine Faust aus der Finsternis in den klaren Himmel über ihm.

Es hatte keinen Sinn, zur Straße zurückzukehren, es würde jeden Augenblick zu regnen anfangen. Die Luft roch schon nach Regen. Er sah auf. Die fremdartige fette Wolke bauschte sich wie Rauch. Vor ihm lagen mehrere Gewächshäuser; wenn kein Franzose in der Nähe war, würde eines ihm Schutz bieten. Vielleicht arbeitete irgendein Mohammedaner im Garten, der würde ihn sicher hineinlassen; es war undenkbar, jemandem Schutz vor einem Sturm zu verweigern. Er versuchte schneller zu gehen, aber es war nicht möglich mit dem Rad. Endlich kam er zu der Öffnung im Drahtzaun. Neben dem Eingang war ein Schild in Arabisch und Französisch; er nahm an, es sei eine Warnung, die den Eintritt verbiete. Aber er fragte sich, was im Augenblick schlimmer sei: ein wütender Mann oder die bösen Geister in der Luft? Da war kein Zweifel über die Antwort. Wenn man einen dieser Sturmdämonen nur streifte, konnte man wahnsinnig werden, und die Luft war voll davon. Als die ersten Tropfen fielen, lehnte er sein Rad gegen einen Baum und rannte zur Tür des nächsten Gewächshauses. Sie war nicht verschlossen. Er ging hinein; der süße Geruch von Pflanzen hing in der Luft, und das durch die staubigen Glasscheiben fallende, schwindende Licht schien so alt, als sei es seit Jahren hier gefangen. Er schloß die Tür, lehnte sich dagegen und sah hinaus. In einiger Entfernung konnte er das Hinterrad des Fahrrades aus einem Busch bis auf den

Weg ragen sehen. Er behielt es scharf im Auge. Es wäre schlimm für ihn gewesen, wenn irgend jemand sich mit dem Rad davongemacht hätte, aber als der Regen so stark niederzurauschen begann, daß er hinter den wasserüberströmten Scheiben nichts mehr sehen konnte als einen rasch zunehmenden, dunklen Schleier, wußte er: was immer passierte, er würde jetzt nicht hinausgehen.

Im Gewächshaus war es jetzt fast so dunkel wie in der Nacht. Es schien ihm, als fühle er den feuchten heißen Atem der schweigenden Pflanzen im Genick. Er wagte nicht, den Kopf zu wenden, ja nicht einmal die Richtung seines Blicks zu ändern. Der Donner krachte, und der Regen prasselte auf die tausend Glasscheiben über seinem Kopf. Bald kam das Wasser durch und plätscherte irgendwo hinter ihm im Dunkeln auf den Fußboden. Er preßte die Stirn gegen die kalten Scheiben und wartete. Vielleicht war jemand in dem Gewächshaus gewesen, als er hereinkam, hinter den Pflanzen verborgen – ein Franzose mit einem Revolver. Er hatte ihn vielleicht gerade jetzt auf ihn gerichtet; jeden Augenblick konnte er sprechen, und wenn Amar sich umdrehte oder die Tür öffnete, um zu fliehen, würde er schießen. Der Ehrgeiz jedes Franzosen in Marokko war, möglichst viele Mohammedaner umzubringen. Aber einen Augenblick später fiel ihm ein, daß Allah ihn heute wahrscheinlich mit seinem Segen beschützte. Zuerst der Sieg über Mohammed, dann das Abenteuer mit Moulay Ali, das so unheilvoll begann und gut endete, und jetzt waren seine Schritte in den Park gelenkt worden, damit er Schutz vor dem Regen finde. Wäre er weitergefahren, er wäre in den Sturm geraten. Warum sollte er jetzt an Allahs Bereitwilligkeit zweifeln, ihn weiter zu schützen, mindestens bis zum Ende des Tages? *»Hamdoul'lah«,* flüsterte er.

Und einen Augenblick später schwieg die laute Stimme des Regens; er hörte einfach plötzlich auf, und nichts als das schwächer werdende Geräusch der tropfenden Bäume blieb übrig.

Ohne sich umzusehen, öffnete er die Tür und rannte den Weg hinunter. Es war fast völlig dunkel, aber er konnte das

Hinterrad deutlich vor sich sehen. Er führte das Rad schnell durch den Garten und hinaus auf die Straße. Dann sprang er auf, trotz des nassen Sattels, und fuhr triumphierend auf die Stadt zu.

Es war ein Vergnügen, am Abend die glatten Straßen entlangzufahren. Die Lampen in den Läden waren durch ihren Widerschein auf dem nassen Pflaster doppelt so hell; auf den Bürgersteigen drängten sich Franzosen und Juden, meistens junge Leute, die im Vorbeigehen miteinander scherzten. Es war die Stunde, da, wer immer konnte, herauskam und den Boulevard Poeymirau hinauf und hinunter spazierte. Das waren nur ein paar Häuserblocks – zwischen der Avenue de France und dem Café de la Renaissance –, aber es war wenigstens kühler auf der Straße als in den Häusern und Wohnungen.

Amar wußte, daß er eine enorme Gebühr für das Ausleihen des Rades zahlen mußte – er hatte die Stunden im Kopf zusammengerechnet –, aber er hatte trotzdem keine Lust, es abzugeben; nur die Furcht, daß der Laden schließen könnte und er zwölf Extrastunden für die Nacht zu zahlen hätte, veranlaßte ihn, in die Seitenstraße einzubiegen, wo der Franzose rauchend vor seinem Laden stand. Er stieg ab und führte das Rad über den Bürgersteig. Der Mann sah ihn mißtrauisch an, nahm es ihm ab und begann es wortlos und sorgfältig zu inspizieren. Er konnte aber kein zerbrochenes oder fehlendes Teil feststellen, so rollte er es hinein und fing an, mit einem Stück Kreide auf einer schwarzen Tafel auszurechnen, was Amar ihm schulde. Es war sogar noch mehr, als Amar erwartet hatte. Als er die Ziffer hörte, vergaß er in seinem Ärger, wie er die Summe errechnet hatte, und konnte nicht herausfinden, wo der Fehler lag. Es war ihm klar, daß der Mann ihn betrog, aber es war besser, die Differenz zu zahlen und eine Auseinandersetzung zu vermeiden, die ihn nur auf das *commissariat de police* bringen konnte. Er hätte gern gewußt, ob Mohammed mit dem anderen Rad zurückgekommen war, und wenn das so war, was er dafür gezahlt hatte; aber selbst wenn er der Sprache des Mannes mächtig gewesen wäre, hätte er es für klüger gehalten, zu schweigen. Er knotete sein Taschentuch auf, zählte die Summe hin und gab sie dem Mann; der beobachtete ihn mit einem aufreizenden Grinsen, das nur zum Teil von der Rauchwolke seiner im Mundwinkel hängenden Zigarette verdeckt war. Erst als er den Laden verlassen hatte und unter den Bäumen entlangging, merkte er, wie sein Herz schlug, und stellte fest, wie gern er dem Franzosen eine versetzt hätte. Er lächelte; er war wenigstens der Falle entgangen. Die Ville Nouvelle bestand aus solchen Fallen. Wenn man einer entronnen war, fiel man höchstwahrscheinlich in die nächste. Nicht umsonst war das größte und imposanteste Gebäude auf dem Boulevard Poeymirau das Polizeipräsidium, und nicht umsonst standen immer Jeeps und Funkstreifenwagen in langer Kette rings um den Block. Deshalb war es besser, überhaupt nicht hierherzukommen. Wenn man bei seinen eigenen Geschäften in der Medina blieb, war man ziemlich sicher, aber hier konnte man, was immer man auch tat, plötzlich hören, es sei verboten, und das hieß, daß man für ein, zwei Monate verschwand und während dieser Zeit Straßenarbeiten verrichtete oder im Steinbruch schuftete. Und wenn das einmal passierte, so passierte es leicht ein zweites Mal; die Polizeiakten sprachen immer gegen einen.

Die nächste Autobushaltestelle war an der Ecke gegenüber dem Polizeipräsidium. Als er in der Reihe wartete, beobachtete er mit Interesse die ungewöhnliche Betriebsamkeit vor dem Haupteingang. Zahlreiche Männer mit und ohne Uniform gingen aus und ein. Was aber fehlte, war der gewohnte Haufen junger Araber, die man sonst immer außerhalb des Eingangs sah; es waren unbedeutende (das heißt nicht-politische) Spitzel und Botenjungen, Schwarzhändler mit Zigaretten und anderen Sachen für die Polizei. Er fragte sich, was mit ihnen geschehen war.

Als der Bus endlich kam, stieg Amar hinten auf die Plattform. Die nächste Haltestelle war an der Ecke der Avenue de France und des Boulevard du Quatrième Tirailleur. Von hier aus konnte man einige Lichter der Medina unten im Tal sehen. Er beobachtete die Leute, die sich in den Bus drängten: ein Berber in einem safranfarbenen Turban, der sich benahm, als habe er noch nie einen Bus gesehen, eine sehr dicke Jüdin mit zwei kleinen Mädchen; alle sprachen mehr Spanisch als Arabisch (die anspruchsvolleren Bewohner der Mellah unterhielten sich in dieser veralteten Sprache, was bei den Moslems Mißfallen erregte, ja fast als aufrührerisch betrachtet wurde), eine Araberin, die einen *haik* trug und in der Amar eine Prostituierte aus dem *quartier réservé* zu erkennen glaubte, und mehrere französische Polizisten, von denen zwei draußen am Gitter hängen mußten, weil sie sich unmöglich weiter hineindrängen konnten. Er hatte erwartet, der Bus werde geradeaus zur Straße nach Taza und dann den Hügel hinunterfahren; statt dessen bog er links ein und folgte dem Boulevard Moulay Yussef. »Ah, *khai,* wo geht dieser Bus hin?« fragte er einen kalkbespritzten Arbeiter, der gegen ihn gepreßt wurde. »Zur Mellah«, sagte der Mann. »Aber der vorher ging doch zur Mellah«, wandte Amar ein. »Dieser sollte nach Bab Fteuh gehen.« Der Mann wandte den Kopf erst nach der einen, dann nach der anderen Seite. Amar sah im Licht einer Straßenlaterne flüchtig sein Gesicht; es schien ihm Furcht auszudrücken. *»Skout«*, sagte der Arbeiter mit halblauter Stimme. »Es gehen keine Busse nach Bab Fteuh. Rede nicht.«

10

Amar zögerte. Wenn der Mann die Wahrheit sagte, war es nutzlos, auszusteigen, zur Ecke zurückzugehen und auf den richtigen Bus zu warten. Dann ging es rascher, zum Place de Commerce außerhalb der Mellah zu fahren, einen Bus nach Bou Jeloud zu nehmen und dann nach Bab Fteuh zu gehen; außerdem lag die Tazastraße außerhalb der Mauern in der Dunkelheit. Das war durchaus kein Weg nach seinem Geschmack. Es gab da viel zuviel Bäume und Bäche am Weg, Plätze, wo es von bösen Geistern, *djenoun* und *affarit*, wimmelte, von mohammedanischen Banditen und der französischen Polizei gar nicht zu reden. Es war besser, weiterzufahren, obwohl er später die ganze Medina entlang zu Fuß gehen mußte.

Noch ehe der Bus auf die Place du Commerce ratterte, merkte Amar, daß dort etwas Ungewöhnliches vor sich ging. Im ersten Augenblick war es schwer zu sagen, was es war: Da war eine Unmenge Licht, aber das Licht veränderte und bewegte sich ununterbrochen, so daß die Gebäude sich dauernd zu verwandeln schienen. Und man konnte den Lärm nicht ausmachen; riesige Reibeisen schienen von den Balkonen auf den Platz hinuntergeschleudert zu werden – Massen auf Massen sinnloser, schwirrender Geräusche, die von den Mauern zurückgeworfen wurden. Als der Autobus über den offenen, menschenüberfüllten Platz fuhr, wechselte der Lärm, und er konnte hören, daß das wilde Getöse noch andere Brennpunkte hatte; aus jedem Lautsprecher ertönte ein anderer Lärm, und die Apparate schepperten so, daß die Geräusche schon lange keine Ähnlichkeit mehr mit dem ursprünglichen Klang hatten. Vor dem Apollon-Kino ertönte ein Samba, der sich anhörte, als fielen alte Eisenstücke aus großer Höhe auf einen Metallboden. Die Stimme eines jungen Mannes, der in der Ecke zwischen der öffentlichen Bedürfnisanstalt und der Polizeiwache ein Porzellanservice beschrieb, das man in einer Lotterie gewinnen konnte, hörte sich an wie ein über eine Brücke rasselnder Expreßzug. Vielleicht war sich der junge Mann dessen bewußt, denn ab und zu beschränkte er sich darauf, das eine Wort *tombola* in rascher Folge zu wiederholen. Eine Bude mit Süßigkeiten, deren Apparat eine Auswahl ägyptischer Musik spielte, hätte ebensogut ein Maschinengewehr-Schießstand sein können, und eine Bar für alkoholfreie Getränke, deren Besitzer sich für Platten von Salim Hilali entschlossen hatte, erzeugte Geräusche, die an ein besonders rohes Schlachthaus erinnerten. Denn dies war eine *fechta*, ein reisender Jahrmarkt, wo jeder Stand sein besonderes Grammophon und seinen Lautsprecher hatte, und einige waren in der glücklichen Lage, sogar Mikrofone zu haben.

Der Jahrmarkt war von Algier gekommen, wo seine Ausrüstung aus zweiter Hand gekauft worden war. Der Käufer nahm mit Recht an, daß die weniger kritischen Besucher in Marokko und in den Grenzstädten der algerischen Wüste, wohin der Jahrmarkt gehen sollte, sich nicht darum kümmern würden, daß die Farbe schon ein wenig abgesprungen, das Metall verrostet und das Holzwerk ausgebessert waren. Hauptsache, es war so laut und grell wie möglich. Beides war der Fall; mit den Lampen hatte der Unternehmer sogar noch mehr erreicht. Er hatte es so arrangiert, daß die Lampen, die an den Außenseiten der Buden und in den Baumzweigen hingen, dauernd an- und ausgingen, langsam, gleichmäßig, in großen Gruppen, die unabhängig voneinander arbeiteten; der wohlüberlegte Zweck war, die Menschen erst ein wenig schwindlig und dann euphorisch zu machen.

Amar stieg aus, gab dem Kontrolleur seine Fahrkarte und stand einen Augenblick still, das Chaos in sich aufnehmend. Dann, schon ein wenig erregt, ging er zu einem Stand, an dem einige Jungen mit einem ungeheuren Holzhammer auf eine Holzplatte schlugen. Bei jedem Schlag schoß ein roter Streifen bis zu einer bestimmten Höhe auf, die der Stärke des Schlages entsprach, und ein untersetzter Mann mit schwarzen Zähnen drückte völlig gleichgültig den Streifen wieder auf Null herunter und rief entweder: *»Magnifique!«* oder *»Allez messieurs! Voyons, on est des enfants?«*

Amar wanderte weiter zu einer großen Menge, die sich um zwei Legionäre gesammelt hatte; sie schossen nach einer langen Reihe weißer Pappenten, die sich ruckweise vor einem Panorama von Palmbäumen und Minaretten bewegten. Der Platz befand sich zwischen zwei gleichstarken Lautsprechern. Amar ging weiter zur Lotterie: Der junge Mann, ein Mikrofon in der Hand, bellte: *»... bolatombolatombolatombola...«* Er erkannte unter den Zuschauern einen Jungen aus seinem Wohnbezirk. Sie grinsten sich an, das war alles, was sie im Augenblick tun konnten. Etwas entfernt davon auf einer Estrade kopierte ein affenartiger Mann mit einem zwei Tage alten Bart, einem roten Satinkostüm und langen Ohrringen, die Hände hinter dem Kopf gefaltet, andeutungsweise einen *danse du ventre*. Rechts von ihm saß ein Mädchen mit einem *kepi* und in Spahiuniform, sah mit leeren Augen über die Köpfe der Menge hinweg zu den unsichtbaren Bergen im Osten und schlug teilnahmslos eine Trommel. Links von ihm stand eine Frau mittleren Alters, die mit ihren goldenen Zähnen ins Publikum blitzte, wenn sie lächelte, und mit einer eisernen Stimme ins Mikrofon schrie: »*Entrez, messieurs – dames! Le spectacle vas commencer!*«

Der Freund war auch herübergekommen und stand jetzt neben Amar. »*Hada el bourdel*«, rief er ihm zu. Amar nickte weise. Die Estrade stand am Eingang eines nach seiner Ansicht sehr teuren reisenden Bordells, und er war sehr erstaunt, daß auch mehrere Jüdinnen Eintrittskarten kauften.

Er ging weiter zu einer Art Schuppen, vor dem drei mechanische Puppen auf einem hohen Podest wackelten. Sie waren so groß wie Kinder und trugen richtige Kleider. Auf Amar wirkte es unerklärlich obszön, gute Wolle, Baumwolle und Leder an diesen toten, zappelnden Objekten zu sehen; es beleidigte sein Anstandsgefühl. Er stand und beobachtete ihre krampfartigen Bewegungen mit einem Gefühl des Widerwillens und der Empörung. Eine der Figuren spielte Geige und öffnete und schloß einen sehr großen Mund. Eine andere schlug geräuschlos ein paar Blechbecken aneinander und bewegte ihren sinnlosen, auf einem verlängerten Hals sitzenden Kopf von einer Seite zur anderen. Die dritte schwankte in der Hüfte vor und zurück, während sie an einem Miniaturakkordeon drückte und zog. Das veränderliche Licht machte ihre zögernden Bewegungen überzeugender, entrückte sie gleichzeitig der wirklichen Welt und machte sie irgendwie glaubhaft zu Bewohnern einer anderen, nur allzu möglichen Welt, einer sehr gefühllosen Welt, deren Stille dieses teuflisch knatternde Geräusch war und deren Mittag und Mitternacht in demselben schattenlosen grellen Licht glänzten. »*Le Musée des Marionettes!*« rief ein Araberjunge an der Tür. »*Dix francs, messieurs! Dix francs, mesdames! Juj d'Rial! Juj d'Rial! Juj d'Rial!*«

Nach längerem Schwanken, ob es angehe, daß man ihn da eintreten sah, weil fast alle, die hineingingen und herauskamen, Leute vom Lande und Berber waren, fand er schließlich, daß es keine allzugroße Schande sei, wenn er eine Karte kaufte. Das Museum bestand aus einem U-förmigen Korridor mit einer Reihe Glasschaukästen an der inneren Wand. Es war hell erleuchtet und mit Mohammedanerinnen in verschiedenen Stadien hysterischer Heiterkeit gefüllt. Er konnte nur raten, weshalb sie die Ausstellungsobjekte so außerordentlich amüsant fanden; für ihn waren sie nur mäßig komisch. Man sah ungefüge karikierte Szenen aus dem Leben der Mohammedaner: ein Schulmeister, das Lineal in der Hand, vor einer Klasse kleiner Jungen, ein pflügender Fellache, ein Betrunkener, der aus dem Wirtshaus hinausgeworfen wird. (In dieser Szene sah er eine grobe Beleidigung seines Volkes.) Die Szenen, die die Frauen so sehr belustigten, daß sie kaum davon wegzubringen waren, zeigten mohammedanische Frauen. Eine Szene zeigte ein häusliches Drama: Die Frau saß mit einem Spiegel in der einen und einer Peitsche in der anderen Hand da, und der Mann scheuerte auf den Knien den Fußboden. Vor und zurück zuckte der Kopf der Frau, sie hob den Spiegel und schaute hinein, und dann wandte sie sich dem Mann zu und versetzte ihm einen Peitschenhieb. Jedesmal prasselte dann unfehlbar schallendes Gelächter aus den weißen Bündeln, die sich vor dem Schaukasten drängten. Die andere Szene spielte in einem Omnibus, wo ein Mann neben einer Frau in einer *dschellaba* saß. Sie ließ eine Seite ihres Schleiers herunter und enthüllte ein scheußliches Gesicht, und jedesmal, wenn der Mann ihr den Kopf zuwandte, zog sie den Schleier wieder hoch. Es war nicht so kompliziert wie das andere Spiel, aber da es äußerst unschicklich war, rief es bei dem weiblichen Teil der Zuschauer das gleiche Vergnügen hervor. Amar stand eine Weile beobachtend da und dachte: So verderben die Christen unsere Frauen, indem sie ihnen zeigen, wie sich Huren benehmen. Er wollte es laut sagen, aber die Erwartung, daß alle diese Frauen sich umdrehen und ihn anstarren würden, schüchterte ihn ein. Mit dem stärksten Ausdruck des Abscheus, den er nur zeigen konnte, ging er auf die Straße hinaus.

»... *latombolatombo* ...«, schrie der junge Mann bei dem Lotteriestand. Eben hielt er einen Wecker in der Hand, dann eine große dicke Puppe in rosa Seide, deren Augen, wie Amar voll Interesse feststellte, sich öffneten und schlossen, wenn man sie vor- oder zurückbog. Wie Kuhaugen, dachte er und wunderte sich, wie sie wohl funktionierten, obwohl er sich darüber im klaren war, daß er es haßte, an all diesem kindischen Unsinn Interesse zu finden. Er wußte, daß die Moslems das alles verbieten würden, wenn sie an die Macht kämen. Wie kamen die Franzosen dazu anzunehmen, daß solche Albernheiten die Marokkaner amüsierten? Die Tatsache, daß sie amüsiert waren, hatte nichts damit zu tun; sie würden sich ändern müssen. Er konnte sich vorstellen, daß die Franzosen aus der Ville Nouvelle hierherkämen, nicht um sich den Jahrmarkt anzusehen, sondern nur um die Mohammedaner zu beobachten, die ihn sich ansahen. Ist es mein Fehler, hatte Mohammed Lalami gesagt, daß die Marokkaner Esel sind? Damit hatte er recht.

Amar wurde nach vorn gegen den langen Tisch gedrängt, auf dem die Preise ausgestellt waren. Es gab Sätze von glänzenden Aluminium-Kochgeschirren, Tischtücher und über den Tisch gebreitete Mantillen, an ihren Griffen aufgehängte Schirme, Füllfederhalter in Mengen, auf bunte Pappe gereiht, Tischlampen mit roten Glühbirnen, die mit all den anderen Lampen an- und ausgingen, und sogar einen kleinen Radioapparat, den, wie der junge Mann von Zeit zu Zeit verkündete, derjenige gewann, der dreimal hintereinander die Gewinnummer zog. Diese Einzelheit entging Mohammed, er dachte nur, es müsse wundervoll sein, wenn man sein eigenes Radio in seinem Zimmer habe. Bisher hatte er sie nur in Cafés gesehen. »Für dreißig Frances«, schrie der junge Mann, »können Sie diesen wundervollen Apparat haben.« Das verstand Amar, und, das Gelächter der Zuschauer riskierend (man konnte ja nie genau wissen, was sich in der Welt der Christen ereignete), drängte er sich zur Ecke des Tisches vor und hielt dreißig Francs hin. Das war natürlich falsch; er sah das sofort am Gesichtsausdruck des jungen Mannes. »Immer nur eine Nummer auf einmal!« rief er in die Menge, als ob alle denselben Irrtum begangen hätten. »Nur zehn Francs!« Er nahm eine Münze aus Amars Hand: *»Messieurs-dames!* Dieses Mal ist es Monte Carlo! Die Spieler werden ihre eigene Nummer auswählen! Nur fünf Spieler! Noch jemand?« Am anderen Ende des Tisches hob jemand die Hand; ein Mädchen, das dort arbeitete, nahm sein Geld in Empfang. *»Les numéros?«* Die Spieler riefen ihre Zahlen.

Die einzige Nummer, die Amar richtig auszusprechen vermochte, war *dix*. Er sagte das Wort deutlich; der junge Mann schien zufrieden, wandte sich um und drehte die an der Wand befestigte Scheibe, er drehte das Mikrofon so, daß es das Geräusch auffing, wenn der metallene Spurkranz die großen Nadeln traf, die die Nummern markierten. Das Knacken wurde langsamer, das Rad stoppte, und Amar sah eher erschreckt als zufrieden, daß der Zeiger zweifellos direkt über einem schmalen gelben Abschnitt auf der Scheibe hielt, der die Nummer zehn trug. *»Numéro dix!«* rief der junge Mann ohne jede Erregung. Am anderen Ende streckte das Mädchen lässig die Hand aus, ergriff einen merkwürdig aussehenden Gegenstand und warf ihn dem Ausrufer zu. Die Christen und Juden und ohne Zweifel einige der zuschauenden Mohammedaner sahen, daß es eine Fetzenpuppe war, die eine komische Figur eines französischen Matrosen darstellen sollte. Sie hatte einen Spitzbauch und ein scheußlich gemaltes Gesicht, aber Uniform und Kopfbedeckung waren in jeder Einzelheit richtig. Der junge Mann hielt sie hoch, damit jedermann sie richtig bewundern könne; dann reichte er sie Amar.

Für Amar war dies eine kleine Krise; er wollte das Ding nicht annehmen, aber er wußte, er konnte nichts anderes tun. Wenn er sich weigerte, würden die Zuschauer in Gelächter ausbrechen, am lautesten und höhnischsten die Mohammedaner. Er streckte die Hand aus, griff die Puppe beim Genick und drängte sich, ohne die Frage des jungen Mannes zu beachten, ob er noch eine andere Nummer wolle, durch die Menge, bis er draußen war. Einen Augenblick stand er an einem verhältnismäßig verlassenen Platz vor dem Schuleingang. Das Problem war, einen Bogen Papier zu finden, um den Preis einzuwickeln; er konnte nicht gut damit durch die Straßen gehen. Er entschied, es würde sich lohnen, eine Zeitung zu kaufen; das würde der beste Weg sein, ihn zu verstecken.

Gewöhnlich waren zwei oder drei Zeitungsjungen auf der anderen Seite des Platzes vor dem großen Café, wo die Omnibusfahrer schnell einen Kaffee oder ein Glas Wein tranken. Als er am Rande des Platzes unter den Bäumen entlangging, erloschen plötzlich alle Lampen, und die Lautsprecher verstummten. Einen Augenblick herrschten völlige Stille und Dunkelheit, als ob ein riesiger Atemstoß von oben alle Lichter ausgelöscht und alle Menschen weggeweht habe. Dann stieg ein gewaltiger Laut auf, wie ihn mehr als tausend Menschen verursachen, wenn alle zugleich »Ahhh!« sagen. Aber sogar als das verklungen war, war alles anders als eine Minute vorher; es war, als ob man in einer anderen Stadt sei. Amar bemerkte jetzt, daß es nicht ganz dunkel war. Durch die Blätter der Bäume schienen hell die Sterne, und da und dort auf der anderen Seite des Platzes sah man einen Stand mit Eßwaren, von einer vereinzelt flackernden Flamme einer Karbidlampe beleuchtet. Als er die andere Seite erreicht hatte, stand er still und horchte über das riesige Stimmengewirr hinweg auf die schrille Stimme des Zeitungsjungen, der *»Laa Vügiiie!«* ausrufen müßte, aber der Ruf kam nicht. Der Luftzug, der an seinem Gesicht vorbeistrich, wehte den Geruch nasser Erde und den Rauch brennenden Öls von zehntausend Küchen hinter den Mauern der nahe gelegenen Mellah vorüber. Plötzlich war er sehr hungrig. Er beschloß, mit dem ersten Bus, der nach Bab Bou Jeloud ging, nach Hause zu fahren. Auf jeden Fall war es nicht gut, zu spät heimzukommen; sie könnten Verdacht schöpfen, daß er nicht zur Arbeit gegangen war.

Wieder stand er auf der rückwärtigen Plattform, als der Bus durch die dunkle Mellah fuhr. In Fez-Djedid war mehr Licht; vielleicht hatten die Kaffeehausbesitzer und Ladeninhaber Zeit gehabt, Kerzen, Öllampen und Büchsen mit Karbid hervorzuholen. Eine größere Anzahl Legionäre stieg in Bab Dekakene aus, um den Abend im *quartier réservé* von Moulay Abdallah zu verbringen.

Als der Bus in Bou Jeloud ankam, wartete Amar, bis alle ausgestiegen waren, und ging dann schnell in das Innere des schwach erleuchteten Omnibusses. Da lag auf einem Sitz, was er suchte – eine Zeitung. Er nahm sie rasch an sich, bevor der Fahrer es sehen konnte. Er war noch beschäftigt, die Puppe einzuwickeln, als er durch das große Ausgangstor ging. Auf der anderen Seite hatte er einen unangenehmen Zusammenstoß mit jemandem, der ihm mit erhobenem Arm in den Weg trat und ihn anhielt. Er erkannte einen *mokhazni* in Uniform.

»Was ist das?« Der *mokhazni* nahm Amar das Bündel weg und riß das Papier auf. Die Puppe fiel ihm schlaff in den Arm; er hielt sie hoch und richtete seine Taschenlampe darauf. Dann schüttelte er sie und drückte jeden Teil der Figur systematisch zwischen seinen Fingern. Schließlich warf er sie Amar brummend hin, der sie, in der Dunkelheit tappend, fallen ließ. *»Cirf halak«*, sagte der *mokhazni*, als ob Amar ihn belästigt hätte. »Mach, daß du wegkommst.« Und er trat in den Schatten zurück, aus dem er gekommen war.

»Hundesohn«, murmelte Amar leise, so daß die Stimmen der Vorübergehenden seine Worte übertönten. Er hatte in letzter Zeit von ähnlichen Erfahrungen anderer gehört, aber seine Welt war so begrenzt, sogar räumlich, daß er bis jetzt noch nicht mit dem neuen Überwachungsdienst in Berührung gekommen war. Er bog nach links in die überdachten *souks* der Talâa el Kebira ein; er trug die Puppe jetzt an den Füßen und war so damit beschäftigt, Abwechslung in seine gemurmelten Flüche zu bringen, daß er nicht sofort bemerkte, daß jemand neben ihm herging. Plötzlich blickte er auf und sah in dem flackernden Licht einer der Fleischbuden den älteren Bruder Mokhtar Benanis, eines Jungen, mit dem er oft Fußball spielte.

»Ah, sidi, labès? Chkhbarek?« sagte er verlegen, hoffend,

daß der Junge sein Selbstgespräch nicht gehört habe und daß er nicht nach unten blicken und das alberne Ding in seiner Hand sehen werde. Gleichzeitig fühlte er instinktiv, daß zwar nicht die Art, wohl aber die Tatsache der Begrüßung befremdlich war. Es lag kein Grund vor für den älteren Benani, dessen Vornamen er nicht einmal kannte, in der Talâa stehenzubleiben und mit Amar zu sprechen. Sie hatten noch nie ein Wort gewechselt; verschiedentlich war er zum Fußballplatz gekommen, um seinen jüngeren Bruder abzuholen; oft war es wegen des Abholens zu Auseinandersetzungen gekommen, und Amar erinnerte sich an den älteren Bruder, weil er während dieses Wortwechsels niemals ärgerlich oder laut wurde. Als er jetzt die Stimme wieder hörte, staunte er einen Augenblick. Sie hatte eine Fülle und Glätte, anders als jede Stimme, die er je gehört, und ihre Honigsüße wurde noch dadurch unterstrichen, daß der Junge viele ägyptische Worte gebrauchte und das *»qaf«* richtig aussprach. Allein dies schien Amar äußerst bemerkenswert; wie die meisten Fassiyin konnte er den Buchstaben nicht aussprechen.

Amar war weder scharfsinnig, noch wußte er, was er tat; aber im allgemeinen war ihm klar, wie er sich benehmen mußte. Wäre er in diesem Moment gefragt worden, warum er nicht einfach *»Lah imsik bekhir«* gesagt habe und seines Weges gegangen sei, würde er geantwortet haben, daß Benanis Stimme eines der schönsten Dinge dieser Welt sei und daß es ihm Freude mache, ihm zuzuhören. Benani schien dies unbewußt gespürt zu haben, denn er wollte sich offenbar auf eine längere Unterhaltung einlassen. Er erkundigte sich diskret nach Amars und seiner Familie Gesundheit sowie nach Amars Arbeit und seinen Absichten. »Und die Welt«, sagte er mehrmals im Lauf der Unterhaltung. Amar war sich darüber klar, daß er die politische Lage in Marokko meinte, aber er hatte nicht die Absicht, dies zu zeigen, noch nahm er an, daß der andere es von ihm erwarte.

»Wo gehst du hin?« fragte Benani schließlich, seine Stellung ändernd und auf Amars Hand blickend, die er, soweit er konnte, hinter den Rücken hielt.

»Nach Hause.« Amar drehte sich ebenfalls unmerklich weg und versuchte, die Puppe hinter sich im Dunkel zu halten.

»Warum ißt du nicht mit uns? Ich treffe ein paar *drari* in der Nejjarine, und wir werden irgendwo essen.«

Amar ignorierte die Frage zunächst. »Und Mokhtar?« sagte er. »Wo ist Mokhtar, wird er dabeisein?«

Benani schürzte verächtlich die Lippen, bevor er sagte: »Nein. Er wird nicht dasein. Er muß lernen. Dies sind ältere *drari*.«

Er versucht, mir zu schmeicheln, dachte Amar. Er weiß, ich bin so alt wie Mokhtar. Aber er war doch neugierig, den Grund zu erfahren, und so blieb er stehen.

»Ich muß nach Hause gehen«, sagte er. Er wußte, wenn seine Vermutung richtig war, würde jetzt das Beschwatzen beginnen, das Armdrücken, das leise Zupfen an Ärmel und Rockaufschlag.

Er hatte ganz recht: so geschah es, und schließlich wanderte er mit ihm langsam die endlose dunkle Straße entlang, den Hügel hinunter, abwärts, hinab, jetzt fest überzeugt, daß Benani etwas ganz Bestimmtes von ihm wollte.

II

Das Café war wie jedes andere große Straßencafé in der Medina: kahl und ungemütlich, mit Tischen, die auf ungleichen Beinen wackelten, und mit Stühlen, die unter dem Gewicht der Sitzenden zusammenzubrechen drohten. Der Putz an den Wänden war ungeschickt mit rosa und blauer Farbe bespritzt, damit sie marmoriert aussahen; an vielen Stellen war der Bewurf gesprungen und abgefallen, und der Lehm der Außenwände kam durch.

Sie waren zu sechst. Sie hatten Brot und Oliven mitgebracht und bestellten jetzt Lamm am Spieß. Zunächst saßen sie an einem Tisch neben dem Stand des *qaouaji*, wo das Holzkohlenfeuer sie zuweilen mit Funken überschüttete.

Als die Spieße mit *qotbanne* kamen, gingen sie gemeinsam nach hinten in eine kleine Nische ohne Tisch und Stühle – nur mit einem Stück Matte auf dem Boden und einem weiteren Mattenstreifen die Wände entlang. Sie füllten die Nische genau aus, immer zwei auf jeder Seite sitzend, und in der Mitte war eine Zeitung ausgebreitet.

Das beschämende Problem der Matrosenpuppe war schon gelöst worden, als Amar und Benani noch allein waren. Allah hatte gnädig entschieden, daß Benani auf halbem Weg den Hügel hinunter eine Bedürfnisanstalt aufsuchen mußte; Amar hatte die Gelegenheit benutzt, die Puppe in das Gewirr der Dachsparren an der Decke des Gebäudes zu schleudern, und dort war sie hängengeblieben. Benani hatte bestimmt bemerkt, daß er etwas trug; denn als sie aus der Anstalt kamen, sah Amar, wie er heimlich nach seiner Hand blickte, die er immer noch hinter sich hielt. Aber jetzt konnte Benani mutmaßen, was er wollte, es spielte keine Rolle mehr.

Die anderen waren alle einige Jahre älter als Amar, siebzehn und mehr. Sie waren aber von Anfang an höflich zu ihm gewesen und hatten sich offensichtlich bemüht, es ihm leichtzumachen, was ihnen allerdings nicht ganz gelang; denn er fühlte, daß er nun einmal nicht zu ihnen gehörte, wenn er auch geschmeichelt war, doch zugleich war er mißtrauisch gegen ihre Aufmerksamkeiten. Benani saß neben ihm und scherzte mit ihm; er schien an diesem Abend Amar verteidigen zu wollen. Wenn Amar eine Bemerkung machte, die den anderen nicht zu gefallen schien, veranlaßte er entweder Amar durch eine Frage, sich deutlicher auszudrücken, oder er gab Amars Worten seine eigene Auslegung. Leider kam dies zwangsläufig immer wieder vor; obwohl sie alle denselben Dialekt sprachen und dieselben Vergleiche gebrauchten, war es, als kämen sie aus verschiedenen Ländern.

Der Unterschied lag hauptsächlich in dem Unsichtbaren, dem ihre Herzen zugewandt waren. Sie träumten von Kairo mit seiner unabhängigen Regierung, seiner Armee, seinen Zeitungen und Kinos, während Amars Träume dieselbe

Richtung gingen, nur ein wenig weiter als Kairo, über die Bhar el Hamar hinaus nach Mekka. Sie dachten in Schlagworten wie Beschwerden, Zensur, Gesuche und Reformen; er aber, wie jeder gute Mohammedaner, der nur die Lehren seiner Religion kennt, in den Begriffen des Schicksals und der göttlichen Gerechtigkeit. Wenn das Wort »Unabhängigkeit« fiel, sahen sie Abteilungen mohammedanischer Soldaten durch Straßen marschieren, in denen alle Schilder in arabischer Schrift waren, sie sahen Fabriken und Kraftwerke aus den Feldern wachsen; er sah den Himmel in Flammen, die Schwingen rächender Engel und totale Vernichtung. Langsam wurde sich Benani des gewaltigen Unterschiedes bewußt und fing heimlich an zu verzweifeln. Seine Aufgabe heute abend war aber nicht der Versuch, zwei verschiedene Meinungen einander anzunähern; es war etwas ganz anderes. Er wußte, daß die anderen völlig die Geduld mit ihm verloren hatten, weil er sie mit diesem Nichtswisser zusammengebracht hatte, diesem seltsamen Schatten der Welt von gestern; sie fühlten, daß er allein sich hätte um ihn kümmern sollen. Aber er glaubte, es sei seine Pflicht, das Zusammensein so zu leiten, wie er es für das beste hielt.

»*Yah*, Abdelkader!« rief er. »Bring uns ein Coca-Cola.« Der *qaouaji* kam mit einer Flasche.

»Ist sie kalt?« fragte Benani.

»Hah! Mehr als kalt«, erklärte der *qaouaji*.

Benani nahm die Flasche und bot sie zuerst Amar an. »Trink ein bißchen«, drängte er ihn. Als Amar die Flasche an seine Lippen setzte, sagte Benani obenhin: »Kürzlich Fußball gespielt?« Amar schluckte und verneinte. »Geschwommen?« fuhr Benani fort. »Heute«, sagte Amar und gab ihm die Flasche zurück. »Viele Menschen in Sidi Harazem?« forschte Benani weiter. Amar sagte, er sei nicht dort gewesen. Er lehnte sich zurück und beschloß, die Situation auszukosten. Die anderen hatten sich mit ihrem plötzlichen Schweigen und ihren lauernden Blicken verraten. Er würde keine Auskünfte geben, höchstens wenn Benani etwas ganz Bestimmtes fragte, und dann würde er ihn verwirren, indem er ihm nichts als die Wahrheit sagte. Nichts konnte jemanden mehr aus der Fassung bringen, als wenn man Falsches immer umsichtig mit der Wahrheit mischte, und es kam bei dem Spiel darauf an, herauszufinden, was falsch war und was richtig. Es verstand sich von selbst, daß man einen gewissen Prozentsatz von allem nicht glauben durfte. Amar sagte sich, wenn er nur die reine Wahrheit spräche, wäre Benani naturgemäß im Nachteil, weil er gezwungenermaßen einen Teil davon bezweifeln würde.

Wie er vorausgesehen hatte, ging die gleichgültige Unterhaltung rasch in ein scharfes Verhör über, als Benani zuerst seine Haltung und dann, wenigstens teilweise, seine Fassung verlor.

»Oh, du warst also in Aïn Malqa. Ich verstehe.«

»Ja.«

»Und dann kamst du zurück.«

Amar sah überrascht auf. »Ja.«

»Du kamst gerade zurück, als ich dich traf?«

»Nein, ich war auf der *fechta.*«

»Die fängt aber doch nicht vor acht an«, sagte Benani in anklagendem Ton.

»Ich weiß nicht. Ich war nicht lange da.«

»Du mußt sehr lange in Aïn Malqa geblieben sein.«

»Nicht sehr lange. Die Sonne stand ganz hoch, als ich wegging.«

Benani nahm einen Schluck Coca-Cola und reichte dem Jungen zu seiner Rechten die Flasche. Dann pfiff er einen Moment, als könne dies Zwischenspiel der Szene einen Anschein von Natürlichkeit geben.

»Du mußt auf deinem Rückweg angehalten und geschlafen haben«, sagte er darauf.

Amar lachte. »Nein. Ich habe nach einem Platz gesucht, aber keinen gefunden. Ich bin aus Versehen in einen fremden Obstgarten geraten.«

»*Ay!* Das war gefährlich. Die Franzosen schießen heutzutage schnell.«

Wenn er log und vorgab, er habe niemanden angetroffen und nichts gesehen, würden sie überzeugt sein, daß er mehr verstanden hatte, als tatsächlich der Fall war. Wichtig war, daß er nicht irgend etwas Ungewöhnliches an Moulay Ali bemerkt hatte.

»Es war kein französischer Obstgarten. Er gehörte einem Moslem.«

»Einem Moslem?« wiederholte Benani ungläubig. »An der Straße nach Aïn Malqa?«

»Ja, einem Moslem mit einem Motorrad. Moulay Soundso. Ein bißchen kahlköpfig, mit einem Gang wie eine Eule.«

Einer der Jungen lachte kurz. Benani zuckte ärgerlich zusammen, aber er wandte nicht den Kopf. Statt dessen schloß er die Augen, als versuche er, den Mann irgendwie einzuordnen.

»Moulay Soundso!« wiederholte Amar.

Benani schüttelte den Kopf. »Kenne ich nicht«, sagte er unsicher.

»Er lebt in einem alten Haus.«

»Mit seiner Familie?«

»Das weiß ich nicht.«

»Bist du hineingegangen?«

»O ja. Er lud mich ein ... Hör mal«, sagte Amar plötzlich. »Wenn du wissen willst, wer da war und was sie getan haben, warum gehst du nicht hin und fragst ihn?«

»Wer? Ich?« schrie Benani. »Ich kenne ihn nicht. Warum sollte ich ihn kennen?«

»Khlass!« sagte Amar nachsichtig lächelnd. »Du kennst ihn besser als ich!« Und noch mehr riskierend, fuhr er fort: »Und du hast ihn heute abend gesehen.«

In diesem Augenblick richteten sich alle anderen ein wenig straffer auf. Amar war entzückt. Er beschloß, die wirre Unterhaltung zu klären.

»Ich kann dir nichts über deinen Freund erzählen, weil ich ihn nicht kenne. Aber du willst sowieso nichts über ihn wissen. Du willst über mich etwas wissen. *Zduq*, frage mich weiter.«

»Sei nicht ärgerlich«, sagte Benani. Amar lachte. »Wir sind alle Freunde. Was macht es aus, in wessen Obstgarten du gegangen bist? Es war kein Franzose, und niemand hat dich erschossen. Das ist das wichtigste.«

Es war, als hätte Amar überhaupt nichts gesagt; er sah, daß sie nicht aufrichtig mit ihm sein würden, und überlegte, ob es vorteilhafter für ihn sei, ihnen gegenüber weiter ehrlich zu sein, oder ob er anfangen solle, ihr eigenes Spiel zu spielen. Er beschloß, etwas weiterzugehen.

»Ich dachte zuerst, du hättest mich angesprochen, weil du gehört hast, was ich in der Talâa sagte, als ich mit mir selbst sprach.«

»Wäre das ein Grund gewesen?« fragte Benani.

Also hat er mich gehört, dachte Amar, zufrieden, die Wahrheit darüber herausgefunden zu haben. »Es könnte sein«, antwortete er.

»Enta hmuq bzef«, sagte Benani ärgerlich. »Du bist verrückt.« Einer der Jungen flüsterte einem anderen etwas ins Ohr. Dieser, dessen Gesicht mit tiefroten Pusteln übersät war, begann plötzlich zu sprechen. »Das hast du zuerst gedacht, sagst du. Aber was denkst du jetzt?« Benani sah ihn wütend an; wie Amar annahm, weil er selbst nicht darauf gekommen war, ihn dies zu fragen. Er blickte flüchtig in das Café. Es war leer. Der *qaouaji* hatte die Tür geschlossen und lag schlafend davor. Er sah in die Gesichter der fünf älteren Jungen und bemerkte nichts Freundliches darin.

»El hassil«, sagte er langsam. »Ich weiß nicht, was ich denken soll.«

Er konnte nicht weiter bei der Wahrheit bleiben; das stand außer Frage, weil er ganz klar sah, daß Moulay Ali ihm nicht nur Benani nachgeschickt hatte, um ihn auszuforschen, sondern ihn instruiert hatte, Polizeimethoden anzuwenden; das heißt, seinerseits nichts zu enthüllen und alle Mittel anzuwenden, die er für richtig hielt, solange er etwas herauskriegen konnte. Benani hatte seine Rolle zu plump gespielt, als daß es irgendeinen Zweifel geben konnte. Wahrscheinlich wollte Moulay Ali vor allem wissen, was er da draußen in dem Haus im Obstgarten gehört, wieviel er verstanden und was er daraus entnommen habe und ob er den Mund halten werde.

Er hatte ihnen nicht viel erzählt, überlegte er, aber vielleicht hätte er gar nichts sagen sollen. Er blickte auf seine

Hände nieder, sah den Ring, den der Töpfer ihm gegeben hatte, und dachte an seine Warnung. Es war durchaus möglich, daß einige der *drari*, die hier mit ihm saßen, einen *assas* oder einen *mokhazni* erstochen oder erschossen hatten; man konnte es nicht wissen.

Sie sahen ihn immer noch erwartungsvoll an.

»*El hassil*«, sagte er wieder. Es hatte keinen Zweck. Er konnte keine Unschuld vortäuschen. »Ich nehme an, ihr wollt wissen, ob ich in meinem Herzen für euch bin.«

Benani runzelte die Stirn, aber Amar konnte sehen, daß er seine Antwort billigte.

»Wir sind auch an deinem Kopf interessiert«, sagte er, »es hat keinen Zweck, ein Herz zu haben, wenn man keinen Kopf hat. Du hast keinen besonderen Kopf. Das hatte bis heute nichts zu sagen. Aber jetzt...«, er sah Amar scharf an, »mußt du einen Kopf haben, verstanden?«

Er verstand vollkommen. Benani meinte, seit er durch Zufall auf Moulay Ali gestoßen sei, sei er notwendig mit ihnen verbunden; es war nicht möglich, etwas anderes vorzutäuschen.

»Ich habe einen Kopf, aber keine Zunge«, sagte er.

Benani lachte kurz. »Ich weiß, ich weiß, das sagen sie alle. Aber nach den ersten fünf Minuten im *Commissariat* haben sie eine Zunge, die von Bab Mahruk bis nach Bab Fteuh reicht. Erst wenn du dorthin kommst, erkennst du, was für ein Herz du hast, und weißt, was dir wichtiger ist, deine eigene Haut oder das Vertrauen deines Sultans!«

Benani beobachtete ihn scharf, wahrscheinlich um an Amars Haltung die Wirkung seiner Worte festzustellen. Dies schien kaum der richtige Augenblick zu sein, um sich an Mohammed Lalamis Worte zu erinnern: »Der Sultan wird niemals zurückkommen, und die Partei will ihn nicht zurückhaben«, aber er konnte es nicht verhindern, sie wieder im Ohr zu hören wie auch das, was Mohammed unmittelbar darauf gesagt hatte: »Es ist doch nicht die Schuld der Partei, daß alle Menschen in Marokko Esel sind?« Benani hielt ihn für einen dieser Esel und sagte ihm geradezu, daß er einer zu sein habe. Die Lüge stand im Mittelpunkt jeder Verständigung mit diesen Leuten. Er nickte langsam, als denke er über die tiefe Weisheit von Benanis Erklärung nach.

»Wir sind deine Freunde«, sagte Benani, beugte sich vor und packte die Überreste der Mahlzeit in die Zeitung. »Du mußt beweisen, daß du weißt, was es heißt, Freunde zu haben.«

So ein Pech, dachte Amar. Nicht einen von ihnen wollte er zum Freund haben. *»Bcif«*, sagte er, »natürlich.« Er sah sie an. Da war der mit den Pusteln, der sich als Benanis Vertrauter zu betrachten schien, dann ein Kränklicher, Gelbhäutiger mit dicken Augengläsern, außerdem ein ziemlich Dicker, der so aussah, als sei er noch niemals weiter zu Fuß gegangen als von der Kissaria zur Medersa Attarine, und ein langer Neger, den er im städtischen Schwimmbad in der Ville Nouvelle gesehen zu haben glaubte.

Benani richtete sich auf, die zusammengefaltete Zeitung in der Hand. *»Rhaddi noud el haraj men deba chonuh«*, sagte er knapp. »Diesmal ist es Krieg und kein Spiel.« Amar fühlte gegen seinen Willen einen Schauer der Erregung. »Weißt du, was vorgeht?« fuhr Benani mit plötzlich gefährlich brennenden Augen fort. »Heute nacht schlafen fünftausend Partisanen außerhalb Bab Fteuh. Hast du das gewußt?«

Jetzt schlug Amars Herz schneller, seine Augen standen weit offen. »Was?« schrie er.

»Es ist kein Geheimnis«, sagte Benani finster. Er rief nach dem *qaouaji*, der verschlafen aufstand und zu ihnen herüberstolperte. »Wir gehen«, sagte Benani zu ihm. Der *quouaji* schlurfte zur Tür zurück, öffnete sie und sah hinaus. Dann schloß er sie wieder. Die anderen vier standen auf, schüttelten Amar und Benani feierlich die Hand und gingen zur Tür; der *quouaji* ließ sie hinaus. Benani blieb auf seinem Platz sitzen und starrte schweigend auf die Matte am Boden, und Amar, der nicht wußte, ob das Verhör vorüber war oder nicht, blieb einfach sitzen, bis Benani, der aus Vorsicht wartete, bis die anderen endgültig verschwunden waren, endlich aufstand.

»Geh morgen lieber nicht aus den Mauern heraus«, sagte

er, »sonst siehst du deine Familie vielleicht lange nicht mehr. Ich gehe mit dir nach Hause.«

Amar protestierte höflich, obgleich er wußte, daß Benanis Entschluß nicht der Sorge um seine Sicherheit entsprang.

»Yallah«, sagte Benani, ohne ihn zu beachten. »Gehen wir.« Er zahlte den *qaouaji*, wechselte ein paar Worte mit ihm, und sie traten auf die Straße hinaus. Die Bogenlampen in der Medina waren so spärlich, daß sie eine Weile gehen mußten, bevor sie sehen konnten, ob der Strom noch unterbrochen war. Es gab wirklich keinen Strom, aber Benani hatte eine Taschenlampe, die er von Zeit zu Zeit aufleuchten ließ. Der Wind war feucht und der Himmel noch bedeckt. Bis jetzt waren sie niemandem begegnet.

»Es wird regnen«, sagte Benani.

»Ja.«

»Aber nicht lange. Nicht zu dieser Jahreszeit.« Was für ein nutzloses Gerede, dachte Amar. Nur Allah wußte, ob es regnen würde und wie lange. Er schwieg aber und ging weiter neben Benani her. Als sie zum Eingang seiner Straße kamen, sagte Amar: »Hier ist mein *derb*«, fing an, sich zu bedanken und ihm gute Nacht zu wünschen. Aber anscheinend wollte Benani genau wissen, wo er wohnte. »Ich werde dich bis an dein Haus begleiten«, sagte er. »Das macht mir nichts aus.«

»Du mußt den ganzen Weg zurückgehen. Es gibt keinen anderen«, warnte ihn Amar.

»Macht nichts.«

Sogar als Amar an die Tür geklopft hatte, ging Benani nicht fort. Er stand gegen die Mauer gelehnt, wo niemand ihn sehen konnte, wenn Amar die Tür geöffnet wurde. Es war Amars Vater, der ausrief: *»Chkoun?«* und endlich mit viel Geräusch und Schlüsselgeklirr die Tür aufstieß, die Kerze mit der Hand, die die Schlüssel hielt, gegen den Wind schützend. Als er Amar sah, vermutete er, daß da noch jemand sei, hielt die Kerze nach draußen und versuchte, über sie wegzusehen. »Wo bist du gewesen?« fragte er mürrisch. »Wer ist da mit dir?« Amar konnte nicht antworten. Benani, durch die Echtheit der Szene überzeugt, daß das Haus keine falsche Adresse war und der alte Mann wirklich Amars Vater, verschwand in der Nacht und überließ es Amar, mit der Situation fertig zu werden. Diesmal war Si Driss' Erleichterung, seinen Sohn zu sehen, größer als der Ärger, daß er so lange auf ihn gewartet hatte.

»*Hamdoul'lah*«, sagte er mehrmals, als er die Tür verriegelte und über den Hof trottete, um seine Hände in einem Eimer beim Brunnen zu waschen. Die aus dem Schlaf geweckten Tauben flatterten kurz.

Amar hatte nur den einen Wunsch, schnell nach oben zu gehen, ehe sich die Laune des alten Mannes änderte. Er beugte sich nieder und küßte den Ärmel der *gandura* seines Vaters, murmelte: »Gute Nacht« und fing an, die ersten Stufen zu nehmen.

»Warte«, sagte Si Driss. Amars Herz sank.

Eine Minute später stiegen sie beide langsam die Stufen hinauf, der alte Mann mit der Kerze voraus und Amar hinterher. Als sie oben auf der zweiten Treppe angekommen waren, atmete Si Driss schwer und griff nach Amars Arm, um sich zu stützen. In seinem Zimmer befestigte Amar die Kerze auf dem Boden, und sie setzten sich auf die Matratze.

Sein Vater beugte sich zu ihm herüber, um ihn besser zu sehen. »*Yah latif!* Was ist mit deinem Gesicht los?« rief er. »Es sieht aus wie ein verfaulter Pfirsich. Wie ist das passiert? Wer hat dich geschlagen?«

»Irgend jemand«, sagte Amar ruhig. Er setzte voraus, daß sein Vater nicht weiter auf diesem Punkt beharren würde, und er hatte recht. Der alte Mann sagte nur verzweifelt: »Warum raufst du?« Die von Amar erwartete Frage: »Wo bist du gewesen?« kam nicht. Statt dessen fragte ihn sein Vater nach einer Pause: »Hast du irgend etwas gesehen?«

Es würde keine Strafe setzen. Amar war erstaunt. »Nein«, sagte er unsicher.

»Morgen, *incha'Allah*, müssen wir früh aufstehen und kaufen, was wir nur können. Wer weiß, wann's losgeht! Wir haben nichts im Hause. Si Abderrahman wird mir fünfzig Kilo Mehl verkaufen. Darauf können wir uns verlassen, alles andere ist in Allahs Händen.«

»Ja«, sagte Amar. Er wußte nicht, was er sonst sagen sollte.

Der alte Mann bewegte seinen Kopf vor und zurück. »Diesmal wird es sehr schlecht sein. Die Franzosen haben die Berber gegen uns in den Krieg geschickt. Möge Allah uns alle behüten! Wer weiß, was aus uns werden wird! Es ist kein einziges Gewehr in der Medina; dafür haben sie gesorgt.«

Amar tröstete seinen Vater mit unzulänglichen Redensarten, erstaunt darüber, daß Si Driss die Politik doch so ernst nahm, und mit dem unbehaglichen Gefühl, daß seine Ruhe, die er immer für echt gehalten hatte, zerstört war.

»Du mußt ein wenig schlafen«, sagte sein Vater endlich. »Wir haben morgen zu tun.«

Als er gegangen war, lag Amar mit weit offenen Augen da und starrte in die leere Nacht. Ein leichter Regen rauschte sanft herab; sonst war Stille.

12

Der nächste Tag verlief nicht so, wie Si Driss es befürchtet hatte. Die Berber-Truppen blieben, wo sie waren, außerhalb Bab Fteuh, und richteten sich in ihren vorübergehenden Quartieren etwas bequemer ein. Am Vormittag regnete es lautlos, aber gegen Mittag klarte es sich plötzlich auf, und ein Vorhang von aufsteigendem Dunst über der Stadt verursachte ein schmerzhaftes Licht. Amar und sein Vater waren bei Tagesanbruch ausgegangen, hatten Mustapha und die Frauen zu Hause gelassen und von Si Abderrahmans in der Nähe gelegenem Haus das Mehl geholt. Dann hatten sie die Medina auf der Suche nach Zucker, Kichererbsen, Kerzen und Haferflocken durchstreift. Fast alle Läden waren mit Brettern vernagelt, und in denen, die offen waren, drängten sich Haufen aufgeregter Leute und versuchten, durch Schmeichelei, Drohung und Bitten zu normalen Preisen Nahrungsmittel zu kaufen. Die Lebensmittel waren da, aber die paar Ladeninhaber, die den Mut hatten, offen zu halten (denn es hieß, daß herumziehende Banden junger Polizeispitzel in der Innenstadt Läden demolierten), hofften für ihren Wagemut raschen Profit einzuheimsen. Gruppen finster blickender französischer Polizisten, die Augen starr geradeaus gerichtet, durchstreiften die Stadt. Kinder waren nicht zu sehen, und die Abwesenheit junger Leute war auffallend.

Amar kam nur eine Stunde zu spät an seinen Arbeitsplatz. Der Töpfer hockte wie gewöhnlich auf seiner Terrasse, aber nicht ein Stück Ware lag da; alle Wasserkrüge, Schalen und Schüsseln waren im Schuppen verstaut. Eine ungewöhnliche Stille war über dem Lehmdorf unten, und nur von einer Handvoll Öfen stieg Rauch auf.

»Sbalkheir«, sagte der Töpfer und sah kläglich zu ihm auf. »Ich fürchtete, sie hätten dich geschnappt.«

Amar lachte. *»Sbalkheir«*, erwiderte er. Einen Augenblick war es nicht klar, ob Saïd die Franzosen oder die Istiqlal meinte, dann kam ihm der Zweifel absurd vor: er konnte nur die Franzosen gemeint haben. »Nein, ich hatte eine Menge für meinen Vater zu tun«, sagte er in der Hoffnung, der Töpfer werde es dabei bewenden lassen und ihn nicht weiter ausfragen.

»Es macht nichts«, sagte der andere und strich seinen Bart. »Ich schließe sowieso, bis sie« – er deutete mit dem Kopf gegen Bab Fteuh – »dahin zurückgehen, von wo sie gekommen sind. Allah! Da draußen ist eine ganze Stadt von ihnen. Dies ist nur der Anfang, glaub mir. Heute abend werden mehr da sein, sie werden am Bab Guissa und an allen anderen Toren sein. Sie haben sie zuerst wegen des Schafmarktes dorthin geschickt. Es sind nur noch vier Tage bis zum Aïd.«

Amar machte ein langes Gesicht. Wenn das der Fall war, würden sie sicher dieses Jahr kein Opferschaf zu Hause haben, denn alles Geld war zum Ankauf der Vorräte verwandt worden, die er und sein Vater gerade nach Hause geschleppt hatten. Er hatte nicht daran gedacht, daß die Zeit so kurz war; er hatte unbestimmt gehofft, daß irgendwie bis zum Fest genug Geld dasein werde, ein Schaf zu kaufen, wenn auch vielleicht nur ein kleines. Die Aussicht, überhaupt kein Schaf zu haben, war eine ungeheuerliche Schande, wie die Familie sie noch nie erlebt hatte. »Vier Tage«, sagte er traurig. Der warme Regen fiel plötzlich stärker, er bespritzte ihre Beine mit dem Schmutz vom Dach. Sie wichen gegen die Wand zurück.

»Da ist ein Haufen Dummköpfe draußen, die trotzdem Schafe kaufen«, fuhr Saïd fort. »Das wird Unruhe geben. Du wirst es merken. In meinem *derb* haben sie heute morgen einen alten Mann verprügelt, der ein Schaf nach Hause führte. Auch das Schaf haben sie zusammengeschlagen und beide auf einem Haufen an der Mauer liegen lassen.« Er grinste in der Erinnerung daran. Amar hörte ungläubig zu.

»Es ist das einzige, was man tun kann«, fuhr Saïd fort. »Mit welchem Recht kann jemand ein Fest feiern, wenn der Sultan im Gefängnis ist, mitten im Ozean?«

»Aber es ist eine Sünde, Aïd el Kebir nicht einzuhalten«, sagte Amar langsam. Wer ist größer, der Sultan oder der Islam?«

Der Töpfer starrte ihn an. »Sünde, Sünde«, schrie er. »Gibt es eine größere Sünde, als ohne unseren Sultan zu leben? Wie die Hunde? Wie Heiden, *kaffirine*? Es gibt keine Sünden mehr, sage ich dir. Es macht nichts, was einer tut. Es gibt keine Sünden mehr.«

Im stillen stimmte Amar ihm zu, aber er hätte das alles lieber selbst gesagt. Aus Saïds Munde klang es ein wenig albern. Er war zu alt, um so zu fühlen, dachte Amar.

Saïds Zorn war erwacht; seine Haltung war jetzt ausgesprochen unfreundlich. Er schien anzunehmen, daß er eine Auseinandersetzung mit Amar habe.

»Auf jeden Fall brauche ich dich hier nicht«, brummte er. »Ich habe die anderen gehen lassen. Ich brauche niemanden. Wer soll jetzt Wasserkrüge kaufen?«

Amar dachte an das Geld, das der Töpfer ihm schuldete. Es war nicht viel, aber immerhin. »Und nachher?« sagte er.

»Nachher komm zurück. Wenn es ein Nachher gibt«, fügte er mit einem barschen Lachen hinzu.

»Dann werden wir das Geld bis dahin lassen, Si Saïd.« Amar sah ihn verträumt an; es war ein sanfter, verschleierter Blick, dazu bestimmt, die Absichten hinter den Augen zu verbergen, aber kein *Fassi* würde dadurch getäuscht werden. Der Töpfer sprang auf und wühlte in seiner Tasche.

»Nein!« schrie er, einige Geldscheine hinstreckend. »Ich mache so was nicht. Hier.«

Amar nahm widerstrebend das Geld. Er hatte gehofft, zwei Dinge zu gewinnen, wenn er es bis später ließ: Ansehen in Saïds Augen und möglicherweise eine größere Summe, falls Saïd, wenn es zum Einkassieren kam, nicht mehr genau wußte, wieviel es war.

»Gut«, sagte er zögernd und steckte das Geld ein. »Ich werde Sie hier und da besuchen kommen.«

»Ouakha«, antwortete Saïd ohne besondere Begeisterung. Und als Amar ging, rief er ihn zurück, wahrscheinlich weil ihm der Aufschwung einfiel, den der Junge seinem Geschäft gebracht hatte, und weil er fühlte, daß er schroff zu ihm gewesen war. »Dies sind schlimme Tage, Si Amar. Wir sind alle unglücklich. Wir reden manchmal vorschnell.«

Amar wandte sich, ging zu dem Mann hinüber, kniete nieder und küßte den Ärmel seiner *dschellaba*. »Auf Wiedersehen, Meister«, sagte er.

Der Töpfer sah verstört auf ihn herunter, hob ihn auf und sagte: »Auf Wiedersehen.«

So, nun war er also frei, dachte Amar, als er durch die nassen Straßen zurückging. Einerseits war er froh, daß die Welt wieder offenstand, daß sich wieder einmal alles ereignen konnte; andererseits hatte er die Erregung genossen, seine Macht und sein Ansehen auszubauen, das Gefühl, etwas zu erreichen, solange er für Saïd arbeitete. Jetzt war alles auf einmal verschwunden. Aber niemand hatte das Recht, sich über das Unvermeidliche zu beklagen.

Esel, deren Tragkörbe schwer mit Sand beladen waren, kamen schwerfällig durch die enge Straße. *»Balek, balek«*, leierte der Treiber. Er hatte zum Schutz gegen den Regen einen aufgeschnittenen Zuckersack als *dschellaba* über seinen Kopf gestülpt. Als er vorüberging, sah Amar aus irgendeinem Grund auf den Boden. Da, gerade vor ihm, lag ein Zwanzigrialstück im Schmutz. Er bückte sich schnell, hob es auf und murmelte: *»Bismil'lah ala maketseb Allah.«* Und plötzlich erinnerte er sich an eine lange zurückliegende, ähnliche Situation, als er in einer Ziegelei in der Tazastraße gearbeitet hatte. Damals hatte er über hundert Rial auf der Straße gefunden. Da er auf seinem Weg zur Arbeit gewesen war, hatte er das Geld sofort seinem Meister ausgehändigt. Der Mann war wütend geworden, hatte das Geld auf den Boden geworfen und ihm ins Gesicht geschlagen, ein Schlag, der um so mehr schmerzte, als er unerwartet war. »Ist das dein Geld?« hatte der Mann gefragt. Amar hatte verneint. »Warum hast du es dann aufgenommen? Wenn du wieder etwas auf der Straße siehst, laß es da und geh deiner Wege.« Und dann hatte der Mann einen Jungen geschickt, Amars Vater zu holen. Als Si Driss kam, hatte der Meister ihm das Geld eingehändigt und ihm geraten, seinem Sohn eine Tracht Prügel zu verabreichen, aber Si Driss hatte den Rat des Mannes getadelt und Amar freundlich nach Hause geführt und ihm gesagt, der Mann habe recht wegen des Geldes, aber nicht wegen der Strafe; er werde eine andere Arbeitsstelle für ihn finden. Ein paar Tage später hatte er ihn als Lehrling bei einem Schuhmacher in der Cherratine untergebracht. Wie oft, dachte er, hatte sein Vater gegen ungerechte Behandlung seines Sohnes durch seine Arbeitgeber Einspruch erhoben? Sicher sehr, sehr oft. Si Driss würde nicht die leichteste Verletzung des mohammedanischen Gesetzes, wie er es verstand, durchgehen lassen, und vor allem dafür brachte ihm Amar eine innige, unvergängliche Liebe entgegen. Hinter den Toren der Gerechtigkeit lag die Welt der Barbaren, *kaffirine* und wilden Tiere.

Als er nach Hause kam, saßen sein Vater und Mustapha ruhig in dem Zimmer neben dem Hof und warteten, während seine Mutter und Halima in einer Ecke den Tee bereiteten. Sein Vater war nicht überrascht, als er hörte, daß er nicht mehr arbeite; er nahm das Geld, das Amar ihm einhändigte, und sagte nur: »Setz dich und trink Tee.« (Das Zwanzigrialstück, die Gabe Allahs, blieb in seiner Tasche, aber er hatte ihm alles gegeben, was er von dem Töpfer bekommen hatte.)

Mustapha saß da und sah noch mürrischer aus als gewöhnlich. Er hatte seit mehreren Wochen keine Arbeit gehabt, und es ärgerte ihn im geheimen, daß Amar so lange bei dem Töpfer ausgehalten hatte; jetzt konnte er den festen Blick seines Bruders wieder mit Gleichmut ertragen. Der Mittelpunkt seines Lebens schien außerhalb des Hauses zu sein, höchstwahrscheinlich in den Kaffeehäusern der Moulay Abdallah, dachte Amar; zu Hause war er nur eine taube Nuß, brummte eine Antwort, wenn man ihn ansprach, lebte aber nicht richtig.

»Sie ist immer noch geschwollen«, sagte seine Mutter von ihrem Platz auf dem Fußboden, wo sie das Kohlenfeuer anfachte, und betrachtete seine Nase.

Si Driss seufzte. »Seine Nase ist gebrochen«, sagte er sanft.

»Ay, ouildi, ouildi!« begann sie und brach in Tränen aus.

»Das macht doch nichts, Frau«, sagte der alte Mann mit einem strengen Blick. Aber sie war untröstlich und überließ sich ihren Tränen. Halima fuhr fort, den Tee zu bereiten. Als sie allen Tee gegeben hatte, reichte sie ihrer Mutter ein Glas und überredete sie, einen Schluck zu trinken.

»Horcht!« sagte Si Driss mit erhobenem Zeigefinger. In der Ferne hörte man aufrüttelnden Gesang wie von rasch marschierenden Menschen. »Die Studenten«, sagte er. Es war schwer zu sagen, wie weit entfernt sie waren, weil keines der üblichen Geräusche in der Nachbarschaft zu hören war. »Unsere Soldaten«, fuhr der alte Mann voll Bitterkeit fort.

»Möge Allah sie erhalten!« schluchzte Amars Mutter.

Plötzlich sprach Mustapha unerwartet. »Jedes Tabakgeschäft in der Medina ist zerstört.«

»Gut«, sagte Amar.

Mustapha starrte ihn an. »Gut in deinem Hirn vielleicht«, knurrte er.

Si Driss überhörte das Ungehörige dieses Meinungsaustausches in seiner Gegenwart und winkte Halima, sein Teeglas zu füllen. Amar stand auf und ging in sein Zimmer hinauf. Er saß auf seiner Matratze und dachte darüber nach, was für ein unnützer, unangenehmer Mensch sein Bruder werde. Es schien klar, daß Mustaphas gegenwärtige schlechte Laune nur darauf zurückzuführen war, daß er in den letzten Tagen keinen Kif bekommen konnte. Wahrscheinlich war ihm seine gewohnte Bezugsquelle durch die Unruhen abgeschnitten.

Jetzt, da Lebensmittel im Haus waren, würden sie zwar nicht besonders gut essen, aber wahrscheinlich brauchten sie nicht zu hungern, selbst wenn sich die Lage verschlechterte; Amar hätte erleichtert sein und sich mehr oder weniger wohl fühlen müssen. Aber er war nie nervöser und ruheloser gewesen. Er wollte ausgehen und in der Stadt überall zugleich sein, aber es regnete immer noch ein wenig, und auf jeden Fall hatte er das Gefühl, wo er auch hinginge, würden die Straßen leer sein, und die Geräusche, daß etwas vor sich ging, würde man nur von einem weit entfernten, nicht festzustellenden Punkt wahrnehmen.

Er versuchte, ein wenig Flöte zu spielen, aber sie klang an diesem ruhigen Morgen ungewöhnlich laut, ein sinnloser, herber Ton, so daß er sie schließlich auf ein Wandbrett warf, zwischen einen zerbrochenen Wecker und das farbige Bild des Fußballidols Ben Berek in seinem rot-blauen Sportdreß. Dann trat er auf das Dach hinaus und versuchte, über die nächstgelegenen Hausdächer zu sehen, doch der feine Regenschleier verdeckte alles. Aber der Himmel klärte sich auf. Er ging zurück und legte sich hin. Die Luft war heiß und reglos. Heute schienen sogar die Hähne in der Nachbarschaft übereingekommen zu sein, die allgemeine Ruhe einzuhalten. Und es war unglaublich, vier Tage vor Aïd nicht ein einziges Schaf auf den Dächern zu sehen oder zu hören. Niemals zuvor hatte sich etwas so Befremdliches ereignet; in anderen Jahren konnte man während der zehn oder fünfzehn Tage vor dem Fest das Blöken aus allen Richtungen hören. Manche Familien kauften ihre Tiere schon einen Monat vorher, um sie richtig für das Opfer zu mästen. Dieses Jahr – Schweigen; darum hatte er nicht bemerkt, daß der Tag so nahe war. Wäre sein Vater allein unten gewesen, Amar wäre – so ungewöhnlich es war – hinuntergegangen, um mit ihm darüber zu sprechen. Aber Mustapha war da, und es war sowieso eine Angelegenheit zwischen seinem Vater und Mustapha, die ihn nichts anging. Sollte der alte Mann sterben, so würde Mustapha den Kauf und das Schlachten der Schafe überwachen, nicht Amar.

Und nun begann er sich zu fragen, was aus der Aïd-Feier im Freien in Emsallah werde, wo gerade die Berber-Truppen lagerten. Es war das wichtigste Ereignis des Jahres, von dem Reichtum und Wohlergehen der Stadt abhing. Immer waren wenigstens hunderttausend Menschen dort, die sich auf dem Friedhof drängten und den Hügel darüber bedeckten, um zuzusehen, wie der *khtib* dem vom Sultan gesandten Schaf die Kehle durchschnitt und wie die Läufer vor der Andaluz-Moschee in wunderbar organisierten Staffeln ankamen, solange das Schaf noch atmete. Das war wichtig, denn es war ein schlechtes Zeichen für das kommende Jahr, wenn das Schaf verendete, bevor sie es zu Füßen des *gzara* niedergelegt hatten. Aber wie konnten die Läufer Bab Fteuh passieren, wenn es von Soldaten überfüllt war? Allah blickte auf sie herab, und jeder von ihnen mußte sein Äußerstes tun; wenn sie das Schaf von einer Vierergruppe zur anderen nicht richtig weitergaben, wenn einer fiel, wenn der Weg nicht völlig frei war, konnte das Schaf noch unterwegs verenden, und auch wenn die letzte Gruppe im Hof der Moschee ankam und jeder der vier ein Bein in der richtigen Stellung festhielt, war alles vergebens, und die Stadt hätte das ganze nächste Jahr unter Allahs Ungnade zu leiden, bis der Fehler beim nächsten Aïd el Kebir wieder ausgemerzt würde. Es war unerträglich, daß das Tor durch all diese Soldaten versperrt war; die Franzosen wollten sie damit nur herausfordern. Sie wollen uns nur veranlassen, durchzubrechen, damit ihre Berber schießen können, dachte er in einem plötzlichen Wutanfall. So wie sie den Sultan vor einem Jahr genau am Tag des Aïd-Festes entführt hatten, damit Erfolg und Glück bestimmt ausblieben, so versuchten sie dieses Jahr wieder, die Moslems daran zu hindern, Gnade vor Allah zu finden. Er konnte diesen schrecklichen Gedanken einfach nicht für sich behalten. Er sprang von der Matratze auf und rannte die zwei Treppen hinunter.

Die Familie war mit dem Tee fertig, aber alle saßen noch genau wie zuvor, nur seine Mutter hatte sich auf dem kleineren Sitz neben Halima niedergelassen. Ihr Gesicht war gerötet vom Weinen, und sie sah kaum älter aus als das Mädchen. Si Driss hatte sie geheiratet, als sie dreizehn Jahre alt war; sie hatte noch das Fleisch und die Kraft einer jungen Frau. Amar sah sie an, als er jetzt ins Zimmer kam, sah die Spuren der Tränen auf ihrem Gesicht, wußte, daß sie diese für ihn vergossen hatte, weil der Gedanke sie schmerzte, daß er anders werden könne, als er war (auch wenn es nur ein Knochen in seiner Nase war, der seine Form verändert hatte), und er fühlte das heiße Verlangen, sie in seine Arme zu nehmen und ihre Wangen und Augen zu küssen. Er setzte sich ruhig hin und ließ seine Arme herabhängen. Für einen Augenblick dachte er nicht an das, was er hatte sagen wollen. Als er erkannte, daß er und seine Mutter seltsamerweise im Mittelpunkt der Aufmerksamkeit standen, raffte er sich aus seiner kurzen Betäubung auf, wandte sich seinem Vater zu, der ihn mit einem unverständlichen Gesichtsausdruck beobachtete, und fragte: »Was wird in Bab Fteuh geschehen?«

»Wer kann es wissen? Mit diesen Teufeln da –«

»Wie werden sie das Schaf durchbringen?«

Sein Vater sah überrascht auf. »Es wird kein Schaf geben. Weißt du das nicht?«

Amar sah ihn verstört an. »Aber es muß eins geben.«

»Es muß eins geben, ja, aber es wird nicht sein. Es ist das Ende des Islam, all dies. Genau wie es geschrieben steht. Durch der Mohammedaner eigenen Willen.«

Amar war entsetzt. »Der Mohammedaner!« schrie er. »Der Mohammedaner eigener Wille!«

»Natürlich. Wer hat uns verboten, Schafe zu kaufen, uns mit dem Tode bedroht, wenn wir es tun? Die Wattanine. Die Freunde von Si Allal, die Istiqlal, wie immer du sie nennen willst. Wer geht denn herum und schnüffelt, ob jemand ein Schaf auf dem Dach hat? Die Jungen von der Karouine mit ihren Schulbüchern unter dem Arm, die Freunde der Freiheit. Wer schlägt und ersticht die Menschen, die versuchen, Allahs Gebote zu halten? Dieselben Jungen. Warum? Sie sagen, der *khtib* kann kein Schaf von Arafa annehmen, weil er ein französischer Sultan ist. Sie sagen, es darf keine Freude geben, ehe Mohammed ben Yussef zurückkommt.«

»Arafa ist nicht unser Sultan«, sagte Amar zögernd.

»War es etwa Si Mohammed?« fragte sein Vater mit vor Erregung funkelnden Augen. Während des Vierteljahrhunderts der Regierung des Sultans hatte Si Driss niemals ein Bild von ihm in seinem Haus geduldet. Jetzt, da Gefängnisstrafe darauf stand, solche Bilder zu besitzen, obwohl unzählige Tausende in der Medina verborgen waren, fühlte er sich doppelt gerechtfertigt. »Denk an *Hakim Filala.*« Und er fuhr fort, die Worte zu zitieren, die seit dem Beginn der Dynastie Alaoui vor drei Jahrhunderten unter den Unzufriedenen populär waren. »Die Regierung der Filala: sie ist nicht teuer, sie ist nicht billig. Sie ist nicht lärmend, sie ist nicht ruhig. Du hast einen König, aber du hast keinen König. Das ist die Regierung der Filala. Und das ist die Wahrheit. Wer hat das französische Aas zuerst nach Marokko hineingelassen? Ein Filala. Vergiß das niemals, wenn du deinen Freunden zuhörst, die dir erzählen von dem Sultan, dem Sultan, dem Sultan ...«

Amar wußte das alles sehr wohl, aber der Augenblick schien ihm höchst ungeeignet, es zu erwähnen. Sein Vater wurde wirklich alt. »Aber die Soldaten in Bab Fteuh«, begann er. Das zumindest war ein unleugbar von den Franzosen angestifteter feindseliger Akt.

»Gebrauch deinen Verstand«, sagte der alte Mann. »Die Freunde der Freiheit wollen das Fest nicht, und sie werden es auf jeden Fall verhindern, ganz allein. Glaubst du, die Franzosen wissen das nicht? Aber die Franzosen können es sich nicht leisten, das Fest durch sie verhindern zu lassen. Dann würde jedermann wissen, wie stark die Istiqlal ist. Wenn irgend jemand etwas tut, müssen es die Franzosen sein. Sie wollen genau das, was die Istiqlal will, aber sie wollen die Ehre dafür einheimsen. Sie müssen es so machen, daß es aussieht, als hätten sie es getan. Sie arbeiten alle zusammen gegen uns. In fünf Jahren werden die Kinder in Fez sagen: ›Aïd el Kebir? Was ist Aïd el Kebir?‹ Keiner wird sich mehr daran erinnern. Dies ist das Ende des Islam. *Bismil'lah rahman er rahim.*« Er saß da und starrte einen Augenblick vor sich ins Leere. Niemand sprach. »Es ist alles unsere eigene Schuld«, fuhr er dann fort. »Wenn Satan neben dir steht, brauchst du ihn noch nicht zu deinem Freund zu machen. Überall ist jetzt Sünde.« Si Driss schüttelte traurig den Kopf, aber seine funkelnden schwarzen Augen blickten gefährlich.

Amar mußte, während er zuhörte, wieder an die Worte denken, die der Töpfer vor wenigen Stunden gesprochen hatte: »Es gibt keine Sünde mehr.« Auf schauerliche, abwegige Art stimmten die beiden Erklärungen überein. Wenn es keine Sünde gab, dann war notgedrungen alles Sünde; das meinte sein Vater mit dem Ende des Islam. Er fühlte das gebieterische und verzweifelte Bedürfnis zu handeln, aber es gab keine Aktion, die vielleicht zum Sieg hätte führen können, denn es war eine Zeit der Niederlage. Am wichtigsten war, darauf zu achten, daß man nicht allein unterlag, auch die Juden und Christen mußten fallen. Der Kreis war geschlossen; jetzt verstand er die Wattanine, die von den Franzosen *les terroristes* und *les assaissins* genannt wurden. Er verstand, warum sie bereit waren, den Tod zu riskieren, um einen Zug zur Entgleisung zu bringen, ein Kino niederzubrennen oder ein Postgebäude in die Luft zu sprengen. Es war nicht Unabhängigkeit, was sie wollten, es war eine viel unmittelbarere Genugtuung: die Lust, an anderen die Demütigung des Leidens und Sterbens zu erleben, und die Erkenntnis, zumindest über das geringe Maß an Kraft zu verfügen, ihnen diese Demütigung zuzufügen. Wenn man schon keine Freiheit haben konnte, dann doch wenigstens Rache, und das war alles, was jedermann jetzt wünschte. Vielleicht, dachte er bei dem Versuch, die zerstreuten Bruchstücke der Wirklichkeit mit seiner Vorstellung von der Wahrheit zu kombinieren, vielleicht war es Allahs Wille, daß Sein Volk sich räche und daß die Mohammedaner durch die Bestrafung der Ungläubigen nur göttliche Gerechtigkeit übten.

»*Ed dounia ouahira*«, seufzte er. »Die Welt ist ein schwieriger Platz.« Er sah auf den Hof hinaus; der Sprühregen hatte aufgehört, die Sonne brach durch den Nebel.

Er beschloß auszugehen, aber im gleichen Augenblick sagte seine Mutter: »Du darfst heute nicht wieder ausgehen. Dies ist ein schlechter Tag.«

Amar wandte sich hoffnungsvoll an seinen Vater. »Laß ihn gehen«, sagte der alte Mann. »Er ist kein Weib. Morgen wird's schlimmer sein.«

»Ich habe Angst«, klagte sie. Amar lächelte.

13

Er ging die Straße entlang und sah auf den Schmutz, der bei jedem Schritt zwischen seinen Zehen emporquoll; die überdachten Strecken waren trocken, hier war der Boden dick mit Staub bedeckt. Wo immer ein Haufen Fischköpfe oder Eselsdung lag, gab es unzählige Fliegen; sie stiegen in schwarzen Schwärmen auf und ließen sich schnell wieder nieder. Wofür war es gut, die *baraka* zu haben und sich von jedem anderen Menschen zu unterscheiden, dachte er, wenn man nichts für sein eigenes Volk tun konnte? Etwas Schreckliches würde sich ereignen, davon war er überzeugt, aber dieses Wissen war keine Hilfe. Die Spannung, die schon so lange anhielt, mußte endlich reißen; das Blut wartete nur darauf, auf der Erde verspritzt zu werden. Und niemand dachte daran, es zu verhindern; im Gegenteil, die Menschen wünschten Blut zu sehen, selbst wenn es ihr eigenes war.

Jeder Laden auf seinem Weg war mit Brettern vernagelt und mit Vorhängeschlössern versehen. Leer schienen die schmalen Passagen noch heißer zu sein. Manchmal eilte ein Mann vorüber, das Rascheln seiner Kleider war in der Stille hörbar. Wie mitten in der Nacht, dachte Amar. Plötzlich stand er still. Der lange leere Durchblick des Souk Attarine sah in dem matten Sonnenschein, der durch das Gitterwerk darüber in tausend kleinen Vierecken einfiel, wie ein ausgetrocknetes Flußbett aus, das sich in die staubige Ferne erstreckte. Der strenge Geruch all der Spezereien war da wie immer, aber die kleinen Sonnenvierecke, die sonst auf Hunderten von *dschellabas* und *haiks* auf und ab tanzten, während ihre Träger am Gitterwerk entlanggingen, lagen in unbeweglichen regelmäßigen Mustern flach am Boden.

Aus der Straße zu seiner Linken, wo die Rechtsanwälte ihre Stände hatten, kam der langgezogene Singsang eines Bettlers. Wieder und wieder hörte er dieselben Worte im gleichen Tonfall. »Armer Mann«, redete Amar mit sich selbst, »er wird heute verhungern.« Er ging entschlossen weiter, als fange er an, Vergnügen daran zu haben. Die Straße bog nach links ab, wurde sehr eng und mündete in einen kleinen, von Läden umsäumten Platz, wo die Studenten der Karouine ihre Lehrbücher kauften. Die Stimme des Bettlers war noch deutlicher hörbar. Er ging zurück und den Weg hinunter, wo der Mann sitzen mußte. Er fand ihn, etwas weiter weg, als er erwartet hatte, mit dem Rücken gegen die Mauer am Boden hockend, einen rohen Stab in der Hand, das Gesicht mit den geröteten leeren Augenhöhlen zu der abwesenden Menge erhoben, seinen endlosen Singsang leiernd. Es war ein junger Mann mit einem vollen schwarzen Spitzbart und sehr weißen Zähnen. Amar stand still und beobachtete ihn für einen Augenblick. Irgend jemand hatte ihm eine ziemlich neue *dschellaba* gegeben, aber darunter an seinen Beinen kamen schreckliche Lumpen zum Vorschein, und sein Turban war gelb von Staub. Aus der Richtung, aus der er gekommen war, hörte Amar jetzt über der lauten Litanei des Bettlers ein Gewirr von Stimmen und Rufen. Während er noch überlegte, ob er ihnen entgegen- oder lieber weggehen sollte, bemerkte er, daß sie sich rasch näherten und daß sich in die Rufe andere ungewohntere Geräusche mischten – das unbestimmte Scharren und Schlurfen, das ein Handgemenge zu begleiten pflegt. Einen

Moment erwog er, zu dem Bettler hinüberzugehen, seinen Turban zu nehmen, ihn sich so aufzusetzen, daß er einen Teil seines Gesichts verdeckte, und sich neben dem Mann niederzuhocken. Aber dann fiel ihm ein, daß der Mann blind war und nicht schnell genug begreifen und vielleicht doch eine Erklärung verlangen würde, wenn die anderen schon zu sehen waren. Er wandte sich daher ab und erkletterte schnell die Fassade einer hinter ihm liegenden Bude, die eisernen Bolzen als Stufen benutzend. Es strengte ihn sehr an, sich auf das Dach hinaufzuziehen, denn oben war nichts, woran er sich klammern konnte, aber er schaffte es geräuschlos. Hier oben und auf den anderen formlosen Dächern der Läden in der Gasse war ein Wirrwarr von Pappkartons, zerbrochenen eisernen Bettstellen, Papier und Lumpen. Ein paar Dächer entfernt lag eine magere Katze auf einer Rolle verfaulter Matten und starrte ihn feindlich an. Vorsichtig legte er sich flach mit dem Gesicht nach unten hinter eine zerbeulte Waschbütte und sah um den verbogenen Rand die Gasse hinauf.

Gleich darauf kamen sie in Sicht, eingehüllt von einer Staubwolke. Ungefähr zwanzig junge Leute marschierten ziemlich schnell in dichter Gruppe, in ihrer Mitte zwei kräftig gebaute *mokhaznia*, die auszubrechen versuchten und mit Stößen und Schlägen vorwärtsgetrieben wurden. Ihre marineblauen Uniformen hingen in Fetzen herab und gaben Brust und Schultern frei. Seltsame Schluchztöne kamen aus ihren Kehlen, und sie rollten die Augen wie Wahnsinnige, als sie sich verzweifelt gegen den lebendigen Wall warfen, der sie gefangenhielt. Gesicht und Nacken waren blutüberströmt von Schlägen. Alle waren sie blutbespritzt, die Fänger kaum weniger als ihre Gefangenen. Die Staubwolke, die sie einhüllte, hatten sie wenige Schritte vorher in dem überdachten Teil der Gasse aufgewirbelt; jetzt rutschten sie schwerfällig im Schlamm. Wenn einer der Männer zu fallen drohte, wurde er von einem Dutzend Füßen mit Tritten wieder hochgetrieben. Aus dem Augenwinkel sah Amar, wie sich die Katze flach auf den Dachboden schmiegte, schlangengleich davonglitt und verschwand.

Über all dem Lärm fuhr der Bettler lauter denn je mit seiner hoffnungsvollen Litanei fort. Er muß verrückt sein, dachte Amar, daß er nicht bemerkt, was sich da unmittelbar vor ihm abspielt. Aber jetzt, als sie genau unter ihm waren, so daß er mitten zwischen sie hätte spucken können, ertönten Rufe und Polizeipfeifen vom breiteren Ende der Gasse gegen Ras Cherratine zu. Es war, als hätten sie alle einen elektrischen Schlag bekommen. Alles geschah jetzt blitzschnell. Die beiden *mokhaznia* machten zwei letzte, äußerste Kraftanstrengungen in entgegengesetzter Richtung. Einen Augenblick gab der Ring nach; einige der jungen Leute verloren das Gleichgewicht. Amar konnte die Wucht ihrer Körper fühlen, die gegen die Wand unter ihm fielen. Aber gleichzeitig spiegelten die Messer für eine Sekunde ein Stückchen des Himmels wider; die auf den Füßen standen, schlossen den Ring. Einer der *mokhaznia* schrie: »Ahhh!«, der andere fiel lautlos. Die jungen Leute stolperten übereinander, als sie den Weg zurückflohen, den sie gekommen waren. Amar sah die Gesichter von einigen, als sie über die beiden am Boden liegenden Gestalten ihre letzte Flüche keuchten. Sie sehen auch wie Wahnsinnige aus, dachte er, aber er hatte den übermächtigen sinnlosen Wunsch, einer von ihnen zu sein, zu wissen, was in ihnen vorging, als sie die Klingen ihrer Messer in das Fleisch des Feindes eindringen fühlten.

Jetzt waren sie fort, und der Bettler summte immer noch wie ein Insekt in einem sommerlichen Feld; hätte er sein rechtes Bein ausgestreckt, wäre er an den Kopf des einen *mokhaznia* gestoßen. Aber er rührte sich nicht; sein Gesicht blieb in demselben Winkel nach oben gerichtet, und sein Mund fuhr fort, die heiligen Worte zu formen. Die Franzosen würden jeden Augenblick hiersein, und sie würden den armen blinden Mann zweifellos als Zeugen ins Gefängnis schleppen; sie waren so unglaublicher Dummheiten fähig.

Amar hob jetzt den Kopf und überprüfte rasch die Anordnung der Dächer. Hier oben gefaßt zu werden war nicht gut, aber wenn er auf die Straße hinuntersprang, würde er keinen der beiden Ausgänge vor Eintreffen der Polizei erreichen. Er stand hastig auf, und sorgfältig jedes Geräusch vermeidend, lief er über die Dächer, bis er die Mauer eines höheren Gebäudes erreichte. Eine vorstehende Kante an der Wand führte von der Gasse weg und ging in eine schmale Mauer zwischen zwei Höfen über. Er war nicht schwindlig; die Augen fest auf seine Füße gerichtet, balancierte er die schmale Mauer entlang bis zum anderen Ende, wo er sich zu einem anderen Dach hochzog. Einen Augenblick sah er sich um und bemerkte in dem Hof gerade unter sich eine alte Frau, die seine Fortschritte voll Interesse beobachtete. Das war schlecht. »Sieh nach der anderen Seite, Großmutter«, sagte er und sah auf die saubergefegte Oberfläche des würfelartigen Gebäudes, auf dem er stand. Irgendwo in der Nähe mußte eine Straße sein.

Von unten ertönte die Stimme der alten Frau: »Möge Allah dich segnen.« Oder hatte sie gesagt: »Möge Allah dich verbrennen?« Er wußte es nicht, die beiden Worte waren im Arabischen so ähnlich. Er sah über den Rand hinunter; da war ein anderes großes Dach, beträchtlich tiefer als das, auf dem er jetzt stand. Weiter unten an der Seite sah er einen mit Marmorplatten ausgelegten Hof mit einem kleinen Orangenbaum in jeder Ecke. Aber aus seinem Blickwinkel konnte er nicht sagen, ob dahinter die Straße lag. Wenn er auf das Dach hinuntersprang, würde es Lärm machen; er würde schnell weiter müssen, und es war zu hoch, wieder zu seinem jetzigen Standort zurückzuklettern. Selbst ohne die Spannung in der Stadt würde es für ihn Gefängnis bedeuten, wenn er auf den Dächern gefaßt wurde. Die Dächer waren für die Frauen. Ein Mann, der von einer Terrasse auf die andere kletterte, konnte nur ein Dieb oder ein Ehebrecher sein. Heute war es natürlich noch schlimmer. Sie würden einfach auf ihn schießen. Er sprach ein kurzes Gebet, ließ sich so weit wie möglich hinab und sprang dann hinunter. Wenn Leute im Haus waren, hatten sie bestimmt das Geräusch des Aufsprungs gehört. Er rannte ans andere Ende des Daches, sah die leere Gasse darunter und ließ sich wieder fallen. Er landete mit seinen nackten Füßen hart im

Schlamm. Es war eine schmale unübersichtliche Straße mit einer Menge Sackgassen, die auf allen Seiten nur zu Hauseingängen führten, und er schlug mehrere falsche Wege ein, ehe er den Ausgang fand. Er war ein wenig breiter als die anderen Wege und führte um drei Ecken herum endlich in eine andere Gasse, die sich zu einer Straße öffnete. Wenn man ein bestimmtes *derb* nicht genau kannte, konnte man sich leicht verlaufen. Er war im Korb-*souk* herausgekommen; aber wie fremd wirkte er, ganz mit Brettern vernagelt und verlassen. Wäre auch nur einer von den paar Dutzend Läden offen gewesen, dann hätte er noch bekannt ausgesehen, so aber war er nur an seiner eigenartigen Form erkennbar, seinem steil abfallenden Boden und den hunderten im Gitterwerk darüber hängenden Trauben mit ihren kleinen grünen Beeren.

Er wußte, daß er für den Augenblick sicher war, niemand hatte ihn herunterspringen sehen. Er ging weiter. Als er um die Ecke der kleinen Straße bog, die zum Eingang von Moulay Idris führt, wurde ihm klar, daß er lieber in die andere Richtung hätte gehen sollen. Eine Gruppe französischer Polizisten stand vor ihm am Tor. Er zögerte, wollte sich umdrehen.

»Eh, toi! Viens ici!« rief einer von ihnen. Zögernd ging er auf sie zu. Wenn er die andere Richtung gewählt hätte, überlegte er, hätte er durch Gürniz heraufgehen können, aber nun war er einmal so gegangen. Visionen von Foltern schossen durch sein Gehirn. Sie legten einen in Schraubstöcke und zogen sie so lange an, bis die Knochen krachten. Sie schütteten Eimer von Schmierseife auf den Boden der Zelle und zerbrachen dann Flaschen darauf, dann mußte man nackt darauf hin und her gehen, und man fiel so oft hin, bis man Glasstücke in seinem Körper stecken hatte wie eine Mauer. Sie schlugen einen mit Reitpeitschen, brannten einen mit ätzenden Säuren, hungerten einen aus, zwangen einen, Allah zu verfluchen, injizierten einem fremdartige Gifte, so daß man den Verstand verlor und jede ihrer Fragen beantwortete. Und immer lachten sie über einen, sogar wenn sie schlugen. Sie lachten jetzt, als sie ihm entgegensa-

hen, vielleicht weil es so lange dauerte, bis er sich ihnen näherte, denn er fühlte, daß er sich kaum vorwärtsbewegte. Als er ziemlich nahe war, begann der, der ihn gerufen hatte, mit lauter Stimme zu sprechen, aber Amar hatte keine Ahnung, was er sagte. Er blieb stehen. Der Polizist brüllte: *»Viens ici!«* Das verstand er. Er bewegte sich wieder vorwärts. Der Mann kam ihm entgegen, packte ihn grob an der Schulter und sprach längere Zeit ärgerlich auf ihn ein. Plötzlich stieß er ihn gegen einen Verkaufsstand und schlug seinen Kopf gegen eine lange Eisenschraube. Seine Bewegungen waren jäh, unerwartet, ungestüm. Jetzt drückte er ihn, die riesige rote Hand an Amars Kehle, gegen die Wand, während ein anderer lässig herankam und ihn lächelnd ansah. Auch der sprach zu ihm. Er fuhr mit seinen Händen in Amars Taschen, fühlte überall in die Falten seiner Kleider – im stillen sandte Amar ein heißes Dankgebet zu Allah, daß er ihn veranlaßt hatte, sein Klappmesser heute zu Hause zu lassen – und schlug ihm dann einmal mit dem Handrükken auf die Backe. Dann ging er weg, als wäre er entrüstet, entweder von der Berührung mit Amars Körper oder weil er nicht gefunden, was er gesucht hatte. Der erste Mann nahm seine Hand von Amars Kehle, schlug ihn noch einmal auf dieselbe Backe wie der andere und gab ihm einen heftigen Stoß, der ihn zu Boden warf. Amar sah zu ihm auf, in der Erwartung, den Stiefel des Mannes auf sich zukommen zu sehen, der ihn stoßen oder auf ihn treten würde, aber er hatte sich abgewandt und schlenderte zurück zu den anderen. *»Allez! Fous le camp!«* sagte einer, der gegen die Wand des Torbogens lehnte. Amar setzte sich in der schlammigen Straße auf und sah sie an: irgendwas in seinem Ausdruck – vielleicht die bloße Spannung – mißfiel einem der andern, denn er machte seinen Nachbarn darauf aufmerksam, und beide kamen langsam, drohend auf ihn zu. Jetzt sagte ihm sein Gefühl, daß es das sicherste sein würde, aufzuspringen und so schnell wie möglich davonzurennen, und daß sie nur das sehen wollten. Aber er wollte ihnen diesen Wunsch nicht erfüllen. Mit übertriebender Sorgfalt stand er auf und ging, ohne sie anzusehen, ein paar Schritte von ihnen weg.

Aus Vorsicht entschloß er sich zu hinken. Und so, hier und da sich an einer Ladentür festhaltend, ging er langsam die Straße hinunter, sicher, daß ihn jede Sekunde von hinten ein Schlag treffen werde. Als er sich endlich umblickte, schon hinter dem Eingang in des Korb-*souk*, konnte er die Männer wegen der Krümmung des Weges nicht mehr sehen. Er hörte auf zu hinken und ging zu einem Brunnen, wo er sorgfältig den Schmutz von seinen Hosenbeinen wusch. Am Hosenboden konnte er nicht viel ausrichten. Die Sonne war jetzt kräftig; eine Weile saß er am Brunnen und ließ die großen nassen Stellen an seinen Kleidern trocknen.

Nur still dazusitzen und die leere Straße hinunterzusehen half ihm, den Tumult in seinem Inneren zu beschwichtigen. Er hatte gerade gesehen, wie zwei Mohammedaner getötet wurden, aber er hatte nicht das geringste Mitleid mit ihnen gefühlt: erstens standen sie im Sold der Franzosen, und dann mußten sie ein unglaubliches Verbrechen gegen ihr eigenes Volk begangen haben, daß man sie auf solche Weise beseitigte. Obgleich er dankbar war, daß er dem Schauspiel ihrer Vernichtung hatte beiwohnen dürfen, wünschte er, es wäre langsamer und dramatischer vor sich gegangen; ihr Ende war so rasch und unzeremoniell gewesen, daß er sich ein wenig betrogen fühlte. Leise flüsternd begann er, ein langes Gebet an Allah zu erdenken mit der Bitte, daß jeder Franzose, bevor er in die Hölle gezerrt würde, was sowieso feststand, von den Händen der Mohammedaner die qualvollste Tortur erdulden müsse, die Menschen jemals erfunden hatten. Er flehte um Allahs Beistand in der Erfindung neuer Feinheiten zum Erzeugen von Schmerz und Verzweiflung und daß Allah ihm den Weg zeigen möge, Demütigung, Erniedrigung und Pein zuzufügen, wie sie bisher noch niemand erdacht hatte. »Und ihr Blut wird Tropfen für Tropfen von den Hunden aufgeleckt werden, Ameisen und Käfer sollen in ihren Schamteilen aus und ein kriechen, und täglich werden wir einen Zentimeter mehr von den Eingeweiden eines jeden Franzosen wegschneiden. Nur sterben dürfen sie nicht, *ya rabi, ya rabi.* Laß sie niemals sterben! Laß uns an jeder Straßenecke einen in einem kleinen Käfig aufhängen, damit die vorübergehenden Aussätzigen dort ihre Notdurft verrichten. Und wir werden Seife aus ihnen machen, aber nur um die Bettücher der Freudenhäuser zu waschen. Und einen Monat, bevor eine Frau niederkommt, werden wir ihr das Kind nehmen, eine Paste daraus machen, sie mit Schweinefleisch und dem Unrat toter Christen mischen und ihre Jungfrauen damit füttern.«

Es strengte ihn an, diese Phantasien zu erfinden; bald wurde er ihrer müde, und mit einer letzten leidenschaftlichen Beschwörung, die sein improvisiertes Gebet feierlicher machen sollte, stand er auf und machte sich wieder auf den Weg. Wenn er die Seitengassen benutzte, konnte er vielleicht bis hinauf nach Bou Jeloud gelangen. Die Leere der Stadt beschleunigte seine Schritte; er wollte unter Menschen sein. Da oben in den großen Kaffeehäusern würde er bestimmt jemanden treffen.

14

Er ging weiter, den langen steilen Hügel durch Guerniz hinauf mit seinen großen hohen Häusern zu beiden Seiten der Straße. Hier duftete es immer süß nach Zedernholz, und das Wasser gurgelte hinter den Mauern. Eine Ziege stand unter einem Torbogen und sah ihn mit fragenden gelben Augen an. Manchmal eilte ein gutangezogener Mann über diese Straßen und Plätze zum Mittagessen in einem nahegelegenen Haus und betrachtete Amar mit seinem zerschlagenen Gesicht und seinen schmutzigen europäischen Kleidern argwöhnisch. Jedesmal, wenn er so ein etwas angeekeltes, mit Furcht vermischtes Gesicht bemerkte, mußte er lächeln. Die so aussahen, waren keine Freunde der Freiheit. Das konnte man mit Sicherheit sagen. Sie hatten, was sie wollten, auf dieser Welt und teilten nicht die Sehnsucht der Studenten und anderen jungen Leute, die Welt verändert zu sehen. Andererseits war es gefährlich, die Sympathien der Menschen nach ihrer äußeren Erscheinung zu beurteilen. Es gab viele reiche Leute, die ihr Geld und ihre Zeit der Istiqlal zur Verfügung stellten, und keineswegs stimmten alle Armen dem Parteiprogramm zu oder verstanden es auch nur, obgleich sich die Partei dauernd um die Gunst der unteren Schichten bemühte. Aber er hätte alles, was er besaß, darauf gesetzt, daß diese paar Männer, die er jetzt raschen, zierlichen Schrittes durch die Straßen von Guerniz eilen sah, sich fürchteten, fürchteten vor dem, was aus der gegenwärtigen Krise entstehen könnte. Frankreich könnte einen Teil der Macht einbüßen, das System zu schützen, unter dem sie lebten und gediehen. Dann fragte er sich nachdenklich, was er wohl fühlen würde, wenn sein Vater noch das Land in Kherib Jerad besäße und den Obstgarten bei Bab Khokha und die drei Häuser in der Keddane. Wäre das alles und die Ölpresse und die Mühle nicht längst verkauft und das Geld ausgegeben worden? Während er seinem Gewissen diese Frage vorlegte und auf eine Antwort wartete, wurde seine Aufmerksamkeit durch wilde Rufe aus der Richtung der Talâa abgelenkt. Wo eine Menschenansammlung war, wollte er dabeisein. Er verzichtete darauf, nur die Seitenstraßen zu benutzen, bog in die nächste, rechts abführende Straße ein und rannte fast, als er auf die ersten Zuschauer traf, die den Vorgängen aus sicherer Entfernung zu folgen versuchten. Er zwängte sich im Zickzack hindurch, bis er einen Punkt erreichte, wo die Menge in der engen Gasse so dicht gepreßt stand, daß er nicht weiter vordringen konnte. Er konnte nichts sehen, aber er hörte rufen und singen. Manchmal nahmen die Männer um ihn herum, die den Umzug ebenfalls nicht sehen konnten, einen gesungenen Refrain auf und füllten den engen Raum mit hallenden Klängen. Nicht so Amar; es wäre ihm peinlich gewesen, seinen Mund zu öffnen und mit ihnen zu rufen oder zu singen. Es lag in seiner Natur, ins Innere vorzustoßen und doch im letzten Augenblick außerhalb zu bleiben. Wenn es soweit war, fand er es immer schwierig teilzunehmen; er konnte nur grinsen und durch die anderen gepackt werden. Seine Freunde hatten es schon lange aufgegeben, ihm beim Fußball den Sinn des Zusammenspiels beizubringen. Sein Hauptinteresse lag in der Brillanz seines eigenen Spieles. Manchmal fragten sie ihn, ob er glaube, er spiele allein gegen beide Teams. Wenn sie sich beklagten, erwiderte er ungeduldig: »*Khlass!* War das eine gute Vorlage oder nicht? Wollt ihr, daß ich spiele oder nicht? Sagt es, und dann haltet den Mund. *Khlass men d'akchi!*«

Jetzt stand er eine Weile da, horchte und sah sich die Menschen ringsum an. Es waren durchschnittliche Leute, kleine Ladenbesitzer, Handwerker und ihre Lehrlinge, alle von der Erregung des Augenblicks fortgerissen. Die in der Talâa marschierenden Studenten trugen Bilder des früheren Sultans; wenn sie nach Bou Jeloud kamen oder auch schon früher, mußten sie der Polizei begegnen, und dann gab es einen Zusammenstoß. Sie waren nicht bewaffnet, und sie wußten, daß die Franzosen angreifen würden. Aber gerade das wollten sie. Jeder einzelne von ihnen hoffte im stillen, ein Märtyrer zu werden; es wäre fast so ruhmvoll wie der Tod auf dem Schlachtfeld. Amar hätte gern ihre Gesichter gesehen und sie bewundert, aber getrennt von ihnen konnte er nur eine allgemeine Sympathie aufbringen, die schnell von Ungeduld abgelöst wurde. Bald erkämpfte er sich seinen Weg aus der Menge und ging die Straße zurück, die er gekommen war. Es war möglich, daß er weiter oben am Hügel zur Talâa zurücklaufen und dort noch vor der Spitze des Zuges eintreffen konnte. Aber jeder Weg, den er einschlug, war genauso voll mit Menschen, und er mußte dauernd zurückgehen und auf der parallel verlaufenden Straße weiter aufwärtssteigen. In Ed douh nahm er einen Weg, den nicht jeder kannte, eine Treppe hinunter durch eine öffentliche Bedürfnisanstalt und auf der anderen Seite heraus, dann durch eine enge Passage; wenn sich zwei Menschen dort begegneten, mußte der eine sich flach gegen die Mauer drücken, damit der andere sich vorbeizwängen konnte. Die Sonne brannte jetzt sehr heiß, und der Schlamm war fast getrocknet. Der Gestank hier unten war schrecklich; er beeilte sich und versuchte so wenig wie möglich zu atmen, bis er etwas unterhalb von Si Ahmed Kabbajs Haus die Talâa erreichte. Der Zug war noch nicht da, Polizei war nicht zu sehen, und auf beiden Seiten der Straße standen Menschen oder rannten aufgeregt von einer Seite auf die andere. Amar wußte, wo er hinwollte; es war ein Café im ersten Stock über einem Gemischtwarenladen, noch innerhalb des Tores von Bou Jeloud.

Es war voll, kein Platz zu haben, jedermann redete sehr laut. Enttäuscht begnügte er sich damit, im Hinterzimmer zu bleiben. Sollte sich draußen etwas ereignen, konnte er immer nach vorn laufen und von einem der Fenster aus zusehen.

Sogar in dem hinteren Zimmer waren nicht viele Plätze frei. Er fand einen Tisch in der vom Hauptraum entferntesten Ecke; zwei Domino spielende Männer saßen schon dort; wahrscheinlich waren alle Karten- und Schachspiele in Gebrauch, aber es war noch ein Platz frei auf der Bank. Als der Junge kam, bestellte Amar ein halbes Brot und einen Salat von Tomaten und weißen Rüben.

Die Unterhaltung im Café war lauter und lebhafter als gewöhnlich, obwohl sie nie die Tagesereignisse berührte. Eine ansehnliche Gruppe von Männern stand wartend an jedem Fenster zur Straße. Als Amars Essen kam, murmelte er *»Bismil'lah«* und aß heißhungrig, den fast flüssigen Salat mit kleinen Brotstückchen aufstippend. Dann saß er eine Weile ruhig da, ein Opfer wachsender Ungeduld; sie verbreitete sich von seiner Brust aufwärts und abwärts, so daß er mit seinen Fingern auf die Bank und den Tisch trommelte und mit den Füßen wippte. Die Dominospieler sahen manchmal von ihrem Spiel auf und starrten ihn wortlos an. Aber selbst wenn sie etwas gesagt hätten, wäre es ihm gleichgültig gewesen. Der Tag war wichtig und herrlich; er fühlte das mit wachsender Überzeugung. Ob er Freude oder Elend bedeutete, darauf kam es nicht an; er war anders als alle anderen Tage, und allein deshalb verdiente er, anders gelebt zu werden.

Dann traf er plötzlich eine wichtige Entscheidung: zu gehen und im Café Berkane, das gerade außerhalb der Stadtmauern hinter der Omnibushaltestelle lag, Tee zu trinken. Benani hatte ihn gemahnt, heute innerhalb der Mauern zu bleiben, aber immerhin, Benani war ja nicht sein Vater. Er rief den Jungen, beklagte sich über das Essen, weigerte sich zu zahlen, zahlte dann doch, scherzte eine Weile mit dem Besitzer und ging lächelnd davon. Es war ungewöhnlich heiß auf dem offenen Platz, und man merkte nichts von der Demonstration. Langsam ging er zu dem großen Tor und unter seinem Hauptbogen durch, hinaus in die Welt der Motore und Auspuffgase. Er hatte niemals so viele Polizisten gesehen; sie standen rund um den Außenplatz, entlang der Mauern, entlang der Omnibushaltestelle, vor der Apotheke de la Victoire und die Straße entlang, so weit er sehen konnte, viel mehr als in dem Jahr, da der Sultan zu Besuch gekommen war. Das war sehr schön, und er war begeistert über seinen mutigen Entschluß, aus der Medina herauszukommen. Sie alle waren Feinde, er vergaß das nicht, aber sie sahen in ihren Uniformen höchst eindrucksvoll aus, dichtgedrängt rund um den Platz. Und sie hatten verschiedene Gewehrmodelle, die er noch nie gesehen hatte. Es war bestimmt sehenswert.

Das Café Berkane, ein ziemlich neues Unternehmen, stand auf einem schmalen Streifen Land zwischen den Wällen der Kasbah Bou Jeloud und einem der Flußarme. Man mußte über eine schmale hölzerne Brücke gehen, um zum Eingang zu gelangen, aber gewöhnlich standen auch Tische draußen am Ufer unter den zarten aufrechten Wedeln der Pfefferbäume. Heute aber waren keine Tische da, statt dessen standen dort ein paar Polizisten, außerhalb der grellen Sonnenglut, froh sogar über den dünnen, staubigen Schatten, der nur halb durchsonnt war. Amar erwartete, als er sich der Brücke näherte, angehalten und vielleicht durchsucht zu werden oder den Zutritt verwehrt zu bekommen wie an einer Grenze, aber sie schienen ihn nicht einmal zu bemerken.

Im Gegensatz zu dem Platz, den er gerade verlassen hatte, war es innen fast leer, und die wenigen Besucher unterhielten sich, wenn sie überhaupt sprachen, ruhig, fast im Flüsterton. Das war höchst ungewöhnlich. Rasch schloß Amar, daß es in ihrem Aufenthalt außerhalb der Stadtmauern begründet war und daß sie sich also nicht so sicher fühlten, wenn sie an den Ablauf dieses eigenartigen Tages dachten. Dazu kam natürlich, daß die in der Nähe der Fenster und der Tür Sitzenden einen deutlichen, ernüchternden Ausblick auf die Polizisten draußen in der Sonne hatten. Das Café Berkane hatte mehrere Räume, alle bis auf einen hatten Vorderfenster direkt über dem Wasser; wenn man ausspuckte oder ein Zigarettenende hinauswarf, fiel es in den Fluß und wurde schnell stromabwärts gespült. Der zweite, später dem Gebäude angefügte Raum hatte eine völlig andere Atmosphäre. Anstatt nach Norden lag er nach Süden und Osten, und man sah auf einen Teil der massiven Festungsmauern und ein viereckiges ruhiges Wasserbecken, auf sonst nichts. Das Wasser war nicht tief – vielleicht einen Meter –, doch es stand auch nicht, da es mit dem Fluß durch einen unter dem Café verlaufenden Kanal verbunden war. Der Besitzer hatte die Absicht gehabt, Bambusrohr und Schwertlilien an den Rändern zu pflanzen, und auf dem Wasser sollten Seerosen schwimmen; das schien zu der Zeit, als das Café gebaut wurde, ein ausgezeichneter Einfall zu sein, so daß er die Zementkosten für das Bassin nicht scheute. Nach der Eröffnung des Unternehmens hatte er aber seine ursprüngliche Absicht vergessen, und jetzt wurden die Ränder des Beckens durch Unmengen sterbenden Unkrauts entstellt, das durch die Nähe des Wassers am Leben erhalten, aber durch den vom nahen Platz unablässig herabsinkenden Staub zu Boden gedrückt wurde. Amar zog das kleine Hinterzimmer vor, weil es das ruhigste war, und das stille Wasser schien ihm einladender und seltener als der rauschende Fluß zu sein. Fließendes Wasser war nichts Neues in Fez.

Amar wußte genau, welchen Tisch er wollte; er stand hinter der Tür, neben dem Fenster, ganz für sich. Oft war er, wenn er nicht arbeitete, hierhergekommen und hatte hier den ganzen Nachmittag gesessen, von dem Geräusch und der Musik aus den anderen Räumen in einen Zustand unklarer Entzückung gelullt, während er die kleine Wasserfläche vor dem Fenster betrachtete. Es war jene glückliche Stimmung, in die sich sein Volk so leicht versetzen konnte; es genügte schon, daß man gerade nichts Unangenehmes im Kopf hatte, um sie auszulösen; und eine Landschaft mit Meer, Fluß, Brunnen oder was sonst das Auge beherrschte, ohne den Geist zu beschäftigen, reichte aus, diese Stimmung zu erhalten. Es war die Welt hinter der Welt, wo die Ruhe, die alle Dinge im Tod suchen, für kurze Frist als Zufriedenheit erscheint und wo schließlich der Geist glaubt, daß die stillen Wasser der Vollendung erreichbar seien. Die Einzelheiten des Marktlebens und die persönlichen finanziellen Überlegungen, die wie Raketen über den dunklen Himmel dieses inneren Kosmos schießen, dienen nur dazu, ihn in seiner wahren Größe zu zeigen, ohne seine erhabene Stille zu stören.

Er ging durch die beiden ersten Räume des Cafés in das kleine Hinterzimmer und stellte erleichtert fest, daß sein Tisch unbesetzt war. Tatsächlich war überhaupt niemand in dem Raum. Er beschloß daher, nur so lange zu bleiben, bis er Tee getrunken hatte, und dann in eines der besuchteren Zimmer zu gehen. Er dachte sich diese kleine Zeremonie aus, da er fühlte, der heutige Tag forderte die Einhaltung eines bestimmten Rituals. Beim Zahlen wollte er das Zwanzigrialstück wechseln, das er heute morgen auf der Straße gefunden hatte. Es würde in den Augen Allahs ein höchst annehmbarer Weg sein, das Geld auszugeben, dachte er.

Heute, ohne den üblichen Lärm und das gewohnte endlose Schmettern des Radios – der elektrische Strom war noch nicht wieder eingeschaltet –, schien das Hinterzimmer weniger ein Zufluchtsort als ein kleines Gefängnis. Er konnte das klopfende Geräusch der leerlaufenden Motoren draußen auf dem Platz hören. Amar bestellte seinen Tee. Während er wartete, kam ein Junge mit einem großen Tablett Kuchen durch das Café und steckte den Kopf zur Tür herein. Aus irgendeinem Grund, vielleicht weil der Junge eine entfernte Ähnlichkeit mit dem Freund hatte, der an jenem Tag an ihm vorbeigeradelt war und ihn dann mitgenommen hatte, oder vielleicht weil gerade ein Mann durch den äußeren Raum gegangen war, den er oft in den Cafés beim heimlichen Verkauf kleiner Mengen Kifs gesehen hatte, ertappte sich Amar dabei, daß er an den Tag dachte, an dem er beschlossen hatte fortzulaufen. Jedesmal, wenn er sich an diesen Zwischenfall erinnerte, wurde er sich eines noch immer lebendigen Verlangens nach Rache bewußt. Gleichzeitig wußte er, daß er niemals einen Finger gegen Mustapha erheben würde, ebensowenig wie Mustapha es ihm gegenüber getan hatte. Es mußte auf andere Weise geschehen. Allah hatte es gefügt, daß Mustapha der Erstgeborene war. Daher war es Mustaphas Pflicht, seinen Bruder für diese Überlegenheit durch besondere Güte zu entschädigen. Mustapha hatte das niemals begriffen; im Gegenteil, er hatte seine Stellung tyrannisch ausgenutzt, ihm immer weitere Opfer abzunötigen. Unrecht konnte nur durch erfolgreiche Vergeltung getilgt werden. Er stand auf und sah durch den Türbogen in das nächste Zimmer; der Kif-Verkäufer unterhielt sich in einer Ecke am Fenster. Der Mann mußte außerordentlich vorsichtig bei der Wahl seiner Kunden sein, sonst konnte er in die Hände eines Polizeispitzels fallen. Es war bekannt, daß die Franzosen den Verkauf von Kif unterdrückt hatten, weil sie hofften, die Mohammedaner dadurch zum Trinken von Alkohol zu veranlassen; die Steuereinnahmen der Regierung wären enorm. Die Tatsache, daß den Mohammedanern Alkohol aus religiösen Gründen ausdrücklich verboten war, hatte natürlich keinerlei Interesse für sie. Sie waren immer freundlich mit denen, die die Gesetze des Islam brachen, und bestraften die, die sie einhielten.

In diesem Augenblick ereignete sich etwas Befremdliches; ein Mann und eine Frau, beide Christen, kamen über die Flußbrücke und gingen in das erste Zimmer. Einen Augenblick später betraten sie den zweiten Raum und sahen sich unverfroren nach einem Tisch um. Einen Augenblick schienen sie etwas Passendes gefunden zu haben, dann sagte die Frau etwas, und der Mann ging zu der Tür, wo Amar stand, und sah in das kleine Zimmer. Offenbar veranlaßte ihn ein Blick aus dem Fenster und auf das Wasserbecken, die Frau in den inneren Raum zu führen. Amar setzte sich schnell an seinen Tisch, aus Furcht, sie könnten ihn wählen. Der *qaouaji* kam mit dem Tee. Als er ging, bestellte der Mann auf arabisch zweimal Tee und zwei *cabrhozels*. Amar sah sich den Mann näher an und schloß daraus, daß er kein Franzose sei. Er fühlte die aufsteigende Haßwelle zurückweichen, nur ein Rest von Enttäuschung und Gleichgültigkeit, gemischt mit Neugierde, blieb zurück. Als er nach einem Augenblick bemerkte, daß der Mann und die Frau sich seiner forschenden Blicke bewußt waren, wandte er sich schnell ab, starrte auf das Bassin und trank langsam seinen Tee. Ein wenig später sah er wieder zu ihnen hinüber. Sie unterhielten sich leise und lächelten sich an. Die Frau war offensichtlich eine Dirne niedrigster Art, da ihre Arme und Schultern völlig unbedeckt waren und ihr Kleid im Nacken schamlos tief ausgeschnitten war. Wie um Amars Eindruck zu bestätigen, nahm sie dann ein kleines Etui mit Zigaretten aus ihrer Handtasche, steckte eine in den Mund und wartete, bis der Mann sie ihr anzündete. Amar war erstaunt über ihre Verwegenheit. Sogar die französischen Frauen in der Ville Nouvelle gingen mit ihren unzüchtigen Kleidern und ihrem Benehmen nicht so weit. Und sogar die verrufenste Hure hätte sich von der Sonne nicht so verbrennen lassen. Diese Frau kam sicher von der Arbeit auf den Feldern, sie war braungebrannt, sie mußte sehr lange draußen gewesen sein. Aber da saß sie und trug goldene Armbänder. Sein Gefühl sagte ihm jetzt, daß er sie falsch eingeschätzt hatte. Sie kam wahrscheinlich gar nicht von den Feldern, sondern es war ihr irgend etwas zugestoßen, das sie zwang, viele Tage in der glühenden Sonne herumzulaufen, und jetzt schämte sie sich und suchte sich vor der Menge zu verbergen, bis sie wieder weiß war; deshalb hatte sie es vorgezogen, im Hinterzimmer zu sitzen. Wenn das richtig war, würde es ihr mißfallen, daß er sie anstarrte. Er schlürfte beflissen seinen Tee und sah aus dem Fenster. Bald stand er wieder auf und schaute durch die Tür nach der Ecke, wo der Kif-Verkäufer gewesen war. Der Mann hatte sich, offenbar auf Einladung eines Kunden, hingesetzt und trank ein Glas Tee. Amar ging hinüber und sprach mit ihm.

Der Mann nickte und gab ihm ein kleines Päckchen in Papier. Amar bezahlte ihn, ging auf seinen Platz zurück und nahm die heimliche Musterung der beiden Touristen wieder auf. (Da sie keine Franzosen waren, gehörten sie unweigerlich in diese Kategorie.) Was für eigentümliche Menschen das waren, dachte er; die fremdesten aller Fremden, die er jemals gesehen hatte. Ihre Kleidung war ungewöhnlich, ihre Gesichter waren anders, sie lachten fast dauernd, und doch schienen sie nicht betrunken zu sein, und eins konnte Amar am wenigsten begreifen: obgleich die beiden nach allen kleinen äußeren Anzeichen aneinander interessiert waren, faßte der Mann niemals die Hand der Frau an, beugte sich nie zu ihr hinüber, um sie zu berühren oder ihren Duft zu atmen, und sie senkte, trotz ihres sonst so lockeren Benehmens, nicht ein einziges Mal die Augen und fand es nicht unmöglich, seinen Blick zu erwidern. Sie saß einfach da, als sei sie sich des Unterschiedes der Geschlechter überhaupt nicht bewußt. Gleichzeitig ahnte Amar eine Spannung zwischen den beiden, die ihm mehr sagte als ihr äußeres Benehmen, das auch Komödie sein konnte. Er hatte viele französische Paare beobachtet; ihre Auffassung von öffentlichem Anstand zeigte Auswüchse, die für Mohammedaner undenkbar waren; dennoch benahmen Franzosen sich insgesamt nicht wesentlich anders als die Araber. Dieses Paar fand er dagegen von Grund auf unbegreiflich.

Als er seinen Tee getrunken hatte, beschloß er, hinauszugehen und um das Wasserbecken zu schlendern, aber die schmale Tür war seit langem nicht geöffnet worden, und der Riegel war verrostet. Es dauerte eine Weile, bis es ihm gelang, ihn mit einem Stein, der vielleicht zu diesem Zweck nahebei in der Ecke lag, zurückzuschlagen. Dann öffnete er die Tür, zerriß sämtliche Spinnweben und trat hinaus. Die Sonne war in diesem Raum zwischen dem Café und der hohen Stadtmauer, in dem sich kein Lüftchen regte, schmerzhaft heiß, und das Bassin war ein tückischer Spiegel, der das weiße Licht der Sonne noch verstärkte. Er kniete nieder, um das Wasser zu fühlen; es war auch heiß. Eine Libelle war der Oberfläche zu nah gekommen, und ihre

Flügel hatten das Wasser berührt; sie wand sich verzweifelt, vom Wasser loszukommen. Er beobachtete sie einen Augenblick voll Interesse, dann fühlte er Mitleid, daß sie sterben sollte, rollte seine Beinkleider so weit wie möglich hoch und ließ sich in das Becken hinab. Es war tiefer, als er gedacht hatte, das Wasser ging ihm bis zu den Hüften. Der Boden fühlte sich mit den Fußsohlen glitschig und unangenehm an, aber er watete hinaus, schob seine Hand unter die Libelle und hob sie hoch. Dann stand er da im Wasser, sah sie an und lächelte, weil ihre beiden riesigen Augen seinen Blick zu erwidern schienen. Vielleicht dankte sie ihm. »Wie groß sind Allahs Werke«, flüsterte er. Als die heiße Sonne ihre Flügel getrocknet hatte, bewegte sie sich ein paarmal und flog plötzlich in der Richtung des Festungswalles davon. Amar kletterte aus dem Wasserbecken, rollte seine Beinkleider herunter und drückte sie aus. Dann setzte er sich auf den Rand des Bassins in die Sonne, um sie trocknen zu lassen. Es schien ihm, als könne er in der Entfernung den Lärm menschlicher Stimmen unterscheiden: Er kam über die Dächer aus der staubigen Stadt. Aber es war weit entfernt, und es klang ungefähr wie Wind, der durch einen Türspalt bläst. Falls der Zug durch Bab Bou Jeloud kam, dann wollte er ihn vom Frontzimmer aus beobachten, und bei einem Zusammenstoß würden sicher ein paar französische Polizisten niedergeschlagen; das mußte er sehen. Immer wurden die Mohammedaner herumgestoßen, geschlagen und getötet, selbst wenn es, wie heute vor seinen eigenen Augen, Mohammedaner waren, die schlugen und töteten. Einen Augenblick fühlte er eine nachträgliche Aufwallung von Teilnahme für die beiden *mokhaznia* in der Gasse bei den Buden der Rechtsanwälte. Vielleicht hatten sie, als sie Dienste bei den Franzosen annahmen, nicht gewußt, daß man von ihnen erwartete, ihre eigenen Landsleute zu denunzieren, und als sie darauf kamen, war es bereits zu spät. Sie wußten in den Augen der Franzosen zuviel, als daß diese sie frei herumlaufen lassen konnten. Sie waren in der Falle.

Aber dann, so argumentierte er, war es ihre Pflicht, selbst bei Todesstrafe die Ausführung der Befehle zu verweigern.

Wieviel heroischer wäre es gewesen, unter den Händen der Franzosen märtyrerhaft zu sterben, als schmählich wie Tiere niedergeschossen zu werden, noch als Leichnam verflucht und bespien von den eigenen Brüdern. Er wußte, ein auf dem Schlachtfeld gefallener Moslem ging unmittelbar ins Paradies ein, ohne auf das Gericht warten zu müssen, doch über das Schicksal von Verrätern wußte er nicht so gut Bescheid. Es schien aber folgerichtig, daß sie sofort Satans Gericht übergeben wurden. Er schauderte bei dem Gedanken, was den Menschen in der Hölle erwartete. Nicht die Vorstellung der Qual war furchterregend, sondern die Gewißheit, daß sie ohne Rücksicht auf eine mögliche Reue des Opfers ewig dauerte. Angenommen, eines Menschen Herz änderte sich, und er verlangte mit all seiner Kraft nach Allah. Nicht darin lag die Qual, ewig am Spieß zu rösten wie ein Lamm-*mechoui* oder Glied für Glied zerrissen zu werden, wie, nach den Berichten der Freunde der Freiheit, die Franzosen es mit den Mohammedanern in Qued Zem getan hatten, sondern in der Gewißheit, daß ihm unter keinen Umständen Allahs Gegenwart gewährt werden konnte. Tod bedeutet nichts, sagte er sich, zwischen fast geschlossenen Augenlidern in den vom Wasser gespiegelten grellen Sonnenschein starrend. Vielleicht war Mohammed Lalami deshalb gestern so selbstgefällig gewesen, fiel ihm ein; er hatte möglicherweise schon gewußt, daß sein Bruder von den Franzosen hingerichtet würde. Eines Tages, dachte er, würde Mohammed ihm auflauern, ihn unvorbereitet abfangen, und dann würde er einen richtigen Kampf vor sich haben. Es war vielleicht ein guter Gedanke, wenn er Mohammed jemals begegnen sollte, auf ihn zugehen und ihm die Hand zur Vergebung zu bieten. Wahrscheinlich würde Mohammed sie nicht nehmen, aber es könnte ihn nachgiebiger stimmen und eine spätere Aussöhnung vorbereiten.

Der Lärm rufender und singender Stimmen wurde lauter, und seine Beinkleider waren nahezu trocken. Er stand auf und ging hinein.

Drittes Buch

Die Stunde der Schwalben

Für mein Gefühl gibt es nichts Köstlicheres,
als ein Fremdling zu sein.
Darum mische ich mich unter die Menschen,
nur um ein Fremder unter ihnen zu sein,
denn sie sind nicht von meinem Schlage.

LIED DER SCHWALBE
TAUSENDUNDEINENACHT

15

Morgens hatten Stenham und Moss die Angewohnheit, einander durch die Dienstboten kurze Nachrichten zu senden. Da sein Zimmer auf den Garten ging, pflegte Moss seine Briefchen dem alten Mokhtar auszuhändigen, der die Wege fegte und die Blumen vor seiner Tür betreute; Mokhtar ging dann in die Halle und gab sie an Abdelmjid weiter, der die Teppiche in den Gesellschaftsräumen mit dem Staubsauger zu reinigen hatte.

Im vergangenen Jahr war Abdelmjid selbst zum Turm hinaufgeklettert, um die Briefe an Stenhams Tür abzuliefern, aber vor kurzem hatte er Rhaissa geheiratet, eine lustige Schwarze, deren Mutter Sklavin im Hause eines früheren Pascha gewesen war, und da sie täglich die drei Turmzimmer saubermachte, kam sie jetzt und klopfte an seine Tür, wenn eine Nachricht für ihn vom Zimmer 14 heraufkam.

Der Herzenswunsch eines jeden modernen Mädchens in Marokko sind Goldkronen auf den Schneide- und Eckzähnen. Rhaissas Zähne waren völlig gesund, aber als ihre Mutter einen Mann für sie fand, hatte sie natürlich dafür gesorgt, daß vor der Hochzeit der Mund ihrer Tochter entsprechend verschönert wurde. Die Arbeit war von einem einheimischen Spezialisten in der Medina ausgeführt worden, und seither hatte die arme Rhaissa sehr zu leiden. Jeden Tag bestand sie darauf, Stenham ihr entzündetes Zahnfleisch zu zeigen; ihrer Meinung nach hatte der Zahnarzt während der Behandlung einen bösen Zauber auf sie gelegt, weil ihre Mutter Einwände gegen den Preis erhoben hatte. Aber jetzt hatte sie von ihrem Lohn alles selbst bezahlt und hatte immer noch Schmerzen. Stenham fing an, ihren morgendlichen Einbruch in seine Ruhe zu fürchten; er hatte ihr ein

Päckchen Borax gekauft, das sie regelmäßig benutzte, aber erst, nachdem sie es aus der Apothekertüte in ein Papier mit magischen Symbolen umgefüllt hatte, das sie von einem *fqih* hatte. Sie glaubte an die gute Wirkung, aber sie beabsichtigte bald wieder zu dem *fqih* zu gehen und ein anderes Papier mit anderen Symbolen zu holen.

»Ich möchte dem armen Mädchen helfen«, hatte er Moss gesagt, »aber ich kann nicht jedesmal, wenn sie kommt, um mein Bett zu machen, in dies rote Krokodilmaul gucken.«

Es war einer jener Morgen, da die Stadt still unter der starken Sonne dampfte. Ein Schleier von Holzrauch und Dunst hing über den flachen Dächern und umschloß und vereinigte die von unten heraufdringenden Geräusche. Wenn sie sein Fenster erreicht hatten, waren sie so monoton und einschläfernd wie ununterbrochenes Bienensummen. Bei solchem Wetter nahmen die Geräusche der Stadt zwischen elf und zwölf immer diesen fremdartigen Charakter an. Er hätte gern gewußt, ob das mit der Windrichtung zusammenhing, da das einzige erkennbare Geräusch von einer entfernten Sägemühle irgendwo drüben aus der Richtung von Bab Sidi bou Jida kam. Ein paar träge Fliegen segelten dann in das Zimmer und schliefen auf dem Fliesenboden in der Sonne. Ungefähr um diese Stunde hörte Stenham zu arbeiten auf und streckte sich genießerisch auf zwei gegeneinandergestellten Stühlen in der Sonne am Fenster aus; von Zeit zu Zeit richtete er sich auf und kritzelte ein paar Worte in ein neben ihm liegendes Notizbuch. Er mußte aber darauf achten, zunächst die Tür abzuschließen, damit Rhaissa nicht plötzlich hereinplatzte und ihn nackt vorfand; sie hatte die schwierige Aufgabe anzuklopfen, bevor sie die Tür öffnete, noch nicht völlig gemeistert.

Heute klopfte sie aber, er stand mühsam auf, fuhr in seinen Bademantel und murmelte: »Wer zum Teufel?« Jede Störung vor dem Lunch, außer der Ankunft seines Frühstücks, ärgerte ihn. Er riß die Tür auf, und Rhaissa gab ihm den Brief, den sie in der Hand hielt. Er dankte mürrisch, merkte, daß sie den Zustand ihres Zahnfleisches zu diskutieren beabsichtigte, und schlug ihr die Tür vor der Nase zu.

Die Nachricht von Moss lautete: »Was für ein herrlicher Tag! Hugh hat mir versprochen, in der Zitoun mit mir zu Mittag zu essen. Bastela ist bestellt. Wollen Sie mitkommen? Darf ich Sie um 12.30 Uhr hier in meinem Zimmer erwarten? Mein neues Modell ist ein Scheusal!!! Herzl., Alain.«

Er legte sich wieder in die Sonne, fand es aber unmöglich, weitere Einzelheiten zur Schilderung des Hofes von Sultan Moulay Ismail zu erfinden. Er sprang bald auf, rasierte sich, zog sich an und ging zu Moss hinunter, um ihn beim Malen zu erwischen. Aber das Modell, ein außerordentlich zerknitterter alter Mann, schlurfte, als er kam, gerade über den Patio, und Moss reinigte seine Pinsel. »Das ist höchst ungewöhnlich«, sagte er. »Sie sind früh gekommen. Sie werden warten müssen, bis ich mich umgezogen habe. Da auf dem Tisch hinter Ihnen liegt ein neuer *Economist*, heute morgen angekommen. Nehmen Sie ihn doch mit raus in den Garten. Oder ist Ihnen das nach den unglaublichen Ausschweifungen Ihrer schöpferischen Phantasie zu langweilig?«

Stenham brummte; er war es müde, auf Moss' Hänseleien einzugehen. »Ausschweifungen?« sagte er, nahm die Zeitschrift und ging hinaus in die Sonne. »Ausschweifungen?« Hier unten zwitscherten die Sperlinge, und die Luft war vom Duft der Stechapfelblüten erfüllt. Moss war gescheit; er wußte ziemlich genau, wo er Nadelstiche versetzen konnte, aber die früher empfindlichen Stellen waren jetzt ledern, und wenn Stenham überhaupt reagierte, dann nur aus Höflichkeit und Trägheit. Es erleichterte die Unterhaltung, denn Moss tastete sonst einfach nach anderen wunden Punkten im Charakter seines Freundes, die er noch nicht ausgenutzt hatte.

Er mochte Moss leiden, weil er ein Rätsel war, und es war sicher, daß Moss gerne den Zauberkünstler spielte, den geheimnisvollen Mann mit tausend verborgenen, unerwarteten Exzentrizitäten. »Ich bin ein einfacher Geschäftsmann«, pflegte Moss kläglich zu erklären, »und ich verstehe diesen irren Dschungel nicht, der für euch Amerikaner der natürliche Aufenthaltsort zu sein scheint« ... »Setzen Sie bei mir nichts voraus, wenn Sie mit mir reden. Mir muß man alles erklären. Euer amerikanisches Moralsystem ist so absolut phantastisch, daß mein einfacher Verstand schon beim Nachdenken darüber stillsteht.«

Aber manchmal vergaß er sich und murrte: »Übrigens gehen die Engländer wirklich zu weit. Man kann nicht immer auf diese gehemmte Art und Weise leben. Die Welt ist wunderschön. Waren Sie jemals in Bangkok? Ich glaube, es würde Ihnen gefallen. Angenehme Menschen ...« ... »Das einzige, was das Leben lebenswert macht, ist die Möglichkeit, manchmal einen Augenblick der Vollendung zu erleben. Und vielleicht sogar mehr als das: die Fähigkeit, solche Augenblicke in ihrem ganzen Umfang zurückzurufen und sie wie Juwelen zu betrachten. Verstehen Sie?«

Stenham versuchte, ihn dann zu reizen, und sagte sehr ernsthaft: »Nein, ich glaube nicht. Ich vermute, Vollendung interessiert mich nicht. Sie bildet immer die Ausnahme; sie liegt außerhalb aller Dinge, außerhalb der Wirklichkeit. Ich sehe das Leben nicht so.«

»Ich weiß«, gab dann Moss zur Antwort. »Sie sehen das Leben vom ungünstigsten Punkt, den Sie finden können.«

Stenham hatte diese schlichte Geschäftsmannspose längst durchschaut; Moss hatte sogar einmal gestanden, daß er ein Buch schrieb, aber ohne zu sagen, was für ein Buch. Und einmal hatte er ihm von London aus einen ziemlich nichtssagenden Brief geschickt, dessen Zweck offenkundig der war, die Einlage, einen Stoß Blätter mit kleinen Gedichten, als einen nachträglichen Einfall erscheinen zu lassen; sie waren nicht sehr originell, aber doch gut genug in der Form, um Stenham zu überzeugen, daß ihr Autor durchaus kein Neuling in der Poesie war. Er ist genauso schuldig wie ich, sagte Stenham sich gern.

Die Sonne war heiß hier unten im Garten; die feuchte schwarze Erde strömte einen Wohlgeruch aus, den schweren, verwirrenden Duft des Frühlings. Der alte Mokhtar kam den Weg entlang, seine abgenutzten *babouches* schlappten über das Mosaik. Sein Turban sah immer aus, als würde er jeden Augenblick aufgehen. Nicht, daß es darauf ankam, ob er korrekt aussah; Krankheit und zuviel Arbeit hatten seinem weichen schmalen Gesicht jeden Charakter genommen, und ob der Turban lose oder fest gewunden war, konnte an seiner kummervollen Erscheinung nichts ändern. Stenham fühlte sich immer etwas unbehaglich in seiner Gegenwart, sein sanfter, hoffnungsloser Gesichtsausdruck weckte ein unbestimmtes Schuldgefühl in ihm.

Moss, wie immer gekleidet, als ob er auf dem Piccadilly spazierengehen wolle, trat, seine dunklen Augengläser zurechtrückend, auf die Terrasse heraus. »Ich glaube, ich bin soweit – Sie auch? Wollen wir gehen?«

Im Hof sahen sie sich um, ob Kenzies MG da war, aber das Auto war nirgends zu erblicken. Moss runzelte die Stirn.

»Er ist schon fort. Wir müssen gehen. Nehmen wir den kürzesten Weg.«

»Es gibt ein Dutzend kurze Wege«, wandte Stenham ein.

»Den geradesten, der am wenigsten ermüdet. Den schnellsten! Wirklich, Sie sind so schwierig.«

Unter Stenhams Führung bogen sie in eine Straße zur Linken ein, an den mit Oliven zum Pressen beladenen Eseln vorbei. »Was meinen Sie mit ›schwierig‹? Warum sagen Sie das?« Stenham war sich nie ganz klar, warum es ihm Spaß machte, Moss zu Quengeleien zu reizen. Das Spiel konnte stundenlang dauern: Moss spielte die Rolle der einfachen, unbefangenen Seele, absichtlich getäuscht und jammernd, Stenham machte den geduldigen, weltlichen Berater. Und es wurde schärfer, wenn Stenham ihn gelegentlich unmittelbar anklagte: »Warum spielen Sie eigentlich diese verrückte uneigennützige Unschuld? Was sollen Sie herausfinden?« Es erhöhte den Spaß, daß er es bei weitem nicht so sagte, wie wenn er das Spiel hätte beenden wollen. Moss war sich klar darüber, und er wußte, daß es auch Stenham klar war, und so ging das Spiel weiter, wurde immer verzweigter, verwikkelter und spitzfindiger und beanspruchte immer mehr von der Zeit, die sie zusammen verbrachten. Eines Tages würde der Augenblick kommen, dachte Stenham, da man Moss nicht mehr herausreißen konnte; was immer er dann sagte oder tat, würde der Rolle entsprechen, die Worte und Gesten würden nicht mehr von Moss kommen, sondern von seiner absurden Schöpfung, die nichts mehr mit dem Mann zu tun hatte, den sie maskieren sollte. Ich habe damit angefangen, sagte er sich, aber er hat ja nur darauf gewartet. Er hat sich die Rolle des Blöden selber ausgesucht. Und hier führe ich ihn, wie gewöhnlich, und er behauptet, den Weg nicht zu kennen.

Ein öffentlicher Brunnen tröpfelte in einer Nische; Frauen und Mädchen warteten mit ihren Eimern unter seiner blau und grün gekachelten Wölbung. 1352, hieß es auf den kleineren Kacheln unter der blumenreichen arabischen Inschrift, die den Monotheismus pries und vor Ersatzmitteln für diese einzigartige Form warnte. 1352; also etwas über 20 Jahre alt, dachte er. Das ständige Verschütten von Wasser aus den Eimern hatte die Straße hier zur Kloake gemacht; der Lehm hatte sich in eine klebrige, schlüpfrige graue Masse verwandelt, und milchiges Wasser quoll hervor und füllte jeden neuen Fußstapfen.

»Nun wirklich, ich muß sagen!« rief Moss. Wenn er vorgab, wütend zu sein, wurde seine Stimme schärfer, sein Akzent klang übertrieben nach Oxford: *»Wo führen Sie mich denn hin?«*

»Sie sind hier schon ein halbes dutzendmal durchgegangen«, rief Stenham über die Schulter zurück.

Vor über elfhundert Jahren hatte in einer Höhlung am Fuße der Hügel der Bau der Stadt begonnen, sie hatte die Umrisse einer leicht geneigten Schüssel; als sie durch die Jahrhunderte wuchs, ein mächtiger, sich dauernd ausdehnender Aufbau aus Zedernholz, Marmor, Erde und Ziegeln, hatte sie die Seiten erstiegen und war über den Rand der Schüssel hinausgewachsen. Da der Mittelpunkt am niedrigsten lag, führten alle Wege zu ihm; man mußte erst hinuntergehen und dann den Weg wählen, den man wieder hinaufgehen wollte. Außer den Wegen, die dem Flußlauf hinaus in die Obstgärten folgten, führten alle Wege vom Herzen der Stadt nach oben. Der lange Aufstieg während der Mittagshitze war ermüdend. Eine Stunde nach ihrem Aufbruch waren sie immer noch auf dem mühsamen Weg aufwärts durch die belebten Gassen des westlichen Hügels. Der

Dunst war völlig verschwunden, der Himmel war blau, hart und fern. Die Straße wurde breiter und war plötzlich voller kleiner Jungen auf dem Heimweg von der Schule. Moss und Stenham konnten endlich nebeneinander gehen. Über den Lärm der kindlichen Stimmen hinweg sagte Moss: »Wollen Sie mir vielleicht sagen, wo wir herauskommen? Ich behaupte, daß hier unten kein Weg durch die Mauern nach außen führt. Hätten wir nicht versuchen sollen, nach Bab el Hadid zu gehen?«

»Glauben Sie?« Stenhams Stimme klang mit Absicht unsicher. Er wußte genau, wo er ging, aber der Spaß bestand darin, scheinbar bis zur letzten Minute ziellos zu wandern, um dann plötzlich mit einer virtuosen Wendung Moss an eine Stelle zu bringen, die um so mehr überraschte, als sie genau bekannt war.

»Ich nehme an, Sie haben einen Ihrer eindrucksvollen Zaubertricks vor«, murmelte Moss, indem er Resignation spielte, »aber dieses Mal sehe ich nicht recht, wie Sie es machen werden.«

»Überhaupt kein Trick«, versicherte ihm Stenham einfach. »Wir sind auf dem direkten Weg nach der Zitoun. Ich glaube es wenigstens. Sowie wir an die nächste Ecke kommen, kann ich es Ihnen sagen.«

Die nächste Ecke führte sie in einen kurzen staubigen Weg. Unter einem Torbogen stand ein einheimischer Polizist im Gespräch mit einem senegalesischen Soldaten. Als sie unter den Torbogen kamen, traf eine frische Brise ihr Gesicht, und man hörte das Geräusch rasch fließenden Wassers. Vor ihnen breitete sich ein Hügelpanorama aus.

»Sie sind wirklich ungewöhnlich!« sagte Moss entzückt. »Ich glaube, Sie haben dieses Tor selbst in die Mauer gebrochen. Wie heißt es? Hat es einen Namen?«

Stenham ging über die Straße und stand am Rande der Brüstung mit dem Ausblick über das enge Tal auf die grünen Hänge dahinter. »Natürlich hat es einen Namen. Sie nennen es Bab Dar el Pascha.«

»Ach, reden Sie nicht!« rief Moss. »Sie wissen, daß es kein solches Tor gibt. Ich habe sie alle auswendig gelernt, von Bab Segma bis Bab Mahrouk und rückwärts, und dieses Tor gibt es nicht.«

»Dann müssen Sie Ihre Liste ergänzen. Bab Dar el Pascha ist ein neues Tor, es wurde vor 20 oder 30 Jahren in die Mauer gebrochen, damit der Sultan im Wagen vor seine Haustür fahren konnte.«

»Vandalismus«, bemerkte Moss.

Von hier zum Hotel war nur noch eine kleine Steigung. Studenten der Universität Moulay Idris kamen auf dem Weg zum Mittagessen mit ihren Fahrrädern im Leerlauf den Hügel herunter, die meisten trugen Hornbrillen, und alle hatten formlose europäische Anzüge, die, seit sie angefertigt wurden, niemals ein Bügeleisen oder einen Schwamm gesehen hatten.

Weniger eindrucksvoll als die hochragenden zitternden Pappeln, die die Straße säumten, aber für die kleinen Jungen, die da herumwimmelten, interessanter waren die Maulbeerbäume am Fluß. Die Jungen hieben mit ihren langen Bambusstangen wild in das Laubwerk; die Blätter kamen herunter, und die grünen Beeren fielen zu Boden. Kenzies gelber MG stand vor dem Eingang zur Zitoun. Er war mit Kindern bedeckt; sie standen auf den Scheinwerfern und auf der Stoßstange, stiegen über die Türen und kämpften auf dem Vordersitz um die Ehre, am Steuer zu sitzen. Als Stenham und Moss den Wagen erreichten, rührte sich der Junge nicht, der daneben stand und eifrig das Wort »Mohammed« mit dem Kugelschreiber auf das graue Segeltuchverdeck schrieb. Wahrscheinlich hielt er seinen Beitrag zu der Sammlung von Kritzeleien, die der Wagen schon aufzuweisen hatte, nicht für so wichtig; da waren so viele andere prächtige und auffallende: grinsende Gesichter, Hände der Fatima und verschiedene Inschriften in römischen und arabischen Schriftzeichen, mit Nägeln und Steinen in die Farbe geritzt.

»Nun passen Sie mal auf«, sagte Stenham. Er trat dicht neben den Jungen, der ihn flüchtig anblickte und in seiner sorgfältigen Arbeit fortfuhr.

»*Chnou hada?* Was machst du da?« fragte er den Jungen.

Der Junge lächelte. »Nichts«, antwortete er einfach.

Stenham deutete auf die Worte auf dem Verdeck. »Und das? Was ist das?«

»Ein Automobil.« Seine Stimme klang zweifellos so kühl, weil er dachte, daß der Christ ihn für einen unwissenden Bauernjungen hielt.

»Nein, das Wort.«

»Mohammed.«

»Warum hast du es da hingeschrieben?«

»Weil es mein Name ist.«

»Aber warum hast du ihn auf das Auto geschrieben?«

Durch ein Achselzucken zeigte der Junge, daß ihn diese offensichtlich grundlose Fragerei nicht interessierte, und fing an, die schönen Schnörkel um den bereits dastehenden Namen zu vollenden. Aber Stenham ergriff seine Hand und zog sie ziemlich heftig zurück. Einige der kleineren Kinder waren aufmerksam näher gekommen. »Macht, daß ihr wegkommt!« schrie er sie an. Sie zogen sich in sichere Entfernung zurück.

»Was ist mit euch los?« Er sprach zu dem älteren Jungen, der, immer noch den Kugelschreiber in der Hand, anscheinend entschlossen war, dieses für ihn zweifellos erlesene Exemplar seiner Unterschrift zu vollenden. Da Stenham natürlich keine Antwort bekam, mußte er fortfahren. »Das geht nicht wieder ab. Weißt du das nicht?« Er bekam immer noch keine Antwort.

Moss kam näher, er strahlte den Jungen an und sagte in seinem honigsüßen, leicht englisch klingenden Französisch: »Automobile sind sehr teuer. Du darfst sie nicht ruinieren.«

Jetzt reagierte der Junge. »Ich habe es überhaupt nicht ruiniert«, sagte er würdevoll.

»Aber sieh doch!« rief Moss, auf die Verunstaltung der gelben Farbe deutend. »Sieh, was die Jungen hier in der Stadt gemacht haben! Das ist alles geschehen, seit der Herr vor zwei Wochen hier ankam. Es kostet ihn eine Stange Geld, das alles reparieren zu lassen.«

»Wieviel?« fragte der Junge unbeteiligt.

Moss dachte schnell nach. »Vielleicht 50000 Franken. Oder mehr.«

Das Gesicht des Jungen leuchtete auf. »Er kann es verkaufen und ein neues kaufen.«

Stenham konnte nicht mehr an sich halten. *»Mahboul!«* schrie er. »Du bist ein Idiot! Weg von dem Wagen, du und ihr alle! Los! Los!« Er stieß den Jungen in die Straße hinaus, kam zurück und hob ein paar kleinere Jungen aus dem Vordersitz. Die übrigen liefen stillschweigend davon und gesellten sich zu einer Gruppe junger Beerenpflücker.

Der Garten war ein ebenerdiges Viereck, geschützt durch den von Unkraut überwucherten hohen Damm; der leichte, die Baumwipfel bewegende Wind reichte im Augenblick nicht bis hierher. Tische standen hier und da herum und bequeme Liegestühle. Außer Kenzie, der in einer entfernten Ecke beim Teehaus saß, war niemand da. Er war in angeregter Unterhaltung mit einem Kellner in weißer Jacke, der neben seinem Stuhl hockte. Er hatte sie in den Garten kommen sehen; aber er zog es vor, ihre Gegenwart nicht zu bemerken, bis sie unmittelbar vor ihm standen. Dann blickte er auf und lächelte flüchtig, als hätte er sie gerade vor fünf Minuten verlassen. Der Kellner rückte Stühle für sie heran und verschwand im Teehaus, von wo dann jenes Kratzen und Knacken ertönte, an dem man in einem arabischen Café erkennt, daß eine Schallplatte läuft. *»Bilèche tabousni fi aynayah?«* beklagte sich Abd el Wahab mit einer gewaltigen sonoren Stimme. »Warum küßt du mich auf die Augenlider?«

»Es kommt noch ein Gast«, sagte Kenzie plötzlich.

16

Kenzie hatte nichts zu trinken und schien auch nicht die Absicht zu haben, etwas zu bestellen, weder für sich noch für die Neuankömmlinge. Stenham wußte, daß Moss dies bemerkt hatte, und er wartete, was er tun würde; er selber trank nie, aber er hätte gern ein Glas Minztee gehabt, um den Staub hinunterzuspülen, den er während des Aufstiegs durch die Medina geschluckt hatte. Aber er war entschlossen, nichts vorzuschlagen oder zu bestellen: er hatte keine Lust, für die Getränke zu zahlen. Erstens lebte er zur Zeit nach einer genauen Geldeinteilung, in der Hoffnung, mit dem Vorschuß auf sein Buch auszukommen, bis er es beendet hatte. Und dann meinte er, daß man von ihm als dem einzigen Amerikaner hier nicht erwarten sollte, für jedermanns Getränke zu zahlen. Ferner hatte er in den vergangenen 14 Tagen bei ähnlichen Anlässen ein kleines Geplänkel zwischen Moss und Kenzie beobachtet, als ob jeder entschlossen sei, den anderen etwas mehr als seinen Anteil zahlen zu lassen; keiner von beiden schien jemals Kleingeld zu haben. Kenzie hatte ihm anvertraut, wenn er und Moss am Nachmittag einen Wagen von Bou Jeloud nach der Ville Nouvelle nahmen, beeilte sich Moss immer sehr zu zahlen, damit Kenzie den Rückweg zahlen mußte. »Na und«, hatte Stenham gefragt, »warum sollte er das denn nicht tun?« – »Weil um sechs der Preis erhöht wird«, hatte Kenzie in vollem Ernst erklärt. Wenn er jetzt nur still dasaß und abwartete, dachte er, könnte die Situation ihren Höhepunkt erreichen. Es ereignete sich aber nichts weiter als ein gegenseitiges Anbieten und Ablehnen von Zigaretten, worauf sich jeder mit seiner eigenen im Stuhl zurücklehnte.

»Sie wohnt hier in der Zitoun«, sagte Kenzie, die Unterhaltung von vorhin wieder aufnehmend.

»Merkwürdig«, bemerkte Moss, stieß eine dicke Rauchwolke aus und beobachtete sie einen Augenblick, bevor er fortfuhr: »Eine Amerikanerin hier? Man sollte annehmen, es sei hier nicht bequem genug für sie.«

Stenham hielt den Mund, er wußte, Moss versuchte nur, ihn zu reizen.

»Sie ist ganz in Ordnung und durchaus nicht dumm«, fuhr Kenzie fort. »Ich sah sie gestern hier allein im Garten sitzen und lesen. Wir kamen ins Gespräch, und ich erzählte ihr von Ihnen« – er blickte Stenham an –, »und sie hatte von Ihnen gehört. Ich dachte, es wäre ganz nett, wenn die einzigen vier englischsprechenden Menschen in Fez so zusammenkommen könnten.«

»Vergessen Sie nicht die Missionare und den Konsul und seine Frau«, erinnerte ihn Stenham.

»Ich sagte Menschen.« Kenzie war ein geschworener Feind des britischen Konsuls; es hatte da Unannehmlichkeiten gegeben, weil eine Anzahl von Briefen verlegt worden war. Stenham und Moss wußten genau darüber Bescheid.

»Ich wollte, Sie hätten mir gesagt, daß sie mit uns essen wird«, erklärte Moss; es klang gekränkt. »Und zwar deshalb« – er hob die Stimme –, »weil ich außerordentlich hungrig bin und mehr gefrühstückt hätte, wenn ich das gewußt hätte. Wo ist sie?«

»Sie wird gleich hiersein«, versicherte Kenzie.

»Übrigens«, sagte Stenham, »Sie werden einen Zuwachs zu Ihrer Sammlung von Zeichnungen an Ihrem Wagen finden, wenn Sie hinausgehen. Das Wort ›Mohammed‹, in unlöschbarer Tinte auf Ihrem Verdeck, gleich hinter der Verstrebung, sehr hübsch. Ich habe ihn dabei gefaßt.«

»Hoffentlich haben Sie ihm eine tüchtige Tracht Prügel verabreicht«, meinte Kenzie.

»Ehrlich gesagt – nein.«

»Ordentlich eine hinter die Ohren tut Wunder. Das vergessen sie nicht.«

»Kann sein«, sagte Stenham, »aber dann kommt ein anderer, der nicht durch eine Ohrfeige belehrt wurde. Man kann nicht das ganze Land erziehen.«

»Und doch muß das geschehen«, sagte Moss verträumt, »ehe sie es zu irgend etwas bringen können.«

Stenham fuhr auf. »Zu was sollen sie es denn Ihrer Ansicht nach bringen? Sie reden wie ein Istiqlalführer. Warum müssen sie es zu etwas bringen? Können sie nicht in Ruhe gelassen werden und bleiben, wie sie sind?«

Moss lächelte. »Nein, mein Lieber. Sie wissen ganz genau, das können sie nicht.«

Stenham sah im Garten umher und dachte, hier sei es zu hübsch für Auseinandersetzungen. Und zu Moss sagte er freundlich: »Es war nur eine rhetorische Frage. Sie sind schlimmer als meine Frau. Sie dachte auch immer, jede Frage müsse beantwortet werden.«

Moss räusperte sich und winkte dem Kellner, der aus dem Teehaus gekommen war und tote Blätter von dem Eichenlaub zu beiden Seiten des Hauses rupfte.

»Eine Flasche Sidi Brahim rosé, und decken Sie den Tisch bitte und bringen Sie eine große Schüssel Eis, um den Wein zu kühlen. Wir werden mit der *bastela* beginnen. Wie ist sie heute?«

»*Magnifique, monsieur*«, sagte der Kellner feierlich.

»*Magnifique*, eh?« wiederholte Moss amüsiert.

Der Kellner eilte davon. Stenham warf einen Blick auf Kenzie, wie er Moss' Keckheit aufnehmen würde. Kenzie saß freundlich rauchend da. Ein Storch flog langsam über ihnen dahin, mit bewegungslosen Flügeln, aber in sicherem Gleichgewicht auf einem unsichtbaren Luftstrom schwebend. Aus dem Lautsprecher im Teehaus kamen die rätselhaften Phrasen eines Chleuh-Tanzes: krächzendes *rebab*, aufreizendes *guinbri*, hohe kindische Stimmen mit anhaltenden kehligen Gebirgsrufen über der hüpfenden Begleitung.

Moss war wirklich sehr pro-französisch, dachte Stenham. Wie die Franzosen weigerte er sich, die Kultur der Marokkaner, so dekadent sie auch war, als eine Tatsache, als etwas nun einmal Gegebenes hinzunehmen. Statt dessen schien er sie als ein Überbleibsel früherer Jahrhunderte zu betrachten; jetzt befand sie sich notwendig in einem Übergangsstadium, so daß das Volk vorübergehend Führung brauchte, um zu einem besseren Leben zu gelangen. »So daß sie«, hatte Stenham bitter bemerkt, »aufhören können, Marokkaner zu sein.« Denn die Franzosen hatten im Grunde dieselbe Vorstellung wie die Nationalisten; sie stritten nur über Äußerlichkeiten, und sogar dabei fragte er sich, ob diese angeblichen Meinungsverschiedenheiten nicht Teil eines gigantischen machiavellistischen Plans waren, gemeinsam von französischen und marokkanischen Kommunisten in Regierungsstellen praktiziert, die besser als irgend jemand wußten, daß ohne Unzufriedenheit keine Änderung möglich war, und die bereit waren, das Land durch künstlich erregte Unzufriedenheit an den Rand des Bürgerkrieges zu treiben.

Die Methoden und Ziele der Istiqlal waren im Grunde dieselben wie die des Marxismus-Leninismus; das war ihm beim Lesen ihrer Veröffentlichungen und bei Unterhaltungen mit Mitgliedern und Freunden der Organisation völlig klargeworden. Aber war es nicht unvermeidbar, daß jede Autonomie-Bewegung in einem Kolonialland, besonders dort, wo der Feudalismus noch vorherrschte, fast unweigerlich diesen Weg einschlagen mußte?

Er hörte dauernd den Vorwurf: »Amerika hat uns nicht geholfen.« Das war nur der erste Satz einer langen und beängstigenden Anklage, deren Konsequenz zum mindesten für ihn erschreckend war. Die Zeit schritt fort, mit täglich wachsendem Haß gegen Frankreich und Amerika, der von den gescheiten jungen Zynikern kunstvoll in jede Schicht der Bevölkerung filtriert wurde. Doch es war unmöglich für ihn, sich in einer solchen Kontroverse zu entscheiden, denn jedesmal, wenn er zu irgendeinem Schluß kam, schien sich die Kontroverse in nichts aufzulösen: es war, als ob beide Seiten auf dasselbe böse Ende hinarbeiteten.

»Oder hat Moss recht, und ich bin ein hoffnungsloser Reaktionär?« Die Schlüsselfrage schien ihm, ob der Mensch der Natur gehorchen oder ihr befehlen solle. Moss behauptete, das sei längst beantwortet worden; das Wesen des Menschen bestehe darin, daß er sich zum Befehlen entschieden habe. Aber dies schien Stenham eine oberflächliche Antwort. Für ihn bestand Weisheit in einer bewußten, freudigen Befolgung der Naturgesetze, aber als er das zu Moss sagte, hatte dieser nur mitleidig gelacht. »Mein Lieber«, hatte er ihm erklärt, »Weisheit ist ein primitiver Begriff. Was wir jetzt brauchen, ist Wissen.« Nur große Enttäuschungen konnten einen Mann veranlassen, so etwas zu äußern, dachte Stenham.

Um seinen Gedanken weiter folgen zu können, schloß er die Augen und legte den Kopf zurück, damit es den Anschein habe, als höre er der Unterhaltung zu. Vielleicht konnte er auf diese Weise ein paar Sekunden allein sein. Aber es zeigte sich bald, daß gerade dieser Entschluß, einen Augenblick zu entschlüpfen, als Zeichen seiner Abwesenheit galt und daß er wieder ins Gespräch zurückgeholt wurde. Kenzies und Moss' Worte begannen an sein Ohr zu dringen; er war dabei, sich wieder des Liegestuhls, der Sonne im Garten und der zitternden Pappeln bewußt zu werden.

»Schlafen Sie vielleicht?« fragte Moss. Stenham zwang sich, ehe er die Augen öffnete, zu einem nachsichtigen Lächeln.

»Nein, ich bin nur zufrieden.«

»Ich glaube, Sie sind heute abend zu Si Jaffar geladen, zu einem dieser endlosen Abendessen, nicht wahr?«

»Jetzt bin ich nicht mehr zufrieden. Warum haben Sie mich daran erinnert?« fragte Stenham.

»Ich nahm nicht an, Sie hätten es vergessen, und ich erwähnte es, weil ich über Si Jaffar sprechen möchte, und ich möchte Sie bitten, nichts von dem, was ich Ihnen erzählen werde, zu wiederholen.« Moss sah jetzt nicht mehr ernsthaft über seine Brillengläser, sondern lächelte. »Es ist eine völlig absurde Geschichte, aber ich glaube, sie wird Ihnen und Hugh Spaß machen. Gestern trafen der alte Mann und ich uns zufällig in der Ville Nouvelle, und ich lud ihn ins Versailles ein. Er bestellte eins von euren scheußlichen amerikanischen Getränken, eine dieser ausländischen Mischungen, Tipsy Cola oder so etwas, und dann fing er an, das Glas zu hätscheln, als ob es zumindest Armagnac wäre. Noch nach einer Stunde schlürfte er winzige Schlückchen und redete und redete in seinem unglaublichen Französisch.«

»Worüber?« fragte Kenzie.

»Oh, über allen möglichen Klatsch, saftige Stückchen über die Franzosen hauptsächlich. Und ein bißchen über die Marokkaner. Ungewöhnliche Menschen diese Fassiyin.«

»Er hat Ihnen doch vermutlich einige amüsante Dinge erzählt.«

»Einige waren sehr amüsant«, antwortete Moss abwesend. »Schließlich gelang es mir, Gott weiß wie, die Unterhaltung soweit in die Gewalt zu bekommen, daß ich sie auf das höchst delikate Thema Moulay Abdallah bringen konnte. Zunächst fragte ich ihn, ob er wisse, wieviel Prostituierte in dem Bezirk wohnten. Seine kleinen Augen wurden noch mehr zu Schweinsäugelchen als gewöhnlich, und er fing an, so heftig die Hände zu ringen, daß ich dachte, jede Minute würde die Haut abgehen. ›Oh, *là*, Monsieur Mousse!‹ klagte er. ›Das ist ein sehr schwieriges Problem. Verstehen Sie, es ist so viele Jahre her, seit ich diesem bekannten Bezirk einen Besuch abgestattet habe.‹ Der alte Sünder! Man hat mir gesagt, daß er jede Woche mindestens einmal dort ist. Aber ich fragte ihn, wieviel er schätze, fünftausend oder zwanzigtausend? Jetzt rieb er seine Hände in der entgegengesetzten Richtung, um die Schmerzen zu lindern. ›Ah, Monsieur Mousse! Niemand meiner Bekannten hat jemals versucht, die unglücklichen Mädchen zu zählen.‹ Ich berichte das nur, um die Schwierigkeiten und Gefahren zu schildern, denen man nicht entgehen kann, wenn man sich mit dem alten Fuchs unterhalten will.«

Stenham hatte nicht das Gefühl, daß die Karikatur Si Jaffar gerecht wurde, obwohl er erkennbar war; es gab da noch eine andere Seite, die Moss überhaupt nicht erwähnte.

»Beharrlich bin ich aber nun einmal«, fuhr Moss fort. »Ich ging rücksichtslos weiter, wie Sie sich vorstellen können, um mein Ziel zu erreichen, bevor einer seiner Freunde vorbeikam und alles ruinierte. Endlich gelang es mir, zu den Altersgruppen zu kommen und die kleine Khémou und mein göttliches Baby Haddouj zu erwähnen und klarzustellen, daß über fünfzehn für mich nicht in Frage kommt. Bei diesem Punkt lief das Lächeln wie Sirup über sein altes Gesicht, und er streichelte nur noch lüstern seine Finger. ›Ah, Sie haben so recht, Monsieur Mousse! Die Kleinen sind die wertvollen Perlen. Wir pflegen zu sagen, sie sind wie die zarten Weizensprossen, die die Wiederkehr des Lebens auf der Erde ankündigen‹, oder irgend so ein Gewäsch. Ich kann mich unmöglich an alles erinnern, was er sagte, denn er redete weiter und weiter, völlig entzückt von der Wendung in der Unterhaltung, stimmte einen Gesang an über knospende Bäume, frühe Jugend, anschwellende Ströme, junge Tauben, die fliegen lernen, und hielt alles, wie mir jetzt vorkommt, ganz allgemein und unpersönlich, so daß tatsächlich am Ende ich es war, der alles gesagt hatte, und er nichts – gar nichts. Wo es ging, unterbrach ich ihn und sagte, wie schwierig es für einen Maler sei, ein Modell zu bekommen, ich sei mir im klaren darüber, daß man nicht einmal im Traum daran denken könne, eines zu bekommen, höchstens aus einem Haus in Moulay Abdallah, und daß es sogar da fast unmöglich sei. Und jedesmal nickte er verständnisvoll und stimmte bei: ›Oh, ja, sicher, natürlich‹ ... ›Ah, ja, Moulay Abdallah‹ ... ›Ah, natürlich, fast unmöglich. Sie haben vollständig recht‹. Und so mußte ich ihn schließlich fragen. Ich sagte: ›Si Jaffar, glauben Sie, Sie können Ihren Einfluß geltend machen, um mir ein Modell zu verschaffen?‹ Daraufhin schloß das alte Ungeheuer nur seine Augen wie eine Katze. Er hatte jetzt sein doppeltes Paar Augengläser auf, und ich kann Ihnen versichern, er sah wie eine ganz eigenartige Katze aus, mit der weißseidenen Kapuze über seinem Fez. Als er seine Augen öffnete, sagte er: ›Monsieur Mousse, ich verstehe Ihre Schwierigkeiten. Ich kann mit Ihnen fühlen. Ich habe sogar ein sehr starkes Mitgefühl und versichere Ihnen, was immer es mich kosten wird, Sie werden morgen früh um neun Ihr Modell an Ihrer Türschwelle haben.‹ Das war mehr, als ich erwartet hatte, und ich hielt es für gescheiter, das Thema fallenzulassen.«

Stenham hörte teilnahmslos zu. Immer wenn sich zwei Engländer in seiner Gegenwart unterhielten, fühlte er, zweifellos ohne Grund, daß er irgendwie geschickt von der Unterhaltung ausgeschlossen war. Da er Moss und die marokkanische Familie zusammengebracht hatte, billigte er die Bemühungen von Moss nicht, den alten Herrn zum Kuppler zu machen. Wenn Moss aber eine Geschichte erzählte, war sie nie ausgesprochen langweilig, da sie immer sorgfältig vorbereitet war. Und so hörte er zu. Doch plötzlich, lange vor dem Ende, kannte er den Schluß. »Mein neues Modell ist ein Scheusal!« hatte Moss geschrieben. Und er erinnerte sich an den gebeugten und mißgestalteten alten Mann, den er im Patio getroffen hatte. Ein an Bewunderung grenzendes Gefühl für Si Jaffar erwachte in ihm, und er begann zu lachen. Moss sah ihn vorwurfsvoll an. »Sie schlechter

Mensch!« rief er. »Verderben Sie meine Geschichte nicht.«

»Nein, das werde ich nicht, Entschuldigung.« Er hörte auf, laut zu lachen, und lächelte nur. Es schloß genau, wie er vorausgeahnt hatte: der alte Mann war tatsächlich das Modell, das Si Jaffar geschickt hatte.

»Unbezahlbar«, sagte Kenzie.

»Es scheint mir eine recht zivilisierte Art von Scherz zu sein«, sagte Stenham. Er wollte keine Feindschaft zwischen Moss und Si Jaffar: An einem Ort, wo man so wenig Bekannte hatte, würde eine Feindschaft das Leben aller unendlich komplizieren. »Ein Schabernack, gewiß, aber tausendmal feiner als unsre Witze, finden Sie nicht?«

»Nein«, widersprach Moss, sich in seinem Stuhl nach dem Kellner umsehend, »ich halte es für mehr als einen bloßen Scherz. Sie wissen, sie neigen nicht zu Scherzen. Mein Gefühl ist, daß es ganz entschieden als eine Abfuhr gemeint war. Aber da haben Sie es, Sie können sich für die nächsten zehn Jahre den Kopf zerbrechen, und es wird zu nichts führen. Wenn ich ihn nächstesmal treffe, wird der alte Fuchs unschuldig tun wie ein neugeborenes Kind. Was kann man machen? Es ist ziemlich verheerend, muß ich sagen.«

»Mich amüsiert«, fuhr Stenham fort, »daß sie jeder Situation im Handumdrehen irgendeine Verrücktheit beimischen können. Da treffe ich z. B. neulich den Hotelmanager in der Medina und spreche einen Augenblick mit ihm. Sie wissen, ich gehe nie in das Büro, so sehe ich ihn nur manchmal auf der Straße, und dann nur, um guten Tag zu sagen, das heißt, eine kleine Unterhaltung über das Wetter zu führen. Und das taten wir, als sich uns plötzlich ein äußerst würdiger Herr näherte und auf französisch sagte: ›*Pardon, messieurs*, aber ich glaube, Sie sprechen gerade über Bernstein? Darf ich fragen, meinten Sie geschliffene Stücke oder natürlichen Bernstein?‹ Was sagt man da?«

Moss schien keinen Zusammenhang zwischen dieser Geschichte und seiner eigenen Erfahrung zu sehen. »Ja, was?« sagte er zerstreut und wandte den Kopf, um den Kellner zu suchen.

Am anderen Ende wurde das Gitter geöffnet; der Tag, der Garten erhielten plötzlich Bedeutung, als sie die Treppen heruntersprang. Alles, was vor einem Augenblick noch eine vollendete Ordnung schien, trat jetzt sofort in den Hintergrund, um nur noch die Kulisse zu bilden, vor der sich die Hauptperson bewegte. Sie war Anfang oder Mitte Zwanzig und trug ein weißes Seidenhemd und weiße Hosen. Die Männer erhoben sich, als sie, leichten Schrittes sich durch die Tische und Stühle windend, auf sie zukam.

»Ah, charmant«, murmelte Moss, aber mit sehr leiser Stimme. Dank ihrer Figur und ihrem Gesicht gehörte sie zu jener glücklichen Kategorie Frauen, die unter allen, auch den widrigsten Umständen, sicher sein können, anziehend zu wirken; ihre Haltung und ihr Gang zeigten, daß sie es wußte. Außerdem, bemerkte Stenham, war sie dessen so sicher, daß sie keinen großen Wert darauf legte. Als sie näher kam, hatte er eine kurze Vision von windigen sonnigen Plätzen. Dann sagte Kenzie: »Und dies ist Mr. Stenham, ein Landsmann von Ihnen. Madame Veyron.«

Der Kellner war hinter ihr in den Garten gekommen und stand während der ersten Augenblicke der Unterhaltung in respektvoller Entfernung. Wieder war es Moss, der ihn heranrief und ihn ungeduldig aufforderte, den Tisch zu decken.

»Wenn ich Sie habe warten lassen«, sagte sie, »müssen Sie diese Stadt verantwortlich machen. Für Sie alle ist das wahrscheinlich eine alte Geschichte, aber wenn ich da unten in diesen *souks* herumlaufe, kann ich einfach nicht weggehen. Es ist faszinierend.«

»Es wird nie eine alte Geschichte sein«, versicherte ihr Stenham. »Wenigstens nicht für die, die diese Stadt lieben. Natürlich liebt sie nicht jeder.«

Sie stützte die Ellenbogen auf den Tisch und beugte sich vor. »Nein, wirklich? Wie kann jemand sie nicht lieben?«

Kenzie lachte. »Eine ganze Menge Menschen scheinen das zu können. Sie ist keineswegs eines der bevorzugten Reiseziele. Ich würde sagen, ein bißchen überwältigend zuerst.«

Sie schien nachzudenken; der ernste Ausdruck verstärkte die einfache Schönheit ihrer Züge. »Überwältigend. Natürlich ist sie das. Aber lassen wir uns nicht gelegentlich gern überwältigen?«

»Oh, ja«, stimmte Moss bei. »Für eine Weile ist es ganz nett. Aber wenn man nicht mehr vom Wirrsal der Gassen beklommen ist oder von der Vollkommenheit der noch mittelalterlichen Gesellschaft und wenn man nicht andere Vorzüge in einer Stadt wie dieser entdeckt, kann sie äußerst überwältigend sein – genaugenommen verdammt langweilig, glaube ich. Die Vergnügungsreisenden kommen, bleiben ein, zwei Tage und gehen woanders hin. Und dafür bin ich dankbar.«

»Nun«, sagte sie in einer plötzlich sehr breiten, amerikanischen Art (während sie sprach, kam und ging, bemerkte Stenham diese kleine Erinnerung an den Weltteil, in dem sie aufgewachsen war und der sie geformt hatte), »ich bin ganze drei Tage hier, und so können Sie mir vielleicht glauben, wenn ich sage, ich glaube, ich *glaube* jedenfalls, so viele unauffällige Züge an der Stadt entdeckt zu haben, daß ich Fez vielleicht lieben könnte.« Sie faltete die Hände und preßte sie zusammen und zog gleichzeitig die Schultern hoch; es wirkte wie die Gebärde eines kleinen Mädchens. »Es ist so aufregend!« Dann wühlte sie in ihrer Hosentasche und zog ein Päckchen Casa Sport heraus.

»Hier«, sagte Kenzie, »nehmen Sie eine von diesen.«

Sie schüttelte energisch den Kopf. »Nein, ich liebe diesen schwarzen Tabak. Er paßt hierher. Ich verbinde immer die Gerüche hier – das Zedernholz, die Minze, die Feigenbäume, alle andern verrückten, wundervollen Gerüche – mit dem Geschmack dieses Tabaks. Zu Hause in Paris habe ich sowieso immer Gauloises geraucht, aber die hier sind irgendwie sehr verschieden. Sie haben einen ganz anderen Geschmack.« Sie machte zwei Züge und wandte sich Kenzie zu. »Ich muß etwas gestehen. Ich habe den Führer entlassen, den Sie mir verschafft hatten, und mir einen anderen gesucht, der wenigstens gehen kann. Ihr alter Weihnachtsmann konnte nicht mal mit mir Schritt halten. Er zottelte immer

Meilen hinter mir, keuchte und rollte die Augen wie ein Irrer. Er haßte mich sowieso. Ich mußte ihn loswerden.«

Kenzie machte ein mißvergnügtes Gesicht, aber er sagte nur: »Oh? Sie müssen vorsichtig sein.«

Sie sah Stenham an, damit er diese Meinung bestätige. »Glauben Sie das, Mr. Stenham? Ich weiß, Sie kennen sich hier aus.«

Er wollte Kenzie nicht durch die Übernahme der Rolle des Allwissenden ärgern, die sie ihm zugedacht hatte. »Eine Frau kann nicht vorsichtig genug sein«, sagte er grinsend.

»Und Sie, Mr. Moss, was sagen Sie?« fuhr sie fort und machte ein Spiel daraus.

»Oh, ich würde annehmen, wenn er ein zugelassener Führer war, hatten Sie von ihm nichts zu befürchten.«

»Nein, ich meine im allgemeinen. Finden Sie es gefährlich für mich, allein herumzugehen?«

»Ich würde sagen, in normalen Zeiten ist die Stadt völlig sicher, aber natürlich jetzt – wissen Sie, sie sind schrecklich fanatisch.«

»Sie drei sind ein Haufen alter Trottel«, beschwerte sie sich.

Moss und Kenzie schienen sich unmerklich aufzurichten und wandten sich Stenham zu, wie um seinem Ausdruck zu entnehmen, ob sie ernstlich verärgert sei. Ihre Bemerkung konnte man in den ersten Minuten einer Bekanntschaft keineswegs erwarten. Er beschloß, sie nicht aufzuklären, und sprach von etwas anderem.

Während sie die *bastela* aßen, über die Mme. Veyron dauernd in Entzücken geriet (und sie war sehr gut; der Teig blättrig, und die kleinen Stückchen gedämpfter Taubenbrust waren erstklassig zubereitet), hielt Moss einen Vortrag über die Hintergründigkeit der einheimischen Seele, wie sie aus der Geschichte, die er vorhin erzählt hatte, hervorging. Dann kam das Gespräch auf den Wein. Moss wollte mehr *rosé*, aber eine andere Marke; Kenzie meinte, etwas Weißwein wäre besser. »Man trinkt keinen Wein mit *bastela*«, widersprach Stenham.

»Was für ein Unsinn!« rief Moss bissig. Er klatschte in

die Hände, und diesmal kam der Kellner gelaufen. *»Une bouteille de Targui rosé«*, sagte er ihm. »Sie werden sehen«, versicherte er Mme. Veyron, »er paßt ausgezeichnet dazu.« Zu Stenham bemerkte er: »Sie haben eine etwas unangenehme puritanische Ader.«

»Sagen Sie ›saubere‹. Ich kann Wein zu arabischen Gerichten einfach nicht verstehen.«

»Wirklich?« sagte Mme. Veyron mit dem Interesse, das man einer nicht allgemein bekannten Tatsache entgegenbringt. Moss ignorierte sie.

»Nein, ich sage puritanisch, weil ich puritanisch meine. Ich habe Sie lange genug beobachtet, mein Lieber, und ich bin zu dem Schluß gekommen, daß Sie es einfach nicht gern haben, wenn jemand vergnügt ist. Sie haben es noch nicht einmal gern, wenn man gut ißt. Sie sind am glücklichsten, wenn das Essen nach nichts schmeckt und nicht reicht. Ich habe Sie beobachtet, Freundchen. Sooft wir ein wirklich miserables kleines Essen bekommen, freuen Sie sich. Abscheulicher Charakterzug.«

»Sie haben unrecht«, sagte Stenham und versuchte, seine Stimme möglichst aufrichtig klingen zu lassen. Aber er war beunruhigt. Es war mindestens ein Körnchen Wahrheit in dem, was Moss sagte, aber es war nicht so einfach; es hatte seinen Grund. Es hatte mit einer Art Sicherheitsgefühl zu tun. Er fühlte sich unter Feinschmeckern und Genießern nicht frei; sie waren eine feindliche Gattung.

»Warum trinken Sie nie?« fragte Kenzie ihn sanft.

»Weil es mich krank macht. Können Sie sich einen besseren Grund denken?«

»Ich glaube es nicht«, erklärte Moss rundweg.

Stenham ärgerte sich über sich selbst; er fühlte, es war seine Schuld, daß die Unterhaltung diese peinliche Wendung genommen hatte. Es schien ihm, wenn er überhaupt eine derartige Frage beantwortete, hätte er eine streitbarere und unvernünftigere Haltung annehmen und sich vor ihr nicht so bloßstellen sollen. Es war, als hätte er ihnen seinen Bizeps gezeigt und sie hätten gesagt: »Sie brauchen mehr Training.« Seit Jahren hatten ihm Leute dieselbe Frage vorgelegt, und er hatte es als eine Privatangelegenheit betrachtet, die außer für ihn selbst für niemanden von Interesse sein konnte.

»Sie trinken nicht! Nicht einmal Wein? Warum nicht?«

»Lassen Sie mich nicht erst damit anfangen«, sagte er mit leicht erhobener Stimme. »Es ist für mich sozusagen, wie wir Amerikaner es meinen, ein Stimulanz niederen Grades. Verstehen Sie?« Er sah nur Moss an.

»Oh, gewiß! Und darf ich fragen, was Sie als ein Stimulanz höheren Grades betrachten?«

»Da gibt es eine Menge«, antwortete er gelassen.

Vielleicht hatte sein Ton Moss gereizt, denn er drängte weiter. »Zum Beispiel –?«

»Jetzt sind Sie auf der Matte, Mr. Stenham«, sagte Mme. Veyron.

Stenham schob seinen Teller zurück; er war sowieso fertig, aber ihm gefiel die dramatische Geste zu seinen Worten. Ein plötzlicher Windstoß fegte von Süden durch den Garten und wehte den Geruch des feuchten Flußtals herauf. Eine Ecke des Tischtuchs flog hoch und deckte die Servierplatten zu. Kenzie hob sie auf und strich sie glatt.

»Zum Beispiel gerade diese Dinge für sich zu behalten. Wenigstens die Gedanken kann man für sich behalten. Man hat noch keine Maschine erfunden, den menschlichen Geist durchsichtig zu machen.«

»Wir diskutieren nicht Gedanken«, sagte Moss gereizt. »Sie sind englischer als die Engländer, mein lieber John. Ich finde es außerordentlich schwierig, Sie zu verstehen. Sie haben alle schlimmen Fehler der Engländer und, soweit ich sehen kann, sehr wenige Tugenden, die wir von Amerikanern erwarten sollten. Manchmal kommt mir vor, Sie sagen nicht die Wahrheit. Ich kann es nicht glauben, daß Sie wirklich ein Amerikaner sind.«

Stenham sah sie an. »Wollen Sie nicht für mich bürgen?«

»Selbstverständlich«, sagte sie lächelnd, »aber ich wette, Sie sind aus Neu-England.«

»Wie meinen Sie das, ›aber‹? Selbstverständlich bin ich ein Neu-Engländer. Ich bin Amerikaner und ein Neu-Engländer. Wie ein Franzose, den ich einmal in einer Dschungelstadt in Nicaragua traf. Er hatte das einzige Hotel dort. Ich fragte ihn: ›Sind Sie Franzose, Monsieur?‹ Und er antwortete: *›Monsieur, je suis même Gascon.‹* Ich bin sogar ein Gaskogner, und ich ziehe es vor, den Stand meiner Privatfinanzen für mich zu behalten. Wie meine politische Einstellung und Religion. Das sind alles, soweit es mich angeht, Stimulanzien höheren Grades. Aber nur, wenn sie privat bleiben.«

»Das ist nicht der Lauf der Welt«, sagte Moss trocken. »Sie sollten anpassungsfähiger sein und sich auf das Kommende vorbereiten.« Er hatte gerade eine Orange geschält und fing an, sie aufzuspalten und zu essen. »Sie sind töricht«, fügte er hinzu, aber ohne Überzeugung, als denke er an etwas, das mit dieser Unterhaltung zusammenhing oder auch nicht.

»Ich weiß genau, was Mr. Stenham meint«, sagte Mme. Veyron, plötzlich aufstehend. »Entschuldigen Sie mich eine Minute. Ich gehe schnell einmal auf mein Zimmer. Ich komme sofort zurück. Ich möchte nichts versäumen.«

Sie standen auf, ihre Servietten in den Händen. »Es ist alles vorüber«, sagte Stenham bedeutungsvoll. »Sie werden nichts versäumen.«

Moss schüttelte langsam den Kopf. »Es gefällt mir nicht, jemanden so schlecht für die Zukunft ausgestattet zu sehen. Der Unterschied zwischen uns ist, daß ich an die Zukunft glaube, mein Junge.« (Das, und Gott weiß, wie viele Millionen Dollar, dachte Stenham.) »Eines Tages ist die Zukunft da, und Sie sind unvorbereitet.«

Mme. Veyron kehrte zurück; sie hatte einen kleinen weißen Leinenhut mit weichem Rand aufgesetzt. »Ich fürchte mich ein wenig vor dieser Sonne«, erklärte sie. »Sie ist äußerst trügerisch, und ich machte einige scheußliche Erfahrungen.«

»Sonnenbrand kann sehr schlimm sein«, stimmte Stenham bei.

»Nein, meine Haut kann jede Menge Sonne vertragen. Aber ich bekomme so leicht einen Sonnenstich. Es war nicht so schlimm, solange George bei mir war – mein Mann –, aber als ich ihn verließ und allein herumzuwandern begann, war es weniger komisch. Es ist schlimm, allein zu sein, Fieber zu haben und zu phantasieren und zu wissen, daß auf tausend Meilen im Umkreis keine lebende Seele da ist, die sich darum schert, ob man lebt oder stirbt. Und ich bin im vergangenen Jahr in Zypern beinahe gestorben. Der Doktor, den ich holte, gab mir Aspirin, eins nach dem andern, und als sie keinerlei Wirkung zeigten, konsultierte er ein altes Weib; später erfuhr ich, daß es die Ortshexe war.«

»Immerhin sind Sie gut davongekommen«, sagte Stenham.

»Es sieht so aus.« Sie lächelte. »Jedenfalls wurde ihre ganze Behandlung an ihrem eigenen Feuer in ihrer eigenen Hütte irgendwo am Stadtrand ausgeführt. Ich habe sie überhaupt niemals gesehen.«

Kenzie lachte, ein wenig zu betont, dachte Stenham. »Unbezahlbar!« rief er. Eine Sekunde später stand er auf und sagte zu ihr: »Möchten Sie das Teehaus von innen sehen? Es ist ganz hübsch. Wollen Sie bitte Kaffee bestellen, Alain?« Die beiden gingen, sie beugte sich alle paar Schritte nieder, um eine Blume oder ein Blatt zu betrachten.

Stenham stellte seinen Liegestuhl so ein, daß er sich weit zurücklehnen und in den blauen Nachmittagshimmel sehen konnte. »*Bastela* ist unverdaulich«, sagte er träge. Die unvermeidliche Mattigkeit, die ein solches Mittagessen verursacht, machte sich bemerkbar. Er war nicht schläfrig, aber er wollte sich weder bewegen noch denken. Er sah vor seinem geistigen Auge Bilder von entfernten Teilen der Stadt: gewölbte Steinbrücken über dem schäumenden Fluß, an seichten Stellen zwischen Ried und Bambusrohr watende Reiher, die kleinen Dörfer, die die ganz Armen seit kurzem auf dem Boden der alten Steinbrüche erbaut hatten – man konnte oben auf dem Rand stehen und senkrecht auf ihre Baukastenhäuser hinuntersehen; die Leute waren doch nicht so arm, um nicht auf ihren Terrassen orangegelbe und anilinrote Teppiche zum Lüften auszulegen, und die Frauen saßen in winzigen Höfen, Schattentümpeln abseits der grellen Sonne und schlugen auf ihre Lehmtrommeln. Jetzt sah er die Eingänge der ausgedehnten Höhlen in den entfernteren Steinbrüchen, verdeckt durch die davor wachsenden wilden Feigenbäume; in den gewaltigen Räumen und langen Gängen war es kühl, und das grünliche Licht fiel durch tiefe Schächte, gefiltert vom Gestrüpp, das die Eingänge verstopfte. Das Schweigen der Jahrhunderte herrschte hier drinnen; niemand kam jemals herein, höchstens ein Ausgestoßener gelegentlich, der die hier hausenden *djenoun* nicht fürchtete. Gerade diese fremdartigen und einsamen Stellen außerhalb der Mauern, vor deren Besuch ihn alle Städter warnten, liebte er. Aber ihre Schönheit bestand für ihn nur insofern, als er sich ihrer Abseitigkeit bewußt war, oder weil er das Gefühl der Festigkeit heraufbeschwören konnte, das ihm der Gedanke an die Medina gab. Das Wissen, daß die wimmelnde Stadt da unten lag, eingeschlossen von ihren hohen Wällen, machte das Wandern über die Hügel und am Rand der Klippen so köstlich. Dort unten sind sie, die dazugehören, dachte er, und hier bin ich, nirgends hingehörend, frei.

Bald darauf kamen Kenzie und Mme. Veyron in angeregtem Gespräch wieder aus dem Teehaus. Der Kellner erschien mit Kaffee – obgleich Stenham nicht hätte sagen können, wann Moss ihn bestellt hatte –, und die allgemeine Unterhaltung entwickelte sich wieder ein wenig mit vereinzelten Bemerkungen und zerstreuten, wenn auch höflichen Antworten. Sie schief ein, weil jeder nur still dasitzen wollte. Aber natürlich war es unmöglich zu schweigen, und so redeten sie.

Kenzie sagte voraus, daß sich in absehbarer Zeit interessante Dinge ereignen würden. Obwohl Casablanca augenblicklich Mittelpunkt der Ereignisse war, war Fez das Zentrum des Widerstandes gegen das französische Regime, und die Regierung stand kurz vor dem Einschreiten gegen die aufsässigen Elemente. Aber das würde außerordentlich ernst sein, denn es würde Massenverhaftungen von ungeheuerem Ausmaß bedeuten. Die Konzentrationslager wurden zur Zeit vergrößert, um auf jenen Tag vorbereitet zu sein. Dies alles wurde für Mme. Veyron noch einmal erzählt, aber es fand nicht das erwartete Interesse; sie sagte mitunter: »Oh« oder: »Ich verstehe« oder: »Mein Gott!« Und das war alles. Und Stenham dachte traurig: Ihm macht das alles Vergnügen. Er möchte Unruhen sehen. Denn Kenzie ließ keinen Zweifel daran, daß er ganz auf seiten der Marokkaner war. Stenham seinerseits konnte nicht zu einer so einfachen Überzeugung gelangen. Er sah keinen Weg festzustellen, wer recht hatte, da natürlicherweise beide Seiten im Unrecht waren. Die einzigen, mit denen er sympathisieren konnte, waren die Außenstehenden: die Berberfrauen, die nur so weiterleben wollten, wie sie es gewohnt waren, und deren Meinung nicht zählte. Sie waren verurteilt zu leiden, gleichgültig, wer den Machtkampf gewann, da Macht in ihrer letzten Auswirkung ihnen die Verfügung über die Früchte ihrer Arbeit raubte. Er lauschte nicht auf Kenzies aufgeregten Bericht über Waffenfunde in den Häusern reicher Bürger der Medina oder darüber, was die Anhänger von Si Mohammed Sefrioui in einer stinkenden Zelle der Medersa Sahrij angeblich planten; das alles war unwichtig. Die große mittelalterliche Stadt war mit Gewalt und Strategie unzählige Male erobert worden; sie würde eines Tages wieder genommen werden, der Unterschied, so fürchtete er, würde nur darin liegen, daß sie an diesem Tage für immer aufhören würde zu sein, was sie war. Ein paar Bomben würden ihre zierlichen, mit der Hand geformten Mauern in Haufen weißen Staubs verwandeln; es würde nicht mehr das bezaubernde, vor der Zeit beschützte Labyrinth sein, in dem seine Augen ihm bei seinen sorglosen Wanderungen sagten, daß er endlich den Weg zurückgefunden habe. Der Fall dieser Stadt würde das Ende der Vergangenheit bedeuten. Die tausendjährige Lücke würde im Bruchteil einer Sekunde überbrückt sein, wenn die erste Bombe niederdonnerte; von dem Augenblick an bis zu einer späteren Zeit, wenn die umgestaltete Metropole mit ihren Boulevards und Garagen gleißend dalag, würde alles mechanisch vor sich gehen. Die Leiden, die Niederlage oder der Sieg, die Jahre des Wiederaufbaus – nichts würde Bedeutung haben, es würde alles von selbst kommen, und eines Tages würde irgend jemand zum ersten Mal feststellen, daß die alte Stadt in dem Augenblick gestorben war, als die erste Bombe fiel.

Obendrein würde sich niemand darüber Gedanken machen. Man konnte vielleicht sagen, daß sie schon in gewissem Sinne tot war, denn die meisten, die in ihr lebten (und bestimmt alle Jüngeren), haßten sie und wünschten nichts mehr, als sie niederzureißen und etwas Neues zu bauen, das mehr mit dem übereinstimmte, was sie heute für angebracht hielten. Sie war zu verschieden von all den Städten, die sie im Kino gesehen hatten, sie war übertrieben ehrwürdig und altersschwach, mehr als jede andere Stadt in Marokko. Sie schämten sich ihrer Gassen und Schluchten, des Schlamms und Strohs, sie beschwerten sich über Feuchtigkeit, Schmutz und Krankheit. Sie wollten die Umfassungsmauern niederreißen und weite Alleen hinaus in die sie umgebenden Olivenhaine bauen, und auf diesen Straßen sollten Omnibuslinien verkehren und riesige Wohnblocks entstehen. Glücklicherweise hatten die Franzosen diese Absichten zeitweilig verhindert und die ganze Stadt als ein historisches Denkmal unter Schutz gestellt. Jeder neue Bauplan mußte dem zuständigen Ministerium vorgelegt werden, nicht die geringste Abweichung vom traditionellen Stil wurde erlaubt.

»Eines muß man den Franzosen lassen«, pflegte er zu sagen, »sie haben es wenigstens erreicht, Fez unberührt zu erhalten.«

Aber oft fühlte er, daß dies vielleicht nur auf die Architektur zutraf; Leben und Freude waren längst entschwunden, es war eine hoffnungslos kranke Stadt.

Plötzlich stand Mme. Veyron auf. »Es tut mir leid, meine Herren«, sagte sie mit einem unterdrückten Gähnen. »Es war sehr nett, aber ich falle vor Müdigkeit um. Ich muß mich einen Augenblick hinlegen und ein bißchen schlafen.«

Kenzie war enttäuscht. »Ich hatte gehofft, Ihnen später die Gärten zu zeigen«, sagte er. Sie gingen langsam zur Gartentür.

»Warum rufen Sie mich nicht ungefähr um halb sechs von Ihrem Hotel aus an? Hätten wir dann noch Zeit?«

»Es wäre günstiger, wenn ich Sie dann hier abholte.«

Sie sah unschlüssig aus, doch vorher hatte Stenham ein unwilliges Flackern in ihren Augen bemerkt.

»Dann müssen Sie eine Zeitlang warten«, sagte sie, »bis ich fertig bin.«

So würde es auch werden, dachte Stenham; dafür würde sie schon sorgen. Dann beschloß er, sein Glück zu versuchen. »Warum trinken Sie nicht jeden Morgen Tee mit mir? Wir können in irgendeins der kleinen versteckten Cafés gehen.«

Sie hatten die Stufen erstiegen und standen vor der Eingangstür. Kenzie stand mit dem Kellner abseits und zahlte.

»Ich glaube, das wäre großartig. Machen wir's so!« sagte sie.

17

Am nächsten Morgen erwachte Stenham mit einem leichten Kopfschmerz. Das Essen bei Si Jaffar war ungewöhnlich schwer gewesen, und daher verbrachte er eine unruhige Nacht und meinte in den häufigen Augenblicken des Wachseins, an einer Verdauungsstörung zu leiden. Mittags *bastela* und dann abends Lamm mit Zitrone und Mandeln, getränkt mit heißem Olivenöl, und das klebrige Brot mit sechs Gläsern Minztee hinuntergespült, der so süß war, daß er in der Kehle schmerzte ... Je mehr sie jemanden zu ehren beabsichtigten, desto ungenießbarer machten sie das Essen mit allzuviel Zucker und Öl.

Es war ein Tag schmerzhafter Klarheit, zitternd vor Sonnenlicht. Das Stück Himmel, das er von seinem Kissen aus sehen konnte, blendete ihn. Die irgendwo vor seinem Fenster nistenden Tauben gurrten beglückend, und er hatte das Gefühl, sie seien eine in der erbarmungslosen Morgensonne schmelzende Süßigkeit; bald würden sie nur noch siedender Sirup sein, aber ihr Gurren würde trotzdem bleiben. Er gähnte, streckte sich und stand langsam aus dem Bett auf. Das Telefon war an der gegenüberliegenden Wand angebracht. Moss hielt das für eine unerträgliche Unbequemlichkeit. »Ich möchte ja nicht durch das ganze Zimmer stolpern, um Frühstück zu bestellen«, sagte er, als er es zum ersten Mal sah. »Nehmen Sie doch ein bequemes Zimmer mit einem richtigen Bad«, hatte er ihn gedrängt. »Wie das Ihre?« hatte Stenham gefragt, »Ihres ist genau viermal so teuer wie dieses. Haben Sie das bedacht?« »Gehn Sie doch, John! Wenn alles so billig ist wie hier, haben solche Berechnungen gar keine Bedeutung«, hatte Moss widersprochen. »Und Sie haben Dollars. Ich mit meinen armen Pfunden habe eine Entschuldigung, wenn ich versuche, mit meinem Geld hauszuhalten.« Das war eine andere Facette ihres kleinen gemeinsamen Spieles. Stenham wußte sehr wohl, daß Moss über eines der größten noch in England vorhandenen Vermögen verfügte und daß er darüber hinaus, von Havanna bis Singapore über den Erdball verstreut, Mietshäuser, Kinos und Hotels besaß, darunter verschiedene in Marokko, zu denen er dauernd kleine Abstecher unternahm, die er »Inspektionstouren« nannte. Aber er wußte auch, daß es Moss ungeheueren Spaß machte, den armen Mann zu spielen, so zu tun, als ob die Sicherheit von mehreren Millionen Pfund nicht vorhanden sei, weil, wie er eines Tages in einer Geständnislaune erklärt hatte, »es ein erdrückendes Gefühl ist, versichere ich Ihnen; jede Erwägung ist von diesem *Ding* diktiert, das da hinter einem steht. Man hat keine Freiheit – keine.« Damals hatte Stenham ziemlich scharf geantwortet, daß man immer die Freiheit habe, die man sich wünsche. Aber er war bereit, ihn bei seiner Verstellung zu unterstützen.

Er nahm den Hörer von der Gabel; ein lautes blechernes Schnurren begann, hielt an, bis eine kleine Explosion erfolgte und eine männliche Stimme sagte: *»Oui, monsieur.«*

»Ich möchte Frühstück bestellen!«

»Oui, Monsieur, tout de suite.«

Der Mann hängte ein, und das Geräusch fing wieder an. Wütend rüttelte Stenham an der Gabel, bis die Stimme wieder da war und etwas scharf fragte: *»Vous désirez, monsieur?«*

»Ich wünsche Frühstück zu haben«, sagte Stenham mit übertriebener Klarheit, *»mais ce matin j'ai envie de boire du thé. Au citron. Vous avez compris?«*

»Aber ich habe bereits Kaffee für Sie bestellt wie jeden Tag«, widersprach die Stimme.

»Ändern Sie die Bestellung.«

»Ich werde mein Bestes tun«, sagte die Stimme würdevoll, »aber es wird etwas schwierig sein, da der Kaffee im Augenblick bereits in der Küche zubereitet wird.«

»Ich wünsche keinen Kaffee«, sagte Stenham nachdrücklich. »Ich möchte Tee.« Er hängte ein, überzeugt davon, daß es unmöglich war, heute morgen zu arbeiten. Jeder kleine Zwischenfall konnte zu dieser Stunde ein Hindernis bilden. Nachdem er zwei Aspirin in einem Glas kalten Wassers genommen hatte, schloß er die Tür zum Korridor auf und legte sich hin, um sich zu entspannen. Er wußte, es war absurd, aber ein Tag, an dem er nicht wenigstens etwas an seinem Buch weiterarbeitete, war für ihn völlig verloren. Vergeblich argumentierte er mit sich selbst, daß man kaum die Schriftstellerei zum Lebenszweck machen konnte, wenn man nicht an den Wert des Geschriebenen glaubte. Die Schwierigkeit bestand darin, daß er keinen anderen Lebenszweck finden konnte: Die Arbeit selbst mußte der Zweck sein. Andererseits war er nicht imstande, seiner Arbeit irgendwelche Bedeutung beizumessen. Er wußte, ganz gleich, was auch irgend jemand sonst sagen mochte, sie war, bis auf ihren Wert als persönliche Therapie, vollkommen wertlos. »Das Leben muß so oder so gelebt werden«, pflegte er sich selbst zu sagen. Anderen gegenüber erklärte er: »Schreiben ist harmlos, und es ernährt mich und bewahrt mich vor Dummheiten.«

Der Tee kam. Rhaissa brachte ihn und hatte eine neue Leidensgeschichte. Ihre Verwandten vom Land waren unangemeldet eingetroffen und hatten sich in ihrem Haus niedergelassen; sieben Leute. Natürlich äußerst neidisch auf ihr Glück, in der Stadt leben zu können, waren sie darangegangen, ihr das Leben zu versauern. Sie hatten von ihren Kleidern einfach Besitz ergriffen und sie teilweise in der Joteya verkauft; den Rest hatten sie selbst angezogen. Sie hatten allerhand Geschirr zerbrochen und den Kindern erlaubt, Löcher in die Wände zu bohren. Und das schlimmste war, sie hatten ihr wertvolles Borax entweder gestohlen oder vernichtet, weil sie in einem unbedachten Augenblick töricht genug gewesen war, ihnen von seinen magischen Eigenschaften zu erzählen. Ihre Augen flammten vor Entrüstung, als sie zu diesem Teil der Erzählung kam. Stenham lehnte sich in den Kissen zurück, schlürfte seinen Tee und dachte, daß die beiden störenden Ereignisse wenigstens gleichzeitig gekommen waren, daß es schlimmer gewesen wäre, heute die Schwierigkeiten mit dem Tee zu haben und morgen Rhaissas Erzählung. Als sie fertig war, sagte er in dem entrüsteten Ton, den er im Laufe der Jahre bei Gesprächen mit diesen Menschen gelernt hatte: »*Menène jaou? O allèche?* Und warum werfen Sie sie nicht hinaus?«

Sie lächelte kläglich. Das kam natürlich überhaupt nicht in Frage. Sie waren Verwandte. Man hatte sich mit ihnen abzufinden. In ein oder zwei Wochen würden sie, wenn Allah es so wollte, wieder fort sein. Bis dahin mußte sie sie ernähren und sich mit ihren Verheerungen stillschweigend abfinden.

»Besuchen Sie sie denn niemals?« fragte er sie.

Sie schüttelte verächtlich den Kopf. Warum sollte sie? Die lebten auf dem Land, weit weg, und man mußte gehen oder auf einem Esel reiten, wenn man aus dem Autobus stieg, und ihr Dorf war mehrere Meilen von der Straße entfernt.

»Aber wenn Sie sie besuchen, würden Sie es nicht genauso machen, sich hinsetzen und ihre Mahlzeiten essen und sich wie zu Hause fühlen?«

Rhaissa begann freundlich zu lachen. Solche Unbefangenheit berührte sie komisch. Erst einmal, erklärte sie, würden sie alle Lebensmittel verstecken, wenn sie sie kommen sahen. Zweitens besuchte man niemals Leute auf dem Land, es sei denn zu einer großen Hochzeit oder zu einem Todesfall, wo möglicherweise etwas zu erben war; warum sollte sonst irgend jemand aufs Land gehen? Es war leer, nichts mehr dort zu sehen. Und mußte man doch aus irgendeinem

Grund hingehen, dann nahm man alle Lebensmittel aus der Stadt mit.

»Aber das ist doch verrückt«, widersprach Stenham. »Alle Lebensmittel kommen vom Land.«

»Hachouma«, sagte Rhaissa und schüttelte den Kopf. (Es war die klassische marokkanische Antwort, die zusammen mit *»Haram«* eine unwiderlegliche Schlußfolgerung lieferte und jede Diskussion beenden konnte; »Schande« und »Sünde« waren die nützlichsten Worte im Vokabular des Volkes.) Wenn man das Glück hatte, in der Stadt zu leben, mußte man für dieses Vorrecht bezahlen und sich, ohne zu klagen, wenn auch nicht allzu willig, der Gier seiner bäuerlichen Verwandten ausliefern; jedes andere Benehmen war unanständig. Ja, so war es.

»Ich werde Ihnen morgen ein anderes Päckchen Pulver geben, *incha'Allah*«, sagte er.

Rhaissa überschüttete ihn mit Segenswünschen und ging lachend hinaus. Gleich darauf hörte er sie singen, als sie den Korridor schrubbte.

Seine Kopfschmerzen ließen nach. Mit einem Mal war er voller Erwartung; er dachte an den Tee später am Tag mit dem amerikanischen Mädchen. »Mme. Veyron« war der ungeeignetste Name, den das Schicksal für sie bestimmt haben konnte. Sie sollte Susan Hopkins heißen oder Mary Williams. Er ertappte sich bei der Überlegung, wie sie wohl richtig hieß und wie sie wirklich war. Aber wenn er sich solchen Mutmaßungen überließ, würde er den ganzen Tag nichts tun. Stand es bereits fest, daß er den ganzen Tag nicht imstande sein würde zu arbeiten? Die Aussicht, sie zu sehen, sollte es möglich machen, den Telefonzwischenfall und die Unterbrechung durch Rhaissa zu vergessen. Er sprang aus dem Bett und rasierte sich. Dann setzte er sich und arbeitete recht gut bis halb eins, zog sich an und ging hinunter in den Speisesaal zu einem frühen Lunch; seine Briefe wollte er später schreiben.

Wenn viele Reisende im Hotel waren, zeigte es sich, daß das Personal nicht ganz ausreichte. In den letzten Wochen hatten aber die Nachrichten von Unruhen in Marokko anscheinend alle zu erwartenden Besucher bis auf die wagemutigsten abgeschreckt; nur eine Handvoll Durchreisender war gekommen, so daß die Kellner die meiste Zeit an den Wänden standen und leise miteinander sprachen. Die europäischen Kellner hielten sich nahe der Eingangstür auf, die marokkanischen in der Nähe der Küchentür.

Die drei begehrtesten Tische standen am Fenster, von wo aus man den Hotelgarten, die Mauerzinnen des früheren Palastes und die dahinterliegende Medina überblicken konnte. In letzter Zeit hatte Stenham, sooft er wollte, dort sitzen können. Heute ärgerte er sich, alle drei Tische von Amerikanern besetzt zu finden. Er setzte sich an einen kleinen Tisch, wo das Licht ziemlich gut war, und fing an zu lesen. Die Kellner waren an seine Eßgebräuche gewöhnt; manchmal dauerte es zwei Stunden, bis er eine Mahlzeit beendete, er wendete Seite auf Seite um, ehe er das Zeichen zum nächsten Gang gab.

Die ihm zunächst sitzenden Amerikaner besprachen ihre Vormittagseinkäufe in den *souks*. Dann wandte sich das Gespräch einer Bekannten zu, die in einem Café in Marrakesch gewesen war, als eine Bombe geworfen wurde; sie habe noch Schrapnellstücke im Körper, behaupteten sie, und der Arzt habe gesagt, es sei ganz ungefährlich, sie da zu lassen. Dann erklärte eine Männerstimme, es sei gefährlich, denn Splitter könnten ihren Weg zum Herzen finden. Stenham versuchte vergeblich, ihre Unterhaltung aus seinem Bewußtsein auszuschalten und sich mit seinem Buch abzukapseln. Er war gezwungen zuzuhören. Als sie den Tisch verließen, konnte er ein wenig lesen; seine Lektüre wurde durch eine unerwartete Berührung seiner Schulter unterbrochen. Er sah finster auf, in das amüsierte Gesicht Mme. Veyrons.

»Das ist das sicherste Mittel, Magenschmerzen zu bekommen«, sagte sie, als er aufstand, »beim Essen zu lesen.«

»Wie geht es Ihnen? Ich habe Sie nicht hereinkommen sehen.«

»Natürlich nicht. Ich sah Sie hereinkommen. Ich saß da drüben in der Ecke.« Sie hatte heute ein einfaches hellblaues

Kammgarnkostüm mit einem Fischgrätenmuster an; die Strenge seiner Linien wurden durch ihre Mannequin-Figur aufgehoben, die das Kostüm betonte.

»Wollen Sie sich eine Sekunde zu mir setzen?« fragte er.

Sie sah ihn zögernd an. »Meine Freunde warten draußen. Wir wollen den Kaffee auf der Terrasse trinken.«

»Nehmen Sie trotzdem Platz«, sagte er entschlossen, und sie tat es.

»Aber ich kann wirklich nicht bleiben.«

»Wer sind Ihre Freunde?« forschte er, etwas neidisch, weil sie während des ganzen Mittagessens mit ihr zusammengewesen waren.

»Ein amerikanisches Ehepaar und ein Freund von ihnen; ich habe sie heute morgen unten in den *souks* getroffen. Sie sind einem der Luftstützpunkte irgendwo in der Nähe von Casablanca zugeteilt. Sie haben mich zum Lunch eingeladen.« Sie überblickte rasch den Speisesaal. »Wieso sind Sie ganz allein hier? Wo ist Mr. Kenzie? Und der andere? Ich habe seinen Namen vergessen.«

»Oh, ich esse niemals mit ihnen«, sagte er, als müsse er sich verteidigen, daß er am Vortag mit zwei Engländern zusammen war. »Gestern, das war etwas Besonderes. Ich weiß nicht, wo sie sind.« Er sah sie an. Das Fleisch um ihre Backenknochen und ihren Mund hätte nicht kunstvoller geformt sein können. Dies und nichts anderes war es tatsächlich, fand er, was ihre Schönheit ausmachte. Es war ein Gesicht für einen Bildhauer und nicht für einen Maler. Ihre Augen waren von einer neutralen graubraunen Farbe, ihr glattes, nicht ganz helles Haar, zwischen blond und brünett, trug sie in einer Frisur, die zu unregelmäßig war, um beabsichtigt zu sein, und zu elegant, zum zufällig zu sein. Es lag an diesen befremdlichen, vollendeten, mannigfaltigen Rundungen, daß der Blick aufwärts gelenkt wurde, von den Lippen über die Wangen zu den Schläfen. Er sah, daß sie sich seiner Prüfung bewußt war und keine Befangenheit, keinen Unwillen fühlte. »Es ist nett, Sie zu sehen«, sagte er nach einer Weile.

»Ich kann wirklich nicht hierbleiben. Sie wollen in wenigen Minuten nach Casablanca aufbrechen, und sie sind furchtbar nett zu mir gewesen.«

»Warum kommen Sie nicht zurück, wenn sie gegangen sind? Ich werde drüben am Ende der Terrasse sitzen, an einem der Tische unter der großen Palme.«

»Ich weiß nicht«, sagte sie zweifelnd, »sie haben mir angeboten, mich auf dem Rückweg an meinem Hotel abzusetzen.«

»Erinnern Sie sich, Sie hatten um fünf sowieso eine Verabredung mit mir. Haben Sie das vergessen?«

»Natürlich habe ich das nicht vergessen«, sagte sie entrüstet.

»Wenn Sie nach Hause müssen, werde ich Sie im Taxi hinbringen, aber bleiben Sie und trinken Sie noch eine Tasse Kaffee mit mir, wenn Ihre Freunde gegangen sind.«

»Meinetwegen.« Sie lächelte kurz, aber strahlend und ging hinaus.

Er aß in einem für ihn ungewöhnlichen Tempo zu Ende; er glaubte nicht im Ernst, daß sie ihre Meinung ändern und mit ihren Freunden wegfahren würde, aber es bestand immerhin die Möglichkeit, und die Tatsache, daß sie jetzt nicht da war, machte diese Vorstellung noch wirklicher. Aber als er herauskam, sah er sie in der Sonne mit den anderen, ein wenig ernst und mit dem Kopf nickend. Um nicht an ihr vorbei über die Terrasse gehen zu müssen, ging er durch die Bar und den langen dunklen Korridor zur Empfangshalle entlang, dann hinaus in einen kleinen schattigen Hof, wo unter hohen Bananenpflanzen Goldfische in einem Bassin schwammen. Von dort kam er auf eine Verlängerung der Terrasse und setzte sich an einen Tisch am äußersten Ende an der Wand, fast verborgen hinter einem gewaltigen grünen Fächer von Speeren aus Palmzweigen, der vor seinem Gesicht wehte. Als die Amerikaner gegangen waren, beabsichtigte er, eine kleine Anstandspause verstreichen zu lassen, vielleicht fünf Minuten, und dann aufzustehen und zu ihr zu gehen. Sie stand aber fast sofort auf und kam in seine schattige Ecke.

»Sie sind gegangen«, sagte sie. »Ich überlege, ob ich in

dieses Hotel ziehen soll. Ich wußte nicht, daß es so preiswert ist. Sie haben mir erzählt, daß sie in der vergangenen Nacht ein Doppelzimmer mit Bad für 1200 Francs hatten. Ich wohne nur da drüben in dem kleinen Greuel, weil ich in diesen Tagen mein Geld zusammenhalten muß. Aber der Unterschied ist so geringfügig. Wissen Sie, daß ich siebenhundert für das kleine Loch zahlen muß, und dabei machen sie noch nicht einmal sauber? Es liegt seit dem Tag meiner Ankunft immer noch ein großes Stück Brot unter dem Bett.«

»Siebenhundert!« rief er. »Aber ich habe ein schönes Zimmer für achthundert. Sie werden geradezu betrogen!« Es war zu schön, um wahr zu sein, daß sie hierherziehen könnte. Er beschloß, nichts weiter zu sagen, aus Angst, sie könne seinen Eifer bemerken und ihre Absicht ändern.

»Ich möchte mit dem Manager sprechen und wenigstens hören, was sie haben.«

»Es ist ziemlich leer. Das bringt mich auf etwas, was ich Sie fragen wollte. Wie kommt es, daß Sie allein in Marokko herumreisen, ausgerechnet dieses Jahr?«

Sie sah ihn fest an, als überlege sie, ob es klug sei, den Unterhaltungsraum zu betreten, dessen Tür er für sie offenhielt. Eine Sekunde später schien sie ihre Entscheidung getroffen zu haben, aber er konnte nicht sagen, ob sie mit vollem Vertrauen zu ihm oder mit gewissen Vorbehalten getroffen war. Und die Tatsache, daß er sich die Frage des Vertrauens überhaupt stellte, öffnete von neuem einen luftleeren Raum in seiner Vergangenheit, als Verdacht Pflicht gewesen war und Vertrauen zu anderen stündlich neu in Frage gestellt werden konnte.

»Ausgerechnet dieses Jahr«, wiederholte sie. »Das ist die Antwort. Ich habe Marokko immer leidenschaftlich gern sehen wollen, und ich hatte die schreckliche Vorahnung, wenn nicht jetzt, würde es nie dazu kommen.«

»Warum?« Er glaubte zu wissen, was sie meinte, aber er wollte sichergehen.

»Mein Gott, sehen Sie sich die Zeitungen an!« rief sie. »Man braucht nicht viel Verstand, um zu sehen, was vor sich geht.« Er war jetzt fast davon überzeugt, daß sie seine Gedanken erraten hatte und in der Defensive war. »Ein kleiner Krieg wird hier geführt. Es wird nicht viel übrig bleiben von der Stadt, wenn das so weitergeht.« (»Aber es ist schwer, Unschuld zu heucheln, wenn man den Apfel gegessen hat«, dachte er.) »Und es sieht mir so aus, als ob es weitergehen wird, denn die Franzosen werden nicht klein beigeben und die Araber erst recht nicht, weil sie es nicht können. Sie kämpfen mit dem Rücken zur Wand.«

»Ich dachte, Sie erwarten vielleicht einen neuen Weltkrieg«, log er.

»Das ist meine letzte Sorge. Wenn das kommt, ist es sowieso vorbei. Man kann nicht dasitzen und über das Jüngste Gericht faseln. Das ist einfach dumm. Wer immer auf dieser Erde gelebt hat, der hatte sein eigenes Jüngstes Gericht und hat es noch. Daran hat sich nichts geändert.«

Ein kleiner algerischer Kellner, der manchmal an der Bar aushalf, war an den Tisch gekommen.

»Vous prenez que'que chose, Monsieur Stenhamme?« fragt er höflich.

»Kaffee?« fragte Stenham sie.

Sie zuckte mit den Achseln. »Ja, warum nicht? Ich werde den ganzen Nachmittag aufgedreht sein, aber das macht nichts.«

»Oder einen Likör?«

»Cointreau, Chartreuse, Pippermenthe, Crême de Cacao, Grand Manier, Whisky, Benedictine, Armagnac, Gin, Banania, Curaçao –«, leierte der Kellner herunter.

»Stoppen Sie ihn!« rief sie. »In der nächsten Minute wird er Pilsner sagen. Nein, nein, nein! Kaffee hieß es, und dabei bleibt es.«

»Deux cafés.«

Sie zündete sich eine Zigarette an. »Vor meiner Heirat habe ich einige Zeit für die Unesco in Paris gearbeitet. Nur als Sekretärin, nichts Wichtiges. Aber ich bin herumgekommen, und es hat mir ein neues Interesse an den Dingen gegeben. Ich könnte nicht sagen, daß ich von der Politik fasziniert bin, aber wenigstens weiß ich jetzt, daß sie existiert.« (Bisher ihre unintelligenteste Bemerkung, dachte er; stark in Verteidigungsstellung.)

»Und was wußten Sie vorher?«

Sie lachte. »Ich glaube, nicht sehr viel. Tanzen, Rendezvous, Kunstschule, sogar dramatischer Unterricht.« Sie schwieg einen Augenblick. Die Terrasse war jetzt ganz leer, und das einzige Geräusch kam von den im unteren Garten zwitschernden Sperlingen und vom regelmäßigen Anschlag der Schreibmaschine im Empfangsraum gegenüber der Terrasse.

Stenham war unzufrieden; er fühlte, daß er die Sache verpfuscht hatte. Er hatte nicht die erwünschte Antwort bekommen; vielleicht hatte er seine Frage nicht richtig gestellt. Nicht die große Frage, die zu stellen sowieso zwecklos war, da die Antwort darauf von selbst kommen mußte, sondern das erste, unbestimmte, allgemeine Vorfühlen, das den Weg weisen würde. Andererseits war es vielleicht nicht nur eine Frage, sondern ein ganzes Fragenbündel. Warum war sie an Marokko interessiert? Was wollte sie hier sehen? Was tat sie hier allein, da doch die meisten Leute sich sogar weigerten, in großen Gruppen herzukommen? Warum hatte sie keine Angst, wo war sie gewesen, wie lange blieb sie? Sein Instinkt sagte ihm, daß Nachforschungen in diesem Stadium ihrer Bekanntschaft nicht angebracht waren; wenn er jetzt Fragen stellte, würde sie nicht beleidigt sein, ja nicht einmal mit einem Wort oder einer Geste zeigen, daß sie es übelnahm, sondern einfach verschwinden und dann dafür sorgen, daß er sie niemals wiedersah. Das war das letzte, was er wollte.

»Ich weiß nicht, was Sie hier in Marokko gesehen haben«, sagte er, »aber ich glaube nicht, daß Sie irgend etwas Besseres sehen werden als diese Stadt.«

»Oh, ich weiß. Davon bin ich überzeugt. Darum will ich ja ein wenig bleiben. Eigentlich hatte ich nur einen Tag vorgesehen. Können Sie sich das vorstellen? Es ist, glaube ich, richtig, einiges andere auszulassen und mehr von Fez zu sehen. Aber ich habe nur ein gewisses Maß von Energie. Ich kann nicht Tag und Nacht auf den Beinen sein.«

»Es gibt so vieles, was ich Sie fragen möchte«, sagte er plötzlich trotz seiner guten Vorsätze und ein bißchen verärgert wegen seines Mangels an Selbstbeherrschung. (Aber vielleicht war das der richtige Weg zur Vertraulichkeit – die neutrale Annäherung. War bisher nicht alles ganz natürlich gewesen? Und was wollte er denn, im Endeffekt jedenfalls, anderes als Vertraulichkeit?) »Fragen, auf die ich von unseren englischen Freunden keine vernünftige Antwort bekommen kann.«

Ihr Ausdruck war unverändert. »Was für Fragen?« sagte sie.

»Über Ihre – unsere – Reaktion auf diese Stadt. Was sie für Sie oder mich bedeutet. Es ist irgendwie wichtig, glauben Sie nicht? Ich meine, was sehen wir in ihr, warum mögen wir sie, was ist in uns, das auf eine solche Stadt reagiert? Oder vielleicht reagieren Sie nicht so vollständig, wie ich es tue.«

»Oh, ich liebe sie, ich liebe sie!« protestierte sie.

Das war nicht die erwartete Antwort, und er überlegte flüchtig, ob sie nicht doch nur eine sehr hübsche amerikanische Touristin sei und ob er nicht aus einem harmlosen Zusammentreffen einen Roman mache. Später, sagte er sich; er konnte nicht weiter vordringen, als sie zuließ. Das Problem war nicht herauszufinden, wer sie war, sondern zu glauben, daß er es wußte, und sie dazu zu bringen, die Identifizierung zu bestätigen. Sie durfte niemals fühlen, daß er sie mit seiner Unterhaltung zu umgarnen versuchte. Später, in einem noch unbestimmten Augenblick, würde er mit etwas Glück den nötigen Einblick in ihr Inneres gewinnen, der ihm verraten würde, was er wissen wollte. Vergiß das alles, sagte er sich. Hinter den Bäumen war der Tag heiß und klar und wartete nur darauf, daß man Gebrauch von ihm machte.

»Es ist eine Schande, hier zu sitzen«, sagte er zu ihr.

Sie sah überrascht auf. »Was ist dagegen einzuwenden? Es ist köstlich.«

»Möchten Sie nicht lieber in einer Droschke mit zwei alten Kleppern rund um die Medina fahren? Es ist eine wunderbare Fahrt, wenn Sie nichts gegen die Sonne haben.«

»Oh, ich liebe die Sonne«, sagte sie.

»Aber Sie brauchen eine Kopfbedeckung«, ermahnte er sie; er fühlte, wenn er und nicht sie die Einwände machte, würde sie wahrscheinlich leichter akzeptieren.

»Es ist nicht so schlimm, wenn man in Bewegung ist. Ruhig am Strande liegen ist gefährlich. Auf jeden Fall habe ich ein riesiges Taschentuch in meiner Handtasche, das ich umbinden kann. Aber –«

»Ah, Sie wollten sich die Zimmer ansehen, natürlich. Tun wir das jetzt! Wenn Sie dann noch Lust haben zu gehen, können wir ein Taxi rufen.«

»Sie sagten doch eine Droschke.«

»Ich weiß, aber der nächste Droschkenstand ist in Bab Bou Jeloud. Es dauert eineinhalb Stunden, bis einer hier ist. Vielleicht nicht ganz so lange«, fügte er schnell hinzu, aus Angst, sie würde zu dem richtigen Schluß kommen, daß die ganze Tour äußerst lange dauern würde. »Man muß den Fahrer benachrichtigen und so weiter. Sie wissen, wie langsam sie sind. Man muß ein Taxi nach Bou Jeloud nehmen, und dann von da eine Kutsche.«

»Oh, ich glaube, das wäre wunderbar. Sie haben das wahrscheinlich schon zehntausendmal gemacht.«

»Nein, so oft nicht. Und ich habe es bestimmt noch nicht mit Ihnen gemacht.«

Sie lachte.

»Warum sehen Sie sich nicht die Zimmer jetzt an, und ich bestelle ein Taxi? Es wird kommen, während Sie sich umsehen.« Er wollte die Entscheidung unwiderruflich machen.

»Gut, gut.« Sie stand auf und ging quer über die Terrasse zum Empfangstisch. Als er aus der Telefonzelle kam, war sie bereits mit dem Empfangschef die Treppe hinaufgegangen, seine Treppe, zum Turm. Er war fest davon überzeugt gewesen, der Mann würde sie dahin führen, wo die billigsten Zimmer in dem alten Flügel lagen. Die gewöhnlichen Reisenden zogen ganz gewiß die geräumigeren Zimmer in den anderen Teilen des Hotels vor. Er hoffte, der Empfangschef werde, wenn sie an seiner Tür vorbeikamen, taktvoll genug sein, nicht zu sagen: »Das ist Monsieur Stenhams Zimmer«; andererseits würde ihm eine solche Dummheit ähnlich sehen. Dann würde sie sich zweifellos für ein anderes Stockwerk entscheiden oder für den neuen Flügel oder ein Gartenzimmer in der Nähe von Moss oder gar den Gedanken ganz aufgeben. Er ging über die Terrasse zurück und sah über die Balustrade in den unteren Garten, er war unruhig und durchaus nicht mit sich zufrieden. Er führte diesen unerfreulichen Zustand auf das Gefühl zurück, er habe während der kleinen Unterhaltung beim Kaffee eine Niederlage erlitten. Was immer mit ihr geschieht, dachte er, wird hundertprozentig meine Schuld sein. Gewöhnlich schwächte es seine Unruhe ab, wenn er ihren Grund festgestellt hatte; aber diesmal änderte es nichts. Falsche Erklärung, entschied er. Er stand da, die Augen fest auf einen Zweig zitternder Pappelblätter gerichtet, alle Gedanken ausschaltend, denn er hörte Stimmen über die Treppe in die Empfangshalle herunterkommen, und er hatte es aufgegeben, den Grund für seine augenblickliche Niedergeschlagenheit zu finden. Sie waren es; sie sprachen noch ein paar Worte in der Halle. Dann kam sie lächelnd zu ihm heraus.

»Nun, was haben Sie entschieden?«

»Ich werde es ihm heute abend endgültig sagen. Ich muß erst einmal eine kleine Abrechnung machen und meine Finanzen prüfen, ehe ich den Schritt in die große Welt tue.«

»Wie haben Ihnen die Zimmer gefallen?«

»Oh, die sind natürlich charmant. Besonders eins, das auf so etwas wie Harun er Raschids Palast hinausgeht. Und die Aussicht ist so wundervoll.«

Sie gingen die Haupttreppe hinauf und warteten am Hauptportal auf das Taxi. Es kam, ein unglaublich mitgenommenes altes Gefährt; der Fahrer ließ den Motor laufen, während er Wasser in den Kühler nachfüllte, aber als sie einstiegen, würgte er den Motor ab. »Alles, was wir brauchen, ist Geduld«, murmelte Stenham. Nachdem der Mann den Motor eine gute Weile ungestüm angeworfen hatte, während die sich langsam ansammelnde Schar von Hotelangestellten und neugierigen Zuschauern mit freiwilligen Ratschlägen nicht zurückhielt, gelang es ihm, den Motor wieder heftig zittern zu lassen, und sie holperten durch die beiden Torbogen hinaus auf den steilen Serpentinenweg, der zwischen den Friedhöfen und Olivenwäldern hinaufführte. In Bou Jeloud wechselten sie vom Taxi in die knarrende Pferdedroschke hinüber. Stenham brauchte eine Weile, um mit dem Kutscher, einem riesigen dicken Mann mit einem karminroten, zu seinem Fez passenden Leibgurt, über den Preis einig zu werden, doch auch die endgültige Summe war viel zu hoch. Er dachte aber, daß ein wenig Unbekümmertheit ihn oft zufriedener machte; vielleicht auch jetzt.

»Fahren wir los!« befahl er. *»Allah!«*

18

Sie fuhren langsam durch das Gedränge der Menschen, die auf ihrem Weg zu und von der Joteya waren, beladen mit Matratzen, alten Kleidern, zerbrochenen Weckuhren und getriebenen Messingtabletts von der Seffarine. »Das ist ihr Kolosseum«, erzählte ihr Stenham. »Hier finden sie ihr wirkliches Vergnügen. Ein Mann hat ein nagelneues Hemd oder ein Paar Schuhe und ist froh darüber, aber in einigen Tagen wird der Wunsch zu stark, und er kommt hierher und versucht einen ganzen Tag, für wieviel er es verkaufen kann. Dann verkauft er natürlich dafür etwas Gebrauchtes. Aber er hat etwas für sein Geld gehabt: das Vergnügen, einen ganzen Tag zu feilschen. Und er geht vergnügt mit einem alten Hemd und einem alten Paar Schuhe nach Hause. Die Franzosen haben das erfaßt; sie nehmen Eintrittsgeld für den Markt, und sehen Sie sich die Schlange der Wartenden an.«

Als sie endlich außerhalb der Stadtmauern in der Landschaft zwischen den staubigen Spalieren des Röhrichts dahinfuhren, kamen die Pferde in den richtigen Trott, die Glöckchen an ihrem Geschirr bimmelten, und der Wagen schwankte wie verrückt. Sie streckten die Beine aus und stemmten sich mit den Füßen gegen das abgenutzte schwarze Leder des gegenüberliegenden Sitzes.

»Es ist einfach himmlisch«, sagte sie glücklich, »gerade das richtige Tempo, die Landschaft anzusehen.«

Bei jeder Biegung änderte sich die Aussicht: sandfarbene Hügel, Reihen grüngrauer Olivenbäume, Fernblicke auf das ausgewaschene Land im Osten mit seinen nackten abgeflachten Bergen im harten Licht der Nachmittagssonne, die unerwartete Aussicht auf die gewaltige austerngraue Medina zu ihren Füßen, formlose Honigwaben von Würfeln, Terrassen, Höfen, dahinter die bewaldeten Hänge des Djebel Zalagh. »Es gibt einfach keine gerade Strecke auf dieser Straße. Nur Biegungen«, sagte sie, als er ihr eine Zigarette anzündete. Und immer weiter entfaltete sich die Landschaft, anmutige Varianten ländlicher Idylle enthüllend. Enge, heiße Schluchten mit nackter, gelber Erde, wo nur Agaven wie riesige Stangenspargel wuchsen, plötzlich saftig-grüne Obstgärten, in denen lächelnde Menschen im Schatten saßen – der moschusartige, fast nach Katzen riechende Duft der Feigenbäume war wie eine unsichtbare Wolke, durch die der Wagen fahren mußte –, eine alte plumpe Steinbrücke, im Schlamm stehende Kühe, dann und wann ein bewegungsloser Storch, der hoch oben im Wind über der Stadt flog. Die Straße führte abwärts zum Fluß und wieder aufwärts, näherte sich den Stadtmauern, ging an den Toren von Bab Fteuh vorbei, bog wieder ab ins Land hinaus, immer noch durch verlassenes Gelände ansteigend, als wollte sie niemals ein Ende nehmen. Wenn sie eben verlief, verlangsamte sich das Tempo ein wenig, und später, als sie wieder anstieg, knallte der Kutscher ab und zu mit seiner Peitsche und feuerte seine müden Pferde mit hoher Fistelstimme an, mit einem langgezogenen: »Eeeee!«

»Er soll sie bitte nicht schlagen«, flehte sie, als die lange Peitschenschnur mit dem Knall eines Feuerwerkskörpers zum fünften oder sechsten Mal herabsauste.

Stenham erkannte die Nutzlosigkeit, mit einem Araber über irgend etwas zu argumentieren, besonders wenn es sich um seine tägliche Arbeit handelte, aber er beugte sich vor und sagte nachdrücklich: *»Allèche bghitsi darbou? Khallih.«* Der dicke Mann drehte sich halb herum und bemerkte lachend: »Sie sind faul. Sie müssen immer die Peitsche fühlen.«

»Was hat er gesagt?« forschte sie.

Er ließ es darauf ankommen und antwortete: »Er meint, wenn Sie es nicht wollen, wird er es lassen, aber sie laufen schneller, wenn sie die Peitsche hören.«

»Aber er schlägt sie ja damit. Es ist schrecklich.« Zu dem Kutscher sagte er auf arabisch: »Die Dame ist sehr unglücklich darüber, daß die Pferde geschlagen werden. Also lassen Sie es.«

Das gefiel dem dicken Mann nicht, er hielt eine etwas unklare Rede darüber, man solle die Leute ihre Arbeit verrichten lassen, wie sie es gewohnt seien; wenn die Dame soviel von Pferden verstehe, werde er sie ja wohl eines Tages selbst kutschieren sehen. Insgeheim sympathisierte Stenham mit dem Mann, aber er konnte nichts tun, als ihm den Gebrauch der Peitsche zu verbieten – falls es ihm gelang.

»Leg sie beiseite, bitte. *Khabaeuh.*«

Der Mann war jetzt offensichtlich schlechter Laune; er fing an, seinen Pferden einen gemurmelten Monolog zu rezitieren. Die gingen langsamer und langsamer, bis der Wagen ungefähr im Schrittempo vorankam. Stenham schwieg; er sagte sich, weitere Ratschläge müsse sie selber dem Kutscher erteilen.

Sie konnten auf jeden Fall nicht bis fünf im Hotel zurück sein; das hatte er von Anfang an gewußt. Und bei diesem Tempo würde es dunkel sein, bis sie zurück waren. Steine und Büsche glitten langsam vorüber. Die Luft roch rein und trocken. Er wandte sich ihr zu. »Es ist merkwürdig«, sagte er lächelnd.

Sie sah ein wenig bestürzt aus. »Was meinen Sie?«

»Wissen Sie, daß ich noch nicht einmal Ihren Namen weiß?«

»Meinen Namen? Oh, Verzeihung. Er wird buchstabiert V-e-y-r-o-n.«

»Ach, das weiß ich«, sagte er ungeduldig. »Ich meine Ihren eigenen. Schließlich leben Sie ja doch nicht mit Ihrem Mann zusammen, nicht wahr?«

»Mir ist der Gedanke, Georges Namen zu benutzen, eigentlich erst hier in Marokko gekommen. Und ich finde, daß es alles bedeutend erleichtert. Ich weiß nicht, warum ich es nicht schon früher getan habe. Mein Mädchenname ist Burroughs, und die Franzosen können ihn weder buchstabieren noch richtig aussprechen.«

»Ich nehme an, Sie haben einen Vornamen.« Er lächelte, um die Trockenheit seiner Bemerkung abzuschwächen.

Sie seufzte. »Ja leider. Ich heiße Polly, und ich kann den Namen nicht ausstehen. Sie wissen doch selbst, daß man niemand ernst nehmen kann, der Polly heißt. Darum habe ich immer nur die letzte Silbe benutzt.«

»Polly Burroughs«, sagte er nachdenklich. »Lee Burroughs. Ich weiß nicht. Ich glaube, mir gefällt Polly besser.«

»Nein«, sagte sie entschlossen. »Sie dürfen mich nicht Polly nennen. Das kann ich Ihnen jetzt schon sagen. Wenn Sie wollen, daß ich die Wände hochgehe, brauchen Sie nur ›Hallo, Polly‹ zu sagen, und schon bin ich weg. Ich kann es einfach nicht aushalten.«

»Ich verspreche, diese Missetat nie zu begehen.«

Mit quälender Langsamkeit fuhren sie weiter, hügelaufwärts um unendliche Biegungen, jede mit neuen Ausblicken in leere, sonnenüberflutete Täler gegen Norden und in weite Flächen ebenen Landes nach Osten, wo der Fluß in gemächlichen Windungen verlief. Je mehr der Nachmittag vorschritt, desto greller wurde das Licht. Jetzt, da er ihren Vornamen wußte, fühlte er sich ihr näher, und mehrere Male im Verlauf der Unterhaltung nannte er sie Lee und beobachtete sie, ob sie etwas dagegen habe. Sie schien es als selbstverständlich hinzunehmen.

Es war sechs, als sie in dem kleinen Café oben auf den Klippen über der Stadt ankamen und er den Kutscher halten ließ. Der Platz war verlassen.

»Ich fürchte, wir haben einen größeren *faux pas* begangen«, sagte sie beim Aussteigen. »Unsere englischen Freunde werden uns nie verzeihen. Sie haben uns um fünf erwartet. Aber es war alles so wundervoll, ich muß gestehen, es ist mir gleichgültig.«

Sie saßen in dem späten Sonnenschein dicht am Rand des Abhanges und bestellten Tee. Die weitläufige Stadt, durch die Stille noch mehr entrückt, lag unter ihnen ausgebreitet.

»Es ist so unvorstellbar«, sagte sie plötzlich, »daß jetzt, in diesem Augenblick, sagen wir, Menschen am Auskunftsschalter der Grand Central Station Schlange stehen und sich nach Zügen erkundigen, die nach New Haven fahren. Wissen Sie, was ich meine? Es ist irgendwie undenkbar.«

Er war entzückt. »Lee, Sie verstehen diese Stadt besser als irgend jemand, den ich jemals getroffen habe. Sie haben so recht. Es ist eine Sache der Jahrhunderte und nicht eine von vielen tausend Meilen.« Er dachte einen Augenblick nach: Sogar das kleinste Zeitmaß ist größer als das größte Raummaß. Oder ist das falsch? Scheint es uns nur so, weil wir niemals dahin zurückkehren können?

»Die Stadt befremdet und beunruhigt«, sagte sie wie zu sich selbst. »Ich kann es nicht ganz verstehen, wie Sie hier bleiben können. Hier zu leben, das ist wie dauernd unter der Einwirkung eines Rauschgifts stehen. Ich kann mir vorstellen, wenn man sehr lange hier ist, muß es äußerst schmerzlich sein fortzugehen. Aber dann läßt nach einer Weile vielleicht die Wirkung nach. So ist es wahrscheinlich. Ja, so muß es sein.«

Ein Mann in einem Turban brachte den Tee. Kleine pelzige Bienen kamen herbei und balancierten auf den Gläserrändern. Ihre Bewegungen waren langsam und ungeschickt, aber sie waren entschlossen, an die süße Flüssigkeit heranzukommen. Stenham begann mit seinem Glas eine Reihe komplizierter Kurven in der Luft, um sie von der Geruchsfährte abzulenken und das Glas an seine Lippen zu bringen, aber als er trinken wollte, sah er, daß eine hineingefallen und zu Tode verbrüht war. Er fischte sie mit dem Finger heraus und schleuderte sie weg; inzwischen waren andere gekommen und krochen ins Glas hinein.

»Es scheint hoffnungslos«, sagte sie.

»Wollen Sie Tee?« fragte er.

»Natürlich will ich.«

»Dann müssen wir in das Café hineingehen. Das ist die einzige Möglichkeit.«

Sie trugen ihre Gläser in den kleinen Raum und setzten sich hin. Die Luft roch muffig. Es gab kein Fenster.

»Sind sie nicht komisch?« fragte sie. »Man sollte doch annehmen, bei dieser phantastischen Aussicht würden sie wenigstens irgendeinen Ausblick haben, statt sich wie in eine Zelle einzuschließen? Oder wissen sie nicht einmal, daß da eine Aussicht da ist?«

»Oh, das wissen sie schon. Manchmal sitzen sie stundenlang an einem Aussichtspunkt. Es kommt mir vor, als lebten sie immer noch in Zelten. Jedes Gebäude ist ein Zufluchtsort, etwas, in das man hineingeht und wo man sich wirklich *drinnen* fühlt, und deshalb muß es dunkel sein. Sie hassen Fenster. Nur wenn sie sich ganz abschließen, können sie ausruhen. Die ganze Welt da draußen ist feindlich und gefährlich.«

»So primitiv können sie doch nicht sein«, widersprach sie.

»Würden Sie mir eine von Ihren Casa Sports geben? Ich habe keine mehr.« Der Geschmack des schwarzen Tabaks erinnerte ihn an die *souks*, und einen Augenblick lang hatte er die Vision schräg durch das Gitterwerk von oben einfallender Sonnenstrahlen, jeder einzelne blau von Rauch und Staubkörnchen. Oder dachte er an etwas, das sie tags zuvor im Garten gesagt hatte?

»Sie sind keineswegs primitiv. Aber sie haben daran festgehalten und es zu einem Teil ihrer Weltanschauung gemacht. Nichts hat das jemals ändern können.«

Sie seufzte. »Aber hat sich je etwas ereignet, das etwas geändert hätte? Ich frage mich, was ihnen den Antrieb gibt. Sie sind eine solche Mischung, so ein Rätsel.«

Er dachte an Aufbruch. Die Nacht kam schnell, und er wollte innerhalb der Stadtmauern sein, bevor es völlig dunkel war. Aber er wollte ihr das nicht sagen, um sie nicht zu beunruhigen, und sie hatte sowieso erst wenig von ihrem Tee getrunken.

»Ich habe etwas gefunden, das hilft«, sagte er schließlich. »Und zwar muß man immer bedenken, daß sie eine Kultur des ›Und dann‹ haben und nicht eine Kultur des ›Weil‹ wie wir.«

Stirnrunzelnd sagte sie: »Ich glaube, da komme ich nicht mit.«

»Ich meine, in ihrem Denken folgt nicht eins aus dem anderen. Nichts ist das Ergebnis von etwas anderem. Jedes Ding ist einfach da, und man fragt nicht weiter. Sogar ihre Sprache ist darauf aufgebaut. Jede Tatsache besteht für sich, und niemals hängt eine von der anderen ab. Alles ist durch das ständige Eingreifen Allahs erklärt. Und was sein muß, muß sein und war dazu seit Anbeginn bestimmt, und man kann sich nicht einmal vorstellen, wie etwas hätte anders sein können, als es ist.«

»Es ist deprimierend«, sagte sie.

Er lachte. »Dabei habe ich mich falsch ausgedrückt. Ich habe etwas Wichtiges ausgelassen. Es ist nämlich nicht das geringste Deprimierende dabei. Höchstens, was daraus unter den Christen geworden ist«, fügte er düster hinzu. »Als ich zum erstenmal hierherkam, war es ein sauberes Land. Da waren jeden Tag Musik und Tanz und Zauber in den Straßen. Das ist jetzt alles vorbei. Sogar die Religion. Noch ein paar Jahre, und das ganze Land wird wie alle anderen mohammedanischen Länder ein riesiges europäisches Elendsviertel sein, voller Armut und Haß. Was die Franzosen aus Marokko gemacht haben, mag deprimierend sein, gewiß, nicht aber, was es vorher war, niemals.«

»Ich glaube, das ist der Standpunkt eines Außenseiters, eines Reisenden, der das Pittoreske über alles stellt. Wenn Sie in einem der Häuser da unten leben müßten, würden Sie bestimmt nicht so fühlen. Sie wären froh über die Krankenhäuser, das elektrische Licht und die Omnibusse, die die Franzosen gebracht haben.«

Das war nun wirklich die Bemerkung eines Reisenden und eines unwissenden Reisenden außerdem, dachte er, schade, daß sie von ihr kam.

»Jedenfalls können Sie sagen, daß Sie während der letzten

Tage von Marokko hier waren«, sagte er zu ihr. »Was ist mit Ihrem Tee? Fertig? Wollen wir jetzt gehen?«

Der Kutscher warf ihnen einen finsteren Blick zu, als sie in den Wagen stiegen. Von dem Café aus ging es ständig bergab. Die Pferde brauchten keinen Antrieb, flott zu gehen. Eine frische Brise strich über die Hügel, als sie nach Bab Mahrouk hinunterkamen, und das Tageslicht war fast verschwunden.

Die Dämmerung ist eine Stunde, die, zart an den Augenblick mahnend, zwei Menschen zusammenbringen oder sie veranlassen kann, ihren eigenen Erinnerungen nachzuhängen. Stenham dachte an einen Abend vor über 20 Jahren, als er, ein junger Student auf Ferien, dieselbe Straße hinuntergefahren war, ziemlich zu derselben Stunde (und vielleicht in demselben Wagen – wer konnte es wissen?). Er war fraglos glücklich gewesen. Die Welt war wundervoll, und das Leben dauerte ewig, und darüber hinaus brauchte man nicht zu denken. Er hatte sich jetzt natürlich geändert, aber er war überzeugt, daß auch die Welt sich verändert hatte; es schien undenkbar, daß irgendein junger Mensch von 17 Jahren heute so leichten Herzens sein oder diesselbe poetische Süße des Lebens empfinden könnte, die er damals empfunden hatte. Manchmal konnte er für die Dauer eines kurzen Atemzuges die Wirklichkeit wieder einfangen, einen süßen Schmerz, fast schon vorbei, ehe er da war, und das bewies ihm, daß ein Teil seiner selbst immer noch im Schein des klaren Lichtes jener entschwundenen Tage lag.

Auch sie war in ihren Erinnerungen zurückgewandert, aber bis in ihre Kindheitstage. Was ist es, dachte sie, was jetzt fehlt und was ich besaß, als ich klein war? Und eine Sekunde später hatte sie die Antwort. Es war der Sinn der Zeitlosigkeit, der ihr innewohnte und nun für immer gegangen war. Man hatte ihn ihr an dem Tag geraubt, als ihre Tante zu ihr kam und sagte: »Du wirst deinen Vater und deine Mutter nie wiedersehen.« Der Flugzeugabsturz hatte nichts für sie bedeutet, und auch das Wissen, daß ihre Eltern tot waren, war nur eine mysteriöse, ehrfurchteinflößende Abstraktion gewesen. In ihre Gefühle des Verlustes hatte sich eine merkwürdige Empfindung der Befreiung gemischt. Aber jetzt wußte sie, daß damals die Zeit sich in ihr zu regen begann. Sie war allein, deshalb war sie sie selbst und endlich auf ihrem Weg. Und seit damals war sie ständig auf ihrem Weg, dem Ende entgegen. Es war nichts Tragisches oder Pathetisches dabei, nichts, was tragischer oder pathetischer war als die Umdrehung der Erde. Es war einfach der Unterschied zwischen einem Kind und einem Erwachsenen. Sie war früh erwachsen, das war alles. Die lange Fahrt hatte etwas in ihrem Inneren gelöst; sie fühlte sich jetzt, wie sie sich oft am Ende eines Konzerts fühlte – ein wenig zerschlagen, aber im Gefühl erfrischt.

Plötzlich ergriff er ihre Hand. »Wie fühlen Sie sich?« sagte er sanft, seine Finger zwischen die ihren schiebend. Sie waren durch das Tor gefahren, wo auf einem offenen Platz ein paar schwache Lichter in den Verkaufsständen tropften; schattenhafte Gestalten streiften nahe am Wagen vorbei, mit ihren Kleidern fast die Räder berührend. Sie lachte kurz, ohne seinen Druck zu erwidern. »Es geht mir gut«, antwortete sie. »Vielleicht ein bißchen müde.«

»Sollen wir ein Taxi zu meinem Hotel nehmen? Wollen Sie mit mir zu Abend essen?«

»Sehr nett von Ihnen, aber ich glaube, ich kann nicht mehr.«

»Wirklich nicht?«

»Ja, bestimmt. Alles, was ich möchte, ist mich im Bett ausstrecken und etwas essen, im Bett, meine ich, und dann schlafen, schlafen, schlafen!«

»Vielleicht ist es gut so«, sagte er, entschlossen, sich keine Enttäuschung anmerken zu lassen. »Mr. Kenzie und Mr. Moss werden wahrscheinlich im Speisesaal sitzen, und wir können ihnen nicht entgehen. Wenn Sie in Ihr Hotel zurückkehren, werde ich hier in der Nähe von Bou Jeloud in einem arabischen Restaurant essen. Wollen Sie wirklich nicht mitkommen?«

»Ich würde gern«, sagte sie, vorsichtig ihre Hand wegziehend, um eine Zigarette anzuzünden, »aber nicht heute abend. Wollen wir es uns für ein anderes Mal aufheben?«

»Der Platz wird immer dasein.« Er sagte gerade das

Falsche; sicher würde sie merken, wie er sich ärgerte. Aber seine Anstrengung, den Verdruß zu verbergen, schien keine Kraft mehr für eine Unterhaltung übrigzulassen. Wie schwierig es ist, dachte er, zu verheimlichen, daß einem wirklich an etwas liegt, und wie recht die Menschen haben, einer glatten Zunge mit Mißtrauen zu begegnen. »Ich werde uns morgen, wenn ich unsere Freunde sehe, entschuldigen«, fuhr er fort, nach einem Gesprächsstoff suchend. »Ich werde sagen, daß Sie sich nicht wohl gefühlt haben.«

»Das werden Sie bestimmt nicht!« rief sie entrüstet. »Wenn Sie das tun, werde ich Mr. Kenzie persönlich aufsuchen und ihm die Wahrheit erzählen. Im übrigen wußte *ich* schließlich nicht, daß wir den ganzen Nachmittag ausbleiben würden. Ich habe mich tatsächlich nicht wohl gefühlt.«

Der Wagen war hinter einer langen Reihe anderer Wagen stehengeblieben; der Kutscher, gut gelaunt, weil er jetzt sein Geld bekommen würde, rief: *»Voila, messieurs-dames!«* Als Stenham ihm das Geld aushändigte, verlangte er beträchtlich mehr und berief sich auf die Wartezeit und das Tempo, in dem er hätte fahren müssen. Nach einem kurzen Wortwechsel gab er ihm die Hälfte der zusätzlichen Summe. Das schien zu genügen, denn der dicke Mann rief in jovialem Ton *»Bon soir!«*, sprang von seinem Sitz und hob einen kleinen Jungen hinauf, damit er auf das Gefährt aufpasse, während er über den Platz zum Tee ging.

Sie wanderten im Dunklen durch die Straße; ungewöhnlich hell leuchtende Sterne standen in solcher Zahl über ihren Köpfen, daß sie wie künstlich wirkten. An den meisten Orten der Welt war der Himmel nicht so über und über mit Sternen besät – da gab es auch dunkle Stellen. Er wollte sie darauf aufmerksam machen, aber irgend etwas in ihm reagierte nicht, und so schwieg er. Als sie zum Café Bou Jeloud kamen, wo immer einige alte Taxen warteten, sagte er: »Denken Sie daran, daß Sie heute abend zu arbeiten haben.«

»Arbeiten?« fragte sie verständnislos.

»Oder wenigstens sagten Sie so. Sie wollten einige finanzielle Kalkulationen anstellen und morgen früh das Hotel anrufen.«

»Ja.« Ihre Stimme war ausdruckslos. Sie stiegen ein und fuhren los, um die Ecken und durch die Menge, mit einem unglaublichen Getöse von klapperndem Metall, keuchendem Motor und ununterbrochenem Gehupe.

»Gott sei Dank gibt es in der Medina keine Autos, das würde eine schöne Unfallstatistik geben.«

»Ich bin wirklich entsetzlich müde«, lautete ihre Antwort, als hätte er sich erkundigt, wie sie sich fühle. Er glaubte ihr nicht.

Vor ihrem kleinen Hotel mit der einzelnen Lampe über der Tür stiegen sie aus, und er bezahlte den Wagen. »Behalten Sie ihn denn nicht?« fragte sie überrascht.

»Mein Restaurant liegt zehn Minuten von hier durch die Medina.«

»Dann nochmals vielen Dank«, sagte sie und streckte ihre Hand aus. »Es war wunderschön. Aber im Augenblick bin ich einfach fertig.«

»Ich werde Sie morgen anrufen«, sagte er ihr.

»Gute Nacht.« Sie ging durch die Tür ins Empfangsbüro. Er stand einen Augenblick draußen in der Dunkelheit und sah sie mit dem Schlüssel in der Hand an der Tür vorbeigehen. Dann drehte er sich um und ging die ruhige Straße nach Bab el Hadid hinauf.

Am nächsten Morgen, als er arbeitend im Bett lag, kam Abdelmjid mit einem Telegramm in der Hand von unten herauf. Es lautete: Vielen Dank, fahre nach Meknès – Lee.

Er starrte darauf und arbeitete an diesem Tag nicht mehr.

19

Ihre plötzliche Abreise war ein Schock gewesen. Einerseits ersparte sie ihm, Moss und Kenzie die nichteingehaltene Verabredung erklären zu müssen, denn sie hatte beiden ähnliche Telegramme geschickt; das erlaubte ihm, etwas zu schwindeln, er sei in ihrem Hotel gewesen, aber sie sei schon abgereist gewesen; sie führten den Zwischenfall auf weibliche Laune und schlechte amerikanische Manieren zurück. Andererseits setzte sie einen ganzen Mechanismus von Fragen und Selbstvorwürfen in Bewegung. Er war fest davon überzeugt, sie irgendwie verscheucht zu haben. Die Frage war: Womit hatte er sie erschreckt?

Wieder und wieder durchdachte er bis in die letzte Einzelheit, die er noch im Gedächtnis hatte, jede Phase ihrer Unterhaltung und versuchte sich mit aller Kraft ihren Gesichtsausdruck und den Tonfall ihrer Stimme ins Gedächtnis zurückzurufen. Es war eine schwierige Aufgabe, denn selbst wenn es ihm gelang festzustellen, wann sie stutzig geworden sein könnte, so gab es bestimmt keine Möglichkeit, sich zu vergewissern, ob er richtig geraten hatte, ja auch nur zu wissen, ob er überhaupt etwas mit ihrer Abreise aus Fez zu tun hatte. Trotzdem setzte er seine Versuche der Rückerinnerung und Klärung des Nachmittags fort und kam zu dem Schluß, es sei ganz am Anfang geschehen, noch ehe sie das Hotel verließen.

Was ihn dazu brachte, war natürlich die klare Erinnerung an den Augenblick, als er an der Balustrade stand und in den Garten hinunterblickte mit dem Gefühl, alles sei falsch gelaufen, und an seiner Unfähigkeit, sich die Nervosität und Enttäuschung zu erklären, der er zum Opfer gefallen war. Ich habe mich nicht in ihr geirrt, dachte er triumphierend. All die gequälten kleinen Verstandeswindungen, die er wahrzunehmen geglaubt hatte, waren also wirklich gewesen, ihre Antworten und Bemerkungen hatten von Ausflüchten nur so gewimmelt. Aber im nächsten Moment zweifelte er wieder. Das hielt ein paar Tage an, dann entschloß er sich, mit Moss darüber zu sprechen.

»Alain?« sagte er eines Tages, als sie beim Lunch in einem Restaurant in der Ville Nouvelle saßen. »Wie kam Ihnen Mme. Veyron vor? Was hatten Sie für einen Eindruck von ihr?«

»Mme. Veyron?« sagte Moss ausdruckslos. »Oh, das ganz intelligente hübsche amerikanische Mädchen, das Hugh zum Lunch mitbrachte. Mein Eindruck? Ich hatte keinen besonderen Eindruck. Sie schien ganz nett. Warum?«

»Aber Sie hatten den Eindruck, daß sie gescheit war. Ich auch. Doch wenn Sie zurückdenken, können Sie sich bestimmt nicht an eine einzige intelligente Bemerkung von ihr erinnern, weil sie keine gemacht hat.«

»Also wirklich«, sagte Moss, »ich kann nicht sagen, daß ich mich überhaupt noch an vieles von der Unterhaltung erinnere. Sie war bestimmt nicht brillant, wenn Sie das meinen. Mir scheint, Kenzie hat an dem Tag am meisten geredet. Auf jeden Fall hat Mme. Veyron nichts Besonderes dazu beigetragen. Das ist sicher. Aber ich muß sagen, ich hatte das ausgesprochene Gefühl, daß sie durchaus nicht dumm war.«

Stenham strahlte. »Sehr richtig. Sie werden mich jetzt auslachen, aber ich sage das alles, weil ich viel über sie nachgedacht habe. Ich glaube, sie ist eine Kommunistin.«

Moss lachte in der Tat, aber taktvoll. »Ich halte das für völlig unwahrscheinlich«, sagte er. »Aber fahren Sie fort. Wie merkwürdig Sie sind, wirklich. Nein, wirklich, wie merkwürdig! Warum um Himmels willen bilden Sie sich solche Sachen über das arme Mädchen ein?«

»Nun, Sie kennen meine Geschichte«, fing Stenham an und fühlte sein Herz schneller schlagen wie immer, wenn er auf diese Zeit seiner Vergangenheit zu sprechen kam. »Ich war Tag und Nacht mit ihnen zusammen, als ich in der Partei war, und das führt dazu, daß man sie unfehlbar erkennt.«

Er wunderte sich plötzlich, wie er dazu gekommen war, über dies alles zu sprechen; Moss hatte bestimmt nichts Nützliches dazu zu sagen, konnte kein Licht in die dunklen Stellen des Falles bringen, ja, er teilte nicht einmal sein Interesse daran. »Soweit ich weiß«, fuhr er fort, »bin ich in den 14 Jahren, seitdem ich die Partei verließ, keinem Kommunisten begegnet. Aber mein Gespür für sie ist immer noch scharf, und ich bin überzeugt, ich irre mich nicht in ihr. Und wenn ich recht habe, dann ist sie viel gescheiter, als irgend einer von uns annahm, weil sie eine glänzende kleine Komödie gespielt hat.«

»Also wirklich«, widersprach Moss, »wie können Sie

glauben, daß politische Überzeugungen einen Menschen derart ändern? Warum soll sie nicht wie jeder andere Mensch sein, selbst wenn sie Kommunistin ist? Ich möchte behaupten, ich bin Dutzenden begegnet, und das ist mir niemals aufgefallen.«

»Dann haben Sie noch eine Menge über sie zu lernen, mehr kann ich nicht sagen. Ein richtiger, eingefleischter Kommunist ist so verschieden von uns wie ein buddhistischer Mönch. Es ist eine neue Art Mensch.«

»Ach, Blödsinn, mein lieber John, absoluter Blödsinn.« Moss winkte dem Kellner. *»La suite«*, sagte er. »Für einen einigermaßen intelligenten Menschen haben Sie reichlich unreife Ansichten. Und Sie? Ich nehme an, Sie waren eine neue Art Mensch während Ihrer Zugehörigkeit zur Partei?«

Stenham runzelte die Stirn. »Ich habe niemals daran geglaubt, ich bin zum Spaß beigetreten. Als ich herausfand, was wirklich los war, bin ich schnell wieder ausgetreten.« Er unterbrach sich einen Augenblick und verbesserte sich dann. »Das ist nicht ganz richtig. Ich glaube, ich kann mich nicht mehr erinnern, was die eigentlichen Gründe für meinen Austritt waren, aber ich weiß noch, daß ich an dem Tag das Interesse verlor, als wir Rußlands Verbündete wurden, im Sommer 1940. Und ungefähr einen Monat danach ging ich hin und teilte ihnen meinen Austritt mit. Der Gipfel des Ganzen war, daß sie mir mitteilten, ich könne nicht von mir aus gehen.«

Moss hatte mit offensichtlicher Ungeduld zugehört. »Ist es vielleicht so, daß Sie sie bewundern und vermuten, sie habe die geistige Ausdauer und Willensstärke, die Ihnen fehlte? Wäre das möglich?« Er sah Stenham mit einem komischen Ausdruck an, wie ein Rotkehlchen, das auf einen Wurm wartete.

»Mein Gott! Sind Sie wahnsinnig?« rief Stenham. Er wies die Schüssel zurück, die Moss ihm anbot. »Nein, danke, diese grünen Bohnen sind wie aus Pappe. Lieber überhaupt kein Gemüse. Ich kann nur sagen, Sie haben vollkommen unrecht.«

»Ich gebe zu, das ist immer möglich«, sagte Moss völlig ruhig. »Aber meine persönliche Schlußfolgerung ist: Gerade die Unbeständigkeit, die es Ihnen ermöglichte, zu solchen Extremen zu gehen – denn es ist extrem, einer solchen Organisation beizutreten –, gerade die erregt in Ihnen jetzt den Verdacht, daß jeder zu einem ähnlichen Fanatismus fähig sei. Und natürlich ist die Welt nicht so. Um Himmels willen, John, hören Sie auf, das Leben als ein Melodrama anzusehen. Vom moralischen Standpunkt aus gesehen sind Sie im Grunde ein Totalitarist; ich hoffe, Sie sind sich darüber klar?«

Stenham lächelte. »Das ist das letzte, Alain, das allerletzte, was ich bin.«

Die unangenehme Beschuldigung haftete aber in seinem Gehirn, und auf seinen Spaziergängen dachte er darüber nach.

Ihn beunruhigte nicht, so sagte er sich, daß er etwas Wahres daran fand, sondern daß Moss genau wußte, wohin er zielen mußte und wo die ungeschützte Stelle war. Er war durchaus nicht sicher, daß Moss selbst gewußt hatte, was er mit der Beschuldigung meinte, aber das war nicht so wichtig, er kam einfach nicht los von dem Sinn, den er Moss' Worten unbewußt unterlegt hatte: Die Schwächen seines Charakters, die ihn einst den Kommunisten in die Arme getrieben hatten, waren noch immer vorhanden; er sah die Welt immer noch so. Das war es, was der andere wohl gemeint hatte, und wenn es der Wahrheit entsprach, hatte er in den ganzen Jahren nicht den geringsten Fortschritt gemacht.

Im Geiste folgte er seinem Rückzug von damals bis jetzt. Zuerst hatte er den Glauben an die Partei verloren, dann den Glauben an den Marxismus als Weltanschauung, dann war er langsam dahin gekommen, den Begriff der menschlichen Gleichheit zu verwünschen, die unvermeidlich zu dem Bösen zu führen schien, dem er entsagt hatte. Es konnte keine Gleichheit im Leben geben, denn das menschliche Herz verlangte nach Rangordnungen. An diesem Punkt angekommen, hatte er keinen anderen Weg mehr gefunden als einen weiteren Rückzug in eine Subjektivität, die sich weigerte, irgendeine andere Wirklichkeit oder ein anderes Gesetz anzuerkennen als die eigene Wirklichkeit, das eigene Gesetz. In den Nachkriegsjahren hatte er in Einsamkeit und sorgfältig geplanter Unkenntnis dessen gelebt, was sich in der Welt ereignete. Nichts war wichtig als der wunderbar isolierte Kosmos seines Bewußtseins. Dann hatte er allmählich den Eindruck, daß das Licht des Sinns, des Sinns vor allem, verblaßte. Wie eine Flamme unter einem Glas war es schwächer geworden, hatte noch ein wenig geflackert, dann erlosch es, und das ganze Dasein, auch sein eigener hermetisch verschlossener Bau, von dem aus er das Leben beobachtet hatte, war sinnlos und unwirklich geworden.

Sich damit abfindend, war er auf eine bloße Reflextätigkeit des Lebens zurückgefallen, automatisch den Tag hinter sich zu bringen, weil es so sein mußte, wenn er auch nur eine Spur von gesunder Vernunft bewahren wollte. Eine unerklärliche Unruhe begann, ihn zu beherrschen, er erklärte sie sich selbst als das Verlangen, »gerettet zu werden«. Aber wovor? An einem heißen Tag bei einem langen Spaziergang über die Hügel hinter Fez mußte er sich voll Staunen und Schrecken eingestehen, daß es keinen besseren Ausdruck für das gab, was er fürchtete, als das uralte Wort: ewige Verdammnis. Es war eine erregende Entdeckung, denn sie offenbarte ihm eine geheimnisvolle, ins Tiefste reichende Spaltung in seinem Inneren: er besaß noch nicht einmal die Ansätze eines Glaubens oder die Erinnerung an eine Zeit in seiner Kindheit, da ein solcher Glaube bestanden hätte. Er war vom Glauben isoliert worden. Religion war in seiner Familie ein Thema, von dem man, wie von sexuellen Dingen, nicht sprach.

Seine Eltern hatten ihm gesagt: »Wir wissen, es gibt eine Macht zum Guten in der Welt, aber niemand weiß, was diese Macht ist.« In seinem kindlichen Verstand hatte er begonnen, diese Macht mit Glück gleichzusetzen. Es gab Glück und Unglück; so weit ging sein religiöses Verständnis. Es gab natürlich Millionen Menschen auf der Welt, die einer

Religion anhingen; mit ihnen mußte man Nachsicht haben wie mit ganz armen Teufeln. Eines Tages würden sie vielleicht, die nötige Aufklärung vorausgesetzt, zum Licht der Vernunft emporsteigen. Ein religiöser Mensch im Haushalt war immer als eine Art Prüfung betrachtet worden. Man hatte ihn immer rechtzeitig und sorgfältig vorbereitet: »Manche Leute haben merkwürdige Ansichten, wie Ida mit ihrer Kaninchenpfote und Mrs. Connors mit ihrem Kruzifix. Wir wissen, daß diese Dinge nichts zu bedeuten haben, aber wir müssen jede Überzeugung respektieren und dürfen niemanden kränken.«

Aber schon damals wußte er, daß seine Eltern nicht wirklichen Respekt meinten; sie fanden, es gehöre zum guten Ton, in Gegenwart der betreffenden Person so zu tun. Und vor allem wurde jeder Hinweis auf die Unsterblichkeit der Seele als der Gipfel schlechten Geschmacks angesehen; er hatte beobachtet, wie seine Eltern innerlich erschauderten, wenn ein Gast im Gespräch harmlos daran rührte. Schon als sechsjähriges Kind hatte er gewußt: wenn der physische Organismus zu funktionieren aufhörte, wurde das Bewußtsein ausgelöscht; das bedeutete den Tod, darüber hinaus gab es nichts. Bis zu diesem Augenblick war die Vorstellung vorhanden, eine der Säulen im dunklen Hintergrund der Höhle seines Verstandes, ein Grundsatz des praktischen Lebens wie das Gesetz von der Schwerkraft.

Er hatte auch keinerlei Absicht, wenn er es irgend vermeiden konnte, diesen Zustand zu ändern. Seine erste Reaktion an jenem Tag, als er die Ursache seiner Furcht feststellte, bestand darin, sich auf einen Felsen zu setzen und zu Boden zu starren. Du mußt dich zusammennehmen, dachte er. Er war gewöhnlich imstande, den Ursprung eines beklemmenden Zustandes festzustellen; sehr häufig war er einfach auf eine ausgesprochen physische Ursache wie ungenügenden Schlaf oder Magenbeschwerden zurückzuführen. Aber was er da in einem Aufblitzen erlebt hatte, war fast wie eine jähe Vision gewesen: Er hatte das Bewußtsein als einen Kreis erblickt, Anfang und Ende ineinandergreifend, ohne Naht. Die Materie war zeitbedingt, aber nicht das Bewußtsein; es existierte außerhalb der Zeit. Gab es dann aber einen triftigen Grund für die Annahme, daß man wissen konnte, was im Augenblick des Todes im Bewußtsein vor sich ging? Er konnte möglicherweise für immer sein, dieser Augenblick, wenn die Zeit zu bestehen aufhörte und das Leben sich schloß, er konnte sich vielleicht als unauslöschlich erweisen. Die Unmittelbarkeit der Vorstellung hatte bei ihm das Gefühl der Übelkeit hinterlassen; es konnte keine schlimmere Vorstellung geben, als daß man ohnmächtig war, sein Dasein zu beenden, wenn man es wollte, daß es keinen Weg gab, in die Vergessenheit zu versinken, da Vergessenheit ein abstrakter Begriff, ein Trugschluß war. Und so saß er nun da und suchte das bedrückende Gefühl, das ihn befallen hatte, abzuschütteln und dachte: Was für seltsame Dinge gehen im Geist eines Menschen vor sich! Was immer sich in der Außenwelt abspielte, der Geist drängte vorwärts, schuf sich seine eigenen Abenteuer, und wer konnte wissen, wo die Wirklichkeit war, innen oder außen? Er dachte mit einem flüchtigen Neidgefühl an die Leute unten in der Stadt. Wie wundervoll wäre das Leben, wenn sie recht hätten und es einen Gott gäbe. Und was hatte schließlich die Menschheit während ihres ganzen Bestehens Lobenswerteres und Nützlicheres erreicht als die Erfindung von Göttern, an die sie glauben und durch diesen Glauben das Leben erträglicher gestalten konnte?

Nachdem er eine Weile gesessen und drei Zigaretten geraucht hatte, bis die Intensität der Vision verblaßt war, stand er auf, ging weiter und dachte reumütig darüber nach, daß Moss niemals jene Bemerkung gemacht hätte, die, so indirekt sie auch war, den geistigen Aufruhr ausgelöst hatte, der schließlich die unangenehme Vision hervorgerufen hatte – nie hätte Moss dieses Wort fallenlassen, hätte er selbst ihm nicht sinnloserweise seinen Verdacht gegen das Mädchen anvertraut.

Und dann fiel ihm ein, falls sein Verdacht gegen sie richtig war, wußte sie so gut wie sicher alles über ihn. Kenzie hatte gesagt: »Sie hat von Ihnen gehört.« Das konnte natürlich nur eine unschuldige Bemerkung über seine Bücher sein, so sollte es auch klingen, es konnte aber auch etwas anderes gewesen sein. Die Partei vergaß bestimmt nicht die Namen ihrer ehemaligen Mitglieder. Aber das alles war keine befriedigende Erklärung für ihre plötzliche Abreise.

In dieser Woche verschlechterte sich die politische Situation in der Gegend beträchtlich. Eine Welle von Brandstiftungen sprang über das Land; überall fingen die Weizenfelder, golden, trocken und erntereif, Feuer, gingen in Flammen und dicken blauen Rauch auf. Die Löschkommandos, französische Freiwillige von benachbarten Farmen und aus Fez und Meknès, wurden oft beschossen, manchmal verletzt. Der Expreßzug nach Algier wurde auf seinem Weg durch die Ödlandtäler östlich von Fez zur Entgleisung gebracht, zertrümmert und beschossen. In dem Postamt in der Medina, kaum fünf Minuten vom Hotel, explodierte eine Bombe. Da ein Dutzend Juden bei einer politischen Kundgebung in Petitjean, einer häßlichen kleinen Stadt etwa 100 Kilometer hinter Fez, lebendig verbrannt worden waren, kam es in Fez zu Zusammenstößen zwischen Juden und Mohammedanern, und die Polizei zog einen Schutzkordon um die Mellah.

»Wenn wir einen Juden bei Nacht auf der Straße fassen, werden wir ihn wie eine mohammedanische Frau behandeln«, hatte Abdelmjid eines Morgens gesagt, als er das Frühstückstablett holte.

»Was meinen Sie?« hatte Stenham ihn gefragt; er erwartete eine anstößige Enthüllung, ein neues schmutziges Seitenlicht auf das Sexualleben der Marokkaner.

»Nun, wir steinigen ihn, bis er fällt. Dann werfen wir noch mehr Steine und versetzen ihm Fußtritte.«

»Aber das tun Sie doch sicher nicht mit mohammedanischen Frauen?« protestierte Stenham; er hatte Beispiele von unglaublicher Brutalität gegenüber Frauen gesehen, aber es hatte immer einen Grund gehabt.

»Natürlich tun wir das!« hatte Abdelmjid geantwortet, überrascht, daß ein Christ solch einen grundlegenden Leitsatz öffentlichen Anstands nicht kannte. »Immer«, sagte er mit Bestimmtheit.

»Aber nehmen Sie einmal an, Sie wären krank«, fing Stenham an, »und Ihre Frau, Rhaissa, müßte ausgehen und Medizin oder Hilfe für Sie holen?«

»Nachts, allein? Niemals!«

Er beharrte: »Aber wenn sie es täte?«

Abdelmjid, an die müßige Vorliebe der Europäer, mit Möglichkeiten zu spielen, gewöhnt, gab ihm nach, diesen unwahrscheinlichen Gedanken weiterzudenken. »Dann riskiert sie, umgebracht zu werden, und es würde ihr recht geschehen.«

Stenham wußte nichts mehr zu sagen. Manchmal lähmte ihn die Sinnlosigkeit ihrer Brutalität. Sie waren wie wahnsinnige Roboter; vielleicht hatte es einmal einen Grund für dieses Verhalten gegeben, aber dieser Grund bestand schon längst nicht mehr, niemand erinnerte sich daran, was es gewesen war, niemand kümmerte sich darum.

Während der letzten Tage war nicht ein einziger Gast im Hotel eingetroffen. Vor dem Haupteingang standen immer vier oder fünf französische Polizisten; Stenham bildete sich ein, daß sie ihn vorwurfsvoll ansahen, wenn er vorbeiging. Während des Tages parkten sie ihren Dienstwagen vor dem äußeren Tor, zwischen den Omnibussen versteckt, nachts war der Platz leer. Eine Armee hätte sich da unbeachtet ansammeln können. Kenzie wurde zweimal auf die Präfektur gerufen, und man riet ihm nachdrücklich, seinen MG aus der Stadt zu fahren und ihn dorthin zurückzubringen, von wo auch immer er ihn herhaben mochte. »Ist das ein Befehl?« hatte er sich erkundigt. »Wenn ja, so wird es den britischen Konsul sehr interessieren.«

»Was für eine Frechheit!« hatte er gebrummt, als er es später Moss erzählte. »Mein Visum ist in Ordnung. Sie versuchen einfach, mich einzuschüchtern, die elenden Schweinehunde.«

Moss nahm die Sache ernster. »Ich glaube, Sie sollten lieber zu Fuß gehen und die öffentlichen Verkehrsmittel benutzen wie wir andern alle auch«, riet er ihm. »Sie fallen auf in Ihrem einsamen Glanz, wenn Sie durch die Volksmenge in Fez-Djedid fahren. Ich habe es neulich bemerkt, als ich in einem der algerischen Cafés saß und Sie vorbeifuhren, und ich dachte mir, was für ein geduldiger Menschenschlag sie eigentlich sind. Ich wundere mich, daß sie Sie nicht attackiert haben.«

»Mich attackieren!« rief Kenzie entrüstet. »Ja, warum denn?«

»Jawohl, Sie attackieren«, wiederholte Moss gelassen. »Jede derartige Situation ist im Grunde eine Auseinandersetzung zwischen Habenichtsen und Besitzenden, verstehen Sie. Sie versuchen nur die Vorsehung, das versichere ich Ihnen.«

»Aber der Wagen hat eine englische Nummer«, widersprach Kenzie.

Moss schüttelte sich vor Lachen. »Ohne Zweifel haben diese Leute das bemerkt. Die paar, die jemals den Namen gehört haben, werden wahrscheinlich sagen, England sei eine Stadt irgendwo in Paris. Warum lassen Sie sich nicht einen riesigen Union Jack machen und breiten ihn über die Haube? Dann würden es die Leute vielleicht für eine Zirkusreklame halten.«

»Sie haben mich bis jetzt noch nicht belästigt. Die Franzosen sind es, vor denen ich aufpassen muß.«

Tag für Tag verfolgten sie die Lage, indem sie Zeitungen aus Casablanca und Rabat lasen, und das gab den Ereignissen einen offiziellen und zugleich verschwommenen legendären Charakter, etwas entfernt von der Wirklichkeit. Manchmal fühlten sie, daß sie mitten in einem bedeutenden historischen Augenblick lebten, obgleich sie sich selbst und einander manchmal daran erinnern mußten. Ferner vermittelten die neuen Quellen, alle französisch, den entschiedenen Eindruck, die Behörden seien völlig Herr der Lage, es könne und werde sich nichts Ernstliches ereignen. Sogar wenn man die natürliche Tendenz der von der Regierung kontrollierten Presse in Betracht zog, die Schwere der Ereignisse herunterzuspielen, vertraute man doch noch darauf, daß die Franzosen im Stande waren, die Situation im Griff zu behalten. Die Abriegelung der Mellah schien ein befremdliches Ereignis, eine unvernünftige und willkürliche

Vorsichtsmaßnahme zu sein. Man konnte die Gefühle der Menschen nur durch Beobachtung ihrer Gesichter feststellen, und für Stenham sahen diese Gesichter immer gleich aus. Deshalb mußte er ein Lächeln unterdrücken, als Rhaissa eines Morgens mit der Neuigkeit in sein Zimmer platzte, daß ein gewisser *mejdoub* vor einer Stunde in der Zekak al Hajar von den Franzosen ermordet worden sei und daß sich noch vor Tagesende Furchtbares ereignen werde. Sie war in einer an Hysterie grenzenden Erregung, was ihm erschwerte, ein klares Bild des Vorfalls zu bekommen.

Er wußte, der einzige Unterschied zwischen einem *mejdoub* und einem gewöhnlichen Wahnsinnigen lag darin, daß der *mejdoub* ein Scherif war. Es war unmöglich für einen Scherif, verrückt zu sein; durch sein heiliges Blut verwandelte sich sein Wahnsinn automatisch in die Gabe der Weissagung. Darum war es gefährlich, wie zügellos sich einer auch in der Öffentlichkeit benehmen mochte, das einfach einer Geistesstörung zuzuschreiben. Wenn man die Person und die Familie nicht kannte, konnte man den sündenhaften Irrtum begehen, ihn für einen Wahnsinnigen zu halten, während er tatsächlich in unmittelbarer Berührung mit der Wahrheit Gottes stand. Stenham hatte diese Einstellung oft beim gewöhnlichen Volk beobachtet. Wenn sich ein Mann im Staub irgendeiner stinkenden Gasse, einer Latrine fast, wälzte oder inmitten der Menge die Sonne ansprach oder in einem Café voller Kartenspieler unverständliche Schimpfworte schrie, so ignorierten ihn die anderen ganz bewußt. Wenn er handgreiflich zu werden drohte, begegneten sie ihm mit entschiedener Sanftheit, und obgleich Stenham wußte, daß ihre Haltung mehr von Furcht als von Freundlichkeit bestimmt war, bewunderte er oft die Zurückhaltung und Geduld, die sie gegenüber diesen lärmenden Kreaturen bewiesen.

»Die Franzosen haben einen *mejdoub* erschossen?« wiederholte er ungläubig. »Das ist doch nicht möglich! Das muß ein Irrtum sein.«

Nein, nein, versicherte sie, kein Irrtum. Jedermann habe es gesehen. Er habe wie immer Verwünschungen gegen die

Franzosen ausgestoßen und geschrien: »*Ed dem! Ed dem!* Die Mohammedaner müssen Blut sehen!« und zwei Polizisten auf ihrem Weg zur Nejjarine hinunter seien stehengeblieben und hätten ihn einen Augenblick beobachtet. Und als er sie gesehen habe, habe er sie mit Sendboten Satans verglichen und noch lauter zu Allah gerufen, ihre Rasse zu vernichten, und plötzlich hätten die beiden Franzosen ein paar Worte miteinander gesprochen, seien zu ihm hinübergegangen und hätten ihn gegen die Mauer gedrängt. Daraufhin habe er sich auf sie gestürzt und sie geschlagen und gekratzt, und sie hätten nach ihren Pistolen gegriffen und ihn niedergeschossen, jeder mit einer Kugel. Und der *mejdoub* (Allah segne ihn) sei zu Boden gefallen, weiterheulend: »*Ed dem!*«, und sei vor all den Menschen gestorben, und dann seien noch mehr Polizisten gekommen und hätten die Leiche entfernt und auf die Leute in der Straße eingeschlagen, damit sie weggingen. Und es sei eine schreckliche, schreckliche Sünde, die Allah in seiner Herzensgüte nicht vergeben werde, eine Sünde, die die Mohammedaner, ob sie wollten oder nicht, rächen müßten. Es sei ein verfluchter Tag heute, *bismil'lah rahman er rahim*. »Und mein Mann und ich arbeiten hier im Hotel für die Christen, wer weiß, was uns zustoßen wird? Die Mohammedaner sind sehr schlecht. Sie werden uns vielleicht umbringen«, endete sie weinend. Immer war etwas von einem Doppelspiel in der Seele des Mohammedaners, wenn er mit einem Christen über sein eigenes Volk sprach. Eine Zeitlang sagte er »wir«, dann hieß es plötzlich »sie«, und gewöhnlich lief das dann auf eine bittere Kritik oder eine Verurteilung hinaus.

»Nein, nein, nein«, sagte Stenham, »mich werden sie vielleicht umbringen, weil ich ein Christ bin, aber warum sollten sie Ihnen etwas tun? Sie sind eine gute Mohammedanerin. Sie verdienen sich nur Ihren Lebensunterhalt.«

Rhaissa war nicht beruhigt. Sie konnte sich an zu viele gute Mohammedaner erinnern, die bei Christen ihr Brot verdient hatten und ohne eine Möglichkeit, sich zu verteidigen, niedergeschossen oder erstochen worden waren; die Tatsache, daß sie für die Polizei gearbeitet hatten, war unerheblich für sie. *»Aymah!«* jammerte sie. »Das ist ein Unglückstag.«

Als er sie endlich losgeworden war, ging er zum Fenster und horchte. Der Tag war wie jeder andere, dieselben verschlafenen Geräusche kamen von der Medina herauf; das Brummen der Sägemühle in der Ferne, schreiende Esel, hier und da ein Bruchstück eines ägyptischen Liedes aus einem Lautsprecher und die Rufe von Kindern. Im Garten piepsten die Sperlinge. Er setzte sich zur Arbeit hin, fand aber, daß es nicht ging, und fluchte im stillen auf Rhaissa. Dann versuchte er, eine Weile in der Sonne zu liegen in der Hoffnung, daß es ihn entspannen oder seine Gedanken wieder anregen werde oder was er sonst brauchte. Aber seit einer Woche oder zehn Tagen war es für ein Sonnenbad zu heiß gewesen, und auch heute war es unbedingt zu heiß. Der Schweiß brach ihm aus allen Poren, die Kissen auf den Stühlen wurden naß. So begann er, an dem Tisch in der Mitte des Zimmers Briefe zu schreiben; häufig sah er auf und blickte gedankenlos über das Panorama der Hügel und Mauern. Ungefähr nach einer Stunde wußte er allmählich, daß er die meiste Zeit auf die Medina hinaussah. Er erwähnte diese Entdeckung in dem Brief, in einem jener entschuldigenden Sätze, die man gewöhnlich einzufügen pflegt, wenn es sich herausstellt, daß der Text, an dem man gerade schreibt, infolge Unaufmerksamkeit oder Unterbrechungen nicht nach Wunsch gelungen ist. »Dies ist der verwünschteste Ort, um sich zu konzentrieren. Es ist ruhig, aber das scheint keine Rolle zu spielen. Sogar während ich dies schreibe, ertappe ich mich dabei, daß ich jede zweite Minute anhalte und aus dem Fenster starre. Nicht um die Aussicht zu bewundern, denn die sehe ich sowieso nicht. Ich kenne sie nur zu gut. Sie können sich vorstellen, wieviel schlimmer es ist, wenn man zu arbeiten versucht ...«

Er hörte wieder auf und las, was er getippt hatte. Es war absurd; er hätte lieber versuchen sollen herauszubekommen, warum er dauernd auf die Medina starrte. Was dachte er von diesem schimmernden Riesending da draußen in der Morgensonne? Er wußte, es war eine mittelalterliche Stadt;

er wußte, daß er sie liebte, aber das hatte nichts mit dem zu tun, was unter der Oberfläche seines Verstandes vorging, während er dasaß und auf sie hinabsah. In Wirklichkeit fühlte er, daß sie überhaupt nicht da war, denn er war sich darüber klar, daß sie eines Tages früher oder später, wahrscheinlich früher, nicht mehr dasein würde. Und es war das gleiche mit allen Dingen, mit allen Menschen. Die Stadt war, in gewissem Sinn, ein Symbol; das war leicht zu sehen. Sie stellte alles in der Welt dar, was der Veränderung oder, genauer gesagt, der Vernichtung unterworfen war. Obwohl dies nicht gerade ein tröstlicher Standpunkt war, verwarf er ihn nicht, denn er paßte zu einer seiner tiefsten Überzeugungen: daß man als Mensch unter allen Umständen einen Teil seines Ichs abseits und jenseits des Lebens bewahren mußte. Sollte er jemals auch nur einen Augenblick zu zweifeln aufhören und die Wahrheit dessen akzeptieren, was seine Sinne ihm vermittelten, so würde er von dem festen Grund, an den er sich klammerte, verjagt sein und würde, vom Strom hinweggerissen, jeden objektiven Sinn verlieren und völlig ins Dasein verstrickt werden. Er war von dem Verdacht gepeinigt, eines Tages feststellen zu müssen, daß er immer unrecht gehabt hatte; bis dahin hatte er keine andere Wahl, als zu bleiben, wie er war. Ein Mann kann seine Überzeugung nicht nach seinen Neigungen formen.

Nachdem er vier Briefe geschrieben hatte, rasierte er sich, zog sich an und ging hinten in den Hof hinaus. Niemand war dort; sogar der hochgewachsene *Rif-huissier*, der die Autos bewachte, war nicht da, vielleicht weil es im Augenblick keine Autos zu bewachen gab. Jenseits des Tores, auf der Straße, herrschte das übliche Leben. Der Besitzer des Antiquitätenladens, der ausschließlich für die Hotelgäste da war, verbeugte sich tief, als er Stenham sah. In den ersten drei oder vier Jahren hatte er sich hartnäckig eingebildet, dieser Fremde könne überredet werden, irgend etwas zu kaufen; oft hatte er ihn in seinen Laden gelockt und ihm Tee, Zigaretten und Pfeifen von *kif* angeboten, alles hatte Stenham angenommen, aber ihn gewarnt, er sei nur als Freund, nicht als Käufer da. Das hatte den Mann nicht daran gehindert, Berberteppiche auf dem Boden auszubreiten, seine Söhne zu rufen und sie zu bitten, dem christlichen Herrn als Modelle alte Brokatkaftane zu zeigen, oder er hatte die nägelbeschlagenen, mit purpur- und karmesinrotem Samt verkleideten Truhen geöffnet, Dolche, Schwerter und Pulverhörner herausgeholt, Schnupftabaksdosen und Kopfbedeckungen, Spangen und hundert andere alte Dinge, die Stenham absolut nicht interessierten.

Jetzt, nach so langer Zeit, war der Mann durch diesen unbegreiflichen Fremden, der so vielen Attacken ausnahmslos standgehalten hatte, nicht mehr eingeschüchtert; die beiden behandelten einander äußerst höflich. Trotzdem mochte Stenham die Öligkeit des Mannes nicht, und es war ihm bekannt, daß er ein inoffizieller französischer Spitzel war. Das war natürlich fast unvermeidlich und nicht des Mannes Schuld. Jeder Eingeborene, der regelmäßig Kontakt zu Reisenden hatte, mußte der Polizei über ihre Tätigkeit und Gespräche Bericht erstatten (obgleich es schwer zu verstehen war, welche Bedeutung solche oberflächliche Information für die Akten des Deuxième Bureau haben konnten). Manchmal hatte der Ladenbesitzer versucht, Stenham in Unterhaltungen zu verwickeln, die bei normalem Verlauf wahrscheinlich politisch geworden wären, aber Stenham hatte sie auf durchaus anerkannte und marokkanische Weise taktvoll in andere Richtungen gelenkt und in der Luft schweben lassen, aufgehängt an den Haken *Moulana* und *Mektoub*, von wo niemand sie anstandshalber entfernen durfte.

»Ich hoffe, Sie sind bei guter Gesundheit an diesem schönen Tag«, sagte der Mann auf französisch, als Stenham sich näherte. Sogar seine Beharrlichkeit, die verachtete Sprache zu gebrauchen, ärgerte Stenham; er hatte es gern, wenn die Marokkaner ihn in ihrer eigenen Sprache anredeten. Dann, ohne seinen Gesichtsausdruck oder den ergebenen Ton seiner Stimme zu ändern, fügte er hinzu: *»Un mot, monsieur.«*

»Was?« sagte Stenham stutzig.

»Wandern Sie heute nicht umher!« Der Mann lächelte ausdruckslos. *»Ah, oui«*, fuhr er fort, als ob er auf eine Bemerkung Stenhams antwortete. *»Ah, oui, il fait très beau.*

Wir haben jetzt Sommer. Es ist besser, im Hotel zu bleiben. Und Monsieur Alain? Geht es ihm gut? Bitte übermitteln Sie ihm meine Grüße. Ich habe jetzt einige sehr schöne römische Münzen, ausgezeichnete Ware für einen großen *connoisseur comme Monsieur Alain*. Erzählen Sie es ihm bitte. Sie sehen, mein Laden ist vorn geschlossen. Ich bin gerade dabei, hineinzugehen und die Tür zu verriegeln. *Bon jour, monsieur! Au plaisir!*«

Er verneigte sich wieder und ging in seinen Laden. Stenham stand einen Augenblick reglos da, fasziniert von diesem unerwarteten Auftritt. Die gesamte Ladenfront war tatsächlich verbarrikadiert, schwere Eisenstangen lagen quer über den Rolläden. Es war ihm bis jetzt nicht aufgefallen. Und der Mann zog tatsächlich, sogar während er ihn noch beobachtete, die Tür zu, verschloß sie und schob geräuschvoll drei Riegel vor, einen nach dem anderen.

Er ging zum äußeren Tor und stand inmitten eilender Träger, während er die Straße hinauf- und hinuntersah. Dieses Mal waren keine Polizisten zu sehen, und so ging er weiter auf dem offenen Platz zwischen den Stadtmauern und dem Friedhof, wo die Omnibusse der Einheimischen standen, und sah sich aus Neugier nach dem Dienstwagen um. Er war nicht da. Das kam ihm verdächtig vor, vielleicht war an Rhaissas Geschichte etwas Wahres, wenn die Polizei zu voraussichtlichen Unruhezentren mitten in der Stadt befohlen war. Aber hier ging das Laden und Ausladen der Busse und Lastwagen vor sich wie immer, und nichts deutete auf einen ungewöhnlichen Tag hin. Gelangweilt und erhitzt wanderte er zum Hotel zurück und traf auf der Hauptterrasse den Empfangschef.

»Es ist heiß heute«, sagte er.

Der große Mann sah zum Himmel. »Ich glaube, wir bekommen später am Nachmittag Gewitterschauer.« In seinem Cutaway mit den gestreiften Hosen sah er wie ein würdiger Vertreter eines Beerdigungsinstituts aus.

»Sagen Sie«, erkundigte sich Stenham, »es sind keine anderen Gäste mehr im Hotel als die zwei englischen Herren und ich, nicht wahr?«

Der Mann stutzte, sah auf und zögerte mit der Antwort. »Wir erwarten andere heute abend. Warum? Wenn Sie ein anderes Zimmer haben möchten, es ist möglich, ja.«

Stenham lachte. »Nein. Ich bin äußerst zufrieden mit meinem Zimmer, ich bin auch zufrieden, daß das Hotel leer ist. Nicht ihretwegen, natürlich«, fügte er hinzu. »Aber es ist angenehmer so.«

Der Empfangschef lächelte dünn. »Eine Geschmacksfrage, *bien entendu*.«

»Alle Ihre europäischen Angestellten schlafen hier im Hotel, nicht wahr?«

Jetzt erlaubte sich der Mann, den Kopf leicht zurückzulegen und Stenham ins Gesicht zu starren. »Ich glaube, ich weiß, worauf Sie hinauswollen, Monsieur Stenham. Aber erlauben Sie mir, Sie zu beruhigen. Es ist nichts zu befürchten. Unsere eingeborenen Angestellten sind völlig verläßlich.«

Stenham lächelte insgeheim: der Mann war erst vor vier Wochen nach Marokko gekommen und sprach schon wie ein Kolonialer. »Die meisten gehen abends nach Hause, wie Sie wissen. Die paar, die hierbleiben, haben seit langer Zeit ihre Zuverlässigkeit bewiesen, und mit Ausnahme des Wächters werden sie alle vom Hausmeister, der die Schlüssel bei sich trägt, in ihre Zimmer eingeschlossen.«

Für Stenham war das ebenso lächerlich wie empörend. Er sagte: »Wirklich? Das wußte ich nicht.«

»Außerdem«, fuhr der andere fort in der Meinung, Eindruck gemacht zu haben, »es liegt absolut kein Grund zur Beunruhigung vor, hier in Fez.«

»Oh, das weiß ich«, sagte Stenham. »Aber es war ohnehin eine schlechte Saison für Sie.«

»Das Hotel büßt täglich einige fünfzigtausend Francs ein, Monsieur«, sagte der Mann düster. »Die Saison wird natürlich mit einem ungeheueren Defizit enden. Wir schränken unseren Nahrungsmitteleinkauf bis auf ein Minimum ein, aber ich glaube, Sie werden kein Nachlassen der Qualität festgestellt haben?«

»Oh, nein, nein«, versicherte ihm Stenham. »Das Essen

ist immer ausgezeichnet.« Das stimmte nicht, und sie wußten es beide, die Mahlzeiten waren allenfalls ausreichend.

Plötzlich erschien Moss auf den Stufen des unteren Gartens. Er schwang einen Stock. Der Empfangschef begrüßte ihn, entschuldigte sich und verschwand.

Sie setzten sich an einen Tisch im Schatten. Der kleine Algerier kam gelaufen. Moss bestellte einen Saint Raphael. »Sagen Sie, John, haben Sie das Neueste gehört? Es ist zu phantastisch.«

»Ich habe heute bisher zwei oder drei phantastische Dinge gehört. Und Sie?«

»Es handelt sich um einen Verrückten, dem die Istiqlal eingepaukt hatte, den Pöbel aufzuwiegeln – Sie wissen schon, einer jener armen Geistesgestörten, die in Lumpen einherlaufen und mit den Armen in der Luft herumfuchteln. Die Polizei ist glatt darauf hereingefallen.« Er fuhr fort und berichtete ungefähr das gleiche wie Rhaissa, aber neu war die Nachricht von einer beabsichtigten Provokation durch die Nationalisten. »Ich muß sagen, ich finde es nicht besonders fair, den armen alten Narren so kalten Blutes zu opfern. Jedenfalls sauste Hugh sofort im Wagen los, um sich zu vergewissern, und wurde sofort verhaftet. Er hat vor einem Weilchen wütend angerufen, weil sie ihn nicht gehen lassen wollen, bis er ihnen seinen Paß zeigt, das heißt, ich muß ihm den Paß bringen. Es ist eigentlich komisch, wie er es immer fertigbringt, alles zu verpfuschen. Alles ist so unnötig.«

»Aber warum sitzen Sie ruhig hier und trinken, wenn er wartet?«

»Oh, ich habe einen Wagen bestellt«, sagte Moss verdrossen. »Er wird jeden Augenblick hier sein. Aber ich kann es wirklich nicht so ernst nehmen oder Mitleid mit Hugh haben, wissen Sie, weil er ein Idiot ist. Er benimmt sich wie ein Junge bei einem Kricketspiel. Aber das ist doch kein Kricketspiel, nicht wahr? Man sitzt nicht gemütlich da und schreit Hurra, wenn Menschen getötet werden. Meine Ansicht ist, wenn man nicht irgendwie helfen kann, hält man sich völlig abseits, meinen Sie nicht?«

Stenham stimmte zu. Moss hatte ausgetrunken, wischte sich den Schnurrbart mit einem Taschentuch und stand auf. »Also, mein Junge, auf bald. Und bleiben Sie hier im Hotel. Wer weiß, vielleicht verhaften sie mich auch, und Sie müßten mich dann herausholen. Dieser verdammte Konsul ist natürlich für den ganzen Tag weggefahren. Ich glaube, mit Absicht. Passen Sie aufs Telefon auf.«

20

Als er etwas außer Atem in seinem Zimmer ankam, denn der Tag war nicht nur heiß, sondern unerklärlich schwül und drückend, fand er die Tür offen, und Rhaissa scheuerte den Fußboden. Sie hatte die Teppiche aufgenommen und über den Balkon vor den Fenstern gehängt. Das Zimmer roch nach der Kreosotlösung in ihrem Eimer. Kissen und Leintücher waren auf die Stühle gehäuft; seine Anwesenheit im Zimmer war zur Zeit offensichtlich überflüssig. Er ging trotzdem hinein und fragte sie: »Noch was Neues?« Sie sah bestürzt auf und gab ihm einen Wink, die Augen zu schließen, was er auch tat.

Dann stand sie auf, rollte die Augen, bezog ihn so stillschweigend in die Verschwörung ein und sagte: »Das Fest wird nicht stattfinden.«

»Fest? Welches Fest?« Er hatte völlig vergessen, daß Aïd el Kebir vor der Tür stand.

»Das Fest des Schafes, das große Fest! Wir haben unser Schaf seit drei Wochen auf dem Dach. Es ist schon sehr fett. Aber sie werden jeden umbringen, der das Opfer bringt.«

»Wer wird? Wovon sprechen Sie?« Er bemerkte, daß er schlechter Laune war, aber daran hatte sie zum Teil Schuld, fühlte er. Überdies wollte er sich hinsetzen und fand keinen Platz.

»Die Mohammedaner. Die Freunde der Freiheit. Sie sagen, wer ein Schaf opfert, ist ein Verräter am Sultan.«

Wieder ein Schritt dem Ende entgegen, dachte er verbittert. Ob das Gerücht stimmte oder nicht, die Tatsache, daß solche Gerüchte umliefen, daß ihnen ein so unfaßbarer Frevel überhaupt einfallen konnte, zeigte, wohin sie sich entwickelten.

»B' sah?« sagte er scharf. »Wirklich? Und wahrscheinlich wird jeder darauf hören und ihnen gehorchen? Politik ist wichtiger als Religion? Allal el Fassi ist größer als Allah? Warum nennen sie ihn nicht einfach Allah el Fassi – und fertig?« Er fand das Wortspiel ganz gut.

Sie konnte seinen Gedanken nicht folgen; sie verstand gerade genug, um tief betroffen zu sein. »Niemand ist größer als Allah«, antwortete sie sehr ernst und dachte an die Strafe Gottes, die diesen unwissenden Christen für seine Lästerungen treffen würde.

»Werdet ihr also das Schaf opfern oder nicht?« verlangte er zu wissen.

Sie sah ihn an und schüttelte langsam den Kopf. *»Mamelouah«*, antwortete sie, »es ist verboten.«

Er ärgerte sich über sie. »Es ist nicht verboten!« rief er. »Im Gegenteil, es nicht zu opfern ist verboten! Allah verlangt es. Hat es jemals ein Jahr ohne Opfer gegeben?«

Sie schüttelte weiter den Kopf. »Im vergangenen Jahr«, sagte sie, »war kein Fest.«

»Natürlich war eins. Hat Abdelmjid nicht im vergangenen Jahr ein Schaf geschlachtet?«

»Sein Vater, ja. Wir haben erst später geheiratet, gerade vor Mouloud.«

»Aber er hat es geschlachtet.«

»Ja. Aber es war umsonst, denn an demselben Tag wurde der Sultan entführt.«

»Ach so«, sagte Stenham nachdenklich, »ich verstehe, natürlich.« Die Franzosen hatten den heiligsten Tag des Jahres gewählt, um den Sultan verschwinden zu lassen, und der falsche Sultan hatte das Opfer vollzogen. Deshalb war es kein Opfer. Er schwieg einen Augenblick, dann fragte er: »Warum könnt ihr euer Schaf nicht im Namen des wahren Sultans opfern?«

»Die Istiqlal will überhaupt kein Fest«, erwiderte sie

geduldig. »Es ist Sünde, ein Fest zu feiern, wenn jeder unglücklich ist.«

»Sie meinen, die Menschen könnten ihr Unglück vergessen, wenn sie ihr Fest feiern, und das möchte die Istiqlal verhindern. Sie wollen sie an ihr Unglück erinnern. Ist es so?«

»Ja«, sagte sie, etwas unsicher.

»Aber sehen Sie denn nicht?« rief er unwillkürlich, wohl wissend, daß sie es nicht sehen konnte, niemals sehen würde, »sehen Sie denn nicht, daß sie euch eure Religion nehmen wollen, um alle Macht für sich zu haben? Sie möchten die Moscheen für immer schließen und aus allen Moslems Sklaven machen. Sklaven!«

»Meine Mutter war eine Sklavin im Haus eines Paschas«, sagte Rhaissa ruhig. »Sie bekam jeden Tag Huhn und hatte vier schwere goldene Armbänder und einen seidenen Kaftan.«

Wie manche Menschen tun, wenn sie ihr Spiel verloren sehen, versuchte Stenham sich in den Sarkasmus zu retten. »Und sie war wohl gern eine Sklavin«, spottete er.

Rhaissa zuckte die Achseln. »Es stand so geschrieben.«

»Ja, natürlich.« Er fragte sich, warum er wieder den Fehler begangen hatte, sich mit einem dieser Menschen in eine Auseinandersetzung einzulassen, da es doch offensichtlich ausgeschlossen war, die Kontrolle über eine Diskussion zu behalten, und das unvermeidliche Abweichen jedes Gesprächs vom Wege der Logik ihn immer mit einem niederdrückenden Gefühl seiner eigenen Nutzlosigkeit erfüllte. Aber schließlich, wenn diese Leute vernünftige Wesen wären, dachte er, wäre das Land uninteressant; sein Reiz lag gerade in der mangelnden geistigen Entwicklung der Bevölkerung. Andererseits war nicht zu erwarten, daß sie selbstbewußt und trotzig rückständig blieben. Wenn sie auch nur die kleinste Spur äußerlicher europäischer Kultur erhaschen konnten, hielten sie wie besessen daran fest, aber sie konnten sich diesen Fetzen Kultur nur soweit zu eigen machen, als er aus dem Zusammenhang gelöst und dadurch sinnlos wurde. Doch es war damit zu rechnen, daß die Kultur, hervorgeholt aus dem jahrhundertealten Eis der Isolierung, jetzt sehr rasch in Verwesung überging. »Es steht geschrieben«, hatte sie ihm gesagt, und er hatte zugestimmt; das war die endgültige, allumfassende Wahrheit über Marokko – und eigentlich auch über die Welt. Diskussion war nichts weiter als ein Zusammenstoß von Persönlichkeiten.

»Mektoub.« Sie stand da und sah ihn immer noch forschend an. Er wußte nicht, was sie von ihm noch erwartete, und da er nichts mehr zu sagen hatte, lächelte er ihr zu, öffnete die Tür und ging wieder hinunter. Sie würde mit dem Zimmer niemals fertig werden, wenn er blieb.

Er saß eine Weile in einer dunklen Ecke der Halle und blätterte in alten Zeitschriften, die sich mit den wirtschaftlichen Aussichten der französischen Kolonien befaßten; sie enthielten seiner Meinung nach unglaublich langweilige Fotos von Fabriken, Lagerhäusern, Brücken, in Bau befindlichen Dämmen, Projekten neuer Wohnbauten und einheimischen Arbeitern. Das Ganze erinnerte ihn an die Sowjetpublikationen von einst, die er zu studieren pflegte. Schließlich, dachte er, war der Kommunismus nur eine bösartige Form der in der ganzen Welt vorhandenen Krankheit. Die Welt war unteilbar und einheitlich; was sich an einem Ort ereignete, ereignete sich auch anderswo, trotz aller politischen Beteuerungen des Gegenteils. Oder vielleicht war der große Unterschied, daß der Westen menschlich war; er gestattete seinen Patienten Betäubung, während der Osten Leiden für selbstverständlich hielt und mit äußerster Gleichgültigkeit gegen Schmerzen in eine grausige Zukunft stürzte.

»Das Unglück mit Ihnen, John«, hatte Moss erklärt, »ist, daß Sie keinen Glauben an die menschliche Rasse haben.« Er hatte das zugegeben, aber sein Einwand war gewesen, daß man zuerst an Gott glauben müsse. »Und haben Sie diesen Glauben?« hatte Moss ihn gefragt. Er hatte verneint, und Moss triumphierte. »Und Sie werden ihn niemals haben!« hatte er gerufen. »Beide sind unzertrennlich.« Stenham hatte das als einen oberflächlichen Beweis hingestellt, typisch für den Mangel an Demut im heutigen Menschen. »Kommen Sie mir nicht damit«, hatte er gesagt. »Ich will nichts davon wissen. Gerade das ist die Wurzel allen Übels.« Diese kleinen Szenen fürchtete er am meisten, wenn er mit Moss zusammen war, und Moss forderte sie immer heraus; sie gerieten mitten in einen solchen Auftritt, ehe er es merkte. Moss war so selbstsicher, so bequem und unberührt vom Tumult des Daseins, daß seine billigen Predigten keine Bedeutung hatten.

Er warf die Zeitschriften auf den Tisch und ging essen. Die Stille des Speisesaals war beunruhigend. Die Kellner kamen und gingen auf Zehenspitzen und sprachen untereinander im Flüsterton. Zum erstenmal hörte er die in der Küche aufgegebenen Bestellungen. Und dann kam durch das offene Fenster der gedehnte, langsam anschwellende Ruf eines Muezzin zum Gebet des *loulli.* Sofort fiel ein anderer ein, bis die klaren Tenorstimmen zu einem gewaltigen Chor anschwollen. Wie immer erklang zuerst eine einzelne Stimme, wie immer blieb zum Schluß, wenn sie alle aufgehört hatten, eine Stimme übrig. Er lauschte, wie sie die letzte Silbe des *Allah akbar!* dehnte. Nachdem der Muezzin seinen Ruf nach Osten, Süden und Westen hatte erschallen lassen, stand er jetzt gegen Norden gewandt, und seine Stimme tönte klar wie der Klang einer Oboe über der Stadt. Dann deckte sie ein Hahnenschrei von einem nahen Dach zu, und der Kellner kam mit einem großen *vol au vent* und setzte ihn vor ihm nieder. Plötzlich wurde er sich der Sinnwidrigkeit des Augenblicks bewußt. Der gesamte Apparat, die Küche mit ihrem Chef, die Küchenjungen, das ganze Aufgebot der Kellner, die Auswahl von Gläsern, Porzellan und Bestecken, die rotierende Platte mit den Vorspeisen, die kleinen Rolltische mit ihren Heizplatten und den flackernden blauen Spiritusflämmchen, all das war für ihn, diente nur ihm – als könnte niemand anders kommen und ihm die Last der Verantwortung abnehmen. Niemand würde kommen, und wenn er fertig war, würde der ganze Aufwand wieder weggeräumt sein, und die Tische wären für das Abendessen gedeckt, auch wenn er vielleicht gar nicht kam, falls er sich entschied, auszugehen und in der Stadt zu essen. Plötzlich und ganz laut sagte er: »O mein Gott!« Es war ihm gerade eingefallen, daß Si Jaffar ihn zum Abendessen erwartete.

Es wäre entschieden unhöflich gewesen, anzurufen und zu fragen, ob er unter den gegenwärtigen Umständen kommen solle; denn obwohl er die Familie gut genug kannte, um zu wissen, daß sie das Vorhandensein irgendeiner politischen Krisensituation niemals zugeben würde, hatte er keine Ahnung, auf welcher Seite ihre Sympathien waren. Er hatte mehrere Male Offiziere der französischen Armee mit ihren Damen im Haus getroffen, und es hatte eine durchaus herzliche Stimmung geherrscht. Außerdem arbeiteten zwei Söhne von Si Jaffar als Beamte in der französischen Verwaltung; es hat den Anschein, dachte er, daß die Familie franzosenfreundlich ist. Und doch hatte jeder einzelne von ihnen hier und da die Franzosen aufs schärfste kritisiert. Er pflegte ihnen beizustimmen, aber in letzter Zeit hatte er es für klüger gehalten, nur zu lachen und ihnen das Schimpfen zu überlassen. Wenn sie tatsächlich auf seiten der Franzosen waren, mußte sein Polizeidossier als Ergebnis der Abende, die er mit ihnen verbracht hatte, geradezu sprunghaft angewachsen sein, denn sie hatten keine andere Wahl, als alles zu melden. Man konnte mit den Franzosen nicht auf halbem Weg paktieren; wenn man auf ihrer Seite war, hatte man ihren vollen Schutz, mindestens bis sie fanden, daß man ihnen nicht mehr von Nutzen sein konnte, und wenn man nicht für sie war, war man gegen sie. Si Jaffar anrufen und fragen, ob er trotz der augenblicklichen Vorgänge seinen Besuch wünschte, hätte zu nichts geführt, denn er hätte den völlig Unwissenden gespielt. Außerdem, was ging wirklich vor? Stenham wußte es selbst nicht. Der Mann in dem Antiquitätenladen war sehr freundlich gewesen, ihm seine geheimnisvolle Warnung zukommen zu lassen (er hatte ihn einer solchen selbstlosen Geste nicht einmal für fähig gehalten); aber er beschloß, sie trotzdem nicht zu beachten. Wenn er mit dem Essen fertig war, würde er zum Tor hinaus und zur Medina hinunter auf eine kleine selbständige Inspektionstour gehen.

Aber die ausgedehnte Mahlzeit und die lastende Hitze,

vielleicht auch die Stille des Speisesaals, taten ihre Wirkung, und nachdem er sein Obst gegessen hatte, ging er hinauf, um sich ein paar Minuten auf dem Bett auszustrecken. Zunächst einmal schloß er die Vorhänge zum Schutz gegen die gelbe blendende Nachmittagssonne. Ein paar Fliegen zogen summend ihre Kreise über dem Tisch; er besprühte sie leicht mit einem Desinfektionsmittel; dann zog er Schuhe und Strümpfe aus und legte sich hin. Die Luft war schwer von der Hitze, und das Zimmer war so dunkel, daß er die gemalten Arabesken an den Balken über seinem Kopf nicht sehen konnte. Irgendwo weit weg in den Bergen, im mittleren Atlas, ertönte ein triumphierendes Donnerrollen, sanft und gedämpft durch die große Entfernung. Es kam in regelmäßigen Abständen und umschloß ihn mit seiner Sanftheit. Nichts lag mehr zwischen ihm und dem Schlaf.

Und dann plötzlich, ein Jahrhundert später, setzte er sich auf und blinzelte in eine lavendelblaue Leere, die in einen feindlichen, unwirklichen Raum eingebrochen war. Der Donner krachte wieder im Garten; er sprang aus dem Bett und stürzte ans Fenster. Es fing gerade böse und wild zu regnen an, und die Stadt glühte in einem unnatürlichen Zwielicht. Es war Viertel nach fünf. Er ging zum Bett zurück, legte sich nieder und griff nach der Glocke über seinem Kopf. Der Sturm übertönte das Klingeln im Mädchenzimmer eine Etage tiefer, aber es hatte doch geläutet, denn einen Augenblick später klopfte es laut an die Tür.

»Trhol!« rief er.

Rhaissas Kopf erschien, ihre Augen sahen sehr weiß aus in der Dämmerung. Sie hätte sicher gern über das Wetter gesprochen, aber er war noch ganz schlaftrunken. »Bringen Sie mir bitte Tee«, sagte er, und sie schloß die Tür.

Einen Augenblick später klopfte es wieder. Er dachte, er müsse wieder gedöst haben, denn es dauerte immer eine Viertelstunde, bevor der Tee kam. *»Trhol!«* rief er; als keine Reaktion erfolgte, schrie er lauter. Die Tür öffnete sich, und ein Mann trat ein. Stenham drehte das Licht an und sah Moss. Sein Anzug war teilweise durchnäßt, und er hatte seinen Stock unter den Arm geklemmt.

»Kommen Sie herein! Kommen Sie herein«, sagte er.

»Störe ich nicht?«

»Aber nein. Ich will gerade Tee trinken. Ich werde ihr sagen, sie soll noch eine Tasse bringen.«

»Nein, nein. Ich muß hinuntergehen und mich umziehen. Ich bin patschnaß. Ich kann mich nicht einmal hinsetzen; ich wollte Ihnen nur Bericht erstatten. Es war ein unglaublicher Tag; Einzelheiten später.« Er wischte sich die Stirn und putzte sich die Nase. »Hugh ist in seinem Zimmer; ich habe wenigstens meine Mission durchgeführt. Ich muß sagen, ich habe meine Ansichten über die Franzosen seit heute morgen etwas geändert. Seh' ich Sie zum Abendessen?«

»Ja«, sagte Stenham. »Wenn das Hotel noch steht und nicht in den Fluß geschwemmt worden ist. Hören Sie!« Er hob den Finger: Der Regen rauschte. Moss lächelte und ging hinaus.

Noch ehe Rhaissa den Tee brachte, hörte der Regen mit dramatischer Plötzlichkeit auf. Es war jetzt dunkel. Er öffnete die Fenster und hörte das Wasser noch in den Regenrinnen schäumen und von den Bäumen auf die Terrasse tropfen. Aber die Luft war ruhig und kühl. Er lehnte sich eine Weile hinaus, lauschte und holte tief Atem.

Später, während er seinen Tee trank, erinnerte er sich wieder an seine Verabredung mit Si Jaffar. Es gab keinen Ausweg; er konnte nur einen alten Anzug anziehen und durch den Schlamm zu dem Haus plantschen. Wenn er ein paar Abkürzungen einschlug, die er im Lauf der Jahre herausgefunden hatte, konnte er in einer halben Stunde dort sein. Er trank seinen Tee aus, zog sich rasch an, steckte noch eine Taschenlampe ein und rief Moss an.

Es dauerte lange, bis er ihn erreichte, und als er antwortete, war seine Stimme barsch. *»Oui? Qu'est-ce qu'il y a?«*

»Habe ich Sie geweckt?« begann Stenham.

»Nein, John, aber ich mache den ganzen Teppich naß. Ich war im Bad.« Stenham entschuldigte sich und erklärte, warum er nicht zum Abendessen dasein werde. Moss zögerte, ehe er sagte: »John, ich weiß nicht, ob Sie gehen sollten. Ich halte es nicht für klug im Augenblick.«

»Ich muß gehen«, sagte Stenham nachdrücklich. »Steigen Sie wieder in Ihre Badewanne, ich sehe Sie morgen.«

Die Straßen waren menschenleer. Er ging an der Seite, die Mauern entlang, um die in der Mitte hinabrauschenden Bäche zu vermeiden. Je näher er zum Fluß kam, desto mehr Wasser war da; er war schließlich gezwungen, umzukehren und ihn an einer höher gelegenen Stelle zu überqueren. Wäre er auf seinem ursprünglichen Weg geblieben, so wäre ihm das Wasser am tiefsten Punkt bis zu den Knien gestiegen. Die paar Menschen, denen er begegnete, waren zu sehr mit ihrem Weg beschäftigt, um ihn zu beachten.

Es war schwierig, die steilen Straßen in Zekak er Roumane zu erklimmen; der Schlamm war mindestens so schlimm wie das Wasser, und er rutschte dauernd zurück. Hinter den nassen Mauern der Häuser und von den Terrassen darüber krähten sinnlos die Hähne, und kleine Fledermäuse schossen rings um die spärlichen Straßenlaternen durch die Luft.

Als er in der Talâa herauskam, fand er sie fast ebenso menschenleer wie die Seitenstraßen; die Verkaufsstände waren verbarrikadiert, und nur hin und wieder kam er an einem einsamen Mann vorbei, der stumm neben einem Esel, einem Haufen Holzkohle oder einer Rolle Matten saß. Sogar die Bettler, die gewöhnlich neben dem Brunnen unterhalb der Abbiegung zu Si Jaffars Haus saßen, waren heute abend nicht da. Er sah auf seine Uhr, es war fast acht. Wenn es nur schon elf wäre, dachte er, und er, die harte Prüfung hinter sich, auf dem Heimweg zu seinem Hotel. Diese endlosen Abende bei Si Jaffar waren qualvoll; er fürchtete sie fast so wie die meisten Menschen einen Besuch beim Zahnarzt. Die Unterhaltung war zwangsläufig oberflächlich, und es verstand sich von selbst, daß nichts gesagt wurde, was auch nur einen Schimmer der Aufrichtigkeit hatte; wenn einmal etwas Wahres geäußert wurde, dann nur aus Zufall. Manchmal versuchte er, die Familie auf das Thema der einheimischen Gebräuche zu bringen, aber selbst da merkte er mitunter, daß sie ihn belogen, ihn mit Absicht falsch informierten, zweifellos, um später auf seine Kosten lachen zu können. Alle Familienmitglieder waren äußerst liebenswürdig, doch auch ihre Freundlichkeit drückten sie mit einer eigenwilligen und konventionell steifen Form aus; aber er fühlte, es tat ihm gut, seine Geduld auf die Probe zu stellen, indem er bei ihnen saß und mit ihnen auf ihrem Niveau schwatzen und scherzen lernte. Hätte ihn jemand gefragt, warum er es für nützlich hielt, sich regelmäßig dieser Plage zu unterziehen, so hätte er zur Antwort gegeben, Theorie ohne Praxis habe keinen Wert. Si Jaffar und seine Familie waren typische Marokkaner des Mittelstandes, die ihm die ungewöhnliche Ehre angetan hatten, ihm ihr Haus zu öffnen. (Er hatte sogar die Frau und die Tochter kennengelernt, unverschleiert, die Tanten und die Großmutter, eine uralte Dame, die auf Händen und Füßen durchs ganze Haus kroch.) Es schien ihm, er dürfe einfach keine Gelegenheit versäumen, sie zu besuchen.

Moss hatte ihm einmal gesagt: »Bei Ihnen kann kein Mohammedaner etwas Falsches tun«, und Stenham hatte etwas säuerlich gelacht, zugestimmt und überlegt, falls das so wäre, könne auch kein Mohammedaner etwas recht machen. Sie taten, was sie taten; er fand alles rührend und vollkommen lächerlich. Die einzigen, die er verurteilte und deshalb haßte, waren die Leute, die versuchten, sich der Denkart des Westens anzuschließen. Diese Renegaten, die töricht von Bildung und Fortschritt schwatzten, die das Konzept einer statischen Welt zugunsten einer dynamischen aufgegeben hatten – er hätte sie gern alle im stillen hingerichtet gesehen, damit die Macht des Islam ohne Gefahr der Unterbrechung weiterbestehen könnte. Wenn Si Jaffar und seine Söhne ihre Dienste den Franzosen verkauft hatten, so minderte das für sein Gefühl ihre Lauterkeit nicht herab, solange sie weiter so lebten wie bisher, auf dem Fußboden sitzend, mit den Fingern essend, in einem Raum kochend und schlafend, dann wieder in einem anderen oder in dem weiten Binnenhof mit seinen Springbrunnen oder auf dem Dach, in der schönen Schale ihres Hauses das Leben von Nomaden führend. Hätte er gefühlt, daß sie imstande gewesen wären, ihre völlige Hingabe an die Gegenwart abzuwerfen, um sich mit Zeiten zu beschäftigen, die noch nicht gekommen waren, er hätte sofort jedes Interesse an ihnen verloren und sie als unmoralisch verurteilt. Wenn sie ihm gefallen sollten, mußten die Mohammedaner auf schmalen Pfaden wandeln; er wollte keine Abweichung dulden. In der Unterhaltung mit ihnen versäumte er keine Gelegenheit, das Christentum und seine Begleiterscheinungen zu verunglimpfen. Es bereitete ihm die größe Genugtuung, wenn sie sich erstaunt ansahen und kopfschüttelnd feststellten: »Der versteht die Welt. Ein Christ, der das Böse am eigenen Volk sieht.« Eine Frage, die oft an diesem Punkt der Diskussion gestellt wurde, lautete: »Und Sie haben nie den Wunsch gehabt, Mohammedaner zu werden?« Die Frage machte ihn recht verlegen, denn gerade für ihren Glauben fand er sich ungeeigneter als für irgendeinen anderen: Er forderte eine Demut und Selbstverleugnung, wie Stenham sie sich für seine Person nicht vorstellen konnte. Er bewunderte sie an ihnen, aber für sich konnte er sie niemals akzeptieren. Disziplin um der Disziplin willen, seelenlose, freudige Unterwerfung unter willkürliche Gesetze, das war ein Wesenszug ihrer Religion, so lobenswert er auch sein mochte, der für ihn nicht taugte. Es war zu spät; selbst seine Ahnen vor mehreren Jahrhunderten hätten gesagt, es sei zu spät. Er wußte nicht, wer unrecht hatte und wer recht, und es war ihm auch gleichgültig, aber er wußte, er konnte kein Mohammedaner sein.

Und doch schien es ihm, dies sei es, gerade dies, was die Berührung mit ihnen so wünschenswert und heilsam machte. Gewiß machte es seine Beschäftigung mit ihnen so besessen. Sie verkörperten das Geheimnis des Menschen, der in Frieden mit sich selbst lebt, einverstanden mit seiner Lösung des Lebensproblems; ihre Selbstzufriedenheit bestand darin, daß sie keine Fragen stellten, das Leben hinnahmen, wie es sich jeden Morgen von neuem ihren Sinnen bot, daß sie nichts weiter zu verstehen suchten, als was sich für den einfachen Tagesablauf nützlich erwies, und uneingeschränkt der endgültigen, vollkommenen Unvermeidlichkeit aller Dinge vertrauten, auch dem Verhalten der Menschen. Und diese Befriedigung, die sie im Leben fanden, war für ihn das Geheimnis, der dunkle, köstliche und unverzeihliche Fleck, der es unmöglich machte, sie zu verstehen, der alles berührte, was sie berührten, und die einfachste Handlung faszinierend machte wie das Auge einer Schlange. Er wußte, es war eine endlose Aufgabe, das Geheimnis zu ergründen, denn je weiter man in ihre Welt vordrang, desto mehr wurde einem die Notwendigkeit klar, daß man sich von Grund auf ändern mußte, um diese Menschen zu kennen. Denn es war nicht genug, sie zu verstehen; man mußte denken können, wie sie dachten, fühlen, wie sie fühlten, und dies ohne Anstrengung. Es war eine Lebensaufgabe, eine Aufgabe, deren er, wie er wußte, eines Tages plötzlich müde würde. Er betrachtete es aber als den ersten Schritt, diese Menschen kennenzulernen; Moss war in Gelächter ausgebrochen, als er es ihm sagte.

»Moralisch sind Sie immer noch totalitär.« Manchmal schien es unmöglich, daß Moss ihn ernstlich derart beschuldigte; er hatte es sicher aus reiner Bosheit gesagt, da er wußte, daß das genaue Gegenteil richtig war. Aber wenn das so war, warum haftete der Gedanke dann wie eine Klette in seinem Gehirn? Er versuchte zurückzudenken, sich zu erinnern, ob er eines Tages vielleicht irgendein unbedachtes Wort gebraucht haben könnte, das Moss verleitete, spätere Bemerkungen mißzuverstehen, aber es war natürlich aussichtslos; er konnte sich an keinen Fall erinnern. Vielleicht bin ich es, wiederholte er zu sich selbst und horchte auf das Echo seiner Schritte auf dem überdachten Weg. Wenn es ›totalitär‹ war, den Wert eines Menschen nach dem zu beurteilen, was er produzierte, oder einen Ausschnitt der Menschheit nach seiner Kultur zu bewerten, dann hatte Moss recht. Es gab kein anderes Kriterium, um die Existenzberechtigung eines Organismus zu bestimmen (und schließlich ließ sich jedes Urteil, das man über einen anderen Menschen fällte, auf die Einschätzung dieser Berechtigung zurückführen). Wenn er z. B. die Gewalttätigkeiten verwarf, die zu den täglichen Bombenwürfen und Schießereien in den Straßen von Casablanca führten, so war es offensichtlich nicht aus Mitleid mit den Opfern, die, wenn sie auch erschütterten, doch anonym blieben, sondern weil er wußte, daß jeder blutige Zwischenfall das politische Bewußtsein der Überlebenden weckte und die sterbende Kultur ihrem Ende näherbrachte. Er erinnerte sich jetzt an eine Gelegenheit, als sie über Krieg sprachen und er gesagt hatte: »Menschen kann man ersetzen, Kunstwerke nicht.« Moss war entrüstet und hatte ihn egoistisch und unmenschlich genannt. Vielleicht waren es ein paar sorglos hingeworfene Phrasen wie diese, an die Moss sich erinnerte und die er jetzt als Ansatz für seine Beschuldigung benutzte. Bei Gelegenheit würde er das Thema wieder aufgreifen. Nun stand er vor der Tür von Si Jaffars Haus. Er ergriff den Klopfer und schlug den Eisenring zweimal gegen das Holz.

Der jüngste Sohn hatte ihn in den inneren Hof geführt, wo der Regen noch immer von den Orangenbäumen auf den Mosaikboden tropfte. Ein, zwei Minuten stand er da allein bei der mittleren Fontäne, ehe Si Jaffar erschien. An der schmiedeeisernen Balustrade rund um das Becken hingen Trockentücher. Tücher waren sogar um die unteren Zweige eines Baumes geschlungen. Irgendwo aus dem Innern des Hauses kam das eindringliche Stampfen eines Mörserkolbens: Eine Frau stieß Gewürze. Si Jaffar erschien im gestreiften Pyjama, einen Turban lose um den Kopf gewunden, rang die Hände und lächelte sein ewiges Lächeln.

»Wir hatten einen kleinen Unfall, einen leichten Schaden«, sagte er. »Ich hoffe, Sie werden die Unbequemlichkeit verzeihen.« Er führte ihn in den großen Empfangsraum. Einige Tonnen Schutt lagen an einem Ende aufgehäuft: Steine, Erde und Mörtel. Durch das gähnende Loch war die Wand des Hauses auf der anderen Seite der Straße sichtbar. Die Familie hatte die meisten Ruhebänke und Kissen gerettet und in der Mitte des Raumes arrangiert. »Der Regen«, sagte Si Jaffar entschuldigend. »Es ist ein altes Haus. Man hat immer Angst, die ganze Wand könnte zusammenfallen.«

Stenham blickte etwas nervös zur Decke. Si Jaffar bemerkte es und lächelte nachsichtig. »Nein, nein, Monsieur Jean! Das Dach fällt nicht ein. Das Haus ist fest.« Stenham war nicht ganz sicher, aber er lächelte und setzte sich auf den ihm angewiesenen Platz an der Wand gegenüber.

»Sie müssen meine Formlosigkeit entschuldigen. Ich bin verspätet«, sagte sein Gastgeber und berührte seine Pyjamajacke und seinen Turban mit dem Zeigefinger. »Durch diese ganze Aufregung habe ich keine Zeit zum Anziehen gehabt. Aber jetzt werde ich mit Ihrer Erlaubnis gehen und mich anziehen. Ich habe meinen Vetter, Si Boufelja, gebeten, Sie inzwischen mit seiner *oud* zu unterhalten. Man kann doch seine Gäste nicht so einfach sitzen lassen. Nur einen kleinen Augenblick bitte.« Er ging hinaus über den Hof, vornübergebeugt wie ein alter Mann, die Hände über der Brust gekreuzt. Gleich darauf kam er in Begleitung eines großen, bärtigen Mannes in einer marineblauen *djellaba* zurück, der eine sehr große Laute wie ein Tablett vor sich hertrug. Si Jaffar beobachtete, ohne die beiden bekannt zu machen, strahlend seinen Vetter, bis er sich setzte und das Instrument zu stimmen anfing, dann entschuldigte er sich und ging.

Der Mann stimmte weiter seine Saiten, angestrengt horchend, ohne Stenham auch nur einmal anzusehen. Eine heiser schreiende Katze strich auf der Straße vorbei; es klang, als sei das Tier mit im Zimmer. Der Mann achtete nicht auf das Geräusch und fing bald darauf an, etwas zu spielen, das wie eine planlose Improvisation klang, bestehend aus kurzen, atemlosen Phrasen, getrennt durch lange Pausen. Stenham hörte aufmerksam zu und dachte, wieviel unterhaltender andere Abende gewesen sein könnten, wenn man sich den Vetter zu Hilfe geholt hätte. Allmählich kamen die übrigen männlichen Familienmitglieder herein, begrüßten ihn taktvoll und setzten sich, um der Musik zuzuhören. Eine ganze Weile später erschien Si Jaffar, glänzend in weißen Seidengewändern, einen dunkelroten Tabusch flott auf dem Kopf. Er fing an, in ganz normalem Ton zu sprechen, als wäre die Musik überhaupt nicht vorhanden. Das war unverkennbar ein Zeichen, leiser zu spielen und sich im Hintergrund zu halten. Der Vetter dämpfte sein Spiel, und sein Interesse schien nachzulassen; sein Ausdruck verlor an Spannung, sein Blick schweifte von einem zum anderen, und er nickte abwesend rhythmisch mit dem Kopf. Als die Diener die Eßtische hereinbrachten, setzten sie einen vor Si Jaffar und Stenham, die ungestört und bequem saßen, während die übrigen sechs, umgeben von Trümmern, an dem anderen Tisch in der Mitte des Raumes hockten. Stenham machte dann den kühnen Vorschlag, der Vetter würde vielleicht bequemer an ihrem Tisch sitzen, wo mehr Platz sei. Si Jaffar meinte ausdruckslos lächelnd: »Wir werden alle so glücklicher sein.«

»Ich wollte nicht taktlos sein«, fing Stenham an.

Si Jaffar leckte einen Finger nach dem anderen ab und antwortete nicht. Dann klatschte er für die Diener in die Hände; nachdem sie gekommen und wieder gegangen waren, grinste Si Jaffar breit, zeigte eine volle Reihe Goldzähne und bemerkte bedachtsam: »Mein Vetter ist sehr scheu.«

Während der Mahlzeit gingen plötzlich die nackt von der Decke hängenden Glühbirnen aus. Das Zimmer war völlig dunkel; eine heisere Stimme am anderen Tisch murmelte: *»Bismil'lah rahman er rahim«*, und für einen Augenblick war alles still. Si Jaffar rief sehr laut nach Kerzen.

»Das Licht wird jeden Augenblick wieder angehen«,versicherte er Stenham, als ein Mann mit einer brennenden Kerze in jeder Hand hereinkam. Aber sie aßen weiter, und der Strom blieb aus.

Der Raum war jetzt geheimnisvoll und gewaltig; an der weitentfernten Decke darüber spielten Schatten. Während des Nachtisches kam der Diener triumphierend mit einer alten, scheußlich blakenden Öllampe herein; alle außer Stenham begrüßten sie mit einem erfreuten Gemurmel. Zwei- oder dreimal drang ein Fetzchen erregten Gesprächs vom anderen Tisch herüber; jedesmal versuchte dann Si Jaffar die Aufmerksamkeit seines Gastes durch eine pointenlose Geschichte abzulenken. Stenham, verärgert über die plumpen Versuche, ihn abzuhalten, den anderen Familienmitgliedern zuzuhören, wandte absichtlich sein Gesicht dem anderen Tisch zu, wenn Si Jaffar sprach.

Als sie alle ihr Mahl beendigt, ihre Hände gewaschen, den Mund gespült hatten und Tee tranken, setzten sie sich bequem zurück und begannen eine Reihe komischer Geschichten zu erzählen. Stenham fand es wie immer schwierig, ihren Erzählungen zu folgen; er verstand die Worte, aber nie die Pointe. Es machte ihm aber Spaß, die Familie während ihrer Erzählungen zu beobachten und das laute Lachen zu hören, das jeder Geschichte folgte. Si Jaffar durfte als einziges Mitglied des Hauses rauchen; um dieses Vorrecht zu betonen, rauchte er Kette und drängte Stenham alle fünf Minuten eine neue Zigarette auf, manchmal sogar, bevor Stenham die letzte beendet hatte. Die anderen durften in seiner Gegenwart nicht rauchen.

»Verstehen Sie unseren Unsinn?« fragte er Stenham.

»Ich verstehe die Worte, ja. Aber –«

»Ich werde die Geschichte, die Ahmed gerade erzählt hat, erklären: Dem Legionär gefiel die Laterne, aber er dachte, er könnte sie für hundert Rial kaufen. Sie wissen, was Feigen sind?«

»Ja.«

»Gut, der Filali hatte die Laterne mit Feigen gefüllt, und seine Frau hatte ihr Armband auf dem Boden des Korbes versteckt, so daß die Feigen es verdeckten. Darum konnte der Jude es nicht sehen, als er seinen Kopf unter das Bett steckte. Verstehen Sie? Wenn er Zeit gehabt hätte, bevor der Legionär an die Tür klopfte, hätte er alle Feigen herausgenommen, aber er hatte natürlich keine Zeit. Das meinte der Filali, als er sagte: ›Man kann von einem jungen Eukalyptusbaum nicht denselben Schatten erwarten wie von einem alten Feigenbaum.‹ Verstehen Sie das?«

»Ja«, sagte Stenham etwas unsicher; er erwartete irgendeinen weiteren Aufschluß, der allen diesen Einzelheiten einen Zusammenhang gäbe.

Si Jaffar war erfreut. »Und das war der Grund, warum die Frau des Filali sich als eine Sklavin des Kalifen kostümieren mußte. Wenn sie sich dem Juden zu erkennen gegeben hätte, hätte der es natürlich dem Legionär mitgeteilt und seinen Anteil bekommen, der, wie Sie sich erinnern, 50% betrug. Ich weiß nicht, ob Sie junge Eukalyptusbäume kennen? Ihre Blätter sind sehr klein und schmal. Der Jude machte also der Frau des Filali ein großes Kompliment. Aber es war natürlich nur Schmeichelei, nichts Ernstes, verstehen Sie?«

Jetzt verstand Stenham überhaupt nichts von der Geschichte, aber er lächelte und nickte. Die anderen wiederholten immer noch den wichtigen Satz über den Schatten des jungen Eukalyptusbaumes, genossen alle Nuancen und kicherten verständnisvoll. »Ich weiß nicht, ob Sie es verstanden haben«, sagte Si Jaffar einen Augenblick später. »Da sind zu viele Sachen, die man erklären muß. Manche unserer Geschichten sind sehr schwierig. Sogar Leuten aus Rabat und Casablanca muß man sie oft erklären, weil die Geschichten nur für die Menschen hier in Fez bestimmt sind. Aber das gibt ihnen ihren Reiz. Sie wären nicht so amüsant, wenn jeder sie verstehen könnte. Einige sind auch sehr ungehörig, aber davon werden sie heute abend keine erzählen, weil Sie hier sind.« Er schloß seine Augen und dachte anscheinend an eine der schlüpfrigen Geschichten und kicherte vor Vergnügen. Dann öffnete er ein Auge und sah Stenham an. »Ich finde, die anstößigen Geschichten sind die köstlichsten«, sagte er zurückhaltend.

»Erzählen Sie eine«, ermunterte ihn Stenham. Er war sehr schläfrig und fühlte, wenn er seine Augen einen Augenblick schließen würde wie Si Jaffar, würde er sofort einschlafen. Auf seinen Vorschlag lachten sie alle laut heraus. Dann begann der älteste Sohn eine komplizierte Geschichte von einem Buckligen mit einem Sack Gerste und einem Schakal zu erzählen. Die Geschichte dauerte noch nicht lange, da kam ein Löwe darin vor, dann ein französischer General, der ein Kilo Mandeln verloren hatte. Es war Stenham nicht möglich zu erraten, ob die Geschichte zu den anstößigen gehörte; er lachte schließlich aber mit den anderen. Eine ganze Weile später wurde der Vetter aufgefordert, wieder zu spielen. Dieses Mal sang er auch unter dem Zupfen der Saiten manchmal kaum hörbar mit einer dünnen Fistelstimme. Mittendrin schien Si Jaffar ungeduldig zu werden; er zog seine Tabaksdose heraus und schnupfte sorgfältig eine Prise in jedes Nasenloch. Dann nahm er seinen Tarbusch ab, um sich den kahlen Kopf zu kratzen, setzte ihn wieder auf, trommelte lässig mit seinen Fingerspitzen auf der Schnupftabaksdose, klatschte schließlich in die Hände und befahl dem Diener, ein Kohlenbecken zu bringen. Der Vetter setzte seinen Gesang gelassen fort, auch als der Diener mit einem Becken heißer Kohlen kam und es vor seinem Herrn hinsetzte. Si Jaffar rieb sich in freudiger Erwartung die Hände und zog aus den Falten seines Gewands ein Päckchen kleiner Streifen Sandelholz. Mit einem Löffel stocherte er in den Kohlen, bis er glühende entdeckt hatte, und legte die Holzstückchen hinein. Dann hockte er sich über das Becken, so daß es völlig von seinen Gewändern bedeckt war, und verharrte so ungefähr eine Minute mit geschlossenen Augen und einem glückseligen Ausdruck auf dem Gesicht. Als er sich erhob, quoll eine Wolke süßen Rauchs unter seiner *djellaba* hervor, und er murmelte ehrfurchtsvoll: *»Al-lah! Al-lah!«* Dann setzte er sich hin und stocherte mit einem kleinen silbernen Stab in seinen Ohren. Die Musik spielte weiter. Stenham, bequem auf einen Stoß Kissen gebettet, schloß die Augen und nickte tatsächlich ein wenig ein. Dann setzte er sich auf und blickte sich schuldbewußt um, ob es jemand bemerkt habe. Wahrscheinlich alle, dachte er, obgleich niemand zu ihm hinsah. Jemand schob einen quietschenden Schubkarren auf die andere Seite der offenen Wand die Straße entlang: das Geräusch war so laut, daß der Musiker aufhörte, bis es vorüber war. »Aha!« rief Si Jaffar. »Das war sehr schön. Genug Musik für heute abend, ja?« Er warf seinem Vetter einen bedeutsamen Blick zu, worauf dieser die Laute auf das Ruhebett legte und sich in die Kissen zurücklehnte.

Stenham beschloß, die Gelegenheit wahrzunehmen, um sich zu verabschieden. Si Jaffar antwortete, wie immer, wenn es soweit war, wie spät es auch sein mochte: »Schon?« Dann fuhr er fort: »Kommen Sie, ich werde Ihnen den Schaden zeigen. Es ist interessant.« Alle standen auf und verstreuten sich im Zimmer. Mit der Lampe in der Hand – der Zylinder war jetzt schwarz von Rauch – ging einer der Söhne den Weg durch den beschädigten Raum voraus.

Sie besichtigten die Wand und den Schutt, erörterten, was es kosten würde, die Mauer zu reparieren oder eine neue zu bauen, wollten von Stenham wissen, ob in Amerika die Hausmauern bei Regen oft nachgeben, und als sie hörten, daß das nicht der Fall sei, wollten sie genau den Grund wissen. Fast eine Stunde später gingen sie langsam zusammen hinaus, über den inneren Hof zum Vorraum bei der Ausgangstür, wo im Halbdunkel ein abgerissener Berber wartend saß.

»Er wird Sie zum Hotel bringen«, sagte Si Jaffar.

Der Mann stand langsam auf. Er war groß und von kräftigem Wuchs; sein ausdrucksloses Gesicht konnte einem Halsabschneider oder einem Heiligen gehören.

»Nein, nein«, protestierte Stenham. »Sie sind sehr freundlich, aber ich brauche niemanden.«

»Aber das macht doch nichts«, sagte Si Jaffar sanft, mit der bescheidenen Geste eines Sultans, der soeben einem Untergebenen einen Beutel mit Diamanten geschenkt hat.

Es war nutzlos zu widersprechen; der Mann ging mit ihm, ob er wollte oder nicht, und so bedankte er sich bei ihnen, bei jedem einzelnen und dann nochmals bei allen zusammen, und ging durch das Tor auf die Straße hinaus. *»Allh imsik bekhir«, »B'slemah«, »Bon soir, monsieur«, »A bientôt, incha'Allah«,* riefen sie im Chor, und einer der Söhne sagte scheu: *»Gude-bei, sair«,* ein Satz, mit dem er seit langem Stenham zu überraschen beabsichtigte, aber erst jetzt fand er den Mut dazu.

21

Er war müde nach dem langen Rückweg durch die Dunkelheit der Medina und fühlte keine Lust, nochmals hinunterzugehen. Als er vor dem Kleiderschrankspiegel seine Krawatte wieder umband, überlegte er, dies sei das erstemal, daß Moss ihm nachts eine Botschaft sandte. Er sah auf die Uhr, es war zwanzig nach eins. Von der Tür aus warf er noch einen kurzen, sehnsüchtigen Blick auf sein Bett; dann ging er hinaus und schloß die Tür hinter sich. Am Schlüssel hing ein schweres Nickelplättchen, es fühlte sich in seiner Tasche wie Eis an.

In dem tiefer gelegenen Garten war es ganz finster; die Laternen vor der Tür von Moss' Zimmer brannten, aber durch die geschlossenen Jalousien drangen Lichtstreifen. Ein Fremder öffnete ihm auf sein Klopfen, trat förmlich beiseite, um ihn einzulassen, und schloß hinter ihm die Tür. Moss stand mitten im Zimmer unter dem großen Kronleuchter, fing aber jetzt an, die Hände auf dem Rücken, langsam auf und ab zu gehen. Stenham wandte sich um und sah einen zweiten Fremden an der Wand neben der Tür stehen.

Moss nahm sich nicht die Mühe, die beiden Stenham vorzustellen. Er sagte nur: *»Enfin. Voici monsieur Stenham.«*

Die beiden murmelten und nickten leicht mit dem Kopf.

»Vous m'excusez, si je parle anglais, n'est-ce pas?« sagte Moss zu seinen beiden Gästen. Nur Stenham bemerkte den beißenden Spott in seinem höflichen Ton und dachte: Unhöflichkeit paßt nicht zu Moss; er muß provoziert worden sein. Er sah sich jetzt die zwei Männer an: der eine war klein und plump mit rosigen Backen und großen Augen; der größere trug eine Brille, war hager und hatte eine gelbe Hautfarbe. Keiner von beiden konnte älter als fünfundzwanzig sein, und, dachte er, keiner hätte lachen können, selbst wenn es sein Leben gekostet hätte. Offensichtlich hatten sie sich seit Jahren vorgenommen, ernst zu sein, und die Anstrengung hatte ihre unauslöschlichen Zeichen hinterlassen: Ihre Bessenheit zeigte sich bei beiden in Gesichtern und Bewegungen. Stenham erkannte sie sofort als Nationalisten. Sie waren unverkennbar.

»Diese beiden Herren«, fuhr Moss fort, »waren so freundlich, hierherzukommen und uns den Wink zu geben, das Hotel sofort zu verlassen. Die Lage scheint auf einmal tatsächlich sehr ernst geworden zu sein.«

»Aha«, sagte Stenham. Die beiden jungen Männer beobachteten sie mit wachsamen Augen. Zweifellos verstanden sie sehr gut Englisch. »Also, ich glaube, wir können Ihnen nur danken. Morgen werden wir uns darum kümmern und sehen, was los ist.«

»Aber – sofort, John! Das heißt, diese Minute.«

»Das ist lächerlich«, fuhr Stenham los. Er wandte sich an den größeren Mohammedaner und fragte auf arabisch: »Warum? Was ist los?«

Der andere sah zunächst überrascht, dann unangenehm berührt aus, als er seine eigene Sprache hörte. Er antwortete würdevoll auf französisch: »Es steht sehr schlecht. Ich kann Ihnen kaum Einzelheiten mitteilen, aber ich kann Ihnen versichern, daß sich innerhalb der nächsten 24 Stunden hier in der Medina unangenehme Dinge ereignen werden – höchstwahrscheinlich früher. Die Franzosen werden nicht in der Lage sein, dem Hotel irgendeinen Schutz zu geben.«

»Wozu brauchen wir Schutz von den Franzosen?« verlangte Stenham zu wissen. »Und warum sollte uns irgend jemand belästigen? Wir sind keine Franzosen.«

Der junge Mann sah ihn mit dem forschenden, starren Blick des äußerst Kurzsichtigen an, aber sein Gesichtsausdruck verriet die Tiefe seines Hasses und Zorns. »Sie sind Ausländer, Christen«, sagte er. Der plumpe junge Mann unterbrach mit einem Versuch, freundlich zu sein; er hatte einen sehr starken arabischen Akzent. »Für die Leute auf der Straße ist der Nichtmohammedaner der Feind«, erklärte er.

»Warum?« fragte Stenham ärgerlich. »Dies ist kein religiöser Krieg. Es ist nur ein Kampf gegen die Franzosen.«

Das Gesicht des Kurzsichtigen sah eingefroren aus, sein Mund war etwas verzerrt. Er atmete heftiger: »Ein Religionskrieg, genau das droht es zu werden. *C'est malheureux, mais c'est comme ça.*«

Stenham wandte sich an Moss; er wollte das grimassierende Gesicht nicht sehen. Dann drehte er sich wieder um und sagte: »Sie meinen, das ist es, was Sie daraus machen möchten.«

»Nur Ruhe, John«, sagte Moss gelassen. »Diese Herren kamen immerhin als Freunde.«

»Das bezweifle ich«, murmelte Stenham.

»Die Bewegung«, fuhr der Mann mit der Brille fort, »ist in erster Linie, wie Sie sagen, gegen die französischen Imperialisten gerichtet. Aber auch gegen alle, die den Franzosen helfen. *Je vous demande pardon, monsieur,* aber die gegen das marokkanische Volk benutzten Waffen wurden großenteils von Ihrer Regierung geliefert, und sie betrachten die Amerikaner nicht als eine ihrer Sache freundlich gesinnte Nation.«

»Natürlich sind sie auch nicht unsere Feinde«, sagte der andere verbindlich. »Wenn Sie Franzosen wären, hätten wir uns nicht die Mühe gemacht, heute abend hierherzukommen. Was Ihnen zugestoßen wäre, wäre Ihre eigene Sache gewesen. Aber, wie Sie sehen, sind wir hier.«

»Es ist sehr nett von Ihnen«, sagte Moss. Er hatte angefangen, nachdenklich auf und ab zu gehen. Eine plötzliche Regenböe prasselte auf die Fliesen draußen vor der Tür.

»Oui, nous vous sommes bien reconnaissants«, sagte Stenham. Er bot jedem von ihnen eine Zigarette an; sie lehnten kurz ab. »Es sind englische, keine amerikanischen«, meinte er. Sie hielten es nicht für nötig zu antworten. Er zündete sich eine Zigarette an und betrachtete die beiden forschend.

»Enfin«, sagte Moss, »wir sind sicher alle sehr müde. Ich denke, die Zeit unserer Abreise wird uns überlassen. Wir können unmöglich heute abend reisen. Wohin sollten wir auch um diese Stunde gehen?«

»Fahren Sie zum Bahnhof in der Ville Nouvelle. Um 7.30 Uhr morgen früh geht ein Zug nach Rabat.«

»8.30 Uhr«, korrigierte der Kleinere.

Der andere machte eine unwillige Kopfbewegung, als ob sich eine Fliege auf sein Gesicht gesetzt hätte. »Der Bahnhof steht zur Zeit unter französischem Schutz«, fuhr er fort.

»Non, merci«, lachte Stenham. »Da wird jeden zweiten Tag ein Zug in die Luft gesprengt. Da gehe ich lieber. Nehmen Sie den Zug.«

Der junge Mann mit der Brille neigte den Kopf und stieß ihn aggressiv hervor. »Wir sind nicht zu unserer Unterhaltung hierhergekommen, Monsieur. Ich sehe, wir haben uns umsonst bemüht. Vielleicht möchten Sie die Polizei anrufen und sie über unseren Besuch unterrichten.« Er wies auf das Telefon. *»Yallah«*, sagte er barsch zu dem anderen und wandte sich zur Tür. Ehe er sie erreichte, hielt er an, wandte sich um und sagte wütend: »Ihre Leichtfertigkeit und Hartnäckigkeit kann Sie leicht das Leben kosten. *On ne badine pas avec la volonté du peuple.*«

Stenham knurrte. Der Mann ging weiter zur Tür und öffnete sie. Ohne ihm die Hand zu geben, verbeugte sich der andere leicht vor Moss und folgte.

»Der Wille des Volkes! Welches Volkes?« schrie Stenham. »Sie meinen die Führer Ihrer Partei?«

»John!« sagte Moss scharf.

Die beiden jungen Männer gingen hinaus und ließen die Tür hinter sich offen. Moss ging quer durch den Raum, schloß und verriegelte sie.

»Ich muß sagen, John, Ihr Benehmen war höchst unvorsichtig. Es bestand kein Grund, sich ihre Feindschaft zuzuziehen. Ich habe mein Bestes getan, mich mit ihnen gut zu stellen, und es ging auch alles gut, bis Sie kamen. Sie sind in einer höchst unerfreulichen Laune weggegangen.«

Stenham setzte sich und wartete einen Augenblick, ehe er sprach. »Glauben Sie, es kommt darauf an, in welcher Laune die sind?«

»Ich glaube, allgemeine Höflichkeit spielt eine Rolle, ja. Immer.«

»Fanden Sie etwa, daß sie höflich zu mir waren?« fragte Stenham.

»Oh, mein Lieber, man kann sich doch nicht auf eine Stufe mit ihnen stellen«, sagte Moss ungeduldig. »Das ist eine schwache Entschuldigung, mein Junge, sehr schwach. Schließlich sind sie nur Patrioten, die ihrem Lande helfen wollen. In dem Licht muß man es sehen. Sehen Sie ihr Benehmen in der richtigen Perspektive an! Niemand ist er selbst, wenn ihn die Leidenschaft packt, verstehen Sie?«

Stenham lachte kurz. »Die einzige Leidenschaft, die diese kalten Fische kennen, ist Haß; das kann ich Ihnen versichern.«

»Wir wollen das nicht weiter erörtern«, sagte Moss hastig. »Ich bin viel zu erschöpft, um zu streiten. Ich habe schon fast geschlafen, als das Büro anrief, die zwei da, um mich zu sprechen. Ich hatte keine Ahnung, wer sie waren, und mußte mich natürlich erst anziehen, ehe ich sie hier unten empfangen konnte, und es war verdammt lästig, das kann ich Ihnen sagen. Unmittelbar nach dem Tag mit der Polizei war es fast zu viel.«

»Sie sollten froh sein, sie so schnell losgeworden zu sein. Jetzt können Sie ein bißchen schlafen.«

»Oh, darüber bin ich auch froh. Aber ich finde, sie haben eine Berechtigung für ihren Standpunkt. Und dann ist da noch etwas.« Moss' Gesicht wurde nachdenklich. »Wenn es wirklich solche Unruhen gibt, wie sie voraussagen, dann wäre es bestimmt besser für uns, mit ihnen auf gutem Fuß zu stehen.«

Stenham sah ihn an. »Auf gutem Fuß!« wiederholte er. »Und die Franzosen?«

Moss lachte nachsichtig. »Ich glaube, meine Verbindungen zur Résidence in Rabat dürften genügen, mich nicht zu verdächtigen. Sie wissen so gut wie ich, daß die Franzosen keine Dummköpfe oder was sonst sind. Sie würden vollkommen verstehen, daß alles, was ich tun würde, aus taktischen Gründen geschieht. Machen Sie sich nicht lächerlich!«

»Ich fürchte, ich habe keine derartige Garantie«, sagte Stenham.

»Sie?« sagte Moss und zögerte einen Augenblick. »Nein«, sagte er, »ich fürchte, Sie haben keine.«

»Und ich will auch gar keine. Die Franzosen können zum Teufel gehen und die Nationalisten ebenfalls. Das ist furchtbar einfach.«

Moss lächelte trocken. »Nachdem Sie nun alle erledigt haben – was ist mit uns? Haben Sie irgendeinen praktischen Vorschlag, wohin wir gehen könnten? Hugh, das wollte ich Ihnen noch sagen, ist nach Tanger gegangen. Er ist gleich nach dem Abendessen losgefahren.«

»Was?« rief Stenham; aus irgendeinem Grunde empfand er es als Fahnenflucht. »Sie meinen, er hat einfach plötzlich gepackt und ist verschwunden? Aber er war doch so entschlossen, sich nicht von ihnen vertreiben zu lassen. Ich verstehe das nicht.«

Moss setzte sich jetzt auf das Bett und nahm müde seine Brille ab. Ohne sie hatte sein Gesicht einen Ausdruck von Traurigkeit. Stenham sah ihn mit unbestimmter Neugier an.

»Mein lieber John«, sagte Moss und wirbelte seine Brille am Bügel herum, »ich glaube, wenn Sie gesehen hätten, was wir heute sahen, würden Sie besser verstehen, warum er keinen Wert mehr darauf legte. Wie er selbst beim Essen sagte, hatte er bis dahin das Ganze als eine Art Spiel betrachtet, und es gehörte offensichtlich zum Spiel durchzuhalten. Aber heute nachmittag« – er schüttelte bedächtig den Kopf und machte eine Pause –, »ehrlich gesagt, habe ich nie erwartet, Brutalität und Leiden aus solcher Nähe zu sehen. Man liest solche Dinge in den Zeitungen und ist entsetzt darüber, aber selbst die stärkste Einbildungskraft bleibt hinter den Tatsachen weit zurück. Es sind die unerwarteten Einzelheiten, der Ausdruck auf den Gesichtern, die hilflosen kleinen Gesten, die sinnlosen, unzusammenhängenden Worte, die sie stammeln, Dinge, die niemals jemand erfinden könnte, das ist es, was einen erledigt, wenn man wirklich dabei ist.«

»Was haben Sie gesehen, um Gottes willen?« fragte Stenham. Ohne Kenzies Wagen war die Lage anders; er fühlte sich etwas unsicher, obgleich er sich sagte, es sei unlogisch.

»Wir sahen nur, wie Hunderte von Arabern in die Polizeistation gebracht wurden. Sie wurden geprügelt, niedergeschlagen, getreten, da, wo es am gefährlichsten ist, und gefoltert. Ja, gefoltert«, wiederholte Moss mit erhobener Stimme. »Das ist das einzige Wort dafür; wenn man Folter sagt, stellt man sich etwas Ausgeklügeltes, Langsames und Teuflisches vor, aber ich versichere Ihnen, es kann auch schnell und brutal sein. Sie hätten nur den Fußboden sehen sollen. Glitschig von Blut, und Zähne lagen da und dort umher, ich glaube, Sie hätten leichter verstanden, warum Hugh plötzlich keine Lust mehr hatte, das Spiel mit den Franzosen fortzusetzen. Er konnte es sich nicht länger als Spiel vorstellen!«

Moss schwieg einen Augenblick und horchte auf den Wind in den Pappeln. »Zuerst haben sie ihn eingesperrt, und ich mußte zwei Stunden Radau machen, bis ich ihn überhaupt nur sehen konnte. Dann mußten wir auf einer Bank im Korridor fast bis um vier warten, auf irgendein kleines Scheusal von Beamten, der die Zustimmung zu seiner Entlassung geben mußte. Da haben wir gesehen, wie sie hereingezerrt wurden. John, die Franzosen haben den Verstand verloren! Diese Menschen sind einfach von der Straße weggeholt worden! Alte Männer, die nicht die geringste Ahnung hatten, was mit ihnen geschah, zehnjährige Jungen, die nach ihrer Mutter schrien. Die Polizei schlug sie einfach alle ohne Unterschied zusammen. Sie prügelten sie und traten ihnen mit den Stiefeln ins Gesicht, wenn sie fielen. Ich versteh's nicht. Es ist nutzlos, darüber nachzudenken, und noch nutzloser, darüber zu reden, ich sage auch nichts mehr. Aber beurteilen Sie Hugh nicht zu hart, weil er den Rückzug angetreten hat. Ich persönlich glaube, er hat sehr richtig gehandelt, und ich weiß nicht, warum ich eigentlich noch hierbleibe, höchstens weil ich mit all meinem Gepäck nicht so schnell hätte fertig werden können, um ihn zu begleiten, und in jedem Fall will ich nicht nach Tanger.« Er setzte seine Brille auf und erhob sich. »Wie komisch die Welt ist«, sagte er wie zu sich selbst; dann wandte er sich um und kam auf Stenhams Stuhl zu. »Es ist kein Ende der Gewalttaten und des Blutvergießens abzusehen, nicht wahr? Ich hatte heute nachmittag, als ich sprachlos dasaß und das alles sah, eine merkwürdige Ahnung, daß dies nur der Anfang einer langen Leidenszeit ist, die noch nicht einmal begonnen hat. Aber ich hoffe, ich werde es nicht erleben.«

»Ich hoffe es auch nicht«, sagte Stenham.

»Gute Nacht, John. Es tut mir leid, Sie zu dieser Stunde heruntergeholt zu haben, aber sie fragten nach Ihnen, und auf jeden Fall brauchte ich ein wenig moralische Unterstützung. Warten wir ab, was der Morgen bringt, und richten wir unsere Pläne danach.«

»Gut«, sagte Stenham.

Der Garten lag im Dunkeln, von einem milden, feuchten

Wind gebadet. Als er in sein Zimmer kam, öffnete er die Tischschublade und sah einen Augenblick auf die getippten Seiten seines Manuskripts nieder; er hatte plötzlich den Wunsch, sie zu nehmen, zusammenzuballen und aus dem Fenster zu werfen. Statt dessen zog er sich aus, putzte seine Zähne und ging ins Bett. Aber er konnte nicht schlafen.

22

Und doch, dachte er, als er wieder in die Welt zurückkam und sich des Tageslichts vor dem Fenster bewußt wurde, und doch mußte er geschlafen haben, denn das Ritual, das er im Augenblick vollzog, was das gewohnte Erwachen. Es hatte sich der Gedanke in ihm festgesetzt, daß er nicht schlafe, nicht geschlafen habe, nicht schlafen werde, und es wurde ihm erst jetzt klar, daß jedesmal, wenn er sich selbst darauf aufmerksam gemacht hatte: »Ich bin immer noch wach«, er tatsächlich zu diesem Zweck erst hatte aufwachen müssen. Trotz der langen Phantasiereise, die er gemacht hatte, als er sich hinlegte – »was ist, wenn«, hatte sein Verstand gefragt, und dann war die Leinwand hell geworden, und die Bilder hatten begonnen –, an einem gewissen Punkt hatten sie aufgehört, und es war dunkel geworden, und obgleich er nicht sehr lange geschlafen hatte, denn es war kaum später als Tagesanbruch, fühlte er sich überraschend frisch. Es konnte natürlich auch die falsche Energie sein, die sich oft nach einer kurzen Nacht im Augenblick des Erwachens zeigt, nur um sich nach der ersten Tasse heißen Kaffees in Müdigkeit zu verwandeln. Als er sich genießerisch streckte und gähnte, fiel ihm ein, daß er gestern den ganzen Nachmittag geschlafen hatte; dies ermutigte ihn zu der Annahme, daß er vielleicht genug geschlafen habe und es wagen könnte, nach der Uhr zu sehen, was aufstehen bedeutete, da er fast nie wieder einschlief, wenn er wußte, wie spät es war.

Es war ein paar Minuten vor zehn; das graue ungewöhnliche Licht über der Medina kam von einem dunklen Tag – nicht von der Morgendämmerung. Er setzte sich auf und klingelte. Abdelmjid klopfte daraufhin. Er bestellte sein Frühstück vom Bett aus, ohne die Tür aufzumachen. Dann ging er durch das Zimmer zum Waschtisch, badete sein Gesicht in kaltem Wasser und kämmte sein Haar. Ehe er ins Bett zurückkehrte, schloß er die Tür auf. Er legte sich in die Kissen zurück, wartete und sah über die entfernten Ränder der Stadt zu den dunklen Hügeln dahinter. Der leichte Regen vernebelte die Luft, nahm der Landschaft die Farbe und gab ihr statt dessen eine graue Helle, die die vertrauten Wahrzeichen der Umgebung auslöschte.

Abdelmjid brauchte lange mit dem Tablett. Als er eintrat, war sein Gesicht eine starre Maske, die auch ohne Worte zeigte, daß er nicht die Absicht hatte, sich zu unterhalten. Und Stenham stellte bei seinem Anblick fest, daß auch ihm nicht danach war. Sie wechselten kurz die zur Tageszeit passenden Gemeinplätze, dann ging Abdelmjid wieder.

Nach dem Frühstück pflegte Stenham seine morgendliche Arbeit zu planen. Heute dachte er noch nicht einmal daran. Es war unmöglich, sich in Phantasien über die Vergangenheit zu verlieren, wenn die Gegenwart wie eine Bombe vor dem Fenster lag, vielleicht bereit, jeden Augenblick zu explodieren. Dies war das schlagendste Argument, die Stadt zu verlassen – nicht die Warnungen der Nationalisten oder die Drohungen der Franzosen. Wenn keine Aussicht mehr bestand zu arbeiten, war auch kein Grund zu bleiben; das einzig Vernünftige war, anderswohin zu gehen, dieses Mal in die spanische Zone, wo man immer noch in Marokko war, aber nicht in einem vom Gift der Gegenwart angegriffenen Marokko. Er wollte nicht fort; er fürchtete sich, zu Moss zu gehen und es zu besprechen, aber die ungeheure Tatsache stand vor ihm. Zu dieser Minute des Tages, während das Frühstückstablett auf seinen Knien lag, sah er die Dinge am klarsten. Ein Urteil später am Tag konnte weit über das Ziel schießen, da ihm dann seine Anlage zur Selbsttäuschung zur Verfügung stand, die zu dieser Stunde noch nicht funktionierte.

»Gut. Dann ist's entschieden. Ich gehe.« Moss konnte bleiben oder gehen, wie er wollte; er hatte seine Entscheidung getroffen. Als er beim Anziehen aus dem Fenster in das graue Wetter blickte, war er dankbar für den Regen, der seinen Entschluß weniger schmerzlich machte. Es war leichter, sich von der Stadt zu trennen, wenn sie farblos und naß war, wenn die Hügel weiter draußen unsichtbar waren und der Matsch auf den Straßen lag.

Eine Stunde lang packte er methodisch und stellte die vollen Gepäckstücke eins nach dem anderen fertig zum Hinuntertragen an die Tür. Anstatt das Büro aufzufordern, seine Rechnung auszustellen, beschloß er, sie im allerletzten Augenblick selbst zu verlangen: sie hatten dann weniger Zeit, sich die Extraposten auszudenken, mit denen sie gern ihre Rechnungen polsterten. Als er gerade einige schmutzige Hemden in eine Tuchtasche mit Büchern stopfte, klingelte das Telefon.

»Na«, sagte eine lebhafte, sachliche Stimme.

Er öffnete den Mund zum Sprechen, sagte aber nichts – hielt nur den Hörer in der Hand und starrte gegen die Wand dicht vor ihm.

Dann sagte die Stimme: »Hallo?«

»Lee?« fragte er, obwohl kein Grund dafür vorlag.

»Guten Morgen.«

»Mein Gott! Wo haben Sie gesteckt? Wo sind Sie jetzt?«

»Gewesen bin ich überall und jetzt bin ich in meinem Zimmer hier im Hotel, diesem Hotel, Ihrem Hotel, dem *Mérinides Palace*, Fez, Marokko.«

»Sie sind hier im Hotel?« sagte er. »Wann sind Sie gekommen?« (Beinahe hätte er beim Anblick der Gepäckstücke an der Tür gesagt: »Warum sind Sie gekommen?«) »Wann kann ich Sie sehen? Ich möchte Sie sofort sehen. Am Telefon können wir nicht sprechen.«

Ihre Antwort war ein kurzes befriedigendes Lachen. Dann sagte sie: »Ich würde Sie gern sehen. Wollen wir uns im Schreibzimmer treffen, dem Zimmer oben mit dem großen Fenster?«

»Wann?«

»Jederzeit. Jetzt, wenn Sie wollen.«

»Ich bin sofort unten.«

Er war zuerst da, aber sie kam eine halbe Minute später; sie sah genauso aus, wie er sie in Erinnerung hatte, nur besser. Sie war ganz sonnengebräunt, und an einigen Stellen hatte die Sonne ihr braunes Haar in Gold verwandelt. Sie setzten sich auf die Kissen am Fenster. Er überließ ihr meistens das Reden. Sie habe sich einfach entschlossen, nach Meknès zu gehen, sagte sie, und von da sei sie nach Rabat gefahren und dann habe sie einer Freundin aus Paris telegrafiert, einem französischen Mädchen, die mit einem in Foum el Kheneg, am Rande der Sahara, stationierten Offizier verheiratet war, und sie hätten sie dorthin eingeladen, und so sei sie hingefahren, und alles sei wundervoll gewesen. Warum sie Fez verlassen hatte und vor allem, warum sie zurückgekommen war – er fand es unmöglich, diese zwei Fragen zu stellen.

»Wissen Sie«, sagte er ihr, »daß ich Ihnen beinahe nach Meknès gefolgt wäre?«

»Wirklich?« sagte sie neugierig. »Warum?«

Er zog seine Brieftasche und nahm das gefaltete Telegramm heraus. »Sehen Sie sich dieses Telegramm an, das Sie mir geschickt haben«, sagte er und breitete es auf dem Kissen vor ihr aus. »Sehen Sie. Hier steht: ›*Joing Meknès*‹. Eine Zeitlang war ich überzeugt, daß das ›Wir treffen uns in Meknès‹ am Ende kein Irrtum sei: Wunschträume.«

Sie lachte. »Ein Glück, daß Sie nicht kamen. Sie hätten mich nie gefunden.«

»Oh, doch. Verlassen Sie sich drauf. Waren Sie nicht im Transatlantique?«

»Nein, ich war in einem kleinen Einheimischen-Hotel, das *Regina* hieß. Es war ziemlich scheußlich.«

Er sah sie ungläubig an und fühlte wieder den ganzen unbehaglichen Verdacht in sich. Diesmal würde er der Sache auf den Grund gehen, auch wenn es ihre Freundschaft kostete.

»Ich weiß nicht«, sagte er unglücklich. »Ich glaube, Sie sind verrückt.«

Anscheinend wußte sie, daß irgend etwas mit ihm nicht in Ordnung war, denn sie beobachtete sein Gesicht mit einem neugierigen Ausdruck. »Warum finden Sie es unpassend für mich, wenn ich in billigen Hotels wohne? Umherreisen kostet Geld, wissen Sie. Wir könnten nicht alle immer im *Mérinides Palace* und *Transatlantique* wohnen.«

Es wirkte nicht. »Lee, Sie wissen ganz genau, was ich meine.« Aber er konnte natürlich nicht alles sagen. »Hier ist Krieg ohne Kriegserklärung; überall werden jeden Tag Menschen erschossen oder in die Luft gesprengt, und Sie reisen ruhig umher, wie man es nicht einmal in normalen Zeiten tut. Was ist die Antwort darauf?«

Sie lachte wieder. »Die Antwort ist, daß man nur einmal leben kann.«

»Wissen Sie keine bessere? Ich meine eine, die mehr der Wahrheit entspricht«, sagte er und sah sie scharf an.

»Mehr der Wahrheit entspricht?« wiederholte sie erstaunt.

Zweifel überkam ihn, er beschloß zu lachen. »Nun sitze ich drin«, sagte er reuig. »Ich meine, sind Sie sicher, Sie schnüffeln nicht nach irgend jemandem herum hier unten?«

»Wie merkwürdig, so etwas zu sagen!« rief sie und warf überrascht ihren Kopf zurück. »Was für ein komischer Mensch Sie sind!«

Er lachte weiter, unsicher, nicht überzeugend. »Lassen Sie's! Es war nur so eine Idee, die mir gerade gekommen ist.«

Aber jetzt war sie entrüstet, ihre Augen funkelten. »Ich lasse es bestimmt nicht! Was haben Sie gemeint? Sie müssen irgend etwas gemeint haben. Warum kommt Ihnen gerade eine solche Idee?«

»Betrachten Sie es als nicht gesagt und nehmen Sie meine aufrichtige Entschuldigung an«, schlug er mit gespielter Zerknirschung vor. Und ehe sie noch antworten konnte, zeigte er aus dem Fenster und rief: »Sehen Sie, der Regen hat aufgehört! Die Sonne kommt heraus. Nehmen wir es als ein gutes Zeichen!«

»Wofür?« Ihre Stimme klang noch immer ärgerlich, und statt in den Garten hinauszublicken, öffnete sie ihre Puderdose und betrachtete sich im Spiegel.

»Für heute. Für die Unruhe hier.«

»Wieso? Ist es soviel schlimmer jetzt? Steht es wirklich schlecht?«

»Ob es schlecht steht? Es ist schrecklich. Haben Sie denn bei Ihrer Ankunft auf dem Bahnhof gar nichts bemerkt? Soldaten oder Ansammlungen?«

»Ich bin nicht mit dem Zug gekommen. Ich habe mir in Rabat einen Wagen gemietet und bin direkt hergekommen.«

Er war glücklich, einen Ausweg aus der Sackgasse von vorhin gefunden zu haben, und fing an, ihr zu berichten, was Moss ihm gestern abend erzählt hatte. Den Besuch der zwei jungen Männer im Hotel ließ er aus. Sie hörte mit wachsendem Entsetzen zu. Als er geendet hatte, sagte sie: »Ich habe mich gewundert, warum Hugh so plötzlich abgefahren ist. Es sah ihm nicht ähnlich, nicht wenigstens eine Zeile zu hinterlassen.«

»Sie meinen für Sie? Aber wie konnte er wissen, daß Sie nach Fez zurückkommen?«

»Ich habe ihm von Marrakesch ein Telegramm geschickt«, sagte sie.

»Oh, ach so!« Einen Augenblick hatte er vergessen, daß sie mit Kenzie befreundet war, daß er es war, der sie bekannt gemacht hatte. »Ja.« Nach einer Pause sagte er: »Sind Sie sicher, daß er nichts für Sie hinterlassen hat? Im Büro kann es leicht verlegt worden sein.«

»Nein, es war nichts da.«

»Sind Sie sehr beunruhigt, daß Sie ihn verpaßt haben?«

»Ach, es ist dumm, aber vielleicht werde ich ihn auf meinem Rückweg in Tanger sehen. Ich bleibe nur ein oder zwei Tage hier. Ich muß nach Paris zurück.«

Er dachte: Das wird vielleicht nicht so einfach sein. Sie schien sich noch immer nicht die Folgen vorzustellen, falls der Konflikt in Gewalttätigkeiten ausartete, und das überraschte ihn; er hielt sich aber nicht für verpflichtet, sie darauf aufmerksam zu machen und ihr Angst einzujagen.

Sie gingen zum Mittagessen hinunter. Sie wunderte sich über den leeren Speisesaal. »Wollen Sie behaupten, daß außer Ihnen und Mr. Moss niemand im Hotel ist?« rief sie aus.

»Und Sie und das Personal. Stimmt.«

Ihr Tisch war am Fenster; sie beobachteten, wie die Sonne langsam den von der Medina aufsteigenden, feuchten Dunst verzehrte.

»Vielleicht ist heute ein historischer Tag in den Annalen von Fez«, sagte er. »Hol mich der Teufel, wenn ich den ganzen Nachmittag hier im Hotel sitze. Ich möchte hinaus, etwas sehen. Zumindest sehen, ob es etwas zu sehen gibt.«

»Gut, gehen wir.«

»Schön. Aber zunächst muß ich Moss eine Nachricht hinterlassen. Wir hatten mehr oder weniger geplant, abzureisen, falls sich die Lage verschlechtert« – (er dachte überrascht, fast ungläubig an das hinter seiner Zimmertür aufgestapelte Gepäck) –, »und wir wollten irgendwann heute eine Art Kriegsrat halten.«

»Ob es nicht besser ist, wenn Sie ihn besuchen?« schlug sie vor.

»Ich schaue später vorbei, wenn wir zurückkommen. Ich glaube nicht, daß er besonders gern abreisen möchte. Er ist sich über die Situation vollkommen klar, soweit ein Außenseiter das sein kann, und ich glaube, er hält sie nicht für allzu gefährlich. Das Dumme ist, daß niemand wirklich etwas weiß, außer einer Handvoll Araber und wahrscheinlich einer noch kleineren Handvoll Franzosen.«

Sie erzählte ihm von ihrem Abstecher nach Foum el Kheneg: die Schwierigkeiten, dorthin zu gelangen, die unglaubliche Hitze, die Einöde der Landschaft, das entzükkende Heim, das Hauptmann Hamelle und seine Frau sich in dieser feindlichen Wüste eingerichtet hatten, und die Ausflüge, die sie in einem Jeep durch die Berge zu den Berber-*casbahs* ringsum unternommen hatten.

»In dem Tal bin ich niemals gewesen«, sagte er, »aber in ähnlichen Gegenden. Es ist wundervoll.«

»Ein herrliches Land«, stimmte sie zu, »aber eine ziemlich erschreckende Kultur, völlig feudalistisch. Diese *caids* haben Macht über Leben und Tod ihrer Untergebenen. Bedenken Sie die Kluft, über die diese Menschen hinwegmüssen, ehe sie Aussicht haben, irgend etwas zu sein.«

Er fühlte Ärger in sich, aber er bekämpfte ihn und sagte: »Ich glaube, ich verstehe nicht, was Sie meinen. Möchten Sie sie anders haben, als sie sind – sie sind nämlich restlos glücklich?«

Sie sah ihn aufmerksam an, als wollte sie seine Intelligenz abschätzen. »Wollen Sie mir vielleicht sagen, warum Sie diese hilflosen Sklaven für glücklich halten? Oder haben Sie niemals darüber nachgedacht? Sind sie nur darum glücklich, weil sie völlig von der Welt abgeschnitten sind? Es sind Sklaven, die in Unwissenheit, Aberglauben, Krankheit und Schmutz leben, und Sie sitzen hier und erzählen mir in aller Ruhe, daß sie glücklich sind! Das geht doch zu weit, finden Sie nicht?«

»Sie gehen weiter. Ich sage, man soll sie in Ruhe lassen. Sie sagen, sie müssen sich ändern, sie müssen etwas werden.« Er war aufgeregt; dies war es, was immer zwischen ihnen gestanden hatte. Vielleicht kamen sie diesmal der Sache auf den Grund.

Sie warf ungeduldig den Kopf zurück. »Sie werden sich ändern«, sagte sie wie jemand, der Zugang zu geheimen Informationen hat.

»Sie und die Istiqlal«, murmelte er.

»Hören Sie, Mr. Stenham, ich glaube, wir kennen einander nicht gut genug, um zu streiten. Meinen Sie nicht?«

Er schwieg; das ›Mr. Stenham‹ hatte den Abstand zwischen ihnen gezeigt, der zweifellos die ganze Zeit vorhanden gewesen war, nur war er sich dessen nicht bewußt geworden. Sie war bedeutend weniger zugänglich, als er gedacht hatte; im Augenblick konnte er sich kaum vorstellen, wie es war, mit ihr auf vertrautem Fuß zu stehen. Er sah vom Tisch weg; die zwei Reihen Kellner, Marokkaner und Europäer, standen an ihren Wänden und beobachteten sie diskret.

»Lächeln Sie«, sagte er ihr.

Zögernd zog sie die Oberlippe hoch – zu einem Versuch, flüchtig zu lächeln.

»Ihre Zähne sind zu scharf«, sagte er. »Als Kind hatte ich einmal einen jungen Fuchs. Er hatte einen wolligen Pelz und einen langen, buschigen Schweif, und wer ihn sah, wollte ihn gleich streicheln. Den Rest können Sie sich selber vorstellen.«

Jetzt lächelte sie wirklich. »Soviel ich weiß, Mr. Stenham, habe ich weder einen wolligen Pelz noch einen buschigen Schweif.«

»Glauben Sie nicht, es könnte unserer schwer kämpfenden Freundschaft helfen, wenn Sie mich John nennen würden und nicht Mr. Stenham?«

»Kann sein«, gab sie zu. »Ich werde versuchen, es mir zu merken. Ich werde auch versuchen, daran zu denken, daß Sie ein hoffnungsloser Romantiker ohne das geringste Vertrauen zur menschlichen Rasse sind.« Sie sah ihn scharf an, und er ärgerte sich über die große Unruhe, die ihr Ausdruck in ihm auszulösen vermochte.

»Sie sind ein gescheites Mädchen«, sagte er ironisch.

»Sie erinnern mich so an einen meiner Freunde«, fuhr sie fort, ihn weiter beobachtend. »Ein sehr netter Junge, aber völlig verstrickt in seine eigenen Theorien über das Leben. Sie sehen ihm sogar ein bißchen ähnlich, wahrhaftig! Er hat auch gute Verse geschrieben. Zumindest schienen sie gut, bis man sich die Zeit nahm und sich plötzlich fragte, was sie eigentlich bedeuteten.«

»Ich bin kein Dichter.« Seine Stimme klang mürrisch, aber er lächelte sie an.

Sie sprach weiter, unzugänglich. »Und ich möchte wetten, daß Ihre Lebensgeschichten eine Menge Gemeinsames haben. Waren Sie jemals in der kommunistischen Partei? Er war's; er pflegte sich besonders dafür auszustaffieren und dann an den Ecken zu stehen und den *Daily Worker* zu verkaufen. Später verlegte er sich auf Yoga, und zuletzt hörte ich von ihm, daß er katholisch geworden war. Das hat ihn allerdings nicht davon abgehalten, Alkoholiker zu werden.«

Stenham, der einen Augenblick etwas beunruhigter ausgesehen hatte, lächelte jetzt. »Ich glaube«, sagte er, »Sie haben da ein ziemlich unvollständiges Bild von jemandem gezeichnet, der so grundverschieden von mir ist wie nur möglich.«

»Das glaube ich nicht«, erklärte sie mit fester Stimme.

»Ich spüre die Ähnlichkeit geradezu. Intuition«, fügte sie hinzu, wie um ihn daran zu hindern, es selbst sarkastisch zu äußern.

»Wie Sie wollen. Vielleicht bin ich wie er. Vielleicht werde ich demnächst auf dem Kopf stehen oder zur Messe gehen oder heimlich saufen oder alles auf einmal. Wer weiß?«

»Und noch etwas«, fuhr sie fort. »Jetzt, wo ich gerade daran denke – ja natürlich! –, nachdem er aus der Partei ausgetreten war, hatte er Wahnvorstellungen. Er verdächtigte jeden Menschen, der Partei anzugehören. Für ihn mußte man geradezu ein Engel sein, um ihn nicht mit jedem Wort herauszufordern. Er witterte überall Propaganda.«

»So«, sagte Stenham.

»Sie sind sich vielleicht nicht darüber klar, aber seit wir hier sitzen, haben Sie mich praktisch zweimal beschuldigt. Denken Sie einen Augenblick zurück.«

Er saß ruhig da, bis der Kellner den Tisch verlassen hatte; dann beugte er sich vor und sprach mit größter Spannung. »Aber Lee, ich mache gar kein Geheimnis daraus. Natürlich war ich in der Partei. Genau vor 16 Jahren. Und offiziell bin ich genau 20 Monate dabeigewesen und habe genau 24 Versammlungen mitgemacht, na und? Ich war die meiste Zeit nicht einmal in den Vereinigten Staaten.«

Sie lachte. »Aber Sie brauchen sich doch nicht zu verteidigen. Mir ist es doch völlig gleichgültig, wie lange Sie in der Partei waren oder warum Sie ihr beigetreten sind oder was Sie dort gemacht haben. Ich freue mich nur, daß ich recht hatte, das ist alles.«

»Möchten Sie Kaffee?«

»Nein, danke.«

»Dann glaube ich, wir gehen lieber, meinen Sie nicht? Der Schlamm wird jetzt schon ziemlich trocken sein.«

»Augenblick noch«, sagte sie mit gespielter Ernsthaftigkeit. »Sie haben mich doch beschuldigt, nicht wahr?«

»Gut, das habe ich; aber Sie hatten selbst schuld mit Ihren Bemerkungen.«

»Ich glaube, Sie sind verrückt.«

»Nein, ich meine es wirklich.«

»Wir wollen gehen«, sagte sie und stand auf.

Der Oberkellner geleitete sie mit einer Verbeugung hinaus und schloß die Tür hinter ihnen. Stenham folgte ihr den feuchten Korridor entlang, dessen Wände mit Strohmatten bedeckt waren, und dachte, wie unbefriedigend die Unterhaltung gewesen war. Er hatte sagen wollen: Sie haben es mit Ihrem halbbackenen, pseudo-demokratischen Idealismus selbst verschuldet. Aber er wußte, sie würde sich von ihm keine Kritik gefallen lassen; sie war Amerikanerin, und eine amerikanische Frau weiß immer alles besser. Sie spielte die geduldige, amüsierte Mutter und behandelte ihn wie einen kleinen Jungen mit sanftem Spott. Aber wenn man sich verteidigte, was notwendig einen Angriff auf ihren falschen Standpunkt bedeutete, beanspruchte sie sofort die ungeschriebenen Gesetze der Ritterlichkeit für sich. Er beneidete Lee auch, daß sie lustig und ungezwungen über etwas sprechen konnte, dessentwegen er ein so tiefes, wenn auch grundloses Schuldgefühl empfand.

Der Schlamm war zu einer harmlosen Masse getrocknet, die unter den Füßen zerbröckelte, der Himmel war klar, und der grelle Glanz über dem aufsteigenden Dunst war gewichen. Als Stenham auf die Straße hinaustrat, ließ er automatisch allen Ärger hinter sich; er bemerkte es und freute sich, denn es wäre qualvoll gewesen, seine schlechte Laune durch die ganze Stadt mitzuschleppen. Während sie der im Zickzack zwischen den Mauern verlaufenden Straße folgten, überlegte er, ob es für sie wohl diesselbe Reinigung bedeutete, ins Freie zu kommen, wie für ihn oder ob sie dessen überhaupt bedurfte, da sie sich ja kaum anders denn als Siegerin in dem vorangegangenen Wortgefecht betrachten konnte. Anscheinend hatte sie aber nur das im Sinn, was sie um sich herum sah. Ab und zu, sorgfältig die vielleicht noch rutschigen Stellen vermeidend, summte sie eine Melodie vor sich hin. Er horchte: es war *On the Sunny Side of the Street* – willkürlich durch ihre Atemzüge phrasiert.

Sie kamen zum Taubenmarkt unterhalb der alten Moschee in Bab el Guissa. Unleugbar war etwas ungewöhnlich an diesem Tag, aber er konnte nicht herausfinden, warum ihm das so schien. Die Arbeit ging in diesem Viertel wie immer vor sich; es gab hier in der Hauptsache Ölpressen und Tischlerwerkstätten. Wie immer wurde die übliche Anzahl Esel hin und her getrieben und geritten; da waren die Kinder mit ihren Brettern gebackenen und ungebackenen Brotes auf dem Kopf, das sie zu den Backöfen brachten oder abholten; da waren an den öffentlichen Brunnen die Mädchen und alten Frauen mit ihren Wassergefäßen. Gleichzeitig aber machte sich ein entschiedener, wenn auch feiner Unterschied zwischen heute und anderen Tagen bemerkbar, den er sich bestimmt nicht nur einbildete, und doch konnte er nicht sagen, worin er bestand. War es vielleicht der Gesichtsausdruck der Leute? Nein, fand er; ihre Gesichter waren so undurchdringlich wie immer.

Sie kamen zu der Sackgasse unmittelbar hinter der Lemtiyine-Schule, einem langen, engen Weg, hinunter zu einem gewölbten Torbogen, dessen Gitter immer offen war. Zerrissene Bananenblätter wehten wie verschlissene Papierdekorationen eines längst vergangenen Festes über die Mauer. Plötzlich wußte er, was fehlte, der Anblick dieser leeren Passage hatte es ihm gesagt.

»Ah«, sagte er befriedigt.

»Was ist?«

»Ich habe darüber nachgedacht, daß irgend etwas heute hier nicht stimmt, aber ich konnte nicht draufkommen. Jetzt weiß ich, was es ist. Die Jugendlichen und die jungen Männer sind nicht da. Wir sind nicht einem einzigen Jungen über zwölf oder einem Mann unter dreißig begegnet, seit wir das Hotel verlassen haben.«

»Ist das ein schlechtes Zeichen?« fragte sie.

»Im allgemeinen, ja. Die verrückten Franzosen denken, wenn sie diese Altersgruppe hinter Schloß und Riegel haben, beseitigen sie automatisch die Quellen der Unruhe. Aber wahrscheinlich geht heute unten in der Stadt irgend etwas von Bedeutung vor, und sie sind alle dort, um dabeizusein. Was da vor sich geht, kann man nur raten.«

»Ich möchte nicht in eine Menschenansammlung kommen«, erklärte sie. »Es ist mir gleichgültig, wohin wir gehen und was wir tun, solange wir uns aus der Menge heraushalten. Ich kann es nicht ertragen, in einen Menschenhaufen zu geraten. Ich glaube, es gibt nichts Schlimmeres.«

Sie gingen langsamer. »Sie haben wahrscheinlich recht«, sagte er. Plötzlich hielt er an. »Wissen Sie was? Wenn es Ihnen nichts ausmacht, ein wenig spazierenzugehen, lohnt es sich vielleicht, zurückzugehen, hinaus aus Bab el Guissa, und den ganzen Weg außerhalb der Stadtmauern zu bleiben. Auf diese Weise vermeiden wir bestimmt, unten in der Talâa eingequetscht zu werden. Wir werden höchstens etwas später nach Bou Jeloud kommen, das ist alles.«

Sie sah ihn an, als wundere sie sich, warum er das nicht gleich vorgeschlagen habe, sagte aber nur: »Gut.«

Ungefähr zehn Minuten lang gingen sie ihren Weg zurück, bis sie zur Moschee kamen. Der massive Torbogen von Bab el Guissa lag dahinter, ein wenig hügelaufwärts, eine kleine Festung für sich, deren Inneres die Franzosen zu einer Polizeiwache ausgebaut hatten.

Sie gingen durch das erste Tor in die kühle Dunkelheit. Der Weg führte erst links, dann rechts, und sie sahen Bäume und Hügel vor sich. Als sie durch den äußeren Torbogen kamen, wechselten zwei an der Mauer stehende französische Polizisten ein paar Worte, dann rief der eine ihnen nach:

»Wohin gehen Sie, Monsieur?«

Stenham erklärte, sie machten einen Spaziergang.

»Sie sind vom *Mérinides Palace*?«

Stenham bejahte.

»Wenn Sie in die Medina zurückgehen, zu Ihrem Hotel, benutzen Sie das andere Tor, nicht das hier«, sagte ihm der Polizist. Stenham versprach es.

»Und wenn Sie Ihren Spaziergang beendet haben, machen Sie keine Spaziergänge mehr, bis man Ihnen Bescheid sagt. Man hätte Sie in Ihrem Hotel warnen sollen. Es gibt Unruhen im Araberviertel.«

Stenham dankte ihm, und sie gingen weiter.

»Wir müssen jetzt ein bißchen von unserem Weg abweichen«, sagte er ihr dann, »sonst bemerken sie, daß wir in der falschen Richtung gehen, und rufen uns zurück.«

Sie gingen geradeaus auf die Hügel zu, bis sie an die Hauptstraße kamen. Dann blieben sie stehen und sahen zurück. Hinter ihnen lag die nackte Fläche der Wälle, nur durch den vereinzelten Torbogen von Bab el Guissa unterbrochen. Die beiden Polizisten waren noch immer als winzige Punkte in seiner dunklen Öffnung zu sehen.

Als die Straße abbog, verließen sie sie und gingen quer über den Friedhof zurück zu einem Pfad, der mehr oder weniger parallel zu den Stadtwällen verlief, aber in außerordentlich unebenem Gelände. Zuerst waren sie auf gleicher Höhe mit den Wällen und konnten die ferne Seite der Medina sehen, dann waren sie in einer tiefen Schlucht, wo sich der Pfad zwischen Reihen von Kakteen und Aloen hindurchwand, hinter denen nichts als die steilen, staubbedeckten Hänge lagen, die auf beiden Seiten zum Himmel stiegen. Dann fiel das Gelände ab, und der enge Weg, den sie auf der Sohle einer Schlucht entlanggegangen waren, folgte jetzt einem gewundenen Hügelgrat. Ziegen wanderten umher und nagten an den Zwergdisteln unter den Olivenbäumen auf dem Abhang. Sie umgingen den Fuß senkrechter Klippen, wo Hunde zum Schutz der Höhlen bellten, die Männer mit ihren Händen in den Lehm gegraben hatten, und wo jetzt kleine Kinder schrien und gelegentlich eine Trommel geschlagen wurde. Dann kamen sie an eine dürre Wiese, die von weiten schwarzen Rissen durchfurcht war.

»Puh! Es ist wie in einem Backofen«, sagte sie.

»Zurück werden wir ein Taxi nehmen.«

»Wenn wir überhaupt hinkommen. Wie weit ist es noch?«

»Nicht weit. Aber Sie werden sich gleich die Nase zuhalten müssen. Ich warne Sie.«

Von der Spitze einer wunderlichen kleinen Anhöhe, über die der Weg führte, konnten sie über die Wälle in das nahe gelegene Casbah en Nouar sehen; seine Dächer und Gärten verbargen das Zentrum der Medina. Sie blieben einen Augenblick stehen und überblickten das Panorama fremdartiger Gebilde ringsum. Der Boden hier war wie ein ungebärdiger Haarschopf gestaltet. Das Land wirbelte zu sinnlosen

Gipfeln auf und fiel senkrecht in geheimnisvolle Löcher und Höhlungen ab.

»Hören Sie«, sagte Stenham zu ihr. Wie das Schrillen von Insekten drang der ferne Klang von anhaltendem Rufen aus vielen Kehlen zu ihnen. »Da ist es, was auch immer es ist«, sagte er.

»Nun, Gott sei Dank sind wir umgekehrt. Ich möchte um nichts in der Welt dort unten drin sein.«

Man roch den Gestank, noch ehe das Dorf in Sicht kam. Dann gingen sie an den ersten Hütten vorbei, aus Kisten, Dornengestrüpp und Ölkanistern gebaut, zusammengehalten von Stricken und Lumpen. Einen schlimmeren Unrat konnte man sich gar nicht vorstellen. Kinder, nackt oder mit lehmfarbenen Schmutzfetzen behängt, spielten auf dem abfallübersäten Boden zwischen den Hütten, der von Blech und zerbrochenem Glas glitzerte.

»Das ist alles neu«, sagte er ihr. »Vor ein paar Jahren gab es das noch nicht.«

»Gott«, sagte sie voll Mitleid.

Der Schlamm war hier noch nicht getrocknet; sie mußten am Rande des Weges gehen. Der Boden wimmelte von zahllosen Fliegen; bei jedem Schritt stieg ein kleiner Schwarm ein paar Zentimeter in die Luft, nur um sich sofort wieder niederzulassen. Die Leute starrten sie an, als sie durchs Dorf gingen, aber ihre Mienen ließen nichts anderes erkennen als ein wenig Neugier. Der Weg führte jetzt einen steilen Hügel hinauf zu den Wällen. Tonnenweise waren dort Abfälle und Unrat abgelagert und drohten, den langen Abhang hinunterzurutschen und die improvisierten Wohnungen unten zu überschwemmen; auf dem Hang dieser vordringenden Halde streunten halbverhungerte Hunde, müde herumschnüffelnd und gelegentlich eine Blechbüchse anstoßend, die dann ein Stück herabrollte. Ein paar Leute stocherten aufmerksam in den Abfällen, von Zeit zu Zeit steckten sie etwas in die über ihre Schultern geschlungenen Säcke.

Als sie keuchend den Gipfel des Hügels erreichten, blieben sie nicht stehen und sahen nicht auf das Dorf zurück, sondern setzten ihren Weg fort, bis sie dem Gestank entronnen waren und die beiden Tore von Bab Mahrouk passiert hatten. Erst hinter dem Schatten der Wälle auf dem Korbflechtermarkt hielten sie einen Augenblick an, um Atem zu schöpfen.

»Ich werde jetzt etwas sagen, das von John Stenham stammen könnte«, erklärte sie. »Ich wünschte, Sie hätten mich nicht da hindurchgeführt. Es verleidet mir irgendwie den Rest der Stadt.«

»Das ist ungefähr ein Zwanzigstel davon, was es außerhalb der Mauern gibt«, sagte er. »Finden Sie Elendsviertel noch immer nicht selbstverständlich? Haben Sie jemals eine Stadt gesehen, die keine hat?«

»Oh, aber nicht solche! Nicht ganz so hoffnungslos. Mein Gott, nein!«

»Ich glaube, Sie sollten froh sein, es gesehen zu haben. Es ist eine Sache mehr, die man ändern müßte.«

Seinen Sarkasmus ignorierend, sagte sie: »Das ist es bestimmt.«

Er deutete auf das weite Tor von Bab Mahrouk zurück. »Eine Reform, die sie neulich durchgeführt haben«, fuhr er mit der gleichen ironischen Harmlosigkeit fort, »besteht darin, daß jetzt keine Köpfe mehr dieses schöne Tor zieren. Sie spießten dort immer eine ganze Reihe auf, damit die Leute sie beim Hinausgehen bewundern konnten. Feinde des Pascha und andere Übeltäter. Ich meine nicht im Mittelalter, sondern im 20. Jahrhundert, vor wenigen Jahren. Finden Sie es nicht schöner ohne sie?«

»Ja«, sagte sie gereizt. »Es ist schöner ohne sie.«

Es war ein Vergnügen, im Schatten der Platanen durch die Allee zurück nach Bou Jeloud zu wandern. Als sie zu dem Platz kamen, wo die Omnibusse hielten, fanden sie Polizisten vor dem prunkhaften blauen Tor aufgebaut; es sah aus wie eine Szene aus einer Ausstattungsoperette. Sie warteten am entfernten Ende des öffentlichen Platzes und betrachteten die in Reih und Glied stehenden Männer in Uniform. Eingerahmt vom Torbogen Bab Bou Jeloud, inmitten der viereckigen Gebäude, stand ein niedriges Minarett, mit dichtem Stroh darauf, und auf dem Stroh stand ein Storch, das eine Bein hoch angezogen; er sah im grellen Sonnenlicht sehr weiß aus.

»Ich glaube, das ist das Ende unseres Ausflugs«, sagte er zu ihr. »Wenn wir durch das Tor gehen, sind wir in der Medina, und das wollen wir nicht. Und außerdem sieht es nicht so aus, als ob sie uns durchlassen würden. Da ist ein nettes kleines Café. Möchten Sie eine Tasse Minztee?«

»Ich möchte alles, wenn ich mich nur hinsetzen kann«, antwortete sie. »Sitzen wäre jetzt ein ungeheurer Luxus. Lassen Sie uns hineingehen, nur fort aus der Glut.«

23

Es gab vier Cafés auf dem Platz und vor jedem war viel Platz; hier standen sonst die Tische und Stühle. Heute waren sie vorsichtigerweise nicht herausgebracht worden, so daß die Seiten des Platzes verlassen aussahen, um so mehr, als die Mitte ebenfalls leer war, da kein Mensch über den Platz ging. Es war allerdings heiß, und um diese Stunde wären sowieso wenig Spaziergänger unterwegs gewesen, aber die Menschenleere war so vollständig, daß das Bild – selbst wenn man von dem Polizeikordon absah – nichts von der gewohnten Alltäglichkeit hatte.

»Sehr merkwürdig«, murmelte Stenham.

»Täusche ich mich«, sagte sie, »oder macht das hier irgendwie einen unheimlichen Eindruck?«

»Kommen Sie.« Er nahm ihren Arm, und sie eilten hinüber zu dem Café bei den wartenden Omnibussen. Einer der *mokhaznia* an der Flußbrücke sah sie unschlüssig an, ließ sie aber vorbei. Im Café saßen und standen Gruppen von 30 bis 40 schweigenden Männern in der Nähe der Fenster und sahen durch die hängenden Wedel der Pfefferbäume auf den leeren sonnigen Platz. Mehr noch als von der ungewöhnlichen Spannung in den Gesichtern war Stenham von der Stille des Raumes betroffen; niemand sprach, und wenn, dann höchstens flüsternd. Man brauchte ohne das Radio natürlich nicht wie sonst zu schreien; aber er fühlte, auch wenn das Radio mit all den Lautsprechern in den kleinen Zimmern angestellt gewesen wäre, hätten sie nur gemurmelt. Auch der Ausdruck ihrer Gesichter, als sie aufsahen und ihn anblickten, gefiel ihm nicht. Es war das erste Mal in vielen Jahren, daß er Feindschaft in den Gesichtern der Marokkaner sehen konnte. Vor 20 Jahren einmal hatte er sich allein in das *horm* von Moulay Idris gewagt – nicht in das eigentliche Heiligtum, aber die umgebenden Straßen –, und da hatte er Haß auf ihren Gesichtern gesehen; er hatte niemals vergessen, wie ihm dabei zumute gewesen war. Es war etwas Physisches gewesen, was ihm in diesen leidenschaftlichen Gesichtern begegnete, und auch seine Reaktion war ausschließlich physisch gewesen; er hatte gefühlt, wie sein Rückgrat sich versteifte und sein Haar sich sträubte.

Er fing an, laut mit Lee zu sprechen, ohne viel darauf zu achten, was er sagte, aber in einem unverkennbar amerikanischen Tonfall, wie er glaubte. Er merkte, daß sie ihn einmal überrascht ansah. »Hinten sind eine Menge kleiner Zimmer«, fuhr er fort. »Wir wollen in eins gehen, das nicht so voll ist.« Er sah, daß sie sich ärgerte. Er sah auch, daß ihn als einziges Resultat seiner Schauspielerei nur noch mehr bärtige Gestalten in Turban und Tarbusch, die aus dem Fenster gesehen hatten, feindlich anstarrten.

»Setzen wir uns einfach irgendwo hin, und benehmen Sie sich nicht so auffällig«, sagte sie nervös und ging mehrere Schritte auf einen unbesetzten Tisch an der Wand gegenüber dem Eingang zu. Aber Stenham wollte sich möglichst weit aus dem Kreis der unfreundlichen Gesichter entfernen. Im nächsten Zimmer saß eine Gruppe älterer Männer vom Land, Kif rauchend und essend. Ein Junge stand in der Tür zu einem anderen Raum. Das Zimmer hinter ihm schien leer. Stenham ging hinüber und sah hinein; der Junge rührte sich nicht. Es war niemand darin. Durch das rückwärtige Fenster sah er eine Wasserfläche in der Sonne schimmern.

»Lee«, rief er. Sie schlüpfte durch die Tür, und sie setzten sich hin.

»Sie schreien so, damit die Leute glauben, Sie sind Amerikaner, ja?« fragte sie.

»Es ist zumindest sehr wichtig, daß sie uns nicht für Franzosen halten.«

»Aber es klang so komisch!« Sie fing an zu lachen. »Es wäre viel wirkungsvoller gewesen, wenn Sie einfach gebrüllt hätten: ›O. K. give money, twenty dollar, very good, yes, no, get outa here, goddamned son of a bitch!‹ Vielleicht hätten sie es dann begriffen. Aber wie Sie es gemacht haben, ist es denen nicht eine Minute klargeworden.«

»Jedenfalls habe ich mein Bestes getan.« Jetzt, hier in dem inneren Zimmer, weit von den feindlichen Gesichtern entfernt, fühlte er sich wohler.

Dann kam der Kellner mit einem Glas Tee für den Jungen am anderen Tisch. Stenham bestellte bei ihm Tee und Gebäck.

»Verdammt noch mal!« sagte er. »Ich habe vergessen, Moss eine Nachricht zu hinterlassen.«

»Meine Schuld«, erklärte sie.

»Das ist lieb von Ihnen, aber es stimmt nicht.«

»Sie können ihn ja anrufen.«

»Nein. Hier ist kein Telefon. Ich weiß nicht. Manchmal frage ich mich, was mit mir los ist. Ich weiß, wie ich mich verhalten soll, aber immer nur vorher oder nachher. Im entscheidenden Augenblick scheine ich dagegen zu versagen.«

»Darin unterscheiden Sie sich nicht von anderen Menschen«, sagte sie.

Er vermutete, daß sie Widerspruch erwartete, darum antwortete er nicht. Einen Augenblick schwiegen sie beide. Der Araberjunge trank seinen Tee in der geräuschvollen Art der Mohammedaner. Stenham, gut gelaunt, hatte nichts gegen seine Anwesenheit; er war ein Stück Folklore. Er hätte sogar nichts dagegen gehabt, wenn der Junge angefangen hätte, laut aufzustoßen, wie es höfliche Marokkaner tun, um ihre Würdigung von Speise und Trank auszudrükken. Aber der Junge tat es nicht, sondern stand vom Tisch auf, nahm einen ziemlich großen Stein vom Fußboden und begann, gegen den Riegel der Tür zu dem kleinen Garten zu hämmern. Stenham beugte sich über den Tisch und ergriff Lees Hand. Er hatte bis zu dieser Minute nie den Ehering bemerkt – ein einfaches goldenes Band. »Es ist gut, Sie zu sehen«, sagte er und wünschte sofort, er hätte still gesessen und nichts gesagt, denn als er ihre Hand berührte, hatte sich ihr Gesicht bewölkt. »Es ist immer gut, Sie zu sehen«, fügte er mit weniger Nachdruck hinzu und beobachtete sie genau. Einen Augenblick schien sie unentschlossen, ob sie sprechen solle oder nicht. Dann sagte sie: »Warum tun Sie das?«

»Warum sollte ich es nicht tun?« Er sprach ruhig, um nicht wieder einen Streit zu entfachen.

Ihr Ausdruck war völlig offen. »Weil es mich in eine falsche Lage bringt«, sagte sie ihm. »Ich fühle mich unbehaglich dabei. Ich denke dann immer, daß etwas von mir erwartet wird. Daß ich Ihnen gegenüber kokett oder prüde sein sollte, und keines von beiden möchte ich.«

»Warum sind Sie nicht einfach natürlich?« schlug er sanft vor.

»Ich versuche gerade jetzt natürlich zu sein«, sagte sie ungeduldig, »aber Sie scheinen es nicht zu verstehen. Sie bringen mich in eine Lage, in der es ziemlich unmöglich ist, natürlich zu sein.«

»Ist das so schlimm?« sagte er, traurig lächelnd.

»Es heißt immer, man darf keinem Mann sagen, daß man ihn sexuell nicht anziehend findet, daß der ganze Erfolg einer Frau im Leben auf dem Prinzip beruht, jeden Mann fühlen zu lassen, daß sie bei der richtigen Gelegenheit sofort mit ihm ins Bett gehen würde. Aber ich glaube, es müßte doch einige Männer geben, die gescheit genug sind, die Wahrheit zu ertragen, ohne sofort einen Anfall von Depression zu kriegen. Glauben Sie nicht?« Sie lächelte herausfordernd.

Er sagte langsam: »Ich glaube, Sie wissen, daß das nicht stimmt. Was hat Gescheitheit damit zu tun? Sie können genausogut sagen, ein kluger Mann würde weniger dagegen haben zu hungern als ein dummer.«

»Nun – vielleicht stimmt das«, sagte sie vergnügt. »Wer weiß?«

Er war verletzt; um es sie nicht fühlen zu lassen, hielt er ihre Hand fester. »Ich bin nicht so leicht zu entmutigen«, versicherte er ihr obenhin. Sie zuckte die Achseln und sah auf den Tisch. »Ich wollte nur freundlich sein«, sagte sie niedergeschlagen, »weil ich Sie wirklich gern habe. Ich bin gern mit Ihnen zusammen. Wenn das nicht genug ist« – sie zuckte wieder die Achseln –, »also, dann hol's der Teufel.«

»Gut, gut. Vielleicht ändern Sie sich.«

»Kann sein. Ich bilde mir jedenfalls ein, vorurteilsfrei zu sein.«

Er antwortete nicht, sondern lehnte sich zurück und sah aus dem Fenster. Der Junge hatte seine Schuhe ausgezogen und war in das Bassin gewatet, ein Anblick, der Stenham in seinem augenblicklichen Zustand nicht sofort als eigenartig auffiel. Als der Junge sich aber vorbeugte und ein großes durchnäßtes Insekt aus dem Wasser fischte, begann ihn die Sache zu interessieren. Der Junge hielt jetzt seine Hand ganz nah an sein Gesicht, beobachtete seine Beute und lächelte sie an; er bewegte sogar mehrmals die Lippen, als würde er mit ihr sprechen.

»Was ist? Wo starren Sie hin?« fragte sie.

»Ich versuche herauszufinden, was der Junge da draußen mitten im Wasser macht.«

Plötzlich war das Insekt davongeflogen. Der Junge stand da und sah ihm nach, mehr mit einem Ausdruck der Zufriedenheit als der Enttäuschung, wie Stenham es erwartet hatte. Er stieg aus dem Wasser und setzte sich wieder auf den Rand.

Stenham schüttelte den Kopf. »Das war eigenartig. Der Junge ist nur ins Wasser gestiegen, um irgendein Insekt herauszufischen.«

»Er ist eben gutherzig.«

»Ich weiß, aber sie sind es nicht. Das ist der entscheidende Punkt. Solange ich hier bin, habe ich noch keinen Menschen so etwas tun sehen.«

Er sah in das runde Gesicht des Jungen, seine schwermütigen Gesichtszüge und sein schwarzes lockiges Haar.

»Er könnte ein Sizilianer sein oder ein Grieche«, sagte er wie zu sich selbst. »Wenn er kein Marokkaner ist, dann ist sein Benehmen nicht verwunderlich. Aber wenn er einer ist, gebe ich es auf. Marokkaner tun so etwas einfach nicht.«

Lee erhob sich und sah aus dem Fenster; dann setzte sie sich nieder. »Er sieht aus wie das Modell für alle schlechten Bilder, die vor hundert Jahren von Fremden in Italien gemalt wurden. *Junge am Springbrunnen, Zigeuner mit Wasserkrug* – Sie wissen schon?«

»Möchten Sie noch einen Tee?«

»Nein!« sagte sie. »Einer ist mehr als genug. Er ist so süß. Aber trotzdem, ich glaube, Sie dürfen Menschen nicht so verallgemeinern!«

»Man kann's in diesem Fall. Ich habe sie seit Jahren beobachtet. Ich kenne sie.«

»Das heißt noch nicht, daß Sie wissen, wie jedes einzelne Individuum ist.«

»Aber das Entscheidende ist, sie sind nicht individuell in dem Sinn, wie Sie es meinen«, sagte er.

»Sie gehen über gefährlichen Grund«, warnte sie ihn.

Aus Furcht, daß sie Einwände erheben könnte, schwieg er und versuchte nicht, ihr begreiflich zu machen, wie das Leben inmitten eines rückständigen Volkes ihn instand gesetzt hatte, seine eigene Kultur von außen her zu sehen und so besser zu verstehen. Es war ihr ausdrücklicher Wunsch, daß alle Rassen und jeder einzelne Mensch gleich seien; sie würde auf keine Beweisführung eingehen, die sich diesen Grundsatz nicht zu eigen machte. Er kam zu dem Schluß, daß es tatsächlich unmöglich war, mit ihr über irgend etwas zu diskutieren, weil sie, statt jeden Teil der gesamten Wirklichkeit als Ergänzung der anderen Teile zu betrachten, hartnäckig daran festhielt, nur die Dinge zu sehen, in denen sie einen Schein von Bestätigung für ihre eigenen Anschauungen finden konnte.

Von draußen kam ein schwacher Laut näher; hätte er nicht gewußt, daß es Menschenstimmen waren, er hätte ihn für das Seufzen des Windes in den Föhrenzweigen halten können. Auch der Junge, der an dem Wasserbecken saß, als wäre die Sonne im Augenblick nur für ihn da, schien das Geräusch zu hören. Stenham sah zu Lee hin: Anscheinend hatte sie nichts gehört. Es gab nur zwei kleine theatralische Posen, zu denen sie fähig war: ihre Puderdose herauszunehmen und sich im Spiegel anzusehen – oder aber sich eine Zigarette anzuzünden. Jetzt faßte sie nach der Puderdose.

Er beobachtete sie. Für sie waren die Marokkaner rückständige Zuschauer am Rande des Fortschritts; man mußte ihnen zureden mitzumachen, und wenn es nötig war, sie zum Mitmarschieren zwingen. Sie hatte die Haltung eines Missionars, aber während der Missionar eine vollständige, wenn auch unbrauchbare Weltanschauung und Verhaltenslehre bot, hatte der Fortschrittler überhaupt nichts zu bieten außer einem Platz in den Mannschaftsreihen. Und die Mohammedaner, deren blinde intuitive Weisheit den Überredungskünsten der Missionare triumphierend widerstanden hatte, sollten nun überredet werden, den sinnlosen Marsch der universalen Brüderlichkeit mitzumachen; für dieses Vorrecht hätte jeder einen kleinen Teil seines eigenen Selbst preiszugeben – gerade so viel, ihn unvollkommen zu machen, so daß er, statt in seinem eigenen Herzen, bei Allah, Frieden zu finden, ihn bei anderen zu suchen hätte. Die neue Welt würde ein Triumph der Ohnmacht sein, in dem sich die ganze Menschheit an ihren eigenen Schuhbändern hochzog – die Gleichheit der Verdammten. Kein Wunder, daß die religiösen Führer des Islam die westliche Kultur den Werken des Satans gleichsetzten: Sie hatten die Wahrheit erkannt und brachten sie in den einfachsten Formen zum Ausdruck.

Plötzlich nahm der Lärm der Stimmen zu; er rührte offenbar von einer Kolonne marschierender Männer her. Wieviel tausend Kehlen waren nötig, dachte er, um dieses Getöse hervorzubringen?

»Hören Sie«, sagte Lee.

Nur langsam drang es durch die Straßen vor, und durch die dauernd wechselnde Akustik schien der Lärm bald nahe, bald weiter entfernt. Aber es war klar, daß die Menge nach Bou Jeloud heraufkam.

»Da haben Sie es«, sagte er zu ihr.

Sie nagte einen Augenblick an ihrer Oberlippe und sah ihn bestürzt an. »Was meinen Sie, sollen wir tun? Hinausgehen?«

»Gewiß, wenn Sie wollen?«

Der Junge kam herein, sah scheu zu ihnen hinüber und setzte sich an seinen Tisch. Stenham rief zu ihm hinüber: *»Qu'est-ce qui se passe dehors?«* Der Junge starrte ihn an, verständnislos. Er war also doch ein Marokkaner. *»Smahli«*, sagte Stenham. *»Chnou-hadek el haraj?«*

Der Junge sah ihn mit weitaufgerissenen Augen an, offenbar verwundert, daß jemand so dumm sein könne. »Das sind Leute, die schreien«, sagte er.

»Sind sie lustig oder zornig?« wollte Stenham wissen.

Der Junge bemühte sich, sein plötzliches Mißtrauen nicht zu zeigen. Er lächelte und sagte: »Einige sind vielleicht glücklich, andere böse. Jeder weiß selbst, was in seinem Herzen vor sich geht.«

»Ein Philosoph«, bemerkte Stenham lachend zu Lee.

»Was sagt er? Was?« fragte sie ungeduldig.

»Er ist mißtrauisch. *Egless.*« Er deutete auf den dritten Stuhl an ihrem Tisch, und der Junge setzte sich vorsichtig, ohne Stenham aus den Augen zu lassen. »Ich werde ihm lieber eine Zigarette anbieten«, sagte Stenham und tat es. Der Junge wies sie lächelnd zurück. »Tee?« fragte Stenham. »Ich habe schon getrunken, danke«, sagte der Junge.

»Fragen Sie ihn, ob er glaubt, daß man hierbleiben kann«, sagte Lee nervös.

»Sie können diese Menschen nicht treiben«, erwiderte er. »Sie kriegen gar nichts aus ihnen heraus, wenn Sie das tun.«

»Ich weiß, aber wenn wir gehen, müssen wir gleich gehen, glauben Sie nicht?«

»Ja, wenn wir gehen. Aber ich bin nicht so sicher, ob es gut wäre, jetzt hinauszugehen, herumzulaufen und nach einem Taxi zu suchen, meinen Sie nicht?«

»Sie sind der Sachverständige. Wie soll ich das wissen? Aber um Gottes willen, versuchen Sie, jetzt vernünftig zu sein. Ich habe durchaus keine Lust, massakriert zu werden.«

Er lachte, dann wandte er sich ihr ganz zu. »Lee, Sie denken doch nicht, daß ich vorgeschlagen hätte hierherzukommen, wenn ich an irgendeine ernstliche Gefahr glauben würde?«

»Wie soll ich wissen, was Sie vorgeschlagen hätten? Ich sage Ihnen nur, wenn die Möglichkeit besteht, daß der Mob in dieses Café kommt, möchte ich jetzt hier raus und nicht warten, bis es zu spät ist.«

»Woher diese plötzliche Hysterie?« fragte er. »Ich verstehe das nicht.«

»Hysterie!« Sie lachte verächtlich. »Ich glaube, Sie haben noch nie in Ihrem Leben eine hysterische Frau gesehen.«

»Hören Sie. Wenn Sie gehen wollen, gehen wir jetzt.«

»Gerade das habe ich *nicht* gesagt. Ich habe Sie nur gebeten, ernst zu sein und einzusehen, daß Sie die Verantwortung für uns beide haben, und dementsprechend zu handeln. Das ist alles.«

Wie eine Schullehrerin, dachte er ärgerlich. »Gut«, sagte er. »Bleiben wir hier sitzen! Dies ist ein arabisches Café. Es stehen ungefähr 50 Polizisten vor der Tür, und eine Wache ist genau gegenüber auf dem Platz. Ich weiß nicht, wo wir sicherer sein könnten, außer in der Ville Nouvelle. Sicher nicht im Hotel.«

Sie antwortete nicht. Das Getöse der Menge hatte sich bedeutend verstärkt; es glich jetzt einem ununterbrochenen Hochrufen. Er wandte sich wieder dem Jungen zu.

»Die Leute kommen hierher.«

»Ja«, sagte der Junge; es war klar, daß er nicht über die Angelegenheit sprechen wollte. Ein anderer Weg, dachte Stenham, ein neuer Annäherungsversuch, aber nichts Persönliches. »Kannst du das Café leiden?« sagte er nach einem Augenblick und erinnerte sich zu spät daran, daß Erklärungen besser waren als Fragen, wenn man mit Marokkanern Kontakt bekommen wollte.

Der Junge zögerte. »Ja, ich mag es«, sagte er widerwillig. »Aber es ist kein gutes Café.«

»Ich dachte, es ist ein gutes Café; ich habe es gern. Es hat auf beiden Seiten Wasser.«

»Ja«, gab der Junge zu. »Ich komme gern und sitze hier. Aber es ist kein gutes Café.« Er senkte die Stimme. »Der Besitzer hat etwas vor der Tür vergraben. Das ist nicht gut.«

Stenham sagte bestürzt: »Ach so.«

Der Lärm war jetzt nicht mehr zu überhören; die rhythmischen Rufe waren zu einem gigantischen Schrei angewachsen, Wutgebrüll unzweifelhaft, und es war endlich möglich, Einzelheiten herauszuhören. Es war nicht mehr eine riesige Lärmwelle, sondern es hatte sich in eine gewaltige, turbulente Masse unzähliger einzelner menschlicher Schreie verwandelt.

»Smahli«, sagte der Junge. »Ich werde mal schauen.« Er stand schnell auf und verließ das Zimmer.

»Sind Sie nervös?« fragte Stenham sie.

»Ich bin nicht gerade entspannt. Geben Sie mir eine Zigarette. Ich hab' keine mehr.«

Während er ihr die Zigarette anzündete, fiel ein vereinzelter Schuß – ein kleiner, dumpfer Knall, der aber den Lärm der Stimmen übertönte. Sie erstarrten beide; für eine oder zwei Sekunden ließ der Tumult nach, dann stieg er zu einem Chaos der Raserei an. Ihre erschrockenen Blicke trafen sich, doch nur durch Zufall. Dann kam, wie ihnen schien von der Front des Cafés, eine Salve von Maschinengewehrfeuer, eine kurze Folge rapider, ohrenzerreißender Detonationen.

Sie sprangen beide auf und rannten zur Tür. Als sie hindurchgingen, bemerkte Stenham, daß der Raum leer war bis auf einen alten Mann in einer Ecke am Boden, der eine Kifpfeife in der Hand hielt. Sie gingen nur bis zur Tür des großen Frontzimmers. Die Männer fielen in ihrer Hast, zum Fenster zu gelangen, übereinander. Zwei Kellner stießen gewaltige Riegel vor die verschlossene Eingangstür. Dann schoben sie eine große Truhe vor die Tür und keilten Tische zwischen sie und eine Säule in der Nähe. Sie taten es ganz automatisch, als wäre in einer solchen Lage gar nichts anderes möglich. Dann gingen sie hinter einen Wall von Flaschenkisten und lugten von dort besorgt durch ein kleines Fenster nach draußen. Von ihrem Platz in der inneren

Tür konnten Lee und Stenham durch das reichverzierte Gitterwerk in den Fenstern nur eine Reihe sinnloser Vignetten vor der harten Erde des Platzes im Hintergrund sehen. Gelegentlich tauchte in einer der Umrahmungen halbverdeckt ein laufender Mensch auf. Der Lärm kam im Augenblick hauptsächlich von wildem Geschrei; manchmal hörte man das Klirren von splitterndem Glas. Plötzlich feuerten Maschinengewehre von allen Seiten des Platzes, als ob ebensoviel gewaltige Motoren aufheulten. Als sie aufhörten, herrschte einigermaßen Ruhe, unterbrochen nur von vereinzelten Revolverschüssen in weiterer Entfernung. Eine Polizeipfeife ertönte, und man konnte sogar einzelne französische Kommandostimmen hören. Ein Mann an einem der Fenster vor ihnen begann wie ein Tier im Käfig auf das Gitterwerk einzuhämmern und wilde Flüche auszustoßen; Hände ergriffen ihn und zogen ihn zurück, und nach kurzem Handgemenge wurde er von seinen Begleitern zu Boden gedrückt. Stenham nahm Lee beim Handgelenk, drehte sie herum und sagte: »Kommen Sie.« Sie gingen in ihr kleines Zimmer zurück.

»Setzen Sie sich«, sagte Stenham. Dann trat er in die Sonne hinaus, besah sich die Wände des inneren Hofes und kam zurück. »Man kann hier nicht hinaus«, sagte er. »Wir müssen einfach hier sitzen bleiben.«

Lee antwortete nicht; sie saß da, das Kinn in die Hände gestützt, und starrte auf den Tisch. Er beobachtete sie: Er wußte es nicht genau, aber sie schien zu frösteln. Er legte die Hand auf ihre Schulter und fühlte, wie sie zitterte.

»Möchten Sie vielleicht etwas heißen Tee, ohne Zucker?« fragte er sie.

»Es ist schon in Ordnung«, sagte sie nach einer Pause, ohne aufzublicken. »Mir fehlt nichts.«

Er stand hilflos da und sah auf sie herunter. »Vielleicht –«

»Bitte, setzen Sie sich.«

Er gehorchte automatisch. Dann zündete er sich eine Zigarette an. Gleich darauf hob sie den Kopf. »Geben Sie mir auch eine«, sagte sie. Ihre Zähne klapperten. »Warum soll ich nicht rauchen – ich kann doch nichts anderes tun.«

Jemand stand an der Tür. Stenham wandte sich schnell um. Der Junge starrte sie an. Stenham stand auf, ging hinüber und zog ihn mit sich in den nächsten Raum. Der alte Mann lag noch immer in der Ecke ausgestreckt, in einer Wolke von Kifrauch.

»Versuch ein Glas Tee von dem *mra* zu bekommen«, sagte er zu dem Jungen, aber der schien nicht zu verstehen. »Die Dame möchte etwas Tee.« Er sieht mich an, als wäre ich ein sprechender Baum, dachte Stenham. Er ergriff den Arm des Jungen und drückte ihn, aber er reagierte nicht. Seine Augen waren weit offen, aber ausdruckslos. Stenham blickte zurück ins Zimmer und sah Lee schluchzend über den Tisch gebeugt. Er faßte den Jungen beim Arm, führte ihn zu ihr und drückte ihn auf den Stuhl neben ihr. Dann ging er in den Hauptraum zur Feuernische und bestellte bei dem *qaouaji* drei Tee; auch der schien dem Starrkrampf nahe. »Dreimal Tee, drei Tee«, wiederholte Stenham. »Einen mit wenig Zucker.« Das wird ihm etwas zu tun geben, dachte er.

Der schwächer werdende Tumult draußen wurde jetzt von den Stimmen der Zuschauer im Café fast übertönt. Sie sprachen nicht laut, aber mit einer wilden Intensität, alle auf einmal, niemand hörte dem anderen zu. Glücklicherweise beschäftigte es sie vollkommen; sie beachteten ihn nicht. Er hatte das Gefühl, wenn er es dem *qaouaji* überließe, den Tee zu machen und zu bringen, würde er wieder in seine Lethargie verfallen; er beschloß daher zu bleiben, bis er fertig war. Von der Stelle aus, wo er stand, konnte er durch ein kleines Fenster nur einen Teil der Platzmitte sehen. Er war leer, wenn aber eine Gestalt im Ausschnitt des Fensterrahmens erschien, war es immer ein Polizist oder ein *mokhazni*. Was sich ereignet hatte, war ziemlich klar: Die Menge hatte versucht, durch Bab Bou Jeloud aus der Medina herauszukommen, und war am Tor aufgehalten worden. Und jetzt, beim Rückzug der Marschierenden, kam es zu kleineren Zusammenstößen weiter innerhalb des Tores. Als er eine Kolonne Lastwagen näher kommen hörte, wußte er, daß er jetzt ruhig aus dem Fenster sehen konnte, und so zwängte er sich in den engen Gang zwischen den aufgestapelten Kisten mit den leeren Flaschen und der Wand und sah hinaus. Vier große Heereslastwagen waren in einer Linie hinter den verlassenen Omnibussen aufgefahren. Berber in Uniform, Gewehr in der Hand, sprangen hinten aus den Wagen und rannten auf das Tor zu. Es mußten ungefähr zweihundert sein, schätzte er.

Und nun würde innerhalb der Mauern, in den Straßen und Gassen, ein langsames Gemetzel beginnen, bis jeder Einwohner der Stadt, wenn er konnte, einen Zufluchtsort erreicht hatte und niemand mehr im Freien anzutreffen war, außer den Soldaten. Während er dies noch dachte, ging die Schießerei von vereinzelten, planlosen Schüssen in ganze Salven über, die wie Feuerwerkskörper explodierten. Obgleich nichts zu sehen war, stand er gespannt beobachtend da; es war, als sehe er alles in einer Wochenschau, wo man die Beteiligten vorher und nachher und den Schauplatz erblickt, aber nie den eigentlichen Vorgang. Selbst das Gewehrfeuer hätte ein Tonband sein können; kaum glaublich, daß die Gewehre, die er vor zwei Minuten gesehen hatte, in diesem Augenblick dazu benutzt wurden, Menschen zu töten, daß sie die Schüsse abgaben, die er hörte. Wenn man solcher Gewalttätigkeit vorher nie begegnet ist, dachte er, bleibt sie unwirklich, selbst wenn sie sich vor den eigenen Augen abspielt. Er ging zur Feuernische zurück und war angenehm überrascht, daß der *qaouaji* den Tee nahezu fertig hatte. Dann folgte er dem Mann so unauffällig wie möglich in den rückwärtigen Raum. Als er zum Tisch sah, wußte er nicht, ob er beunruhigt oder froh sein sollte, Lee und den Jungen in eine geheimnisvolle zweisprachige Unterhaltung vertieft zu finden.

»Nehmen Sie etwas heißen Tee«, sagte er ihr.

Sie sah auf; man sah es ihrem Gesicht an, daß sie geweint hatte. »Oh, das ist nett von Ihnen«, sagte sie, nahm das Glas und setzte es wieder hin, da es zu heiß war. »Diese Menschen sind wirklich erstaunlich. Dieses Kind hat nur zwei Minuten gebraucht, mich dahin zu bringen, daß ich mir nicht mehr selbst leid tat. Zuerst bemerkte ich, daß er mich am Ärmel zupfte und mit ganz unwiderstehlichem Lächeln in seiner komischen Sprache etwas sagte, aber so zart, so einschmeichelnd, daß ich mich sofort besser fühlte, das ist alles.«

»Merkwürdig«, sagte Stenham, der sich erinnerte, in welchem Zustand der Junge selber gewesen war, als er ihn verlassen hatte. Er wandte sich zu ihm und sagte: »*O deba labès enta?* Fühlst du dich besser? Dir war ein bißchen schlecht.«

»Nein, mir war nicht schlecht«, sagte der Junge nachdrücklich, aber sein Ausdruck wechselte dreimal: Scham, Verdruß und zuletzt eine gewisse vertrauensvolle Demut, mit der er sich auf Stenhams Anständigkeit zu verlassen schien, daß er Lee nichts von seiner Schwäche erzähle.

»Wann können wir hier heraus? Wir möchten nach Hause gehen«, sagte Stenham zu ihm.

Der Junge schüttelte den Kopf. »Jetzt kann man nicht auf die Straße.«

»Aber die Dame möchte ins Hotel zurück.«

»Natürlich.« Der Junge lachte, als wäre es der Wunsch eines unvernünftigen Tieres, der nicht ernst zu nehmen war. »Dieses Café ist ein sehr guter Platz für sie. Die Soldaten können nicht wissen, daß sie hier ist.«

»Die Soldaten können nicht wissen?« wiederholte Stenham scharf, sein Gefühl sagte ihm, daß mehr hinter diesen Worten verborgen war. »Was meinst du? *Chnou bghitsi ts' qoulli?*«

»Haben Sie die Soldaten nicht gesehen? Ich hörte sie kommen, während Sie den Tee holten. Wenn die wissen, daß sie hier drin ist, werden sie die Tür aufbrechen und hereinkommen.«

»Aber warum?« fragte Stenham töricht.

Der Junge antwortete kurz und in unzweideutigen Ausdrücken.

»Nein, nein!« Stenham wollte es nicht glauben. »Das würden sie nicht tun. Die Franzosen.«

»Welche Franzosen?« sagte der Junge bitter. »Die Franzosen sind nicht dabei. Sie schicken sie allein aus, damit sie in die Häuser einbrechen und die Männer töten, die Mädchen nehmen und stehlen, was sie wollen. Die Berber kämpfen nicht für die Franzosen – nur für die paar Francs, die sie ihnen täglich zahlen. Haben Sie das nicht gewußt? Auf diese Weise sparen die Franzosen Geld, die Menschen in der Stadt bleiben arm, die Berber sind zufrieden, und die Leute hassen die Berber noch mehr als die Franzosen. Denn wenn jeder einzelne die Franzosen hassen würde, könnten sie nicht hier bleiben. Sie müßten nach Frankreich zurückgehen.«

»Ich verstehe. Und woher weißt du das alles?« fragte Stenham unter dem Eindruck der Klarheit dieser einfachen Analyse.

»Ich weiß es, weil es jeder weiß. Sogar die Esel und Maultiere wissen das. Und die Vögel«, fügte er völlig ernst hinzu.

»Wenn du das alles weißt, weißt du vielleicht auch, was sich weiter ereignen wird«, meinte Stenham halb ernsthaft.

»Es wird mehr und mehr Gift in den Herzen der Moslems sein und mehr und mehr und mehr« – sein Gesicht verzog sich zu einer schmerzlichen Grimasse –, »bis sie alle platzen vor lauter Haß. Dann werden sie alles in Brand stecken und sich gegenseitig töten.«

»Ich meine, heute. Was wird heute noch geschehen? Wir wollen nämlich nach Hause –«

»Sie müssen aus dem Fenster sehen und warten, bis nur noch Franzosen und *mokhaznia* draußen sind – keine Truppen mehr. Dann soll Ihnen der Mann die Tür öffnen und Sie hinauslassen, und dann gehen Sie zu einem Polizisten, und der wird Sie nach Hause bringen.«

»Aber wir mögen die Franzosen nicht«, widersprach Stenham und dachte, dies sei ein günstiger Augenblick, um den Jungen darüber zu beruhigen, mit wem sie sympathisierten; er wollte nicht, daß er seine Aufrichtigkeit bereute, wenn die augenblickliche Erregung gewichen war.

Ein zynisches Lächeln erschien auf dem jungen Gesicht. »*Binatzkoum*. Das geht die und Sie an«, sagte er ungerührt. »Wie sind Sie nach Fez gekommen?«

»Mit dem Zug.«

»Und wo leben Sie?«

»Im *Mérinides Palace*.«

»*Binatzkoum, binatzkoum.* Sie sind mit den Franzosen gekommen, und Sie leben mit den Franzosen. Was macht es für einen Unterschied, ob Sie sie mögen oder nicht? Wenn die nicht hier wären, könnten Sie auch nicht hier sein. Gehen Sie zu einem französischen Polizisten. Aber sagen Sie ihm nicht, daß Sie ihn nicht leiden mögen.«

»Hören Sie!« sagte Lee plötzlich. »Ich habe keine Lust, hier zu sitzen, während Sie Arabischunterricht nehmen. Ich möchte hier raus. Hat er Ihnen überhaupt irgendwelche Informationen gegeben?«

»Wenn Sie einen Augenblick Geduld haben wollten«, sagte Stenham gereizt. »Ich werde alle Einzelheiten bekommen; Sie können diese Menschen nicht treiben, ich sagte Ihnen das schon.«

»Entschuldigung. Aber es wird bald dunkel, und wir müssen den ganzen Weg zum Hotel zurück. Ich wollte nur sagen, ich hoffe, Sie unterhalten sich nicht nur.«

»Sicher nicht«, versicherte Stenham. Er sah auf die Uhr. »Es ist erst zwanzig nach vier«, sagte er. »Es wird noch lange nicht dunkel. Der Junge meinte, wir sollten jetzt noch nicht hinausgehen. Ich glaube, er hat recht.«

»Er weiß wahrscheinlich weniger als Sie, wenn es darauf ankommt«, sagte sie. »Aber bitte, sprechen Sie weiter.«

Der Lärm der Schüsse kam jetzt aus weiterer Entfernung. »Warum gehst du nicht mal und schaust aus dem Fenster und siehst, was vor sich geht?« schlug Stenham vor.

Gehorsam stand der Junge auf und ging hinaus.

»Er ist ein gutes Kind«, sagte Stenham. »Und sehr gescheit.«

»Oh, ich finde ihn reizend. Ich glaube, wir sollten ihm etwas geben, wenn wir gehen.«

Es dauerte lange, bis er zurückkam, und als er kam, sahen sie sofort, daß er völlig verändert war. Er ging langsam zu seinem Stuhl, setzte sich und sah aus, als würde er jede Minute in Tränen ausbrechen.

»*Chnou?* Was ist los?« fragte Stenham ungeduldig.

Der Junge sah starr geradeaus, ein Bild der Verzweiflung.

»Bitte seien *Sie* jetzt geduldig«, sagte Lee.

»Sie können gehen«, sagte der Junge schließlich mit tonloser Stimme. »Der Mann wird Ihnen die Tür aufmachen. Sie haben nichts zu fürchten.«

Stenham wartete einen Augenblick, ob der Junge mehr zu sagen hätte, aber er saß einfach da, die Hände im Schoß, den Kopf vornübergebeugt und starrte in die Luft. »Was ist denn?« fragte er schließlich; er wußte, daß weder seine Erfahrung noch sein Arabisch ausreichten, um mit einer Situation fertig zu werden, die Takt und Feingefühl verlangte. Der Junge schüttelte, ohne die Augen zu bewegen, langsam den Kopf. »Hast du irgend etwas Schlimmes gesehen?«

Der Junge seufzte tief auf. »Die Stadt ist geschlossen«, sagte er. »Alle Tore sind geschlossen. Niemand kann hinein. Niemand kann heraus.«

Stenham gab die Nachricht an Lee weiter und fügte hinzu: »Ich glaube, das bedeutet, daß wir uns höllisch anstrengen müssen, um ins Hotel zu kommen. Offiziell liegt es innerhalb der Stadt.«

Sie schnalzte ärgerlich mit der Zunge. »Wir werden reinkommen. Aber was wird mit ihm? Wo wohnt er?«

Stenham sprach eine Weile mit dem Jungen, konnte aber nur die knappsten Antworten aus ihm herausholen. Schließlich sagte er zu Lee: »Er weiß nicht, wo er essen oder schlafen wird. Das beunruhigt ihn; seine Familie lebt unten in der Medina. Das sind Zustände, was? Und natürlich hat er kein Geld. Sie haben nie etwas. Ich glaube, ich werde ihm Tausend geben. Das wird ihm etwas helfen.«

Lee schüttelte den Kopf. »Der arme Kerl braucht kein Geld. Was nützt ihm schon Geld?«

»Was es ihm nützt?« rief Stenham aus. »Was wollen Sie ihm denn sonst geben?«

Lee ging hinüber und klopfte dem Jungen auf die Schulter. »Hör zu!« sagte sie, auf ihn zeigend. »Du. Kommen.« Sie bewegte ihre Finger wie zwei marschierende Beine. »Er«, sie zeigte auf Stenham. »Ich.« Sie zeigte mit dem Daumen auf sich selbst. »Hotel.« Sie zeichnete mit der Hand einen großen Bogen.

»Ja? *Oui?*«

»Sie sind wahnsinnig«, sagte Stenham zu ihr. Ein Hoffnungsschimmer erschien in den Augen des Jungen. Lee fand Gefallen an der Sache, beugte sich vor und fuhr in ihrem stummen Spiel fort. Stenham stand auf und sagte: »Warum ihn aufregen? Es ist grausam.« Sie achtete nicht auf ihn.

»Ich werde einmal in das andere Zimmer sehen«, sagte er und ließ die beiden da, gespannt einander zugewandt. Lee gestikulierte und betonte einzelne Worte übertrieben klar – wie eine Schullehrerin, dachte er wieder.

Was erwartete sie? Dankbarkeit? Er wußte, wie es enden würde: Der Junge würde verschwinden, und später würde etwas fehlen – eine Kamera, eine Uhr, ein Füllfederhalter. Sie würde entrüstet sein, und er würde ihr geduldig erklären, daß dieses Verhalten unvermeidlich war, ein unabtrennbarer Bestandteil »ihrer« sittlichen Begriffe.

Im anderen Zimmer war es ruhig. Nur ein paar Männer standen dort und sahen aus dem Fenster. Die übrigen unterhielten sich oder saßen einfach herum. Er ging zu dem kleinen Fenster, wo er vorher gewesen war, und sah hinaus. Auf dem Platz ging es lebhaft zu: Die Soldaten schichteten am unteren Ende des Platzes außerhalb des Tores in einem Bogen Sandsäcke auf. Ein großer Kalender hing an der Wand neben dem Fenster; der Text war in arabischer Schrift, er zeigte ein unverkennbar amerikanisches Mädchen, die Coca-Cola-Flasche am Mund. Als er durch den Raum zurückging, wandten ihm zwei oder drei Männer ihre ärgerlichen Gesichter zu, und er hörte das Wort *mericani* sowie ein paar nicht sehr schmeichelhafte Beiworte. Er fühlte sich erleichtert: Zumindest wußten sie, daß er kein Franzose war. Es war unwahrscheinlich, daß sie ihn belästigen würden.

In dem mittleren Zimmer hatte sich der alte Mann auf die Seite gelegt und die Augen geschlossen; so viele Kifpfeifen an einem Nachmittag waren denn doch zuviel. Als Stenham durch die nächste Tür trat, stand Lee auf, strich ihr Kleid glatt und sagte: »Es ist alles abgemacht. Amar kommt mit uns. Sie können etwas finden, wo er schlafen kann, und wenn Sie nicht wollen, werde ich eben einfach ein Zimmer für die Nacht nehmen.«

Stenham lächelte mitleidig. »Ihre Absichten sind jedenfalls gut. Ist das sein Name? Amar?«

»Fragen Sie ihn. Das hat er mir jedenfalls gesagt. Er kann meinen Namen sagen, aber er spricht ihn wie Bali aus. Ich finde es sehr nett – auf jeden Fall hübscher als Polly.«

»Aha!« sagte Stenham. »Es bedeutet alt, auf Gegenstände angewendet. Wenn Sie ihn mitschleppen wollen, mir ist es recht.«

Der Junge saß noch da und sah ängstlich von einem zum anderen.

»Nehmen wir mal an, er hätte uns nicht getroffen«, meinte Stenham, »was hätte er gemacht?«

»Er wäre wahrscheinlich in die Stadt zurückgegangen, bevor die Unruhen anfingen, und wäre irgendwie nach Hause gekommen. Vergessen Sie nicht, Sie haben mit ihm gesprochen und ihn aufgefordert, sich zu uns zu setzen.«

»Wollen Sie ihm nicht doch lieber etwas Geld geben und es dabei lassen?«

»Nein«, sagte sie entschlossen.

»Gut. Dann, glaube ich, gehen wir besser.«

Er gab dem Jungen 500 Francs. »*Chouf*. Zahl für den Tee und die *cabrhozels* und sag dem *qaouaji*, er soll uns die Tür öffnen!« Amar ging hinaus. Es war leicht möglich, dachte Stenham, daß der Caféhausbesitzer sich weigern würde, das Wagnis auf sich zu nehmen, die Tür zu öffnen: Sie konnten sich nur an das Wort des Jungen halten. Er ging zur Hintertür und sah wieder auf das Wasser hinaus. Die Sonne war hinter den Mauern verschwunden; in dem Nachmittagsschatten hatte der Innenhof einen düsteren Reiz angenommen. Die Wasserfläche war glatt, aber das regelmäßige Zittern der Pflanzen am Rand verriet die unterirdische Strömung. Eine Schwalbe schoß vom Wall auf das Wasser nieder, offenbar um es zu berühren. Als sie Stenham erblickte, änderte sie hastig ihre Flugrichtung und schoß in blinder Eile zum Himmel auf. Er lauschte: im Augenblick war kein Schießen zu hören; keine Rufe der Straßenhändler, keine klingelnden Glocken der Wasserverkäufer; das Gemurmel der menschlichen Stimmen, das sonst die Geräuschkulisse der Stadt bildete, fehlte. Er hörte nur das schrille Durcheinander von Vogelgezwitscher. Es war die Stunde der Schwalben. Jeden Abend um diese Zeit begannen sie zu Zehntausenden hin und her zu schießen, in schnellen weiten Kreisen über die Mauern und Gärten, Wege und Brücken, mit ihrem durchdringenden Ruf den Aufbruch der Dämmerung verkündend.

Also, dachte er, es ist geschehen. Sie haben es getan. Was immer sich jetzt ereignete, die Stadt wird nie wieder die alte sein. Das wußte er. Er hörte Lees Stimme hinter sich.

»Amar sagt, sie haben uns die Tür geöffnet. Sollen wir gehen?«

Viertes Buch

Die aufsteigende Treppe

Ein Frager fragte nach dem Gericht,
das Allah, der Herr der aufsteigenden Treppe,
über die Ungläubigen verhänge
und dem keiner entgeht.

Der Koran

24

Der Mann und die Frau blieben einen Augenblick stehen, als der *qaouaji* hinter ihnen die Tür schloß und verriegelte. Eine Staubwolke schwebte über dem Platz, aufgewirbelt von den Stiefeln der Soldaten, die zwischen den Lastwagen und der Barrikade, die sie am Fuß des Tores errichteten, hin- und hereilten. Amar dachte: »Allah ist allmächtig.« Wieder einmal hatte er zu seinen Gunsten eingegriffen. Als er jetzt an die Ereignisse der letzten zwei, drei Stunden zurückdachte, meinte er sich daran zu erinnern, daß er einen merkwürdigen Lichtschein um den Kopf des Mannes beobachtet hatte, als dieser das Café betrat. Eine Sekunde später hatte er gesehen, daß es nur der Glanz seines blonden Haares war. Aber jetzt, da ihre beiden Schicksale unlösbar verbunden waren, entsann er sich wieder des Leuchtens, das um den Kopf des Mannes gewesen war, und legte es als ein Zeichen Allahs aus, welchen Weg er einzuschlagen habe. Es war seine eigene geheimnisvolle Gabe, sagte er sich, die es ihm ermöglichte, das Zeichen zu erkennen und danach zu handeln. Von dem Augenblick an, da er am Wasser gesessen war und gesehen hatte, wie der Mann ihn vom Fenster aus ernst angeblickt hatte, hatte er gewußt, daß er, wenn es nötig war, auf seinen Schutz zählen konnte. Es war sogar möglich, daß er obendrein seinen Ersparnissen noch so viel hinzufügen könnte, um ein Paar Schuhe zu kaufen. Aber das war nicht so wichtig, und er schämte sich des Gedankens, sobald er sich seines bewußt wurde. »Ich will die Schuhe nicht«, sprach er zu Allah, als sie den Platz überquerten. »Ich will nur bei dem Nesrani bleiben und seinen Anordnungen folgen, bis ich wieder nach Hause gehen kann.«

Die Tatsache, daß es die Frau war, die eigentlich den

Vorschlag gemacht hatte, ihn ins Hotel mitzunehmen, zählte gar nichts: Das Leben war so eingerichtet, daß die Frauen nur auf der Erde waren, die Befehle der Männer auszuführen, und wenn es auch so aussah, als ob die Frau ihre Wünsche durchsetzte, so wurde doch immer der Wille der Männer ausgeführt, da Allah nur durch den Mann wirkte. Und zu Recht, dachte er, voller Abscheu gegen die mangelhafte Bekleidung dieser Frau und die schamlose Art, wie sie vergnügt neben dem Mann ging, als hielte sie es durchaus für richtig, in dieser Aufmachung unter die Leute zu gehen.

Sie waren zu einer Reihe Polizisten gegangen, die den Ausgang des Platzes versperrte. Der Mann sprach mit ihnen. Einer von ihnen zeigte auf Amar. Offenbar erklärte der Mann, er sei sein Diener, denn alle etwaigen Schwierigkeiten schienen bald beseitigt, und die Franzosen waren wohl zufriedengestellt. Zwei der uniformierten Männer schlossen sich ihnen an, so daß sie jetzt zu fünft die lange Allee zwischen den Wällen entlangwanderten, dem Sonnenuntergang entgegen.

Überall waren Soldaten; sie gingen unter den Orangenbäumen im öffentlichen Park spazieren, lehnten an der Mauer am Fluß, stolzierten zwischen den umgeworfenen Liegestühlen der Cafés im Park umher und standen finster Wache an dem hohen Portal zum Palast des Sultans. Einige waren Franzosen, die meisten aber grimmig aussehende Berber mit geschorenen Köpfen und engstehenden, schrägen Augen. Sie hatten den Franzosen in Indochina geholfen, und jetzt waren sie hier, um wieder zu helfen, in ihrem eigenen Land und gegen ihre eigenen Landsleute. Amar fühlte, wie sein Herz vor Haß schwoll, als sie an ihnen vorbeigingen, aber dann versuchte er, an etwas anderes zu denken, aus Furcht, die Franzosen neben ihm könnten die Stärke seines Hasses fühlen. Der Mann und die Frau sprachen lebhaft miteinander, als sie in die lange Straße von Fez-Djedid einbogen, und manchmal lachten sie sogar, als ob sie nicht bemerkten, daß ringsum der Tod lauerte, hinter den Mauern der Häuser und im Zwielicht der Gassen links und rechts. Vielleicht wußten sie nicht einmal, was vor sich ging: sie gehörten einer anderen Welt an, und die Franzosen respektierten sie.

Ungefähr auf halbem Weg nach Bab Semmarine sah die Straße alltäglich aus. Die großen algerischen Cafés waren voll, die Flammen der Lampen flackerten auf den Gesichtern der Teetrinker, einige Kleiderläden waren offen; Gruppen von Männern und Jungen gingen erregt redend auf und ab, von der Polizei ständig mit barschen Worten: *»Allez! Zid! Zid! Vas-y!«* vorwärtsgestoßen und gehindert stehenzubleiben. Plötzlich bemerkte Amar, daß jemand hinter ihm gehend leise seinen Namen sagte: *»Amar! Yah, Amar!«* Die Stimme war tief, voll und klingend; es war Benani. Da er sich an Benanis Warnung vom Vorabend erinnerte, nicht außerhalb der Wälle der Medina zu gehen, beschloß er, so zu tun, als höre er nichts, und hielt sich so nah wie möglich neben dem christlichen Mann. Aber die Stimme fuhr fort, vielleicht zwei Meter hinter ihm im Lärm und Wirrwarr der Menge behutsam seinen Namen zu rufen, niemals Tonfall oder Stärke ändernd.

Also so sind sie, dachte er zynisch. Von Amar wurde erwartet, in der Medina zu bleiben und darauf zu warten, daß die Franzosen ihn erschossen oder ins Gefängnis schleppten, während die Parteimitglieder, nachdem sie die Unruhe gestiftet hatten, sich draußen hielten, um völlige Freiheit zu genießen.

In einem Café rechter Hand sangen einige Algerier um einen jungen Mann gruppiert, der die *oud* spielte. Die beiden Reisenden wollten einen Augenblick stehenbleiben und zuhören, aber die Polizisten ließen es nicht zu und trieben sie weiter in Richtung Bab Semmarine. Erst als sie sich unter dem ersten Torbogen befanden und wegen des Uringestanks, der ihnen entgegenschlug, den Atem anhielten, wurde die hartnäckige Stimme drängender. »Amar!« sagte sie. »Dreh dich nicht um! Es ist gut; ich weiß, du hörst mich.« (Amar warf einen scheuen Blick erst auf den Polizisten links von ihm, dann auf den anderen. Anscheinend verstand keiner von ihnen Arabisch, aber selbst wenn sie es konnten, war es unwahrscheinlich, daß sie in dem Tumult eine einzelne Stimme bemerken oder herausfinden konnten.) »Amar! Vergiß nicht, daß du keine Zunge hast. Wir –« Das Echo eines durch den gewölbten Tunnel fahrenden Wagens deckte den Rest der Botschaft zu. Als sie durch den zweiten Torbogen wieder ins Freie gekommen waren, war die Stimme verschwunden. Der böse Traum zerstob durch die Ermahnung zu schweigen; Benani nahm an, er und die beiden Fremden seien verhaftet.

Die Rue bou Khessissate war so gut wie verlassen, die Läden waren verbarrikadiert, und die Fenster in den oberen Stockwerken, wo die wohlhabenderen jüdischen Familien wohnten, waren hinter ihren Jalousien verborgen. Als sie in schnellem Schritt die lange, gewundene Straße hinuntergingen, sah Amar hier und da hinter einem Vorhangspalt eine rundliche Matrone in Fransenhaube, eine Lampe in der Hand, ängstlich hinausschauen, sicher mit der ungewissen Frage, ob es zu dem kommen werde, was jeder Jude in solchen Zeiten fürchtete: daß die wütenden Mohammedaner, durch ihre Machtlosigkeit außerstande, an den Christen Vergeltung zu üben, in einem der üblichen Überfälle auf die Mellah wenigstens teilweise ihrer Wut Luft machen würden. Denn da war zweifelsohne nichts, was sie daran hindern konnte, wenn das Verlangen sie überkam: bloß eine kleine Polizeiabteilung zur Wahrung des Scheins, die meisten der Polizisten Juden, und ein kleiner, in Bab Chorfa stationierter Funkstreifenwagen, den der Pöbel mit einer Hand umwerfen konnte. Er überlegte, ob wohl die jungen Araber heute nacht kommen und die Männer umbringen und die Mädchen vergewaltigen würden (denn wenn ein jüdisches Mädchen auch kein großer Triumph war, so waren die meisten doch Jungfrauen, und das bedeutete zweifellos eine besondere Anziehung); er spürte, dieses Mal würde es nicht sein wie sonst, und die Istiqlal würde durch besondere Verfügung solche sinnlosen Ausschreitungen verbieten. Im Augenblick fühlte er sich wunderbar überlegen: er ging mit vier Christen und konnte auf ihren Schutz rechnen. Dann dachte er an das alte Sprichwort: »Du kannst die Mahlzeit eines Juden mit ihm teilen, aber nicht sein Bett. Du kannst das Bett eines Christen mit ihm teilen, aber nicht seine Mahlzeit«, und er war neugierig, ob er das Bett mit dem Mann teilen müsse. Es war bekannt, daß viele Christen eine Vorliebe für Araberjungen hatten. Sollte ihn der Christ anfassen, würde er sich zweifellos wehren. Aber im Ernst glaubte er eigentlich nicht an eine solche Möglichkeit.

Als sie zum Place du Commerce kamen, sah er, daß die Jahrmarktsbuden, die am Vorabend den ganzen Platz gefüllt hatten, fast ganz abgebrochen waren. Sogar jetzt in der Dunkelheit legten Arbeiter im Schein von Taschen- und Karbidlampen die dünnen Zwischenwände zusammen, verpackten die mechanischen Apparate in Kisten und verluden alles auf die Lastwagen hinter den Buden. Am anderen Ende des Platzes standen mehrere Taxis. Die Polizisten brachten sie zum ersten Wagen, und als Amar und die beiden Fremden eingestiegen waren, setzte sich einer neben den Fahrer. Der andere trat zurück, salutierte und sagte dem Mann am Steuer, er solle zum *Mérinides Palace* fahren. Amar war stolz. Er hatte noch niemals vorher in einem Taxi gesessen oder überhaupt in einem Auto, nur in Omnibussen und Lastwagen, und sicherlich waren diese kleinen Fahrzeuge viel schneller. Die kleinen Vorstadtvillen flogen vorüber, das Stadion und der Eisenbahnübergang, und dann tauchten auf der einen Seite die langen ununterbrochenen Mauern auf, die die Obstgärten des Sultans einschlossen, und auf der anderen Seite die weit offene, verlassene Ebene.

Bis jetzt hatte der Mann sorgfältig vermieden, mit ihm zu sprechen, um der Polizei – wie Amar annahm – nicht zu zeigen, daß er Arabisch verstand. Zuweilen lächelte die Frau Amar ermutigend zu, als ob sie glaubte, er fürchte sich vor Fremden. Jedesmal lächelte er höflich zurück. Er wußte, sie sprachen jetzt über ihn, aber in ihrer eigenen Sprache, und das war in Ordnung.

Außerhalb Bab Segma herrschte große Geschäftigkeit. Im Staub, den die Fahrzeuge aufwirbelten, kreuzten sich die Strahlen einiger starker Scheinwerfer in einem Muster, das durch die Lampen der größeren und kleineren Lastwagen noch verworrener wurde. Als sich das Taxi dem Tor näherte, sah Amar entlang der Mauer eine Reihe kleiner Panzer. Plötzlich überfiel ihn ein außerordentlicher Zweifel. Diese törichte Flucht vor seinem eigenen Volk in eine fremde Gegend, zusammen mit Fremden, war ja völlig nutzlos. Selbst wenn ihn die Polizei nicht hier in Bab Segma aus dem Wagen holte oder weiter entlang der Straße oder in Bab Jamaï, würde sie ihn bestimmt aus dem Hotel abholen. Und selbst wenn die freundliche Dame und der Herr ihn eine Weile schützen könnten, früher oder später würde der Zeitpunkt kommen, da er vorübergehend allein war, und mehr brauchten die Franzosen nicht. Er kam ihnen bestimmt nur noch verdächtiger vor, weil er mit den beiden Ausländern zusammengewesen war.

Das Taxi bog links ein und fuhr den Hügel hinauf, vorbei an der Casbah Cherarda, wo die senegalesischen Truppen lagen. Auch da standen Panzer, und offensichtlich wurde die Wache heute abend nicht wie gewöhnlich von den schwarzen Riesen mit narbenverzierten Gesichtern versehen, an deren Seite steif die Bajonette hingen; an ihrer Stelle standen rotgesichtige Franzosen mit Maschinenpistolen. Auf dem Gipfel des Hügels bog der Wagen nach rechts und fuhr das Stück Ödland entlang, wo am Donnerstag immer Viehmarkt war. Der Polizist lehnte bequem neben dem Fahrer, einen Arm über dem Rücksitz, und rauchte eine Zigarette. Jetzt, da sie draußen auf dem Lande waren und Amars Furcht etwas geringer geworden war, konnte er die Dinge wieder vernünftiger betrachten und schämte sich seiner früheren Aufregung. Allah hatte ihm die Möglichkeit gegeben, aus dem Café herauszukommen, sonst hätte er zweifellos auf unabsehbare Zeit dort bleiben müssen; denn da der Platz von Soldaten wimmelte, würde sich niemand herauswagen. Und wahrscheinlich würde er heute abend essen und ruhig bis zum Morgen schlafen. Niemand hatte ein Recht, mehr zu verlangen. Und morgen brach ein neuer Tag mit neuen Problemen und Möglichkeiten an; aber natürlich war es Sünde, über einen Tag nachzudenken, der noch nicht da war. Der Mensch durfte nur an die Gegenwart denken; sich mit der Zukunft zu beschäftigen, aus Freude oder aus Angst, bewies Mangel an Demut angesichts der Vorsehung und war unverzeihlich.

Plötzlich wurde der Wagen von einem süßen Duft erfüllt wie von Blumen, als die Dame ihre kleine Tasche öffnete und ein Päckchen Zigaretten herausnahm. Fez lag tief unten in Dunkel gehüllt; nur da und dort zeigte ein schwaches rötliches Glühen, daß es die Stadt gab – eine Lampe in einem Fenster oder ein Feuer im Hof, für kaum eine Sekunde sichtbar, als das Taxi den Windungen der Straße am Rande der Klippen folgte.

Sie kamen zum Gipfel, wo die zerfallenen Königsgräber der Meriniden über die Olivenhaine und das Ostviertel der Stadt hinabblicken. Die zertrümmerten Gewölbe hoben sich dunkel und schartig gegen den hellen Nachthimmel ab. Amar erinnerte sich daran, wie er das letzte Mal durch die Kurven dieser Hänge hinuntergegangen war: er war auf dem Heimweg gewesen, einer Tracht Prügel entgegen. Er lächelte in der Erinnerung daran, wie der Junge auf dem Fahrrad seine Frage nach den Bremsen mißverstanden und geglaubt hatte, Amar habe Angst, von der Straße abzukommen, während er doch gerade gehofft hatte, daß genau das passierte und sie beide in einer Schlucht landen würden. Und er lächelte wieder, wenn er daran dachte, wie ernst er damals die Aussicht auf die Tracht Prügel genommen hatte, während es ihm jetzt, wie er sich sagte, nichts mehr ausmachte bis auf die Trauer, die er angesichts des Kummers verspürte, den er seinem Vater bereitete, denn er war seitdem viel erwachsener. Aber war er ganz erwachsen? Für einen Augenblick hatte er genügend Abstand, um sich die Frage stellen zu können. In der Tasche hatte er Päckchen Kif, Teil eines von langer Hand vorbereiteten Racheplans gegen Mustapha zur Vergeltung eben jener Prügel. Würde es Allah nicht freuen, wenn er es jetzt aus dem Fenster würfe? Aber dann war unten, in einem Wirrsal beweglicher Lichter, Bab Jamaï zu sehen, und der Gedanke entglitt ihm, nur um von dem näherliegenden Gedanken abgelöst zu werden, was geschehen würde, falls die Polizei ihn doch aus dem Taxi holte. Dies war der gefährlichste Punkt, denn hier kamen sie in die Medina. Sie erreichten das Tor. Der Fahrer hielt und stellte den Motor ab. Eine Taschenlampe tastete ihre Gesichter und das Innere des Wagens ab, ein französischer Soldat steckte den Kopf durch das hintere Fenster und wechselte ein paar Worte mit dem Mann und der Frau. *»Et cet arabe-là«*, sagte er mit einem Anflug geringschätzig überlegener Vertraulichkeit und zeigte auf Amar, »ist er Ihr Diener?« Und obgleich Amar die Worte nicht verstand, wußte er genau, was der Soldat gesagt hatte. Beide Fremde antworteten, ja, das sei er. *»Vous pouvez continuer à l'hôtel«*, sagte er ihnen; der Wagen startete und fuhr die etwa hundert Meter bis zum Hoteleingang.

Und dann begann für Amar eine befremdliche Reihe verwirrender Eindrücke. Geführt von seinen neuen Freunden, ging er über zwei kleine Höfe, zwei Stockwerke teppichbelegter Treppen hinauf zu einem endlosen Korridor, der ebenfalls mit Teppichen belegt war, so daß ihre Schritte kein Geräusch machten. Den ganzen Weg lang bedeckten teure Rohrmatten die Wände; Laternen, wie man sie nur in der Karouine-Moschee oder der Zaouia von Moulay Idris fand, hingen von der Decke. Und dann öffneten sie zwei große Glastüren und gingen ein paar Stufen in einen Raum hinunter, wie er ihn vorher nie gesehen hatte, der aber nur für einen Sultan bestimmt sein konnte. Das verworrene Muster der hochgewölbten Decke wurde nur schwach von den bunten Lichtstrahlen der mächtigen Laternen über ihren Köpfen erhellt; es war wie in einer richtigen Riesengrotte. Er konnte sich nur kurz umsehen, als sie durch den Raum gingen, dann kamen sie in einen anderen Korridor und stiegen nochmals Treppen hinauf, diesmal ganz alte, mit Mosaik eingelegt und ohne Teppiche – ähnlich den Treppen in ihrem eigenen Hause, nur waren sie am Rand aus weißem Marmor und nicht aus Holz. Der Mann und die Frau sprachen beim Hinaufgehen leise miteinander, Amar ging hinter ihnen. Am Ende der Treppe war ein anderer Korridor, weniger prächtig als der untere.

Dann öffnete der Mann eine Tür, und sie betraten ein Zimmer. »Geh hinein«, sagte er zu Amar, das lange Schweigen zwischen ihnen brechend; er redete der Frau zu einzutreten. Nach einigem Zögern gab sie nach, und beide setzten sich in zwei große Stühle. Amar blieb an der Tür stehen und betrachtete den wunderbaren Raum. »Setz dich«, sagte der Mann zu ihm. Er gehorchte, setzte sich da, wo er stand, auf den Boden und betrachtete weiter die Schnitzereien der Deckenbalken und den buntbemalten Gipsfries mit seinen geometrischen Mustern. Die Teppiche waren dick, die schweren Vorhänge verhüllten die Fenster, und auf dem Bett waren die Decken zurückgeschlagen und zeigten die Weiße der reinen Leintücher.

Der Mann sah ihn jetzt zum erstenmal richtig an, nahm ein Päckchen Zigaretten heraus, bot der Frau eine an und warf sie Amar zu. »Was ist mit deiner Nase und deinen Augen los?« fragte er ihn. »Hast du eine Rauferei gehabt?« Amar lachte und sagte: »Ja.« Es war ihm peinlich, und er wäre gern aufgestanden und hätte einen Blick in den Spiegel über dem Waschtisch geworfen, aber er blieb still sitzen und rauchte. Die lässige Ungezwungenheit des Mannes sollte ihm zweifellos Vertrauen einflößen, und er war ihm dankbar dafür, aber die Gegenwart der Frau machte ihn nervös. Sie sah ihn dauernd an und lächelte verwirrend – wie eine Mutter ihr kleines Kind vor allen Leuten anlächelt, damit es sich weiter brav benimmt. Es war wahrscheinlich freundlich und beruhigend gemeint, vielleicht sogar als Ermutigung, als Verheißung späterer Vertrautheit, sollten sie einmal allein sein. Aber ihm erschien es als schamloses, unanständiges Benehmen in Gegenwart des Mannes, jetzt, da sie alle drei in seinem Schlafzimmer saßen, und er fühlte, aus Achtung vor seinem Gastgeber müsse er so tun, als ignoriere er ihr Lächeln. Leider ging sie nicht darauf ein; je weniger er sie beachtete, desto entschlossener befaßte sie sich mit ihm, schnitt Gesichter, rümpfte die Nase wie ein Kaninchen und blies ihm Rauch zu, während sie über die Bemerkungen des Mannes lachte und sich immer anstößiger benahm. Und der Mann redete weiter, als bemerke er überhaupt nicht, was sie tat – nicht absichtlich, auch nicht aus Gleichgültigkeit, sondern weil er es wirklich nicht sah.

Amar war es für beide peinlich, aber besonders für den Mann. Es gefiel ihm auch nicht, daß der Mann und die Frau sich auf eine lange und zeitweise stürmische Unterhaltung über ihn einließen; daß es um ihn ging, erkannte er an den Blicken, die sie ihm während des Gespräches zuwarfen. Er sah schon, wie schwierig es sein würde, bei ihnen zu bleiben, aber er war entschlossen, so geduldig wie möglich zu sein. Das war das wenigste, was er für den angebotenen Schutz, das Obdach und das Essen in diesen harten Zeiten tun konnte. Die Auseinandersetzung schien sich um das Essen zu drehen, denn plötzlich sagte der Mann ohne Pause oder Übergang zu ihm: »Hast du etwas dagegen, allein hier im Zimmer zu essen?« Er antwortete, er habe durchaus nichts dagegen – er halte es sogar für das Beste. Der Mann schien erleichtert darüber, aber die Frau begann ihm mit albernen Gesten anzudeuten, er solle hinuntergehen und mit ihnen essen. Der Mann saß mit finsterer Miene dabei. Amar beabsichtigte durchaus nicht, mit ihnen in irgendeinen öffentlichen Raum zu gehen, wo die Franzosen und Marokkaner, die im Hotel arbeiteten, ihn sehen konnten. Er lächelte freundlich und sagte: »Dies ist ein gutes Zimmer zum Essen.« Für kurze Zeit wurde das Gespräch zwischen den beiden lebhafter; dann stand die Frau verdrießlich auf und ging zur Tür, dort wandte sie sich um und winkte Amar diskret zu, ehe sie hinausging. Der Mann folgte ihr einen Augenblick auf den Korridor, kam zurück und schloß die Tür. Sein Gesichtsausdruck war ärgerlich, als er den Telefonhörer abnahm und kurz hineinsprach.

Amar hatte das Muster des Teppichs neben sich betrachtet, er hielt ihn für den schönsten Gegenstand im Zimmer.

Nachdem der Mann den Hörer aufgelegt hatte, setzte er sich, seufzte tief und zündete sich eine Zigarette an. Amar sah zu ihm auf.

»Warum reden Sie soviel mit der Frau?« fragte er mit einem halb scheuen, halb neugierigen Ausdruck in der Stimme. »Worte sind für Menschen gedacht, nicht für Frauen.«

Der Mann lachte. »Sind Frauen keine Menschen?«

»Menschen sind Menschen«, sagte Amar hartnäckig. »Frauen sind Frauen. Das ist nicht dasselbe.«

Der Mann sah sehr überrascht aus und lachte lauter. Dann wurde sein Gesicht ernst; er beugte sich im Stuhl vor. »Wenn Frauen keine Menschen sind«, sagte er langsam, »wie können sie dann ins Paradies kommen?«

Amar sah ihn neugierig an, der Mann konnte doch kaum so unwissend sein. Aber er konnte keinen Spott in seinem Gesicht entdecken. *»El hassil«*, begann er, »sie haben ihren eigenen Platz im Himmel. Sie kommen nicht da hinein, wo die Männer sind.«

»Ich verstehe«, sagte der Mann ernst. »Es ist wie in der Moschee, stimmt das?«

»So ist es«, sagte Amar, noch immer nicht sicher, ob ihn der Mann nicht vielleicht zum besten hielt.

»Du mußt über deine Religion gut Bescheid wissen«, sagte der Mann verträumt. »Ich wollte, du würdest mir einiges darüber erzählen.«

Jetzt war Amar davon überzeugt, daß er ausgehorcht werden sollte. Er lachte bitter auf. »Ich weiß überhaupt nichts«, sagte er. »Ich bin wie ein Tier.«

Der Mann zog mißtrauisch die Augenbrauen hoch. »Überhaupt nichts? Das solltest du aber. Es ist eine sehr gute Religion.«

Amar war böse. Er beobachtete für einen Augenblick das Gesicht dieses gönnerhaften Ungläubigen. »Es ist die einzige«, sagte er gelassen. Dann lächelte er. »Aber wir sind alle wie Tiere. Sehen Sie sich nur an, was da auf der Straße geschieht. Glauben Sie nicht, es ist die Schuld der Mohammedaner?«

Ein schneller Blick des Mannes zeigte ihm, daß er ihn zu achten begann. »Die Mohammedaner trifft einige Schuld, aber bei weitem die meiste trifft die Franzosen. Man beurteilt einen Mann nicht zu hart für das, was er einem Eindringling antut, den er in seinem Haus vorfindet, nicht wahr?«

Amar wollte jetzt antworten: »Allah sieht alles«, aber eine Stimme in ihm sagte, daß das nicht die Bemerkung war, die der Christ hören wollte. Wenn er sich das bißchen Achtung erhalten wollte, mußte er heftig nachdenken. »Sie haben recht, die Franzosen sind Diebe in unserem Haus«, stimmte er zu. »Wir haben sie eingeladen, weil wir von ihnen lernen wollten. Wir dachten, sie würden uns etwas lehren. Sie haben uns nichts gelehrt – nicht einmal, gute Diebe zu sein. Darum wollen wir sie loswerden. Aber sie bilden sich jetzt ein, es sei ihr Haus und wir seien nur die Diener. Was können wir anderes tun als kämpfen? Es steht so geschrieben.«

»Haßt du sie?« fragte der Mann; er beugte sich vor und sah Amar scharf an. Außer ihnen war niemand da; wenn der Mann ein Spion war, hatte er mindestens keine Zeugen. Aber das war eine ausgefallene Erwägung: Amar war davon überzeugt, daß er nur ein Beobachter war. »Ja, ich hasse sie«, sagte er schlicht. »Das steht auch geschrieben.«

»Du mußt sie hassen, meinst du? Du kannst nicht selbst entscheiden: Ich werde sie hassen, oder ich werde sie nicht hassen?«

Amar verstand nicht ganz. »Aber ich hasse sie jetzt«, erklärte er. »An dem Tag, an dem Allah will, daß ich sie nicht mehr hassen soll, wird er mein Herz ändern.«

Der Mann lächelte, wie zu sich selbst. »Wenn die Welt wirklich so ist, dann läßt es sich leicht in ihr leben«, sagt er.

»Es ist niemals leicht, auf der Welt zu sein«, sagte Amar nachdrücklich. »*Er rabi mahrhach.* Gott will nicht, daß es leicht ist.«

Der Mann antwortete nicht. Er stand bald darauf auf, ging zu dem offenen Fenster und sah auf die dunkle Medina. Als er sich wieder umwandte, fing er an zu reden, als wäre das Gespräch nicht abgerissen. »Also du haßt sie«, sagte er nachdenklich. »Möchtest du sie töten?«

Das machte Amar sofort vorsichtig. »Warum stellen Sie mir alle diese Fragen?« sagte er betrübt. »Warum wollen Sie alles über mich wissen? Das ist nicht gut in Zeiten wie diesen.« Er versuchte, ein ausdrucksloses Gesicht zu machen, um nicht gekränkt zu erscheinen; aber anscheinend waren seine Bemühungen nicht ganz erfolgreich, denn der

Mann lehnte sich zurück und fing mit einer längeren Entschuldigung an, wobei er eine gute Anzahl Fehler im Arabischen machte, so daß Amar oft nicht wußte, was er ihm sagen wollte. Das wiederkehrende Leitmotiv seiner Rede aber war, daß der Christ Amar durchaus nicht über sein Leben aushorchen, sondern nur wissen wollte, was in der Stadt vor sich ging. Amar klang diese Erklärung höchst unwahrscheinlich; wenn das die Wahrheit war, warum fragte ihn der Mann dauernd nach seiner persönlichen Meinung?

»Was ich von den Unruhen halte, ist weniger als der Wind«, sagte er schließlich mit einer gewissen Bitterkeit. »Ich kann noch nicht einmal meinen eigenen Namen schreiben oder lesen. Wie kann ich jemandem nützlich sein?« Aber sogar dieses Geständnis, soviel es ihn auch kostete, schien den Mann nicht zu überzeugen; statt es hinzunehmen und auf sich beruhen zu lassen, schien er geradezu erfreut, Amars Schmach zu hören. »Aha!« rief er. »Ich sehe, ich sehe! Sehr gut! Dann hast du vor niemand etwas zu fürchten.«

Diese Bemerkung fand Amar besonders beunruhigend, denn es konnte nur heißen, daß er ihn fortschicken werde. Der Christ hatte nichts verstanden; Amars Zuversicht sank, als er den Abstand zwischen ihnen bemerkte. Wenn sogar ein Christ mit soviel gutem Willen und mit dieser Kenntnis des Arabischen nicht imstande war, auch nur die grundlegenden Tatsachen einer so einfachen Angelegenheit zu erfassen, wo war dann irgendeine Hoffnung, daß ein Christ jemals einem Mohammedaner helfen könnte? Und doch, etwas in ihm sagte ihm immer wieder, daß er auf den Mann zählen könnte, daß er ein guter Freund sein und ihn schützen konnte, wenn er sich nur den Weg zeigen ließ.

Sie redeten weiter, aber die Unterhaltung war jetzt mehr wie ein Spiel, dessen Teilnehmer aus Müdigkeit oder Mangel an Interesse die Gewinnpunkte nicht mehr aufschreiben und nicht einmal die Reihenfolge der Spiele beachten. Der Kontakt war geschwunden; sie schienen nach verschiedenen Richtungen zu sehen, suchten auseinanderstrebende Dinge zu sagen und den Worten verschiedene Bedeutungen zu unterlegen. Glücklicherweise klopfte es, und der Mann sprang auf, um die Tür zu öffnen. Die Frau stand da, diesmal schicklicher angezogen und offenbar sehr mit sich zufrieden. Sie kam herein, setzte sich, und dann redete sie, während Amars Langeweile und sein Hunger immer größer wurden. Als es wieder an die Tür klopfte, stand er auf und ging schnell durch das Zimmer; es gelang ihm rechtzeitig, sich am Fenster über den Balkon zu lehnen, als der Kellner mit dem Tablett hereinkam, und dort blieb er, bis er ihn wieder hinausgehen und die Tür hinter ihm schließen hörte. Seine Augen hatten sich an die Dunkelheit gewöhnt, als er dastand, es gelang ihm, unter den Tausenden würfelförmiger Häuser unten in der Dunkelheit die Moschee auf dem Hügel hinter seinem Haus zu finden. Und im Osten, hinter den kahlen Bergen, zeigte ein Leuchten am klaren Himmel den baldigen Aufgang des Mondes an.

Im Zimmer klirrten der Mann und die Frau mit ihren Gläsern und redeten und redeten. Er wunderte sich, woher der Mann die Geduld hatte, sich mit ihr zu unterhalten. Schließlich, so dachte er, wenn Allah gewollt hätte, daß Frauen mit Männern redeten, hätte er sie zu Männern gemacht und ihnen den Verstand und die Einsicht von Männern gegeben. Aber in seiner unendlichen Weisheit hatte er sie geschaffen, den Männern zu dienen und unter ihrem Gebot zu stehen. Ein Mann, der dies vergaß und sich durch eine von ihnen seinen Verstand so verwirren ließ, daß er sie als seinesgleichen behandelte, mußte seine Schwäche irgendwann heftig bereuen. Denn Frauen, so bestrickend sie immer scheinen mochten, waren im Grunde böse, wilde Geschöpfe, die nicht mehr wünschen, als den Mann auf ihre eigene niedrige Stufe hinunterzuziehen und leiden zu sehen. In Fez sagte man oft ein wenig scherzend, wenn die Marokkaner ein wenig zivilisierte Menschen wären, würden sie ihre Frauen in Käfigen halten. So aber haben die Frauen viel zuviel Freiheit; und doch wollten die Nationalisten ihnen noch mehr einräumen, sie allein durch die Straßen und ins Kino gehen lassen, ihnen erlauben, in den Cafés zu sitzen, ja sogar öffentlich zu schwimmen. Und das Undenkbarste von allem: sie hofften, sie dazu zu bringen, den *litham* fallen zu lassen und ihre Gesichter offen zu zeigen wie die Jüdinnen und Christinnen. Das würde selbstverständlich niemals geschehen; sogar die Dirnen trugen Schleier, wenn sie einkaufen gingen, aber es war charakteristisch für die Zeit, daß einige Nationalisten öffentlich von diesen Dingen zu sprechen wagten.

Gleich darauf rief der Mann: »*Fik ej jeuhor?* Hungrig?« Amar wandte sich um. Auf dem Tablett war eine Platte mit Stücken von weißem Brot. »Das ist für dich«, sagte der Mann. »Dein Abendessen.«

Entschlossen, seine Enttäuschung darüber zu verbergen, daß der Mann ihm so wenig Achtung erwies, ihm nur ein paar Bissen Brot anzubieten, lächelte er, ging zum Tisch und nahm ein Stück Brot. Dann entdeckte er, daß jedes Stück aus zweien bestand, mit Butter und Huhn dazwischen. Das versöhnte ihn zum Teil. Auch eine Flasche Coca-Cola stand auf dem Tablett. Er trank ein wenig, aber es war zu kalt. »Wir gehen hinunter zum Essen«, sagte der Mann. »Ist das genug für dich?«

Amar bejahte. Er fürchtete sich jetzt, daß jemand in das Zimmer kommen könnte, während er allein war. »Bitte, schließen Sie die Tür ab«, sagte er.

»Die Tür abschließen?«

»Bitte, schließen Sie sie ab und nehmen Sie den Schlüssel mit.«

Der Mann wiederholte es der Frau; er schien es lustig zu finden. Als sie die Worte hörte, sah sie bestürzt aus, als ob es ein unerhörter Gedanke sei, jemanden in ein Zimmer einzuschließen. Im Vorbeigehen fuhr der Mann ihm durch die Haare und sagte: *»Nchoufou menbad.«* Amar hatte den Mund voll mit Brot und Huhn, nickte aber energisch mit dem Kopf. Als der Mann die Tür geschlossen hatte, ging er hin und versuchte den Türgriff, nur der Sicherheit halber. Dann stellte er das Tablett auf den Boden, setzte sich daneben und fing richtig zu essen an.

25

Sie saßen einander an einem kleinen Tisch in der äußersten Ecke des hellen Speisesaals gegenüber. Lee dachte: Wie weiß die französischen Kellner aussehen und wie dunkel die Marokkaner. Aber es war mehr als das. Die Franzosen standen teilnahmslos da, ohne auch nur miteinander zu flüstern, und starrten finster und befangen zu Boden, die Marokkaner waren steifer als sonst, sie hatten gesetzte, ausdruckslose Gesichter. Es war unnatürlich still; es war schwierig, sich dabei zu unterhalten.

Plötzlich lachte sie. Stenham sah sie fragend an. »Das ist wirklich komisch, finde ich«, sagte sie und wußte selbst, daß es eine schwache Erklärung war; aber sie konnte nicht so schnell eine andere finden. Sie wußte, er würde fragen: »Was ist?«, und er sagte es tatsächlich. Und dann konnte sie natürlich nichts antworten, denn wenn er es nicht selbst sah, war ihm nicht zu helfen. »Sie wissen, daß Sie Moss den ganzen Tag nicht angerufen haben«, sagte sie, als wäre es ihr gerade eingefallen, obgleich sie schon nahezu vor einer Stunde bei der Suppe daran gedacht hatte.

»Es hat keinen Sinn, ihn jetzt anzurufen, weil er aus ist.«

Das war typisch für Stenham; sie war etwas verstimmt, ohne genau zu wissen, warum.

»Man hat mir eine Nachricht von ihm durchgegeben, als ich wegen der Drinks unten anrief.«

»Oh? Das haben Sie mir nicht gesagt.«

»Ich dachte nicht, daß es Sie interessiert.«

»Aber was macht er draußen, ausgerechnet heute abend?«

»Der kommt rein und raus aus der Medina, mitten in einem richtigen Krieg; der schon. Der könnte mit dem Führer der Istiqlal Tee trinken und mit dem Gesandten zu Abend essen.«

Sie amüsierte sich über seinen unverhüllten Zorn. »Das haben Sie nicht gern, was?« sagte sie.

»Welcher Mann hat es gern, wenn ein anderer Privilegien genießt, die er selbst nie haben wird?«

»Na, na!« Sie lachte. »Sie sollten lieber vorsichtig sein mit diesen umstürzlerischen Reden! Sie sprechen schon fast wie ich!«

»Immerhin«, fuhr er fort und tat, als überhöre er ihre Ironie, »er hat Millionen, seine Motive sind daher unverdächtig, während wir wer weiß was im Schilde führen könnten. Wir würden uns vielleicht mit der falschen Sorte Einheimischer einlassen wie mit dem Kleinen da oben, der sich nie einer Gruppe anschließen, aber alles tun würde, wenn der Richtige ihm den Auftrag gäbe. Und dieser Richtige kann jeder sein, den er zufällig trifft und bewundert. Das sind die Gefährlichen – nicht die Parteianhänger. Es ist leicht, die Parteimitglieder zu observieren. Ich kann verstehen, warum die Franzosen verrückt werden. Die einzigen Einheimischen, die in Schach gehalten werden, sind die paar tausend Parteimitglieder. Die übrigen neun Millionen Fanatiker sind unberechenbar.«

Lees Stimme wurde jetzt dünn und scharf, ihr Tonfall war eine Parodie auf die Redeweisen eines typischen New Yorker Protokollführers: »Ist etwas zu Kamerad Stenhams Bericht zu bemerken? Sonst gehen wir zum nächsten Punkt der Tagesordnung über. In Abwesenheit des Kameraden Lipschitz –« Er unterbrach sie mit einem wohlgezielten Klaps der Serviette nach ihrem Gesicht. Die Marokkaner starrten erstaunt zu ihnen herüber; die Franzosen blieben in ihrer Lethargie. Lee kicherte. Sie war guter Laune. Der Tag war nicht ohne Abenteuer gewesen, und die nächste Zukunft war undurchsichtig genug, um aufregend zu sein. Dazu war das Essen besser als gewöhnlich, da der Chef sich nicht bemüht hatte, für nur zwei Gäste eine seiner schwierigeren Schöpfungen zu servieren. Außerdem hatte sie einen kleinen Schwips von dem Wein, den sie reichlich getrunken hatte, da er gut und richtig gekühlt war. Sie hatte gerade noch eine halbe Flasche bestellt und freute sich, auf der Terrasse den Kaffee zu trinken.

»Ich weiß nicht, was ich tun werde, wenn ich Marokko verlasse und diesen wundervollen algerischen *rosé* aufgeben muß«, sagte sie.

»Sie bekommen ihn auch in Frankreich«, teilte er ihr lächelnd mit.

In diesem Augenblick ereignete sich im unteren Garten eine Explosion. Sie sahen sich an, als die Wände den Schall zurückwarfen; im nächsten Augenblick war nur noch das Geräusch fallender Steine und eines feinen Regens von Erde zu hören. Sie sprangen auf und rannten zum Fenster, aber unten war nichts zu sehen, als die dunkel verschlungenen Zweige und die Steinplatten der Wege, in denen sich das frühe Mondlicht spiegelte.

»Warum tun sie das?« fragte Stenham, seine Stimme war nicht wiederzuerkennen nach dem Krach – oder vielleicht bildete er es sich nur ein.

»Es ist nur ein französisches Hotel«, antwortete sie mit zusammengepreßten Zähnen, als halte sie einen Revolver in der Hand und sage es zwischen den Schüssen über die Schulter.

Er lachte kurz auf. »Wir wollen zu Ende essen!« Die Kellner waren auf den Balkon geeilt und sahen über das Geländer in den Garten, vorn die Franzosen, und die Marokkaner reckten sich den Hals aus, um über ihre Köpfe zu sehen.

Das Ende der Mahlzeit war nicht sehr erfreulich. In einer irgendwie unerklärlichen Weise schien sich die Dichte der Luft geändert, schien der Raum seine Maße verschoben zu haben. Der Schall klang irgendwie anders, das Licht war zu hell, und die Schatten waren zu dunkel. Und die Bedienung schien in hoffnungslose Unordnung geraten zu sein. Man brachte ihnen irrtümlich zweimal Nachtisch, aber keinen Löffel dazu. Die Kellner schienen in großer Eile zu sein, aber vergessen zu haben, wo die Sachen standen.

»Hat es Sie aufgeregt?« fragte er.

»Nicht mehr als jedes andere unerwartete Geräusch«, sagte sie. »Ich hasse plötzliche Geräusche. Man wartet immer darauf, daß sie sich wiederholen.«

»Ich weiß. Wollen wir den Kaffee in der Bar trinken? Ich glaube, es wäre etwas leichtsinnig, ihn jetzt auf der Terrasse zu nehmen.«

»Wir trinken ihn oben in Ihrem Zimmer. Wir müssen zu dem armen Jungen zurückgehen.«

Sie fanden ihn mitten auf dem Fußboden in einem Halbrund von Schuhen sitzend: er hatte einen in der Hand und betrachtete ihn aufmerksam.

»Das sind gute Schuhe«, erklärte er und zeigte auf den in seiner Hand. »Sie sollten sie immer polieren. Das Leder bricht sonst, und dann sind sie hin. *Safi!*«

»Er scheint meine Schuhcreme und meinen Putzlappen gefunden und alle Schuhe geputzt zu haben, bevor er sie zum Bewundern hinstellte«, sagte Stenham. »Das ist etwas, wozu ich nie Zeit habe und woran ich nicht denken würde, auch wenn ich Zeit hätte.«

»Fragen Sie ihn, was er über den Krach denkt.«

Einen Augenblick später sagte Stenham zu ihr: »Er scheint nicht viel darüber nachgedacht zu haben. Er sagt, die Burschen in Casablanca machen die Bomben, sie sind nicht sehr gut, und sie werfen sie aufs Geratewohl. Die Franzosen nennen sie *des bombes de fabrication domestique*. Jedenfalls sagt er, hier in Fez ist das neu. Hier gab es meist nur Messerstechereien und Schießereien.«

Noch während Stenham sprach, erfolgte eine zweite laute Detonation unten in der Medina, nicht sehr weit entfernt. Amar lief zum Fenster und sah eine Zeitlang hinunter. Als er den Kopf wieder dem Zimmer zuwandte, sagte er: »Ich glaube, das war bei der Bank.«

»Er ist so ruhig dabei«, sagte Lee. »Man könnte denken, es geschehe jeden Tag.«

»Für diese Menschen ist alles ein Spiel.«

Der Kaffee kam, und Stenham nahm dem Kellner das Tablett an der Tür ab, damit er draußen bliebe. Dann setzten sie sich und sprachen über die Unruhen, während sich Stenham von Zeit zu Zeit auf eine etwas steinerne Art weiter bemühte, Auskünfte und eine persönliche Meinung aus Amar herauszulocken. Aber es war sogar der nicht unmittelbar beteiligten Lee klar, daß der Junge nicht in einer mitteilsamen Stimmung war. Unter der Maske höflicher Zurückhaltung beantwortete er Stenhams Fragen zögernd und unwillig und war, wie ihr vorkam, manchmal sogar beleidigt darüber. Da der Junge immer verwirrter und unglücklicher aussah, beschloß sie, Stenham zu unterbrechen.

»Oh, lassen Sie doch das arme Kind in Ruhe!« rief sie. »Er wird noch denken, wir sind so schlimm wie die Franzosen. Ich finde es nicht richtig, ihn so zu verhören.«

Stenham schien sie nicht gehört zu haben. »Dieser Junge ist innerlich zerrissen«, sagte er. »Da haben Sie das ganze Marokko. Er sagt eine Minute dies und in der nächsten das Gegenteil und merkt überhaupt nicht, wie er sich selbst widerspricht. Er weiß nicht einmal, mit wem er sympathisiert.«

Lee brummte. »Machen Sie sich nicht lächerlich. Ich habe niemals ein charaktervolleres Gesicht gesehen. Wenn er nicht redet, dann nur, weil er nicht will.«

»Was hat das mit Charakter zu tun? Er ist in der Klemme. Er sitzt in der Tinte. Das hat nichts mit ihm zu tun. Ob er damit so oder so fertig wird, kommt für ihn auf das gleiche raus.«

Sie stand auf, ging zum Fenster und kam zurück. »Ich habe von dieser Art Mystizismus reichlich genug«, erklärte sie. »Er ist langweilig und falsch. Die geringste Kleinigkeit ist von Bedeutung, egal, ob man selbst entscheidet oder ob sie bloßer Zufall ist. Das Leben so vieler Menschen hat sich durch irgendeine Kleinigkeit völlig geändert, weil sie – sagen wir –, weil sie an der einen Stelle über die Straße gingen und nicht an der anderen.«

»Ja, ja, ja, ich weiß«, sagte Stenham mit betonter Müdigkeit. »Was mich betrifft, ich finde das einfach langweilig und außerdem noch viel falscher. Ich will nur sagen, er liebt die Welt der Gesetze des Korans, weil sie seine Welt ist. Gleichzeitig haßt er sie, weil er instinktiv begreift, daß sie sich erschöpft hat. Er hat nichts mehr von ihr zu erwarten. Und unsere Welt haßt er auch, einfach aus Prinzip, und doch ist sie seine einzige Hoffnung, der einzige Ausweg – wenn es einen für ihn gibt, was ich bezweifle.«

Lee goß sich eine halbe Tasse Kaffee ein, nippte daran, sah, daß er kalt war, und setzte ihn wieder hin. »Sie reden, als wäre es seine eigene kleine Angelegenheit – etwas, das mit ihm persönlich zu tun habe. Mein Gott, ich möchte wissen, wieviel Millionen Menschen in dieser Minute überall in der Welt in der gleichen Lage sind. Und sie werden auch alle dasselbe tun. Sie werden alle ihre früheren Anschauungen aufgeben und ohne Zögern die unseren annehmen. Es ist nicht einmal ein Problem. Sie denken überhaupt nicht darüber nach. Und sie haben recht, recht, recht, weil unsere Art zu leben sich als gut erweist, und sie wissen es.«

Einen Augenblick lang war er so ärgerlich, daß er nicht zu sprechen wagte.

Schließlich sagte er: »Meine liebe kleine Freundin«, und seine Stimme klang unangenehm rauh, »das Schlimmste, was ich Ihnen wünschen kann, ist, daß Sie noch hier sind, wenn das Schreckliche geschieht, das Sie verlangen.«

»Ich werde hier sein, denn es wird nicht mehr lange dauern«, sagte sie ruhig.

Es war zu dumm, daß sie Überzeugungen hatte; es war so angenehm mit ihr gewesen, bevor sie sie mitteilte. Es half weder den Mohammedanern noch den Hindus noch irgendwem vorwärtszustreben, es würde auch ihnen nichts nützen – selbst wenn es möglich wäre –, so zu bleiben, wie sie waren. Es kam wirklich nicht darauf an, ob sie Allah oder einen Vergaser verehrten – sie waren in jedem Fall verloren. Schließlich interessierte ihn nur, was er selbst bevorzugte. Er hätte den gegenwärtigen Zustand gern verlängert, weil seine Buntheit ihm gefiel.

An diesem Abend unterhielten sie sich nicht mehr viel. Als es für Lee Zeit wurde, auf ihr Zimmer zu gehen, erhob sich die Frage, wo Amar schlafen sollte. Sie wollte unten anrufen und veranlassen, daß man ihm ein Dienerzimmer oder ein Bett in irgendeiner Ecke einräumte, aber als Stenham ihm diese Idee mitteilte, fing Amar an, verzweifelt zu bitten, hier im Zimmer bleiben und sich einfach auf dem Teppich ausstrecken zu dürfen.

Lee zuckte mit den Achseln. »Ich will nur nicht«, sagte sie, »daß Sie belästigt werden. Ich habe ihn mitgebracht, und jetzt haben Sie darunter zu leiden, wie es scheint. Ich fürchte, er wird Sie bei der Arbeit stören.«

»Das macht überhaupt keinen Unterschied«, sagte er grob; er war noch immer außerordentlich ärgerlich. Als sie gegangen war und er sie ihre Tür schließen hörte, führte er den Jungen die Treppen hinunter zu den Toiletten und wartete in dem großen dunklen Ballsaal, um ihm den Rückweg zu zeigen.

Eine Grille hatte sich irgendwo in den Rohrmatten eingenistet und zirpte fröhlich. Ihr ständig wiederholter silbriger Ton klang in der Dunkelheit wie das Läuten einer winzigen Glocke. Der gewaltige Mond stand hoch am Himmel, und sein Licht fiel durch den beweglichen Blättervorhang der Pappeln des Gartens in den Raum. Er stand da, horchte und schaute und fragte sich, ob er jemals wieder den großen Saal im Mondlicht erleben würde, wie er ihn so viele Jahre Nacht für Nacht auf dem Weg in sein Turmzimmer gesehen hatte. Vielleicht nie wieder Mondschein nach dieser Minute, dachte er, als er die Wasserspülung rauschen hörte und die Tür hinter ihm geöffnet wurde. Der Junge kam heraus und fing in einem durchdringenden Bühnengeflüster an zu rufen: *»M'sieu! M'sieu!«* – »Mein Gott! Er darf mich nicht so nennen«, sagte er zu sich selbst, froh irgend etwas zu haben, das ihn von seinen melancholischen Erwägungen abbrachte. »Sch!« sagte er, führte ihn die Treppe hinauf zurück zu seinem Zimmer, schob ihn hinein und verschloß die Tür.

Der Junge nahm sofort ein Kissen von einem Stuhl und warf es auf den Teppich in der Mitte des Zimmers. Dann nahm er die Decke vom Fußende des Betts, wickelte sich hinein und legte sich auf den Boden. *»'Lah imsikh bekhir«*, sagte er ehrerbietig zu Stenham, murmelte ein paar Gebetsworte und war still.

Stenham las noch ungefähr eine halbe Stunde, ehe er seine Bettlampe ausmachte. Er war schlecht gelaunt, der Abend hatte ihm nicht gefallen. Daß sie sich mit dem Jungen eingelassen hatten, hatte an allem Schuld; ohne ihn hätte sich eine Möglichkeit geboten, trotz Lees Kühle und Offenheit im Café. Er mißtraute sogar ihren Motiven, den Jungen unbedingt mit ins Hotel zu nehmen: Hatte sie vielleicht geglaubt, er würde sich als bequemes Hindernis gegen irgendwelche Intimitäten erweisen? Zweimal wachte er in der Nacht auf und sah die eingehüllte Gestalt im Mondlicht liegen.

Als er das nächste Mal erwachte, stand die Sonne schon hoch, und der Junge sah zu einem der Fenster hinaus. Auf keinen Fall wollte er in ein Gespräch verwickelt werden, bevor er Kaffee getrunken hatte. Verstohlen griff er hinter die Kissen nach der Klingel, drückte auf den Knopf und tat, als schliefe er. Die List wirkte so gut, daß er tatsächlich fast wieder schlief, als es klopfte. Als er die Augen öffnete, fiel ihm ein, daß der Junge in einer Falle war: sichtbar für jeden, der hereinkam. Er sprang aus dem Bett, öffnete die große Spiegeltür des Schranks und gab dem Jungen ein Zeichen, dahinter zu verschwinden. Es klopfte stärker.

Ein dicker Franzose stand mit seinem Frühstückstablett da. Er ergriff es und sagte ungezwungen: »Ich nehme es selber.« Erst als er das Tablett in der Hand hatte, fühlte er sich frei genug weiterzusprechen. »Was ist mit den Arabern los?« fragte er; bisher hatten ihm immer Rhaissa oder Abdelmjid sein Frühstück gebracht. *»Tous les indigènes sont en tôle.«* Der Mann grinste. »Der Direktor hat sie alle in ihre Zimmer eingeschlossen und die Schlüssel im Geldschrank deponiert. So sind wir wenigstens vor *diesen* Eingeborenen sicher.« Er fuhr in verändertem Ton fort: »Was da vor sich geht, sieht sehr ernst aus – wissen Sie.«

»Ich weiß«, sagte Stenham.

»Ich bin überrascht, daß Sie bleiben.«

»Und Sie?«

Der große Mann zuckte mit der Achsel. »*C'est mon gagne-pain, quoi!* Wir müssen alle unseren Unterhalt verdienen.«

»Sehen Sie?« rief Stenham. »Darum bleibe ich auch.«

Der Mann nickte und zeigte deutlich, daß er es nicht eine Sekunde glaubte. Stenham schloß die Tür, und der Kopf des Jungen erschien hinter der Schranktür, mit erregt aufgerissenen Augen. Wahrscheinlich war seine Phantasie noch immer durch Bilder von Polizeifolterung erregt.

»Sbalkheir. Good morning.«

»Sbalkheir, m'sieu.«

Stenham füllte die Hälfte des Kaffees und die Hälfte der heißen Milch in ein Wasserglas und reichte es dem am Fußende des Bettes stehenden Jungen. Diese Geste und das Bewußtsein, wieviel Francs es kostete, ließen ihn über die Sinnlosigkeit lächeln, diesen primitiven Jungen, dessen Namen er noch nicht einmal kannte, hier bei sich im Zimmer zu haben und sein Frühstück mit ihm zu teilen. Ihn loszuwerden war eine Kleinigkeit; andererseits war die moralische Verantwortung enorm oder wenigstens schien es ihm so. Und jede weitere Stunde, die der Junge mit ihm verbrachte, vergrößerte sie.

Plötzlich fragte er den Jungen nach seinem Namen. »Natürlich, jetzt erinnere ich mich.« Er trank noch einen Schluck Kaffee und aß eine Scheibe Toast. »Was würdest du tun, Amar, wenn ich dich vor die Tür setzte?« Der Junge sah ihn durchdringend an. Seine Augen waren die eines wilden Tiers, gleichzeitig aber menschlich, zwingend und ungewöhnlich ausdrucksvoll.

»Ich bin in Allahs Hand. Wenn ich gehe, wird es sein Wille sein.«

»Du fürchtest dich also nicht?«

»Doch ich fürchte mich. Und ich möchte gern meinen Vater und meine Mutter sehen.« Er schien mehr sagen zu wollen, sich dann aber eines Besseren zu besinnen.

Es klopfte an die Tür, und der stämmige Kellner kam herein. *»Ah, pardon!«* rief er und blickte überrascht auf Amar. »Ich dachte Monsieur wären fertig.«

»Bringen Sie dasselbe noch einmal, ja? Ich bin noch hungrig. Ich habe mein Frühstück geteilt.« Es war ein Augenblick, der Unverfrorenheit erforderte.

Der Kellner lächelte. »*Une petite causerie matinale?* Eine kleine Unterhaltung beim Morgenkaffee ist immer nett.« Immer noch lächelnd ging er hinaus.

Jetzt wird er wahrscheinlich auf seinem Weg nach unten dem Manager von der Anwesenheit des Feindes in der Festung berichten, dachte Stenham, sagte aber nichts. Kurz darauf erschien der Kellner wieder mit einem anderen Tablett und setzte es zwischen ihnen auf dem Bett nieder. *»Et* *voilà!«* Er trat zurück und schwenkte seine Serviette. *»Votre serviteur discret!«* Sein rosiges Gesicht glänzte, als er einen Augenblick dastand und sie ansah. Dann ging er hinaus.

»Mehr Kaffee?« Stenham hielt den Ausguß der Kanne über die Tasse des Jungen. Aber Amar war wieder in einen Zustand ängstlicher Melancholie verfallen. Stenham brauchte eine halbe Stunde, um ihn zu überzeugen, daß der Kellner sicher nicht seine Anwesenheit der Polizei mitteilen würde.

Draußen stieg die brennende Sonne langsam höher über die Stadt. Es war ein wolkenloser Tag, so klar, daß jede Felsenspalte auf den Berghängen in der Ferne genau eingezeichnet zu sehen war. Und die zehntausend flachen Dächer unten fingen an, die Hitze zu sammeln und wieder in die Luft auszustrahlen, wo sie langsam an Substanz und Stärke zunahm und noch lange nach Beginn der Dunkelheit blieb.

Es war ungefähr neun, als die Unruhen begannen. Stenham stand vor dem Waschtisch und rasierte sich, als er im Spiegel sah, wie der Junge lautlos ans Fenster trat. Zunächst ertönte Lärm aus einem Teil der Stadt gerade unterhalb, dann von einem entfernter liegenden Bezirk im Westen. Aber kurz darauf vernahm man die abgerissenen, formlosen Takte von Gewehrfeuer, das aus allen Stadtteilen mehr oder weniger gleichzeitig zu kommen schien. Stenham sagte nichts, fuhr fort, sich zu rasieren, und malte sich den Widerstreit aus, der in dem beobachtenden Kopf am Fenster vor sich gehen mußte. Die Schießereien dauerten mit Unterbrechungen den ganzen Vormittag an. Von Zeit zu Zeit versuchte Stenham, den Jungen in eine Unterhaltung zu ziehen, aber seine Antworten waren einsilbig.

Die gepackten Koffer standen bei der Tür. »Bleibe ich, oder gehe ich?« Die Antwort schien zu sein, daß er auf keinen Fall sofort abfahren würde. Gestern war er zur Abreise bereit gewesen; ihre Ankunft hatte ihn veranlaßt zu bleiben, auch wenn er nicht arbeiten konnte. Das war der Punkt, wo er von seinem Weg abgewichen war; das war klar genug, jetzt, da es ihm nicht mehr freistand abzureisen, jetzt, da er nach fast vierundzwanzig Stunden noch immer hier war. Aber heute morgen hatte er nicht das Gefühl, daß er wirklich *hier* war; er hätte ebenso anderswo sein können. Das Zimmer war nicht dasselbe Zimmer wie früher, und das Hotel war nicht derselbe Ort, der so manche Saison sein Heim gewesen war. Es war alles beinahe wie ein harmloser Traum, nur daß der Schläfer fühlt, der Traum könne sich jeden Augenblick in einen Alptraum verwandeln. Wieder zu arbeiten kam natürlich gar nicht in Frage; der Gedanke war lächerlich. Auch konnte er weder stillsitzen noch lesen. Er konnte nur warten, bis das Drama abgelaufen war, aber da er nicht daran teilnahm, würde es nicht einmal das tun – wenigstens nicht auf eine befriedigende Art.

Der Junge hatte teil daran; da war er, betastete die Vorhänge am Fenster und sah durch die Hitze auf die Stadt hinab, in der er geboren war, horchte, wie sein Volk niedergemetzelt wurde, und hatte Gott weiß was für Gefühle, als er dastand. Untrennbar damit verbunden, konnte er doch nichts tun, was auch nur das geringste ändern würde – vielleicht nicht einmal in ihm selbst.

Wenn er Charakter hätte, dachte Stenham, würde er dem Jungen etwas Geld geben und ihn vor die Tür setzen, damit er sein Glück, wie seine Landsleute alle auch, auf der Straße suche. Dann würde er Moss anrufen und fragen, ob er abreisen wolle, dann Lee und dann wegfahren, mit oder ohne die beiden. Das hätte wenigstens einen gewissen Sinn, den alles andere nicht haben konnte. Und jetzt wunderte er sich, warum er jemals etwas anderes als tiefste Niedergeschlagenheit erwartet hatte, wenn er würde mit ansehen müssen, wie die Stadt zerstört wurde. Vielleicht – er konnte sich nicht mehr erinnern – hatte er sich vorgestellt, es werde sich eine Gelegenheit ergeben, tätig einzugreifen, zu helfen. Aber wem helfen? Die beiden Gegner, die einander da niederknallten, waren ihm in gleicher Weise verhaßt; er hoffte, jede Seite werde möglichst viele von der Gegenseite umbringen.

Ungefähr um elf klingelte das Telefon: Moss sprach von seinem Zimmer aus.

»Es tut mir sehr leid wegen gestern, John. Ich mußte ein

paar Geschäfte erledigen. Ich konnte nicht es länger laufenlassen. Wissen Sie, hier ist alles außer Rand und Band. Ich glaube, es ist Zeit, etwas zu unternehmen.«

»Was unternehmen?« Stenhams Ton war eher spöttisch als fragend.

»Könnten wir uns nicht bald zu einer kurzen Besprechung treffen?«

»Das wäre gut. Genau das, wonach mir im Augenblick zumute ist.«

Eine Viertelstunde später kam Moss in Stenhams Zimmer. Er sah Amar am Fenster stehen. »Wer ist das?« fragte er, als hätte er ihn in seinem eigenen Zimmer gefunden.

»Das ist eine lange Geschichte. Ich werde sie Ihnen noch erzählen. Setzen Sie sich.«

Moss setzte sich in den großen Lehnstuhl, faltete seine Hände und sah zur Decke. »Es ist alles so beunruhigend«, meinte er.

Stenham sah ihn mißtrauisch an. »Sie scheinen sehr zufrieden mit sich«, sagte er ihm. »Ich vermute, Sie haben gestern Geld verdient.«

Moss sah erstaunt aus; dann breitete sich ein verschleiertes Lächeln über sein Gesicht. »Ich habe einen kleinen Profit gemacht. Ja. Nicht annähernd das, womit ich gerechnet hatte, natürlich. Wenn ich gewartet hätte, hätte ich vielleicht das Doppelte verdient oder vielleicht überhaupt keinen Markt gefunden. Ich persönlich habe das Gefühl, es ist Zeit, sich in ruhigere Gewässer zu begeben. Das wollte ich mit Ihnen besprechen. Glauben Sie nicht, wir könnten einen gemeinsamen Auszug organisieren, einen Wagen mieten, heute nachmittag, meine ich, und abfahren.«

»Wohin abfahren?« sagte Stenham, sofort mißtrauisch bei den Worten: ›Wir könnten ... mieten.‹ Wenn auf diese Art gereist werden sollte, hatte er nicht die Absicht, sich an den Kosten zu beteiligen.

»Praktisch überallhin. Ich dachte an Rabat, ich habe Freunde dort.« (Und wahrscheinlich eine Garage zu verkaufen, fügte Stenham insgeheim hinzu.) »Aber es könnte ebenso Meknès oder Quezzane sein, wenn Sie wollen. Ich habe nicht viel Lust, morgen in Fez zu sein. Es ist Aïd, und es kann so ziemlich alles passieren. Sie meinen doch sicher auch, daß es keinen Sinn hat, sich Unannehmlichkeiten auszusetzen, wenn man es vermeiden kann.«

»Madame Veyron ist zurückgekommen.«

»Ach nein! Wie außerordentlich merkwürdig! Warum um Himmels willen?«

»Ich glaube, aus Neugier.«

»Ah, also gehörte sie nicht zu Ihrer großen Verschwörung?« Stenham runzelte die Stirn. »Nein, ich glaube, sie ist unschuldig.« Aber er dachte: Wo liegt in Fällen wie dem ihren der Unterschied zwischen Unschuld und Schuld?

»Ich freue mich, daß Sie das zugeben«, sagte Moss gönnerhaft.

»Und dann ist da Amar.« Er zeigte zum Fenster.

»Ja, ich sehe. Aber wer ist er? Was macht er hier?«

Als Stenham zu Ende erzählt hatte, rief Moss aus: »Also hören Sie, was ist das alles für ein Unsinn. Ich habe kein Wort verstanden; es ist ja alles sehr lobenswert und romantisch, ein heimatloses Kind aufzunehmen, aber Sie haben doch bestimmt nicht die Absicht, ihn zu behalten!«

»Nein, nein, nein!« rief Stenham. »Natürlich nicht. Ich weiß nicht, was ich beabsichtige. Ich beabsichtige überhaupt nichts. Ich brauche nur ein wenig Zeit zum Nachdenken, das ist alles.«

»Zeit! Zeit ist knapp im Augenblick. Ich schlage vor, Sie nutzen einmal die Einrichtung der orientalischen Habgier zu Ihrem Vorteil aus, händigen dem Burschen eine Fünftausendfrancsnote ein und lassen ihn laufen. Es ist erstaunlich, was für ein ausgezeichneter Sicherheitspaß Geld sein kann.«

»Ja, daran habe ich auch schon gedacht«, antwortete Stenham zerstreut. »Ich weiß nicht.«

»Also wirklich, John, ich kann Sie nur ansehen und mich über die Unergründlichkeit der menschlichen Seele wundern.«

Er erwärmt sich wieder für eine Runde des alten Spiels, dachte Stenham.

Moss schwieg einen Augenblick. Im Durcheinander des

Gewehr- und MG-Feuers ertönte manchmal das dumpfere Krachen einer explodierenden Granate. »Mit oder ohne heimatlose Kinder und Amerikaner«, fuhr er fort, »ich bin fest entschlossen, morgen vor Tagesanbruch weit weg von Fez zu sein. Und ich meine es vollkommen ernst, John. Es ist kein Hirngespinst von mir.«

»Sie glauben, morgen ist der schlimmste Tag, und dann wird es besser?«

»Ich glaube, morgen wird der Höhepunkt sein. Vergessen Sie nicht, Aïd el Kebir wird vereitelt. Ich nehme an, daß sich danach die Leidenschaften langsam legen werden. Nichts kann für immer auf Fiebertemperatur bleiben.«

Stenham hatte, ohne zu antworten, angefangen, mit Amar zu reden.

»Oh, diese verdammte tote Sprache, die nicht sterben will«, jammerte Moss und verdrehte die Augen zum Himmel. »Um guten Morgen zu sagen, braucht man dreiundachtzig verschiedene Wörter, von denen jedes noch scheußlicher klingt als das andere. Also John, seien Sie nicht so schwierig und sprechen Sie bitte mit mir.« Eine Zeitlang saß er in einer Haltung gespielter Resignation da und tat sich furchtbar leid.

Dann sah Stenham auf. »Ich habe eine Lösung gefunden«, sagte er. »Amar wird uns nach Sidi Bou Chta bringen.«

»Sehr freundlich von ihm. Sicher. Wenn irgend jemand dorthin will. Würden Sie so nett sein und mir sagen, wo das liegt und warum wir dorthin sollen anstatt an einen Ort, von dem wir schon einmal gehört haben?«

»Es ist ein Wallfahrtsort in den Bergen, meilenweit von allem entfernt. Der große Vorteil ist, daß keine Franzosen dort sind. Das heißt, keine Unruhen, weder für sie noch für uns. Und dort werden sie das Fest einhalten. Ich hätte es gern gesehen.«

»Hotel?« sagte Moss.

»Wir schlafen auf Matten, in den Unterkünften.«

Moss erhob sich und sagte eine längere Tirade auf, die er offensichtlich vorbereitet hatte. Aufbau, Phrasierung und Vortrag waren bewundernswert. Als er gerade geendet hatte, meinte Stenham: »Das hat mir sehr gut gefallen. Sie sind immer noch in Form. Ich nehme an, es sollte heißen, Sie kommen nicht mit.«

Moss gähnte, streckte sich und nahm wieder seine normale Stimme an: »Ich glaube nicht, John. Das ist nichts für mich. Sie sollten mich gut genug kennen, um das zu verstehen. Was wollen Sie tun: ein oder zwei Tage dort bleiben und dann wieder hierher zurückkommen?«

Erschöpft sagte Stenham, er wisse es nicht, der Einfall sei ihm jetzt gerade gekommen, die Durchführung hänge von dem Jungen ab, und ob sie überhaupt gingen, wahrscheinlich von Madame Veyron. »Mir ist alles gleichgültig, so oder so«, schloß er. »Aber ich glaube, Sie haben recht, morgen nicht hier zu sein.«

»Es sieht so aus, John, als würden sich unsere Wege eine Zeitlang trennen.«

»Es ist schrecklich«, sagte Stenham, denn jeder Abschied hatte etwas von einem Totenbett für ihn. »So plötzlich.«

»Mir werden unsere Ausflüge fehlen. In die Medina, meine ich. Nicht die in die Irrwege der Politik.«

Stenham lächelte matt. »Wo werden Sie sein?«

»Ich denke, ich werde ein paar Freunde in Cintra besuchen. Es ist reizend da. Ihnen würde es, glaube ich, nicht gefallen. Sie können mich über das britische Konsulat in Lissabon erreichen. Meine Geschäfte dürften in drei bis vier Tagen erledigt sein, und dann raus aus Marokko. So hoffe ich wenigstens. Diese Aufregungen sind sehr schlecht für meine Malerei. Und Sie, wie können Sie sich in einem aufgewühlten Ameisenhaufen auf Ihre Arbeit konzentrieren?«

Stenham hörte die Sätze, verstand sie, aber ein Teil seines Bewußtseins lenkte hartnäckig seine Aufmerksamkeit ab. Morast, Moss, Motor, Moulay Idnis, Movens, manchmal gehen mir meine Gedanken auf diese Weise durch, aber gewöhnlich nur in Augenblicken der Spannung. Dies muß also ein Augenblick der Spannung sein. Es ist der letzte Zusammenhang mit dem Vergangenen. Moxie – ging es weiter –, Moylan. (»Das ist nicht erlaubt; das kennt kein Mensch ... Dort ist das Hegderow-Theater, es ist außerhalb von Philadelphia. Einspruch abgelehnt.«) *Mozo.* («Dies ist mein Spiel. Alle Griffe erlaubt. Fremde Sprachen zugelassen.«) *Mozo* war sicher der Junge am Fenster. Aber Gott sei Dank, das ist das Ende des Alphabets. Gott sei Dank, daß sein Name Moss ist und nicht Moab. Jetzt sah er Moss an und dachte, wie blaß er aussieht und wie ungewöhnlich lang seine Wimpern sind; beides war ihm vorher nie aufgefallen. Vielleicht lag es an dem Winkel, in dem die dicken Augengläser die Wimpern berührten, aber er bezweifelte dies doch.

»Oder vielleicht macht es Ihnen Vergnügen, hierzubleiben und alles mit eigenen Augen zu sehen.«

»Nein, es macht mir keines«, sagte er einfach.

Moss scharrte ungeduldig mit den Füßen. Er seufzte. »Es ist alles so geheimnisvoll und kompliziert. Wir tun, was uns glücklich macht, John, und es hat keinen Sinn, weiter darauf einzugehen!«

»So ist es.« Es war eine ganz falsche Zusammenfassung des gegenseitigen Verständnisses, das sie im Lauf ihrer jahrelangen Bekanntschaft erreicht zu haben glaubten, aber so war die Welt. »Ja, das ist vollkommen richtig«, sagte Stenham nochmals mit mehr Empfindung.

Nach ein paar weiteren Worten schüttelten sie einander die Hand, und Moss ging.

26

Als Polly Burroughs wieder in ihrem Zimmer war, zog sie einen Pyjama aus Shantungseide an, ging mit ihrer kleinen Schreibmaschine ins Bett und fing an, Briefe zu schreiben. Sie hatte eine lebhafte Korrespondenz; an den meisten Tagen schickte sie ungefähr ein Dutzend Briefe ab, einige kurz und andere überraschend lang, die sie alle mit großer Schnelligkeit und viel Vergnügen tippte. Oft wußte sie nicht, was sie von einer Sache hielt, bis sie jemandem einen Brief darüber geschrieben hatte; in den spontanen Sätzen, die von ihren Fingerspitzen flossen, wenn sie über die Tasten fuhren, klärten sich ihre Gedanken. Sie beschäftigte sich nicht mit den Abgründen, denn sie wußte genau, es gab viele Aspekte, alle mehr oder weniger stichhaltig, von denen aus man eine einfache Wahrheit betrachten konnte; sie strebte nach einer Ordnung ihrer persönlichen Ansichten und Reaktionen auf äußere Ereignisse, und sie hatte eine allgemeine Formel, die ihr die Erreichung dieses Zieles sehr erleichterte. Indem sie sich Gesicht, Stimme und Temperament der Person vorstellte, an die sie schrieb, gelang es ihr, direkt zu dieser Person und zu niemandem sonst zu reden. Sie hatte keine eigene Ausdrucksweise, keinen Stil, den man ausdrücklich den ihren hätte nennen können. Man fand ihre Briefe flott und originell, und sie wurden sehr bewundert (und sorgfältig aufgehoben), fast von jedem der Empfänger; diese ständige Produktion war zu einem Hauptbestandteil ihres Lebens geworden. »Wunderbar? Ich weiß nicht, was Sie meinen. Und überhaupt, ich schreibe sie nicht; sie schreiben sich von selbst. Es ist einfach ein Zustand, in den man sich versetzen muß.«

Polly war durchaus ein Kind ihrer Zeit. Obwohl sie deren Fehler und Gefahren kannte, hatte sie etwas erreicht, was sie eine »Einstellung« nannte, und sie war felsenfest davon überzeugt, daß niemand hoffen konnte, viel zu erreichen, wenn er es nicht zu einem Zustand bewußter Harmonie mit der Gesellschaft gebracht hatte, in der er lebte.

Als sie Kenzie sagte, sie habe von Stenham gehört, entsprach das nicht ganz den Tatsachen. Tatsächlich hatte sie alle seine Bücher gelesen und zählte beinahe zu seinen Verehrerinnen. Sie liebte seinen Stil, ein wichtiges Nebenprodukt eines, wie ihr schien, ungewöhnlich tatkräftigen Geistes, der sich in einem gesunden Zustand beherrschter und daher konstruktiver Rebellion befand. Besonders gefiel ihr, wie er über die Liebe schrieb: Diese Stellen hatten eine kämpferische Objektivität, die ans Klinische grenzte, und wurden doch vor Seichtheit bewahrt durch ein ständig darunterliegendes Gefühl für das Unvermeidliche. Diese Abschnitte seiner Bücher waren der genaue Gegensatz zu dem, was man gemeinhin »romantisch« nennt, aber für sie waren sie genau das und noch vieles mehr: Sie ging so weit, sie als »reine Poesie« zu bezeichnen. Sie hatte auch gewußt, daß er in Marokko war, als sie herzukommen beschloß. Es gab da Marrakesch und die politische Krise, das Atlasgebirge und die Feste der Einheimischen, von denen einige während ihres Aufenthaltes stattfinden würden, Fez und Stenham, die Sahara und was sich sonst noch bot. Denn Polly Burrough hatte die Anlagen zu einer guten Journalistin. Sie glaubte, mit offenen Augen und einem klaren Verstand brauche man nur an Ort und Stelle zu sein, um die Wahrheit festzustellen. Sie hätte darauf bestanden, eine Fotografie komme, weil sie objektiv sei, der Wirklichkeit näher als ein Gemälde, hätte sich jemand mit ihr auf eine Diskussion darüber eingelassen. Für sie gab es nur den Garten der Tatsachen oder die Wüste der Phantasie, und weil Stenhams wuchernde Weitschweifigkeiten ihre Einbildungskraft reizten, hatte sie sich dafür entschieden, sie seien eine Art Tatsache – symbolisch zwar, aber doch tatsächlich.

»... Ich habe endlich Ihren Lieblingsschriftsteller gefunden«, hatte sie vor Wochen geschrieben, an dem Tag, als sie alle in der Zitoun zu Mittag gegessen hatten, »oder ist John Stenham nicht Ihr liebster Autor? Ich glaube doch, etwas Derartiges von Ihnen gehört zu haben, vor mindestens fünf Jahren einmal, als wir auf der Brevoort-Terrasse saßen. Ich bin ein bißchen enttäuscht, er ist durchaus nicht, was ich erwartet hatte. Aber wahrscheinlich habe ich mir das selbst zuzuschreiben, denn er ist ein wirklicher Schriftsteller, und das Beste eines wirklichen Schriftstellers ist in seinen Büchern, wo es auch hingehört. Es waren auch noch ein paar echt englische langweilige Peter dabei. Für das Ambiente waren sie natürlich nützlich, gemeinsam mit den Störchen und den arabischen Kellnern im Kostüm, aber die Störche und die Kellner versuchten, wenigstens keine Konversation zu machen, Gott sei Dank.«

Einem anderen Freund hatte sie am nächsten Abend geschrieben: » Wie Sie wahrscheinlich wissen, lebt John Stenham hier in Fez. Wir haben heute eine lange Spazierfahrt zusammen gemacht. Ich würde es niemals empfehlen, einen

Autor kennenzulernen, dessen Bücher man bewundert. Ich hatte ihn mir ganz anders vorgestellt, entschiedener und weniger neurotisch, verständnisvoller und weniger launenhaft. Ich bin schrecklich enttäuscht. Sicherlich sollte man sagen, er meine es gut, aber er ist so unbeholfen, launisch und berechnend, alles auf einmal, daß man bald genug von ihm hat. Der peinlichste Augenblick kam, als es dunkel wurde und er sich entschloß zu glauben, ich erwarte von ihm, daß er sich für mich interessiere. Es war alles sehr betrüblich. Er kennt das Land und spricht die Sprache, *mais à quoi bon?* frage ich mich immerzu, da er dem Unabhängigkeitskampf nicht teilnahmsloser gegenüberstehen könnte. Und das ist natürlich das wichtigste hier. Man fühlt es in der Luft, etwas Gewaltiges, Heroisches und möglicherweise Tragisches, auf jeden Fall sehr Aufregendes ...«

Heute abend war ihre Aufgabe fast vorgezeichnet: möglichst vielen Leuten daheim die Ereignisse des Nachmittags zu berichten. »... Ich bin erst gestern abend nach Fez zurückgekommen, und während meiner Abwesenheit haben sich die Dinge schnell zu einer Krise zugespitzt ...« – »... Die Stadt ist ohne Elektrizität und so gut wie im Belagerungszustand ...« – »Heute fand an einem der Tore ein Gemetzel von Demonstranten statt. Gott weiß, wieviel Hunderte hingeschlachtet wurden ...« – »... Hier bin ich mitten in einem richtigen Krieg. Sie werden darüber nichts lesen, oder wenn, nur eine oberflächliche und verwässerte Fassung, da alle Nachrichten von den Franzosen streng zensiert werden. (Sie werden vielleicht sogar diesen Brief nie bekommen, aber jedenfalls tue ich mein Bestes.)«

Erst in ihrem vierten Brief heute abend – er war an eine Freundin in Paris gerichtet, und deshalb erschien ihr seine Vernichtung durch die Franzosen weniger wahrscheinlich als die von Briefen nach Amerika – erlaubte sie sich, von ihrem Thema abzuschweifen, um auf Stenham zu kommen. »... Der einzige Mensch, der mich genügend über die Lage unterrichten könnte, ist John Stenham, aber Gott verhüte, daß ich mich an ihn wenden müßte. Wenn er mitten zwischen den Eisenbahnschienen stände und der Expresszug käme gerade um die Kurve, würde er anfangen zu überlegen, auf welche Seite der Schienen er sich stellen soll, um den Zug vorbeizulassen. Das ist seine Art, ein bißchen wie Dr. Halsey, aber noch untüchtiger und weicher. Gleichzeitig ist er der reaktionärste und starrsinnigste Mensch, der mir je begegnet ist, ohne Ausnahme – ein typischer enttäuschter Liberaler. (Ich muß hinzufügen, daß wir gerade eine Auseinandersetzung hatten, damit du nicht glaubst, wir stehen so schlecht miteinander, wie dies vielleicht klingt.) Wo seine Bücher herkommen, ist mir ein Rätsel. Aus diesem kraftlosen, egoistischen Geist – das ist schwer zu glauben. Wenn ich mehr als ein Leben hätte, würde ich sie vielleicht noch einmal lesen, aus Neugier, nur um zu versuchen, den Mann damit zu verbinden und herauszufinden, wie ich sie jemals für lebendig halten konnte, denn er ist es nicht ...«

Als sie diesen Abschnitt noch einmal las, schien er ihr ein wenig übertrieben, denn so stark, wie diese Worte vermuten ließen, war ihre Abneigung gegen Stenham nicht, und so fügte sie schnell hinzu: »Andererseits ist da irgend etwas Heiliges um den Mann, aber so, als hätte er nur den Geist eines Heiligen, aber nicht seine Seele, und er sei sich ganz im klaren darüber, daß er mehr nie erreichen werde. Sehr unbefriedigend für ihn, sollte man annehmen. Das Schlimme ist, und das ist vertraulich, er interessierte sich bestimmt für mich; das ist für mich genauso, als ob ein zweizehiges Faultier sich für mich interessierte. *Rien à faire.* Aber eines Tages, sollte ich heil aus diesem Lande herauskommen, werde ich wieder in der Rue St. Didier sein, Elysée 53-28 anrufen und Dir alles erzählen ...«

Als sie mit dem Briefschreiben fertig war, setzte sie die Schreibmaschine auf den Nachttisch, drehte das Licht aus, und nach fünf Minuten in der Dunkelheit, während sie sich des stockigen Geruchs des Bettes und der intensiven Stille ringsum bewußt war, einer Stille, nur vom Rascheln der Blätter im leichten Wind vor ihrem Fenster unterbrochen, schlief sie ein. Es gab kaum Lücken in ihrem Leben. Wenn sie wach war, betätigte sie sich, und wenn sie nicht mehr tätig war, ging sie schlafen. Selten ließ sie sich am Tag Zeit für Gedanken oder Überlegungen: Alles Unbestimmte und nicht sofort Lösbare war ihr unangenehm. Und so, unbelastet von inneren Schwierigkeiten, schlief sie gut; es war seit langem eine ständige Gewohnheit.

Am nächsten Morgen ungefähr um neun begann sie, auf einen Anruf von Stenham zu warten. Über die Stadt unten war schon die Hysterie hereingebrochen, und sie hielt es für unwahrscheinlich, daß er schlafen oder bei dem Lärm arbeiten würde. Als die Zeit verging und er nicht anrief, fühlte sie sich vernachlässigt und ärgerte sich darüber, obgleich sie sich sagte, sie habe allen Grund, froh zu sein, daß sie ihre eigenen Pläne machen konnte. Als der Tumult unten in der Medina ein wenig zunahm, wurde sie sonderbar nervös; ihr Brief verhedderte sich, doch dann tippte sie wild darauf los: »Kann jetzt nicht weitermachen. Der Lärm ist zu groß.« Sie zögerte, ob sie hinzufügen sollte: »Es klingt so, als ob der Mob den Hügel zum Hotel heraufkommt«, doch entschied sie, daß das zu theatralisch klingen würde (überdies kam der Lärm in Wirklichkeit gar nicht näher, sondern wurde nur lauter und allgemeiner). Sie schloß: »In Eile und Liebe« und unterschrieb mit der Hand.

Unten im Büro stand sie eine Weile am Tisch und wartete, daß jemand käme, bei dem sie Briefmarken kaufen könnte. Hier wurde der Lärm des Aufruhrs durch die hohen Gartenmauern fast ausgeschaltet, und in einem anstoßenden Raum spielte ein Radio gedämpft ungarische Zigeunermusik.

Endlich kam der Geschäftsführer selbst. *»Bonjour, Madame«*, sagte er förmlich. Dann fuhr er fort, ohne den Ton zu ändern: »Ich wollte Sie fragen, ob Sie Vorbereitungen getroffen haben, Fez zu verlassen. Wir haben Befehl bekommen, das Hotel zu schließen.« Sie war empört. »Sie wollen schließen? Wann? Ich verstehe nicht. Ich habe natürlich keinerlei Vorbereitungen getroffen.« Ihre Stimme klang entrüstet und verdrossen, trotz ihrer Anstrengung, sie normal klingen zu lassen.

»Ah, mais il faut faire des démarches«, rief er, als ob sie ihm gesagt hätte, sie habe es die ganze Zeit gewußt, aber nicht der Mühe wert gefunden, etwas zu unternehmen.

»Was für Schritte denn?« rief sie. »Sie können mich nicht hinauswerfen, bis ich etwas anderes gefunden habe.«

Der Geschäftsführer zog die Augenbrauen hoch. »Sie werden nicht hinausgeworfen, Madame«, sagte er, jedes Wort mit großer Klarheit betonend. »Dies sind Umstände außerhalb unserer Macht.«

Sie sah seinen tadellosen Anzug, sein anmaßendes Gesicht und haßte ihn. »Und wohin soll ich gehen?« fragte sie, obwohl sie vorher wußte, daß er auf alles eine Antwort bereit hatte und sie nie gewinnen konnte.

»In dieser Hinsicht kann ich Ihnen kaum nützlich sein, Madame. Aber wenn Sie meine persönliche Meinung wissen wollen, würde ich Ihnen raten, Marokko zu verlassen. Man muß auf Unruhen dieser Art in jeder Stadt gefaßt sein. Soll ich Ihnen nach dem Lunch um drei einen Wagen bestellen?«

»Mais c'est inoui«, protestierte sie schwach, »es ist unerhört, eine Dame allein so wegzuschicken.«

»Die Polizei wird dafür sorgen, daß Sie nicht gefährdet sind«, sagte er müde. »Sie werden begleitet werden.«

Sie beschloß Zeit zu gewinnen. »Was ist mit Monsieur Stenham, wann fährt er ab?«

»Einen Augenblick. Ich habe ihn noch nicht von der amtlichen Entscheidung in Kenntnis gesetzt.« Und während sie dastand und mit den Fingern auf den Tisch trommelte, wandte er sich um, rief mit Grabesstimme Stenham an und informierte ihn, daß auch er sich auf seine sofortige Abreise vorbereiten müsse.

Anscheinend war der Empfänger dieser Nachricht genausowenig darüber erfreut wie sie; sie vernahm insektenähnliches Brummen aus dem Hörer, und das Gesicht des Mannes nahm einen gemarterten Ausdruck an. »Lassen Sie mich mit ihm sprechen«, sagte sie und griff nach dem Hörer.

»Guten Morgen!« rief sie, ihre Augen auf die Uhr oben an der Wand gerichtet; es war zehn vor zwölf. »Ist das nicht unglaublich?«

Seine Stimme klang wie die erste Phonographenplatte. »Scheint mir auch so.« Diese ungenügende Antwort enttäuschte sie; sie fühlte sich irgendwie betrogen. »Würden

Sie vielleicht herunterkommen, damit wir die Sache besprechen können?«

»Komme sofort hinunter.«

Als er eintraf, sagte er in schroffem Ton *»Bonjour«* zum Geschäftsführer, nahm ihren Arm und führte sie zur Terrasse in den Hof, wo die hohen Bananenpflanzen wuchsen. Die Sonne brannte auf ihren nackten Armen wie Feuer, und sie trat beiseite, um ganz im Schatten zu sein. Er beschrieb ihr seinen Plan, nach Sidi Bou Chta zu fahren. Sie hörte geduldig zu, obwohl sie die ganze Zeit fühlte, daß es eine sinnlose Idee war, aber sie hatte keinen Gegenvorschlag zu machen. »Ah, ja«, sagte sie ab und zu. »Oh.«

»Und nachher?« fragte sie endlich. »Wenn das vorbei ist und wir das Fest gesehen haben? Wohin dann?«

»Wir kommen hierher zurück, und von hier aus brechen wir wieder auf, wohin auch immer. Ich gehe in die spanische Zone.«

»Warum dann nicht gleich heute in die spanische Zone gehen und Schluß damit?«

»Weil ich sehen möchte, was da oben bei dem Fest vor sich geht.«

»Das ist lächerlich«, sagte sie nervös. »Es ist viel wichtiger, hier herauszukommen, solange es noch möglich ist.«

»Es hat keinen Sinn, darüber zu streiten«, seufzte er, da er fühlte, daß sie jeden Augenblick zu streiten beginnen konnte. »Ich werde auf jeden Fall einen Einheimischenbus nehmen. Ich glaube, für Sie wäre das nicht sehr angenehm.«

Sie fiel auf den Köder herein und erklärte: »Sie kennen mich überhaupt nicht. Aber es hat gar nichts damit zu tun, ob man den Bus nimmt oder ein Maultier.«

Dann fing sie eine lange Auseinandersetzung an, die sie beide erhitzt und schlecht gelaunt beendeten. »Wir wollen uns hinsetzen«, schlug er endlich vor.

»Ich muß den Geschäftsführer wegen eines Wagens sprechen. Und ich habe noch nicht gepackt. Vielleicht sehe ich Sie beim Mittagessen.« Sie ging in die brennende Sonne zurück und überquerte die Terrasse, wütend auf sich selbst, daß sie auch nur die geringste Aufregung gezeigt hatte. Er würde denken, es spiele für sie eine Rolle, ob er bei ihr war oder nicht. Und um ganz ehrlich zu sein, gestand sie sich, es spielte eine große Rolle. In einer solchen Krise erwartete sie von jedem Amerikaner, daß er alles aufbot, sie so sicher wie möglich hier herauszubringen. Und jeder andere amerikanische Mann hätte auch alles getan. Jeder Schritt über dem kochenden Mosaikboden der Terrasse war wie eine weitere Note in einem langen Crescendo wachsender Wut, so daß sie fast außer sich vor Ärger im Büro ankam. Selbstsüchtiges, egoistisches, eingebildetes Ungeheuer, dachte sie, mit halbem Auge auf ein Plakat sehend, das einen fast nackten Berber mit einem geflochtenen Zopf zeigte; er reckte eine riesige schwarze Kobra zum kobaltblauen Himmel, über den ein viermotoriges Flugzeug brauste. MAROKKO, LAND DER GEGENSÄTZE war darunter zu lesen. Sie bestellte für drei Uhr einen Wagen, ging in ihr Zimmer und packte. Es schien ihr, als habe die Hitze in der letzten halben Stunde schrecklich zugenommen. Sie hatte das Gefühl, überhaupt nicht zu atmen, wenn sie Luft holte, denn die Luft war so warm, daß sie sie nicht spürte, wie sie in die Lunge strömte, geschweige denn in die Nase. Daraufhin atmete sie zu tief und ungestüm, und es wurde ihr schwindlig. Und alle Gegenstände, die sie berührte, schienen wärmer als ihre Hände zu sein, und das störte sie. Wie kann es nur so heiß sein? dachte sie. Es war halb zwei, als sie mit dem Packen fertig war und nach einem Hausdiener telefonierte.

»Ah, Madame, ich bedaure«, sagte der Geschäftsführer, »es sind keine Hausdiener da!«

»Was soll denn das heißen«, schrie sie. »Das ist lächerlich. Es muß doch irgend jemand dasein, meine Sachen herunterzutragen.«

Der Lärm in der Stadt hielt an; sie hatte ihn seit einer Stunde vergessen, aber er war da.

»Ich bedaure.«

»Und Lunch? Ich nehme an, es ist auch niemand da, den Lunch zu servieren?«

»Der Hotelchef wird für Sie ein Omelett vorbereiten und eine *assiette anglaise,* Madame.«

»Warum kann nicht einer der Kellner mein Gepäck heruntertragen?«

Der Geschäftsführer schien die Geduld zu verlieren. »Er kann nicht, Madame, weil alle einheimischen Dienstboten, auch die Kellner, in ihren Schlafräumen eingeschlossen sind, und Europäer tragen kein Gepäck in Marokko. *Vous avez compris?* Das Hotel bedauert außerordentlich, Sie nicht unterbringen zu können, aber wie ich Ihnen schon früher sagte, es sind Umstände, die nichts mit uns zu tun haben. Ich würde empfehlen, Monsieur Stenham zu bitten, daß er Ihnen hilft, Ihr Gepäck zum Taxi zu bringen.« Er hängte ein.

Sie saß auf dem Bett und sah auf die sonnenverbrannten nackten Hügel. Ein kleines Feuer ungeheuren Hasses war in ihr entfacht, ein Haß auf alle und alles, auf die idiotischen Pappeln im Garten, deren Blätter sich bewegten, obwohl nicht ein Lüftchen wehte, auf die scheußliche glatte Tenorstimme des Geschäftsführers am Telefon, auf ihr zerdrücktes, unter den Achselhöhlen schon feuchtes Leinenkleid, auf die verwinkelten, geometrischen, sorgfältig gemalten Muster an den Deckenbalken, auf ihre roten Fingernägel, auf das Krachen des tödlichen Feuerwerks da draußen und vor allem auf ihre eigene Schwäche und Achtlosigkeit, die sie in einen solchen Zustand geraten ließen. Dann beschloß sie, alles auf die Hitze zu schieben. Es ist zum Ersticken hier, dachte sie. Sie holte tief Atem und stand auf. Sie trug selbst das Gepäck auf den Korridor hinaus. Aber dann stellte sie fest, sie würde nie imstande sein, es durch das Hotel zu einem Taxi zu schleppen. Vielleicht würde der Fahrer, wenn das Taxi kam und sie ihm ihre Not schilderte, seine Hilfe anbieten. Langer Kontakt mit den Franzosen hatte sie aber gelehrt, daß sie äußerst unritterlich sein konnten, sie hatte also nicht viel Hoffnung. »Diesen Hundsfott werde ich nicht bitten«, sagte sie immer wieder zu sich selbst, als sei es ein Trost, und blickte den Gang hinunter, dorthin, wo Stenhams Zimmer war.

Plötzlich dachte sie an Amar. Wenn sie den Jungen erreichen könnte, ohne Stenham zu sehen, er würde ihr sicher helfen. Da fiel ihr ein, Stenham könne ihn vielleicht schon weggeschickt haben; während ihrer Unterredung war er nicht erwähnt worden. Sie beschloß, zum Essen zu gehen; dann könnte sie möglicherweise den Speisesaal verlassen, während Stenham noch aß. Vor seiner Tür blieb sie stehen, um zu horchen; sie hörte nichts. Die fensterlose Halle war sehr ruhig. Vom Hotel kam kein Laut herauf. Dann hörte sie ein paar gemurmelte Gesprächsfetzen aus dem Zimmer. Sie ging leise den Korridor entlang und die Treppe hinunter.

Das Omelett kam fast kalt herein, und die *assiette anglaise* bestand aus zwei sehr dünnen Scheiben Schinken, einem Stück kalter Leber und etwas äußerst zähem Roastbeef, das sie für Pferdefleisch hielt. Als sie fast fertig war, betrat Stenham den Speisesaal, sah sie und kam auf den Tisch zu. »Nehmen Sie Platz«, sagte sie in einem Ton, der den Anschein erwecken sollte, sie versuche mit größter Anstrengung, liebenswürdig zu sein.

Er saß ihr gegenüber. »Ich glaube, das ist die schlechteste Mahlzeit, die ich je gegessen habe«, sagte sie. Er starrte über ihren Kopf hinweg aus dem Fenster in den Himmel und schien sie nicht einmal gehört zu haben. Einen Augenblick später sagte er aber: »Wirklich?« Der Hotelchef kam heran. »Eine Flasche Bier«, bestellte sie. »Tuborg.« Als er gegangen war, sagte sie: »Was ist mit unserem Waisenkind geschehen? Ist er noch oben, oder ist er gegangen?«

Stenham sah sie an, beinahe, als sei er überrascht, daß sie von der Existenz des Jungen wußte. »Wieso? Nein, er ist oben. Er ißt zu Mittag.«

Sie unterhielten sich oberflächlich, während sie ihr Bier trank, und mieden das Geschehnis, das sich alle Augenblicke durch eine weitere Salve von neuem mitteilte und mit all seinen Folgen ihre Gedanken beherrschte. Sie konnten nicht darüber reden, denn sie hoffte auf einen Sieg der Istiqlal und er nicht.

»Ich habe für drei einen Wagen bestellt. Sagten Sie wirklich, Sie würden nach Ihrem Fest hierher zurückkommen? Wie können Sie nur? Ich verstehe es nicht.«

»Zurück hier nach Fez, in die französische Stadt, meine ich.«

»Oh.« Sie legte ihre Serviette auf den Tisch und stand auf. »Entschuldigen Sie mich bitte. Ich habe noch einiges zu erledigen.«

Als sie die Treppe hinaufstieg, fragte sie sich, warum sie sich die Mühe machte, so sorgfältige Ausflüchte zu gebrauchen, um dem Jungen zu sagen, er solle ihr Gepäck tragen. Es wäre einfach genug gewesen, an die Tür zu klopfen und zu sagen: «Komm mit mir«, ob mit oder ohne Stenham. Aber dann würde Stenham sehr wahrscheinlich darauf bestanden haben zu helfen, was durchaus nicht wünschenswert war, da sie ihre Vorstellung von seinem grenzenlosen Egoismus aufrechterhalten wollte.

Unglücklicherweise hatte sie nicht mit Stenhams geringem Appetit gerechnet. Er fand das Essen so schlecht, daß er sich erst gar nicht damit aufhielt, und stand schon wieder oben in der Tür, während sie noch Amar ihre Wünsche klarzumachen versuchte.

»Ist etwas nicht in Ordnung?«

Sie fuhr erschrocken zusammen, hoffte, nicht so schuldig auszusehen, wie sie sich fühlte, und wandte sich ihm zu. »Durchaus nicht«, sagte sie, vor Ärger errötend. Es war wirklich unglaublich, ihr auf diese Weise nach oben zu folgen. »Ich versuche nur, etwas Hilfe für mein Gepäck zu bekommen. Im Hotel ist niemand, der es tragen kann. Ich dachte, Amar würde es vielleicht tun.«

»Das werden wir in zwei Minuten für Sie draußen haben. Wo ist es?« Er blickte den Korridor entlang, sah das Gepäck und rief: *»Amar! Agi! Agi ts'awouni!«* und ging auf ihre Tür zu.

»Gehen Sie zurück und beenden Sie Ihr Essen«, sagte sie kühl. »Er kann das sehr gut machen.« Der Junge rannte an ihr vorbei. Stenham lachte, ohne den Kopf zu wenden. »Welches Essen?«

In diesem Augenblick hörte sie jemanden die Treppe heraufkommen und ging zur Tür, um nicht direkt in Stenhams Zimmer zu sein, wenn der Betreffende vorbeikam. Es war der fette Kellner, der ihr das Frühstück gebracht hatte. Er lächelte, sagte: *»Pardon, Madame«* und schob sich an ihr vorbei in das Zimmer; als er mit Amars leerem Tablett zurückkam, sagte er: »Es ist wirklich heiß heute, nicht wahr?«

»Affreux«, stimmte sie zu.

»Ah, ja«, sagte er philosophierend, *»la chaleur complique la vie.«*

Sie starrte ihm nach und fühlte, er war unverschämt gewesen; sein mysteriöser Scherz ging irgendwie auf ihre Kosten. Das war es, was sie an den Franzosen so haßte: Wenn sie geistreich sein wollten, machte es ihnen nichts aus, ob sie verstanden wurden oder nicht. Das wollüstige Vergnügen, das sie aus ihren gedrechselten kleinen Phrasen zogen, schien ihnen genug; sie bildeten sich ein, überlegen zu sein, wenn sie jemanden zum Schweigen brachten. Es konnte vollkommen richtig sein, was der Kellner sagte, daß die Hitze das Leben der Menschen komplizierte; sie hatte sogar ihr eigenes Leben heute morgen kompliziert, aber warum teilte er ihr diese Beobachtung gerade in diesem besonderen Augenblick mit?

Als sie es schließlich aufgab, die Beleidigung herauszufinden, war ihr gesamtes Gepäck draußen. Stenham war zu ihr ins Zimmer gekommen; Amar blieb draußen am Hintereingang bei dem Gepäck.

»Das Hotel ist leer, völlig verlassen«, berichtete er. »Ich war tatsächlich etwas besorgt, jemand könnte den Jungen sehen und Fragen stellen, aber es ist kein Mensch da, niemand.«

Das Telefon klingelte. *»Oui?«* sagte sie. Wieder ertönte die kummervolle Stimme des Geschäftsführers. »Die Behörden haben uns aufgefordert, unsere Gäste zu informieren« – noch während er sprach, dachte sie: Was kommt jetzt? –, »daß Fahrzeuge nur auf der Hauptstraße nach Meknès – Rabat – Casablanca zugelassen sind, wo sie ausreichend geschützt sein werden.«

»Was?« rief sie. »Und wenn man das Land verlassen will?«

»Das ist nicht mehr möglich, Madame.«

»Aber Sie selbst haben mir heute morgen geraten, das Land zu verlassen.«

»Die Grenzen sind vorübergehend geschlossen, Madame.«

»Aber wohin soll ich gehen? Wo finde ich ein Hotel?«

»Das *Transatlantique* in Meknès ist seit heute geschlossen, das *Balima* und *Tour Hassan* in Rabat sind natürlich voll besetzt. Aber es gibt ja, wie sie wissen, viele Hotels in Casa.«

»Ja, und ich weiß, daß sie auch immer besetzt sind, wenn man nicht bestellt hat.«

»Vielleicht hat Madame Beziehungen im amerikanischen Konsulat. Sonst würde ich vorschlagen, hier in Fez zu bleiben, in der Ville Nouvelle.«

Jetzt fing sie an zu schreien: *»Mais ça c'est le comble!* Das ist die Höhe!«

»Es ist zweifellos sehr unangenehm für Sie, Madame. Ich habe Ihnen nur die Befehle der Polizei übermittelt. Ihre Rechnung ist ausgestellt. Wollen Sie zur Begleichung im Büro vorbeikommen?«

»Das tue ich gewöhnlich«, sagte sie wütend und warf den Hörer auf die Gabel. Sie wandte sich Stenham zu. »Das ist wirklich zuviel.« Sie wiederholte, was der Geschäftsführer gesagt hatte. Stenhams Gesicht wurde nachdenklich. (Wenn sie nicht da wäre, sagte sie sich, wäre er genauso entrüstet wie sie.) In seinem Kopf jagten sich die Wahrscheinlichkeiten und die Möglichkeiten. »Die Grenze ist geschlossen. Das ist schlimm«, sagte er langsam. »Aber sie werden sie wahrscheinlich in ein, zwei Tagen wieder öffnen. Anscheinend wollen sie die Nationalisten daran hindern, zu entschlüpfen. Sie haben die ganzen Städte, Straße für Straße, Haus für Haus durchgekämmt. Es ist eine *râtissage*.«

Sie war zum Fenster gegangen. »Ich hoffe nur, die Araber machen ihnen richtig die Hölle heiß, damit sie wünschen, nie hierhergekommen zu sein.«

Sie trat auf ihn zu. »Wenn ich die Sprache sprechen könnte, wäre ich Tag und Nacht da unten um für die Unabhängigkeit zu kämpfen. Nichts würde mir jetzt mehr Freude machen.« Ohne Übergang fuhr sie fort: »Wohin soll ich gehen? Wo werde ich heute nacht schlafen? Auf der Straße?«

»Es gibt nur eine Möglichkeit für Sie, und das ist die Ville Nouvelle hier in Fez. Da sind Hotels.«

»Also das werde ich bestimmt nicht tun. Schließlich bin ich hierhergekommen, um unter den Einheimischen zu sein.«

Er wollte ihr empfehlen, nicht so kindisch zu sein, aber er beschloß, es nicht zu tun. »Dann kommen Sie mit mir«, sagte er lächelnd und zuckte die Achseln. »Ich gehe dahin, wo Einheimische sind!«

»Nun gut, verdammt noch mal, ich gehe mit«, rief sie. »Aber sorgen Sie ja dafür, daß es gut ausgeht!«

27

Fast von Anfang an war sie in besserer Laune. Vielleicht, weil der Bus nach Verlassen der Stadt sofort aufwärts zu fahren begann und sich den Südabhang des Djebel Zalagh hinauf mühsam hin und her wand und weil die Luft ständig frischer wurde. Oder vielleicht hatte alles auch nur eine rein emotionale Ursache: der Bus mit glaslosen Fenstern, das aufgeregte Geplapper der Menschen in ihrer Gebirgstracht und die Erleichterung, die sie fühlte, daß kein Polizist oder Soldat im letzten Augenblick ihre Abreise verhindert hatte, bevor das verrückte alte Gefährt sich endlich aus der schäbigen Seitenstraße der Ville Nouvelle langsam in Bewegung gesetzt hatte.

Sie hatten ihr Taxi nur benutzt, um ihr Gepäck in ein trübseliges kleines Hotel zu bringen, wo sie ein scheußliches Zimmer nahmen, alles hineinstellten und die Tür abschlossen. Die mürrische, aber nicht ausgesprochen unfreundliche Besitzerin wollte ihre Pässe sehen und bestand darauf, daß Stenham drei Tage im voraus zahlte.

Die Passagiere waren fast ausnahmslos Bergbauern aus dem Süden, die nur nach Fez gekommen waren, weil ihr Weg sie hindurchführte und sie hier den Bus wechseln mußten. Es waren schöne Menschen, sauber und mit strahlenden Gesichtern; sie fragte sich flüchtig, ob sie vielleicht noch gar nichts über die Unruhen gehört hatten. Hätte Stenham näher bei ihr gesessen, sie hätte ihn danach gefragt, aber obwohl sie auf derselben Bank saßen, waren sie durch drei Frauen voneinander getrennt. Er saß am linken Ende, sie am äußersten rechten, bei dem glaslosen Fenster.

Und Amar, der rätselhafte Bursche, hatte einen Freund mitgebracht oder – sie hätte darauf schwören können – einen Feind, nach seinem Gesichtsausdruck zu urteilen, als der andere sich ihm auf dem Fußweg neben dem Bus näherte. Sie stand in der Nähe und zweifelte nicht daran, daß sie eine Grimasse des Unwillens oder von etwas noch Schlimmerem bemerkte, als Amar sich umwandte, um zu sehen, wer ihm auf die Schulter klopfte. Warum hatte er daraufhin Stenham aufgesucht und seine Erlaubnis eingeholt, den Neuankömmling zum Mitfahren einzuladen? Sie wußte es nicht, aber sie hatte nichts gegen seine Anwesenheit: er war wohlerzogen, höflich und bedeutend sauberer als Amar (dessen Kleider in einem scheußlichen Zustand waren), und er sprach fließend französisch. Es war den beiden Jungen gelungen, hinten im Bus einen schmalen Sitz zu ergattern; als sie sich zum letzten Mal umgesehen hatte, schienen sie sich freundlich zu unterhalten.

Die Spätnachmittagssonne erleuchtete die Landschaft. Es war charakteristisch für die marokkanischen Bergstraßen, daß sie sehr selten durch ein Dorf kamen; man konnte die Dörfer sehen, hingekauert an den Hängen ferner Seitentäler oder wie ein Hahnenkamm auf dem Grat einer Klippe stehend oder dünn über den festen Rücken niedrigerer Berge ausgebreitet. Immer trennte sie ein Tal von der Straße. Trotz der Hitze war die Luft beißend vom Geruch der Bergpflanzen, und ihre Trockenheit war nach dem Dunst der überall gegenwärtigen Flußwasser in Fez eine Stärkung für die Nase. Sooft der Bus ein Gehölz passierte, ertönte von beiden Seiten der Straße das durchdringende Gezirpe der Grillen. Eine Kurve, eine Böschung von rötlichem Lehm, das Schwingen und Rasseln des Fahrgestells, das ununterbrochene Geräusch des erhitzten, im zweiten Gang ächzenden Motors, ein graugrüner Kaktus vorn am Rand des Abgrundes, eine Kurve, hundert Meilen granitene Berggipfel gegen den Emaillehimmel, das explosionsartige Umschalten der Gänge, das veränderte Geräusch, das wechselnde Tempo, ein im Schlaf schluchzendes Baby irgendwo hinter ihr im Bus, eine Kurve, eine wilde Schlucht ganz unten, aus deren Tiefen schon die Dämmerung aufstieg. Und an einem Abhang, noch glühend im ruhigen Sonnenlicht, ein Hain uralter Olivenbäume, ihre großen, knorrigen Stämme wie erstarrt in der Gebärde eines längst vergessenen, feierlichen Tanzes. Sie erinnerte sich, was Stenham ihr vor der Abfahrt gesagt hatte: Sie würden durch ein Gebiet kommen, wo der Pan-Kult noch lebendig war und seine Riten mit Flöten, Trommeln und Masken noch befolgt wurden. Sie hatte es weder geglaubt noch bezweifelt; es war ihr ziemlich unwahrscheinlich vorgekommen. Aber als sie jetzt hinausblickte, schien es ohne besonderen Grund durchaus glaubhaft. Zu diesem wilden Land paßten solche Ungereimtheiten sehr gut.

Erstaunlich fand sie, daß diese Menschen einen so sauberen Eindruck machten. Nicht nur, daß ihre Körper und ihre Kleider sauber zu sein schienen (im Bus roch es wie nach Wäsche, die in der Sonne trocknete); auch der Ausdruck ihrer Gesichter, die Ausstrahlung ihres ganzen Daseins trugen dazu bei; sie mußte an die Reinheit von Bergbächen, von unberührten Landschaften denken. Sie beschloß, mit Stenham über keine ihrer Reaktionen zu sprechen; denn er würde daraufhin analysierende Bemerkungen machen, die, falsch oder richtig, sie schließlich nur in Wut brächten.

Gestern nachmittag in dem Café hatte er zum Beispiel gesagt: »Der Verstand ist der Kuppler der Seele.« Sie wollte nicht wissen, was er meinte, aber natürlich hatte er weitergeredet und erklärt, daß der Verstand die Seele dauernd mit Wissen verführe, während die Seele nur ihre eigene Weisheit brauche. Sie sagte sich, es sei nur möglich, diesen Ausflug zu genießen, wenn sie sich auf keine Diskussion mit ihm einließe; ja, sie dürfte nicht einmal über das reden, was vor ihren Augen war, vielleicht von einem Ausruf abgesehen, wenn er angebracht schien. Sie wußte, daß sich das wenigstens zum Teil als undurchführbar herausstellen würde; aber wenn sie durchhielt, würde er vielleicht doch ihre Absicht merken und sich danach richten.

Sie hielten an der Quelle, um Wasser nachzufüllen. Durch den plötzlichen Stillstand und die nur von gelegentlichem Murmeln unterbrochene Ruhe (denn die meisten Fahrgäste waren schon lange eingeschlafen) wurde ihr etwas übel; wenn nur der Bus weiterführe! Einige Leute wollten aussteigen, aber der Fahrer, der am Steuer sitzen geblieben war, während sein Gehilfe den Kühler mit Wasser füllte, protestierte. Stenham beugte sich vor, sah über die drei schlafenden weißen Bündel zwischen ihnen hinweg und sagte: »Es ist eine große Erleichterung, hier oben zu sein, nicht wahr?«

»Es ist wundervoll!« stimmte sie zu, überrascht von der unnatürlich aufrichtigen Begeisterung in ihrer Stimme. Es sang in ihren Ohren, und sie war von der Höhe ein wenig schwindlig. Aber jetzt, nachdem die Tür zugeschlagen worden war und das beruhigende Geräusch und die Bewegung wieder eingesetzt hatten, wußte sie, warum es eine Erleichterung bedeutete. Es war nicht nur die reine Luft und die langsam zunehmende Kühle; vielmehr war es das Bewußtsein, von dem unbestimmten düsteren Gefühl der Erwartung und Furcht losgekommen zu sein, in dem sie die letzten zwei Tage gelebt hatte. Diese beiden Tage waren endlos gewesen. Die Stadt war zwar die ganze Zeit vor ihren Augen gewesen, und sie hatte am Fenster stehen und sie Dach für Dach genau betrachten können, aber sie hätte genausogut unsichtbar sein können wie eine Schlange, lauernd im Busch verborgen. Im Augenblick wollte sie Fez nie wiedersehen. Es war aber außerordentlich wichtig, Stenham das nicht merken zu lassen; wenn er ihre Gefühle erriet, würde er Kapital daraus schlagen und über ihre Unfähigkeit spotten, die äußeren Begleiterscheinungen des von ihr befürworteten sozialen Umschwungs zu ertragen. »Aha«, würde er triumphierend sagen, »jetzt ahnen sie endlich, was dieses Handwerk der Zerstörung des Glaubens bedeutet.« Und das würde sie nur streitsüchtig machen und sie zu schlechtgelaunten Einwänden reizen, statt daß sie ihm einfach sagte, obwohl ihr jede Einzelheit des Übergangs zuwider sei, wünsche sie ihn trotzdem von ganzem Herzen, da er Leben bedeute, während, falls der Umschwung nicht erfolge, nur Verfall und Tod zu erwarten seien. Sie mußte also sehr vorsichtig sein, und wenn sie es nicht verhindern konnte, daß er neuen Glanz gesunder Frische in ihren Augen bemerkte, würde sie ihm sagen, Fez sei feuchter gewesen, als sie geahnt habe, denn jetzt, nachdem sie es verlassen habe, sei ihr Stirnhöhlenkatarrh völlig verschwunden.

Zuerst schlummerte sie, als taste sie den ersten Rand des Nichtseins entlang; dann rutschte sie aus und fiel in den Abgrund des Schlafes. Die frühe Nacht kam, blau, aber nicht dunkel, unter dem klaren Himmel. Der Bus war in eine Seitenstraße eingebogen und steuerte am Rande eines steilen Abgrundes entlang. Nur der Fahrer und sein Gehilfe wußten, welcher Geschicklichkeit es bedurfte, den alten Klapperkasten auf Kurs zu halten, fern von dem Graben auf der einen Seite und eine sichere Handbreit vom Abgrund auf der anderen. Stenham sah weit voraus, tief unten bogen ein paar Scheinwerfer um eine Kurve, und er dachte: Das wird einige Beunruhigung geben, wenn der Wagen hier ist; einer von uns muß zurücksetzen. Aber der andere Wagen kam nie, und er stellte fest, daß er vor ihnen fuhr, ein anderer Bus mit Pilgern wahrscheinlich.

Unten am Fuß des Hanges angekommen, kreuzten sie einen rauschenden Strom und fuhren in einer anderen Richtung über eine Ebene. Es war wärmer hier, und sie wirbelten Staubwolken auf, die durch die Bodenbretter drangen und die Leute zum Niesen reizten. Dann ging es wieder bergauf, diesmal auf einem so schlechten Weg, daß mehrere Schlafende von ihren Sitzen rollten. Lee war erwacht und hielt sich an der Vorderbank fest. Er sah ihren Blick und grinste. Sie schüttelte den Kopf, sah aber nicht unglücklich aus. Das Dutzend Männer auf dem Oberdeck des Busses fing an, wild gegen das Metalldach zu hämmern. Er dachte zuerst, vielleicht sei jemand heruntergefallen, aber dann hörte er sie singen, und das Hämmern ging in den Rhythmus über.

Die verrückte Fahrt bergauf mit ihrem unglaublichen Stoßen und Schwanken dauerte nahezu eine Stunde. Dann kam vor ihnen etwas in Sicht, das wie eine Stadt rosiger Lichter aussah. Einen Augenblick später hielt der Bus an. Die Stadt bestand aus mehreren tausend zeltartigen Unterkünften, aus Laken und Decken zwischen den Bäumen des riesigen Olivenhaines an den Hängen zweier Hügel improvisiert, und auf jedes Stück Tuch warfen die innen brennenden Feuer ihre Schatten. Das sahen sie noch vom Bus aus. Im Wirrwarr des Aussteigens – denn jeder Fahrgast hatte unzählige Bündel mit Nahrungsmitteln und Kochutensilien, abgesehen von den zwischen den Bündeln munter herumlaufenden Kindern und Hühnern – vergaßen sie es, und erst etwa eine Stunde später, als sie aus dem Hohlweg herauskamen, in dem die Lastwagen und Busse abgestellt waren, und sich alle vier auf einen Baumstamm setzten, um den Mond aufsteigen zu sehen, machte Stenham eine Bemerkung über den eigenartigen Anblick des Platzes.

»Es ist wunderbar«, antwortete sie mit leiser Stimme, hoffend, daß er nicht mehr sagen werde. Er schien verstanden zu haben, da er mit zwei Jungen zu sprechen anfing und sie ihren Gedanken überließ. Ja, es war wundervoll: die Schatten und Flammen und die großen Kreise, in denen Hunderte von Männern Arm in Arm tanzten, und die Trommelorchester, die wie riesige Maschinen den Takt hämmerten. Aber es war nur ein wundervolles Schauspiel, es hatte keinerlei Sinn. Daran, sagte sie sich, müsse sie immer denken, da sie fühlte, daß der Platz eine unbestimmbare, aber wirkliche Gefahr in sich barg. Es hatte keinerlei Sinn, konnte niemals einen Sinn für Polly Burroughs haben. Dazu hätte sie zurückgehen müssen, zurück, sie wußte nicht wieviel tausend Jahre, aber weit genug zurück, daß es irgendeine Wahrheit für sie hätte enthüllen können. Wenn sie überhaupt religiös war, so bestand ihre Religion darin, ihren Überzeugungen treu zu bleiben; und eine der grundlegenden Überzeugungen, auf denen ihr Leben beruhte, war die Gewißheit, daß niemand jemals zurückgehen durfte. Alles Leben war im Zustand der Entwicklung, ein Begriff, der für sie nur eine einzige Bedeutung hatte: eine sich dehnende, eine endlose Reise vom Unbestimmten zum Genauen, vom Einfachen zum Komplizierten und endlich von der Finsternis zum Licht. Was sie hier heute nacht von oben sah, dieses gewaltige Panorama menschlicher Wesen, noch ungeformt und unbewußt, schweißgebadet, stampfend und schreiend, in den Staub fallend, sich windend in krampfhaften Zuckungen, keuchend: dies alles gehörte zweifellos der Finsternis an und mußte ihr deshalb fern bleiben, fern wie sie ihm. Es gab kein Zaudern und keine Vermittlung. Da unten war vor ihr ein Stück Ur-Nacht ausgebreitet, und sie war hier oben und beobachtete es, sich klar bewußt, wer sie war, und sehr darauf bedacht, so zu bleiben, entschlossen, nichts geschehen zu lassen, was sie auch nur für einen Augenblick ihre Identität vergessen ließ.

Als die Zeit vorschritt, fühlte sie, daß Stenham unruhig wurde, aber es war ihr nicht in den Sinn gekommen, er könne hungrig sein, bis er plötzlich aufstand und erklärte, er werde jetzt hinuntergehen und sehen, was man an den Buden zu essen kaufen könne. »Möchten Sie irgend etwas Besonderes?« fragte er sie. Sie antwortete, sie sei nicht sehr hungrig. »Ich werde etwas bringen. *Nimchiou?* Wollen wir gehen?« sagte er zu Amar gewandt; der sprang auf.

Als sie mit dem anderen Jungen allein war, fragte sie ihn nach seinem Namen. »Mohammed«, antwortete er, geschmeichelt durch die Frage, besonders aber, weil sie ›Sie‹ gesagt hatte statt ›Du‹. »Und kennen Sie Amar schon lange?« – *»Oui«*, sagte er etwas unbestimmt, als sei das von keinerlei Interesse. Für eine Weile schwiegen sie. Dann fragte er sie, wohin ihr Mann gegangen sei: Sie lachte und fühlte darauf eine Welle der Mißbilligung von ihm ausgehen. Sie beugte sich zu ihm und sah im Mondlicht sein strenges junges Gesicht; sie wurde sofort sehr ernst und beging einen noch größeren Fehler, indem sie ihm sagte, Stenham sei nur ein Freund. »Ein sehr alter Freund«, fügte sie hinzu, in der Hoffnung, dies werde sie vielleicht vor der größten Schande bewahren. Aber anscheinend war es in seinen Augen kein mildernder Umstand, denn er brummte nur, und gleich darauf brach er entrüstet aus: »Wenn er nicht Ihr Mann ist, hätten Sie nicht mit ihm hierherkommen sollen. Wo ist Ihr Mann?«

»Er ist tot«, sagte sie ihm, da sie nicht wußte, wie die Mohammedaner über Scheidung dachten.

»Wann ist er gestorben?« wollte er wissen. Jetzt begann sie wild zu improvisieren. Er war im Krieg gefallen und hatte sie mit drei Kindern zurückgelassen. (Sie wußte, daß sie es guthießen, wenn eine Frau soviel Kinder wie möglich zur Welt brachte.) Aber auch das sagte ihm nicht zu; er meinte offensichtlich, sie sollte bei ihnen sein und nicht mit einem fremden Mann. »Dies ist ein heiliger Ort, verstehen Sie«, belehrte er sie; seine Worte waren ein Vorwurf und eine Warnung. *»Ah, oui, je sais«*, sagte sie leise.

Die Musik und das Tanzen gingen weiter; es mußte mindestens vierundzwanzig Stunden dauern, hatte Stenham ihr erzählt. Manchmal verwandelte sich der Gesang in dem einen oder anderen Kreis in wildes rhythmisches Schreien, aus hundert Kehlen im selben Bruchteil einer Sekunde hervorbrechend, mit einer Genauigkeit, die dem Ton eine außerordentliche Dichte gab. Sie saß da und horchte auf das sinnlose Getöse, wie man in ein Bassin mit Krokodilen sieht, sie war vor allem dankbar, daß sie hier war und nicht Stenham zu den andauernd dicht umdrängten Lebensmittelständen begleitet hatte. Er schien schon seit einer Stunde fort zu sein; sie konnte nicht verstehen, warum der Einkauf von ein wenig Essen so lange dauerte. In dem Zelt, neben dem sie und der schweigende Mohammed saßen, waren die Flammen ungewöhnlich hell. Frauenlachen ertönte hinter den sich leicht bewegenden Wänden, und ein paar Schritte hügelaufwärts stampfte ein angebundenes Pferd den Boden. Der Rauch der zahllosen Feuer von Zweigen der immergrünen Lebensbäume kräuselte sich träge empor, schlug manchmal plötzlich wieder herunter und überzog den Hügel mit einem Vorhang, wenn eine Brise kam. Dann zog der Vorhang über die letzten Feuer, hinaus in das verlassene Land, zerstreute sich und formte wieder gelegentliche Spiralen. Jeder Turban, Esel und Olivenzweig war kristallklar in dem starken Mondlicht. (Sie hätte bestimmt eine Zeitung lesen können, sogar das Kleingedruckte.) Das Mondlicht war hart; es schien alle Elemente der Landschaft in eine einzige Substanz zu verwandeln, die nicht blau, nicht schwarz, nicht grün, nicht weiß, sondern eine neue Farbe hatte, deren tausend Abstufungen die Essenzen aller dieser Farben enthielten. Und überall in dieser durch das harte Licht von oben besänftigten Welt brannten die Feuer und wirkten röter, als Feuer gemeinhin aussieht.

Aus dem Schatten neben ihr erschien Stenham und schreckte sie auf. Eine Sekunde später war Amar hinter ihm.

»Haben Sie etwas bekommen?« fragte sie.

»Ja. Zwei Dutzend Bratspieße mit Lammstückchen. *Shish kebab.* Amar hat alles. Tut mir leid, daß es so lange gedauert hat. Das Gedränge war furchtbar.«

Sie setzten sich und aßen, die beiden Marokkaner an einem Ende des Baumstammes, die Amerikaner am anderen. Das Fleisch hatte einen merkwürdigen Geschmack, nicht nach scharfen Gewürzen, sondern nach Kräutern. »Das Wasser können wir nicht trinken«, sagte Stenham, »wir müssen hinuntergehen und später in einem der Cafés Tee trinken.«

Sie war überrascht, daß es hier Cafés gab, aber sie hatte den Mund voll und schwieg. Gleich darauf sagte sie lachend: »Es scheint, daß ich von Rechts wegen Ihre Frau sein sollte. Mohammed findet es unanständig, daß ich hier bin – eine Frau, die zu niemandem gehört.«

»Das ist richtig«, stimmte er zu. »Sehr unanständig. Wenn Sie niemandem angehören, kann das nur bedeuten, daß Sie allen und jedem gehören können. Sie hätten ihm das nicht erzählen sollen.«

»Das hätte wohl nicht viel geholfen. Amar weiß bestimmt, daß wir nicht verheiratet sind.«

»Oh, Amar! Er ist anders.«

Sie nahm einen anderen Bratspieß. »Das fühle ich, ohne genau zu wissen, wo der Unterschied liegt.«

»In allem, in allem«, sagte Stenham abwesend.

»Und überhaupt«, fuhr sie wieder mit freundlicherer

Stimme fort, »Sie haben doch sicher schon eine Frau in irgendeinem Teil der Welt?«

»Ja, ich habe eine Frau.« Er lachte kurz auf. »In welchem Teil der Welt sie ist, kann ich Ihnen allerdings nicht sagen. Das letzte, was ich hörte, kam aus Brasilien. Aber das war schon vor einiger Zeit.«

»Wenn ich Ihre Frau wäre und Sie so oberflächlich von mir reden hörte, würde ich Sie umbringen, glaube ich. Vorausgesetzt natürlich, ich wäre – und Sie würden. Wenn, wenn.«

»Meine liebe Lee«, sagte er mit spöttischer Höflichkeit, »diese zwei ›Wenn‹ schließen einander gegenseitig aus. Aber was meine wirkliche Frau betrifft – ich hätte fast laut ihren Namen gesagt und riskiert, Sidi Bou Chta in einer Rauchwolke verschwinden zu sehen –, sie weiß verdammt gut, wie ich über sie rede, und wenn sie mich erwähnt, ist es noch bedeutend schlimmer. Sie kann mich nicht leiden, das kann ich Ihnen versichern.«

»Ich weiß nicht, wen ich bedauern soll, Sie oder Ihre Frau? Wie ist sie? Nicht, daß eine Beschreibung durch Sie gerade ...«

Er schnitt ihr ziemlich grob das Wort ab, wie sie fand, und sagte: »Hier sind noch zwei Spieße. Wollen Sie einen? Die beiden Jungen haben zusammen sechzehn gegessen, ich habe gezählt.«

»Nein, ich möchte nicht mehr, ich habe genug.«

»Na, dann werde ich die beiden essen, wenn Sie nichts dagegen haben. Ich habe kein Mittagessen gehabt. Und dann wollen wir hinuntergehen, Tee trinken und uns etwas ansehen. Es ist großartig.«

»Gut«, sagte sie, stand auf und nahm sich vor, freundlich zu sein; selbst wenn es sehr schwierig sein würde, war es schließlich befriedigender, als jeden Augenblick zu widersprechen. Sie wollte möglichst viele wertvolle Erinnerungn nach Paris mitnehmen und kannte sich gut genug, um zu wissen, daß ihre Aufnahmefähigkeit litt, wenn sie allzu widerspenstig war.

Als sie über im Schatten der Olivenbäume verborgene

Steine und Büsche den Hügel hinuntergestolpert waren, blieben sie zuerst am Rande des nächsten Zuschauerrings stehen und drängten sich dann langsam bis zu einer Stelle durch, von wo sie die Tänzer sehen konnten. Gut hundert Männer in weißer *djellaba* und Turban nahmen daran teil; sie sprangen auf und nieder und sangen atemlos. Wie die Bewegungen von Pferden, dachte sie. Manchmal stampften sie die Erde mit einer Art feuriger Würde; dann wieder beugten sie sich erst nach der einen, dann nach der anderen Seite und wirkten dabei wie schwere Arbeitspferde, die unsichtbare Lasten zogen. »Wie seltsam«, sagte sie zu Stenham, denn sie hatte nie vorher etwas Ähnliches gesehen oder sich auch nur vorgestellt. Sie konnte sein Gesicht nicht sehen, aber er schob sie wortlos weiter nach vorn, stellte Amar links und Mohammed rechts von ihr auf und stand unmittelbar hinter ihr. Diese Besorgtheit ärgerte sie: Sie fühlte sich wie ein vor Dieben bewachtes Stück Eigentum. Und, schlimmer noch, sie vermutete ein höchstwahrscheinlich unbewußtes Manöver, ihre Reaktionen auf das, was sie sah, zu beeinflussen – sozusagen den Versuch zu einer Art magnetischer Kontrolle. Und außerdem stand ein ungewöhnlich großer Mann unmittelbar vor ihr. Sie ging weiter nach vorn, der Mann machte höflich Platz und ließ sie in die erste Reihe unmittelbar an den Kreis der Tänzer herantreten. Jetzt sah sie, daß der Kreis eigentlich ein Oval war; an einem Ende des umschlossenen Platzes brannte ein gewaltiges Feuer, dessen Flammen bis zur Höhe ihres Gesichtes schlugen, und am anderen Ende saßen in einem kleineren Kreis etwa ein Dutzend trommelnde Männer. Kein übles Schauspiel, sagte sie sich befriedigt und fing an, sich für die Bewegungen des Tanzes zu interessieren. Manchmal sah sie sich um, ob Stenham und die Jungen noch da waren. Einmal winkte Amar ihr strahlend zu.

Bald darauf fühlte sie etwas Eigenartiges in sich vorgehen. Es kam ihr vor, als lebte sie der Zeit voraus. Angefangen hatte es, wie sie annahm, als sie mit Mohammed zusammensaß. Von außen her den merkwürdigen Vorgang betrachtend, kam sie zu dem Schluß, daß niemand je zuvor sie so ihre

Unerwünschtheit hatte fühlen lassen. Sie sah sich wieder in dem scheußlichen kleinen *Hôtel des Ambassades* in Fez ihr Gepäck von dem Stenhams aussortieren und allein in einem Taxi zum Bahnhof fahren (als ob da jetzt Züge gingen, dachte sie mit einem plötzlichen, etwas verzerrten Lächeln). Sie saß im Zug, mit der letzten Nummer der TIMES und des Pariser HERALD im Schoß; sie war auf der Algecirasfähre und sah, wie die grauen klobigen Berge der afrikanischen Küste langsam in der Ferne verschwanden; sie aß Krabben unter dem Sonnendach eines Strandcafés, während die zwischen den Tischen sich hindurchdrängenden Zeitungsjungen sie anstießen; sie saß mit den Stuarts bei *Horcher* in Madrid und erinnerte sich an ihre Marokkoreise als an einen Schatz, der um so reicher war, je mehr er verborgen war; nur hier und da war eine Einzelheit enthüllt – gerade genug, um die Fülle unter der Oberfläche ahnen zu lassen. »Ich habe euch so viel zu erzählen, aber ich weiß nicht, wo anfangen. Ich bin ganz durcheinander.« – »Sei nicht so albern, Polly. Ich kenne niemanden, der klarer denken und besser erzählen kann.«

Das ununterbrochene Trommeln war eine unwillkommene Mahnung an das Bestehen einer anderen, völlig selbständigen Welt, mit ihren eigenen Bedürfnissen und Formen. Die Botschaft, die die Trommeln immer wieder hämmerten, war an sie gerichtet; sie besagte nicht geradezu, daß sie nicht existiere, aber daß es eigentlich gar nicht darauf ankäme, ob sie existiere oder nicht, daß ihr Vorhandensein keine Bedeutung für den Rest des Kosmos habe. Es war ein Gefühl, das sie plötzlich vor Furcht erstarren ließ. Die Frage, ob sie von Bedeutung sei, hatte es nie gegeben; es war selbstverständlich, daß es auf sie ankam, weil sie sich selbst wichtig war. Aber auf welchen Teil von ihr kam es ihr an?

Sie nahm eine Zigarette heraus und zündete sie mit einer ungeduldigen Geste an. Unvernünftigerweise glaubte sie, alles, was das Fest zu bieten habe, schon gesehen zu haben. Wenn ein Mann in Verzückung geriet, seine Brust schlug und sich während seines Anfalls Hände voll Haare ausriß, wie es jetzt vor ihren Augen geschah, so war das genauso, als ob es zwanzig täten, einer nach dem anderen oder alle zusammen. Es konnte keine Steigerung geben: Sie weigerte sich, dem hypnotischen Anschlag zu erliegen. Wenn alle Teilnehmer dieses Kreises springender Gestalten hier besessen wurden, ihre Seelen herausrissen und in der Mitte auf einen Haufen warfen – das taten sie jetzt, sie wußte es –, so daß da nur noch eine nicht zu unterscheidende, sich windende Masse lag und niemand sicher war, am Ende seine eigene Seele wiederzubekommen – was ihnen außerdem gleichgültig war –, dann hatte sie auch das gesehen und brauchte nicht zu einer anderen Gruppe zu gehen, um dasselbe noch einmal zu erleben, mit etwas verändertem Trommelrhythmus und dem Zusatz von Oboen und gelegentlichem Gewehrfeuer. Aber Stenham würde natürlich erliegen, davon war sie überzeugt; er hatte bestimmt nie an Widerstand gedacht. Er ließ sich von seiner Begeisterung für die *Idee* in einen Bereich reißen, dessen Atmosphäre zu dünn für die Vernunft war und wo also alles miteinander vermengt wurde – ein Zustand falscher Ekstase, falsch, weil künstlich. Deshalb wollte sie nichts damit zu tun haben, betonte sie sich selbst gegenüber; sie wollte keine gefälschten Gefühle.

Der Feuerschein vor ihrem Gesicht – die langen weißen Gewänder der kauernden und springenden Männer, in deren Falten sich das Rot fing –, die von rechts und links herandrängende Dunkelheit! Aber es war keine Dunkelheit; das Dunkel hat keinen Atem und keine Hände. »Mr. Stenham?« rief sie, nach hinten sehend, vorbei an den bärtigen Gesichtern, den eng gewundenen Turbanen, den glänzenden schwarzen Augen und den breitgezogenen Mündern mit ihrem affenartigen, erstarrten Lächeln, das keines war und Reihen weißer Zähne bloßlegte (»wilde Tiere«), die Köpfe hocherhoben, um über andere hinwegzusehen, und Panik begann von allen Seiten auf sie einzudringen. »Mr. Stenham!« Sie stand jetzt mit dem Rücken zum Feuer, ihr Blick schweifte über Reihen gespannter Gesichter und suchte verzweifelt nach dem helleren Gesicht. »Unsinn«, sagte sie laut, entsetzt, daß die Panik sie so leicht überfallen konnte.

Es war einfach nicht möglich, sie kannte sich zu gut. Aber sie hatte das Gefühl, ihre Knie seien aus Papier. Sie wandte sich um und rief nochmals seinen Namen in das Getöse, es war, als wenn man einen Kieselstein gegen eine heransausende Lokomotive warf. Und dann plötzlich sah sie ihn zwischen zwei sich aufbäumenden, herumwirbelnden Gestalten. Er war ganz herum auf die andere Seite des Kreises gegangen. Sie explodierte vor Wut; sie konnte ihre Hitze unter der Haut ihrer Kehle fühlen, auf ihren Wangen und auf der Stirn. Aber jetzt wußte sie wenigstens, wo er war, sie wandte sich um und bahnte sich ihren Weg nach außen, bis sie frei gehen konnte. Nach dem grellen Licht des Feuers war es hier dunkel, und sie rannte blindlings gegen mehrere erstaunte Gestalten, bis sie wieder sehen konnte.

»Das war ein unangenehmes Erlebnis«, dachte sie, um sich selbst einzureden, es sei vorüber. Nachdem sie sich zu der Stelle durchgearbeitet hatte, wo sie Stenham gesehen zu haben glaubte, brauchte sie noch eine ganze Weile, bis sie ihn gefunden hatte. Dann blieb sie hinter ihm stehen und nahm alle Kraft zusammen, um ihre Selbstbeherrschung wiederzugewinnen. Zu diesem Zweck versuchte sie wieder in den Strom der Phantasie zu tauchen, in dem sie vor einer Weile geschwommen war; aber es war zwecklos: Die nüchternen dunklen Räume des *Horcher* waren nicht wieder zum Leben zu erwecken. Sie hätte sich genausogut um die hängenden Gärten von Babylon bemühen können. Der Weg hatte sie ein wenig beruhigt, und um nicht auch noch den Trost dieser geringen Selbstbeherrschung einzubüßen, beschloß sie, mit ihm zu sprechen. Sie rief, so laut sie es wagte, seinen Namen, und erstaunlicherweise hörte er sie und drehte sich um. Sie lächelte jetzt und versuchte so natürlich wie möglich auszusehen. Langsam seinen Weg durch die gebannten Zuschauer bahnend, kam er zu ihr nach hinten. »Von hier aus ist es besser«, bemerkte er. »Ja«, sagte sie; dann, nachdem sie ihrer Meinung nach genügend lange gewartet hatte, schlug sie vor, zu gehen und Tee zu trinken. »Aber natürlich!« stimmte er zu. »Amar! Mohammed!« rief er. Sie erschienen von verschiedenen Seiten, und zusammen wanderten alle vier weg vom Licht in die Dunkelheit.

Das Café bestand aus einigen auf dem unebenen Boden ausgebreiteten Matten, eingezäunt von mit Draht zusammengehaltenen Bündeln grüner Zweige. Lange Stangen waren an beliebigen Stellen in den Boden getrieben und Decken an ihren Zipfeln ganz aufs Geratewohl aufgehängt. Nahe dem Eingang hinter einem kleinen, aus Steinen errichteten Tisch hockten der *qaouaji* und seine Gehilfen, im übrigen Raum saßen ziemlich viele Männer und rauchten. Selbst bei der Mittelstange war das hängende Dach nicht hoch genug, um darunter zu stehen; sie mußten mit tiefgebeugten Köpfen weitergehen.

Nachdem sie sich auf der Matte niedergelassen und Tee bekommen hatten, sagte sie zu Stenham: »Ich glaubte eine Zeitlang, ich hätte sie verloren.«

»Aber nein«, sagte er leichthin. »Ich habe Sie im Auge behalten, ich wußte genau, wo Sie waren.«

»Oh, tatsächlich!« Sie wollte ihn fragen, warum er auf die andere Seite gegangen sei und sie allein gelassen habe, aber sie fürchtete, sie könne nicht davon anfangen, ohne die Beherrschung zu verlieren.

»Dieses Café wird jedenfalls unser Hauptquartier werden«, fuhr er fort. »Hier können wir uns immer wieder finden. Wenn wir schlafen wollen, werden sie alle Leute aus diesem Ende hier entfernen, und wir werden allein sein. Der *qaouaji* scheint in Ordnung.«

Nach dem Tee schlug Stenham vor, wieder hinauszugehen. Amar und Mohammed standen schon draußen vor dem Eingang. »Warum gehen Sie nicht, und ich bleibe hier und ruhe mich aus«, sagte sie. »Kommen Sie in einer halben Stunde oder so zurück, dann fühle ich mich vielleicht wieder so, um mit Ihnen zu gehen. Ich bin ein bißchen müde.« Aber in Wirklichkeit meinte sie: Bleib eine Weile mit mir hier, und sie dachte, er würde ihre Worte auch sicher so verstehen.

»Aber Sie können doch nicht allein bleiben?« rief er aus. »Ich möchte Sie hier nicht sich selbst überlassen.«

»Warum nicht?« fragte sie mürrisch. »Hier kann ich wenigstens nicht verlorengehen.«

»Ich bin in ein paar Minuten zurück.« Seine Stimme klang unsicher. »Soll ich Ihnen noch einen Tee bestellen, ehe ich gehe?«

»Nein, danke. Ich werde einen bestellen, wenn ich will.«

Er sah sie sonderbar an. »Also, bis gleich.« Dann beugte er sich und sagte ein paar Worte zu dem *qaouaji*. Als er gegangen war, zählte sie langsam bis zehn, dann sprang sie auf und stieß mit dem Kopf gegen die Decken, an die sie nicht mehr gedacht hatte. Sie ging schnell durch das Café und die Öffnung hinaus und wandte sich in die entgegengesetzte Richtung, die Stenham eingeschlagen hatte. Der Wind hatte zugenommen. Sie sah einen Augenblick zurück, um sich den Platz einzuprägen; die Form des Olivenbaumes über dem Café war nicht zu verkennen. Dann wanderte sie in einem Aufruhr von Wut und Mitleid mit sich selbst den Hügel hinauf, erst achtlos und dann gleichgültig gegen die Männer, die sie anstarrten.

Die Frauen kochten in den Zelten die Abend-*tajine*; der Geruch des heißen Olivenöls vermischte sich mit dem Holzrauch. Sie stieg weiter und sagte sich, dies alles hätte sie voraussehen müssen, es war ihre eigene Schuld, hierherzukommen, da sie von Anfang an wußte, daß er ein egoistischer Tölpel war. Ihr erster Eindruck war richtig. »Ich werde nicht fahren«, hatte sie gesagt, und dann hatte ihr Zorn auf die Franzosen ihren scharfen Verstand abgestumpft.

Hier oben waren die Zelte spärlicher zwischen den Bäumen verstreut, und weiter hinauf war nichts mehr als leere Landschaft. Die Trommeln tönten noch von unten herauf, aber im aufkommenden Wind mischte sich das Rascheln der Olivenbäume hinein. Ein Hund bellte in der Ferne; der schrille Ton klang wie das hysterische Gelächter einer Frau. Als sie das letzte Zelt hinter sich gelassen hatte und sein Licht nicht mehr sichtbar war, stand sie still, ein bißchen ernüchtert durch die Einsamkeit, und lehnte sich an einen tiefgeschwungenen Ast. Die Stärke des Windes nahm mit jeder Minute zu. Sie war außer Atem und hätte sich gern niedergesetzt, aber Erinnerungen an Skorpion- und Schlangengeschichten hielten sie ab, und sie blieb stehen und atmete die reine, über den Hügel auf sie zuströmende Luft ein. Es war ein merkwürdiger Wind, fühlte sie; er wehte, als sei er entschlossen, auch nicht eine Sekunde nachzulassen. Er war überhaupt nicht wie ein Wind, sondern wie die Brise eines riesigen, feststehenden Ventilators oder wie ein ständig zunehmender gewaltiger Strom von Zugluft. Das Geräusch in den Bäumen war wie das Rauschen des Meeres oder ein sich nähernder Sturm. Sie sah instinktiv zum Himmel auf: Oben stand der ruhige, kalt brennende Mond, keine einzige Wolke. Aber das war es: das meerähnliche Geräusch da draußen am Berg war ein noch ferner Sturmwind, ein toller, nächtlicher Sturm auf dem Weg hierher. Sie lauschte auf einen Laut von den Festlichkeiten hinter ihr, konnte aber nichts hören. Doch sie wußte, sie brauchte nur über den kleinen Hügel hinter dem dicken Baumstamm zu gehen, um die im rosigen Licht flackernden Wände des letzten Zeltes zu sehen.

Als der Wind mit voller Kraft begann, breitete sie die Arme aus, ließ sich gegen den Baum drücken und atmete so tief, daß ihr schwindlig wurde und sie sich hätte setzen müssen, wäre sie nicht durch den Wind an den Stamm gefesselt gewesen. Er hatte einen erregenden Geruch, einen Geruch wie das Leben selbst, dachte sie; aber einen Augenblick später erinnerte er sie an sonnendurchglühte Felsen und entlegene Plätze im Wald. Dann nahm er mächtig zu, und sie beschloß zurückzugehen. Ein paar Atemzüge mehr, sagte sie, und füllte ihre Lungen damit, ein- und ausatmend, ein und aus.

Ihr Kopf schwamm. Windstöße brausten die blanken Bahnen entlang, die sie über den Himmel gezogen hatten, und warfen sich gegen die Bergwand. In Spiralen aufwärtstanzender Staub und dürre Pflanzenteilchen trafen ihr Gesicht. Vorsichtig setzte sie sich auf den Boden und lehnte sich gegen den Baum. Sie fühlte sich vorübergehend krank, aber viel glücklicher. Der Wind brauste; irgend etwas berührte ihre Schulter. Sie sah auf und hielt den Atem an, im ersten Augenblick erschrocken, erleichtert im nächsten und gleich darauf verärgert. Es war Stenham, er beugte sich schweigend über sie und war im Begriff, sich neben sie hinzukauern. Sie machte eine letzte Kraftanstrengung und stand dann auf.

»Hallo«, sagte sie wie ein schuldbewußtes Kind, aber nur weil er kein Wort sagte. Jetzt fing er an zu sprechen. »Was soll das?« Seine Stimme klang ärgerlich.

»Was das soll?« fragte sie und spuckte den Staub aus, den sie geschluckt hatte.

Er griff ihren Arm. »Kommen Sie«, sagte er und versuchte, sie fortzuziehen.

»Halt. Warten Sie.« Sie war nicht bereit, den Hügel zu verlassen.

»Wie sind Sie hier heraufgekommen?«

»Ich bin gegangen. Würden Sie mich vielleicht loslassen?«

»Aber bitte. Mit dem größten Vergnügen.«

»Müssen Sie auch noch beleidigend werden?«

»Was ist mit Ihnen los?« Wieder ergriff er ungeduldig ihren Arm.

»Bitte. Ich kann sehr gut gehen. Lassen Sie mich los!«

»Nun gut, verdammt noch mal, fallen Sie doch hin, wenn Sie das absolut wollen.«

Es war wie ein Befehl: Sie stolperte gegen einen Felsblock, wollte weitergehen und sank zu Boden. Er ließ sich neben ihr nieder und suchte erfolglos sie zu trösten: »Wo tut es denn weh?« und »Es tut mir schrecklich leid« und »Ich habe das Gefühl, es war meine Schuld«, was sie mit einer stummen, verneinenden Geste beantwortete, die er wahrscheinlich anders auslegte. »Glauben Sie, Sie können gehen?« forschte er. Sie sagte nichts: Sie wollte nur gegen den Schmerz ankämpfen. Wenn sie auch nur einen Augenblick nachgab, würde sie in Tränen ausbrechen, und das konnte nicht sein, durfte nicht sein. Aber nachdem er sich, hilflos dasitzend, an ihr Schweigen gewöhnt und sie beobachtet hatte, rückte er wieder näher, legte einen Arm um sie und streichelte versuchsweise ihre Schulter. Das war nicht, was sie wollte. Sie erschauerte und stöhnte einmal unhörbar auf. Dann, als sie so in dieser lächerlichen Haltung hockten, versuchte er, sie an sich zu ziehen.

Das mußte unter allen Umständen verhindert werden, sagte sie sich, selbst auf die Gefahr hin, daß er sie weinen sähe, was sicherlich geschehen würde, wenn sie sich bewegte oder sprach. Und überhaupt, dachte sie, als sie seine Hände sanft auf ihrer Haut entlanggleiten fühlte (als ob sie selbst ein Baum wäre, und seine Hände wären die Ranken einer Schmarotzerpflanze) – was war das für ein Mann, der in so schreiend unfairer Weise diese Gelegenheit ausnützte? Wie konnte sie sich mit diesen Schmerzen gegen solch ein ungerechtes Vorgehen verteidigen? Die Tränen begannen zu fließen; es hatte nur dieser letzten Erwägung bedurft, sie auszulösen. Sie schluchzte und stieß mit all ihrer Kraft seine Hände weg.

Sie war frei, aber jetzt war sie in der Gewalt der Tränen, und die Scham, daß er sie so sah, im Mondlicht und in dem rasenden Sturm, verstärkten den Strom der Tränen. Sie begann, ihn zu hassen; wenn sie die Kraft gehabt hätte, hätte sie sich auf ihn gestürzt und ihn zu töten versucht. Aber am Boden hingekauert, weinend, ihren Knöchel pressend und reibend, rührte sie sich nicht. Was für ein Dummkopf du bist! Was für ein Dummkopf du bist! hörte sie ihre eigene Stimme dauernd in ihrem Kopf wiederholen und wußte nicht, ob sie es zu ihm oder zu sich selbst sagte. Er war aufgestanden und stand jetzt etwas abseits und sah auf sie herunter. Nach einer ganzen Weile stand sie langsam auf und humpelte mit seiner Hilfe (jetzt, da sie ihn haßte, war es gleichgültig) den ganzen schmerzhaften Weg zurück in das Café.

Und dann saß sie in dem Rauch und in der Düsternis mit dem Lärm der Stimmen und mit der Musik ringsum und begann, die nächsten Stunden in ihrer eigenen Hölle zu leben. Stenham saß in der Nähe und brach sein Schweigen nur ab und zu, um ein paar Worte zu den beiden recht mürrisch und verdrießlich aussehenden Jungen zu sagen. Einmal ertappte sie sich bei dem Gedanken: Gott sei Dank ist da oben nichts passiert, und ärgerte sich dann wütend darüber; es stand überhaupt außer Frage. Aber sie vermochte Stenham nicht anzusehen. Sie verbrachte die Zeit damit, ihren Knöchel zu massieren und wild zu rauchen; zwar erwog sie nicht die Einzelheiten ihrer Rache, aber sie bestärkte sich in dem Entschluß, sich zu rächen, so oder so. Um Mitternacht, als der Schmerz etwas nachgelassen hatte und sie sich erschöpft und etwas schläfrig zu fühlen begann, vielleicht durch den über dem Zelt lagernden *Kif*-Rauch, wandte er sich zu ihr und sagte: »Der Wind hat sich gelegt.« Einen Augenblick lang antwortete sie nicht, dann sagte sie: »Ja.« Das war alles. Daraufhin fing er an, lange und ernst mit den beiden Jungen Arabisch zu reden. Erst einige Zeit später sprach er zu ihr, seine Stimme klang begeistert, fast bebend, als hätte er für den Augenblick den Zustand der Feindseligkeit zwischen ihnen völlig vergessen. »Dieser Junge lebt in einer völlig unverdorbenen Welt«, rief er aus. »Verstehen Sie das?« Er konnte anscheinend ihre gemurmelte Antwort nicht verstehen. »Was haben Sie gesagt?« fragte er.

»Ich kann das nicht beurteilen, habe ich gesagt«, antwortete sie mit erhobener Stimme. Sie wußte nicht, ob die Welt, die Amar sich vorstellte, sich noch in ihrem ursprünglichen Zustand oder schon in vorgeschrittener Zersetzung befand; sie vermutete das letztere, aber es interessierte sie augenblicklich kaum. Sie dachte an sich und ihre schlechte Behandlung; sie fühlte sich gedemütigt und glaubte, Stenham triumphiere und bilde sich ein, einen Sieg über sie errungen zu haben. Im Augenblick sah sie ihr marokkanisches Abenteuer als einen schauderhaften Fehlschlag und fand, daß sie unerklärlich, aber entscheidend versagt habe.

An das Unwichtigste zurückdenkend, da sie in ihrem gegenwärtigen Zustand mit anderem nicht fertig werden konnte, sagte sie sich, ihr erstes Zusammentreffen hätte ihr zeigen müssen, daß er kein Mann sei, den sie jemals näher kennenlernen wolle, da er nicht die mindeste physische Anziehung für sie habe. Das hatte sie in der ersten Sekunde gefühlt. Sie wußte immer sofort, wer für sie geeignet oder ungeeignet war, und Stenham hatte sofort zu der zweiten Kategorie gehört: Er hatte die Probe nicht bestanden. (Diese bestand darin, sich einen Mann morgens schlafend im Bett vorzustellen; ließ sich der Gedanke an seinen trägen, sich räkelnden Körper im verwühlten Bett ohne Widerwillen ertragen, dann wußte sie, er war eine Möglichkeit, sonst war er einfach nichts für sie.) Die Probe hatte sich immer als richtig erwiesen, und sie hatte es jedesmal vermieden, den Versagern zu nahe zu kommen, gerade um einer Situation wie jetzt zu entgehen. Aber ihre Schwäche und Unbedachtsamkeit in diesem Fall waren auch nicht die geringste Entschuldigung für sein Benehmen, und sie würde, wenn die Stunde der Abrechnung kam, ihre eigenen Fehler überhaupt nicht einkalkulieren.

Sie schlief ein, erwachte, schlief wieder ein und wachte wieder auf, um immer dieselbe ewige Unterhaltung zu hören: Stenham, Amar und der andere Junge, dessen Stimme nur manchmal wie die eines Conférenciers dazwischen zu hören war, mit dem Chor der Teetrinker und *Kif*-Raucher im Hintergrund. Der morgige Tag drohte in jeder Hinsicht unerträglich zu werden; sie dachte voll Furcht an sein Durcheinander und seine Endlosigkeit. Aber sie würde mit dem ersten Bus oder Lastwagen fliehen, der Sidi Bou Chta verließ, selbst wenn sie ein oder zwei Tage in dem schmutzigen Zimmer im *Hôtel des Ambassades* bleiben müßte.

Später wieder erwachte sie, und alle drei waren gegangen. Um so besser, dachte sie grimmig. Das Getrommel und der Lärm hielten immer noch an, womöglich sogar stärker, und Schüsse wurden in kurzen Abständen in die Luft abgefeuert. In ein, zwei Stunden mußte es hell werden; der Tag von Aïd el Kebir würde anbrechen, und die bereits geschliffenen Messer würden nochmals sorgfältig mit dem Daumen auf ihre Schärfe geprüft, für die vormittägliche Opferstunde.

28

Sie lagen auf den Matten ausgestreckt, Stenham, Amar und Mohammed, und waren in eine mindestens schon zwei Stunden dauernde Diskussion verwickelt. Für Stenham ging es dabei um Religion, und Amar schien zufrieden zu sein, daß es dabei blieb. Mohammed aber meinte unentwegt, dem Gespräch eine politische Wendung geben zu müssen; man hätte geradezu sagen können, er war unfähig, die beiden Dinge auseinanderzuhalten. Für ihn war Religion eine gesellschaftliche Einrichtung, und ihre Bräuche waren Sache der Regierung. Stenham ärgerte sich über die Dickköpfigkeit des Jungen; er fragte sich, warum Amar ihn mitgenommen hatte.

Die meisten Männer, die nicht mehr schliefen, waren jetzt hinausgegangen, um zu beten und den neuen Tag zu begrüßen. Einige plauderten noch, der Rest schlief. Auf diesem Boden zu liegen, dachte Stenham, war dasselbe, wie auf einem verhungerten Klepper zu sitzen; er drehte sich von einer Seite auf die andere, alles war unbequem. Überall auf der glatten Matte schienen Steine zu sein. Lee bewegte sich endlich nicht mehr. Lange Zeit hatte sie im Halbschlaf gelegen und sich von einer Seite zur anderen gewälzt. Die beiden Jungens waren erschrocken, als sie, auf Stenhams Arm gestützt, hereingehumpelt kam, aber sie hatte sie so feindselig angesehen, daß der Ausdruck ihres Mitgefühls auf ihren Lippen starb. Als die Zeit verstrich und sie absichtlich mit niemandem sprach, bemerkte Amar zu Stenham, die Dame sei unglücklich. »Natürlich, sie hat Schmerzen«, antwortete Stenham. »Nein, ich meine, sie ist immer unglücklich. Sie wird immer unglücklich im Kopf sein, diese Dame.« – »Warum?« fragte Stenham amüsiert. »Weißt du auch warum?« – »Natürlich weiß ich, warum«, antwortete Amar zuversichtlich, »weil sie nichts von der Welt weiß.«

Diese Antwort schien Stenham so sinnlos, daß er das Gespräch beendete. Aber während der langen Diskussion, die ihm die erste wirkliche Gelegenheit gegeben hatte, etwas tiefer in Amars Verstand einzudringen, war er immer wieder von dem untrüglichen Unterscheidungsvermögen des Jungen zwischen Wichtigem und Nebensächlichem betroffen. Diese Fähigkeit hatte nichts mit Scharfsinn zu tun, sie zog ihre Kraft eher aus ungewöhnlich starken, widerstandslos tätigen moralischen Überzeugungen. Es war ungewöhnlich, bei einem Erwachsenen auf diese natürliche Weisheit zu stoßen, aber es war unglaublich bei einem kaum dem Kindesalter entwachsenen, des Lesens und Schreibens unkundigen Wesen. Er saß da und beobachtete Amars Gesichtsausdruck, der beim Sprechen wechselte; er hatte ein wenig das Gefühl eines Goldsuchers, der nach einer ausgedehnten Pechsträhne plötzlich den ersten Goldklumpen vor sich sieht. Und er staunte, wie geheimnisvoll die Zusammenhänge der Welt waren, daß eine sentimentale Kleinigkeit wie eine mit dem Wasser kämpfende Libelle – etwas jeder denkbaren Auslegung des mohammedanischen Dogmas völlig Fremdes – in ihm, wenn auch unbewußt, die Ahnung der Existenz verborgener Schätze hatte erwecken können.

Als es ruhig geworden war, sagte er zu Amar: »Also, die Dame weiß nichts von der Welt? Wie kommst du darauf?«

»*Hada echouf.* Man kann sehen, sie möchte etwas Großes in der Welt tun. Sie glaubt, sie kann es, aber nur weil sie sich niemals unterworfen hat.«

»Unterworfen? Wie meinst du das?«

»Was ist die erste Pflicht für jeden Menschen auf der Welt? Sich zu unterwerfen. *Al Islam! Al Islam!*« Er streckte die Arme aus – der Schmutz der Medina von seinem Zusammenstoß mit der Polizei war noch an seinen Ärmeln – und beugte in einer Geste der Unterwerfung den Kopf. Dann erdachte er eine Reihe von Beispielen, in denen die Betroffenen sich der göttlichen Autorität unterwarfen oder nicht. In jedem Beispiel sah sich der Verdammte – das heißt der Unglückliche – als eine wichtige Persönlichkeit, während die Gesegneten und Fröhlichen begriffen hatten, daß sie nichts waren, daß ihre ganze Kraft direkt von dem Gehorsamsgrad vor den unerbittlichen Gesetzen ihres Allahs abhing.

Um glücklich zu sein, laß ab vom Mühen und gib deine Ohnmacht zu! Islam, die Religion der Unterwerfung. Es war Stenham niemals zum Bewußtsein gekommen, daß das Wort ›Islam‹ tatsächlich ›Unterwerfung‹ bedeutete. »Ich verstehe«, sagt er laut.

»Jeder Mann auf der Straße hält sein Leben für wichtig«, fuhr Amar fort, sich an seinem Thema begeisternd, denn sein eigenes Leben schien ihm noch äußerst wichtig, »und er möchte nicht sterben. Aber Allah hat bestimmt, daß jeder sein Leben lassen muß. *O allèche?* Warum? Um die Menschen von der Wertlosigkeit des Lebens zu überzeugen. Keines Menschen Leben hat den geringsten Wert. Es ist wie der Wind.« Er blies seinen Atem in die Luft und griff mit der ausgestreckten Hand danach.

»Einen Augenblick«, sagte Stenham, »du sagst –«

Aber Amar wartete nicht. »Warum sind wir auf der Welt?« fragte er.

Stenham lächelte. »Ich glaube, das weiß ich nicht.«

»Sie wissen nicht, warum?« fragte Amar traurig.

»Nein.«

Mohammed gähnte auffallend. »Ich werde es euch sagen«, fiel er ein. »Um die ganze Nacht zu reden, während wirkliche Männer erschossen werden!«

Stenham glaubte, einen Augenblick lang einen schmerzlichen Schatten über Amars Gesicht huschen zu sehen, dann fuhr dieser fort: »Wir sind nur auf dieser Welt, um auszuführen, was für uns geschrieben steht. Der Mann mit einem schlechten Schicksal ist glücklich, denn er hat nur zu danken. Aber der Mann, dessen Schicksal gut ist – ach, das ist viel schwieriger, denn wenn er nicht ein außerordentlich guter Mensch ist, wird er sich bald einbilden, er habe ein Verdienst an seinem Glück. Verstehen Sie?«

»Ja, aber vielleicht hatte er wirklich ein Verdienst daran.« (Bei solchen Auseinandersetzungen ertappte sich Stenham oft unerwarteterweise bei der Lobpreisung bürgerlicher Tugenden.) »Wenn er gut war und hart arbeitete –«

»Niemals!« rief Amar mit flackernden Augen. »Sie sind ein Nazarener, ein Christ. Deshalb reden Sie so. Wenn Sie Moslem wären und so etwas sagten, würden Sie auf der Stelle getötet oder mit Blindheit geschlagen. Christen sind gutherzig, aber sie wissen überhaupt nichts. Sie glauben, sie könnten ändern, was geschrieben steht. Sie fürchten sich vor dem Tod, weil sie nicht wissen, was sterben heißt. Und wenn man Furcht vor dem Tod hat, weiß man nicht, wofür man lebt. Wie kann man dann leben?«

»Ich weiß nicht, ich weiß nicht, ich weiß nicht«, brummte Stenham freundlich. »Und ich glaube, ich werde es niemals wissen.«

»Und an dem Tag, da Sie es wissen, werden Sie zu mir kommen und sagen, Sie möchten Mohammedaner werden, und dann werden wir ein großes Fest veranstalten, denn ein bekehrter Christ ist wertvoller für Allah als ein Mohammedaner, der immer einer war.«

Stenham seufzte. »Ich danke dir«, sagte er. Er bedankte sich immer, wenn sie diesen Punkt erreichten, da es als ein Freundschaftsbeweis galt, das Gespräch auf das Thema Bekehrung zu bringen. »Eines Tages, so hoffe ich, wird das der Fall sein.«

»Incha'Allah.«

Stenham, der das Gespräch plötzlich beenden wollte, schlug vor: »Wir wollen gehen und dem Tanz zusehen.« Das schien ihm am besten, da der Lärm der Trommeln und des Gesangs so laut war, daß man sich, erst einmal im Zuschauerkreis, nicht mehr unterhalten konnte. Die Jungen sprangen auf und schlüpften in ihre Sandalen. Stenham erhob sich, streckte sich, sah rasch zu Lee hin, um sich zu vergewissern, daß sie schlief, nahm seine Schuhe in die Hand und ging auf Zehenspitzen zur Zeltöffnung. »*Nimchi o nji* – ich komme wieder«, sagte er zu dem *qaouaji*.

Es war die kälteste Stunde der Nacht. Der Mond war hinter den Bergen im Westen verschwunden, aber ein Teil des Himmels war noch hell, und das weiter entfernt liegende Land lag noch in seinem Schimmer. Die beiden Jungen stampften mit den Füßen und warfen die Beine in einem improvisierten Tanzschritt, der sie schneller vorwärtsbrachte, als Stenham gehen konnte. Als sie ein gutes Stück voraus waren, sah er, wie Mohammed schnell zurücksah, seine Hand auf Amars Schulter legte und ihm ein paar Worte ins Ohr raunte. Er beobachtete Amar, konnte aber keine Reaktion bei ihm feststellen. Immerhin antwortete er kurz. Als sie einen stärker begangenen Kreuzweg erreichten, blieben sie stehen, bis Stenham nachkam. Er sah sich um und suchte am östlichen Himmel nach einem Zeichen des Tagesanbruchs, aber es war noch nicht soweit.

Was haben sie vor? dachte er etwas beunruhigt. Er konnte sich nicht vorstellen, daß Amar sich an einer Tücke gegen ihn beteiligen würde, aber Mohammed war natürlich eine unbekannte Größe, wahrscheinlich ein typischer *harami* aus Fez, und er kannte seinen Einfluß auf den anderen nicht.

Es war, als versuche die Nacht in ihrem Todeskampf mit einer letzten verzweifelten Anstrengung ihr Recht geltend zu machen und möglichst viel Dunkelheit zu verbreiten. Die Feuer und Flammen in den meisten Kreisen waren erloschen, und der Lärm der Trommeln schien aus dem Dunkel viel lauter zu kommen. Hier unten in dem Einschnitt zwischen den zwei Hügeln fühlte man die Kühle der Luft sehr stark; die Vorübergehenden hatten die Kapuzen ihrer *djellabas* übergezogen, so daß über den Hauptweg eine düstere Mönchsprozession zu ziehen schien. Die schwelenden Feuer verursachten viel mehr Rauch als die Flammen; man hörte ständiges Husten.

Seitdem er das letzte Mal diesen Weg gekommen war, hatten sich mehrere kleinere Kreise gebildet. Was in ihnen vor sich ging oder warum die Zuschauer sich hier drängten, war schwer festzustellen. In einem stand eine Frau, fast ganz von ihrem langen Haar eingehüllt, völlig reglos und klagte in einem leisen, rhythmischen Stöhnen; manchmal schien sie unmerklich zu zittern, aber Stenham wußte es nicht genau. In einem anderen war ein alter Neger, weit vornüber gebeugt, die Brust auf eine in den Boden getriebene Stange gelehnt. Neben ihm stand ein irdener Kohlentopf, von dem ein widerlicher Rauch träge aufstieg. »Was ist das?« flüsterte

Stenham abgestoßen. »*Fasoukh.* Sehr gut«, erzählte ihm Amar, »wenn man das im Schuh trägt, ist man gefeit, auch wenn etwas an einem Haus- oder Caféeingang vergraben ist!« – »Aber warum verbrennen sie es?« forschte er weiter. »Dies ist eine schlimme Stunde«, sagte Amar.

Er sah den alten Mann an und fand ihn irgendwie anstößig. »Was tut er?« flüsterte er. »Er versucht sich zu erinnern«, wisperte Amar zurück. Die Augenlider des Mannes waren halboffen, aber seine Pupillen waren ganz verdreht, und von Zeit zu Zeit bewegten sich seine uralten, weichen Lippen sehr sanft, um ein Wort zu formen, das nie zustande kam; statt dessen bildete sich langsam eine Blase von Speichel und zerplatzte. In der ersten Zuschauerreihe saß ein anderer sehr schwarzer Mann in einer Jacke und mit einem dicht mit weißen Kaurimuscheln benähten Käppchen. Sein ganzes Interesse galt den Tönen einer flachen Trommel, die er langsam schlug; er horchte voll Anspannung mit geschlossenen Augen, den Kopf zur Seite geneigt. *»Nimchiou«*, murmelte Stenham, darauf bedacht, dem unglaublichen Geruch des Qualms aus dem Kohlentopf zu entkommen. Ein süß duftendes Harz war in der Masse, aber auch der fettige Geruch von verbranntem Haar; die Mischung machte es so widerlich. Als sie schon ziemlich weit entfernt waren, schienen die Schleimhäute seiner Kehle und Nase noch mit dem klebrigen Rauch belegt. Er spuckte heftig aus. »Sie mögen *fasoukh* nicht«, warf ihm Amar vor. »Dann sind Sie von einem bösen Geist besessen. Nein! Bei Allah!« rief er, als Stenham lachend protestierte. »Das ist wahr, ich schwöre es.« – »Gut«, sagte Stenham. »Ein *djinn* wohnt in mir.«

Sie kamen zu einem anderen kleinen Kreis. Zwei Mädchen drehten sich schweigend stetig in der Runde, Kopf und Schultern waren mit Tüchern verhüllt. Es war keine Grazie in ihren Bewegungen, keine Musik begleitete sie. Es war, als hätten zwei Kinder sich in den Kopf gesetzt zu sehen, wie oft sie sich drehen könnten, ehe sie umfielen, und die Leute sahen aus lauter Langeweile zu. »Was ist das«, fragte Stenham. *»Zouamel»*, sagte Amar sanft. Es waren also gar keine Mädchen; sie waren nur als Mädchen verkleidet.

Sie gingen zu dem flacheren Teil des Tales zurück, wo die größeren Gruppen waren. Durch die Vorführungen war Stenham etwas übel geworden. Die Verbindung von Sinnlosigkeit und Häßlichkeit verdroß ihn. Diese kleinen Kreise regungsloser Menschen hatte entschieden etwas Abstoßendes. Es war nicht die Frau mit den langen Haaren, nicht der alte Neger, und bestimmt waren es nicht die Zuschauer; es war das gedankenlose Betrachten dessen, was seiner Meinung nach der größten Geheimhaltung bedurfte; und das war so beunruhigend. Die Welt schien plötzlich sehr klein, kalt und still geworden.

Amar hob den Arm und deutete nach oben. »Der Tag kommt«, sagte er.

Stenham konnte kein Licht am Himmel erblicken, aber Amar blieb dabei. Sie zwängten sich in den, wie es schien, größten Kreis. In der Mitte, im Licht des verlöschenden Feuers, stand eine weißgekleidete Frau und sang. Und der Chor der Männer umschloß sie mit untergehakten Armen und beantwortete das Ende jeder Strophe mit einem Schrei wie ein gewaltiger Wassersturz, der aber wie durch ein Wunder musikalisch immer genau auf demselben langgezogenen Ton endete und zum ersten Ton der nächsten Strophe überleitete. In diesem Augenblick sah es immer so aus, als würden sie sich auf sie stürzen und sie erdrücken. Mit vorgebeugten Köpfen stießen sie wie angreifende Bullen drei lange Schritte vor, so daß der nach innen weichende Kreis der Zuschauer sehr klein wurde; dann, während die Frau sich wie eine Statue auf einem kreisenden Piedestal langsam drehte, fingen sie sich wieder und zogen sich zurück. Die Wiederholung und das Ungestüm des Tanzes gaben ihm einen priesterlichen Charakter. Der Gesang der Frau hätte auch der Ruf von einem Bergwanderer zum anderen auf einem entfernten Gipfel sein können. In bestimmten langen Noten, außerhalb jedes Zeitmaßes, da der Rhythmus unterbrochen war, lag die unermeßliche Melancholie der Dämmerung in den Bergen. Er redete sich ein, es sei ein wunderschöner Gesang, beschloß, stehenzubleiben und seinen Zauber auf sich wirken zu lassen. Es war sinnlos, von dieser Musik zu sagen: da sie sich immer wiederhole und man wisse, was als nächstes kam, brauche man nicht zu Ende zu hören. Man mußte sie ganz hören, um zu wissen, welche Wirkung sie ausüben konnte. Es konnte zehn Minuten oder eine Stunde dauern, aber jedes Urteil vor dem Ende der Musik war wahrscheinlich falsch. Und so stand er da, mit ungewöhnlichen, halbgeformten Gedanken beschäftigt.

Für Augenblicke ermöglichte ihm die Musik, in sein Inneres zu schauen und den dunklen Fleck zu sehen, der das Ewige war; so wenigstens erklärte er sich die Empfindung. *Cogito, ergo sum* ist Unsinn. Ich denke, *obwohl* ich bin – ich *bin*, obwohl ich denke.

Langsam starb die um ihr Fortdauern kämpfende Dunkelheit, und das Licht kam, grau zuerst und widerwärtig, und dann plötzlich, sobald der Himmel voll da war, schön und neu; und die Menschen begannen, einander verstohlen anzublicken, um zu sehen, wer neben ihnen stand, und die einsame Gestalt in der Mitte wurde zu einem wirklichen Weib und blieb dennoch unwirklich, weil sie mehr war als eine vom Feuerschein gerötete Maske. Und während all dies geschah und das Dröhnen der Trommeln nachließ, da viele Trommler die Veränderung, den Tagesanbruch, plötzlich bemerkten und von ihren Trommeln abließen, begann ein neuer fremdartiger Ton von allen Seiten den Morgen zu grüßen. Es klang wie das Krähen der Hähne, aber es waren die Stimmen der abertausend Schafe in den Zelten ringsum, die einander riefen und den Tag begrüßten, an dem sie für den Ruhm Allahs sterben würden.

Das Schauspiel war vorüber, obwohl es kein Ende zu haben schien, denn das Trommeln ging in den Pausen planlos weiter, bis ein neues Stück begann und alles wieder mit sich riß, zurück in den Strom. Die Frau ging schweigend durch den Kreis der Männer und verschwand. Stenham sah zu Amar hin, schaute weg und sah ihn dann nochmals genau an. Kein Zweifel: Seine Wangen waren naß von Tränen. Er beobachtete von der Seite, wie sich der Junge seiner Umgebung bewußt wurde, sich das Gesicht mit dem Ärmel rieb, wie sein Ausdruck hart wurde; dann sah er schnell und feindlich zu Mohammed hin, um sich zu versichern, daß sein Weichwerden nicht bemerkt worden war, und spuckte hörbar hinter sich auf den Boden.

Stenham seufzte. Sogar hier galt die unausgesprochene Konvention: von Schönheit ergriffen werden ist beschämend; man hatte dagegen anzukämpfen, man mußte sich dem entziehen. Anfangs waren die Marokkaner eine objektive Kraft für ihn gewesen, dauernd und felsenhaft. Alle zusammen ergaben ein Etwas, einen Urstoff, der zugleich weniger und mehr als menschlich war, aber jeder allein existierte nur als ein anonymer Teil oder als erkennbares Symbol dieses unteilbaren, ununterscheidbaren Ganzen. Sie waren etwas so Elementares wie Sonne und Wind, keinen vom Spiegel des Verstandes hervorgerufenen Launen oder Antrieben unterworfen. Sie wußten nicht, daß sie da waren; sie waren einfach da, im Einklang mit dem Sein. Nichts konnte sich aus dem Wunsch eines Einzelnen ergeben, da jeder dem andern gleich war. Was immer sie waren und was immer geschah, war stets der Wunsch aller. Aber jetzt, vielleicht weil er diesen Jungen gesehen hatte, kamen ihm die ersten Zweifel an der Richtigkeit seiner ganzen Theorie.

Nicht weil das, was Amar sagte, sich von dem unterschieden hätte, was viele andere schon vor ihm gesagt hatten. Sondern wahrscheinlich deshalb, weil er es mit einem solchen Maß von Sicherheit sagte und so unberührt von der Gegenwart der anderen Kultur blieb, die ihn vernünftig und lähmend umgab. Stenham hatte es immer als selbstverständlich betrachtet, daß die Zweiteilung von Glauben und Verhalten die Basis der mohammedanischen Welt bildete. Es saß zu tief, um Heuchelei genannt zu werden; es war einfach Brauch. Sie sagten das eine und taten das andere. Sie versicherten ihr Festhalten am Islam in gut formulierten Sätzen, aber sie benahmen sich, als glaubten sie etwas ganz anderes, und so war es auch. Doch das unveränderte Glaubensbekenntnis war da, und für ihn war es dieser ewige Widerspruch, der sie zu Mohammedanern machte. Aber Amars Beziehung zu seiner Religion war bei weitem stärker: Er hielt es für möglich, die Glaubensregeln des Koran buchstäblich auszuüben. Er hatte die Gebote ständig bei der Hand und wandte sie bei jeder Gelegenheit, in jedem Augenblick an. Daß ein Mensch wie Amar aus dieser Gesellschaft hervorgegangen war, warf Stenhams Überlegungen um. Für Stenham entkräftete die Ausnahme die Regel, statt sie zu bestätigen: Wenn es einen Amar gab, konnte es noch mehr davon geben. Aber dann waren die Marokkaner doch nicht die bekannte Größe, für die er sie gehalten hatte, unerbittlich genormt von dem Druck ihres starren Gesellschaftssystems; sein ganzes System war demnach falsch, es war zu einfach und ließ keinen Raum für individuelle Abweichungen. In diesem Fall aber waren die Marokkaner so ziemlich wie alle anderen, und Wertvolles würde durch die Vernichtung ihrer gegenwärtigen Kultur kaum verlorengehen, da ihre Idee weniger wert war als die Summe der Individuen, die sie bildeten – genau wie in jedem westlichen Land. Er konnte sich aber nicht erlauben, das auch nur zu erwägen; es würde zuviel Kraft erfordern, von da weiterzudenken, und er hatte die ganze Nacht nicht geschlafen.

Jetzt mußte er zurückgehen und Lee sehen. Wenn ich sie recht kenne, dachte er, wird sie noch böse sein. Sie gehörte nicht zu den Menschen, die morgens aufwachen und vergessen wollen, was abends gewesen war. *»Yallah«*, sagte er barsch, und die beiden Jungens folgten ihm. Auf dem Rückweg zum Café wandte er sich um, um zu sehen, ob sie ihm folgten, und sah wieder Mohammed mit Amar tuscheln; das Verschwörerische des Gesprächs wurde durch ihr schnelles Auseinanderfahren bestätigt, als sie Stenham zurückblicken sahen. Er blieb stehen, bis sie herangekommen waren. Mohammed ging sofort langsamer, offenbar in der Hoffnung, er würde weitergehen, aber er wartete. Amar erreichte ihn zuerst, sein Gesicht hatte einen entschlossenen Ausdruck. Ehe Stenham noch sprechen konnte, sagte er: »M'sieu! Mohammed und ich wollen nach Fez zurück.«

Stenham war erleichtert, daß Amar gesprochen hatte, und war über seine Bitte beunruhigt. »Oh«, sagte er. »Also darüber habt ihr die ganze Nacht geflüstert.«

»*Sa'a, sa'a.* Manchmal. Mohammed sagt, die Franzosen haben alle hierherkommen lassen, damit sie die Zurückgebliebenen leichter umbringen können.«

Mohammed, der sich denken konnte, wovon sie sprachen, hielt sich noch ungenierter abseits.

»Ich habe dich für gescheiter gehalten«, sagte Stenham verärgert zu Amar. »Wieviel Leute, glaubst du, sind hier aus Fez? Ungefähr fünfzig vielleicht. Wie können die anderen aus der Medina heraus- und hierherkommen, wenn alles geschlossen ist und an jedem Tor Soldaten stehen? Willst du mir das sagen?«

Amar antwortete nicht. Mohammed war endlich dicht herangekommen.

»Was soll das heißen, zurück nach Fez? Warum willst du fort?«

Mohammed versuchte betrübt auszusehen und fing an, eine Reihe nicht überzeugender Gründe aufzuzählen, warum sie an diesem Tag in Fez sein müßten und nicht in den Bergen. Stenham wollte zunächst jeden einzelnen Punkt beantworten und widerlegen, aber die Beweise nahmen an Zahl und Absurdität zu, er gab es auf und wurde ärgerlich. »Bitte, sag mir eins«, wollte er schließlich wissen. »Warum bist du gekommen?«

Die Frage machte Mohammed keine Schwierigkeiten. »Mein Freund hat mich aufgefordert.« Er zeigte auf Amar.

»Wenn du willst, kannst du zurückfahren. Es geht mich nichts an.«

»Die Fahrkarte.« Er sah Amar vorwurfsvoll an.

»Das alles geht mich nichts an. Ich werde dir keine Karte für den Omnibus kaufen. Ich habe euch beide hierher eingeladen, und ihr seid hier. Ich habe euch noch nicht eingeladen, nach Fez zurückzukehren. Wenn ich das tue, werde ich dir die Karte kaufen. Aber nicht heute. Ihr könnt von Glück sagen, daß ihr hier seid, weit weg von den Unruhen. Wenn ihr ein bißchen Verstand hättet, würdet ihr das beide einsehen.«

Während er sprach, beobachtete er Amar, dessen wechselnder Gesichtsausdruck ihn davon überzeugte, daß er mehr oder weniger Amars eigene Ansichten ausdrückte und daß nur Mohammed sich langweilte und zurück in die Stadt wollte. Mohammed war zweifellos ein Unruhestifter. Aber ohne Frage konnte er nicht allein zurückgeschickt werden: Er würde ohne Amar nicht fahren, noch würde Amar ihn allein gehen lassen. Das wäre ein schandbares Benehmen gewesen. Wenn Amar Mohammed nach Sidi Bou Chta eingeladen hatte, war Mohammed Amars Gast, und Amar war so lange verantwortlich für sein Wohlbefinden und seine Zufriedenheit. Mohammed wollte nun zurück nach Fez, also mußte Amar ihn nach Fez bringen.

»Wenn Amar dir die Fahrt zahlen will, in Ordnung.« Aber Amar blickte bekümmert drein, als er dies hörte. Jetzt bin ich dabei, der böse Christ zu werden, dachte Stenham. Sie müssen immer einen haben, und warum soll ich es nicht sein? Er setzte seinen Weg fort.

Lee saß in dem Café, rauchte und sah noch eigensinniger aus, als er erwartet hatte. »Guten Morgen«, sagte er heiter. »Guten Morgen«, antwortete sie schnell wie eine Maschine, ohne ihn anzusehen.

Eine Welle des Zorns erfaßte ihn; er wollte mit derselben vergnügten Herzlichkeit sagen: »Wie geht es dem Märtyrer heute morgen?«, aber er sagte natürlich nichts. Die beiden Jungen kamen herein, zogen ihre Sandalen aus, setzten sich und murmelten weiter miteinander. Dann erinnerte sich Amar an Lee, sah zu ihr herüber und sagte: *»Bonjour, Madame«*, und Mohammed tat das gleiche. Sie dankte etwas freundlicher.

Die meisten Männer in dem Café waren dieselben wie am Vorabend, aber es waren auch zwei, drei neue Gesichter darunter, auffallend, weil sie offenbar aus der Stadt kamen. Da er nichts anderes zu tun hatte, beobachtete er sie und verglich ihre städtischen Gebärden und ihr Benehmen mit der noblen Haltung des Landvolks. Verfall, Niedergang, sagte er sich. Sie haben alles verloren und nichts gewonnen. Die Franzosen hatten dem Ende eines Prozesses nur noch die letzten Pinselstriche hinzugefügt, der vor mindestens fünfhundert Jahren begonnen hatte. Ihre instinktiven moralischen Wünsche deckten sich mit den in ihrer Religion ausgedrückten Idealen, und doch konnten sie weder nach diesen tiefsten Trieben leben noch nach den Geboten der Religion, da die Gesellschaft mit dem Zwang der Tradition es verhinderte. Niemand konnte es sich erlauben, ehrlich zu sein oder großzügig oder barmherzig, weil jedermann allen anderen mißtraute; oft setzten sie mehr Vertrauen in einen Christen, den sie zum erstenmal sahen, als in einen ihnen seit Jahren bekannten Mohammedaner.

Zum Beispiel dieser verschlagene Fuchs da, dachte er, der mit dem schäbigen europäischen Anzug, den dicken Lippen, dem dichten Flaum auf dem Backen und dem Furunkel im Nacken, der so verstohlen mit dem riesigen Berg von einem Mann spricht, der einen silberbeschlagenen Dolch in der Scheide an seiner Hüfte trägt – was konnte so ein jämmerlicher Verkäufer aus den *souks* einem Mann, der wie ein gütiger König aussieht, Interessantes zu erzählen haben? Aus der Reaktion des Mannes zu schließen, etwas außerordentlich Wichtiges, denn seine Augen wurden langsam immer größer, und Bestürzung zeigte sich auf seinem Gesicht. Der Jüngere saß mit zusammengekniffenen Augen da, rieb mit der Hand sein unrasiertes Kinn, beugte sich noch näher heran und flüsterte eifrig.

Von einem plötzlichen Verdacht erfaßt, stand Stenham auf und verließ das Zelt. Aufs Geratewohl wählte er ein anderes Café, etwas hügelabwärts, ging hinein und bestellte trotz der auf ihn gerichteten mißtrauischen Blicke ein Glas Tee. Diese Blicke waren eine alte Sache, und er hatte sich daran gewöhnt. Das Café unterschied sich wenig von dem anderen, es war etwas größer und hatte einen zweiten Raum, eher symbolisch als wirklich: die Teilung war durch eine zwischen zwei Pfählen aufgehängte Matte markiert. Er hatte sich in dem größeren Raum niedergelassen, wo sehr wenig geschah: die Männer rauchten ihre Kifpfeifen und tranken Tee. Er stand bald auf und ging in den anderen Raum, wählte eine Ecke und setzte sich, um auf seinen Tee zu warten. Wieder erschien alles merkwürdig und unerwartet, nur noch auffallender als in dem andern Café; hier sprach ein bebrillter junger Mann aus der Stadt zu sechs bedeutend aussehenden Bauern und nicht nur zu einem. Bei seinem Erscheinen in dem kleinen Raum wurde es plötzlich still, und angesichts der offenen Feindseligkeit der Blicke fiel es ihm schwer, Gleichgültigkeit vorzutäuschen. Er beschloß, den unschuldigen Reisenden auf der Suche nach Lokalkolorit zu spielen; sie würden zwar nicht begreifen, was er spielte, aber es war die einzige Rolle, der er sicher war. Er lächelte sie alle etwas einfältig an und sagte: »*Good morning. Bon jour. Avez-vous kif? Kif foumer bong.*« Hoffentlich habe ich nicht zu dick aufgetragen, dachte er. Zwei der Männer fingen zu lächeln an, die anderen sahen verwirrt aus. Der Städter lächelte höhnisch und sagte verächtlich: »*Non, Monsieur, on n'a pas de kif.*« Dann drehte er sich ab und sprach zu den Bergbauern: »Wie hat dieses fremde Schwein seinen Weg nach Sidi Bou Chta gefunden? Sogar hier und beim Aïd muß man diese Hundesöhne sehen.« Einer der Männer lächelte philosophisch und bemerkte, im vergangenen Jahr seien drei Franzosen bei dem Moussem von Moulay Idris gewesen und hätten fotografiert. »Dies ist nicht einmal ein Franzose«, antwortete ihm der junge Mann entrüstet. »Es ist irgendein anderer Dreck aus England oder der Schweiz.« Wieder sah er Stenham einen Augenblick lang haßerfüllt an; dann wandte er sich mit einer endgültigen Bewegung ab und nahm seinen Monolog wieder auf, doch jetzt sehr leise, so daß Stenham nur manchmal ein einzelnes Wort oder einen Satz verstehen konnte. Der junge Mann vergaß das aber bald und erhob die Stimme wieder, so daß Stenham das meiste hören konnte. Als der Tee kam, trank er ihn so schnell wie möglich, ohne zuviel Aufmerksamkeit auf sich zu lenken, und ging nach einem ungeschickten Abschied. Er konnte unmöglich annehmen, daß ein, zwei junge Leute aus Fez hier heraufgekommen waren und zufällig ihren Freunden die letzten Ergebnisse von dort berichteten, aber er wollte sich das Vergnügen machen, es festzustellen und nicht bloß einen Verdacht zu haben. Er beschloß, ein halbes Dutzend andere Cafés zu besuchen, um zu sehen, in welchem Umfang die Kampagne geführt wurde. Falls ihn jemand nach seinem Begehren fragen sollte, würde er vorschützen, Amar zu suchen. Und so ging er in eines nach dem anderen, blickte zerstreut umher, sah die Gesichter genau an und zog sich wieder zurück.

Nur in einem Café fragte ihn der *qaouaji*, was er wolle. Der Ton des Mannes war unangenehm, und er nahm sich nicht die Zeit, sich genau umzusehen. In einem anderen Café zweifelte er: Der gesuchte Typ war nicht klar erkennbar. Aber in den anderen vier bestand nicht der geringste Zweifel. Die Istiqlal hatte eine ganze Abordnung heraufgeschickt, Fühlung aufzunehmen mit den *Sheikhs, Caïds* und anderen Standespersonen und sie von der Durchführung des Opfers abzuhalten. Außerdem verbreiteten sie die im allgemeinen vielleicht sogar wahre Geschichte, die Frauen und Mädchen in Fez würden systematisch von den zehntausenden eingeborenen Soldaten vergewaltigt, die die Franzosen in die Stadt gelassen hätten, Häuser und Läden würden geplündert, Männer und Jungen erschossen, und die Stadt brenne an allen Ecken und Enden. Das hatte er, während er auf seinen Tee wartete, in dem zweiten Café gehört, und die Mienen der Zuhörer waren überall die gleichen gewesen.

Er stand in der heißen Morgensonne, hörte den Chor der blökenden Schafe ringsum und führte, hungrig und müde, ein kleines Selbstgespräch. Nun, bist du jetzt zufrieden, oder mußt du noch weitere zehn Cafés aufsuchen? Nein, nicht nötig. Und jetzt, da du es weißt, was wirst du tun? Gar nichts, ich wollte es nur wissen. Du hast dir eingebildet, da sei noch irgendwo ein Ort unberührt. Bist du zufrieden?

Aber er wollte nicht in das Café zu den beiden Jungen zurück, er wollte nicht das Gefühl haben, als Richter vor ihnen zu stehen. Denn so absurd es auch klang, ein gewisses Schuldgefühl war unvermeidlich, wenn er an den Unterschied zwischen ihren kindischen Hoffnungen und seinen eigenen Erwartungen dachte, die er kaum formulieren konnte, da sie nichts als negativ waren. Er war dagegen, daß die Franzosen in Marokko waren, aber er wollte es auch nicht in den Händen der Nationalisten sehen. Er konnte keine Partei angreifen, denn die Kraft des Parteinehmens war in seinem Bewußtsein seit langem lahmgelegt, da er das vorgezogen hatte, was jede Möglichkeit einer Wahl ausschloß. Und das war wohl ein Glück, sagte er sich, denn so konnte er sich vielleicht von beiden Übeln fernhalten und das Übel selbst im Auge behalten.

Er blieb bei den Lebensmittelständen stehen und kaufte eine Scheibe Brot und ein paar Spieße mit Lammfleisch. Er aß im Gehen und wandte sich dem Hügel hinter der Anhöhe zu, auf der die Opferstätte errichtet war. Unaufhörlich bewegten sich Menschen hinauf zum heiligen Schrein und herunter, aber ihr Weg lag mehr zur Linken, der seine, wahrscheinlich von Ziegen ausgetretene, war weniger begangen. Denn das einzige Gebäude in der Gegend war das kleine, um das Grabmahl von Sidi Bou Chta errichtete *marabout*. Wenn keine Wallfahrten stattfanden, ereignete sich nichts, nur vereinzelt kamen Menschen, ihre Gelübde zu erfüllen, oder ein Schäfer zog zufällig mit seinen Ziegen durch die Gegend.

Oben vom Gipfel sah er auf das sonnige Bild hinab, die nackte, ockerfarbene Erde im Süden, die Gebirgszüge im Norden und vor ihm im Westen die graugrün bewachsenen Hänge und offenen Halden mit den vieltausend kleinen weißen Gestalten. Mochten sie sich auch bewegen, sie erschienen von dieser Höhe als winzige Punkte in der Landschaft; erst nach längerer Beobachtung überzeugte er sich, daß sie tatsächlich umhergingen. Er fühlte sich sehr fern hier in der wundervollen Morgensonne und überlegte beinahe, ob es nicht besser sei, von hier aus Zeuge des Opfers zu sein – es zu sehen, ohne dabeizusein. Es würde den Istiqlal-Agenten nie gelingen, all diese Menschen hier von der Schlachtung ihrer Schafe abzuhalten; aber das war auch gar nicht ihre Aufgabe. Es würde ihnen gerade gut genug gelingen, Verwirrung, Unsicherheit und Mißtrauen in die feierliche Handlung zu mengen, um die Menschen uneins zu machen und jedes Gefühl der Zufriedenheit über das wohlgeratene Opfer zu vernichten. Eine solche Zerstörung mußte sorgfältig vorbereitet werden und sich dann von selbst auswirken. Wenn die jungen Leute gescheit genug vorgingen, würden dieses Jahr viele Sidi Bou Chta verstimmt verlassen und viele nächstes Jahr nicht wiederkommen. Ein einziges Jahr ohne Opfer, und die Kette war zerrissen; das wußten die jungen Leute. Jede Änderung in ihrem Rhythmus verwirrte diese Menschen, denn ihr Leben bestand aus einer regelmäßigen Wiederholung; und ein vorgeschriebenes Ritual nicht einzuhalten hatte schreckliche psychologische Folgen. Sie fühlten sich nicht mehr unter Allahs Schutz, und wenn sie erst so weit kamen, war nicht mehr viel von Bedeutung für sie – sie taten, was man ihnen sagte. Er fragte sich, ob alle die jungen Istiqlal-Agenten in einem Autobus heraufgekommen waren. Falls das zutraf, dachte er, wäre es ein Segen gewesen, wenn er unterwegs über eine Klippe gestürzt wäre. Die Menschen hätten freudig Allahs Gebote ausgeführt, und das ganze Land ringsum hätte einem glücklichen Jahr entgegengeblickt. Ein kleiner Satz, den er einmal gelesen hatte, kam ihm in den Sinn: *Glücklich ist der Mann, der sich für glücklich hält.* Ja, dachte er, und wer diesen Glauben zu vernichten versucht, ist schlimmer als ein Mörder. Die unseligen kleinen Wichtigtuer waren die Geißel der Menschheit, der Aussatz dieser Erde. »Sie wagen es, hier zu sitzen und mir einzureden, daß sie glücklich sind«, hatte Lee mit selbstgerechtem Glanz in den Augen zu ihm gesagt. Sicher hatten die Intellektuellen, die die französische Revolution gemacht hatten, denselben Gesichtsausdruck wie die widerwärtigen jungen Leute der Istiqlal gehabt, wie die unmenschlichen Funktionäre der kommunistischen Partei in der ganzen Welt.

Im Munde eines jeden Menschen – er sei denn der tiefste – waren die Worte: »Alle Menschen sind gleich geschaffen!« ein Greuel, eine klare Aufforderung, die Rangordnungen der Natur zu vernichten. Aber selbst seine engsten Freunde lächelten, wenn er ihnen sagte, das sei einer der Gründe, warum die Welt von Jahr zu Jahr schlimmer werde, und meinten: »Sei vorsichtig, John, eines Tages wirst du noch völlig verschroben.« Die Lüge war schon zu fest in ihrem Gehirn verwurzelt, als daß sie noch daran zweifeln konnten. Obendrein war er nicht verpflichtet, die Welt zu retten, sagte er sich und legte sich zurück, um nur den Himmel zu sehen. Er wollte nur sich selbst retten. Und das reichte für ein ganzes Leben.

Hinter ihm im Osten war der Morgenwind aufgesprungen; er entführte die schwachen Trommelschläge von unten, und Stenham hörte nur sein leises Sausen in den Dornbüschen. Langsam fiel er in gedankenlose Träumerei, ein unbeschwerter Zustand, in dem nur noch der Unterschied zwischen der Sonnenhitze und dem kühlen Wind auf seiner Haut sein Bewußtsein ausfüllte. Sein letzter klarer Gedanke war, er werde noch viele solcher Morgenstunden irgendwo auf der Erde erleben, so hingestreckt unter dem Himmel, um über bedeutungslose Probleme nachzudenken.

29

Lange Zeit war Polly Burroughs im rauhen Flußbett ihrer Träume dahingetrieben, mit dem verschwommenen Gefühl, daß irgend etwas nicht stimmte, aber ohne zu erfassen, daß sie nur jammervoll unbequem lag und ihr Körper sich wegen des holprigen Bodens unter der Matte von einer gequälten Stellung in die andere wand. Allmählich erhob sich ihr Geist mühsam aus einer Wolke von Staub und arabischen Worten. Ein lautes Gelächter aus der Ecke des *qaouaji* weckte sie schließlich ganz, und sie setzte sich mit einem Ruck auf; ihr war, als müsse jeder Muskel ihres Körpers reißen. Ein paar Jungen sahen sie neugierig an; obwohl sie es sehnlich wünschte, wagte sie nicht sich zu dehnen. Sie tat sich selbst leid, auf dieses Vergnügen verzichten zu müssen; es wäre so wohltuend gewesen. Sie streckte aber ihre Arme aus, bewegte die Finger und gähnte verstohlen, und selbst das genügte, sie daran zu erinnern, daß sie einen Erfolg errungen hatte.

Der kurze Zeitraum zwischen zwei Abschnitten des Schlafs, in dem sie so hellwach gewesen war, schien ihr jetzt fast wie ein Traum. Der Junge war mit seinem Freund in das Zelt gekommen und hatte die Frechheit gehabt, sie zu wecken; in ihrem Ärger hatte sie ihn ganz klar in seinem wahren Licht gesehen. Ganz klar, weil sie zum ersten Mal verstand, was er für Stenham bedeutete. (Es war ihr nicht möglich festzustellen, was der Junge von sich selbst hielt, es interessierte sie aber auch nicht.) Sie saß da, für den Augenblick reglos vor Wut, und starrte ihn an. Ein Junge mit glatter, wettergebräunter Haut, großen Augen und schwarzem Haar, mit der selbstverständlichen Sicherheit eines Mannes, aber keineswegs mit den Manieren eines Mannes. Ein junger Barbar durch und durch, dachte sie, das Gegenteil dessen, was sie bewundern könnte. Wenn sie ihn ansah, glaubte sie, die Menschen der Urzeit zu kennen. Dreißig Jahrhunderte oder mehr waren ausgelöscht, und da war er, der wachsame, räuberische Untermensch, unähnlicher ihrer Vorstellung vom Menschen als der nackte Wilde, der wenigstens gelehrig war, während dieses Geschöpf im Panzer seiner eigenen, starren, barbarischen Kultur jedem Fortschritt bewußt widerstand. Und Stenham sah das auch; für ihn war der Junge das vollendete Symbol menschlicher Rückständigkeit und reizte ihn zum Lob, gerade weil er ›unberührt‹ war: In seiner Persönlichkeit war kein Platz für etwas, das die Menschheit nicht schon vor langer Zeit voll entwickelt gehabt hätte. Er war ein Trost für ihn, ein lebendiger Beweis, daß der Triumph des Heutigen noch nicht vollständig war; er verkörperte Stenhams kindische Hoffnung, eines Tages werde die Zeit stillstehen und die Menschheit zu ihrem Ursprung zurückkehren.

Der andere Junge hockte in der Nähe, kaute an einem Stecken und musterte sie mit gelassen-vergnügter Miene.

»Was ist?« sagte sie gleichmütig zu Amar und vergaß, daß er sie nicht verstehen konnte.

»Er möchte Ihnen auf Wiedersehen sagen«, erklärte der andere. (So leicht wird er nicht davonkommen, dachte sie, aber mit ›er‹ meinte sie Stenham.)

»Mohammed«, sagte sie, *»tu ne veux pas faire quelque chose pour moi?«* Er setzte sich auf.

»Würdest du mir bitte ein Päckchen Casa Sport holen?«

Sie nahm etwas Kleingeld aus ihrer Handtasche. Er sprang auf, den Kopf gebeugt, um nicht an die herabhängende Decke zu stoßen. Er nahm das Geld und ging. Sie wartete eine halbe Minute, um sicher zu sein, daß er wirklich gegangen war. Dann wandte sie sich zu Amar und drückte ihm ohne zu zögern sämtliche Banknoten aus ihrer Geldbörse in die Hand. Sie waren sauber gefaltet.

Natürlich versteht er nichts, dachte sie, als sich seine großen Augen beim Anblick des Geldes in seiner Hand noch weiter öffneten. Und sogar, als sie anfing, sich durch Zeichen verständlich zu machen, versuchte er, es ihr zurückzugeben. »Bum«, flüsterte sie in sein Ohr. *»Revolver, pistolet.«* Sie wußte nicht, ob er verstand oder nicht; sie sah sich im Zelt um. Niemand sah ihr zu. Sie machte ihn auf ihre rechte Hand in ihrem Schoß aufmerksam, hob sie sorgfältig in Gesichtshöhe, beugte den Zeigefinger, schloß ihr linkes Auge und blickte mit dem rechten einen nicht vorhandenen Pistolenlauf entlang. Dann drückte sie ab und zeigte rasch auf die Noten in seiner Hand.

»Gott sei Dank«, dachte sie, »er hat verstanden.« Sie sah es an dem neuen Ausdruck in seinem Gesicht. Sie runzelte die Stirn und machte ein besorgtes Gesicht, um anzudeuten, er müsse das Geld schnell verstecken. Er schob es in seine Tasche. Alles war in Ordnung.

Als Mohammed zurückkam, lag sie, die Arme unter dem Kopf verschränkt, auf dem Rücken und starrte zu Decke. Aus Höflichkeit sprach sie ein Weilchen mit ihm, dann standen die beiden Jungen auf und verabschiedeten sich. Als Amar ihr die Hand gab, sah sie ihn vielsagend an, wie um ihn zu warnen, keinerlei Zeichen von Dankbarkeit zu zeigen, und sagte nur: *»Bonne chance!«*, als sie seine Hand losließ. Sie gingen hinaus, und sie lehnte sich zurück und wunderte sich über ihr Gefühl, etwas besonders Schwieriges erledigt zu haben.

Plötzlich lächelte sie. Bisher hatte sie die feste Absicht gehabt, mit dem ersten Fahrzeug, das Sidi Bou Chta verließ, nach Fez zurückzukehren. Dann brauchte sie Stenham nicht mehr zu begegnen, wenn er nicht gerade im Augenblick der

Abreise zurückkam. Aber jetzt fiel ihr ein, daß sie noch nicht mit ihm abgeschlossen hatte. Es war verrückt, aber ganz gedankenlos hatte sie ein Wiedersehen unvermeidlich gemacht. Sie hatte kein Geld, und kein Omnisbusfahrer würde sich überreden lassen, sie umsonst mit in die Stadt zu nehmen, nur auf Grund der Adresse des kleinen Hotels, wo sich ihr Gepäck befand. Ihre Lage war mehr als widersinnig, sagte sie sich, sie war demütigend. »Was zum Teufel war in meinem Unterbewußtsein los?« fragte sie sich voll Staunen und Entrüstung.

Sie schickte den Gehilfen des *qaouaji* nach etwas Lamm am Spieß und zahlte mit ihrem letzten Geld. Dann fühlte sie sich wieder müde, streckte sich aus und schlief sofort ein.

Dies alles mußte sich vor ein paar Stunden ereignet haben. Jetzt saß sie da und starrte blinzelnd durch die Zeltöffnung auf die Stämme der Olivenbäume; nach dem grellen Sonnenschein mußte es Nachmittag sein. Sie sah auf ihre Uhr. »Zehn nach drei«, murmelte sie etwas unruhig. Die Trommeln dröhnten noch immer. Seit sie gestern abend aus dem Omnibus stiegen, hatten sie nicht ein einziges Mal aufgehört.

Die Gesichter im Zelt waren neu, sie erkannte nicht eines wieder. Doch der *qaouaji* war derselbe, stellte sie erleichtert fest. Sie winkte ihn heran und fragte, ob Stenham zurückgekehrt und wieder fortgegangen sei, aber sein Französisch war so dürftig, daß er nur mit Hilfe einer ausgedehnten Zeichensprache erklären konnte, er habe den christlichen Herrn den ganzen Tag nicht gesehen. Sie dankte ihm und fühlte sich etwas beunruhigt.

Sie legte sich zurück in der Hoffnung, wieder einzuschlafen: Es war die bequemste Art, die Zeit totzuschlagen. Aber es schien nicht möglich, und sie wollte hinaus und umhergehen. Ihre Muskeln schmerzten, und sie war nervös; noch länger stillzuliegen wäre eine Qual gewesen.

Die trockene staubgesättigte Luft war vom Geruch der zwischen den Zelten stehenden Pferde und Esel erfüllt, und die auf Millionen silbrige Olivenblätter scheinende Sonne ließ Lee nach einem Trunk kalten Wassers verlangen. Halbverhüllt von einem weißen Staubvorhang, stampften die Tänzer unten mechanisch weiter, und immer noch umdrängten sie die Zuschauer. Sie wandte sich ab und stieg in Richtung des offenen Landes bergan.

Im Sonnenschein war es einfach, hier hinaufzusteigen; im Finstern war es so schwierig gewesen. Sie ging viel weiter als am Abend vorher, bis sie alle Bäume hinter sich gelassen hatte und nur noch struppige, verkümmerte Büsche und große Felsblöcke ringsum waren. Sie fühlte sich wohler; die Muskelschmerzen waren fast verschwunden, und die reine Luft hatte ihre Unruhe vertrieben. Sie lehnte sich an einen großen Felsblock, nachdem sie ihn erst sorgfältig nach Skorpionen abgesucht hatte, und blickte über das Tal auf die gegenüberliegende Hügelseite. Eine winzige, einsame Gestalt kam langsam die braungelbe wellige weite Fläche herunter. Ein Schäfer? Sie suchte angestrengt nach Ziegen oder Schafen, aber es waren keine zu sehen.

Sie beobachtete ihn eine Weile, dann kam sie plötzlich zu dem Schluß, es sei Stenham; kein Marokkaner würde allein so weit gehen. Lange Zeit stand sie da und starrte über das Tal, als die Gestalt immer tiefer stieg und schließlich aus dem Sonnenlicht in den Schatten trat, der von den Höhen hinter ihr herabfiel. Sie wußte nicht, ob es tatsächlich Stenham war, noch kümmerte es sie im geringsten, wie sie sich sagte, aber sie war doch fast sicher, er sei es, und sie fühlte plötzlich eine leidvolle Lust, ihm die Neuigkeit ihres Sieges mitzuteilen, ihm Art und Umfang seiner Niederlage zu verkünden. Sie ließ sich Zeit, zum Café zurückzugehen, hielt sich auf, wo es ihr gefiel, blieb stehen und pflückte Blätter von den Pflanzen, sprang manchmal von Felsblock zu Felsblock, und als die ersten Zelte in Sicht kamen, setzte sie sich sogar und rauchte eine Zigarette.

Als sie zum Café kam, schaute sie hinein und sah, daß er noch nicht da war. Damit er sie bei seiner Ankunft nicht vorfände, beschloß sie, unter die Bäume zu treten, von wo sie den Eingang beobachten konnte. Sie wandte sich durch den Holzrauch und den Staub nach links und erwartete seine Ankunft hinter einem Baum wie ein Verschwörer.

Leute kamen aus den Zelten und starrten sie überrascht und mißtrauisch, aber soweit sie sah, nicht feindselig an. Es schien ihr lange zu dauern, bis er kam, er mußte unterwegs noch dem Tanz zugesehen haben. Aber plötzlich sah sie ihn den Hügel hinan auf das Café zustapfen. Als er eingetreten war, ging auch sie hinein.

Heute morgen war sie mürrisch und unzugänglich gewesen; sie fühlte, das müsse sie fortsetzen und dort anknüpfen, wo sie aufgehört hatte. Andererseits paßte es durchaus zu ihrem jetzigen Plan. Sie ging in das Zelt.

Er saß in der Ecke, und sie fand, daß er ziemlich düster aussah. Bei ihrem Anblick leuchtete sein Gesicht auf.

»Hallo«, sagte sie ausdruckslos, »ich war draußen.«

»Wie geht es Ihnen?« fragte er, zu ihr aufblickend, und rückte zur Seite, damit sie sich setzen konnte.

»Ganz gut«, sagte sie unverbindlich; allzu offensichtliche Feindseligkeit könnte das Gespräch im Keim ersticken. Er hielt ihr ein Päckchen Zigaretten hin; sie schüttelte den Kopf.

»Ich dachte, Sie wären vielleicht schon fort«, sagte er unsicher.

»Ich wollte. Aber ich war so schläfrig. Außerdem«, fügte sie hinzu, als ob ihr das nachträglich erst einfiele, »habe ich keinen Pfennig Geld. Ich fürchte, Sie müssen mir etwas Geld leihen. Ich habe mein ganzes Geld Amar gegeben, damit er sich eine Pistole kauft.«

»Was haben Sie getan?« sagte er, als rede sie in einer kaum verständlichen Sprache.

»Ich habe ihm einfach mein ganzes Geld gegeben und gesagt, er soll sich einen Revolver kaufen. Und das Wichtigste ist, er hat es genommen. Was er damit tut, ist ja gleichgültig.« Sie wollte hinzufügen: »So, da haben Sie Ihre Unberührtheit«, aber dann war sie plötzlich ihrer eigenen Klugheit nicht mehr so sicher. Alles, was sie gesagt hatte, schien ihr töricht; sie hatte alles falsch gemacht. Sie schwieg und wartete.

Er fuhr mit der Hand über seine Augen, als wolle er sie vor allzu grellem Licht schützen, und ließ sie dort. Sein

Gesichtsausdruck war unergründlich. Endlich sagte er: »Ich muß das erst begreifen.« Dann saß er weiter schweigend da. Als er schließlich seine Hand von den Augen nahm, sah er von ihr weg und sagte: »Ich glaube, ich verstehe das nicht, Lee. Es ist zu kompliziert für mich.«

»Seien Sie nicht albern«, sagte sie fröhlich. »Sie *machen* es nur kompliziert. Wenn Sie auch nur einen Funken Poesie in sich hätten, würden Sie es verstehen. Der Junge verlangte nach Taten. In seinem Alter braucht er das. Dies ist der Wendepunkt seines ganzen Lebens. Er würde es sich später nie verzeihen, hätte er jetzt untätig dabeigesessen. Verstehen Sie das nicht?«

Stenham sah sie an, aber nicht, als ob er zuhörte. Diese Maske der Zerstreutheit stand in befremdlichem Gegensatz zu der Heftigkeit, mit der er plötzlich rief: »Geben Sie das auf!« Jetzt wandte er sich ihr zu. »Ich denke nicht an ihn. Er ist fort. Ein kleines Leben, irgendein kleines Leben. Was macht das schon?« (Sie sah ihn kurz und prüfend an und konnte nicht sagen, ob es Ironie war oder Ernst. Er schien auf ihre Antwort zu warten, doch sie schwieg.) »Aber Sie, Sie kann ich nicht verstehen.« Er hielt an und zögerte. »Das heißt, ich verstehe Sie. Nur möchte ich es mit Ihren eigenen Worten hören. Was haben Sie sich dabei gedacht? Was um Gottes willen hat Sie veranlaßt, das zu tun?«

Sie war enttäuscht; wo blieb die Wut? »Einen Menschen glücklich machen ist doch etwas«, fing sie vorsichtig an.

»Ach!« Seine Stimme war hart. »Es gibt ein nicht druckfähiges Wort dafür. Raten Sie, welches, und sagen Sie es mir. Aus Ihrem Munde hätte es mehr zu bedeuten, da wäre es sein Geld wert!«

Sie zündete sich eine Zigarette an, um ihre Nervosität zu verbergen, und bemerkte, wie ihre Hand zitterte. Natürlich mußte er seinen Ärger in dieser eisigen, abstrakten Weise zeigen, sagte sie sich. Es war dumm von ihr, einen gewöhnlichen einfachen Krach zu erwarten.

»Ihr Gift trifft nicht, wissen Sie«, sagte sie ihm. »Das Ziel fehlt ihm. Wenn Sie richtig ekelhaft sein wollen, müssen Sie sich wenigstens der anderen Person bewußt sein.«

Jetzt, dachte sie, wird er sagen: »Es tut mir leid«, aber er sah sie nur an.

»Ich halte für richtig, was ich getan habe«, fuhr sie fort. »Sie haben keinen Grund –«

»Ich weiß«, unterbrach er sie. »Das ist ja das Tragische. Sie haben kein Gefühl für moralische Verantwortung. Wenn Sie nur Ihren Schauer aus zweiter Hand erleben, ist alles in Ordnung. Diesmal haben Sie gleich zwei. Der kleine ist Amar, der große bin ich.«

Sie lachte gezwungen. »Kann sein. Mein Verstand taugt nicht zum Analysieren.«

Er sah zum Zelteingang. Das Tageslicht draußen verblaßte, die Trommeln dröhnten weiter, und das Café füllte sich langsam mit älteren Männern, die sich ruhig unterhielten.

»Wie ist das Gefühl, Macht über Leben und Tod eines anderen Menschen zu haben?« fragte er sie plötzlich. »Können Sie das beschreiben?« Und da er jetzt wirklich zum erstenmal zornentbrannt aussah, fühlte sie ihr Herz hüpfen, und die gleiche Flamme fing in ihr zu brennen an.

»Es muß außerordentlich anstrengend sein, alles als billiges Melodrama zu sehen«, sagte sie mit falscher Besorgtheit. »Ich wundere mich, daß Sie die Kraft dazu haben.«

Jetzt sagte er das nicht druckfähige Wort, das er vor wenigen Minuten unterdrückt hatte, stand auf und stelzte aus dem Zelt. Sie blieb sitzen und rauchte, aber sie fühlte sich ganz ruhig.

Er kam alsbald wieder zurück, offenbar hatte er sich draußen mit sich selbst unterhalten; sein Ausdruck war entschlossen, ein wenig verlegen, und er schüttelte den Kopf. Er kam zu ihr herüber.

»Verdammt noch mal«, sagte er, sich neben sie setzend, »warum müssen wir uns wie Sechsjährige benehmen? Es tut mir leid, wenn ich mich schlecht betragen habe.« Er wartete, daß sie etwas sage.

Sie fühlte, wie sie jeden Augenblick nervöser wurde. »Wenn Sie meinen, gerade jetzt –«, fing sie an. Dann brach sie ab; sie wollte auf sein Benehmen gestern Abend zurückkommen, aber sie schwieg einen Augenblick. »Oh, es macht nichts«, hörte sie sich mit einer großen, unbegreiflichen Erleichterung sagen, als ob jetzt alles in Ordnung sei.

Er sah sie sehr ernst an. »Schließlich haben wir uns trotz aller Meinungsverschiedenheiten vertragen, bevor wir uns mit diesem Kind belasteten. Ich sehe nicht ein, warum wir nicht wieder anfangen sollten, wo wir aufhörten. Es hat sich doch nichts geändert, nicht wahr?«

»Das ist richtig«, sagte sie nachdenklich. Aber sie wußte: Irgend etwas hatte sich geändert, und da sie nicht wußte, worin der Unterschied bestand, verschob sie ihre Zustimmung auf später. Dann sagte sie plötzlich so heftig, daß er sie neugierig ansah: »Ich weiß nicht, ich glaube, der Junge hatte nicht soviel zu tun damit. Es ist dieser Ort, der mir an die Nerven geht. Ich weiß, wenn ich heute abend hier noch mal schlafen muß, breche ich zusammen. Können Sie keine Möglichkeit finden, hier wegzukommen?«

Sie hatte gesprochen, ohne zu überlegen, und erwartete jetzt Widerspruch. Aber er sagte nur: »Das wird nicht leicht sein. Und vergessen Sie nicht, wir sind hierhergekommen, um heute nicht in Fez zu sein. Es ist immer noch der große Tag.«

»Ich habe es nicht vergessen«, protestierte sie. »Sie sollen kommen und mich in meinem Bett ermorden, aber wenigstens wird es ein Bett sein und nicht ein Haufen Steine.« Sie klopfte auf die Matte neben sich und sah schnell auf, um seinen Ausdruck aufzufangen; verstand er sie oder ärgerte er sich nur? (»Nichts hatte sich geändert«, hatte er eben gesagt.) Und als sie jetzt sein Lächeln sah, wußte sie blitzartig, was sich geändert hatte; obwohl sie das Lächeln immer noch ein wenig eingebildet fand, wußte sie, daß es sie nicht abstieß. Mit ihrer feindlichen Haltung hatte sie sich selbst dorthin gebracht, wo er war. Aber nicht nur sie hatte sich geändert, warum würde er sonst lächeln?

»Wir können nicht mehr tun, als es versuchen«, sagte er noch immer lächelnd, stand auf und ging hinaus.

Später, als alles für die Rückfahrt arrangiert war, der Wagen etwa in einer Stunde fahren sollte und sie ihr Abendessen, Suppe, Brot, Lamm und Tee, zu sich genommen hatten, machten sie einen Spaziergang zum Gipfel des Hügels, um noch einmal den Rundblick zu haben. Zurück zum Tatort, dachte sie, als sie Stenhams Finger an ihrem Arm fühlte. Er führte sie durch düstere Büsche, um schwarze Felsblöcke herum zu einer Stelle, von der aus das Tal mit den Flammen und dem Rauch im Mondlicht ganz zu sehen war. Da oben saßen sie ganz still, und als er sie an sich zog, sie erst auf die Stirn küßte, dann auf jede Wange und schließlich – so wundervoll – auf die Lippen, da wußte sie, es war entschieden, und stellte etwas überrascht fest: Wie sehnsüchtig er auch den Vertraulichkeiten der Liebe entgegensehen mochte, sie selbst hoffte in diesem Augenblick nicht weniger ungeduldig darauf.

Sie streckte ihre Hand aus, berührte verwundert zunächst die harten Stoppeln an seinem Kinn, dann seine weichen Lippen, dachte: warum jetzt und nicht früher? und zog ihn wieder an sich.

30

Die Schlange der Omnisbusse raste durch die Kurven; jeder war eingehüllt in die Staubwolke, die der Wagen vor ihm aufwirbelte. Im ersten saßen die jungen Männer der Istiqlal, die mit den Fahrern der anderen Busse verabredet hatten, aus strategischen Gründen an einer bestimmten Stelle vor der Kreuzung der Überlandstraße anzuhalten und die Plätze zu wechseln, damit, wenn sie nach Fez kämen, in jedem Wagen zwei oder drei Parteimitglieder saßen. Natürlich sollten sie auch nicht alle zugleich in die Stadt fahren, sondern in Abständen von zehn bis fünfzehn Minuten. Amar zitterte seit dem Augenblick, da er die schrecklichen Nachrichten gehört hatte, und jetzt, auf halbem Wege nach Fez, zitterte er immer noch. Eine Vision verfolgte ihn: Er stand zuhause unter der Tür des großen Raums und sah seine Mutter mit der Spitze des Bajonetts am Boden niedergehalten, aber sie versuchte sich zu erheben, während eine schattenhafte Gestalt auf den Kissen in der Ecke Halima vergewaltigte. Ohne Zweifel lagen sein Vater und Mustapha tot im Hof; das erklärte, warum sie in seiner Vision nicht vorkamen.

Mohammed saß neben ihm und versuchte, sich mit ihm zu unterhalten, aber Amar hörte nicht, was er sagte. Sicher war dies der Tag des Gerichts, der Tag der Vergeltung – vielleicht sein letzter Tag auf Erden. Die übrigen Männer im Bus saßen steif und finster da, ohne zu reden, einige hatten ihre Gesichter gegen den Staub verhüllt. Plötzlich hörte man über all dem Rasseln und Rattern einen lauten Knall. Die Hände fuhren an die Dolche, als der Bus langsamer fuhr und anhielt; aber es war nur ein geplatzter Reifen. Alle stiegen aus und gingen auf der Straße hin und her, während die anderen Busse, Wolken von weißem Staub hinter sich lassend, einer nach dem anderen vorüberfuhren. In normalen Zeiten würden die Männer in den vorbeifahrenden Bussen gerufen und vergnügt gewinkt haben, denn es ist ja immer amüsant, wenn Freunden ein kleines Unglück zustößt, heute sahen sie kaum auf. Mohammed war entrüstet. »Diese Hurensöhne!« brummte er. »Wenn wir jetzt etwas brauchen, um den Reifen zu wechseln, wer wird es uns geben? Niemand. Sie sind alle vorbeigefahren.«

Amar kam von seinem Gemetzel langsam in die Wirklichkeit zurück. Er saß mit Mohammed auf einem Felsblock und sah auf den Bus herab; er merkte erstaunt, daß er Sonnenblumenkerne kaute. Er hatte das Gefühl, Mohammed redete seit Stunden, und er hörte kaum ein Wort. Jetzt war er wieder bei dem Geld, das Amar ihm vor drei Tagen für das Fahrrad hätte geben sollen. Er hatte nicht zahlen können, als er es dem Franzosen zurückbrachte; glücklicherweise hatte er von einem Freund, der auf einem Holzplatz in der Straße arbeitete, genug borgen können. Aber jetzt war Aïd, der Freund verlangte sein Geld zurück – und überhaupt, wer hatte denn nach Aïn Malqa gehen wollen, und wer hatte versprochen, für die Räder zu zahlen?

Amar hatte den besten Willen, ihm das Geld zu geben, aber er ärgerte sich über Mohammeds Beharrlichkeit, noch dazu in diesem Augenblick. »Alle sterben, und du sorgst dich wegen ein paar Francs«, sagte er verächtlich. Die christliche Dame hatte ihm eine riesige Summe Geld gegeben; er wußte nicht, wieviel, weil er noch keinen Augenblick allein gewesen war, um es zu zählen. Auf jeden Fall war er jetzt sehr reich, und das bißchen, was er Mohammed schuldete, machte ihm keine Kopfzerbrechen. Doch er fand es schändlich, daß Mohammed dauernd darüber redete. Plötzlich hörte er Mohammed genau zu. »Die dreißig Rial für Medizin, nachdem du mich so geschlagen hast, können wir ja meinetwegen vergessen.« Also war seine Entschuldigung umsonst gewesen, sonst hätte Mohammed ihn nicht an ihre Prügelei erinnert. Was hatte es für einen Sinn, mit einem solchen Jungen befreundet zu sein? *»Yah,* Mohammed«, sagte er. »Du glaubst mir nicht, aber nur weil du denkst, jeder ist wie du.« Er hätte gern sein Geld herausgenommen und ihm jeden Franc, den er ihm schuldete, bezahlt, aber er konnte ihn natürlich nicht sehen lassen, wieviel Geld er hatte. Mohammed sah ihn vernichtend an und sagte voll Haß: »Du hast einen Kopf wie eine Eule oder ein Skorpion oder ein Stein. Ich weiß nicht, was für einen du hast.« – *»Majabekfia«,* erwiderte Amar. »Kümmere dich nicht um mich.« Sie saßen lange Zeit, vielleicht eine Stunde, wortlos nebeneinander, bis der Reifen endlich gewechselt und der Bus fertig zur Abfahrt war.

Ihr Bus lag jetzt an letzter Stelle, und das veranlaßte den Fahrer, sofort wie der Wind loszulegen. Sie rasten am Rand des Abgrunds entlang, die Bremsen quietschten vor den Kurven, und der alte Motor heulte wahnsinnig, wenn sie nicht im Freilauf fuhren. Mehrmals wäre der Bus bestimmt ins Leere hinausgeflogen, hätte Allah sie nicht beschützt, dachte Amar. Als sie sich der Stelle näherten, wo die Istiqlal-Leute verteilt werden sollten, war die Straße leer. Das war ein schlechtes Zeichen: Die Männer schüttelten die Köpfe und brummten vor sich hin. Sie wollten diese gebildeten jungen Leute bei sich haben, wenn sie in die Stadt kämen. Alle anderen Busse hatten ihre Begleitung; nur dieser blieb ohne Führung durch die Dummheit des Fahrers, den sie jetzt für die Verzögerung und den geplatzten Reifen verantwortlich machten. Aber als sie fast in Sicht der gepflasterten Straße waren, kam ihnen um die Kurve ein kleiner, mit Wassermelonen hoch beladener, ununterbrochen hupender Lastwagen entgegen; dunkle Arme erschienen auf seinen beiden Seiten und winkten heftig. Der Omnibusfahrer hielt an, und alle starrten in die aufgeregten Gesichter von vier Männern in dem Lastwagen.

»Brüder! Brüder!« schrien sie alle gleichzeitig. »Fahrt nicht weiter! Sie haben sie alle gefaßt! Sie haben sie umgebracht!« Die vier Männer sprangen von ihren Sitzen auf, schwenkten die Arme und stießen sich gegenseitig vor Aufregung, und der Fahrer deutete mit einer dramatischen Halbschwenkung der Arme Maschinengewehrfeuer an. »Am Bahnübergang!« Stöhnen und Fluchen ertönte bei dieser Nachricht im Bus, Namen von unglücklichen Verwandten und Freunden, die Sidi Bou Chta in den anderen Bussen verlassen hatten, wurden gerufen. Als sich die erste Aufregung gelegt hatte und man ruhiger sprechen konnte, stellte sich heraus, daß in Wirklichkeit nur einige durch Gewehrfeuer getötet waren, die übrigen hatte man in Militärlastwagen ins Gefängnis geschafft; jedesmal, wenn ein Bus ankam, wurden seine Insassen auf Lastwagen mit französischen Soldaten überführt und abtransportiert. Wenn sie nach der Ville Nouvelle wollten, schrien die vier Männer, mußten sie die Straße meiden, wo es geschehen war, und statt dessen die Straße nach Meknès fahren, dann umkehren und an einer bestimmten Stelle halten, von der sie gerade kamen und die sie ihnen zeigen würden.

»Das ist eine Polizeifalle«, murmelte Mohammed leise Amar ins Ohr; es war das erste Wort, das sie seit dem Zank auf dem Felsblock wechselten. »Wer weiß? Vielleicht sind sie *chama*. Vielleicht sind alle anderen durchgekommen.«

Amar hatte die Gesichter der Männer im Lastwagen genau beobachtet und hätte seine ganze Zukunft auf die Glaubwürdigkeit ihres Berichtes gesetzt. »Du bist ja dumm«, sagte er zu Mohammed und dachte, er ist so verschlagen, daß er jedem mißtraut, und das ist fast so töricht, wie jedem Menschen zu trauen.

Jedenfalls schien der Busfahrer nicht an der Erzählung zu zweifeln. Er wartete, bis der Lastwagen zurückgesetzt und gewendet hatte, und folgte ihm dann im Abstand von etwa fünfzig Metern. Die Gegend war von steilen kahlen Hängen eingeschlossen und in der Mittagsonne zu einem kleinen Inferno geworden. Auf der Hauptstraße angekommen, beschleunigte der Lastwagen sein Tempo, der Omnibus mußte es auch tun, und so gab es im Innern ein wenig frische Luft. Der Fahrer schrie den schweigend hinter ihm sitzenden Männern zu: »Betet! Ihr kommt von Sidi Bou Chta!« Eine ausgezeichnete Idee. Sollten sie in Bab el Guissa einem Polizeiwagen begegnen, würde ein Pilgergesang vielleicht den Verdacht beseitigen.

»Oua-a-l ach f'n nebbi,
selliou alih.
Oual'la-a-ah m'selli alih,
karrasou'llah!«

sangen sie, als der Bus die glatte Landstraße entlang über die Brücke fuhr, unten im Fluß zwei weiße Reiher aufscheuchte und seinen Weg aufwärts durch das Rohrdickicht nahm. Es war kaum der richtige Augenblick, göttlichen Schutz für die Reise zu erflehen, wenn sie alle wohlbehalten von der Pilgerfahrt zurückkehrten, und dem Fahrer war das vollkommen klar; die Ironie seines Vorschlags lag darin, daß er ebensogut wußte, es würden wohl höchstens zwei Franzosen in Fez bemerken, und beide würden keine Polizisten sein. Die Marokkaner konnten mit der mangelnden Beobachtungsgabe der Franzosen rechnen.

Da der Diener immer mehr über den Herrn weiß, als der Herr jemals über ihn wissen kann, wußten die Marokkaner, daß sie sich Ungenauigkeiten erlauben konnten, ohne entdeckt zu werden – ein Vorteil, den die Franzosen nicht hatten; für sie war es so gut wie unmöglich, jemanden zu täuschen. Die Marokkaner, die auch nur das geringste mit den Franzosen zu tun hatten, wußten, wo ihre Herren hingingen, mit wem sie sich trafen, was sie sprachen, wie sie fühlten, was sie aßen, mit wem sie tranken und schliefen und warum sie all dies taten, während die Franzosen nur ein ganz oberflächliches, mechanisches und starres Verständnis für die Neigungen, Bräuche und das tägliche Leben der Einheimischen aufbrachten, in deren Land sie lebten. Wenn ein Kavallerieoffizier eines Tages beim Aufsitzen weniger geschickt war als sonst, sah es sein Bursche, fing an über die Ursache nachzudenken und ihn insgeheim zu beobachten. Sollte ein Beamter einmal eine andere als seine gewöhnliche Zigarettenmarke rauchen, so bemerkte es der Schuhputzjunge und sprach mit seinen Kollegen darüber. Wenn die Dame des Hauses nur eine Tasse *café au lait* trank statt der üblichen zwei wie an anderen Morgen, war die Neugier des Mädchens geweckt, und sie erzählte es der Putzfrau und der Wäscherin. Um auch nur den Anschein eines Privatlebens aufrechtzuerhalten, blieb den Franzosen nichts anderes übrig, als die Existenz der Einheimischen einfach zu übersehen, und das räumte den Einheimischen automatisch ungeheure Vorteile ein. Es war daher unwahrscheinlich, daß die Polizei irgend etwas Befremdliches in ihrem Gesang sah; es konnte im Gegenteil dem Bus den Anschein der Unauffälligkeit geben, da, wie sie wußten, die Franzosen sie bei Ausübung ihrer religiösen Gebräuche meist unbehelligt ließen.

Wo fuhren sie hin, und was würden sie tun, wenn sie da waren? Niemand hätte die Frage beantworten können, wenn sie gestellt worden wäre; sie paßte nicht zur herrschenden Stimmung, die mehr für Pilgerchöre geeignet war als für die Ausarbeitung von Plänen. Sie wußten, sollte jetzt plötzlich am Himmel über den Obstgärten, an denen sie vorbeifuhren, ein Engel erscheinen und sie vor die klare Wahl stellen, entweder ihre Gelübde zu widerrufen oder zu sterben, sie würden lieber freudig ihr Leben hingeben, als ihre Brüder im Islam verraten. Aber es kam kein Engel, und sie näherten sich den Mauern der Stadt.

Amar überlegte als einziger unter den Passagieren, was zu tun wäre: Nur er hatte eine Mutter und eine Schwester in der Medina. Das begründete Interesse der Männer aus den Bergen an der Heiligkeit der Stadt erregte sie, aber es war eine Erregung, wie sie viele Menschen erfaßt, die eine gemeinsame Entscheidung zur Verteidigung einer Sache zu treffen haben; es erweckte nicht den verzweifelten Scharfsinn eines Menschen in äußerster Bedrängnis. Mohammeds Familie feierte Aïd mit Verwandten in Casablanca, und er wohnte bei seiner Schwester in Fez Djedid außerhalb der Mauern, er brauchte sich darum keine Sorgen über das mögliche Schicksal seiner Mutter und Schwestern in den Händen der Partisanen zu machen, sondern konnte gehen und kommen, wie er wollte. Das entschuldigte zwar nichts, aber es erklärte seine mangelnde Teilnahme an Amars Nöten. Er wollte nur sein Fahrradgeld, und Amar beabsichtigte, es ihm zu geben, sowie er eine Minute fand, abseits zu gehen und es auszuzählen; er würde es ihm geben und auf Wiedersehen sagen, denn er wollte ihn loswerden, bevor er an die Ausführung seines Planes ging.

Sie näherten sich der großen Kurve bei Bab Jamai, wo die Straße die Obstgärten verließ und sich auf wenige Meter den Stadtmauern näherte, aber gleich wieder ins steinige Berggelände abschwenkte. Mehrere hundert Soldaten gingen dort zwischen den hastig an den Wällen errichteten Zelten umher. Aber die Pilger blickten starr geradeaus, sangen mit wilder Entschlossenheit und hämmerten auf Seiten und Sitze des Busses. Weiter ging es, hügelaufwärts, und ihre klaren Stimmen schwebten über der Leere der Friedhöfe. Oben angekommen, konnte Amar sich nicht enthalten, verstohlen nach unten auf die Medina zu sehen. Keine Rauchsäulen stiegen aus ihrer Mitte auf, alles sah aus wie an jedem anderen Tag. Der christliche Herr hatte ihm gesagt, die Istiqlal verbreite viele Lügen. Er wußte das; jedermann log. Der kluge Mann mußte selbst zwischen Wahrheit und Lüge unterscheiden, wie auch nur der Kluge so lügen konnte, daß es für andere fast unmöglich war, seine Lügen zu entdecken und zu benennen. Als er auf die in der grellen Sonne liegende, ganz unveränderte Medina hinabsah, fing er an, die Wahrheit ihrer Worte zu bezweifeln, aber nur eine Sekunde lang. Wenn es nicht wahr war, würde es bald wahr sein. Seine Aufgabe war, nach Hause zu gehen, möglichst ehe es zu spät war, auf jeden Fall aber hinzugehen.

Die Straße führte jetzt geradeaus; der kleine Lastwagen mit seiner Ladung Wassermelonen fuhr schneller. Wieder begegneten sie Zelten an den Mauern zwischen Casbah Cherada und Bab Segma. Die Männer von den Bergen sangen in die überraschten, stumpfen Gesichter der senegalesischen Soldaten. Niemand hielt den Bus an; er fuhr westwärts weiter auf der Straße nach Meknès.

Wenige Meter von der Seitenstraße hielten sie in einem schmalen Weg mit hohem Röhricht auf beiden Seiten an. Alle stiegen rasch aus. Die vier Männer aus dem Lastwagen waren in wahnsinniger Aufregung. »Beeilt euch! Beeilt euch!« riefen sie; plötzlich verließ sie der Mut, mit dem sie den verlorenen Bus gerettet hatten. Ohne nachzudenken, waren sie hier hereingefahren, um ihnen den Weg zu zeigen; jetzt mußten sie warten, bis der Bus aus dem schmalen Weg wieder in die Straße zurückgesetzt hatte, ehe sie selbst wenden konnten. »Rasch!« Und es war ein beklemmender Augenblick, als ein alter Mann flach auf sein Gesicht fiel, man ihm aufhelfen, den Staub abklopfen und ihn hinsetzen mußte.

Als Amars Füße den Boden berührten und er den vertrauten Geruch des Flusses spürte, hatte er das Gefühl, sehr lange von zu Hause fortgewesen zu sein, und das Gefühl der Dringlichkeit verdoppelte sich. Es war als hätte er geschlafen und sei erwacht. Er hielt es bei den Pilgern nicht mehr aus; ziellos schlenderten sie um den Omnibus, wie betäubt, weil der Gesang vorbei war und ihnen doch noch durch den Kopf ging; aber jeden Augenblick konnte jemand die Straße entlangkommen und in den Weg einbiegen. »Komm«, sagte er zu Mohammed, und sie gingen zur Straße zurück.

»Aber wo gehen wir hin?« wollte Mohammed wissen.

»Ich gehe zu einem Freund von mir, und ich gehe allein.«

»Und mein Geld?« rief Mohammed.

Amar war entzückt. Genau das hatte er erhofft. Das

machte es leicht, ihn auszuzahlen und ohne Umstände loszuwerden. *»Ah, khlass!«* sagte er mit gespielter Entrüstung. »Dein Geld! Alles, was du im Kopf hast, ist dein Geld!« Er sah sich nach einem Stück Mauer oder einer Kaktushecke um, nach etwas, wohinter er einen Augenblick verschwinden konnte, und bis er es gefunden hatte, mußte er eine Strafpredigt über Mohammeds Gier improvisieren. Endlich sah er voraus eine verlassene Hütte; als sie sie erreicht hatten sagte er: »Warte einen Augenblick.« Er konnte sehen, daß Mohammed ihn nicht aus den Augen lassen wollte, aus Angst, er könnte sich davonmachen, ohne ihn zu bezahlen; aber er konnte ihm nicht gut in die Hütte folgen, wo er sich offenbar erleichtern wollte. Das Dach war schon lange eingefallen, und innen war es taghell. Er zog das Geld heraus und zählte es. Die christliche Dame war über Erwarten großzügig gewesen; er waren achttausend Francs und zwei Fünfhundertfrancnoten. Er sah sie liebevoll an. »Mein«, dachte er, und dann verbesserte er sich. »*Jiaou.* Sie kamen. Es stand geschrieben.« Deswegen hatte Allah verfügt, der Mann solle ihn aus dem Café mitnehmen, ihm zu essen geben und ihn schützen. Gewiß, es spielte da noch etwas anderes mit, es hatte mit Freundschaft zu tun und mit dem Verständnis des Mannes für ihn, aber das war im Augenblick zu schwierig für ihn, und er dachte nicht weiter darüber nach. Sorgfältig faltete er das Geld und steckte es wieder ein. Dann nahm er zweihundert Francs aus dem Taschentuch mit seinem eigenen Geld und steckte sie lose in seine andere Tasche. Als er herauskam, stand Mohammed da und starrte ängstlich auf die Tür, als fürchte er, Amar könne einfach verschwinden. Dieses Rätsel vermochte Amar nie zu ergründen: Die Reichen schämten sich nicht zu zeigen, daß ihnen etwas am Geld lag. Während ein Mann mit nur zwanzig Rial und sonst nichts damit selbstverständlich jedem am Tisch den Tee bezahlen würde, begann ein anderer mit tausend Rial in der Brieftasche, wenn's zum Aufbruch ging, in seinen Taschen zu kramen und laut zu murmeln: »Also sechs Mann, auf jeden kommen fünfzehn Francs, das sind achtzehn Rial. Ich habe nur fünfzehn Francs Kleingeld, gerade mein Anteil. Ich glaube, jeder zahlt am besten für sich.« Ein solches Benehmen ist für einen armen Mann undenkbar, er könnte seinen Freunden nie wieder ins Gesicht sehen. Aber dem Reichen macht das nichts. Das wird alles anders, wenn die Franzosen gehen, dachte Amar gern. Der Begriff der Unabhängigkeit war so leicht mit dem sozialer Gleichstellung zu verwechseln.

Sie gingen schnell. Amar hatte seinen Monolog von eben anscheinend vergessen. Mohammed legte das so aus, daß er wieder nicht an das Geld dachte, und er war so voreilig, es zu erwähnen. Amar stand still, griff in seine Tasche, zog die zweihundert Francs heraus und händigte sie Mohammed wortlos ein. Sie gingen ein paar Schritte. »Zufrieden?« fragte Amar, wie er glaubte, mit feiner Ironie. Mohammed schien vor Scham zu schweigen.

Als sie an einen durch die Felder nach Süden führenden Pfad kamen, blieb Amar stehen und sagte fest: »Ich werde dich wohl eines Tages wiedersehen. *B'slemah.*« Mohammed blickte ihn nur an. So ist die Welt, dachte Amar, als er fortging. Er hatte ihn zu seinem Freund machen wollen, und Mohammed hatte es nicht begriffen. Er hatte ihm noch eine zweite Chance gegeben, und Mohammed hatte auch sie nicht beachtet. Es war eigentlich sehr günstig, dachte er, denn jetzt hatte er völlige Bewegungsfreiheit, Mohammeds Anwesenheit hätte ihn bestimmt nur behindert.

Er sah zweimal zurück, um sich zu vergewissern, daß Mohammed wirklich die andere Straße weiterging; beim erstenmal stand Mohammed noch da, als überlege er, ob er ihm folgen und versuchen solle, mehr Geld zu bekommen, beim zweiten Mal war er schon ein Stück die Straße weitergegangen, der Stadt zu.

Die Felder waren ausgedörrt; nur tote gelbe Stoppeln bedeckten die zerrisene Erde. Aber im Unkraut am Rande des Weges schwirrten und summten die Insekten, und wo ein Baum stand, waren auch Vögel. Wenn man sehr durstig war, war der Gesang eines Vogels wie ein kleines, vom Himmel tröpfelndes Gewässer. Das hatte sein Vater ihm erzählt, aber er fand die Vögel im Augenblick wenig hilfreich. Oder vielleicht doch; vielleicht wäre er ohne sie noch viel durstiger.

Ungefähr nach einer Stunde kam er an die Wegabkürzung, die er gesucht hatte – ein Pfad, der zwischen speerartigen Agaven quer über die offene Ebene zur Straße nach Aïn Malqa führte. Die Entfernungen waren hier groß; die Dinge sahen nah und klein aus, aber sie waren immer größer und weiter entfernt, als man annahm. Nachmittags in der goldenen Stunde erreichte er den Olivenhain. Diesmal erschien kein Motorrad, und er kam zum Haus, ohne das feine Gewebe des Grillengezirps, durch das er ging, zu zerreißen. Einen Augenblick stand er unschlüssig vor der Tür und zögerte, vom Klopfer Gebrauch zu machen. Aber nachdem er den weiten Weg hierhergekommen war, konnte er sich nicht denken, was er sonst tun sollte, und so hob er den eisernen Ring und ließ ihn zweimal niederfallen. Das Geräusch war überraschend laut, aber unmittelbar danach war alles wieder vollkommen still wie vorher. Er horchte angespannt auf Stimmen von innen. Die Grillen waren zu laut.

Er wartete lange. Falls niemand antwortete, war er entschlossen, sich in einiger Entfernung vom Haus ins Gebüsch zu setzen und auf die Rückkehr Moulay Alis zu warten. Er überblickte den verwilderten Garten und wählte und verwarf vorteilhafte Möglichkeiten. Etwas knackte hinter ihm, er fuhr rasch herum. Die Tür war gerade weit genug offen, eine Nase und einen Mund in der Öffnung zu zeigen. »*Mahmoud?*« fragte er zögernd, und wie immer, wenn er nicht genug Kraft aufwandte, brach seine Stimme auf der zweiten Silbe. Der Name war ihm in der Sekunde, da er ihn aussprach, eingefallen. Aber wer es auch war, er schloß leise die Tür, und er war wieder allein. Und nun wartete er noch länger, aber er wußte wenigstens, daß jemand da war, obgleich innerhalb und außerhalb des Hauses nicht mehr Geräusch war als in einer Ruine. Im Hain wiederholte ein Vogel immer wieder zwei helle Töne. Schweigen, zwei helle Töne.

31

Dieses Mal öffnete sich die Tür richtig, sehr schnell. und ein großer Mann mit grauem Tarbusch und einem weißen Auge stand da und hielt einen großen, blanken Revolver in der Hand, den er auf Amars Brust richtete.

»Guten Tag«, sagte der Mann, und als Amar die tiefe Stimme hörte, erinnerte er sich auch an den Namen.

»*Yah, Lahcen, chkhbarek?* Wie geht es?« begann er, ein wenig zu vertraulich, wie er bemerkte, als sich das ausdruckslose Gesicht des Mannes nicht änderte.

Lahcen sagte: »Komm herein«, trat beiseite und folgte Amars Bewegungen mit dem Revolver. »Ob er glaubt, ich fürchte mich vor dem Ding?« fragte sich Amar. Als er die Treppe hinaufging, hörte er, wie Lahcen die Tür verriegelte. Oben angekommen, betraten sie nicht den großen Raum, in dem er neulich gewesen war, sondern gingen, über ihren Köpfen die summenden Bienen, die ganze schadhafte Galerie entlang bis zu einer kleinen Tür am Ende. »Mach auf«, sagte Lahcen.

Drei Stufen führten auf eine andere Galerie hinunter, die im rechten Winkel zur ersten verlief. Dieser Teil des Hauses war noch verfallener: Fast alle Fußbodenfliesen fehlten, die Wände waren zum Teil abgebröckelt und eingestürzt, einige der an den Enden morschen Deckenbalken waren so abgesackt, daß man mit gebeugtem Kopf darunter durchgehen mußte. Lahcen ging voraus und öffnete rechts eine Tür. Innen war es dunkel; nur ein schmales, mit einer vergilbten Zeitung bedecktes Fenster war vorhanden, und in der Luft war die stehende Hitze eines im Sommer verschlossenen Raums, der trockene dumpfe Geruch von langsam angesammeltem Staub. Lahcen schloß die Tür, und Amar hörte im Vorbeistreifen seinen leise keuchenden Atem.

Plötzlich war Licht. Unmittelbar vor Amar hatte sich eine Tür geöffnet. Die Hand auf dem Türgriff, in einem grünen Morgenrock, stand Moulay Ali vor ihm. Hinter ihm eine schmale hölzerne Treppe, die anscheinend in den Himmel führte.

»*El aidek mebrouk*. Frohes Fest«, sagte Moulay Ali freundlich, ohne jeden Anflug von Ironie. »Komm herauf.« Er wandte sich und ging vor Amar die Treppe hinauf, Lahcen folgte.

Es war der Himmel, den Amar gesehen hatte, er war überall im Zimmer, da die Wände nur aus Fenstern bestanden. Einige waren offen, andere geschlossen, und dort in der untergehenden Sonne lagen die Berge, die Ebene, die Wipfel der Olivenbäume und vor ihnen nur das Dach des Hauses, das höher lag als das Zimmer. Amar sah entzückt umher; es imponierte ihm sehr. Moulay Ali beobachtete ihn. Das einzige Mobiliar waren ein großer Tisch und ein paar schwere Lederkissen zum Sitzen. Der Tisch war über und über mit Büchern, Zeitschriften und Zeitungen bedeckt; am anderen Ende stand eine Schreibmaschine.

»Setz dich. Wie gefällt dir mein Arbeitszimmer?«

»Ich habe noch nie ein solches Zimmer gesehen«, antwortete Amar mit einem Seitenblick auf Lahcen, der immer noch mit dem Revolver in der Hand an der Tür lehnte. Moulay Ali bemerkte seinen Blick und lachte.

»Lahcen ist heute nachmittag meine Leibwache. Endlich glaube ich jemanden zu haben, dem ich trauen kann.« Lahcen knurrte selbstzufrieden. »Die anderen sind alle gegangen, um ihren Freunden etwas vorzusingen.«

»Sie meinen, der Polizei?« sagte Amar empört.

Noch immer den Kopf leicht zur Seite geneigt, betrachtete ihn Moulay Ali nachdenklich. Er lächelte. »Nein«, sagte er ruhig. »Aber sie redeten zu viel, und das ist fast so schlimm. Siehst du, ich bin heute gar nicht hier. Du glaubst mich zu sehen, aber in Wirklichkeit bin ich in Rabat.« Plötzlich änderte er den Ton seiner Stimme und sagte etwas drohend, wie es Amar schien: »Aber was heißt das mit der Polizei? Warum sollte jemand zur Polizei gehen? Warum hast du das gesagt? Ich glaube, du mußt es mir erklären. Ich verstehe es nicht.«

Die frische Abendbrise kam nun von den Bergen über

die Ebene herunter; sie strich durch das offene Fenster und streifte Amars Wange. Wenn Moulay Ali wirklich den Unschuldigen vor ihm spielen wollte, hätte er doch nicht gesagt, was er ihm eben über Rabat erzählt hatte. »Ich weiß nicht«, sagte er einfach. »Ich nehme an, die Franzosen würden sie gern schnappen. Sie möchten doch jeden gern fangen, der für die Freiheit arbeitet.«

Moulay Ali kniff die Augen zusammen. »Ich glaube, du hast recht«, sagte er und sah in die Landschaft hinaus. »Ich glaube, sie hätten mich gern. Darum dürfen die Leute nicht wissen, wo ich bin.« Er wandte sich um und sah Amar nachdenklich an.

Amar schwieg und überlegte, ob er ihm jetzt sagen sollte, warum er hier war, oder später. Er sagte sich: Solange sie aneinander vorbeiredeten und Moulay Ali herauszukriegen versuchte, was er wußte, er aber, wessen ihn Moulay Ali verdächtigte, war es hoffnungslos. Er hatte das unangenehme Gefühl, jede weitere Minute der Unklarheit berge die Gefahr einer nicht wiedergutzumachenden Entscheidung Moulay Alis.

»Ich habe Benani gesehen«, sagte er plötzlich.

»Aha«, antwortete Moulay Ali; er schien zu warten, daß Amar fortfahren. (Wenigstens hatte er nicht gesagt: »Wer ist Benani?«)

Nach einer Pause sagte Moulay Ali ruhig: »Wen hast du noch gesehen?«

»Die, die mit ihm waren, ich kenne ihre Namen nicht.«

»Von denen spreche ich nicht«, sagte Moulay Ali ruhig. »Die kenne ich. Ich meinte, wen du sonst gesehen hast, seit du vor drei Tagen hier warst?«

Nur drei Tage, dachte Amar, es schien ein Monat zu sein. Im rosigen Licht der untergehenden Sonne sah eine große wunde Stelle an Lahcens Bein aus, als brenne sie. Er seufzte. Das wurde wieder genau dasselbe wie Benanis Kreuzverhör. »Ich habe meine Familie und Mohammed Lalami gesehen.«

»Wen?« sagte Moulay Ali scharf. Amar wiederholte den Namen. »Wer ist das?« wollte er wissen. »Ein *derri*, der in der Medina lebt. Der mich neulich auf die Nase geschlagen hat«, fügte Amar vergnügt hinzu. »Der mit mir in Aïn Malqa war.«

»Wen noch?« forschte Moulay Ali weiter.

Die beiden Reisenden zu erwähnen kam Amar einfach nicht in den Sinn, sie und die Zeit, die er mit ihnen verbracht hatte, gehörten einer anderen, weit entfernten Welt an, sie hatte nichts zu tun mit der Welt, in der sie lebten und über die sie jetzt sprachen. »Sonst habe ich niemanden gesehen«, sagte er.

»So.« Plötzlich sah Moulay Alis Gesicht äußerst erschrekkend aus. Es zog sich zu einem Knoten zusammen und zuckte wie eine sterbende Schlange; dann schien es eine Sekunde, als würde er in Tränen ausbrechen, statt dessen holte er tief Atem, und seine Augen öffneten sich weit. Amar fürchtete sich, da er bemerkte, daß Moulay Ali außerordentlich böse war. Er brach in einen Wutschrei aus, sprang auf und redete wild drauflos.

»Warum hast du keinen Respekt vor mir?« schrie er. »Respekt! Respekt! Nur einfach Respekt. Nur ein wenig Respekt würde deinem Eselskopf genug Verstand eingeben, um zu wissen, daß du mich nicht belügen kannst. Wo hast du letzte Nacht geschlafen?«

Er stand drohend über Amar, sein Körper bebte beim Sprechen. Instinktiv stand Amar auf und trat ein Stück auf die andere Seite des Sitzkissens zurück.

»Ich habe überhaupt nicht geschlafen«, sagte er mit einem Ausdruck verletzter Würde. »Ich war in Sidi Bou Chta bei der *fraja.*«

Moulay Ali blickte hilfesuchend zur Decke; je wütender er wurde, dachte Amar, desto weniger Respekt flößte er ein, er wurde nur wie jeder andere Mann. »Dieser Meisterlügner! Hört euch das an!« Er drehte sich um und stieß den Kopf gegen Amar vor. »Willst du wissen, wo du geschlafen hast?« brüllte er. »Du hast auf dem Commissariat de Police geschlafen. Da hast du geschlafen: Ich kann es dir sagen, da du ein so schlechtes Gedächtnis hast.« Er packte Amar und riß ihn grob zu sich, faßte in seine Taschen, bis er das ganze Geld gefunden hatte; dann ließ er ihn los und klatschte ihm mit dem Bündel Noten scharf ins Gesicht. Es tat nicht weh, aber es war eine untragbare Beleidigung. Ohne Rücksicht auf irgendwelche Folgen trat Amar zurück und versetzte Moulay Ali einen wohlgezielten Fausthieb auf sein vorstehendes Kinn. Lahcen war sofort auf den Füßen; die Pistole war plötzlich vor Amars Gesicht, und gleichzeitig streckte ihn Moulay Ali mit einem Hieb zu Boden. Er lag schräg über dem Kissen, auf dem er gesessen hatte, und rieb sich automatisch das Gesicht, hörte aber nicht auf, Lahcen anzusehen.

Moulay Ali zählte das Geld und warf es auf den Tisch. Das Taschentuch mit Amars eigenem Geld hatte er noch in der Hand und schwenkte es im Kreise.

»Neuntausend Francs! Ich wußte nicht, daß ich ihnen soviel wert bin«, sagte er mit ruhiger Ironie und etwas überrascht.

Amar war außer sich. Unschuldig zu sein und behandelt zu werden, als sei er schuldig, das konnte er nicht hinnehmen. Dieser Mann war nicht sein Vater; er schuldete ihm nichts. Lahcen konnte schießen, wenn er wollte. Das machte nichts. »Sie meinen, Sie wußten nicht, daß *ich* ihnen soviel wert war!« schrie er.

Lahcen knurrte drohend, aber Moulay Ali drängte ihn zur Tür. »Setz dich«, sagte er. »Ich werde mit diesem *ouild* schon fertig. Er ist sehr interessant. Ich habe selten ein ähnliches Tier gesehen.« Er begann auf und ab zu gehen, ein paar Schritte in dieser Richtung, ein paar in jener.

»Ich habe viele *chkama* in meinem Leben gesehen, fast nichts als *chkama*. Die meisten *drari* wie du werden am Ende Denunzianten; das ist nicht ungewöhnlich«, fügte er mit einem kurzen Auflachen hinzu. »Aber ich gebe zu, etwas Ähnliches wie dich habe ich noch nicht gesehen.«

»Dann sehen Sie mich nur sorgfältig an«, erwiderte Amar, fast weinend vor Bewegung (was ihn bewegte, wußte er nicht); »Sie werden nie einen anderen dieser Art sehen. Ein Mann wie Sie, der an Hufschmiede gewöhnt ist, trifft keine Gewürzhändler. Möge Allah Ihnen ein bißchen Verstand geben. Ich schwöre, ich habe Mitleid mit Ihnen.«

Moulay Ali brummte und wandte sich an Lahcen. »Hör ihn dir an!« rief er erstaunt. »Hast du jemals so etwas gehört?« Zu Amar sagte er: »Ich glaube, mein Verstand genügt mir, ohne Allahs weitere Hilfe.«

Diese letzten Worte waren nichts als Blasphemie. Amar sah Moulay Ali an, wandte den Kopf ab und spuckte heftig aus. Dann wandte er sich wieder um und sprach mit leiser, angespannter Stimme: »Ich kam froh hierher, Sie zu sehen, obwohl ich weiß, daß Sie kein Mohammedaner sind.« Moulay Ali öffnete den Mund und schloß ihn wieder. »Ich hatte Respekt vor Ihnen, großen Respekt, weil ich dachte, Sie wären klug und arbeiteten für die Mohammedaner. Aber was Sie auch für uns tun, wird ein Spinngewebe sein, ein *ankabutz*, und möge Gott, der alles verzeiht, meine Worte hören, denn das ist die Wahrheit.« Er schluchzte auf, und da er einmal damit angefangen hatte, vergrub er sein Gesicht in das Kissen und weinte weiter.

Schließlich hörte Moulay Ali auf, hin und her zu gehen, blieb stehen und sah fasziniert auf Amar; dann fing er wieder an zu gehen und rieb bestürzt sein Kinn. Der Sonnenuntergang war vorüber; es wurde zusehends dunkler im Zimmer. »Sag Mahmoud, er soll eine Lampe bringen«, sagte er zu Lahcen, der aufstand und ihm den Revolver gab, ehe er ging. Moulay Ali legte ihn ruhig auf den Tisch neben die Schreibmaschine und beobachtete stehend Amar. Er nahm das Geld hoch und schnippte es ein paarmal mit den Fingernägeln. Dann faßte er anscheinend einen Entschluß, ging zu Amar hinüber, kniete nieder und berührte seine Schulter. Amar hob den Kopf, wandte sich aber wieder ab und schwieg unglücklich weiter.

»Wenn du sprechen möchtest«, sagte Moulay Ali sanft, »erzähle mir die ganze Geschichte.«

Amar seufzte tief und schüttelte den Kopf. »Was hat das für einen Sinn?« murmelte er.

»Überlaß mir, das zu entscheiden, wenn ich sie gehört habe«, sagte Moulay Ali etwas weniger sanft. »Ich will alles hören, alles, was du getan hast, seit du mein Haus verlassen hast.«

Immer noch seufzend raffte Amar sich vom Boden auf und setzte sich wieder auf das Kissen. Er beschrieb seinen Rückweg nach der Ville Nouvelle, den Sturm, die Autobusfahrt, den Jahrmarkt, die Matrosenpuppe und alle Einzelheiten des Abends. Ein oder zweimal hörte er Moulay Ali kichern; das ermunterte ihn etwas fortzufahren. Der Bericht über sein Zusammentreffen mit den beiden Reisenden schien seinen Hörer besonders zu interessieren; er stellte eine Menge Fragen über sie, ließ ihn aber dann bis zu der Stelle weiterreden, wo er auf dem Weg mit den beiden Reisenden und der Polizei durch die Straßen Benanis Stimme hinter sich gehört hatte. In diesem Augenblick öffnete sich die Tür, und Mahmoud kam mit einer großen Öllampe herein, die er auf den Tisch setzte. Beim Hinausgehen hielt ihn Moulay Ali zurück.

Das Licht der Lampfe fiel auf Amars Gesicht. »Ich glaube, du möchtest etwas essen«, sagte Moulay Ali, ihn sorgfältig ansehend. Es schien Amar lange her zu sein, seit es Hunger und Durst in der Welt gegeben hatte. Wenn er aber ja sagte, war es nur aus Höflichkeit gegenüber seinem Gastgeber.

Mahmoud schloß die Tür hinter sich. »Fahr fort«, ermunterte ihn Moulay Ali. »Wußtest du, daß Benani dachte, du seist verhaftet, oder nicht?«

»Ja, ich wußte es«, antwortete Amar und fuhr in seinem Bericht fort; zu müde, zwischen dem Wesentlichen und dem Unerheblichen zu unterscheiden, beschrieb er, was ihm in den Sinn kam – die Balkenschnitzereien im Zimmer des Reisenden, die Redseligkeit der Dame, den Mechanismus des Klosetts, den dicken französischen Kellner, der, sowie der Reisende das Zimmer verlassen hatte, ihm alle zwei Minuten mehr zu essen brachte und ihn in die Backe kniff, während er aß; wie es ihm gelang, Mohammed Lalami zu überreden, mit nach Sidi Bou Chta zu kommen, indem er ihm erzählte, die christliche Dame sei liebesbedürftig und hätte die Nacht vorher mit ihm geschlafen, und wie Mohammed, als er mit ihr allein war, so nervös wurde, daß er nur Falsches sagte. »Und dann sahen wir die Aissaoua und die Haddaoua und die Julala und die Hamacha und die Derqaoua und die Guennaoua und all den Dreck, weil der Christ das Ganze sehen wollte.« Er zog bei der Erinnerung ein Gesicht. »Es wird einem übel, diese Menschen wie die Affen herumspringen zu sehen.«

»Ja«, stimmte Moulay Ali zu. »Und dann?«

»Dann hörte ich, was sie alle über die Partisanen in der Medina sagten, und wollte nach Hause.«

»Und dann kamst du statt dessen zu mir. Warum? Dachtest du, ich könnte dich in die Medina bringen?«

Amar gab das zu, und Moulay Ali lachte, belustigt und von seiner Freimut ein wenig geschmeichelt. »Mein Freund«, sagte er ihm, »könnte ich dich in die Medina bringen, dann könnte ich auch jeden Franzosen morgen aus Marokko vertreiben. Erzähle weiter.«

Aber Amar schien nicht zu hören. Die ganze Bedeutung des eben Gesagten wurde ihm erst jetzt bewußt; verzweifelt sah er Moulay Ali an. Es hatte keinen Sinn zu sagen: »Meine Schwester, meine Mutter.« Es gab Tausende von Schwestern und Müttern. Aber er sagte es trotzdem. Moulay Ali lächelte traurig.

Mahmoud brachte ein Tablett mit Brot und Suppe. *»Bismil' lah«*, murmelte Amar und fing an, mechanisch ein Stück Brot zu kauen. Moulay Ali beobachtete ihn genau über den Rand seiner Suppenschale und sah, wie sich der Junge beim Essen seines Hungers bewußt wurde. Er sprach nicht, bis Mahmoud mit einem zweiten Tablett zurückkam, diesmal mit einer großen irdenen *tajine* mit Lamm, Auberginen und Nudeln.

»Vielleicht kann ich dir helfen«, sagte er endlich. »Ich habe ein paar Verbindungen zu verschiedenen Stellen. Möglich, daß ich Nachricht von deinem Elternhaus erhalten kann!«

Amar starrte ihn an. Der Gedanke, etwas über seine Familie zu erfahren, ohne selbst nach Hause zu gehen, war ihm noch gar nicht gekommen.

»Möchtest du das?« fragte Moulay Ali. Amar antwortete nicht. Was hatte es für einen Zweck, etwas von seiner Familie zu hören, wenn er sie nicht selbst sehen konnte? Und wie konnte er den Nachrichten, den guten oder den schlechten, glauben? Aber er sah, daß Moulay Ali sein Bestes tat, ihm zu helfen, und sagte: »Ich würde mich sehr freuen, Sidi.«

»Ich werde versuchen, was ich machen kann. Nun erzähle mir das übrige.«

Da sei nicht mehr viel zu erzählen, sagte Amar. Mohammed und die Dame hatten sich auf französisch über die Kämpfe in der Medina unterhalten. Er war zu traurig gewesen, um zuzuhören. Die Dame hatte dann gewartet, bis Mohammed hinausging, hatte ihn zu sich gerufen, ihre Brieftasche geöffnet, sich erst vergewissert, daß niemand es sah, und ihm dann die zusammengefalteten Banknoten in die Hand gesteckt. Als er die Gesten beschrieb, mit denen sie ihm klarzumachen suchte, daß er eine Pistole kaufen sollte, unterbrach Moulay Ali und rief begeistert: »Ah, eine Dame mit Verstand!« Und als er zu dem Zwischenfall mit den Omnibussen und der Verhaftung der Männer von den Bergen kam, bemerkte Moulay Ali grimmig: »Gut! Gut! Je mehr, desto besser.« Amar war bestürzt, er hatte das Gegenteil erwartet. Sein Erstaunen spiegelte sich wahrscheinlich in seinem Gesicht wider, denn gleich darauf erklärte Moulay Ali es sorgfältig: »Wenn sie in die Berge zurückkehren, wird keiner von ihnen mehr das Wort Frankreich ohne Haß im Herzen hören können.« Amar dachte ein wenig nach. »Das ist wahr«, stimmte er zu. »Aber einige wurden getötet.«

»Sie sind für die Freiheit gestorben«, sagte Moulay Ali kurz. »Vergiß das nicht.«

Einen Augenblick lang schwiegen sie beide. Durch das offene Fenster hörte man in der Ferne das Heulen eines Hundes, begleitet von dem ständig zunehmenden Nachtwind. Amar sah auf und erblickte in den glänzenden Glasscheiben ihre verzerrten Spiegelbilder vor dem Dunkel dahinter. Mahmoud hatte eine große Schüssel Orangenscheiben mit Zimtrinde und Rosenwasser gebracht. Als sie fertig waren, setzte Moulay Ali sich zurück, wischte sich mit der Serviette das Gesicht und sagte: »Ja, sie sind für die Freiheit gestorben. Und deshalb bitte ich dich auch nicht um Verzeihung, wenn ich dich rauh behandelt habe. Es wäre eine

Beleidigung für sie. Ich war mißtrauisch und hatte unrecht, aber ich hatte nicht unrecht, mißtrauisch zu sein. Verstehst du das? Zuerst dachte ich: Nein, er kann nicht zu den Franzosen gegangen sein, denn sonst wäre er bestimmt nicht hierhergekommen.«

»Sehen Sie?« sagte Amar befriedigt.

»Aber dann dachte ich: Warte! Sie haben ihn als Führer benutzt und allein hereingeschickt und warten draußen.«

»Oh!« sagte Amar. Er dachte, wenn jetzt die Franzosen durch einen unglückseligen Zufall Moulay Ali wirklich finden, wird er mich sicher verdächtigen dahinterzustecken; er beschloß, es Moulay Ali zu sagen.

»Nein, nein, nein«, beschwichtigte ihn Moulay Ali. »Sie wären längst im Haus, wenn sie mit dir gekommen wären. An dem Tag, an dem die Franzosen Geduld lernen, wird ein Kamel in der Karouine beten.«

Diese beruhigenden Worte lösten eine ganze Reihe von Reaktionen in Amar aus, so daß er unmittelbar darauf den überwältigenden Wunsch hatte, seine Augen zu schließen; er fühlte, wie sein Kopf zu Stein wurde und lähmender Schlaf rasch seinen ganzen Körper umschloß. Moulay Ali redete, aber er hörte nur die Stimme.

Und die sagte scharf: »Komm, komm! Du kannst doch nicht einfach so einschlafen.«

Moulay Ali war aufgestanden und hatte sich über ihn gebeugt. »Steh auf und komm mit mir«, sagte er. Eine Taschenlampe in der Hand, führte er ihn die Treppen hinunter durch den kleinen heißen Raum zu der Galerie hinten, wo ein Mann, der auf einer Matte vor der Tür lag, sich brummend aufsetzte und leise sagte: *»Yah, Aziz.«* Sie suchten sich ihren Weg über den unebenen Boden.

Eine andere Tür wurde geöffnet; der suchende Strahl der Lampe spielte kurz an den Wänden. Da war ein Lager. »Ich denke, das wird gut genug sein bis morgen«, sagte Moulay Ali. *»Incha'Allah«*, antwortete Amar. Dann dankte er Moulay Ali mit letzter Anstrengung und ließ sich auf das Lager fallen. *»Lah imsik bekhier«*, sagte Moulay Ali, als er die Tür schloß. Vor dem Fenster zirpten die Grillen.

32

Es gibt Morgen, da das Herz vom ersten Lichtstrahl, der das Auge trifft, und von den ersten einfachen Tönen an, die das Ohr aufnimmt, im Rhythmus einer unhörbaren Musik zu schlagen glaubt, die bekannt, aber vergessen ist, weil sie vor langer Zeit unterbrochen wurde und erst jetzt plötzlich wieder anhebt. Die stummen Melodien dringen durch die Hülle des Bewußtseins, wie der Wind durch die Maschen eines Netzes streicht, ohne es zu bewegen, und doch trotzdem unverkennbar ringsum da ist. Wer nie einen solchen Morgen erlebt hat, kann von seinem Nahen wie gelähmt werden.

Amar erwachte, hörte das Schnattern der Gänse vor einem sanften Hintergrund von Vogelgezwitscher, horchte einen Augenblick auf die ungewohnten Geräusche im Haus – das Schließen einer Tür, die Gespräche der Diener und den Lärm, den sie bei ihrer Arbeit machten –, und ohne auch nur die Augen zu öffnen, fiel er in ein behaglich-melancholisches Heimweh nach seiner Kindheit, dem anderen Leben, das vor so langer Zeit in Kherib Jerad ein Ende fand. Er erinnerte sich an kleine Vorgänge, an die er seither nicht mehr gedacht hatte, und an ein großes Ereignis: Das war die Prügelei mit Smail, seinem einzigen Freund unter den Jungen des Ortes, der ihn, anstatt ihn zu verdreschen, in den Nacken gebissen hatte und seine Zähne nicht gelockert hatte, bis Männer gekommen waren und auf ihn eingeschlagen hatten. Er hatte noch immer Narben von diesen scharfen weißen Zähnen; wenn der Friseur seinen Nacken etwas zu hoch ausrasierte, wurden sie sichtbar. Und an diesem Abend war eine Abordnung der Dorfältesten mit Laternen und Fackeln bei seinem Vater erschienen, um sich zu entschuldigen und, was ihnen noch wichtiger war, ein Wort der Verzeihung von Amar zu hören; denn wenn Amar sich weigerte, würde für sie alles schlecht ausgehen, bis sie dem jungen Sherif, dem einer der ihren ein Unrecht zugefügt hatte, ein Opfer gebracht hätten. Und Amar weigerte sich; er hatte noch immer erhebliche Schmerzen, und so kamen sie am nächsten Tag mit einem wunderschönen weißen Schaf für seinen Vater wieder, damit ihre Ernten und Heime von Allahs Zorn verschont blieben. Sein Vater war unglücklich darüber. »Warum willst du Smail nicht verzeihen?« fragte er ihn. »Ich hasse ihn«, erwiderte Amar hitzig, und weiter war darüber nichts zu sagen.

Er erinnerte sich an den Fluß und die kleinen Buben zwischen seinen hohen Lehmufern, wo er gespielt hatte; an die schönen Kleider, die er immer getragen hatte, wenn sie mit dem Bus nach Kherib Jerad fuhren; denn damals hatten sie noch Geld, und seine Mutter hatte viel für Amars Umhänge, Hosen, Jacken und Pantoffeln ausgegeben, die bei den besten Schneidern und Schuhmachern in Fez angefertigt wurden. Er erinnerte sich und lauschte auf die nah und fern singenden Vögel, und ihm schien, als würde die süße Traurigkeit, die ihn überkommen hatte, nicht mehr aufhören, solange er lebte; denn er hatte aufgehört, er selbst zu sein, weil er von seinem Heim abgeschnitten war. Jetzt lag er irgendwo auf einer Matratze und war niemand, und es hatte keinen Sinn, etwas anderes zu tun, als fortzufahren, ein Niemand zu sein. Manchmal schlief er einen Augenblick und versank langsam, so daß der Horizont des Seins verschwand; dann erwachte er wieder. Es war, als triebe er auf einem sanften Meer dahin, dem Willen der Wogen folgend.

Einmal während des Vormittags öffnete sich leise die Tür, und Moulay Ali sah auf seinem Weg zum Arbeitszimmer im Turm herein, aber er schlief gerade; Moulay Ali schloß die Tür und ließ ihn allein. Als er zurückkam, war es fast Mittag, und er beschloß, ihn zu wecken. Er rüttelte ihn ohne große Umstände an der Schulter und sagte, es sei sehr spät; dann ging er und rief Mahmoud, der den immer noch Schlaftrunkenen in einen Raum führte, wo ein Eimer kaltes Wasser und ein Stück Seife waren. Nachdem er sich gründlich gewaschen hatte, war er hellwach. Als er auf die Galerie hinaushinaustrat, kam Mahmoud gerade mit einem riesigen Kupfertablett und stellte es vor dem Waschraum auf die Füße. »Iß hier«, sagte Mahmoud, »es ist kühler.«

Während Amar aß, kam Moulay Ali die Galerie entlang. Er sah müde und unglücklich aus. »Guten Morgen. Wie hast du geschlafen?« erkundigte er sich und ging, ohne eine Antwort abzuwarten, in sein Arbeitszimmer. An der Tür drehte er sich um und sagte: »Es ist möglich, daß ich später Nachrichten für dich habe.« Dann kam Mahmoud, um nachzusehen, ob Amar fertig sei; da er noch nicht soweit war, blieb Mahmoud stehen, sah auf ihn hinunter und beobachtete ihn beim Essen. »Du kannst nicht aus dem Haus«, sagte er plötzlich zu ihm. Die Neuigkeit war für Amar nicht überraschend, noch interessierte sie ihn. Es gab nichts, was er draußen zu tun vorhatte, und er wollte nirgends hingehen – draußen gab es nur Olivenbäume, die heiße Sonne und zirpende Grillen. Er war ganz zufrieden, im Haus zu sitzen und sich in der Trägheit, die der Tag gebracht hatte, zu sonnen.

Anscheinend spürte Mahmoud seine Apathie, denn als er das Tablett aufnahm, um es hinauszutragen, sagte er: »Komm«, und führte ihn in den großen Raum, wo er neulich mit den Jungen gesessen hatte. Der war jetzt in noch größerer Unordnung als vorher; aufgeschlagene Zeitungen lagen auf den Kissen, ungeleerte Aschenbecher standen mitten auf dem Fußboden, und in einer Ecke auf einem Tisch stand ein auseinandergenommener Radioapparat; die Einzelteile waren durcheinander um den leeren Kasten verstreut. Auf einem Ruhebett lagen mehrere Exemplare einer ägyptischen Illustrierten. Er setzte sich und begann, sie durchzublättern; in jeder Nummer waren einige Bilder von Marokko. Französische Polizisten zeigten auf einen langen Tisch voller Revolver und Dolche; verwundete Mohammedaner wurden von ihren Landsleuten weggeführt; ein Kind wanderte durch die Ruinen eines ausgebombten Gebäudes; fünf tote Mohammedaner lagen verkrümmt auf einer Straße in Casablanca; der Verkehr ging in nur einem Schritt Entfernung an den Leichen vorbei, während ein französischer Soldat für den Fotografen mit der Fußspitze auf sie zeigte. Es war schwer zu verstehen, warum diese Veröffentlichungen so streng verboten waren, da doch die französischen

Zeitschriften in den Läden der Ville Nouvelle dieselben Bilder enthielten. Aber konnte man die Gesetze der Franzosen überhaupt verstehen, wenn man nicht annahm, daß sie alle nur zu dem einzigen Zweck erlassen waren, die Mohammedaner zu verwirren, zu beunruhigen, zu beleidigen und zu quälen? Andere Seiten zeigten Bilder von ägyptischen Soldaten in schmucken Uniformen auf Panzern, bei der Besichtigung von Maschinengewehren, bei der Unterweisung von Studenten im Handgranatenwerfen, bei Manövern in der Wüste und in ihren kurzen Khakibeinkleidern beim Marsch durch die wundervollen Straßen von Kairo. Alle sahen glücklich und gesund aus; die Frauen und Mädchen winkten aus den Fenstern der Mietshäuser. Er blätterte zu den Bildern von Marokko zurück, betrachtete sie und fand ein masochistisches Vergnügen darin, den Gegensatz zwischen den Szenen der Zerstörung und des Todes und den Abteilungen ruhmreicher junger Soldaten festzustellen.

Er sah sich im Zimmer um; es erschien ihm als Inbegriff der Trauer und Entrücktheit von Marokko. *Maghreb-al-aqsa* war der Name seines Landes – das westlichste. Genau das äußerste Ende, die Grenze des Islam, nach dem nichts mehr kam als der leere Ozean. Die Marokkaner konnten nur schweigend und voll Neid den glorreichen Ereignissen folgen, die die anderen mohammedanischen Nationen verwandelten. Ihr Land war wie ein riesiges Gefängnis, dessen Insassen fast alle Hoffnung auf Freiheit aufgegeben hatten, und doch hatte noch Amars Vater es als das reichste und schönste des Islam gekannt. Und sogar Amar konnte sich noch der Pfirsiche und Birnen erinnern, die in den Obstgärten außerhalb der Mauern von Fez bei Bab Sidi bou Jida wuchsen, ehe die Franzosen das Wasser zu ihrem Land umleiteten und die Bäume in der Sommerhitze verdorren und sterben ließen.

Der Raum roch stark nach Petroleum: jemand hatte die Lampen unvorsichtig gefüllt. Er stand auf und wanderte teilnahmslos umher. Ja, dieser Raum war Marokko, es gab nicht einmal eine Möglichkeit hinauszusehen, die Fenster waren alle sehr weit oben. Er ging zur Tür und horchte auf das anhaltende Summen der Bienen, er dachte, ob ihr Gift wohl stark genug sei, einen Menschen zu töten, wenn man ihre Nester zerstörte und gestochen wurde.

Dann erschien Moulay Ali in der Tür der hinteren Galerie, sah Amar, kam heran und nahm ihn beim Arm. »Du hättest nicht hierherkommen sollen«, sagte er ihm. »Ich kann dich nicht fortlassen, und es wird dir sehr langweilig werden, hier eingeschlossen zu sein.« Er führte ihn ins Zimmer zurück und schloß die Tür. »Aber die Welt ist schlecht heute, sehr schlecht.« Er nahm Amars Taschentuch mit seinem Geld aus der Tasche, die Banknoten, die die christliche Dame ihm gegeben hatte, und das kleine Päckchen Kif, das Amar im Café Berkane für Mustapha gekauft hatte. Er drückte es Amar schnell und mit großem Widerwillen in die Hand. »Was machst du mit dem Dreck?« fragte er. »Ich dachte, du wärest ein einigermaßen vernünftiger *derri*.«

Amar hatte das kleine Paket ganz vergessen und war erschrocken, es in seiner Hand zu sehen. »Das gehört mir nicht«, rief er und sah darauf nieder.

»Es war in deiner Tasche.«

»Ich meine, es ist für meinen Bruder. Ich habe es für ihn gekauft.«

»Wenn du deinen Bruder liebst, würdest du ihm keine Ketten anlegen, wie?«

Amar wußte keine Antwort. Moulay Ali hatte in klaren Worten genau ausgedrückt, was er nur unklar gehofft hatte: daß der Kif nämlich zu einer Kette für Mustapha würde. Wenn er jetzt Unschuld vortäuschte, würde er in Moulay Alis Augen unglaublich dumm erscheinen; wenn er es nicht tat, hielt er ihn wahrscheinlich für unglaublich schlecht. Moulay Ali sah ihn erwartungsvoll an.

»Wir verstehen uns nicht sehr gut«, murmelte Amar endlich.

Moulay Alis Gesichtsausdruck veränderte sich augenblicklich. »Du willst sagen«, sagte er ungläubig, »er liebt Kif, und du gibst es ihm, um seine Gesundheit zu untergraben und seinen Verstand zu schwächen, so daß er niemals etwas wird? Ist es das?«

Kläglich gab Amar diese Absicht zu. Nachdem er Moulay Ali in allem die Wahrheit gesagt hatte, konnte er es auch hier tun. »Aber er ist jetzt schon nichts wert«, versuchte er zu erklären, »und ich habe es ihm ja nicht gegeben.«

Moulay Ali ließ einen langen, leisen Pfiff ertönen. »Nun, mein Freund, du bist ein kleiner Teufel. Aber hier ist dein Geld, sonst vergesse ich es noch.«

Als er schon im Hinausgehen war, drehte er sich noch einmal um und drohte mit dem Zeigefinger: »Und kaufe keinen Revolver damit, *smatsi*! Wenn du nicht den Rest deines Lebens in Aït Baza verbringen willst.« Er sah Amars ganz verlorenen Ausdruck und drehte sich um. »Heute abend kommen wahrscheinlich ein paar Freunde, wenn sie nicht vorher getötet oder verhaftet werden, und die werden dir ein Lied vorsingen. Kennst du das von Aïcha bent Aïssa?«

»Nein«, sagte Amar, dem die Aussicht auf Besucher den Tag plötzlich beglänzte.

»Es ist für dich sehr wichtig, dieses Lied zu hören.« Moulay Ali ging hinaus und schloß die Tür.

Etwas später kam ein ungepflegter Junge und brachte ein Tablett mit Früchten, Brot und Honig, grinste Amar an und ging wieder hinaus. Amar aß es ohne Appetit. *»Ed dounia mamzianache«*, hatte Moulay Ali gesagt – die Welt war sehr schlecht heute. Sie konnte kaum schlechter sein als gestern, sagte er sich, aber er war voller böser Ahnungen und fürchtete sich. Nachdem er gegessen hatte, räumte er von dem bequemsten Ruhebett alle Zeitungen und Zeitschriften und legte sich hin. Lange Zeit starrte er aus dem gegenüberliegenden Fenster in den blauen Himmel, endlich schloß er die Augen. Er blieb dort den ganzen Nachmittag in Melancholie versunken; das einzige Gegenmittel war die gelegentliche Erinnerung an Moulay Alis Versprechen, der Abend werde Gesellschaft bringen und er werde mit jemandem sprechen können.

Und am Ende des Nachmittags, als das Licht in den Himmelsvierecken über ihm zu schwinden begann und das

Leben in dem luftlosen Raum verebbte, wuchs seine Traurigkeit, wurde zu einem physischen Schmerz in Herz und Kehle, und er fühlte, nichts konnte ihn lindern – nicht tagelanges Weinen, nicht einmal der Tod. Eines Tages, vor Jahren, als er mit seinem Vater durch die Zekak al Hajar gegangen war, wo die Bettler sitzen, ihre Sprüche herunterleiern und ihre Armstümpfe und andere Gebrechen zur Schau stellen, hatte sein Vater zu ihm gesagt: »Wenn ein Mann stirbt und beerdigt ist, hat er mit dieser Welt abgeschlossen, und seine Freunde sagen Dank, daß er das Glück hatte zu entrinnen. Doch wenn ein Mann ohne Freunde in den Straßen umherkriecht, ohne Kleider, ohne eine Matte, auf der er liegen kann, ohne ein Stück Brot, lebend, aber nicht wirklich am Leben, tot, aber doch nicht tot, das ist Allahs fürchterlichste Strafe, außer den Feuern der Jehennam. Sieh dich um, so wirst du verstehen, warum Wohltätigkeit eine der fünf Pflichten ist!« Sie waren stehengeblieben, und Amar hatte sich umgesehen, aber eigentlich nur von Abscheu gefesselt einen Mann angestarrt, dessen Lippen zu einem riesigen violetten Beutel angeschwollen waren, so groß wie sein Kopf; und in seinem kindlichen Verstand hatte er gedacht, was für eine merkwürdiges Wesen Allah sein müsse, auf diese Weise seine Laune an den Menschen auszulassen.

Er erinnerte sich jetzt an das, was sein Vater gesagt hatte. Dieses Elend werde bald über ihn und alle anderen hereinbrechen, aber sie würden nicht einmal durch das Leid miteinander verbunden sein, das die Bettler veranlaßte, sich gegenseitig auf der Straße zu helfen (die mit verkrüppelten Beinen kriechen voraus wie kranke Hunde und führen die Blinden), da jeder den anderen hassen und fürchten und niemand wissen werde, wer ein Spion sei und wer nicht, einfach weil jeder bei entsprechendem Anreiz oder unter der Folter die anderen verraten werde.

Eine Zeitlang waren die Gegenstände des Raums im schwindenden Licht noch sichtbar, dann verloren sich ihre Umrisse im Nichts, wurden aschen, schwärzer und verschwanden schließlich völlig. Amar lag still da und verzehrte sich in Selbstmitleid. In einem einsamen Landhaus gefangen zu sein war schon schlimm genug für jemanden, der an die Medina und ihre Menschenmengen gewöhnt war, aber allein gelassen in der Dunkelheit, ohne auch nur die Möglichkeit, ein Licht anzuzünden, das war zuviel. Doch jetzt hörte er Schritte auf der Galerie, und einen Augenblick später öffnete jemand die Tür. Moulay Ali stieß einen Laut der Überraschung aus. »Schläfst du hier?« rief er. Amar verneinte sehr deutlich. »Aber was machst du in der Dunkelheit? Wo ist Mahmoud? Hat er denn keine Lampe gebracht?« Amar, für dessen verwundetes Ich diese Besorgnis Balsam war, antwortete, er habe Mahmoud seit mehreren Stunden nicht gesehen – genau gesagt, seit dem Frühstück.

»Du mußt ihm verzeihen«, sagte Moulay Ali, noch in der Tür stehend. »Er hatte heute sehr viel zu tun. Alle im Haus hatten viel zu tun.«

»Natürlich«, sagte Amar.

Auf Moulay Alis Veranlassung gingen sie in sein Arbeitszimmer, um nach den Gästen auszusehen; sie sollten auf einem Seitenweg von der Straße nach Ras el Ma kommen. Als sie durch den staubigen kleinen Vorraum zum Fuß der Treppe gingen, sagte er zu Amar: »Es wird nur eine kleine Gesellschaft von Freunden sein. Selbst mitten im Krieg muß man einmal lachen.« Zum erstenmal hörte Amar jemanden die Unruhen als einen Krieg bezeichnen; das Wort erregte ihn. Vielleicht waren unter den Ankömmlingen Männer, die am heutigen Tag mit eigener Hand Franzosen umgebracht hatten – Helden, wie man sie sonst nur im Kino oder in Zeitschriften sah.

Die abgeschirmte Lampe auf dem Tisch war bis auf ein trübes gelbes Licht herabgedreht. Sie saßen auf den Kissen und redeten. Moulay Ali ließ seine Augen aber keine Sekunde von der Stelle draußen im Dunkel, wo er die auftauchenden Lichter erwartete. »Es ist sehr unrecht, ungeduldig zu sein«, sagte er einmal, »aber heute bin ich mehr als das. Bei dieser Arbeit, in Zeiten wie diesen, ist jeder Tag wie ein Jahr. Man kennt die Lage am Morgen, aber am Abend ist alles wieder anders, und man muß von vorn anfangen. Doch der gewinnt zuletzt, der die Lage am genauesten studiert.«

Amar batrachtete Moulay Alis wohlgenährtes Gesicht. Er redete, weil er nervös war, das war offenbar. Es war auch klar, daß er sich in diesem Kampf, den er als Krieg bezeichnete, als eine Art General betrachtete und von seiner Umgebung als solcher anerkannt wurde. Doch ein General lebt nicht in einem bequemen Haus mit Dienerschaft und verbringt seine Zeit nicht am Tisch mit Schreiben und Lesen, überlegte Amar; er hat das beste Pferd und den besten Säbel, reitet an der Spitze seiner Truppen und spornt sie zu größerem Mut und zu tieferer Lebensverachtung an. Dazu waren Generale da; sie hatten ein Beispiel zu geben. Statt aber seine Gedanken auszusprechen, saß er ruhig da, bis er ein zufriedenes Brummen Moulay Alis vernahm. »Na, endlich«, sagte er, setzte sich auf und starrte in die Nacht. Amar blickte hinaus, konnte nichts sehen, schaute noch einmal und sah schließlich einige kleine Lichter da und dort aufblinken und verschwinden, wieder auftauchen und sich langsam nähern. »Es ist kein Automobil«, sagte er überrascht. »Natürlich nicht«, antwortete Moulay Ali. »Sie kommen auf Eseln. Es ist ein sehr schmaler Weg.« Er stand auf. »Entschuldige mich einen Augenblick. Sie werden gleich hier sein. Ich will nur sehen, ob das große Zimmer fertig ist.«

Allein in dem dämmrigen Raum, fühlte Amar, wie seine Zweifel wuchsen. Moulay Ali konnte ein sehr guter Mensch sein, aber ein Mohammedaner war er nicht. Er sagte niemals *›Incha'Allah‹* oder *›Bismil'lah‹*, er trank Alkohol und betete bestimmt nicht, und Amar hätte sich keineswegs gewundert zu hören, er habe gelegentlich Schweinefleisch gegessen oder Ramadan nicht eingehalten. Wie konnte so ein Mann es auf sich nehmen, die Mohammedaner in ihrem Kampf gegen die Ungerechtigkeiten der Ungläubigen zu führen?

Während er darüber nachdachte, erinnerte er sich verschwommen an eine andere Persönlichkeit; es war nur ein Hauch, eine Andeutung, ein Schatten, wie die Erinnerung an etwas, das mit ihm gewesen war und geheimnisvoll noch immer mit ihm war, und irgendwo in seinem Hirn verglich er es mit dem Hauch um Moulay Ali und fand es besser. All dies geschah in den lichtlosen Tiefen seines Inneren; er hatte nur ein beunruhigendes Gefühl, dessen Ursprung er nicht festzustellen versuchte. Aber wie ein leiser Brandgeruch einem Menschen in tiefem Schlaf ein Warnungszeichen zuraunen kann, so murmelte dieses andere Etwas, das er nur als etwas Beunruhigendes empfand, ihm eine Warnung zu – wovor, wußte er nicht.

33

Das Essen war ausgezeichnet. Sie lagen auf den Ruhebetten an den Wänden des großen Raums, redeten und lachten. Mit Lahcen, der spät mit dem Rad über die Hauptstraße kam, waren sie zehn. Als einer der Gäste, ein Student der Medersa Bou Anania, zu Beginn der Mahlzeit auf die Politik zu sprechen kommen wollte, wandte sich Moulay Ali ihm zu und erklärte vernehmlich, er für seine Person wolle einmal Arbeit und Sorge ein Weilchen vergessen und er halte es für gut, während des Essens die Tagesereignisse ruhen zu lassen. Alle stimmten zu; der Student aber machte ein mürrisches Gesicht und sprach während der ganzen Mahlzeit mit niemandem ein Wort. Einige Flaschen Wein waren schon geleert, und andere waren unterwegs.

»Die Lampe«, sagte Moulay Ali plötzlich zu Amar, der neben ihm saß. »Dreh sie herunter, sie blakt.« Seit der Ankunft der Gäste hatte er Amar als eine Art Ordonanz benutzt, und da dies eine gewisse Vertraulichkeit zwischen ihnen mit sich brachte, hatte Amar nichts dagegen. Außerdem machte es ihm viel Vergnügen, denn es ärgerte Lahcen, für den er nicht mehr viel übrig hatte, seitdem der große Kerl am Abend vorher mit dem Revolver vor seinem Gesicht herumgefuchtelt hatte. Lahcen sah finster zu ihm herüber und zeigte deutlich, daß ihm das Ganze mißfiel. Nachdem er die Anklagen Amars gegen sein Idol gehört hatte, galt ihm der Junge ein für allemal als Feind, und es war sehr unklug von Moulay Ali, ihn im Hause zu behalten; für seinen einfachen Verstand gab es für ein Benehmen, wie Amar es an den Tag gelegt hatte, keine mildernden Umstände.

Manchmal wurde es wie auf Vereinbarung plötzlich still: ein Loch in der Unterhaltung, durch das die feindliche Nacht ringsum deutlich spürbar wurde und durch das man nur die trügerisch beruhigende Musik der Grillen draußen vernahm. Hastig begann jemand, ein wenig zu betont über irgend etwas zu sprechen – ganz gleich, worüber –, und seine Worte wurden mit einer Bereitwilligkeit aufgenommen, die in keinem Verhältnis zu dem Interesse stand, das sie wachriefen.

Mahmoud brachte jetzt ein Tablett mit Flaschen, meist Bier. Aber es war auch die Karaffe mit grünem Chartreuse da, den Amar neulich bekommen hatte. Mulay Ali wollte ihm eine Flasche Bier geben. Als er ablehnte, bot er ihm Likör an. Amar wollte sagen: »Ich bin Mohammedaner«, aber er sagte nur: »Ich trinke nicht.« – »Aber du hast doch neulich nachmittags davon getrunken«, sagte Moulay Ali und sah ihn erstaunt an. »Das war ein Irrtum«, antwortete ihm Amar.

Als alle bekommen hatten, beugte Moulay Ali sich zu ihm herüber und sagte leise: »Die Nachricht, die ich dir versprochen habe, ist gut.« Amars Herz hüpfte vor Freude. »Sprich nicht darüber«, fuhr er fort. »Ich möchte nicht, daß alle anderen es hören. Hast du eine ältere Schwester?« Ohne Amars Antwort abzuwarten, fuhr er fort: »Deine Mutter und deine junge Schwester sind vor drei Tagen zu ihr und ihrem Mann nach Meknès gefahren. Das ist alles, was ich weiß.« Dann rief er mit erhobener Stimme zu einem dünnen kleinen Mann mit einem winzigen Schnurrbart hinüber: *»Eh! Monsieur le docteur!«* (Beim Klang der verhaßten Sprache starrte ihn Amar voll Abscheu an.) »Kommen Sie zu mir und erzählen Sie mir etwas.« Zu Amar sagte er: »Komm, rück ein bißchen zur Seite.« Amar ging ans andere Ende des Zimmers und setzte sich so auf ein großes Kissen, daß er die ganze Versammlung übersehen konnte. Die beiden jungen Männer, die ihm zunächst am Ende der Matratze saßen, tranken Bier und sprachen über die Zeitung der Partei.

Dann rief er zu Moulay Ali hinüber: »Meine Glückwünsche, Meister! Ich höre, Ihre Geschichte von der Beulenpest war *der* große Schlager auf den Plakaten der Studentenkundgebung gestern in Rabat. ›Die Marokkaner in den Konzentrationslagern sterben den Franzosen nicht rasch genug. Was macht man da? Man führt die Beulenpest in den Lagern ein und macht für mehr Gefangene Platz.‹ So lauteten sie. Es war ein erstklassiger Skandal.«

Moulay Ali lächelte. »Das habe ich gehofft«, sagte er.

Amar hörte den immer lauteren Gesprächen nicht zu. Er war damit beschäftigt, Allah immer von neuem für die Rettung Halimas und seiner Mutter zu danken. Als er wieder auf die Worte ringsum zu horchen anfing, stellte er fest, daß Moulay Ali diesmal seinen Freunden gesagt haben mußte, sie könnten ganz offen vor ihm sprechen, denn sie versuchten keineswegs, irgend etwas zu vertuschen. Jetzt, da die schlimmste Spannung vorüber war, konnte er sich sogar darüber freuen. Vor drei Tagen, hatte Moulay Ali gesagt. Das war der Tag, als er im Café Berkane war und die beiden Christen traf, der Tag, an dem er zu einem Spaziergang aus dem Haus gegangen war und seine Mutter gesagt hatte: »Ich habe Angst.« Sie mußten sehr bald nach ihm das Haus verlassen haben, wenn sie noch aus der Medina herausgekommen waren, ehe die Schießerei sie völlig abriegelte. Was konnte seinen Vater bestimmt haben, sie so schnell wegzubringen? Vielleicht hatte Allah ihm einfach eine Botschaft gesandt.

»Keine Verhandlungsmöglichkeiten«, sagte der Arzt. »Sie können jeden Tag einen neuen Gesandten von Paris schikken, wenn sie wollen. Das wird ihnen nichts helfen. Vorige Woche wäre das noch möglich gewesen. Vielleicht sogar gestern noch. Jetzt nicht mehr.« Er schien zum ganzen Raum zu sprechen, alle hörten zu. »Es war wirklich ein Meisterstück, sie alle da hineinzusteuern.«

»Aber werden die Leute es wirklich so hart empfinden, wie wir glauben?« fragte hastig ein junger Mann mit einer sehr hohen Stimme; er trug den blauen Anzug eines Geschäftsmannes. »Ist ihnen das *horm* wirklich so wichtig? Man muß das wissen.«

»Ske huwa«, sagte Moulay Ali kurz, auf Amar deutend. »Das ist das Volk, frag ihn.«

Alle, außer Lahcen, wandten sich um und sahen neugierig auf Amar, mit einem merkwürdigen Ausdruck, fast wie Gier, dachte er, als sei er ein neues Nahrungsmittel, das sie zum ersten Mal versuchen sollten. Moulay Ali lächelte nur wie eine zufriedene Katze, während der Doktor zu Amar sagte: »Weißt du, was sich heute in der Medina ereignet hat?«

»Nein, *Sidi*«, antwortete Amar und fürchtete sich von neuem.

»Die Franzosen schworen, alle *ulema* der Karouine ins Gefängnis zu werfen.«

»Das können sie nicht«, sagte Amar. »Die *ulema* sind heilig.«

»Ach, sie können, wenn sie wollen! Aber die *ulema* suchten Zuflucht in dem *horm* von Moulay Idris.«

Unwillkürlich fühlte Amar sich erleichtert. *»Hamdoul'lah«*, sagte er inbrünstig. Die anderen beobachteten ihn fasziniert.

Der Doktor beugte sich ein wenig vor, als er sagte: »Aber die Franzosen sind in das *horm* eingebrochen, haben sie verprügelt und einzeln herausgeholt. Sie sind jetzt alle in Rabat.«

Amars Augen waren weit aufgerissen. *»Kifach!«* schrie er. Niemand sprach. »Aber was wird werden? Haben wir denn noch nicht die Ville Nouvelle niedergebrannt?«

»Noch nicht. Aber wir werden es tun«, sagte Moulay Ali.

»Aber wir dürfen nicht warten!«

»Erinnere dich, nur die Menschen in Fez-Djedid haben Bewegungsfreiheit. Alle anderen sind in ihren Häusern eingeschlossen. Vergiß das nicht.« Dann wandte er sich wieder an den Doktor. »Brahims Vorschlag wäre gut, wenn er nicht von Anfang an unrealistisch wäre. Eine solche Sache braucht Zeit.« Sie redeten, aber Amar zog sich wieder in sich zurück, er hatte das Gefühl, in eine Falle gelockt worden zu sein.

Es war nicht so, daß er den Worten des Doktors nicht glaubte, aber er verübelte die Art und Weise, mit der sie alle sehen wollten, wie er die tragische Nachricht aufnahm; als ob es ihnen ganz gleichgültig war und sie das Ganze nichts anging.

»B'sif«, sagte ein Mann mit einem schwarzen Bart. »Je eher ihr anfangt, desto besser. Und ihr müßt dabeibleiben. Wieder und wieder. Amerika sendet Frankreich zweihundert Milliarden Francs. Amerika gibt Frankreich weitere hundert Milliarden. Frankreich würde Marokko gern verlassen, aber Amerika besteht darauf, daß es bleibt, wegen der Stützpunkte. Ohne Amerika gäbe es kein Frankreich. Und so weiter. *Sahel, sahel.* Alles, was wir brauchen, ist ein guter Angriff auf jeden amerikanischen Stützpunkt. Das sollte nicht schwer zu erreichen sein. Glaubst du, Ahmed?« Der Mann wandte sich dem Studenten zu, der während des Essens mürrisch dagesessen hatte.

»Ich glaube, es sollte mindestens unter den Studenten leicht sein.« Er war mehr auf Moulay Ali böse als auf die anderen.

»Obwohl sie die Gesichter der Franzosenhunde überall vor sich sehen und die Amerikaner nicht?« sagte Moulay Ali mit ausgesuchtem Spott. *»Soyez réaliste, Monsieur.«*

»Wir sind nicht alle *djebala*, direkt von der Bergen«, antwortete der Student hochmütig.

»Und wenn wir erst einmal ein paar Zwischenfälle gehabt haben, bei denen amerikanisches Leben und Eigentum betroffen werden, werden vielleicht auch die Amerikaner wissen, daß es da so ein Land wie Marokko in der Welt gibt«, sagte Brahim mit dem schwarzen Bart. »Bis jetzt kennen sie noch nicht den Unterschied zwischen Marokko und Senegal. Ihr könnt alle hier sitzen und sagen, es sei unrealistisch. Aber ich wette, innerhalb eines Jahres wird es offiziell sein. Das Ziel wird von den Franzosen auf die Amerikaner verlegt.« Niemand sagte etwas; anscheinend hatte es allen so imponiert, daß sie schwiegen. Die Grillen zirpten: »Rii, rii, rii, rii.«

»Es wäre sogar nützlich, wenn es nur für Propagandazwecke wäre«, fuhr Brahim fort, ermutigt durch ihr Schweigen und den Wein, den er getrunken hatte. »Aber es ist auch wahr, und das macht es als Propaganda noch viel wirksamer.«

»Der Wert der Propaganda steht in keiner Beziehung zum Grad ihrer Wahrheit«, bemerkte der Mann im blauen Anzug und schenkte sich ein Glas Bier ein. »Nur zu ihrer Glaubwürdigkeit bei dem Teil der Bevölkerung, auf den sie abzielt.«

Moulay Ali sah verstohlen auf den Doktor und zog die Augenbrauen hoch; der Doktor zwinkerte. Brahim, keineswegs entmutigt, achtete nicht darauf: »Es ist wahr, daß Amerika Frankreich mit Geld unterstützt und daß dieses Geld teilweise für Waffen gegen uns verwendet wird. Vielleicht ist das keine gute Propaganda, aber es ist die Wahrheit.«

Amar horchte auf; das war etwas Neues. Er wußte nichts von dieser geheimen Schurkerei Amerikas. Aber es gab natürlich vieles, was er zum erstenmal hörte. Dieses Wort Propaganda, das sie alle gebrauchten, er hatte es niemals vorher gehört, aber es war offenbar eine äußerst wichtige Sache. Die Geschichte der bösen Amerikaner faszinierte ihn; er hätte gern einen gesehen, gewußt, wie sie aussahen, welche Farbe ihre Haut hatte, in welcher Sprache sie redeten, aber alle Anwesenden wußten darüber Bescheid, deshalb konnte er sie nicht fragen. Jetzt schienen drei getrennte Unterhaltungen nebeneinander stattzufinden; einige Gäste schrien vor Aufregung. Der Raum wurde kleiner durch ihren Lärm. Ein dicker Mann hatte den Doktor beiseite gedrängt, er saß jetzt neben Moulay Ali und las ihm einen Zeitungsausschnitt vor. Moulay Ali lehnte sich mit geschlossenen Augen zurück, manchmal öffnete er sie, zog an seiner Zigarette, beobachtete eine Sekunde den aufsteigenden Rauch und schloß sie wieder. Er allein schien völlig ruhig. Aber sogar er war kein Mohammedaner, dachte Amar voll Trauer, und deshalb war auch auf ihn kein Verlaß als Führer des Volkes. Ein halbgeleertes Glas Bier stand zu seinen Füßen, gleich würde er sich danach bücken.

Allmählich fing Amar an nachzudenken; er saß da und beobachtete, wie die Männer langsam betrunken wurden. Niemand achtete auf ihn. Ihre Stimmen wurden immer lauter; sie verstummten nun nicht mehr, um auch nur für einen Augenblick auf die Grillen draußen zu lauschen. Es gab kein Schweigen mehr in ihrer Welt. Jeder redete, um den anderen mit seiner Intelligenz und seinen Kenntnissen zu imponieren. Sogar Lahcen stritt mit einem dünnen kahlköpfigen Mann, der offensichtlich gar nicht mit ihm reden wollte und dauernd versuchte, sich in die Unterhaltung gegenüber zu mischen. Verständnis oder Liebe hatten diese Männer weder für Allah noch für das Volk, dem sie zu helfen vorgaben. Was immer sie aufbauen sollten, wäre schnell wieder weggefegt. Allah würde dafür sorgen, da es ohne seine helfende Hand erbaut wurde.

Er saß da, sah sie an, und es war, als säße er auf dem Gipfel eines hohen Berges und beobachtete sie aus großer Entfernung. Es gibt keine Sünden mehr, hatte der Töpfer zu ihm gesagt. Das glaubten die Menschen jetzt, und darum gab es nichts als Sünde. Wenn Menschen zu entscheiden wagten, was Sünde war und was nicht – nur Allah in seiner Weisheit konnte das –, dann begingen sie die schlimmste aller Sünden, die allerschwerste, denn sie versuchten, sich an seine Stelle zu setzen. Er sah das ganz klar und wußte, warum er fühlte, daß sie alle verdammt waren, ohne Hoffnung auf Erlösung.

Plötzlich brachte Moulay Ali hinter einem Haufen Kissen in seiner Ecke eine *oud* hervor und reichte sie dem Doktor hinüber, der seine Brille abnahm und sie zu stimmen begann. Eine Zeitlang zupfte er prüfend die Saiten, vielleicht um nicht mit einem Lied zu beginnen, bevor die Unterhaltung ein wenig nachgelassen hatte. Aber das geschah nicht; fast alle redeten weiter. Endlich klatschte Moulay Ali ungeduldig in die Hände, und langsam ließ der Redeschwall nach.

»Aïcha bent Aïssa«, sagte Moulay Ali. »Nun höre dir das an, Amar. Höre sorgfältig zu. Das ist für dich. Er möchte große Dinge vollbringen«, vertraute er heiter den andern an. »Ich habe ihm dies Lied versprochen.«

Das war nicht wahr, dachte Amar. Er wollte überhaupt nichts. Weder große Taten für die Partei vollbringen noch Musik hören, noch mit irgend jemandem sprechen. Er fühlte sich ganz allein im Raum, allein in dieser fremden Welt von Mohammedanern, die keine waren, aber da der Gesang begonnen hatte, würde er dasitzen und zuhören. Es war eine schlichte Melodie zu einfachen Worten, und anfangs hielt er es nur für die Geschichte einer Frau, deren Sohn sechzehn Jahre alt war und der Partei angehörte. Als die Reihe an diesen kam, hinzugehen und einen ihm bestimmten Mord zu vollbringen, und sie erschienen und an die Tür seines Hauses klopften, bat die Mutter die Männer, einen Augenblick hereinzukommen. Sie gingen hinein, und sie sagte: »Wo ist der Revolver?«, und sie gaben ihn ihr. Darauf erschoß sie ihren Sohn. Aber nachdem das Lied diesen brutalen und unerwarteten Vorgang geschildert hatte, ging es über sein Verständnis hinaus. Er hörte noch zu, aber es hatte durch diesen Schock jeden Sinn verloren. Dann, sang der Doktor, gab sie ihnen den Revolver zurück und sagte: »Nehmt einen Mann für eure Arbeit – keinen Jungen.« Das war alles.

»Sie existiert wirklich, weißt du«, murmelte der Student. »Sie lebt in Casablanca, und die Geschichte ist wahr.«

Lahcen war sehr gerührt, schniefte und wischte sich die Augen mit dem Ärmel. Er weint bei einem Lied, dachte Amar verächtlich, aber wenn er sähe, wie die Frau den Jungen erschießt, würde er wie ein Stein dabeistehen.

»Was ist?« rief Moulay Ali Amar zu. »Wie denkst du darüber?«

Amar schwieg, da er nicht wußte, was man von ihm erwartete. Aber auch Moulay Ali wartete. Schließlich sagte Amar genau, was er dachte: »Ich verstehe nicht, warum sie ihren Sohn getötet hat.«

Moulay Ali triumphierte. »Ich habe mir gedacht, du würdest es nicht wissen. Darum wollte ich, daß du es hörst. Sie hat ihn erschossen, weil sie wußte, er war nicht genügend vorbereitet, und die Partei stand ihrem Herzen näher als ihr eigener Sohn.« Amar sah verwirrt aus. »Sie wußte, wenn er den Franzosen in die Hände fiele, würde er nicht mit versiegelten Lippen wie ein Mann sterben, sondern wie ein Junge weinen und ihnen alles erzählen, was sie wissen wollten. Darum hat sie ihn erschossen, mein Freund.«

Jetzt verstand Amar, aber er fühlte noch immer nicht die Wahrheit und hätte sie auch nicht geglaubt. »Und Sie sagen, eine solche Frau hat es gegeben?«

Jetzt begann jeder von Freunden zu berichten, die diese legendäre *Aïssa bent Aïssa* gekannt hatten. Einige behaupteten, sie lebe in Fedala, der Doktor bestand darauf, sie hätte ein *bacal* im Viertel von Aïn bouzia, und der kahlköpfige junge Mann schien zu glauben, man habe sie zu einem führenden Mitglied der Partei gemacht und, wie er annahm, nach Boujad oder Settat oder einen dieser Orte geschickt. Jedenfalls beharrten sie alle darauf, daß sie aus Fleisch und Blut war. Alle, außer vielleicht Moulay Ali, der nur sagte: »Die Partei hatte eine Menge junge Burschen. Aber jetzt werden sie nicht mehr aufgenommen, nur mit großen Ausnahmen, und das ist der Erfolg dieses Liedes.«

Diesmal brachte Mahmoud ein Tablett mit kleineren Gläsern und zwei eben geöffneten Flaschen Cognac. Seine Ankunft wurde von mehreren Gästen mit diskretem Beifall begrüßt. Das allein war für Amar Beweis genug, falls er überhaupt einen brauchte, daß sie nicht mehr nüchtern waren. Der Doktor sang noch einige Lieder, aber die Aufmerksamkeit der anderen ließ langsam nach, und zum Schluß sang und spielte er zu seinem eigenen Vergnügen. Amar saß lange Zeit da und beobachtete sie, ohne an ihren Scherzen und Diskussionen teilzunehmen, er fühlte sich immer einsamer und elender. Einmal rief Moulay Ali zu ihm herüber: »*Zduq*, Amar, es sieht so aus, als ob du ein Weilchen hier bei mir bleiben mußt.«

Amar lächelte schwach und hoffte, der andere würde nicht erraten, was ihm nach dieser Bemerkung einfiel: der feste Entschluß, auf jeden Fall zu entkommen. Sogar die offenen Felder waren besser, als hier im Haus eingeschlossen zu sein, dachte er. Er hatte jetzt Geld in der Tasche, und wenn er auch die Adresse seiner Schwester in Meknès nicht kannte, würde er ihr Haus sicher irgendwie finden. Er fuhr mit der Hand in die Tasche und fühlte das Geld; die Banknoten in seinen Fingern erregten ihn. Er würde sich ein paar richtige Schuhe kaufen und neue Hosen. Zum erstenmal dachte er über die Kaufkraft des Geldes nach. Aber wo sollte er die Schuhe kaufen? Vielleicht in Meknès, *incha'Allah*. Er war sehr schläfrig und konnte kaum die Augen offenhalten. Er war nahe der Tür und wartete, bis Mahmoud wieder mit neuen Flaschen und Gläsern hereinkam, um bei seinem Eintritt hinter seinem Rücken hinauszuschlüpfen. Die Galerie lag im Dunkel, aber der Mond schien in den Hof. Bis zur rückwärtigen Galerie konnte er ihr leises Lachen und die hohen dünnen Töne der *oud* hören, aber sobald er dort war, herrschte tiefes Schweigen, nur zahllose Grillen zirpten. Er tastete sich vorsichtig zur Tür des Zimmers, in dem er die Nacht zuvor geschlafen hatte, ging hinein und sprach aus Furcht vor der Dunkelheit ein langes Gebet. Dann legte er sich hin und schlief sofort ein.

Er war weit fortgewesen und wollte nicht zurückkommen, aber ein Lichtschein fiel auf sein Gesicht. Er öffnete die Augen. Ein Ungeheuer beugte sich über ihn. Er sprang auf und schrie: »Ach!«, verlor aber das Gleichgewicht und fiel aufs Bett zurück, und im Fallen sah er, daß Moulay Ali mit einer Laterne dastand. Von unten beleuchtet sah sein Gesicht wie das eines fetten, weißen Teufels aus, und seine Augen waren zwei schwarze runde Höhlen. Amar lachte entschuldigend und sagte: »*Khalatini!* Sie haben mich erschreckt!«

Moulay Ali achtete nicht darauf, hielt die Laterne höher und flüsterte: »Komm!« Erst als er auf den Füßen stand, wurde sich Amar des Nachdrucks bewußt, mit dem er das eine Worte sagte; daraufhin wich die Erleichterung nach dem ersten Schreck einer neuen Unruhe, die berechtigter, aber nicht weniger verwirrend war. Als sie die Galerie entlanggingen und ihre Schatten sich an der verfallenen Wand überschnitten, sagte er sich: Er ist betrunken. Dann hörte er die Stimmen der anderen, sie klangen wie die von Verrückten. Einige flüsterten, andere lachten sinnlos, ihr Gelächter hatte den Tonfall, aber nicht die Bedeutung eines Lachens, andere sprachen, aber über nichts. »Ja, sehr nett.« – »Ich dachte, wenn sie sagte, das sei so, würden wir gehen.« – »Und haben Sie Zigaretten gern?« – »Oh, ich, ja, ich rauche. Ich rauche gern.« – » Es wäre besser da oben, wenn Sie wüßten, was Sie wissen sollten.« – »Wir kamen zurück, und, und es war sehr heiß.« Tonfall und Rhythmus waren auch irgendwie falsch; Amar schien es, nicht einer der Männer hätte, wenn er gefragt worden wäre, wiederholen können, was er gesagt hatte; es waren einfach Worte, die ihnen gerade einfielen. Dann fing jemand an – der Arzt, vermutete er –, die *oud* zu spielen, und diesen flüchtigen Tönen, die eine Melodie erkennen ließen, gelang es auf eine geheimnisvolle Weise, der Szene, der er gelauscht hatte, den Anschein von Vernunft zu geben.

Als sie die Tür des großen Raums erreichten, sah Amar, daß alle Gäste standen. »Meine Freunde wollten gerade gehen«, erklärte Moulay Ali. (Wohin zu dieser Nachtstunde, auf Eseln? fuhr es Amar durch den Kopf.) »Und ich habe erwähnt, daß du Flöte spielst, und sie möchten dich alle gern hören.«

»Oh!« rief Amar bestürzt.

»Nur ein Stück«, drängte Moulay Ali mit sanfter Stimme und kniff ihm in den Arm. Amar sah ihn erstaunt an: Er kam ihm wirklich sehr eigentümlich vor, und seine Augen sahen auch in diesem Licht noch wie zwei riesige schwarze Höhlen aus. Er starrte die anderen im Zimmer an; auch sie sahen recht merkwürdig aus. Wieder überlegte er, ob es die Wirkung des Alkohols sein könnte oder vielleicht die des Haschisch, aber er hatte schon viele Männer unter dem Einfluß des einen oder anderen gesehen, und ihr Benehmen war vollkommen verschieden. Ihm kam in den Sinn, vielleicht sei Moulay Ali überhaupt nicht dagewesen und habe ihn geweckt, sondern er liege noch in der Dunkelheit des kleinen Zimmers; es glich einem jener Träume, in dem alle Dinge – Menschen, Häuser und Bäume, der Himmel und die Erde – von Anfang an dazu verurteilt sind, in einen ungeheuren Wirbel der Vernichtung gerissen zu werden. Zum Untergang verurteilt von Anfang an, aber wenn der

Träumer nicht aufpaßt, merkt er vielleicht nicht, was geschieht; denn der Strudel beginnt erst nach langer Zeit und zeigt sich, wann es ihm beliebt. Zum Schluß dreht sich wahrscheinlich alles im Kreise, alle Dinge verwandeln sich, und alle werden lautlos schreiend in die Leere hinuntergezogen und greifen mit Gebärden äußerster Zartheit nacheinander. Inzwischen mußte er so tun, als sei er Amar und wach.

»Ich habe keine *lirah*«, sagte er, überzeugt, Moulay Ali werde sofort eine zur Hand haben; so geschah es auch: er nahm sie von einem Kissen hinter sich.

»Aber ich spiele sehr schlecht. Nur ganz wenig«, protestierte er. Moulay Ali streichelte eifrig seinen Arm. *»Baraka'llahoufik. Baraka'llahoufik«*, murmelte er. War das wirklich Moulay Ali, war überhaupt irgend jemand dieser Männer derselbe, den er vorhin gesehen hatte? Oder hatte er, Amar, sich während des Schlafes geändert, daß jetzt alles so verschieden war?

»Ich werde etwas spielen«, sagte Moulay Ali. Er hob die kleine Rohrflöte zum Mund. Alles verstummte sofort; die Worte ohne Bedeutung, das gezwungene, leere Gelächter, die wie irre geflüsterten Worte, die von allen Lauten noch das einzig Greifbare schienen – all das war im Nu vorüber, und nur der zarte, flüchtige Flötenton war statt dessen zu hören. Moulay Ali spielte ein paar Töne, dann ging er auf die Galerie hinaus und fing an, ohne großes Können eine leicht abgeänderte Version eines Liedes, *Tanja Alia* genannt, zu spielen. Amar beobachtete die Gäste: Sie starrten alle vor sich hin, als hörten sie nicht zu, bildeten sich aber ein, so auszusehen, als ob sie zuhörten. *»Yah latif!«* dachte er. »Sie sind alle verzaubert.« Das war es, was mit ihnen geschehen war; jedenfalls schien Amar im Augenblick diese Annahme vernünftiger als alles andere. Eben waren sie noch hin und her gelaufen und hatten sich fast umgerannt. Jetzt standen sie dicht zusammengedrängt ganz still, beschäftigt mit der Musik, die, so dünn sie war, die Leere der Nacht ausfüllte. Als Moulay Ali geendet hatte, begannen sie verstört hin und her zu gehen, noch ehe er wieder in der Tür erschien, immer dicht zusammen, als könne niemand es ertragen, auch nur auf Armeslänge von mindestens zwei anderen getrennt zu sein.

»Hier«, sagte Moulay Ali und gab ihm die Flöte. »Nun mußt du spielen, komm.« Er führte ihn zu den Kissen, wo sie beim Abendessen zusammengesessen hatten. »Jetzt mach es dir bequem und laß mich hören, wie du *Tanja Alia* spielst.«

Je schneller er sich fügte, dachte Amar, desto eher konnte er wieder schlafengehen. Er lehnte sich in die Kissen zurück, schlug ein Bein über das andere und begann zu spielen. Nach ein paar Phrasen, bei denen Moulay Ali angespannt lächelte, sagte er: »Gut. Wunderschön« und ging zum anderen Ende des Zimmers zurück. Die Gäste waren auf die Galerie hinausgetreten. »Lauscht von dort«, hörte er Moulay Ali murmeln, während er für eine neue Sequenz Luft holte. Einen Augenblick später hörte er ihn etwas anderes flüstern, etwas sehr Merkwürdiges in der Tat, falls er sich nicht geirrt hatte. Er glaubte zwischen und über den Tönen der Flöte die Worte gehört zu haben: »Es ist Chemsi; vergeßt das nicht. Ich kenne seinen Gang. Vergeßt das nicht.«

Jedesmal, wenn er die Augen öffnete, sah er Moulay Alis Gestalt drüben an der Tür stehen. Es freute ihn, daß er ihn spielen hören wollte, nur hätte er lieber für ihn allein gespielt als auch für die anderen.

Chemsi. Wer war Chemsi? dachte Amar, während er eine langsam abfallende Kadenz beendete; sie flatterte, zitterte, versuchte sich aufzuschwingen, beruhigte sich endlich und lag still. Natürlich war Chemsi der Junge, dem Moulay Ali all die Zeitungsausschnitte ausgehändigt hatte, an jenem so weit zurückliegenden, ersten verlorenen Nachmittag. Aber er hatte kein Interesse an Chemsi, auch daran nicht, ob er seinen Namen vor wenigen Minuten richtig gehört hatte oder nicht; er war entschlossen, so schön zu spielen, wie er nur immer konnte. Manchmal half ihm Allah; manchmal nicht. Er hatte das Gefühl, heute abend werde er ihm helfen. Wenn er selbst Musik wurde, nur noch ein vereinzelter, vorrückender Punkt in dem langen Faden, den die Musik auf ihrem Weg durch die Ewigkeit spann, das war der Augenblick, da die Musik zur Brücke zwischen seinem Herzen und dem anderer Menschen wurde, und wenn er wieder er selbst war, wußte er: Allah hatte ihn für einen kurzen Augenblick herausgehoben aus dieser Welt, und während dieser Zeitspanne hatte er die *h'dia* gehabt, die Gabe.

Er spielte, bis er in weiter Ferne allein war. Allah half ihm nicht, aber das machte nichts. In den zerbrechlichen Tönen, die sein Atem und seine Finger hervorbrachten, drückte sich die Einsamkeit seines Herzens aus, sein Verlangen nach jemandem, der ihn verstehen würde. Er spielte weiter, ohne an etwas zu denken, und langsam war der, für den er spielte, nicht mehr die Gestalt an der Tür, sondern wurde zu der anderen Erscheinung, die ihm am frühen Abend im Turm bewußt geworden war, wurde jemand, dessen Dasein in der Welt die Möglichkeit einer Hoffnung bedeutete. Er hielt eine Sekunde inne, und in seinem Hirn, untrennbar von dem Glück, das durch den Gedanken an den andern ausgelöst war, hörte er eine zweite Musik – wie Gesang von einem fernen, sonnenüberfluteten Strand, unendlich süß und unsagbar zart, ein Fädchen Gesang, so fein, daß sich vielleicht nur das Herz einer Musik entsann, die es, außer in Träumen, niemals vernommen hatte. Er lag still, lauschte ihr mit angehaltenem Atem, um sie nicht vielleicht für immer zu zerstören. Sie kam nicht von Allah, sie war hier, und doch hatte er nicht gewußt, daß diese Welt etwas so Köstliches zu bieten hatte. Und als er endlich zu atmen wagte und die Musik verschwand, wie er vorausgesehen hatte, erblickte er im Geist so selbstverständlich, als hätte er die ganze Zeit an ihn gedacht, den Christen; er hatte ein rätselhaftes Lächeln auf den Lippen wie am ersten Abend in dem Hotelzimmer.

Jeden Augenblick würde Moulay Ali sagen: »Weiter«, oder »Vielen Dank!«, aber Amar wollte an den Christen denken. Er war ein Freund gewesen: Vielleicht hätten sich mit der Zeit sogar ihre Herzen verstanden. Und Amar hatte ihn verlassen, hatte sich, ohne ihm auch nur auf Wiedersehen zu sagen, aus Sidi Bou Chta davongeschlichen. Er öffnete die Augen und sah zum Ende des Zimmers. Die dunkle Gestalt war noch da, unbeweglich. Er setzte sich jäh auf und sah sie an. Es war ein Jackett an einem Nagel im Schatten der Tür.

34

Die Lirah rollte, wo er sie hatte fallen lassen, zwischen zwei Kissen. Kaum war er aufgesprungen, da stand er auch schon an der Tür und spähte die leere Galerie hinauf und hinunter. Er wußte genau, was geschehen war, und während er rannte, dachte er noch einmal über alles nach, Punkt für Punkt. Er wußte, was jetzt kommen würde, wenn er nicht unglaubliches Glück hatte. Und dieses Glück suchte er, als er zu dem dumpfen kleinen Vorzimmer, dann die mondbeleuchteten Treppen zum Turmzimmer hinaufraste; es war verlassen, nur der Nachtwind strich durch die offenen Fenster herein. Ihn interessierte nur eine Seite des Turms, die mit der Aussicht aufs Dach; glücklicherweise stand eines der Fenster etwas offen. Er riskierte also nicht, beim Öffnen ein Geräusch zu machen. Er sah hinunter, um die Entfernung bis zur Spitze des Giebels abzuschätzen, eine schwierige Berechnung im Mondlicht, denn es schien vom Fensterbrett aus weiter weg zu sein, als er einen Augenblick später beim Aufsprung feststellte. Er hatte seine Sandalen in die Tasche gesteckt, und seine nackten Füße verursachten kaum einen Laut.

Er begriff rasch, daß es auf dem Dach nirgendwo ein Versteck gab, wo ihn der Strahl einer Taschenlampe von unten oder vom Turm her nicht entdeckt hätte. Er wollte wissen, ob der Turm, den er von draußen nie gesehen hatte, ein flaches oder ein gewölbtes Dach hatte, und jetzt sah er voll Dankbarkeit, daß es flach war. Das Problem war nun, sich wieder zum Fensterbrett und von da aufs Dach hinaufzuziehen und dabei noch das Fenster zu schließen, um sie so weit wie möglich von der Fährte abzulenken. Sie suchten natürlich vor allem Moulay Ali, einen plumpen, ungelenken, älteren Mann, von dem man nicht erwarten konnte, er werde aus dem Fenster klettern und sich auf das Turmdach schwingen. Amar dachte, als er das Kunststück ausführte, nur wenige Jungen seines Alters würden es fertigbringen. Beim letzten Teil konnte er nur hoffen, daß der winzige Betonsims über seinem Kopf, an dem er mit seinem ganzen Gewicht hangelte, nicht abbrach. Bei seinem Aufstieg hatte er das Fenster zugeklappt, doch konnte er es nicht wirklich schließen, da nur an der Innenseite ein Griff war. Aber wenn nicht plötzlich von Westen ein starker Windstoß durch den Turm fuhr, würde es so bleiben.

Oben angekommen, kroch er auf dem Bauch in die Mitte, wälzte sich auf den Rücken und lag da, den runden Mond fast unmittelbar über sich. Wenn er so flach liegen blieb, konnte ihn ein Lichtstrahl von unten kaum erreichen. Er überlegte, wieviel Polizisten da unten wohl mit Chemsi waren, wieviel Geld sie ihm gegeben hatten und ob Chemsi, während er, mit den Franzosen im Gebüsch verborgen, auf die Flötenmusik horchte, wohl den Unterschied im Ton bemerkt hatte, als Moulay Ali zu spielen aufhörte und Amar begann. Wahrscheinlich nicht, sonst wären sie gleich in das Haus eingedrungen; die Polizei hätte gewußt, dies sei der Augenblick, da Moulay Ali das Weite suchte. Er konnte sich Chemsi sehr gut vorstellen, wie er draußen stand, furchterfüllt, einen kleinen Groll gegen Moulay Ali in der Kehle, so daß die ganze Freundschaft, die er noch vor wenigen Tagen für ihn gefühlt hatte, nichts mehr galt, und den Franzosen zuflüsterte: »Das ist Moulay Ali, der jetzt spielt! Das spielt er immer, wenn er betrunken ist.« Und die paar Extraminuten, die Moulay Ali auf diese Weise den Franzosen für ihre Vorbereitungen gelassen hatte, diese kostbaren Minuten, die ihn retteten – denn man hörte immer noch kein Geräusch, und eine Festnahme ohne Lärm war undenkbar –, hatte Amar ihm verschafft, als er wie ein Esel dalag und musizierte, damit Moulay Ali es bewunderte. Er lächelte, drehte seinen Kopf und versuchte, das Kaninchen im Mond zu sehen, er wunderte sich, daß er keinen Haß gegen Moulay Ali empfand, weil er ihn hintergangen hatte – nur Bewunderung für die psychologische Genauigkeit, mit der der Gedanke gefaßt und noch dazu aus dem Stegreif ausgeführt wurde. Das war wahre Fassi-Klugheit. Und dann tat ihm Moulay Ali ein wenig leid, denn früher oder später würden sie ihn sicher fassen, und das war kein Anlaß zur Freude. Sogar wenn der jetzige Aufruhr erlosch, würden die Franzosen nicht ruhen, bis sie ihn hätten. Der Gedanke, Tag und Nacht gejagt zu werden, nie einen ruhigen Augenblick zu haben, kam ihm besonders schrecklich vor. Und Chemsi! Für nichts auf der Welt möchte er an Chemsis Stelle sein. »Vergeßt das nicht!« hatte Moulay Ali beim Hinausgehen gesagt, falls bei der bevorstehenden Flucht einige gefaßt würden und andere nicht. Wer immer frei ausging oder eine Nachricht an die Außenwelt gelangen lassen konnte, würde dafür sorgen, daß Chemsi erledigt würde. Denn in der Beseitigung von Abtrünnigen war die Istiqlal besonders tüchtig. Und er zweifelte keine Minute, einmal würden sie ihn finden. Die Franzosen würden ihn nur scheinbar schützen; sie waren wenigstens insofern Menschen, für Denunzianten nur Verachtung aufzubringen, wenn auch nur, weil es so viele gab (und obendrein war es weit ratsamer, die alten aus dem Weg schaffen zu lassen und neue zu nehmen, die noch nicht verdächtigt waren). Man konnte kaum annehmen, daß Chemsi das Muludfest erleben würde.

Der Mond war so hell, daß er die Sterne auslöschte. Der warme Wind trug den Duft der sich nachts öffnenden Sommerblumen mit sich. Konnte man außer den Grillen irgend etwas hören? Er glaubte, ja: unbestimmte Bewegungen, unten, auf der anderen Seite des Hauses. Er war bald sicher: Ein leicht kratzendes Geräusch drang herauf, dann unverkennbar eine Stimme. Einen Augenblick später viele Stimmen: Sie waren im Haus. Er lächelte belustigt, als er sich die Wut in den Gesichtern der Franzosen vorstellte, wenn sie entdeckten, daß ihr Opfer verschwunden war. Sie rannten wie wütende Ameisen umher, die Galerien entlang und in die Zimmer, die Treppen hinauf und hinunter, brüllten Befehle und Flüche, rissen die Betten und Kissen auf und zertrümmerten die Tische – aber sie sammelten sorgfältig alle Papiere. Nicht, daß es ihnen viel helfen wird, dachte er; Moulay Ali war nicht der Mann, sorglos mit etwas umzugehen, was Mitglieder der Partei kompromittieren konnte. Wenn ich in der Partei gewesen wäre, sagte er sich nachdenklich, hätte er mir das niemals angetan.

Sie riefen einander in ihrer harten verhaßten Sprache, warfen die Türen zu und stampften treppauf, treppab. Jetzt hatten sie Mahmoud und die anderen Diener gefunden und bellten sie an, in einer Sprache, die Arabisch sein sollte. »Zu welcher Tür ist er hinaus?« brüllte einer, und eine Sekunde später, eine unhörbare Antwort nachahmend: »›Ich weiß nicht, Monsieur!‹ Vielleicht wirst du es auf dem *Commissariat* wissen.« Er lag ganz still und lauschte auf jedes Geräusch; er überlegte, wie weit entfernt Moulay Ali und die anderen jetzt wohl wären. Weder hoffte er, daß sie entkamen, noch, daß sie gefangen wurden. Es war so oder so für Marokko bedeutungslos, und es war unwichtig, wie viele Moulay Alis es noch gab und ob sie Erfolg hatten oder nicht. Sie waren verdorben, weil sie mit Christen gelebt hatten. Sie waren keine Mohammedaner mehr; wie konnte es eine Bedeutung haben, was sie taten, wenn sie es nicht für Allah taten, sondern für sich selbst? Ihre Regierung und die Gesetze, die sie schaffen würden, waren nichts als ein Spinnengewebe, gesponnen für die Dauer einer Nacht. Sein Vater hatte ihm gesagt: Die Welt der Politik ist eine Welt der Lügen, und er in seiner Unwissenheit und Hartnäckigkeit hatte scheinbar zugestimmt; im geheimen aber war er bei dem Glauben geblieben, der alte Mann habe, wie alle alten Männer, keine Fühlung mehr mit den täglichen Ereignissen. Bei dem Gedanken an seinen Vater hätte er fast geweint; er ballte seine Fäuste und straffte die Muskeln seines Gesichts.

Das Schreien und Türschlagen ware sehr nahe gekommen. Er hörte die Männer die Turmtreppe heraufkommen; er konnte sogar kurze Ausrufe der Befriedigung hören. Plötzlich war er überzeugt, sie würden ihn finden; er ließ alle Vorsichtsmaßregeln fallen und rollte sich auf die Seite, um ein Ohr gegen den Zementboden des Daches zu drücken. Das Wort *machine* tauchte in ihren Bemerkungen auf. Die Entdeckung der Schreibmaschine hatte sie so befriedigt. Jetzt starrte er auf die Seite, von der sie kommen würden. Eine derbe, im Mondlicht weiße Hand würde sich über den Rand tasten, dann den Vorsprung erfassen, eine andere Hand würde heraufkommen und dann ein Kopf mit Augen.

Plötzlich zertrümmerten sie die Fenster. In schneller Folge schlugen sie die Scheiben ein. Die Scherben klirrten mit spröder Musik zu Boden. Er überlegte, ob Moulay Ali wohl noch in der Nähe war und wie er auf diese Geräusche reagierte. Würde er denken, Amar sei gefaßt und ein Kampf sei im Gange? Vor allem, würde er glauben, daß Amar ihnen die harmlosen Tatsachen, die ihm bekannt waren, verraten werde? Aber dann seufzte er: Moulay Ali war jetzt bestimmt so weit fort, daß er nichts mehr hören konnte. Solche kleinen klirrenden Geräusche verhallten im Nachtwind, noch ehe sie den Olivenhain erreichten.

Erst jetzt bemerkte er eine erstaunliche Tatsache: die Polizei nur wenige Meter unter sich, wurde ihm bewußt, daß es ihm ziemlich gleichgültig war, ob sie ihn fanden oder nicht. Einen Augenblick fühlte er sogar den verrückten Impuls, auf das Dach zu hämmern und zu rufen: »Hier bin ich, ihr Hundesöhne!« Dann würden sie versuchen heraufzuklettern, um ihn zu erwischen, und er würde einfach still daliegen und ihnen zusehen. Und wenn sie ihn endlich hatten, würden sie ihn prügeln und in den Folterraum der Polizeistation schleppen und Elektroden an seinem *qalaoui* befestigen, ein Schmerz, schlimmer als alles, was er bisher gekannt oder sich vorgestellt hatte; aber seine Lippen würden verschlossen bleiben. Es würde keinen Zweck haben, es würde ihm nur die wundervolle Befriedigung geben, am Kampfe teilzuhaben. Vielleicht würde, wenn er ein Geheimnis zu verbergen gehabt hätte, die Versuchung, es mitzuteilen, übermächtig werden. Aber er hatte keines; es wäre nur albernes Spiel. Niemand kümmerte sich darum, ob es einen

Amar gab oder nicht, fiel ihm ein, und sollte sich jemand außerhalb seiner Familie darum kümmern, dann nicht, weil er er war, sondern weil er, blind der Bahn seines Lebens folgend, zufällig die Ablagestelle für ein Fetzchen Information geworden war.

Er horchte: Sie gingen die Treppen hinunter, die Galerien entlang, zurück durch das Haus und entfernten sich. Sie hatten ihre Jeeps irgendwo weit draußen in den Feldern geparkt; denn er wartete endlos lange, bis er das schwache Geräusch von zugeschlagenen Türen und anspringenden Motoren hörte. Als sie gegangen waren, drehte er sich um und schluchzte ein paarmal; ob aus Erleichterung oder Einsamkeit, wußte er nicht. Hier oben auf dem kalten Betondach fühlte er sich ganz und gar verlassen und merkte besonders deutlich, wie schwach und belanglos er war. Seine Gabe bedeutete nichts; er wußte nicht einmal, ob er eine Gabe besaß oder jemals besessen hatte. Die Welt war anders, als er sie sich vorgestellt hatte. Sie war ihm nähergekommen, aber dabei kleiner geworden. Als sei ein gewaltiges Stück des großen Puzzlespiels unerwartet auf die richtige Stelle gefallen und habe den bisherigen Ausblick auf ferne, wundervolle Landschaften verbaut, wurde ihm undeutlich bewußt, daß, wenn man alles verstünde, nur noch das gelöste Puzzle da wäre, eine schwarze Wand der Gewißheit. Er würde wissen, aber nichts würde Sinn haben, denn das Wissen selbst war der Sinn; darüber hinaus gab es nichts zu wissen.

Nach langer Zeit kroch er zum Dachrand hinüber und kletterte in den Turm hinunter, er schlüpfte in seine Sandalen, um seine Füße vor den im Mondschein glitzernden Glassplittern zu schützen. Sein lautloser Weg durch das dunkle Haus machte ihn nicht einmal ängstlich, nur unsäglich traurig; denn jetzt gehörte das Haus völlig der Vergangenheit an und dem, was niemals wieder sein würde. Er ging geradewegs zur zertrümmerten Vordertür hinaus. Kein Laut war zu hören. Die Nacht hatte ihren tiefsten Punkt erreicht: Keine Grille zirpte im Gras, kein Vogel flatterte im Gebüsch. Obwohl die Dämmerung noch weit weg war, würde sie in wenigen Minuten kommen. Noch ehe er die Olivenbäume erreichte, hörte er hinter sich den melancholischen Ton des ersten Hahnenschreis.

35

Es war mitten am Vormittag, und er war in der Ville Nouvelle. Die Sonne hämmerte auf die Bürgersteige nieder, die die Erde der Ebene verdeckten, und die jämmerlichen kleinen Bäume, die Schatten geben sollten, verdorrten in ihrer Hitze. Er hielt sich an die ruhigen Nebenstraßen, wo wenig Menschen unterwegs waren. Es war ein schmerzhaft heißer Tag. Eine alte, schwarzgekleidete Französin mit einer Handtasche voll Lebensmitteln kam ihm vom Markt entgegen. Sie sah ihn mißtrauisch an und ging, bevor er sie erreichte, langsam auf die andere Straßenseite, um ihm nicht zu begegnen. Nicht ein einziges Kind spielte vor den Häusern, kein Wagen fuhr vorbei, und kein Radio spielte; vielleicht war noch kein Strom da. Die Stadt schien nahezu verlassen, aber er wußte: Hinter den Fenstervorhängen starrten tausend Augenpaare auf die leeren Straßen und folgten jedem, der auszugehen wagte. Alles schlechte Zeichen: Wenn die Franzosen sich fürchteten, wußte man nie, was sie tun würden.

Hinter dem kleinen Park mit dem eisernen Musikpavillon fing die Straße an, die zu dem Hotel führte, wo er mit dem christlichen Herrn und der Dame gewesen war. Er wußte nicht, wie er den Mann wiedersehen könnte – und es fiel ihm nicht ein, er sei vielleicht noch nicht aus Sidi Bou Chta zurück oder bereits abgereist –, er wußte nur, er mußte ihn sehen, um die Angelegenheit zwischen ihnen in Ordnung zu bringen, mußte ihn wieder eine Weile in seinem stockenden, aber gebildeten Arabisch sprechen und Dinge sagen hören, die ihn irgendwie in seinem Unglück trösten würden.

Da man auf den Parkwegen oft Polizisten traf, ging er nicht durch die Anlage, sondern außen herum. Am Ende der langen Allee zu seiner Rechten standen ein paar Wagen, aber niemand war auf der Straße; sie glich im flimmernden Sonnenlicht einem flachen Streifen steiniger Wüste. Ehe er das Hotel erreichte, fuhr ein Lastwagen mit rostigem Blech langsam an ihm vorbei. Ein blonder Franzose am Steuer starrte ihn neugierig an und gähnte. Die graue Fassade des Hotels sah aus, als sei es seit langer Zeit geschlossen und verlassen. Die sechs mit Rolläden verschlossenen Fenster erinnerten an schlafende Augen. *»Bismil'lah rahman er rahim«*, sagte er mit lauter Stimme und zog die Glocke.

Die Frau, die die Tür öffnete, hatte ihn schon früher gesehen, an dem Tag, als er mit den zwei Reisenden angekommen war und ihnen bei ihrem Gepäck geholfen hatte, aber jetzt schien sie ihn nicht wiederzuerkennen. Sie fragte ihn mit steinernem Gesicht auf französisch, was er wolle. Ein paar Schritte hinter ihr stand ein großer Mann mit rotem Gesicht und starrte ihn drohend über die Schulter an. Als sie sah, daß Amar nicht Französisch sprach, wollte sie die Tür schließen; doch plötzlich änderte sich ihr Gesichtsausdruck, und obgleich er weiter unfreundlich war, wußte er, daß sie sich an ihn erinnerte. Sie sagte etwas zu dem Mann und rief mit schriller Stimme: »Fatima!« Ein mohammedanisches Mädchen erschien, einen Besen hinter sich herziehend, und sagte zu ihm: »Was ist?« Die Französin schien die Antwort schon zu wissen, denn sie ging schweigend zu einer Reihe an der Wand hängender Schlüssel. Sie überprüfte sie, wechselte ein paar Worte mit dem Mann und sprach mit dem Mädchen, das die Tür schloß und zu Amar sagte: »Warte eine Weile.« Er ging zur Bordschwelle und setzte sich hin. Seine Knie zitterten.

Nach nicht allzu langer Zeit hörte er die Tür hinter sich aufgehen. Er stand rasch auf, aber der lange Weg in der Sonne mit leerem Magen hatte ihn schwindlig gemacht. Er sah seinen Freund in der Tür stehen, den Arm zur Begrüßung erhoben; dann wurde die Sonne plötzlich von einer Wolke verhüllt, und die Straße lag in dunklem Schatten. Er lehnte sich gegen einen der kleinen toten Bäume, um nicht hinzufallen. Aus der Ferne hörte er die Französin schimpfen, ob über ihn oder den Fremden, wußte er nicht. Aber dann stand der Christ neben ihm und führte ihn in den kühlen Schatten des Hotels, und obwohl er sich sehr schwach und elend fühlte, war er glücklich. Alles war belanglos, nichts Schreckliches konnte ihm zustoßen, solange er in der Hut dieses Mannes war.

Der Mann führte ihn zu einem Stuhl und legte sofort ein kaltes, nasses Handtuch um seinen Kopf. *»Rhir egless«*, sagte er zu ihm. »Sitz ganz ruhig.« Amar tat es und atmete schwer. Das Zimmer war von dem süßen Blumenduft erfüllt, der immer von den Kleidern der Frau ausging. Als er endlich die Augen öffnete und sich etwas aufrichtete, erwartete er sie zu sehen, aber sie war nicht im Zimmer. Der Mann saß in der Nähe auf dem Bett und rauchte eine Zigarette. Er lächelte, als Amar die Augen öffnete. »Wie geht es dir?« fragte er.

Ehe Amar noch antworten konnte, klopfte es. Es war das Mädchen Fatima mit einem Tablett. Sie setzte es auf den Tisch und ging. Der Mann schenkte ihm eine Tasse Kaffee mit Milch ein und reichte ihm einen Teller mit zwei Brötchen und etwas Butter darauf. Während Amar aß und trank und sich in dem düsteren Raum mit den geschlossenen Fensterläden umsah, ging der Mann auf und ab und blieb schließlich bei ihm stehen. Dann erzählte Amar ihm seine Geschichte. Der Mann hörte zu, aber er schien ruhelos und zerstreut und blickte zweimal auf seine Uhr. Amar erzählte weiter bis zu Ende. »Und dank Allah waren Sie hier«, fügte er inbrünstig hinzu. »Nun ist alles gut.«

Der Mann sah ihn sonderbar an und sagte: »Und du? Was kann ich für dich tun?«

»Nichts«, sagte Amar lächelnd. »Ich bin jetzt glücklich.«

Der Mann stand auf und ging zum Fenster, als wolle er es öffnen, dann besann er sich und ging zum anderen Fenster. Ein Spalt in den Fensterläden stand offen, durch den sah er ins Freie.

»Du hast Glück gehabt, daß dich die Polizei nicht heute hier in der Ville Nouvelle gesehen hat«, sagte er plötzlich. »Jeder Mohammedaner auf der Straße wird verhaftet. Es waren schwere Unruhen.«

»Schlimmer als vorher?«

»Schlimmer.« Der Mann ging zur Tür. »Nur eine Minute«, sagte er ihm. »Ich bin gleich zurück.« Er ging hinaus. Amar saß eine Sekunde still. Dann trat er an das Bett und schaute sorgfältig das Kopfkissen an.

Sogar im Dämmerlicht waren sie sichtbar, die Flecken der roten Farbe, die Huren und christliche Frauen für ihre Lippen benutzten, und der Blumengeruch stieg wie eine schwere unsichtbare Wolke aus dem Bett auf. Er ging zurück und setzte sich hin.

Die Tür ging auf, und der Mann kam herein. Erst jetzt sah Amar das an der Tür aufgestapelte Gepäck.

»Ich freue mich auch.«

»Wenn du jetzt nicht gekommen wärst, hätte ich dich nicht wiedergesehen. Wir fahren nach Casablanca.«

Es war alles gut, denn der Mann stand ja noch da vor ihm, und Amar vermochte nicht wirklich zu glauben, daß er ihn so bald verlieren würde, nachdem er ihn gefunden hatte. Wenn Allah es für gut befunden hatte, sie wieder zusammenzubringen, dann doch nicht, um fünf Minuten zu reden und dann auf Wiedersehen zu sagen. Draußen auf der stillen Straße wurde die Tür eines Wagens zugeschlagen. »Das Taxi ist da«, sagte der Mann nervös, ohne hinauszublikken. »Amar, es ist uns widerlich, dich darum zu bitten, aber würdest du uns noch einmal beim Gepäck helfen? Es ist das letztemal.«

Amar sprang auf. Was immer der Mann auch von ihm verlangte, er würde immer mit Freuden gehorchen, das wußte er.

Die Französin und der große Mann sahen von einem kleinen Fenster ihres Zimmers schweigend zu, wie er einen Koffer nach dem anderen hinuntertrug. Als alles Gepäck im Wagen verstaut war und Amar, ein bißchen schwindlig von der Anstrengung, mit dem Mann an der Bordschwelle stand, erschien die Frau in der Tür und kam auf sie zu, hübscher, als Amar sie jemals gesehen hatte. Sie lächelte, dann fing sie eine kleine Pantomime an, indem sie mit gespielter Angst die Straße entlang nach beiden Richtungen sah und auf ihn zeigte. Er lächelte ihr zu und deutete an, er habe keine Furcht.

»Kann ich dich irgendwohin mitnehmen?« fragte ihn der Mann. »Wir fahren die Straße nach Meknès. Ich glaube, das wird dir nicht viel helfen –«

»Ja!« sagte Amar.

»Tatsächlich?« sagte der Mann überrascht. »*Mezziane.* Setz dich vorne hin.« Amar setzte sich neben den Fahrer, einen Juden aus der Mellah.

Die Frau saß schon hinten, und der Mann setzte sich neben sie. Als sie bis ans Ende der Avenue de France gefahren waren, sagte der Mann: »Möchtest du hier aussteigen?«

»Nein«, sagte Amar.

Sie fuhren weiter, an der Tankstelle vorbei, den langen Weg zur Überlandstraße hinunter. Die hohen Eukalyptusbäume sausten vorbei, und in jedem kreischten die Insekten denselben hohen Ton. Der Mann und die Frau schwiegen. In dem Spiegel vor ihm, etwas über Augenhöhe, konnte Amar sehen, wie der Mann die untätig im Schoß liegende Hand der Frau streichelte.

Als sie sich der Überlandstraße näherten, beugte sich der Mann vor und ließ den Fahrer halten. Amar saß ganz still. Jetzt, da kein Luftzug durch die Fenster kam, war es beklemmend in dem Wagen. Der Mann berührte seine Schulter. »*El hassil, b'slemah, Amar*«, sagte er und hielt seine Hand vor Amars Gesicht. Amar hob langsam seine Hand und erfaßte die andere, drehte sich um und sah den Mann fest an. In seinem Kopf formte er die Worte: »*Incha'Allah rahman er rahim.*«

»Ich möchte nach Meknès«, sagte er mit leiser Stimme.

»Nein, nein, nein!« rief der Mann, lachte freundlich und schüttelte Amars Hand. »Nein, Amar, das geht nicht. Schon von hier hast du einen langen Weg zurück.«

»Zurück – wohin?« fragte Amar ruhig. Er ließ seine Augen nicht von ihm und hielt die Hand fest, die der Mann wieder heftig schüttelte und ihm zu entziehen suchte. Sein Gesichtsausdruck änderte sich: Es war ihm peinlich, er fühlte sich belästigt und wurde ärgerlich. »Auf Wiedersehen,

Amar«, sagte er fest. »Ich kann dich nicht nach Meknès bringen. Ich habe keine Zeit.« Hätte er gesagt: »Ich will dich nicht mitnehmen«, Amar hätte es verstanden.

Ohne das Geräusch des Motors war der einzige, endlos raspelnde Ton der Grillen über ihnen besonders laut.

»Meine Mutter ist dort«, murmelte Amar und wußte kaum, was er sagte.

Die Frau, die nichts zu verstehen schien, lächelte ihn an, hob ihre Arme, als ob sie mit einem Gewehr ziele, und rief: »Bumm, bam!« Dann tat sie, als säße sie hinter einem Maschinengewehr. »Dat-tat-tat-tat-tat!« sagte sie sehr schnell. Dann zeigte sie mit dem Zeigefinger auf Amar. Der Mann stieß sie an, zwinkerte mit den Augen und deutete auf den Fahrer. Dann sagte er etwas zu ihm, und der Fahrer griff vor Amar hindurch, öffnete die Tür für ihn und sah ihn erwartend an.

Amar ließ die Hand des Mannes los und stieg mit gesenktem Kopf aus. Er sah, wie seine Sandalen leicht in den heißen Teerbelag der Straße einsanken, und hörte die Tür hinter sich zufallen.

»B'slemah!« rief der Mann, aber Amar vermochte ihn nicht anzusehen.

»B'slemah!« wiederholte die Frau. Immer noch konnte er seinen Kopf nicht heben. Der Motor fing zu laufen an.

»Amar!« rief der Mann.

Der Wagen setzte sich unsicher in Bewegung, dann wurde er schneller. Er wußte, daß sie aus dem Rückfenster sahen und ihm zuwinkten, aber er stand still, sah nur seine Füße in den Sandalen und den schwarzen Teer daneben. Der Fahrer bog in die Überlandstraße und schaltete den nächsten Gang ein.

Amar rannte dem Wagen nach. Er war noch da, vor ihm, entfernte sich schneller und schneller. Er konnte ihn nie einholen, aber er rannte, weil nichts anderes zu tun war. Und seine Sandalen klapperten scheußlich auf dem harten Boden der Überlandstraße, er schüttelte sie ab und lief lautlos und frei. Er hatte jetzt einen Augenblick lang das triumphierende Gefühl, als fliege er die Straße entlang, hinter dem Wagen her. Er würde sicher anhalten. Er konnte die zwei Köpfe im Rechteck des Fensters sehen, und es schien ihm, als blickten sie zurück.

Der Wagen hatte eine Kurve der Straße erreicht; er entschwand seinem Blick. Amar lief weiter. Als er an die Kurve kam, war die Straße leer.

Nachwort

Ich wollte einen Roman schreiben, der das traditionelle alltägliche Leben von Fez zum Hintergrund hatte, denn Fez war noch mitten im 20. Jahrhundert eine intakte mittelalterliche Stadt geblieben. Hätte ich den Roman nur ein Jahr früher begonnen, wäre er ein vollkommen anderes Buch geworden. Ich hatte Fez so beschreiben wollen, wie es in dem Augenblick war, als ich über es schrieb. Aber als ich dann mit der Arbeit an dem Buch begann, waren Ereignisse eingetreten, die ich einfach nicht ignorieren konnte. Ich begriff bald, daß ich nicht über die traditionellen Lebensformen in Fez schreiben mußte, sondern über deren Auflösung.

Über zwei Jahrzehnte lang hatte ich darauf gewartet, das Ende der französischen Herrschaft in Marokko anbrechen zu sehen. Ganz naiv hatte ich mir ausgemalt, daß mit der Unabhängigkeit die gute alte Art zu leben wiederbelebt werden würde und daß das Land wieder mehr oder weniger in den Zustand zurückfallen würde, in dem es vor der französischen Herrschaft gewesen war. Die Verachtung, die die Bevölkerung allem, was europäisch war, entgegenbrachte, schien eine solche Entwicklung zu garantieren. Was ich nicht zu begreifen vermochte, war, daß Marokko nicht etwa deshalb noch immer ein weitgehend mittelalterliches Land war, weil die Marokkaner dies so gewollt hätten, sondern weil Franzosen selbst dies so wollten.

Die marokkanischen Nationalisten hatten kein Interesse daran, ihr Land von allen Spuren der europäischen Zivilisation zu befreien und es in seinen vorkolonialen Zustand zurückzuführen; ihr Ziel war es im Gegenteil, Marokko europäischer zu machen, als es die Franzosen getan hatten.

Als die Franzosen nicht länger imstande waren, den Zug der Regierung auf den Geleisen zu halten, sprangen sie ab und ließen den Motor laufen. Darauf stiegen die Marokkaner ein und fuhren in derselben Richtung davon, nur mit noch größerer Geschwindigkeit.

Ich war in den Widerstreit der gegensätzlichen Positionen verwickelt und fand es gleichzeitig unmöglich, den Standpunkt einer der beiden Seiten einzunehmen. Mein Gegenstand löste sich vor meinen Augen stündlich weiter auf, und so blieb mir keine andere Möglichkeit, als den Prozeß der gewaltsamen Umformung einfach aufzuzeichnen.

Die Literatur sollte sich immer politischer Betrachtungen enthalten. Selbst als ich sah, daß das Buch, das ich angefangen hatte, eine Richtung eingeschlagen hatte, die es unweigerlich in einen Bereich führen würde, wo politische Themen nicht mehr vermieden werden konnten, bildete ich mir immer noch ein, daß ich mit einigem Geschick fähig sein müßte, dem auszuweichen. Aber in Situationen, in denen jedermann unter großer emotionaler Anspannung steht, ist es unvorstellbar, unparteiisch zu bleiben; in solchen Zeiten bekommen alle Meinungen eine politische Natur. Apolitisch zu sein, ist gleichbedeutend damit, einen politischen Standpunkt eingenommen zu haben – aber einen solchen, der niemanden zufriedenstellt.

So stellte ich denn, ob es mir gefiel oder nicht, als ich den Roman vollendet hatte, fest, daß ich ein politisches Buch geschrieben hatte, das das Verhalten sowohl der Franzosen als auch der Marokkaner beklagte. Viel später las Allal el Fassi, »der Vater des marokkanischen Nationalismus«, das Buch und erklärte mir seine persönliche Zustimmung. Auch wenn das ziemlich spät kam, war es mir doch eine Befriedigung.

Jeder Roman zwingt dem Schreiber seine spezifische Arbeitsform auf. *Himmel über der Wüste* und *So mag er fallen* waren auf Reisen geschrieben worden, wann immer ich mich inspiriert fühlte und die äußeren Umstände dem Schreiben förderlich waren. *Das Haus der Spinne* verlangte dagegen von Anfang an einen rigorosen Stundenplan. Ich begann es in Tanger im Sommer 1954 zu schreiben, wo ich mir den Wecker jeden Morgen auf sechs Uhr gestellt hatte. Es gelang mir, jeden Tag zwei Seiten zu Papier zu bringen. Als der Winter herankam, fuhr ich nach Sri Lanka. Dort wiederholte ich dasselbe Ritual; der Morgentee wurde mir um sechs Uhr gebracht, und ich begann zu arbeiten und stellte nach wie vor meine durchschnittlichen zwei Seiten pro Tag fertig. So gegen Mitte März war das Buch dann vollendet, trotz der Fahrten zu fernen Tempeln und der Nächte, in denen ich Teufelstänzen zugesehen hatte, und ich sandte es von Weligama aus an Random House.

Die Handlung ist weder autobiographisch noch basiert sie auf Tatsachen, noch ist das Buch ein Schlüsselroman. Nur Ort und Milieu sind wirklichkeitsgetreu; der Rest ist rein erfunden. Der Brennpunkt des Geschehens ist das alte *Hôtel Palais Jamaï*, bevor es modernisiert wurde. Ich nannte es den *Mérinides Palace*, weil man auf dem Weg zum Hotel an den Gräbern der Meriniden-Könige vorbeigehen mußte. Heute gibt es sogar wirklich ein Hôtel des Mérinides, das in den sechziger Jahren auf den Klippen entlang der Gräber errichtet wurde.

Die Stadt gibt es immer noch. Sie ist nicht länger das intellektuelle und kulturelle Zentrum Nordafrikas; sie ist eher eine Stadt mehr, die von den unlösbaren Problemen der Dritten Welt bedrängt wird. Nicht alle Verwüstungen, die unser erbarmungsloses Zeitalter angerichtet hat, sind greifbar. Die subtileren Formen der Zerstörung, jene, die nur den menschlichen Geist erfassen, müssen wir am meisten fürchten.

Paul Bowles, Dezember 1981

Paul Bowles
im Goldmann Verlag

Gesang der Insekten

Roman
Aus dem Amerikanischen von Pociao
Goldmann-Hardcover 30358

Gesang der Insekten erzählt die Geschichte eines amerikanischen Ehepaars, das auf einer scheinbar harmlosen Urlaubsreise nach Südamerika in einen tödlichen Alptraum verstrickt wird. Von einer Doppelbödigkeit und beunruhigenden Spannung, die an die besten Filme Alfred Hitchcocks erinnert, seziert dieser bislang letzte Roman von Paul Bowles mit erbarmungsloser Schärfe und beißender Kritik die Hohlheit und den ganzen dekadenten *ennui* hinter der Fassade bürgerlicher Wohlgesetztheit und Ordnung.

So mag er fallen

Roman
Aus dem Amerikanischen von Maria Wolff
Goldmann-Taschenbuch 9081

Nelson Dyar flieht aus der Langeweile und Leere eines New Yorker Bankangestelltendaseins in das Ende des Zweiten Weltkriegs unter internationaler Verwaltung stehende Tanger. Doch was als erlösender Ausbruch aus der Ödnis einer allzu gewöhnlichen Existenz gedacht war, erweist sich als zutiefst bedrohlich und zerstörerisch. Immer tiefer verstrickt sich Dyar in der orientalischen Stadt in einem verwirrenden Netz von Devisenschmuggel und Liebesintrigen, aus dem er sich schließlich nicht mehr zu befreien vermag ...

Weitere Titel in Vorbereitung.